Gilded

‣ **Título original:** *Gilded*
‣ **Dirección editorial:** Marcela Aguilar
‣ **Edición:** Melisa Corbetto con Stefany Pereyra Bravo
‣ **Coordinación de arte:** Valeria Brudny
‣ **Coordinación gráfica:** Leticia Lepera
‣ **Diseño de portada:** Rich Deas y Kathleen Breitenfeld
‣ **Ilustraciones:** Tim O'Brien
‣ **Armado de interior:** Cecilia Aranda

un sello de
V&R Editoras

Traducción al español mediante acuerdo con Jill Grinberg Literary Management LLC y Sandra Bruna Agencia Literaria, SL. Todos los derechos reservados.

MÉXICO: Dakota 274, colonia Nápoles,
C. P. 03810, alcaldía Benito Juárez, Ciudad de México.
Tel.: 55 5220-6620 · 800-543-4995
e-mail: editoras@vreditoras.com.mx

ARGENTINA: Florida 833, piso 2, oficina 203
(C1005AAQ), Buenos Aires.
Tel.: (54-11) 5352-9444
e-mail: editorial@vreditoras.com

Primera edición: enero 2023

ISBN: 978-607-8828-40-1

Impreso en México en Litográfica Ingramex, S. A. de C. V.
Centeno No. 195, colonia Valle del Sur, C. P. 09819,
alcaldía Iztapalapa, Ciudad de México.

MARISSA MEYER

Gilded

Traducción: Julián Alejo Sosa

Para Jill y Lizz.
Diez años y quince libros juntas.
Su continuo apoyo, aliento y
amistad valen mucho más que el oro.

Está bien. Te contaré la historia, cómo ocurrió en realidad.

Lo primero que tienes que saber es que no fue la culpa de mi padre. Ni de la mala suerte, ni de las mentiras. Y mucho menos de la maldición. Ya sé que algunos intentarán culparlo, pero él tiene poco que ver con todo esto.

Y quiero dejar en claro que tampoco fue completamente mi culpa. Ni de la mala suerte, ni de las mentiras. Y mucho menos de la maldición.

O bueno.

Quizás un poco sí de algunas mentiras.

Pero creo que es mejor empezar por el principio. El principio real.

Nuestra historia comienza durante el solsticio de invierno, diecinueve años atrás durante una extraña Luna Eterna.

Aunque, para ser más precisa, tendría que aclarar que todo empezó muchísimo antes, cuando los monstruos deambulaban libremente por fuera del velo que ahora los separaba de los mortales, y los demonios algunas veces se enamoraban.

De todos modos, a nuestros fines, comenzó durante esa Luna Eterna. El cielo era una pizarra gris y una tormenta se anunciaba a lo lejos sobre la tierra, trayendo los aullidos de los sabuesos y las pisadas estruendosas de los caballos. La cacería salvaje había comenzado, pero este año no solo buscarían almas perdidas y ebrios extraviados o niños malcriados que se arriesgaron a comportarse mal en el más inoportuno de los momentos. Este año era diferente, ya que una Luna Eterna solo ocurría cuando el solsticio de invierno coincidía con una luna llena en toda su gloria. Esta era la única noche en la que los dioses todopoderosos se ven obligados a tomar sus formas bestiales. Enormes. Poderosas. Casi imposibles de atrapar.

Pero si tenías la suerte o las habilidades necesarias para capturar semejante premio, el dios se vería obligado a concederte un deseo.

Era este deseo lo que buscaba el Erlking esa fatídica noche. Sus sabuesos aullaban y quemaban todo a medida que cazaban a una de esas monstruosas criaturas. El Erlking mismo le lanzó la flecha que atravesó su inmensa ala dorada y estaba seguro de que el deseo sería suyo.

Pero con una fuerza y elegancia descomunal, la bestia herida logró atravesar el círculo de sabuesos que la encerraban y voló hacia las profundidades del bosque de Aschen. Los cazadores la siguieron, pero ya era demasiado tarde. El monstruo se había ido y, con la luz del sol asomándose por el horizonte, la cacería se vio obligada a retirarse detrás del velo.

A medida que la luz de la mañana se reflejaba sobre la nieve, un joven molinero se levantó temprano para revisar el río que hacía girar su molino, preocupado de que pronto se congelaría con el frío del invierno. Fue entonces que vio al monstruo oculto en las sombras del molino. Podría estar muriendo, si es que acaso los dioses pueden morir. Estaba débil. La flecha dorada aún se asomaba entre sus plumas cubiertas de sangre.

El molinero, precavido y asustado, pero valiente, se acercó a la bestia y, con mucho esfuerzo, partió la flecha a la mitad, liberándola. Ni bien terminó su gesto, la bestia se transformó en el dios de las historias y para expresarle su eterna gratitud por haberlo ayudado, le ofreció concederle un único deseo.

El molinero lo pensó por un largo rato, hasta que finalmente confesó que hacía poco se había enamorado de una muchacha en la aldea, una joven de corazón cálido y espíritu libre. Deseó que el dios les concediera una hija fuerte y saludable.

Fue así que el dios hizo una reverencia y le concedió el deseo.

Para cuando llegó el siguiente solsticio de invierno, el molinero ya se había casado con la doncella de la aldea y habían traído al mundo a una niña hermosa. Era fuerte y saludable, señal de que el dios de las historias había cumplido con su deseo tal como fue solicitado.

Pero siempre hay dos lados en una misma historia. El héroe y el villano. La oscuridad y la luz. La bendición y la maldición. Y lo que el molinero no había entendido era que el dios de las historias también era el dios de las mentiras.

Un dios engañoso.

Al estar bendecida por semejante dios, la niña quedó marcada por siempre con ojos que no inspiraban confianza, dos iris completamente negros, revestidos por una rueda dorada con ocho pequeños rayos dorados. La rueda del destino y la fortuna, aunque no hacía falta ser muy inteligente para saber que era el mayor engaño de todos.

Una mirada tan peculiar aseguraría que toda persona que la viera supiera de inmediato que estaba tocada por magia antigua. A medida que fue creciendo, los aldeanos temerosos a menudo escapaban de ella, ya que en su mirada extraña veían la desgracia que parecía acompañarla en su andar. Las tormentas terribles del invierno. Las sequías del verano. Los cultivos marchitos y el ganado perdido. Y una madre desaparecida en medio de la noche, sin explicación alguna.

Estas y muchas otras cosas horribles por la que culpar sin problemas a esta niña peculiar, sin madre y con ojos profanos.

Sin embargo, lo que quizás la condenó por completo fue el hábito que desarrolló cuando aprendió sus primeras palabras. Cada vez que hablaba, no podía evitar contar las historias más extravagantes que jamás se hubieran contado, como si su lengua no pudiera diferenciar entre la verdad y la mentira. Empezó a compartir sus historias y mentiras, pero, a diferencia de los niños y niñas que disfrutaban el encanto de esas fantasías, los adultos no parecían estar de acuerdo.

Era blasfema, comentaban. Una mentirosa despreciable, y todo el mundo sabía que eso era casi tan malo como ser una asesina o la clase de persona que repetidamente pedía pintas de cerveza y nunca devolvía el favor.

En pocas palabras, la niña tenía una maldición. Y todos lo sabían.

Y ahora que te conté la historia, presiento que te confundí al principio.

Viéndolo en retrospectiva, quizás sí fue un poco la culpa de mi padre. Quizás debería haber sabido que no tenía que aceptar el deseo de un dios.

Después de todo… ¿no es lo que habrías hecho tú?

AÑO NUEVO

LA LUNA DE NIEVE

CAPÍTULO UNO

Madam Sauer era una bruja. Una bruja real, no la clase de bruja a la que se refieren las personas groseras para describir a una mujer desagradable y demacrada, aunque también era eso. No, Serilda estaba convencida de que Madam Sauer ocultaba poderes ancestrales y celebrara en comunión con los espíritus en la oscuridad del bosque durante cada luna nueva.

Tenía poca evidencia para comprobarlo. O más bien, era solo una corazonada. Pero ¿qué otra cosa podía ser la antigua maestra malhumorada con esos dientes amarillentos algo afilados? (En serio, si la mirabas de cerca, se podía notar que parecían agujas inconfundibles, al menos cuando la luz se reflejaba de una manera en particular o cuando se quejaba de su parva de estudiantes miserables, *otra vez*). Los aldeanos insistían con culpar a Serilda por cada desgracia que recaía sobre ellos, por más pequeña que fuera, pero ella sabía la verdad. Si había alguien a quién culpar, era Madam Sauer.

Era probable que preparara pociones con uñas de los pies y tuviera una salamandra alpina como mascota. Cositas pegajosas y desagradables. Irían bien con su temperamento.

No, no, no. No quiso decir eso. Le gustaban las salamandras alpinas. Nunca les desearía nada tan horroroso como estar espiritualmente conectadas a este ser humano abominable.

—Serilda —dijo Madam Sauer con el ceño fruncido, su expresión favorita. Al menos, asumía que tenía esa cara. No podía realmente verla si tenía los ojos tan modestamente fijos en el suelo de tierra de la escuela.

»Tú no fuiste —continuó la mujer con palabras lentas y filosas—, bendecida por Wyrdith. Ni por *ninguno* de los dioses antiguos, para que conste. No negamos que tu padre sea un hombre respetable y honesto, ¡pero él no rescató a una bestia mítica herida por la cacería salvaje! Esas cosas que les cuentas a los niños, son… son…

¿Ridículas?

¿Absurdas?

¿Algo entretenidas?

—¡Siniestras! —soltó abruptamente Madam Sauer, escupiendo algunas gotas sobre las mejillas de Serilda—. ¿Qué enseñanzas les dejará? ¿Creer que eres especial? ¿Que tus historias son un regalo de un dios, cuando deberíamos inculcarles el valor de la honestidad y humildad? ¡Una hora escuchándote y echas a perder todo por lo que me esforcé todos estos años!

Serilda torció la boca hacia un lado y esperó recibir el golpe. Cuando parecía que Madam Sauer se había quedado sin más acusaciones, abrió la boca, inhaló profundo, lista para defenderse; había sido solo una historia después de todo. Además, ¿qué sabía Madam Sauer sobre ella? Tal vez su padre sí había rescatado al dios de las mentiras durante el solsticio del invierno. Él mismo le había contado la historia cuando era niña y ella luego había revisado los mapas astrales. Ese año *sí* había habido una Luna Eterna, tal como este próximo invierno.

Pero todavía faltaba casi un año entero para eso. Un año para soñar historias exquisitas y fantásticas y sorprender y asustar a los más pequeños que estaban obligados a asistir a esta escuela desalmada.

Pobrecitos.

—Madam Sauer...

—¡Ni una palabra!

Serilda cerró la boca sin pensarlo dos veces.

—Ya escuché suficientes blasfemias de tu boca como para toda una vida —gritó la bruja, antes de resoplar frustrada—. Desearía que los dioses me hubieran salvado a mí de una alumna como tú.

Serilda se aclaró la garganta e intentó continuar con un tono sensible y tranquilo.

—Técnicamente, ya no soy su alumna. Parece olvidar que esta vez vine como voluntaria. Soy más bien una asistente, no una estudiante. Y por lo que veo... creo que valora mi presencia, ya que no me pidió que dejara de venir. ¿Todavía?

Se animó a levantar la vista, sonriendo de un modo esperanzador.

No sentía nada agradable por la bruja y era consciente de que Madam Sauer tampoco por ella. Pero estar con los niños, ayudarlos con sus trabajos, contarles historias cuando Madam Sauer no estaba cerca, eran algunas de las cosas que le traían alegría. Si Madam Sauer le pedía que dejara de asistir, se sentiría devastada. Los niños, los cinco, eran los únicos de toda la aldea que no la miraban como si fuera una desgracia para su comunidad respetable.

De hecho, eran los pocos que a menudo se animaban siquiera a mirarla. Los rayos dorados en sus ojos ponían incómoda a la mayoría. A veces, incluso se preguntaba si el dios había elegido marcar sus iris porque se supone que no debes mirar a la otra persona a los ojos cuando estás mintiendo. Pero Serilda nunca había tenido problemas para mantenerle la mirada a alguien, estuviera mintiendo o no. Era el resto de las personas quienes tenían dificultad para mantener la suya.

Salvo los niños.

No podía irse. Los necesitaba. Y le gustaba creer que ellos también la necesitaban a ella.

Además, si Madam Sauer la echaba, eso significaría que se vería obligada a conseguir otro trabajo en el pueblo y, por lo que sabía, el único trabajo disponible era… *hilar*.

Puaj.

Pero Madam Sauer mantuvo una expresión solemne. Fría. Incluso rozando la ira. Los músculos por debajo de su ojo izquierdo parecían temblar, una clara señal de que Serilda había cruzado la línea.

Con un movimiento brusco de su mano, Madam Sauer tomó la rama de sauce que tenía sobre su escritorio y la levantó.

Serilda se encogió, un gesto instintivo de tantos años de haber sido una alumna de aquella escuela. Hacía años que no le golpeaban las manos, pero aún sentía el fantasma del dolor que producía la rama sobre su piel. Aún recordaba las palabras que debía repetir con cada azote.

Mentir es malo.
Mentir es obra de los demonios.
Mis historias son mentira, por eso soy una mentirosa.

Quizás no fuera tan terrible, pero cuando la gente dudaba que fueras a decir la verdad, inevitablemente dejaban de confiar también en otros aspectos de tu persona. No confiarían que no les robarías. No confiarían que no los engañarías. No creerían que pudieras ser responsable o considerada. Ensuciarían cada uno de los elementos de tu reputación, de una forma que para Serilda era increíblemente injusta.

—No creas —dijo Madam Sauer—, que solo por ser mayor de edad, no te quitaré la maldad a golpes. Una vez mi alumna, por siempre mi alumna, señorita Moller.

Serilda inclinó la cabeza hacia adelante.

—Perdón. No volverá a ocurrir.

La bruja resopló.

—Desafortunadamente, ambas sabemos que esa es tan solo otra mentira.

CAPÍTULO DOS

Serilda sujetó fuerte su abrigo cuando salió de la escuela. Aún quedaba una hora de luz, tiempo suficiente para que llegara a su casa en el molino, pero este invierno había sido el más frío de los que podía recordar, con nieve que le llegaba casi a la altura de las rodillas y parches de hielo peligrosos en donde las ruedas de las carretas habían dejado zanjas enlodadas a cada lado del camino. Estaba segura de que la humedad iba a atravesar sus botas y calcetines mucho antes de que llegara a su casa, y ya estaba detestando la desgracia de esa situación del mismo modo que ansiaba sentarse junto al fuego que su padre habría preparado en el hogar, con un tazón humeante de caldo que bebería mientras se calentaba los pies.

Esas caminatas de invierno al salir de la escuela eran el único momento en que deseaba vivir más cerca del pueblo.

Le hizo frente al frío, se subió la capucha y avanzó. Con

la cabeza baja, los brazos cruzados, sus pies la llevaron lo más rápido que podían sin resbalarse en el hielo traicionero que acechaba debajo de la capa más reciente de nieve suave. El aire frío se mezclaba con el aroma a madera quemada que salía de las chimeneas cercanas.

Al menos no se suponía que siguiera nevando esa noche. En el cielo no había ninguna nube gris amenazadora. La Luna de Nieve alcanzaría su máximo esplendor y, si bien no era tan distinguible como la luna llena del solsticio, sentía que debía haber una especie de encantamiento en una luna llena que se presentaba la primera noche del año nuevo.

El mundo estaba lleno de pequeños encantamientos, si te disponías a buscarlos. Y Serilda siempre estaba dispuesta a hacerlo.

—La cacería celebrará el cambio del calendario, al igual que todo el pueblo —susurró para distraerse del traqueteo de sus dientes—. Después de su viaje demoníaco, celebrarán comiendo a la bestia que hayan capturado y beberán un vino caliente especiado con la sangre de...

De repente, algo la golpeó por la espalda, justo entre sus hombros. Giró gritando y se resbaló. Cayó de espalda y aterrizó sobre un colchón de nieve.

—¡Le di! —gritó Anna, victoriosa. Enseguida, la acompañó una erupción de gritos y risas mientras el resto de los niños emergían de sus escondites, pequeñas figuras cubiertas de capas de lana y pieles. Se asomaron por detrás de los árboles y las ruedas de algunas carretas y algunos arbustos crecidos, empuñando espadas de hielo.

—¿Por qué tardaste tanto? —le preguntó Fricz, con una bola de nieve lista en su mano enguantada, mientras a su lado Anna preparaba otra—. Te estuvimos esperando durante casi una hora para emboscarte. ¡Nickel empezó a congelarse!

—Hace demasiado frío aquí afuera —dijo Nickel, el gemelo de Fricz, saltando de un lado a otro.

—Ah, cierra la boca, quejoso. Ni siquiera la bebé se está quejando, niñito.

Gerdrut, la más joven con cinco años, volteó hacia Fricz, molesta.

—¡No soy una bebé! —gritó, arrojándole una bola de nieve. Si bien la puntería fue buena, cayó con un *puff* triste a sus pies.

—Ay, solo fue un comentario —dijo Fricz, lo más cerca que alguna vez estuvo de disculparse—. Ya sé que pronto serás una hermana grande y todo eso.

Al oír eso, la ira de Gerdrut mermó y levantó la cara resoplando con orgullo. No era solo por ser la más joven del grupo que el resto la trataba como un bebé, sino porque también era particularmente pequeña para su edad, y particularmente preciosa, con pecas espolvoreadas sobre sus mejillas redondas y rizos colorados que nunca parecían enredarse, ni siquiera cuando intentaba imitar las acrobacias de Anna.

—El punto es que… —agregó Hans—, nos estamos congelando. No tienes por qué actuar como un cisne moribundo. —Con once años, Hans era el más grande del grupo, y como tal, le gustaba exagerar su rol de líder y protector en la escuela, un rol que el resto parecía aceptar sin problemas.

—Habla por ti mismo —dijo Anna, levantando el brazo antes de arrojar su bola de nieve a la rueda de la carreta abandonada a un lado del camino. Dio justo en el centro—. Yo no tengo frío.

—Pero eso es porque estás haciendo volteretas desde hace una hora —murmuró Nickel.

Anna esbozó una sonrisa con algunos dientes faltantes y enseguida hizo un salto mortal. Gerdrut gritó encantada (los saltos mortales eran, hasta ese momento, el único truco que había logrado dominar) y se acercó para acompañarla, ambas dejando sus huellas en la nieve.

—¿Y por qué me estaban esperando para emboscarme? —preguntó Serilda—. ¿No tienen un fuego agradable esperándolos en sus casas?

Gerdrut se detuvo, sus piernas desparramadas al frente con un poco de nieve en su cabello.

—Te estábamos esperando para que termines la historia. —Le gustaban las historias de terror más que cualquier otra cosa, aunque no podía escucharla sin hundir el rostro en el hombro de Hans—. Esa sobre la cacería salvaje y el dios de las mentiras y…

—No —la interrumpió Serilda, moviendo la cabeza de lado a lado—. No, no, no. Madam Sauer ya me regañó por última vez. No les contaré más historias. A partir de hoy, solo les daré noticias aburridas y los hechos más triviales. Por ejemplo, ¿sabían que si tocan tres notas particulares en el dulcémele pueden invocar a un demonio?

—Eso lo estás inventando —dijo Nickel.

—No, es verdad. Pregúntenle a cualquiera. ¡Ah! También la única forma de matar a un Nachzehrer es poniéndole una roca en la boca. Eso evitará que mordisquee su propia carne mientras le cortas la cabeza.

—Sí, esa es la clase de educación que nos servirá algún día —dijo Fricz, con una sonrisa traviesa en su rostro. Si bien él y su hermano eran idénticos por fuera (los mismos ojos azules, el mismo cabello rubio esponjoso y los mismos hoyuelos), no era difícil diferenciarlos. Fricz era el que siempre buscaba problemas y Nickel era el que siempre se avergonzaba de que fueran hermanos.

Serilda asintió con sabiduría.

—Mi trabajo es prepararlos para la adultez.

—Uff —dijo Hans—. Estás haciendo de maestra, ¿verdad?

—Yo soy su maestra.

—Claro que no. Apenas eres la asistente de Madam Sauer. Ella solo te deja estar porque puedes hacer callar a los más pequeños cuando ella no.

—¿Te refieres a nosotros? —preguntó Nickel, haciendo un gesto hacia él y los demás—. ¿Nosotros somos los pequeños?

—¡Casi tenemos tu misma edad! —agregó Fricz.

Hans resopló.

—Tienes nueve. Son dos años menos. Es una eternidad.

—No son dos años —dijo Nickel, empezando a contar con sus dedos—. Nuestro cumpleaños es en agosto y el de ustedes…

—Está bien, está bien —interrumpió Serilda, quien había escuchado esta discusión cientos de veces—. *Todos* son pequeños para mí y es hora de que empiecen a tomar su educación más en serio. Así que dejen de llenar su cabeza con tonterías. Me temo que las historias han terminado.

El anuncio fue recibido con un coro de quejidos melodramáticos, lloriqueos y súplicas. Incluso Fricz se arrojó de cabeza a la nieve y empezó a hacer un berrinche que podría o no haber sido una imitación de uno de los peores días de Gerdrut.

—Lo digo en serio esta vez —agregó, con el ceño fruncido.

—Claro que sí —dijo Anna riendo con energía. Había dejado de hacer volteretas y ahora estaba probando la resistencia de un tilo joven, colgándose de una de sus ramas más bajas, mientras se balanceaba de atrás hacia adelante—. Igual a la última vez. Y a la vez anterior a esa.

—Pero ahora sí hablo en serio.

Se la quedaron mirando, poco convencidos.

Aunque suponía que era justo. ¿Cuántas veces les había dicho que dejaría de contarles historias? Se convertiría en una maestra modelo. Sería una señorita honesta y elegante de una vez por todas.

Pero nunca le duraba.

Otra mentira más, tal como Madam Sauer había dicho.

—Pero, Serilda —dijo Fricz, girando hacia ella sobre sus rodillas y mirándola con sus ojos grandes encantados—, el invierno en Märchenfeld es tan aburrido. Sin tus historias, ¿qué queda para nosotros?

—Una vida de trabajo forzado —murmuró Hans—. Reparar rejas y arar la tierra.

—Y también hilar —agregó Anna con un suspiro de cansancio, antes de enredar sus piernas sobre la rama y dejar caer sus manos y trenzas. El árbol crujió de un modo amenazante, pero lo ignoró—. Hilar tanto.

De todo el grupo, Serilda creía que Anna era la que más se parecía a ella, en especial porque Anna había empezado a llevar dos trenzas en su largo cabello castaño, tal como Serilda siempre llevaba la mayor parte del tiempo. Pero su piel bronceada era algunos tonos más oscuros que la de Serilda y su cabello no era tan largo aún. Además, también estaban todos los dientes de leche que le faltaban… de los cuales solo unos pocos se habían caído de forma natural.

También compartían un odio mutuo por el arduo trabajo de hilar lana. A los ocho años, Anna recién había aprendido este fino arte en la rueca de su familia. Serilda la había observado con una gran compasión cuando se enteró de las noticias, refiriéndose al trabajo como el *hastío encarnado*. La descripción se repitió en la boca del resto de los niños durante toda la semana, divirtiendo a Serilda y enfureciendo a la bruja, quien se había pasado una hora entera enseñando la importancia del trabajo honesto.

—Por favor, Serilda —continuó Gerdrut—. Tus historias también son como hilar. Porque es como si estuvieras creando algo hermoso de la nada.

–¡Ay, Gerdrut! Qué metáfora maravillosa –dijo Serilda, impresionada de que Gerdrut hubiera hecho una comparación semejante; esa era una de las cosas que amaba de los niños. Siempre la sorprendían.

–Y tienes razón, Gerdy –dijo Hans–. Las historias de Serilda toman nuestra existencia aburrida y la transforman en algo especial. Es como… convertir la paja en oro.

–Ah, solo me están arrojando flores –resopló Serilda, incluso mientras lanzaba sus ojos hacia el cielo que rápidamente se oscurecía sobre sus cabezas–. Desearía poder convertir la paja en oro. Sería más útil que esto… crear nada más que historias tontas y pudrir sus mentes, como diría Madam Sauer.

–¡Maldita Madam Sauer! –exclamó Fricz. Su hermano le lanzó una mirada de advertencia por maldecir.

–Fricz, la boca –le dijo Serilda, sintiendo que una leve reprimenda estaba bien, incluso aunque apreciara que hubiera sido en su defensa.

–Lo digo en serio. Un par de historias no le pueden hacer mal a nadie. Solo está celosa porque las únicas historias que ella nos puede contar son sobre reyes muertos y sus asquerosos descendientes. No sabría lo que es una buena historia ni aunque le mordiera el pie.

Los niños rieron hasta que la rama de la que estaba colgada Anna, de repente, se quebró y cayó sobre una pila de nieve.

Serilda asustada se acercó corriendo a ella.

–¡Anna!

–¡Sigo viva! –dijo Anna. Era su frase favorita y una que usaba bastante seguido por sus travesuras. Se desenredó de la rama, se sentó y les esbozó una sonrisa a todos–. Menos mal que Solvilde puso un poco de nieve aquí para amortiguar mi caída. –Con una sonrisa, sacudió la cabeza y algunos copos de nieve cayeron sobre sus hombros. Cuando terminó, miró a Serilda–. Entonces, ¿terminarás la historia o no?

Serilda intentó fruncir el ceño en desaprobación, pero sabía que no estaba haciendo un buen trabajo al mostrarse como una adulta madura entre ellos.

–Son fastidiosos. Y, debo confesar, bastante persuasivos. –Suspiró con pesadez–. Está bien. ¡Está bien! Una historia rápida, porque la cacería será esta noche y todos debemos estar en casa cuanto antes. Vengan.

Los guio por la nieve hacia un bosquecillo pequeño, donde se encontraron con un colchón de agujas de pino secas y algunas ramas que ofrecían algo de protección del frío. Los niños se reunieron a su alrededor, tomando su lugar entre las raíces, hombro con hombro para compartir todo el calor que podían.

–¡Cuéntanos más sobre el dios de las mentiras! –dijo Gerdrut, sentándose junto a Hans en caso de que tuviera miedo.

Serilda negó con la cabeza.

–Hoy tengo otra historia para contarles. Es la clase de historia que es mejor contarla bajo una luna llena. –Señaló hacia el horizonte, donde la luna estaba teñida del color de la paja en verano–. Esta es una historia distinta sobre la cacería salvaje, que solo aparece bajo una luna llena, arrollando todo a su paso con sus caballos y sabuesos infernales. Hoy, la cacería tiene un único líder al frente, el siniestro Erlking. Pero cientos de años atrás, no era él quien guiaba a la cacería, sino su amada Perchta, la gran cazadora.

Los niños la miraron con una inmensa curiosidad, acercándose con ojos brillantes y sonrisas enormes mientras escuchaban sus palabras. A pesar del frío, Serilda también sentía el calor de su propio entusiasmo. Había cierta premonición, ya que rara vez sabía los giros que tomarían sus historias una vez que brotaban de su boca. La mitad de las veces, se mostraba igual de sorprendida que sus oyentes ante las revelaciones de la trama. Era parte de lo que la motivaba a contar historias; no saber el final, no saber qué ocurriría luego. Estaba inmersa en la aventura del mismo modo que los niños que la escuchaban.

—Los dos estaban salvajemente enamorados —continuó—. Su pasión podía encender los rayos que caían desde los cielos. Cuando el Erlking miraba a su feroz amante, su corazón negro se aceleraba tanto que las tormentas cubrían los océanos y los terremotos sacudían las montañas más altas.

Los niños hacían caras. Por lo general, se quejaban ante cualquier mención de algo romántico; incluso el tímido Nickel y la soñadora Gerdrut, aunque sospechaba que lo disfrutaban en secreto.

—Pero había un problema con su amor. Perchta ansiaba desesperadamente un hijo. Pero debido a la oscuridad de sus corazones tenían más muerte que vida en su sangre, y no podían traer un niño al mundo. Por ese motivo, tal deseo era imposible… o eso creía Perchta. —Sus ojos destellaron al notar cómo la historia se desentramaba frente a ellos.

»De todas maneras, al Erlking le rompía su corazón putrefacto ver cómo su amor se escurría entre sus manos, año tras año, ansiando un niño al que poder considerar suyo. Cómo lloraba, sus lágrimas eran torrentes de lluvia que inundaban todos los campos. Cómo sufría, sus llantos eran truenos sobre las colinas. Al no tolerar verla de ese modo, el Erlking viajó hacia el fin del mundo para rogarle a Eostrig, el dios de la fertilidad, que colocara un niño en el útero de Perchta. Pero Eostrig, quien cuidaba de toda vida nueva, sabía que Perchta estaba hecha más de crueldad que de afecto materno y no se animó a concederle un niño a una madre como tal. No hubo súplica alguna que el Erlking pudiera hacer para persuadir a Eostrig.

»Y así el Erlking regresó por tierras salvajes, aborreciendo pensar en cómo decepcionaría a su amada con las noticias. Pero mientras cabalgaba por el bosque de Aschen... —Se detuvo, mirando a cada niño a los ojos, ya que estas palabras les habían transmitido una nueva energía. El bosque de Aschen era el escenario de innumerables historias, no solo las suyas. Era la fuente de más leyendas, pesadillas y supersticiones que ella jamás podría contar, en especial aquí en Märchenfeld. El bosque de Aschen se encontraba al norte de su pequeño pueblo, a pocos kilómetros a caballo atravesando el campo, y su presencia inquietante cautivaba a los aldeanos desde su infancia, criados con advertencias por todas las criaturas que vivían en ese bosque, desde las más tontas y traviesas hasta las más infames y crueles.

El nombre lanzó un nuevo hechizo sobre los niños. La historia de Serilda sobre Perchta y el Erlking ya no era un suceso distante. Ahora estaba en la puerta de sus casas.

—Al cruzar por el bosque de Aschen, el Erlking oyó los sonidos más desagradables. Resoplidos. Llantos. Ruidos gorjeantes y asquerosos que a menudo se asocian a... *niños* gorjeantes y asquerosos. Fue entonces que vio a un niño, una pequeña criatura patética, apenas grande como para caminar sobre sus patas regordetas. Era un bebé humano, cubierto de pies a cabeza con arañazos y lodo, llorando por su madre. Y así el Erlking tuvo la más tortuosa idea.

Sonrió y los niños le devolvieron la sonrisa, ya que ellos también podían ver hacia dónde se dirigía la historia.

O eso creían.

—De este modo, el Erlking levantó al niño con sus trapos sucios y lo guardó dentro de uno de los largos sacos de tela que llevaba a un lado de su caballo. Y así siguió su camino a toda prisa de regreso al castillo de Gravenstone, en donde Perchta lo esperaba con ansias.

»Le presentó el niño a su amada y su felicidad hizo que el sol brillara con más intensidad. Los meses pasaron y Perchta consintió a aquel niño como solo una reina puede hacerlo. Lo llevó de paseo por las ciénagas de la muerte en las profundidades del bosque. Lo bañó en manantiales sulfurosos y lo vistió con las pieles de las bestias más finas que jamás había cazado: la piel de un rasselbock y las plumas de un stoppelhahn. Lo meció en las ramas de los sauces y le cantó canciones de cuna para llevarlo a dormir. Incluso le regaló su propio sabueso del infierno para montar de modo que pudiera acompañar a su madre cazadora en sus travesías mensuales. Se sintió plena por algunos años.

»Sin embargo, a medida que el tiempo pasaba, el Erlking empezó a notar una nueva melancolía que abrumaba a su amada. Una noche le preguntó cuál era el problema y, con un llanto de dolor, Perchta señaló a su hijo, quien ya no era más un bebé, sino un niño nervudo y fuerte. Fue en ese momento que le dijo, "Nunca en mi vida quise nada más que tener un hijo propio. Pero, qué pena, esta criatura ante mí no es un bebé. Es un niño y pronto será un hombre. Ya no lo quiero".

Nickel se quedó boquiabierto, horrorizado ante la idea de que una madre, aparentemente tan devota de su hijo, dijera algo semejante. Era un niño sensible y, quizás Serilda aún no le había contado suficientes historias antiguas, las cuales por lo general empezaban con padres, madres o tutores que descubrían que ya no sentían el mismo encanto que antes por sus hijos e hijas.

—Y así, el Erlking llevó al niño de regreso al bosque con el pretexto de que practicarían sus habilidades con el arco y cazarían un ave para la cena. Pero cuando se adentraron en las profundidades del bosque, el Erlking desenvainó su cuchillo de caza de su cintura, se acercó al niño por detrás y...

Los niños retrocedieron, espantados. Gerdrut hundió el rostro en el brazo de Hans.

–...le cortó la garganta, para luego abandonarlo junto a un arroyo frío para morir.

Serilda esperó un momento a que calmara su asco y conmoción antes de continuar.

–Y así el Erlking salió en busca de una nueva presa. Aunque esta vez no sería una bestia, sino otro niño humano para entregarle a su amada. Desde entonces, el Erlking lleva a todo niño o niña perdida que encuentra directo hacia su castillo.

CAPÍTULO TRES

Serilda estaba casi congelada cuando divisó a lo lejos la luz de la cabaña, cubriendo la nieve con un resplandor dorado. Era una noche iluminada por la luna y podía ver con claridad su pequeña casa, el molino harinero por detrás y la rueda a orillas del río Sorge. Incluso podía sentir el aroma de la madera quemada, lo cual le dio una nueva chispa de energía que la llevó a cruzar el campo corriendo.

Seguridad.

Calidez.

Casa.

Abrió la puerta con fuerza y entró con un suspiro dramático de alivio. Se recostó sobre el marco de madera y empezó a quitarse las botas y sus calcetines mojados. Las arrojó hacia el otro lado de la habitación, donde aterrizaron dejando algunos charcos de agua junto a la chimenea.

–Tengo… tanto… frío.

Su padre se levantó sobresaltado de su asiento junto al fuego, en donde había estado zurciendo un par de medias.

–¿En dónde has estado? ¡Se hizo de noche hace más de una hora!

–Lo s-siento, papá –tartamudeó, mientras colgaba su abrigo en una percha junto a la puerta, al igual que su bufanda.

–¿Dónde están tus guantes? No me digas que los perdiste otra vez.

–No los perdí –dijo casi sin aliento, acercando una segunda silla al fuego. Cruzó una pierna sobre la otra y empezó a recuperar la sensación en los dedos de sus pies–. Me quedé hasta tarde con los niños y no quería que regresaran a sus casas solos, así que los acompañé. Y los mellizos viven muy lejos al otro lado del río, así que tuve que regresar hasta allí y luego… Ah, se siente tan bien estar en casa.

Su padre frunció el ceño. No era anciano, pero algunas arrugas ansiosas ya se habían asentado en su rostro desde hacía un largo rato. Quizás era por haber criado a una niña él solo, o por evadir los rumores del resto de la gente del pueblo, o quizás porque siempre había sido la clase de persona que se preocupaba por muchas cosas, estuvieran justificadas o no. Cuando era chica, le divertía contarle historias sobre las travesuras peligrosas en las que se había entrometido y disfrutaba ver su absoluto horror, antes de reírse y decirle que había inventado todo.

Ahora intuía que, tal vez, no había sido la mejor forma de tratar a la persona que más quería en el mundo entero.

–¿Y los guantes? –le preguntó.

–Los cambié por unas semillas mágicas de dientes de león –respondió ella.

La miró fijo.

Serilda sonrió con timidez.

—Se los di a Gerdrut. Agua, ¿por favor? Tengo mucha sed.

Su padre movió la cabeza de lado a lado, gruñendo algo para sí mismo, mientras se ponía de pie y se acercaba a la cubeta que tenían en un rincón, donde juntaban nieve para que se derritiera por la noche junto al fuego. Tomó un cucharón que descansaba sobre el hogar, levantó un poco de agua y se la alcanzó. Aún estaba fría y le sintió el gusto del invierno cuando descendió por su garganta.

Su padre regresó junto al fuego y revolvió algo en una olla colgante.

—Detesto que estés afuera sola, en una luna llena como esta. Ocurren cosas, lo sabes. Desaparecen niños.

No pudo evitar sonreír al oír eso. Su historia ese día había estado inspirada por año tras año de las advertencias pesimistas de su padre.

—Ya no soy una niña.

—No afecta solo a los niños. También han encontrado adultos al día siguiente, confundidos, murmurando cosas sobre goblins y nixes. No creas que noches como estas no son peligrosas. Creí haberte criado para que fueras más sensata.

Serilda le esbozó una sonrisa, porque ambos sabían que la forma en que la había criado había sido a través de un largo camino de advertencias y supersticiones que habían hecho más por avivar su imaginación que inspirar el sentido de la supervivencia por el que él tanto luchaba.

—Estoy bien, papá. Ningún demonio me secuestró ni me llevó hacia el más allá. Después de todo, quién me querría llevar a mí.

La miró claramente irritado.

—Cualquier demonio sería muy afortunado de tenerte a ti.

Serilda extendió una mano y presionó sus dedos congelados sobre las mejillas de su padre. Hizo una mueca, como si le molestara, pero no se apartó ni opuso resistencia cuando le bajó la cabeza y le dio un beso en la frente.

–Si alguien viene a buscarme –le dijo una vez que lo soltó–, le diré que dijiste eso.

–No es algo para tomar a la ligera, Serilda. La próxima vez que creas que llegarás tarde durante una luna llena, será mejor que lleves al caballo.

Se abstuvo de decirle que Zelig, su viejo caballo, era más una decoración que un semental útil, no tenía ninguna posibilidad de escapar de la cacería salvaje. En su lugar, le respondió:

–Con mucho gusto, papá, si eso calma tus ansiedades. Ahora, comamos. Huele exquisito.

Tomó dos tazones de madera de un estante.

–Mi muchacha sabia. Mejor irse a dormir antes de la medianoche.

La medianoche había llegado y la cacería salvaje acechaba por el campo...

Esas eran las palabras que resonaban en la mente de Serilda cuando abrió los ojos de golpe. El fuego del hogar estaba apagado y no era más que un montículo de cenizas que emanaba el más leve resplandor en la habitación. Desde que tenía memoria, su catre se encontraba en un rincón de la habitación principal. Su padre, por otro lado, descansaba en la única otra habitación al fondo, la cual compartía una pared con el molino. Podía oír sus ronquidos pesados al otro lado de la puerta y, por un momento, se preguntó si fue eso lo que la despertó.

De pronto, un tronco de la fogata se quebró y colapsó sobre la montaña de cenizas, levantando una nube de chispas que cubrieron los ladrillos y se apagaron al morir.

En ese instante, escuchó un sonido tan distante que bien podría haber sido su imaginación, de no ser por el escalofrío que sintió descendiendo por su espalda como dedos congelados.

Aullidos.

Parecían lobos, lo cual era normal. Sus vecinos se esforzaban mucho por proteger a su ganado de los depredadores que a menudo merodeaban los alrededores.

Pero esa vez tenían algo distinto. Algo profano. Algo salvaje.

—Sabuesos del infierno —susurró para sus adentros—. La cacería.

Se sentó con los ojos bien abiertos y esperó en un tortuoso silencio por un largo rato, atenta para ver si podía discernir si se estaban acercando o alejando. Sin embargo, lo único que escuchó fue el crepitar del fuego y los ronquidos estruendosos de la habitación de al lado. Empezó a preguntarse si había sido un sueño. Si su mente errante la estaba metiendo en problemas otra vez.

Serilda se desplomó nuevamente sobre su catre y subió las sábanas hasta su barbilla. Sin embargo, sus ojos no parecían querer cerrarse. Miró hacia la puerta, donde la luz de la luna atravesaba las grietas de la madera.

Otro aullido y luego otro, seguido de una sucesión rápida. Empezó a temblar con mayor intensidad, su corazón traqueteaba contra su pecho. Estos últimos fueron más fuertes. Mucho más fuertes que los primeros.

La cacería se estaba acercando.

Serilda, una vez más, se obligó a mantenerse acostada, aunque, esta vez, cerró los ojos con tanta fuerza que frunció todo el rostro. Sabía que dormir ya era algo imposible, pero tenía que aparentar hacerlo. Había oído tantas historias sobre aldeanos a quienes la cacería había obligado a que se levantaran de sus camas seduciéndolos a salir, solo para terminar temblando del frío en medio del bosque la mañana siguiente.

O, a los más desafortunados, para no ser vistos nunca más. La historia había dejado en claro que ella y la suerte no se llevaban muy bien. Lo mejor era no arriesgarse.

Juró permanecer allí, inmóvil, apenas respirando, hasta que el desfile fantasmal terminara de pasar. Hasta que encontraran a otro campesino desafortunado al que cazar. Aún no estaba tan desesperada por esa clase de aventuras.

Se acurrucó en la cama, sujetando con fuerza la sábana con la punta de sus dedos, esperando a que la noche terminara. Qué gran historia les contaría a los niños cuando todo esto pasara. Por supuesto que la cacería es real, yo misma la he escuchado con mis propios...

—No... ¡Meadowsweet! ¡Por aquí!

La voz de una muchacha, temblorosa y chillona.

Serilda abrió los ojos repentinamente.

La voz había sonado tan clara. Era como si estuviera justo al otro lado de la ventana que tenía sobre su cama, la cual su padre había tapiado con una tabla de madera al inicio del invierno para que no entrara el frío.

La voz otra vez, esta vez más asustada.

—¡Rápido! ¡Están viniendo!

De repente, algo golpeó la pared.

—Eso intento —gimoteó otra voz femenina—. ¡Está cerrada!

Estaban tan cerca que Serilda sentía que podía extender una mano a través de la pared y tocarlas.

Luego entendió que estaban intentando entrar al sótano de su casa.

Estaban intentando esconderse.

Las estaban cazando.

Serilda no se dio tiempo para pensar o preguntarse si quizás era solo un truco de los cazadores para atraer a sus presas. Para atraerla a *ella* y alejarla de la seguridad de su cama.

Sacó los pies de las sábanas y se acercó a toda prisa a la puerta. En un abrir y cerrar de ojos, se puso su capa sobre el camisón de dormir y se calzó sus botas aún húmedas. Tomó el farol de un estante y luchó por un breve momento con un fósforo para darle vida a la mecha.

Abrió la puerta con fuerza y quedó envuelta en una ráfaga de viento y algunos copos de nieve salvajes, seguidos por un grito de sorpresa. Apuntó el farol hacia la puerta del sótano y se encontró con dos figuras agachadas contra la pared, con sus largos brazos entrelazados y sus enormes ojos fijos en ella.

Serilda las miró igual de sorprendida. Ya que, si bien sabía que había *alguien* allí afuera, no esperaba encontrarse con *nadie* de verdad.

Las criaturas no eran humanas. Al menos, no por completo. Sus ojos eran como dos estanques negros, sus rostros tan delicados como una flor de boj, sus orejas altas, puntiagudas y algo peludas como las de un zorro. Sus brazos y piernas lucían como ramas largas y esbeltas, y su piel brillaba con el resplandor dorado del farol. Y lo cierto era que había mucha piel a la vista. A pesar de estar en medio del invierno, el poco abrigo de piel que llevaban cubría apenas lo suficiente para satisfacer el más mínimo sentido de pudor. Tenían el cabello corto y alborotado, pero luego Serilda entendió, con cierta sorpresa excitante, que no era cabello lo que tenían en sus cabezas, sino parches de liquen y musgo.

—Mujeres de musgo —dijo entre dientes. Porque más allá de todas las historias que conocía sobre seres oscuros, espíritus de la naturaleza y todo tipo de demonios y fantasmas, en sus dieciocho años de vida Serilda solo había conocido simples y aburridos humanos.

Una de las muchachas se puso de pie, usando su cuerpo para ocultar a la otra de la vista de Serilda.

—No somos ladronas —dijo con un tono duro—. Solo buscamos refugio.

Serilda dio un paso hacia atrás. Sabía que los humanos sentían un profundo rechazo por los seres del bosque. Los consideraban extraños. En el mejor de los casos, útiles; en el peor, ladrones y asesinos. Hasta ese día, la esposa del panadero insistía con que su hijo mayor era capaz de cambiar de forma. (Fuera verdad o no, ese niño ahora era un hombre adulto, felizmente casado con cuatro hijos).

Otro aullido resonó al otro lado del campo, como si viniera de todas las direcciones a la vez.

Serilda se estremeció del miedo y miró a su alrededor, pero como el campo que se extendía alrededor del molino apenas estaba iluminado por la luna llena, no vio ningún rastro de la cacería.

—Parsley, debemos irnos —dijo la más pequeña de las dos, poniéndose de pie y sujetando a la otra por el brazo—. Están cerca.

La otra, Parsley, asintió con firmeza, sin apartar la vista de Serilda.

—Vayamos al río entonces. Ocultar nuestro aroma es la única esperanza que nos queda.

Se tomaron de la mano y empezaron a voltear para marcharse.

—¡Esperen! —les gritó Serilda—. Esperen.

Dejó el farol a un lado de la puerta del sótano y se acercó a la tabla de madera bajo la que su padre ocultaba una llave. Si bien sus manos estaban algo adormecidas por el frío, solo le tomó un momento destrabar la cerradura y abrir la puerta amplia. Las muchachas la miraron con cautela.

—El río no tiene mucha fuerza en esta época del año, la superficie está prácticamente congelada. No les dará mucha protección. Entren aquí y pásenme una cebolla. La frotaré por la puerta y, con suerte, será suficiente para ocultar su esencia.

Ambas se la quedaron mirando y, por un largo momento, Serilda pensó que se reirían por su intento ridículo de ayudarlas. Eran seres del bosque. ¿Por qué necesitarían la ayuda patética de los humanos?

Pero luego Parsley asintió. La más pequeña de las dos, Meadowsweet, si había escuchado bien, descendió hacia el sótano oscuro y le pasó una cebolla desde una de las cajas que almacenaban abajo. No hubo palabras de gratitud ni nada.

Una vez que entraron, Serilda cerró la puerta y nuevamente la trabó con el pestillo.

Le quitó una capa a la cebolla y la frotó sobre los bordes de la trampilla. Empezó a llorar, pero intentó no preocuparse por esos detalles insignificantes, como la montaña de nieve que se había caído de la puerta cuando la abrió o el rastro que guiaría a los sabuesos directo hacia su hogar.

Rastro… *pisadas.*

Giró e inspeccionó el campo, temiendo encontrarse con dos senderos de pisadas en la nieve que la llevaran directo hacia ella.

Pero no vio nada.

Era una escena tan irreal que, de no ser por las lágrimas provocadas por la cebolla, habría estado segura de que estaba en medio de un sueño muy vívido.

Arrojó la cebolla, lo más lejos que pudo. Cayó en el agua del río.

Y en ese instante, oyó los gruñidos.

CAPÍTULO CUATRO

Avanzaron hacia ella como la muerte misma, aullando y gruñendo a medida que cruzaban el campo a toda prisa. Eran el doble de grandes que cualquier otro perro que hubiera visto en toda su vida, la punta de sus orejas casi le llegaba a los hombros. Pero eran flacos de un modo que hacía creer que las costillas estaban a punto de atravesar su pelaje erizado. Algunos hilos de saliva espesa colgaban de sus colmillos pronunciados. Pero lo más perturbador de todo era el resplandor ardiente que brotaba del interior de sus bocas, hocicos y ojos, e incluso de otras áreas en donde su piel sarnosa era tan fina que se podía ver hasta sus huesos. Como si no tuvieran sangre en sus cuerpos, solo las llamas mismas de Verloren.

Serilda apenas tuvo tiempo de gritar cuando una de las bestias se lanzó contra ella con la boca abierta justo delante de su rostro. Sus patas inmensas la derribaron desde los hombros.

Cayó en la nieve e, instintivamente, se cubrió el rostro con las manos. El sabueso aterrizó a horcajadas sobre ella, emanando un hedor a azufre y putrefacción.

Para su sorpresa, no le clavó los dientes, sino que esperó. Temblando, Serilda se animó a mirar entre sus brazos. Los ojos del sabueso emanaban un resplandor ardiente mientras inhalaba con fuerza, lo cual hacía que el resplandor de sus fosas nasales se avivara aún más. Algo húmedo cayó sobre su mejilla. Serilda tomó una bocanada de aire, asustada, y enseguida intentó limpiárselo, sin poder reprimir un quejido.

—Déjala —le pidió una voz tranquila, pero firme.

El sabueso se apartó, dejando a Serilda temblando y recuperando el aliento. Ni bien se aseguró de que la hubiera liberado, giró y se arrastró hacia la cabaña. Tomó la pala que yacía sobre la pared y giró de inmediato con su corazón acelerado, lista para atacar a la bestia.

Pero los sabuesos ya no estaban frente a ella.

Un caballo se había detenido a unos pocos metros de ella, justo donde había estado recostada. Un caballo negro de guerra, nervudo y con una nariz que emanaba nubes de vapor con cada respiración.

El jinete estaba bañado por la luz de la luna, hermoso y temible a la vez, con una piel teñida en plata y ojos que parecían una fina capa de hielo sobre la superficie de un lago, enmarcados por una cabellera negra y larga que le llegaba a los hombros. Llevaba una armadura fina de cuero, con dos cinturones delgados sobre su cintura que mantenían en su lugar una colección de cuchillos y un cuerno curvo. Justo por detrás de uno de sus hombros se asomaban algunas flechas. Tenía el aspecto de un rey, una confianza que le permitía tener el control de la bestia debajo suyo. Seguro del respeto que infundía a quien se cruzara en su camino.

Era peligroso.

Era glorioso.

Y no estaba solo. Había al menos unas dos docenas de otros caballos, todos ellos negros como el carbón, salvo por sus crines y colas blancas como un rayo. Cada uno tenía un jinete arriba, hombres y mujeres, jóvenes y adultos, algunos con túnicas, otros solo con harapos.

Algunos eran fantasmas. Lo sabía por la forma en que se veían sus siluetas borrosas contra el cielo nocturno.

Otros eran seres oscuros, reconocibles por su belleza sobrenatural. Demonios inmortales que habían escapado hacía mucho tiempo de Verloren y su antiguo amo, el dios de la muerte.

Y todos la estaban mirando a ella. Los sabuesos también. Todos habían acatado la orden de su líder y ahora caminaban de un lado a otro por detrás, hambrientos, a la espera de otra orden.

Serilda miró nuevamente al líder. Sabía quién era, pero no se animaba a pensar el nombre por miedo a tener razón.

La observó con curiosidad y luego miró hacia atrás de ella, de la misma forma que alguien mira a un perro pulgoso que acababa de robarle la comida.

—¿En qué dirección se fueron?

Serilda tembló. *Su voz.* Serena. Cortante. Si se hubiera molestado en recitarle poesía, en lugar de haberle hecho esa simple pregunta, la habría encantado por completo.

De alguna manera, logró escapar de ese hechizo en el que la había sumido su presencia, al recordar que las mujeres de musgo, en ese mismo instante, estaban a solo unos pocos metros de donde estaba ella, ocultas detrás de la puerta del sótano, y su padre, con suerte, aún dormido dentro de la casa.

Estaba sola, atrapada bajo el escrutinio de un ser que era más demonio que hombre.

Serilda tentativamente bajó la pala y le habló.

—¿En qué dirección se fue *quién*, mi señor?

Era obvio que pertenecía a la nobleza, más allá de la jerarquía de los seres oscuros.

Un rey, le susurró su mente y ella la silenció. Era demasiado impensable.

Sus ojos pálidos se entrecerraron. La pregunta flotó por un largo rato en el aire amargo que los separaba, mientras los temblores de Serilda se apoderaban de su cuerpo. Ella *todavía* estaba con su camisón de dormir debajo de su capa y sus pies ya se le estaban adormeciendo.

El Erl... No, el cazador. Lo llamaría de ese modo. El cazador no respondió su pregunta, para su decepción. Ya que, de haber respondido *las mujeres de musgo*, le habría preguntado, ¿qué hacía cazando a los seres del bosque? ¿Qué quería de ellas? No eran bestias para masacrar y decapitar, o para que sus pieles decoraran el salón de un castillo.

Al menos, esperaba que esa no fuera su intención. El solo hecho de pensarlo le retorcía el estómago.

Pero el cazador no dijo nada, simplemente mantuvo la mirada fija en ella mientras su semental se mantenía perfecta y sobrenaturalmente inmóvil.

Al no poder tolerar el silencio por más tiempo, y en especial al estar rodeada de fantasmas y espectros, Serilda dejó salir un grito sobresaltado.

—¡Ah, lo siento! ¿Estoy en su camino? Por favor... —se hizo a un lado y le hizo un pequeño ademán para darle paso—. No se preocupe por mí. Solo estaba trabajando en mi cosecha nocturna, pero esperaré a que terminen de pasar.

El cazador no se movió. Algunos de los otros caballos que habían formado una media luna a su alrededor dieron algunos pisotones en la nieve con sus patas y resoplaron con impaciencia.

Luego de otro largo silencio, el cazador habló.

—¿No tienes intenciones de acompañarnos?

Serilda tragó saliva. No sabía si era una invitación o una amenaza, pero la mera idea de *unirse* a esta compañía espantosa, de salir de cacería, le hizo sentir un vacío aterrador en el pecho.

Intentó no tartamudear cuando le respondió.

—No les serviría, mi señor. Nunca aprendí a cazar y apenas puedo mantenerme firme en una montura. Será mejor que sigan y me dejen aquí para que continue con mi trabajo.

El cazador inclinó la cabeza y, por primera vez, sintió algo nuevo en su fría expresión. Algo como curiosidad.

Para su sorpresa, pasó una pierna hacia el otro lado del caballo y, antes de que Serilda pudiera tomar una bocanada de aire, sorprendida, se paró delante de ella.

Serilda era alta en comparación con la mayoría de las muchachas de la aldea, pero el Erlki… el cazador le sacaba casi una cabeza completa. Sus proporciones eran sobrenaturales, alto y delgado como un junco de agua.

O una espada, quizás, una comparación más apropiada.

Tragó saliva tan fuerte como pudo cuando dio un paso hacia ella.

—Por favor, cuéntanos —dijo con un tono grave—, ¿cuál es tu *trabajo* a estas horas, una noche como esta?

Ella parpadeó rápidamente y, por un instante aterrador, ninguna palabra brotó de su boca. No solo no podía hablar, sino que su mente estaba desolada. En donde por lo general había historias, fábulas y mentiras para contar, ahora no había nada. Un vacío como nunca había experimentado.

Se acabó esto de convertir la paja en oro.

El cazador inclinó su cabeza hacia ella de un modo burlón, consciente de que la había atrapado. Y lo próximo que seguía era confesarle el paradero de las mujeres de musgo. ¿Qué otra cosa podía hacer más que decirle la verdad? ¿Qué opciones tenía? Piensa. *Piensa.*

—Mencionaste que estabas... ¿cosechando? —recordó con cierta ligereza engañosa en su tono de curiosidad sutil. Era un truco. Una trampa.

Serilda se las arregló para mirar un punto fijo en el campo donde sus propios pies habían aplastado la nieve cuando había regresado a su casa temprano esa noche. Algunas espigas rotas de centeno amarillo se asomaban por debajo de la nieve a medio derretir.

—¡Paja! —dijo, prácticamente gritando, casi desconcertando al cazador—. Estoy cosechando paja, claro. ¿Qué otra cosa, mi señor?

Frunció las cejas.

—¿En la noche de año nuevo? ¿Bajo una Luna de Nieve?

—¿Qué tiene? Claro. Es la mejor época. Quiero decir, no me refiero al año nuevo precisamente, sino... a la luna llena. De otro modo, no tendría las propiedades adecuadas para... hilarla. —Tragó saliva, algo nerviosa—. Y convertirla en... ¿oro?

Terminó su comentario absurdo con una sonrisa traviesa que el cazador no le devolvió. Mantuvo la atención fija en ella, con ciertas sospechas, pero de algún modo... interesado.

Serilda se cruzó de brazos, lo más fuerte que pudo para escudarse de su mirada perspicaz y del frío. Empezó a temblar con intensidad, mientras sus dientes traqueteaban.

Finalmente, el cazador habló, pero todo lo que ella había deseado o esperado que dijera, no ocurrió...

—Llevas la marca de Hulda.

Su corazón se detuvo.

—¿Hulda?

—El dios del trabajo.

Se quedó boquiabierta. Claro que sabía quién era Hulda. Solo había siete dioses, después de todo; no era difícil recordarlos. Hulda era el dios que solía asociarse con el trabajo bueno y honesto, tal como diría Madam Sauer. Desde la agricultura hasta la carpintería, y quizás, por sobre todas las cosas, con el hilado.

Esperaba que la oscuridad de la noche ocultara sus extraños ojos embebidos en oro, pero quizás el cazador tenía la vista de un búho, un cazador nocturno completo.

Había interpretado la marca como una rueca. Abrió la boca, lista, por primera vez, para decir la verdad. Esa no era la marca de una rueca, sino del dios de las mentiras. La marca que vio era la marca del destino y la fortuna; o la desgracia, como parecía ser la mayoría de las veces.

Era fácil confundirlas.

Pero luego comprendió que llevar esa marca le agregaba cierta credibilidad a su mentira de cosechar paja, así que se obligó a encogerse de hombros, un poco tímida por esta supuesta hechicería que habitaba en su interior.

—Sí —le contestó con una voz, repentinamente, suave—. Hulda me dio esta bendición antes de nacer.

—¿Para qué propósito?

—Mi madre era una costurera talentosa —mintió—. Le regaló un manto elegante a Hulda y la deidad quedó tan impresionada que le dijo a mi madre que su primogénita tendría el don más milagroso jamás visto.

—Convertir la paja en oro —dijo el cazador lentamente, su voz impregnada de desconfianza.

Serilda asintió.

—Intento no contarle esto a mucha gente. Quizás ponga celosas a otras muchachas del pueblo o encienda la codicia de los hombres. ¿Puedo confiar en que mantendrá el secreto?

Por un breve momento, el cazador parecía entretenido por su explicación. Luego dio un paso hacia adelante y el aire alrededor de Serilda se tornó mucho más frío. Se sintió como si el hielo mismo la hubiera tocado y entonces comprendió, por primera vez, que no había nubes de vapor delante del cazador cuando respiraba.

Algo filoso se presionó sobre la base de su mejilla y Serilda se quedó inmóvil. Debería haber sentido que había desenvainado su arma, pero no lo vio moverse en ningún momento. Y aquí estaba, con un cuchillo en su garganta.

—Te lo preguntaré una vez más —dijo con un tono casi dulce—, ¿dónde están las criaturas del bosque?

CAPÍTULO CINCO

Serilda le sostuvo la mirada desalmada y penetrante al cazador, sintiéndose muy frágil y vulnerable.

Aun así, su lengua, esa idiota y mentirosa lengua, siguió hablando.

—Mi señor —dijo con un tono piadoso, como si le avergonzara decir lo que estaba a punto de enunciar, ya que un cazador tan habilidoso no aceptaría quedar como un ignorante—, las criaturas del bosque viven en el bosque de Aschen, al oeste del Gran Roble. Y… un poco al norte, creo. Al menos, eso es lo que dicen las historias.

Por primera vez, una expresión de ira se presentó en el rostro del cazador. Ira, pero también incertidumbre. Parecía no saber con certeza si estaba jugando con él o no.

Incluso un tirano tan majestuoso como él no podía identificar si estaba mintiendo o no.

Serilda levantó una mano y posó sus dedos sobre la muñeca del cazador con delicadeza.

El gesto inesperado lo hizo sacudirse levemente.

Ella se sobresaltó al sentir su piel.

Sus dedos podrían estar fríos, pero al menos aún había sangre caliente corriendo por sus venas.

Pero la piel del cazador estaba bastante congelada.

Sin anticipación, apartó la mano de inmediato, liberándola de la inminente amenaza de su cuchillo.

—No quise faltarle el respeto —agregó Serilda—, pero en verdad debo seguir trabajando. La luna llena se irá pronto y la paja no me servirá mucho. Me gusta trabajar con los mejores materiales, cuando puedo.

Sin esperar una respuesta, Serilda levantó la pala una vez más y una cubeta llena de nieve, la cual vació sin demora alguna. Mantuvo la cabeza en alto y se animó a pasar caminando junto al cazador y su caballo en dirección al campo. El resto del grupo de cazadores retrocedió y le dio lugar para que pasara. Una vez lista, empezó a levantar la capa superior de nieve para dejar entrever las pequeñas y tristes espigas aplastadas por debajo, esas que habían sobrado de la cosecha del otoño.

No se parecían en nada al oro.

Qué mentira más ridícula.

Pero estaba convencida plenamente de que era la única manera de persuadir a alguien con una mentira. Así que mantuvo una expresión calma en su rostro mientras levantaba la paja con sus manos congeladas y la arrojaba dentro de la cubeta.

Por un largo rato, solo se escucharon los sonidos de su trabajo, las pisadas ocasionales de los caballos y el gruñido grave de los sabuesos.

Luego oyó una voz ligera y rasposa.

—Escuché historias sobre los hilanderos de oro, bendecidos por Hulda.

Serilda levantó la vista hacia la jinete más cercana. Era una mujer de tez pálida, algo brumosa en su silueta. Llevaba una trenza de corona sobre su cabeza, un pantalón de montura y una armadura de cuero acentuada por una mancha roja oscura en todo el frente. Allí había una cantidad asquerosa de sangre; sin lugar a duda, producto del corte profundo que tenía en su garganta.

Mantuvo los ojos fijos en Serilda por un momento, sin emoción alguna, antes de regresar la vista hacia su líder.

—Creo que dice la verdad.

El cazador no le prestó atención a su comentario. En su lugar, Serilda oyó el crujir suave de sus botas sobre la nieve hasta que lo encontró parado justo detrás de ella. La joven bajó la mirada, aún concentrada en su tarea, aunque los tallos le estuvieran cortando las manos y el lodo ya se hubiera acumulado debajo de sus uñas. ¿Por qué no había agarrado sus guantes? Ni bien lo pensó, recordó que se los había dado a Gerdrut. Debía verse como una tonta.

Convertir la paja en oro. Honestamente, Serilda, de todas las cosas absurdas que podías haber dicho...

—Es agradable saber que el obsequio de Hulda no se está desperdiciando —dijo el cazador lentamente—. En verdad es un tesoro extraño.

Serilda giró sobre su hombro, pero notó que ya se estaba alejando. Con la agilidad de un lince, montó nuevamente a su caballo y este resopló.

El cazador no miró a Serilda cuando le hizo una seña al resto de los jinetes.

Así como aparecieron, se marcharon entre el estruendo del

galope, una ventisca de nieve y hielo, y los aullidos renovados de los sabuesos. Una nube de tormenta, ominosa y chispeante, avanzando por todo el campo.

Y luego, nada más que un manto de nieve resplandeciente y la luna circular besando el horizonte.

Serilda dejó salir un suspiro agitado, apenas sin poder creer su buena fortuna.

Había sobrevivido un encuentro con la cacería salvaje.

Le había mentido al mismísimo Erlking.

Qué tragedia, pensó, que nadie nunca le creería este acontecimiento.

Esperó a que los sonidos usuales de la noche se presentaran otra vez. Ramas congeladas que se quebraban, el borboteo suave del río, el ulular distante de algún búho.

Finalmente, tomó el farol y se animó a abrir la puerta del sótano.

Las mujeres de musgo emergieron de su interior y miraron a Serilda como si estuviera más azul desde la última vez que la vieron.

Tenía frío, no había duda de eso.

Intentó sonreír, pero era difícil cuando sus dientes no dejaban de traquetear.

—¿Estarán bien ahora? ¿Saben el camino de regreso al bosque?

La joven más alta, Parsley, la miró con desdén, como si se hubiera sentido insultada por semejante pregunta.

—Los humanos son los que se pierden, no nosotras.

—No quise ofenderlas. —Miró sus pieles poco abrigadas—. Deben tener frío.

Las jóvenes no respondieron, simplemente se quedaron mirándola con atención, tanto curiosas como irritadas.

—Nos salvaste la vida y arriesgaste la tuya para hacerlo. ¿Por qué?

El corazón de Serilda se llenó de alegría. Sonaba heroico de esa forma.

Pero se suponía que las heroínas debían ser humildes, así que simplemente se encogió de hombros.

—No me parecía correcto que las estuvieran persiguiendo de esa forma, como si fueran animales salvajes. De todas formas, ¿por qué las estaban cazando?

Fue Meadowsweet quien le respondió, aparentemente superando su timidez.

—El Erlking hace mucho tiempo caza a los seres del bosque y todo tipo de criaturas mágicas.

—Lo ve como un deporte —agregó Parsley—. Supongo que cuando llevas tanto tiempo cazando como él, regresar a su casa con la cabeza de un ciervo común no parece un buen premio.

Los labios de Serilda se abrieron asombrados.

—¿Quería matarlas?

Ambas se miraron como si fuera estúpida. Serilda había asumido que solo las perseguían para capturarlas. Aunque, pensándolo bien, era peor. Pero ¿cazar a seres tan encantadores solo por diversión? El solo hecho de pensarlo le retorcía el estómago.

—Por lo general, podemos protegernos de la cacería y evadir a esos sabuesos —comentó Parsley—. No pueden encontrarnos si permanecemos bajo la protección de nuestra Abuela Arbusto. Pero mi hermana y yo no pudimos llegar antes del anochecer.

—Me alegra haber sido de ayuda —les dijo Serilda—. Son bienvenidas a ocultarse en mi sótano cuando quieran.

—Estamos en deuda contigo —contestó Meadowsweet.

Serilda negó con la cabeza.

—No hace falta. Créanme. La aventura valió el riesgo.

Las mujeres de musgo intercambiaron una mirada y, fuera lo que fuera que ocurriera entre ellas, Serilda notó que no les gustó su respuesta. Pero había cierta resignación en el ceño fruncido de Parsley cuando se acercó a ella, mientras jugueteaba con algo entre sus dedos.

—Toda magia requicre un pago, para mantener a nuestros mundos en equilibrio. ¿Aceptarías este obsequio a cambio de tu ayuda esta noche?

Sin palabras, Serilda abrió la mano. La joven soltó un anillo.

—No es necesario… y estoy segura de no haber hecho nada *mágico*.

Parsley inclinó la cabeza, un gesto que le recordó al de un ave.

—¿Estás segura?

Antes de que Serilda pudiera responder, Meadowsweet dio un paso hacia adelante y se quitó una cadenita de su cuello.

—¿Y aceptarías este obsequio… —dijo—, a cambio de la ayuda que me has dado?

Envolvió el collar sobre la palma extendida de Serilda. Tenía un relicario pequeño ovalado.

Ambos objetos brillaban dorados como el oro a la luz de la luna.

Oro real.

Debían valer una fortuna.

Pero ¿qué hacía los seres del bosque con eso? Siempre había creído que no tenían riquezas materiales. Veían a la obsesión de la humanidad con el oro y las gemas como algo desagradable, incluso repulsivo.

Quizás por eso fue les resultó tan fácil desprenderse de estos objetos y entregárselos a Serilda. Mientras que para ella y su padre eran tesoros como nunca habían tenido.

Y aun así…

Negó con la cabeza y extendió la mano hacia ellas.

—No puedo aceptarlos. Gracias, pero… cualquier persona las habría ayudado. No tienen que pagarme.

Parsley rio suavemente.

—No debes conocer a muchos humanos para creer eso —dijo con amargura. Señaló los obsequios con su barbilla—. Si no los aceptas, entonces nuestra deuda no estará saldada y estaremos a tu servicio hasta que lo esté. —Su mirada se oscureció con advertencia—. En verdad preferimos que te lleves estos obsequios.

Presionó sus labios y Serilda asintió. Enseguida, cerró la mano sobre los objetos.

—Gracias entonces —les dijo—. Consideren la deuda saldada.

Asintieron y se sintió como si hubieran sellado el trato con sangre por toda la majestuosidad del momento.

Desesperada por romper la tensión, Serilda extendió sus brazos hacia ellas.

—Estoy muy cerca de ustedes. ¿Debemos abrazarnos?

Meadowsweet abrió la boca sorprendida. Parsley directamente *gruñó*.

Serilda retiró los brazos rápidamente.

—No, sería extraño.

—Vamos —dijo Parsley—. La abuela debe estar preocupada.

Y así como un ciervo asustadizo, se marcharon corriendo, desapareciendo por la ribera del río.

—Por todos los antiguos dioses —murmuró Serilda—. Qué noche.

Golpeó las botas contra una pared de la casa para quitarle la nieve antes de entrar. Los ronquidos de su padre le dieron la bienvenida una vez más. Aun dormía como una marmota, completamente ajeno a la situación.

Se quitó su capa y se sentó suspirando junto al hogar. Sumó un manojo de turberas para mantener el fuego encendido. A la luz de las brasas, se acercó hacia adelante y observó sus recompensas.

Un anillo dorado.

Un relicario dorado.

Cuando atraparon la luz, vio que el anillo tenía una marca. Un emblema, algo parecido a lo que una familia de la nobleza usaría en uno de sus sellos de cera elegantes. Entrecerró la vista para verlo con mayor detenimiento. El diseño parecía contener un tatzelwurm, una bestia mitológica magnífica que tenía cuerpo de serpiente y la cabeza de un felino. Su cuerpo estaba envuelto alrededor de la letra *R*. Nunca había visto algo parecido.

Hundió la uña en la tapa del relicario y lo abrió con un chasquido.

Se quedó boquiabierta, encantada.

Había esperado que estuviera vacío, pero en su interior se encontró con un retrato, la pintura más pequeña y delicada que jamás había visto. En ella había una niña de lo más encantadora. Era joven, como Anna o menor incluso, pero claramente parecía una princesa, duquesa o algo de mucha importancia. Algunas perlas decoraban sus rizos dorados y un cuello de encaje enmarcaba sus mejillas de porcelana.

La forma en que tenía la barbilla levantada no concordaba con el destello travieso de sus ojos.

Serilda cerró el relicario y pasó la cadena sobre su cabeza. Se puso el anillo en uno de sus dedos. Suspirando, regresó nuevamente a la calidez de su cama.

Era un poco reconfortante saber que ahora tenía pruebas sobre lo que había ocurrido esa noche. Probablemente, si se lo mostraba a alguien, pensaría que los había robado. Suficientemente malo para ser una mentirosa. Convertirse en ladrona era el siguiente paso.

Serilda se quedó acostada, despierta, mirando los patrones dorados y las sombras insidiosas que se deslizaban por las vigas del techo, mientras mantenía el relicario firme en su puño cerrado.

CAPÍTULO SEIS

A veces, Serilda pasaba horas pensando en la evidencia. Esas pequeñas pistas dispersas en una historia que unían la brecha entre la fantasía y la realidad.

¿Qué evidencia tenía de haber sido maldecida por Wyrdith, el dios de las historias y la fortuna? Los cuentos que su padre le contaba antes de dormir, pero que nunca se había atrevido a cuestionar su veracidad. Las ruedas doradas sobre sus iris negros. Su lengua incontrolable. Una madre que no tuvo ningún interés en verla crecer y se marchó sin algo tan simple como una despedida.

¿Qué evidencia tenía de que el Erlking asesinara a los niños que se perdían en el bosque? No mucha. Solo rumores. Rumores sobre una figura inquietante que merodeaba entre los árboles, atenta al llanto de algún niño asustado. Mucho tiempo atrás, cada una generación, también un pequeño cuerpo en las afueras del bosque. Apenas reconocible, a menudo devorado por los cuervos. Sin embargo, los padres siempre reconocían a sus propios hijos perdidos, incluso pasada una década. Incluso cuando lo único que quedaba era tan solo un cadáver.

Pero eso no pasaba desde hacía mucho tiempo y apenas era prueba suficiente.

Solo tonterías supersticiosas.

Sin embargo, esto era diferente.

Bastante diferente.

¿Qué evidencia tenía Serilda de que había rescatado a dos mujeres de musgo perseguidas por la cacería salvaje? ¿De que ella había engañado al mismísimo Erlking?

Un anillo dorado y un collar, cálidos sobre su piel al despertar.

Afuera, un parche de tierra donde había quitado la nieve con la pala.

La puerta abierta de su sótano, sin traba alguna, la madera aún con el aroma de la cebolla.

Pero ninguna huella o rastro a la vista en el campo. La nieve lucía inmaculada, tal como cuando había regresado a su casa caminando la noche anterior. Las únicas huellas visibles eran las suyas. No había ningún rastro de los visitantes nocturnos, ni de los delicados pies de las mujeres de musgo, mucho menos de las pisadas de los caballos o las patas lupinas de los sabuesos.

Solo un campo blanco delicado, destellando casi con alegría bajo el sol de la mañana.

Como era de esperar, la evidencia que *sí tenía* no le serviría de nada.

Le contó a su padre la historia; cada palabra, una simple verdad. Y él la escuchó, cautivado e, incluso, horrorizado. Estudió el emblema en el anillo y el retrato en el relicario con una admiración muda. Luego inspeccionó la puerta del sótano. Se quedó allí parado por un largo rato con la vista perdida en el horizonte vacío, más allá del bosque de Aschen.

Y entonces, cuando Serilda creyó que no podría tolerar más su silencio, su padre empezó a reír. Una carcajada teñida de algo oscuro que su hija no sabía definir.

¿Pánico? ¿Miedo?

—Deberías saber a estas alturas —agregó, volteando hacia ella—, que no soy tan crédulo. Ay, Serilda. —Posó ambas manos a cada lado de su rostro—. ¿Cómo puedes contar semejantes cosas sin sonreír? Casi me engañas, otra vez. ¿De dónde sacaste esto? No mientas. —Levantó el relicario que colgaba sobre el cuello de Serilda, moviendo la cabeza de lado a lado. Cuando le había estado contando los eventos de la noche anterior había estado pálido, pero ahora sus mejillas ya estaban recuperando el color—. ¿Te lo regaló un muchacho del pueblo? Me estuve preguntando si estás enamorada de alguien o tienes vergüenza de contármelo.

Serilda dio un paso hacia atrás, ocultando el relicario debajo de su vestido. Vaciló por un momento, tentada de intentarlo una vez más. De *insistir*. Tenía que creerle. Por primera vez, era real. Había ocurrido. No estaba mintiendo. Lo habría intentado una vez más de no ser por la mirada perturbada que merodeaba detrás de sus ojos, aún visible a pesar de su negación. Estaba preocupado por ella. Más allá de su risa distendida, le aterraba que esta vez pudiera ser verdad.

Y ella no quería eso. Ya estaba bastante preocupado, así como estaban las cosas.

—Claro que no, papá. No estoy enamorada de nadie, además, ¿yo? ¿Tímida? —Se encogió de hombros—. Si quieres saber la verdad, encontré el anillo alrededor de un hongo de hadas y le robé el collar al schellenrock que vive en el río.

Soltó una carcajada.

—Ahora *eso* tiene más sentido.

Regresó al interior de la casa y Serilda supo, en ese momento, en lo más profundo de su corazón, que, si él no le creía, nadie lo haría.

Ya habían escuchado demasiadas historias.

Se dijo a sí misma que era lo mejor. Si no debía aferrarse a la verdad de lo que había ocurrido bajo la luna llena, entonces no desperdiciaría la oportunidad de adornarla un poco.

Y ella amaba adornar historias.

—Hablando de los jóvenes de la aldea —le gritó su padre desde el otro lado de la puerta abierta—. Supuse que debería contarte algo. Thomas Lindbeck aceptó ayudarnos en el molino esta primavera.

Oír su nombre fue una patada en el pecho.

—¿Thomas Lindbeck? —preguntó, volviendo a su casa a toda prisa—. ¿El hermano de Hans? ¿Para qué? Nunca le pediste ayuda a nadie antes.

—Estoy viejo. Creí que sería buena idea tener a un joven para que se encargue del trabajo duro.

Serilda frunció el ceño.

—Apenas tienes cuarenta.

Su padre levantó la vista del fuego, disgustado. Suspiró y dejó a un lado el atizador. Se paró frente a ella, frotando sus manos.

—Está bien. Vino y me pidió trabajo. Quiere ganar algo de dinero para…

—¿Para qué? —insistió al sentir que su vacilación la estaba poniendo incómoda.

Su padre parecía estarse lamentando tanto de lo que estaba a punto de responderle que a Serilda le revolvía el estómago.

—Para proponerle matrimonio a Bluma Rask, por lo que tengo entendido.

Una propuesta.

De matrimonio.

—Ya veo —dijo Serilda, forzando una sonrisa tensa—. No sabía que les estaba yendo tan… bien. Son una pareja encantadora. —Miró hacia el fuego—. Iré a buscar algunas manzanas para el desayuno. ¿Quieres que te traiga algo más del sótano?

Negó con la cabeza, mirándola con cautela. Sabía que estaba irritada. Serilda tuvo cuidado de no caminar furiosa ni de presionar los dientes cuando salió.

¿Qué le importaba si Thomas Lindbeck quería casarse con Bluma Rask o cualquier otra persona? No podía reclamarle nada, ya no. Habían pasado casi dos años desde que dejó de ver a Serilda como si fuera el sol mismo y empezó a verla más bien como una tormenta que se asomaba, ominosa, por el horizonte.

Eso claro, solo las pocas veces que la miraba.

Le deseó una feliz y larga vida con Bluma. Una pequeña granja, un jardín lleno de niños. Conversaciones interminables sobre el precio del ganado y el clima desfavorable.

Una vida sin maldiciones.

Una vida sin historias.

Serilda se detuvo cuando abrió la puerta del sótano, justo donde la noche anterior había refugiado a dos criaturas mágicas. Se quedó parada en ese mismo lugar desde donde había mirado a una bestia sobrenatural, un rey siniestro, y toda una legión de cazadores muertos.

Ella no era la clase de persona que anhelaba una vida simple y no se lamentaría por alguien como Thomas Lindbeck.

Las historias cambian cuanto más se las repite, y las suyas no eran la excepción a esta regla. La noche de la Luna de Nieve se volvió increíblemente arriesgada y cada vez más irreal. Cuando les contó la historia a los niños, no fue a las mujeres de musgo a quienes había rescatado, sino una nixe de agua pequeña que le había agradecido intentando morderle uno de sus dedos antes de saltar al río y desaparecer.

Cuando el granjero Baumann llevó leña a la escuela y Gerdrut animó a Serilda que repitiera la historia, insistió en que el Erlking no montaba un caballo negro, sino un guiverno inmenso al que le brotaba un humo ácido de su nariz y lava de sus escamas.

Cuando fue al mercado a comprarle un poco de lana a Mamá Weber y Anna le pidió, una vez más, que repitiera la historia fantástica, no se animó a contar cómo había engañado al Erlking con una mentira sobre sus habilidades mágicas de hiladora. Mamá Weber era quien le había enseñado a Serilda el arte de hilar cuando era joven, pero nunca dejó de criticarla por su falta de destreza. Incluso hasta el día de la fecha seguía diciendo que las ovejas merecían que su lana terminara en algo más fino que los trapos toscos y desparejos que salían de la rueca de Serilda. Probablemente habría reído a carcajadas si llegaba a escuchar la mentira que Serilda le había dicho al Erlking sobre su talento para hilar, entre todas las cosas que podría haber dicho.

En su lugar, convirtió a su personaje en una guerrera audaz y entretuvo a la pequeña audiencia con hazañas intrépidas y valientes. Cómo había blandido una espada letal de fuego (¡nada de palas para ella!) para amenazar al Erlking y ahuyentar a su legión de demonios. Recreó los movimientos precisos de su arma tal como había machacado a sus enemigos. Tal como había atravesado el corazón de un sabueso del infierno, para luego arrojarlo hacia el molino de agua.

Los niños reían sin parar y, para cuando la historia de Serilda terminó con el Erlking escapando de ella con gritos infantiles y un moretón del tamaño de un huevo de ganso sobre su cabeza, Anna y su hermano más pequeño se marcharon a toda prisa para empezar su propia actuación, con Serilda como el terrible rey. Mamá Weber movió la cabeza de lado a lado, pero Serilda estaba segura de haber visto el rastro de una sonrisa oculta detrás de sus agujas de tejer.

Intentó disfrutar sus reacciones. Las bocas abiertas, las miradas intensas, las risas descontroladas. Por lo general, eso era lo único que quería.

Pero con cada historia, Serilda sentía que la realidad de lo acontecido se empezaba a difuminar con el paso del tiempo y las alteraciones.

Se preguntó cuánto tiempo pasaría antes de que ella también empezara a dudar de lo que había ocurrido esa noche.

Tales pensamientos la llenaron de un arrepentimiento inesperado. A veces, cuando estaba sola, tomaba el collar que llevaba oculto por debajo de su vestido y se quedaba mirando el retrato de la niña, a quien había decidido considerar una princesa en su imaginación. Luego pasaba el dedo sobre el grabado en el anillo. El tatzelwurm envuelto alrededor de una *R* ornamentada.

Se prometió a sí misma que nunca lo olvidaría. Ni un solo detalle.

De pronto, un graznido fuerte sacó a Serilda de su melancolía. Levantó la vista y se encontró con un ave que la miraba desde el otro lado de la puerta de la cabaña, la cual había dejado abierta para airear su pequeña casa mientras el sol brillaba afuera, consciente de que otra tormenta de nieve llegaría en cualquier momento.

Allí estaba, distraída una vez más de su tarea. Se suponía que debía estar hilando toda la lana que había conseguido de Mamá Weber para convertirla en hilo para arreglos y tejidos.

El peor trabajo. *El hastío encarnado.* Prefería estar patinando en el nuevo estanque congelado o congelando gotas de caramelo en la nieve para disfrutar por la tarde.

Pero en lugar de hacer todo eso, se la pasaba perdida en sus pensamientos, mirando al pequeño retrato.

Cerró el relicario y lo guardó nuevamente debajo de su vestido. Se puso de pie, empujando la silla de tres patas hacia atrás, y rodeó la rueca para acercarse a la puerta. No se había dado cuenta del frío que había empezado a hacer. Se frotó ambas manos para intentar recuperar algo de calor en sus dedos.

Se detuvo con una mano en la puerta y vio al ave que la había apartado de su ensoñación. Estaba quieta sobre una de las ramas descubiertas del árbol de avellanas justo pasando su jardín. Era el cuervo más grande que jamás había visto, su silueta monstruosa a contraluz del cielo del atardecer.

A veces, les arrojaba algunas migas de pan. Quizás este esperaba eso.

—Mis más sinceras disculpas —le dijo, preparándose para cerrar la puerta—. No tengo nada para ti hoy.

El ave inclinó la cabeza hacia un lado y, en ese instante, Serilda lo vio. *Realmente* lo vio. Se quedó inmóvil.

Hacía un rato, parecía estar mirándola, pero ahora…

Sacudió las plumas y el ave se elevó de la rama, la cual se sacudió y dejó caer un poco de nieve, mientras el ave se elevaba hacia el cielo y se hacía cada vez más pequeña con el batir de sus pesadas alas. Se dirigió hacia el norte, directo al bosque de Aschen.

No le habría llamado la atención de no ser porque a la criatura le faltaban los ojos. No tenía nada para mirarla más que las cuencas vacías. Incluso, cuando levantó vuelo, vio algunos puntos del cielo gris a través de agujeros raídos en sus plumas.

—Un nachtkrapp —susurró, sujetándose a la puerta.

Un cuervo nocturno. Uno que podía matarte con solo mirar uno de sus ojos vacíos, si así lo quisiera. Uno que se alimentaba del corazón de los niños.

Se quedó mirando al cielo hasta que la criatura quedó fuera de la vista y sus ojos se posaron sobre la luna blanca que empezaba a asomarse por el horizonte. La Luna del Hambre, elevándose cuando el mundo estaba más desolado, cuando los humanos y las criaturas empezaban a preguntarse si habían almacenado suficiente comida para atravesar el resto del invierno sombrío.

Cuatro semanas habían pasado.

Y esta noche, la cacería saldría otra vez.

Respirando con dificultad, Serilda cerró la puerta con fuerza.

LA LUNA DEL HAMBRE

CAPÍTULO SIETE

Intentó no pensar en el cuervo nocturno mientras el atardecer se cubría de oscuridad, pero el visitante perturbador se mantuvo aferrado a sus pensamientos. Serilda temblaba del miedo cada vez que recordaba esas cuencas vacías en donde debería haber estado el brillo oscuro de sus ojos y la falta de plumas en sus alas al levantar vuelo. Como algo muerto. Como algo olvidado.

Se sentía como un mal augurio.

Más allá de todos sus esfuerzos por mostrarse alegre mientras preparaba el pan de la noche para ella y su padre, podía sentir cierta desconfianza en el aire congelado de su pequeña cabaña. Él parecía saber con cierta seguridad que algo la estaba atormentando, pero no se atrevió a preguntar. Probablemente sabía que no obtendría una respuesta honesta si lo hacía.

Serilda consideró contarle lo del ave, pero ¿qué sentido tenía? Solo movería la cabeza de lado a lado por escuchar, una vez más, algo que solo era producto de su imaginación salvaje. O peor aún, le lanzaría esa mirada distante y sombría, como si su peor pesadilla se hubiera vuelto realidad.

En su lugar, mantuvieron una conversación vacía mientras cada uno comía su estofado de chirivía con mejorana y salchichas de ternera. Le contó que había conseguido trabajo para construir la nueva alcaldía en Mondbrück, una pequeña ciudad al sur, y que le pagarían lo suficiente para llegar a la primavera. El trabajo siempre era escaso durante el invierno, cuando algunas partes del río se congelaban y el agua fluía muy lentamente como para crear suficiente fuerza y mover la rueda del molino para la molienda. Su padre solía aprovechar esa época para afilar las rocas y reparar sus herramientas, pero esta altura de la temporada, ya quedaba poco por hacer hasta que la nieve se derritiera y, por lo general, se veía obligado a buscar trabajo en otro lugar.

Al menos Zelig apreciaría el ejercicio, decía ella. Viajar hacia y desde Mondbrück todos los días ayudaría a mantener al viejo caballo en un mejor estado por más tiempo.

Luego Serilda le contó lo entusiasmada que estaba la pequeña Gerdrut cuando notó que se le estaba moviendo un diente de leche, el primero. Ya había elegido un espacio en el jardín para enterrarlo, pero le preocupaba que la tierra estuviera demasiado dura por el invierno y no le permitiría a su nuevo diente crecer sano y fuerte. Su padre rio disimuladamente y le contó a Serilda que cuando ella perdió su primer diente de leche, estuvo negada a plantarlo en el jardín y decidió dejarlo frente a la puerta de entrada con un plato de galletas, con la esperanza de que una bruja de los dientes apareciera y se lo llevara junto a Serilda para pasar una noche de aventuras.

—Debí haber estado tan decepcionada de que nunca apareciera.

Su padre se encogió de hombros.

—No lo sé. La mañana siguiente, me contaste una historia fascinante sobre tu viaje con la bruja. Te llevó a hasta los grandiosos palacios de Ottelien, si mal no recuerdo.

Y así continuó la noche, cada uno sin decir nada, mientras la mirada de su padre se tornaba cada vez más especulativa por detrás de su tazón.

Cuando estaba a punto de abrir la boca para preguntarle a su hija qué le ocurría, alguien llamó a la puerta.

Serilda saltó. Habría volcado todo el estofado de no ser porque ya casi lo terminaba. Ambos giraron hacia la puerta cerrada y luego se miraron a ellos mismos. Allí, en especial durante la mitad del invierno, cuando el mundo estaba en silencio y paralizado, siempre se escuchaba cuando algún visitante se acercaba. Pero esta vez no habían oído nada, ningún galope, ningún carruaje sobre la nieve.

Ambos se pusieron de pie para atender, pero Serilda fue más rápida.

—Serilda…

—Yo me encargo, papá —le dijo—. Termina tu comida.

Terminó de comer lo poco que le quedaba de su estofado y dejó el tazón sobre su silla al otro lado de la habitación.

Abrió la puerta y la recibió una brisa congelada.

Era un hombre de hombros anchos, vestido con prendas elegantes, y con un cincel de hierro que sobresalía de la cuenca de su ojo izquierdo.

Serilda apenas entendió lo que acababa de ver cuando una mano la sujetó de sus hombros y la llevó hacia atrás. La puerta se cerró de golpe. Giró y se encontró con su padre, cuyos ojos se veían salvajes.

—Eso fue… eso… Dime que ese hombre no era un… un…

—Su padre estaba pálido como un fantasma. En realidad, más pálido que el fantasma que estaba en su puerta, quien parecía tener una tez algo más morena.

—Papá —susurró Serilda—, cálmate. Debemos averiguar qué quiere.

Empezó a soltarse, pero la sujetó con más fuerza.

—¿Qué quiere? —siseó como si fuera una idea ridícula—. ¡Está muerto! ¡Y está parado frente a nuestra puerta! ¿Qué tal si él… es uno de los *suyos*?

Uno de los suyos. El Erlking.

Serilda tragó saliva, ya que estaba segura de que el fantasma era un sirviente del Erlking, aunque no pudiera explicar cómo. O un confidente, si fuera el caso. Sabía muy poco sobre cómo estaba constituido el entramado interno de la corte de los seres oscuros.

—Debemos ser civilizados —sentenció, orgullosa de que su tono no solo sonara valiente, sino también práctico—. Incluso con los muertos. En especial con los muertos.

Liberándose de los dedos de su padre, enderezó el cuerpo y volteó hacia la puerta. Cuando la abrió, el hombre no se había movido ni un centímetro, su expresión tampoco, seguía siendo una calmada indiferencia. Era difícil no quedarse mirando el cincel o la sangre oscura que cubría su barba, pero Serilda se obligó a mantener la vista en su ojo sano, el cual no reflejaba la luz del fuego como una esperaría. No le pareció que fuera un anciano, a pesar de su cabello blanco. Quizás solo unos pocos años más grande que su padre. Una vez más, no pudo evitar mirar su ropa, la cual, si bien se veía elegante, también era de uno o dos siglos atrás. Un sombrero negro ornamentado con plumas doradas perfectamente combinada con una capa aterciopelada sobre un jubón marfil. Si no hubiera estado muerto, habría sido un noble, pero, ¿qué clase de noble terminaría con la herramienta de un carpintero clavada en el ojo?

Estaba desesperada por preguntárselo.

Pero en su lugar, hizo la mejor reverencia que pudo.

—Buenas noches, señor. ¿En qué puedo ayudarlo?

—Su Sombría Majestad, el Erlkönig, Rey de los Alisos, solicita el honor de su presencia.

—¡No! —exclamó su padre, una vez más sujetándola del brazo, aunque esta vez Serilda se resistió a volver a entrar a su casa—. ¡Serilda, el Erlking!

Volteó hacia él y vio cómo rápidamente su incredulidad se convertía en entendimiento.

Él sabía.

Sabía que su historia era verdad.

Serilda infló el pecho, reivindicada.

—Sí, papá. Conocí al Erlking la noche de año nuevo. Pero no entiendo… —volteó nuevamente hacia el fantasma—. ¿Por qué me quiere ver ahora?

—¿Ahora? —dijo la aparición arrastrando las palabras—. Obediencia. —Dio un paso hacia atrás, invitándola a la noche, donde Serilda vio un carruaje.

O una jaula.

Era difícil saberlo con certeza, ya que el transporte redondeado parecía estar hecho de barrotes curvos tan pálidos como la nieve a su alrededor. En el interior, había unas cortinas negras pesadas que emanaban ciertos destellos de plata bajo la luna bulbosa. No podía ver qué había en su interior.

El carruaje-jaula era empujado por dos bahkauv, unas bestias que parecían toros y se veían bastante miserables, con cuernos que se retorcían en espiral desde las orejas y unas jorobas inmensas que las obligaban a mantener la cabeza apuntando incómodamente al suelo. Sus bocas estaban llenas de dientes disparejos y sus colas eran largas y serpentinas. Esperaron al cochero inmóviles, ya que, si bien no había nadie en el asiento del conductor, Serilda supuso que este fantasma era quien conduciría el carruaje.

Hacia Gravenstone, el castillo del Erlking.

—No —repitió su padre—. No puedes llevártela. Por favor, Serilda.

Ella volteó hacia él, desconcertada por la expresión de angustia con la que se encontró. Ya que, si bien todos temían y sospechaban de la existencia del Erlking y sus cortesanos fantasmales, sintió que había algo oculto detrás de los ojos de su padre. No solo el miedo desencadenado por cientos de historias aterradoras, sino por… su propia experiencia, acompañada con desesperación. La certeza de las cosas terribles que le esperaban a su hija si se iba con este hombre.

—Quizás sería útil explicarte algo —dijo el fantasma—. Esta convocatoria no es solo una pregunta. Si la rechazas, habrá consecuencias desafortunadas.

El corazón de Serilda se detuvo y de inmediato tomó a su padre de la mano, la cual apretó con fuerza.

—Tiene razón, papá. No se pueden rechazar las invitaciones del Erlking. No a menos que quiera una catástrofe en mi vida… o en nuestra familia.

—O en todo tu pueblo, o en todas las personas que alguna vez amaste… —agregó el fantasma con un tono aburrido. Esperaba verlo bostezar al concluir su comentario, pero logró mantener la integridad con una mirada firme y alarmante.

—Serilda —dijo su padre con un tono grave, aunque no había manera de hablar en privado—. ¿Qué le dijiste cuando lo conociste? ¿Qué quiere ahora?

Serilda negó con la cabeza.

—Exactamente lo que te conté, papá. Solo una historia. —Se encogió de hombros, tan despreocupada como pudo—. Tal vez quiera escuchar otra.

Los ojos de su padre se llenaron de dudas y aun así... con un atisbo de esperanza. Como si sirviera de algo.

Supuso que él ya se había olvidado la historia que le había contado aquella noche.

El Erlking creía que ella podía convertir la paja en oro.

Pero... no podía ser por *eso*, ¿verdad? ¿Por qué el Erlking querría oro?

—Debo irme, papá. Ambos sabemos que no puedo rehusarme. —Le asintió al cochero—. Dame un segundo.

Cerró la puerta y cruzó la habitación. Se cambió a unas medias más abrigadas y se puso su abrigo de montura y sus botas.

—¿Me preparas un poco de comida para el viaje? —le pidió al ver que todavía no se había movido de la puerta, sino que solo estaba parado inmóvil y en silencio, frotándose las manos con desesperación. Su pedido fue tanto un intento de alejarlo de ese estupor como un pedido real de comida. En ese momento, todavía se sentía satisfecha por el pan que había comido esa noche, pero con los nuevos nervios repentinos que se apoderaban de su interior, presentía que tendría hambre pronto.

Cuando creía estar lista y no podía pensar en ninguna otra cosa que necesitara para el viaje, su padre le alcanzó una manzana amarilla, una rebanada de pan de centeno con mantequilla y un trozo de queso duro envuelto en un pañuelo. Tomó todo y le dio un beso en la mejilla.

—Todo estará bien —le susurró, esperando expresar más certeza que la que sentía en realidad.

Pero a juzgar por el ceño fruncido de su papá, no creía

haberlo logrado. Sabía que él no dormiría esta noche, no hasta que regresara sana y salva.

—Ten cuidado, hija mía —le dijo, envolviéndola en un fuerte abrazo—. Dicen que es demasiado encantador, pero nunca olvides que detrás de ese encanto vive un corazón cruel y siniestro.

Serilda rio.

—Papá, te aseguro que el Erlking no tiene ningún interés en encantarme. Sea cual sea la razón por la que me haya convocado, no debe ser para *eso*.

Gruñó, sin deseo alguno de aceptar lo que estaba escuchando, y no agregó nada más.

Luego de un último abrazo fuerte, Serilda abrió la puerta.

El fantasma estaba parado junto al carruaje. La miró con frialdad mientras Serilda cruzaba el camino nevado del jardín.

Solo cuando se acercó lo suficiente vio que lo que había pensado que era una jaula, de hecho, eran las costillas de una bestia gigante. Sus pies se detuvieron al ver los huesos blancos, cada uno con un grabado intrincado de enredaderas con espinas, daturas en flor y criaturas inmensas y pequeñas. Murciélagos, ratones y búhos. Tatzelwurm y nachtkrapp.

El cochero se aclaró la garganta, impaciente, y Serilda apartó la mano de las alas sucias del tallado del nachtkrapp.

Aceptó su mano para que la ayudara a subir. Los dedos del fantasma se sentían bastante sólidos, pero a su vez era como si estuviera tocando a... bueno, un muerto. Su piel parecía tan frágil que era como si estuviera por deshacerse en polvo si la apretaba con mucha fuerza, además de la falta de calor en su tacto, aunque no estaba *congelada* como la del Erlking. Suponía que esa era la diferencia entre una criatura del inframundo, cuya sangre corría fría por sus venas, y un espectro que ya no tenía sangre en su interior.

Intentó no estremecerse del miedo cuando corrió la cortina y se subió al carruaje. Enseguida envolvió su capa alrededor de sus brazos y se mostró como si solo fuera el aire del invierno lo que la estaba haciendo temblar.

En el interior se encontró con un asiento con algunos almohadones. El carruaje era pequeño, apenas para dos pasajeros, pero como estaba sola, le resultó bastante cómodo y, para su sorpresa, bastante cálido, ya que las cortinas pesadas le impedían el paso al aire congelado de la noche. Había un pequeño farol colgado del techo. Era el cráneo y la mandíbula filosa de otra criatura. Una vela de una cera verde oscura ardía en su interior, su llama cálida no solo hacía que el lugar fuera bastante cómodo gracias a su calor suave, sino que también iluminaba al espacio con una luz anaranjada desde las cuencas vacías de los ojos, la nariz y el espacio que separaba sus dientes filosos y sonrientes.

Serilda se acomodó en el banco, un poco abrumada por el lujo de estas comodidades inquietantes.

Por capricho, extendió un dedo y trazó la mandíbula del farol. Le agradeció con un susurro haber entregado su vida para que viajara tan cómoda.

La mandíbula se cerró.

Gritando, Serilda retiró la mano enseguida.

Pasaron algunos segundos y el farol abrió la boca otra vez, como si nada hubiera pasado.

Afuera, oyó el chasquido de un látigo y el carruaje se entregó a la noche.

CAPÍTULO OCHO

Serilda corrió las cortinas pesadas para observar el paisaje del camino. Dejando de lado los viajes que había hecho a los pueblos vecinos de Mondbrück y Fleck, y una vez a la ciudad de Nordenburg cuando era niña, tenía poca experiencia en el mundo más allá de Märchenfeld, y un corazón que anhelaba ver más. Saber más. Atrapar cada detalle del viaje y guardarlo en su memoria para futuras cavilaciones.

Cruzaron la pradera rápido y pronto tomaron el camino que bordeaba el río Sorge. Por un momento, quedaron atrapados entre el río negro serpenteante a su derecha y el bosque de Aschen, una amenaza oscura, a su izquierda.

Finalmente, el carruaje se salió del camino conocido y continuó por un sendero más irregular que se abría paso directo por el bosque.

Serilda se preparó emocionalmente al ver cómo se acercaban

al muro de árboles que tenían por delante, esperando sentir el cambio en el aire al quedar sumidos en las sombras de las ramas. Un escalofrío se deslizó por su espalda. Pero no sintió nada más allá de lo ordinario, salvo que el aire se sintió un poco más cálido, quizás por el refugio que les brindaba del viento.

También estaba mucho más oscuro y, si bien entrecerraba la vista para encontrar algunos parches de la luz de la luna, las ramas eran tan tupidas que no le permitían el paso. Ocasionalmente, algunos destellos plateados se posaban sobre el tronco de algún árbol retorcido o iluminaba algún charco de agua estancada, o sentía el batir de las alas de algún ave nocturna revoloteando entre las ramas.

Era una maravilla que el bahkauv viera el camino o que el cochero siquiera supiera hacia dónde ir con semejante oscuridad. Pero nunca aminoraron la marcha. El golpeteo de sus patas resonaba más fuerte en este lugar, con un eco que volvía hacia ella desde el bosque.

Los viajeros rara vez se aventuraban a cruzar el bosque de Aschen y no lo hacían a menos que no tuvieran otra opción y una buena razón. Los mortales no pertenecían a este lugar.

Fue entonces cuando, por primera vez, comenzó a tener miedo.

—Basta, Serilda —murmuró, soltando la cortina. No tenía sentido mirar el paisaje, mucho menos con la oscuridad que se tornaba cada vez más densa con cada minuto que pasaba. Miró al cráneo que servía de farol y creyó que la estaba mirando.

Le esbozó una sonrisa.

Pero este no le devolvió el gesto.

—Te ves hambriento —dijo, abriendo el paquete de comida que su padre le había preparado—. Eres pura piel y huesos... aunque ni siquiera tienes piel. —Tomó el queso y lo partió a la mitad, enseguida le alcanzó un trozo al farol.

La nariz se iluminó con mayor intensidad y le pareció oír una respiración larga y airosa. Enseguida, movió la boca hacia atrás, asqueado.

—Como quieras. —Se recostó en el asiento, le dio una mordida y se deleitó en el placer de algo tan simple como un queso salado y quebradizo—. Con dientes como esos, probablemente estés acostumbrado a cazar tu comida. Me pregunto qué tipo de bestia solías ser. No eras un lobo, al menos no uno normal. Un lobo gigante, quizás, pero no... tal vez algo más grande. —Se quedó pensando un largo rato, mientras la llama de la vela temblaba para empeorar las cosas—. Supongo que podría preguntarle al cochero, pero no parece ser muy conversador. Deben llevarse bien ustedes dos.

Acababa de terminar de comer su queso cuando sintió que el terreno cambió debajo de las ruedas del carruaje. Dejaron atrás el camino irregular del bosque que los viajeros rara vez usaban y pasaron a algo más suave y recto.

Serilda corrió la cortina una vez más.

Para su sorpresa, habían dejado atrás al bosque y se dirigían hacia un enorme lago que reflejaba la luz de la luna. Estaba rodeado por otro bosque al este y, aunque no pudiera verlo en la oscuridad, sin duda por el cordón montañoso de Rückgrat al norte. La orilla oeste del lago desaparecía tras una neblina densa. Sin embargo, el mundo destellaba de blanco por la nieve diamantina a su alrededor.

Lo más sorprendente de todo fue que estaban llegando a una ciudad. Estaba rodeada por un muro de piedra inmenso con una única entrada, la cual consistía de un portón forjado en hierro. Podía ver el techo de paja del resto de los edificios exteriores, chapiteles altos y torres de reloj. A lo lejos, pasando las casas y tiendas, apenas visible a orillas del lago, había un castillo.

El carruaje dobló y el castillo desapareció de la vista mientras cruzaban la entrada inmensa. No estaba cerrada, lo cual le sorprendió. Siendo un pueblo tan cercano al bosque de Aschen, hubiera sido más sensato cerrar el portón por la noche, en especial bajo una luna llena. Observó los edificios a cada lado, sus fachadas eran una mezcla de estructuras de madera a medio terminar y diseños ornamentales grabados en los techos y galerías. La ciudad parecía inmensa y bastante poblada en comparación con su pequeño pueblo de Märchenfeld, pero sabía, lógicamente, que seguía siendo bastante pequeña en comparación con las grandes ciudades de comercio al sur o el puerto a lo lejos en el oeste.

Al principio, supuso que la ciudad estaba abandonada; pero no, se sentía muy ordenada y bien cuidada. Al inspeccionarla con mayor atención, pudo ver algunos signos de vida. Si bien no vio a nadie en particular, ninguna ventana iluminada por la luz de una vela (no era ninguna sorpresa, ya que de seguro era pasada la medianoche), había jardines prolijos cubiertos de nieve y se podía sentir en el aire el olor al humo de alguna chimenea. A lo lejos, oyó el balido de una cabra y el maullido de un gato como respuesta.

Tal vez, estaban todos dormidos, pensó. Como debería ser. Como *ella* tendría que haber estado, de no haber sido convocada en esta extraña aventura.

Y eso regresó sus pensamientos al misterio más urgente.

¿Dónde estaba?

El bosque de Aschen era el territorio de los seres oscuros y los seres del bosque. Siempre había imaginado al castillo de Gravenstone en medio de la oscuridad, ominoso, en algún lugar de las profundidades del bosque, una fortaleza de torreones delgados más altos que los árboles más antiguos. Pero ninguna historia mencionaba un lago… o siquiera una ciudad.

A medida que el carruaje avanzaba por el camino principal, el castillo aparecía nuevamente a la vista. Era una construcción atractiva, robusta e imponente, con torres que rodeaban la inmensa parte central.

No fue sino hasta que el carruaje giró en la última fila de casas y empezó a cruzar el largo y angosto puente que Serilda comprendió que el castillo no estaba a las afueras del pueblo, sino en una isla en el lago. El agua negra como la tinta reflejaba sus rocas iluminadas por la luna. Las ruedas del carruaje repiquetearon con fuerza sobre los adoquines del puente y donde una brisa fría envolvió a Serilda cuando se asomó para admirar las torres de guardia a cada lado de la barbacana.

Pasaron sobre un puente levadizo de madera, por debajo de un arco de rocas y entraron al patio interno. La neblina era tan densa que el castillo nunca se veía en su totalidad, sino más bien por partes que, al cabo de unos segundos, quedaban cubiertas una vez más tras otro manto nebuloso. El carruaje se detuvo y una figura emergió de uno de los establos. Un joven, quizás unos años menor que ella. Llevaba una túnica simple y el cabello desprolijo.

Esperó unos segundos hasta que la puerta del carruaje se abrió, revelando al cochero. Se hizo a un lado y le hizo un gesto para que lo siguiera. Serilda se despidió del farol, ganándose una mirada peculiar del conductor fantasmal, y descendió hacia los adoquines, agradecida de que el cochero no le hubiera ofrecido su mano otra vez. El joven ya había desatado a la bestia inmensa y la estaba guiando hacia el establo.

Se preguntó si el caballo enorme que había visto durante la cacería también se encontraba en ese mismo establo y qué otras criaturas tenía allí el Erlking. Quería preguntárselo, pero el cochero ya estaba camino a la torre del homenaje en el centro del castillo. Serilda lo siguió, esbozándole una amplia sonrisa al joven del establo cuando pasó a su lado.

Pero este apartó la vista enseguida y agachó la cabeza, lo que dejó al descubierto algunos golpes en su nuca que se extendían hasta por debajo de su camisa.

Serilda se tropezó y su corazón se estremeció. ¿Esos moretones eran producto de su vida como fantasma aquí entre los seres oscuros? ¿O de antes? ¿Tal vez la causa de su muerte? De cualquier otra manera, no veía indicios de qué lo había matado.

De repente, un grito desconcertante captó la atención de Serilda desde el otro lado del patio.

Abrió los ojos bien en grande. Primero, al ver una perrera de hierro con una jauría de sabuesos del infierno en su interior, sujetos a un poste.

Segundo, al ver a uno de los sabuesos suelto, avanzando a toda prisa hacia ella. Sus ojos en llamas y sus labios retraídos sobre sus colmillos ardientes.

Serilda gritó y volteó hacia el portón abierto y el puente levadizo, lista para salir corriendo. Pero no tenía esperanzas de superar a la bestia.

Al pasar corriendo junto al carruaje, cambió de rumbo y se arrojó sobre una de las ruedas, desde donde se sujetó a una de las costillas y la que podría haber sido una vértebra para subirse al techo del carruaje. Acababa de levantar una pierna cuando oyó un chasquido y una ráfaga de aire caliente justo por detrás.

Se movió con dificultad sobre sus manos y rodillas. Abajo, el sabueso empezó a caminar de un lado a otro, observándola con sus ojos ardientes, mientras su nariz se inflaba con hambre. La cadena que debería haberlo mantenido atado al poste se arrastraba con un sonido insoportable sobre los adoquines.

A lo lejos, oyó algunos gritos y órdenes. *Heel. Ven. Déjala.*

Ignorándolos por completo, el sabueso se levantó sobre sus patas traseras y empujó la puerta del carruaje con las patas delanteras.

Serilda se cubrió. La criatura era inmensa. Si intentaba saltar…

De pronto, un *pum* intenso interrumpió sus pensamientos. El sabueso gritó y se empezó a sacudir violentamente.

Le tomó un momento ver la flecha larga de plumas negras y sedosas. Estaba clavada en uno de los ojos del sabueso y se asomaba por un lado de su boca. Un humo negro brotaba de la herida, mientras las llamas disminuían lentamente debajo de su pelaje greñudo.

El sabueso cayó hacia un costado, a medida que sus piernas temblaban con el que sería su último aliento.

Mareada por la situación, apartó la vista. El Erlking se encontraba parado en los escalones de la torre principal, vestido con el mismo cuero fino que la vez anterior y el cabello suelto sobre sus hombros. Una ballesta gigante a su lado.

Ignoró a Serilda y apuntó su mirada de halcón a la mujer que se encontraba entre la perrera y el carruaje. Tenía la elegancia notable de los seres oscuros, pero llevaba ropa de trabajo, y sus brazos y piernas estaban cubiertos con protectores de cuero.

–¿Qué ocurrió? –le preguntó el Erlking con un tono tan calmo que, por un momento, Serilda no creyó haberlo escuchado.

La mujer, de inmediato, hizo una reverencia apresurada.

–Estaba preparando a los sabuesos para la cacería, Su Oscura Majestad. La puerta de la perrera estaba abierta y creo que se cortó la cadena. Cuando volteé, no entendía qué era lo que estaba pasando hasta que vi que la bestia estaba libre y… –Miró rápidamente a Serilda, quien aún se encontraba arriba del carruaje, y luego al cuerpo del sabueso–. Asumo toda la responsabilidad, mi señor.

–¿Por qué? –preguntó el Erlking, estirando las palabras–. ¿Cortaste la cadena?

–Claro que no, mi señor. Pero están a mi cargo.

El rey gruñó.

–¿Por qué no acató mis órdenes?

–Era un cachorro, aún no estaba entrenado. Ninguno recibe comida hasta luego de la cacería, así que… tenía hambre.

Serilda miró con los ojos bien abiertos a la bestia, cuyo cuerpo completamente estirado era casi tan alto como ella. Su fuego se había extinguido, dejando atrás solo una montaña de pelo negro sobre costillas y colmillos que se veían tan fuertes como para romper con facilidad el cráneo de una persona. Ahora podía ver que era más *pequeño* que los que había visto durante la cacería, pero, aun así. ¿Era solo un *cachorro*?

La mera idea no era para nada reconfortante.

–Termina tu trabajo –le dijo el rey–. Y limpia el cuerpo. –Llevó la ballesta hacia su espalda y bajó por la escalinata. Se detuvo justo frente a la mujer, quien Serilda supuso que era la encargada de los sabuesos–. Este incidente no fue tu responsabilidad –le dijo desde arriba, mientras la mujer mantenía la cabeza baja–. Estoy seguro de que fue el poltergeist.

Frunció el labio, solo levemente, como si la palabra tuviera cierto sabor amargo.

–Gracias, Su Oscura Majestad –murmuró la mujer–. Me aseguraré de que no vuelva a ocurrir.

El Erlking cruzó el patio y se paró junto al carruaje, desde donde miró a Serilda. Como sabía que sería tonto intentar hacer una reverencia o una cortesía desde donde estaba, simplemente sonrió.

—¿Las cosas siempre son así de estimulantes por aquí?

—No siempre —le respondió el Erlking con un tono controlado. Se acercó, arrastrando las sombras consigo. El instinto de Serilda fue cubrirse, a pesar de que se encontraba más alta que él en el techo del carruaje—. Los sabuesos rara vez tienen permitido comer carne humana. Es entendible que estuviera tan entusiasmado.

Serilda levantó las cejas, sorprendida. Quería pensar que era una broma, pero no estaba convencida de que los seres oscuros supieran cómo bromear.

—Su Maje… Su Sombría Majestad —dijo ella, titubeando levemente—. Qué gran honor estar una vez más ante su presencia. Nunca se me hubiera ocurrido que me invitaría al castillo de Gravenstone el mismísimo Rey de los Alisos.

La punta de su boca sinuosa se levantó levemente. Bajo la luz de la luna, sus labios se veían púrpuras como la piel magullada o una mora aplastada. Por algún motivo que escapaba su entendimiento, se le hizo agua a la boca al pensar eso.

—Entonces, sabes quién soy —le contestó casi con un tono burlón—. Me lo estaba preguntando. —De pronto, su mirada se escabulló hacia los alrededores del patio. Los establos, las perreras, el muro ominoso—. Te equivocas. Este no es el castillo de Gravenstone. Mi hogar está atormentado por recuerdos que no tengo deseo de revivir, por lo que he decidido no pasar mucho tiempo en ese lugar. De todas formas, hice de Adalheid mi hogar y santuario. —Cuando la miró nuevamente a los ojos, estaba sonriendo por algún placer que ella desconocía—. La familia real no lo estaba usando.

Adalheid. El nombre le sonaba familiar, pero no podía ubicar exactamente dónde quedaba.

Así como tampoco estaba tan segura de a qué familia real

se estaba refiriendo. Märchenfeld y el bosque de Aschen estaban en la región más norte del Reino de Tulvask, el cual estaba bajo el control de la Reina Agnette II y la Casa de Rosenstadt. Pero por lo que Serilda entendía, era una relación que se basaba en líneas arbitrarias dibujadas en un mapa, un par de impuestos, las refacciones a la ruta comercial y las promesas de asistencia militar en caso de que fuera necesario, aunque nunca lo era, ya que estaban bien protegidos por los acantilados de basalto sobre el mar traicionero a un lado y el temido cordón montañoso de Rückgrat al otro. La capital, Verene, se encontraba tan al sur que Serilda no conocía ni a una sola persona que alguna vez la haya visitado, mucho menos recordaba a algún miembro de la familia real que haya venido a este rincón del reino. La gente hablaba sobre la familia real y sus leyes como si fueran el problema de alguien más, nada que tuviera consecuencias directas sobre ellos. Algunos en el pueblo incluso creían que al gobierno le convenía dejarlos solos por miedo a molestar a los verdaderos reyes del norte.

El Erlking y sus seres oscuros, quienes no rendían cuentas a nadie cuando emergían de detrás de su velo.

Y la Abuela Arbusto y los seres del bosque, quienes nunca aceptarían el reinado de los humanos.

—Sospecho —dijo Serilda—, que algunos no están de acuerdo con que se haya apoderado de un castillo como este. O... cualquier otra cosa que quiera.

—Así es —le respondió el Erlking, señalándole el asiento del cochero—. Puedes bajar.

Serilda miró la perrera. El resto de los sabuesos la miraban con mucho entusiasmo, mientras forcejeaban con sus cadenas. Pero estas parecían estar sujetándolos bien y la puerta se veía cerrada.

También notó, por primera vez, que habían reunido a una pequeña audiencia. La mayoría eran fantasmas, con sus siluetas difusas que los hacían ver como si estuvieran desvaneciéndose en la nada apenas se apartaran de la luz de la luna.

Pero eran los seres oscuros quienes más la asustaban. A diferencia de los fantasmas, estos se veían tan sólidos como ella. Casi con una apariencia élfica, una piel que brillaba en tonos de plata, bronce y oro. Todo en ellos se veía fuerte. Su quijada, sus hombros, sus uñas. Eran la corte original del rey, la que había estado a su lado desde la antigüedad, cuando escaparon por primera vez de Verloren. Y ahora la miraban con sus ojos maliciosos y punzantes.

También había otras criaturas. Algunas del tamaño de un gato, con garras negras y pequeños cuernos puntiagudos. Otros del tamaño de la mano de Serilda, con alas como las de un murciélago y piel azul zafiro. Algunos incluso podrían haber sido humanos, de no ser por las escamas en su piel o el cabello de algas mojadas que crecía en sus cabezas. Goblins, kobolds, hadas, nixes. No podía siquiera identificarlos a todos.

El rey se aclaró la garganta.

—Tranquila, tómate tu tiempo. Disfruto mucho que una niña humana me mire con tanta altura.

Serilda frunció el ceño.

—Tengo dieciocho.

—Precisamente.

Serilda hizo una mueca, la cual él ignoró.

Bajó hacia el asiento del cochero con la mayor elegancia que pudo y aceptó la mano del rey para descender al suelo. Intentó concentrarse más en mantener firmes sus piernas temblorosas que en el frío que se deslizó por su brazo al sujetar su mano.

—¡Preparen la cacería! —gritó el rey mientras la llevaba hacia la torre principal—. La mortal y yo tenemos asuntos que atender. Quiero a los sabuesos y caballos listos para cuando terminemos.

CAPÍTULO NUEVE

La entrada a la torre principal estaba flanqueada por dos estatuas de sabuesos de bronce enormes; eran tan reales que Serilda se asustó cuando pasaron a su lado. Al quedar sumida en las sombras de la torre, tuvo que acelerar el paso para seguirle el ritmo al rey. Quería detenerse y maravillarse por todo a su alrededor, las puertas de madera enormes y ancestrales con bisagras de metal negras y cerrojos grabados; los candelabros de hierro, cuernos y huesos; y algunas columnas talladas con diseños intrincados de tallos espinosos y rosas.

Llegaron al vestíbulo principal, donde había dos escaleras amplias que se curvaban hacia arriba y un conjunto de puertas que llevaban hacia corredores opuestos a la izquierda y derecha. Sin embargo, el rey siguió avanzando hacia adelante. Cruzó un arco y entraron al que debía ser el gran salón, iluminado con velas en cada esquina. Había apliques sobre las paredes, candelabros altos en cada esquina y arañas colgadas en el techo de madera, algunas tan grandes como el carruaje en el que había viajado. El piso estaba cubierto con alfombras gruesas y pieles de animales. Las paredes estaban decoradas con tapices, pero hacían poco por agregarle vida a un lugar que era tan lúgubre como majestuoso.

La decoración tenía reminiscencias de una cabaña de cacería, con una impresionante colección de bestias disecadas. Había algunas cabezas y cuerpos embalsamados que adornaban las paredes y rincones del lugar, listos para saltar hacia ella. Desde un basilisco pequeño hasta un jabalí gigante, pasando por un dragón sin alas y una serpiente con ojos de gemas. Había bestias con cuernos retorcidos, caparazones majestuosos y muchas cabezas. Serilda estaba horrorizada y fascinada a la vez. Eran pesadillas vivientes. Aunque, bueno, vivientes no. Claramente estaban muertas. Pero pensar que alguna vez habían estado vivas, le hacía sentir un escalofrío en todo el cuerpo, saber que tantas historias que había contado a lo largo de los años estaban basadas en gran medida en la realidad.

Y al mismo tiempo, ver a estas criaturas gloriosas, sin vida, utilizadas solo como adornos grotescos, le revolvía el estómago.

Incluso el fuego que ardía en el fogón central, cuya boca era tan amplia que Serilda podría entrar parada en su interior sin tocar el pulmón de la chimenea, hacía poco por espantar al frío que impregnaba el aire. Se vio tentada de acercarse al fuego y quedarse parada allí, aunque fuera por un momento, como si su instinto ansiara la calidez de su hogar, hasta que sus ojos vieron a la criatura inmensa montada sobre el marco de la chimenea.

Se quedó congelada, sin poder apartar la vista.

Parecía una serpiente, tenía dos crestas de cuernos pequeños y puntiagudos que se curvaban sobre su ceño y dientes tan filosos como una aguja al frente de una boca prominente.

Tenía ojos verdes rasgados enmarcados por las que parecían ser perlas grises incrustadas en la piel, y una única piedra roja que brillaba justo en centro de su frente, una cruz entre una bola decorativa bonita y un atento tercer ojo. Una flecha de plumas negras sobresalía por debajo de una de sus alas membranosas, tan pequeña que parecía imposible que hubiera sido la causa de su muerte. De hecho, la bestia apenas parecía muerta. Por la forma en la que estaba preservada y exhibida, era como si estuviera a punto de saltar de su lugar en la chimenea y atrapar a Serilda con sus dientes. Al acercarse, se preguntó si en realidad estaba imaginando su aliento cálido y el ronroneo gutural que brotaba de su boca.

—¿Eso es...? —empezó a preguntar, pero las palabras le fallaron—. ¿Qué *es* eso?

—Un guiverno rubinrot. —La respuesta vino por detrás de ella. Se sobresaltó y giró. No se había dado cuenta de que el cochero los estaba siguiendo. Se quedó quieto con serenidad a pocos metros de ella, con las manos por la espalda, para nada incómodo por la sangre que brotaba de su ojo empalado—. Un espécimen muy raro. Su Sombría Majestad viajó hasta Lysreich para cazarlo.

—¿Lysreich? —preguntó Serilda, sorprendida. Recordó el mapa que tenía en la pared de la escuela. Lysreich se encontraba al otro lado del mar, hacia el oeste—. ¿Es de viajar tan lejos para... cazar?

—Cuando hay un premio valioso esperándolo —vino la vaga respuesta. Miró hacia la puerta por la que el rey se había marchado—. Te sugiero que sigas caminando. Su temperamento puede ser engañoso.

—Cierto, lo siento. —Se apresuró tras el rey. La siguiente sala podría haber sido una sala de estar o un salón de juegos, donde el fuego que compartía con el gran salón cubría de una luz naranja una serie de sillas y sillones con tapizados finos y elegantes. Pero el rey no estaba allí.

Siguió avanzando. Otra puerta más. Esta vez llevaba hacia el comedor. Y allí estaba el rey, parado en la punta de una mesa ridículamente larga, de brazos cruzados y una mirada fulminante en sus ojos fríos.

—Madre mía —dijo Serilda, estimando que en la mesa podrían caber sin problema unos cien huéspedes—. ¿Qué tan viejo era el árbol que dio su vida para esto?

—No tan viejo como yo, eso te lo aseguro. —El rey sonaba descontento y Serilda se sintió castigada y, por un breve instante, asustada. Aunque no significaba que no hubiera estado un poco preocupada el momento en que un fantasma apareció en la puerta de su casa, pero hubo una pequeña advertencia sutil en la voz del rey que la hizo mantenerse alerta. Se vio obligada a aceptar un hecho que había estado evitando toda la noche.

El Erlking no tenía una reputación por su amabilidad.

—Acércate —le dijo.

Intentando ocultar sus nervios, Serilda avanzó hacia él. Miró las paredes a cada lado mientras caminaba, las cuales estaban cubiertas por tapices de colores intensos. Mantenía el mismo tema de la cacería, con representaciones de sabuesos del infierno que acechaban a un unicornio asustado o una tormenta de cazadores arremetiendo contra un león alado.

Mientras caminaba, las imágenes crecían en brutalidad. Muerte. Sangre. Dolor agonizante en los rostros de las presas; un contraste cruel a la alegría en los ojos de los cazadores.

Serilda sintió un escalofrío intenso y enfrentó al rey.

La estaba mirando con detenimiento, aunque ella no pudiera leer ninguna emoción en él.

—Confío en que sabes por qué te mandé a buscar.

Su corazón se detuvo.

—Supongo que es porque le parecí muy encantadora.

—¿Los humanos te encuentran encantadora?

Le preguntó con una curiosidad honesta, pero Serilda no pudo evitar sentirlo como un insulto.

—Algunos sí. Niños, en su mayoría.

—Los niños tienen un gusto horrible.

Serilda se mordió el interior de su mejilla.

—A veces, sí, quizás. Pero siempre aprecié su completa falta de prejuicio.

El rey dio un paso hacia adelante y, sin advertencia alguna, extendió una mano para sujetar su barbilla. Le levantó la cabeza hacia arriba y Serilda se quedó sin aliento, mirando hacia un par de ojos que parecían guardar el cielo nublado que antecedía a una tormenta, enmarcado por pestañas tan gruesas como las agujas de un pino. Pero si bien podría haberse sentido deslumbrada por su belleza sobrenatural, sentía que la estaba estudiando sin calidez en su expresión. Solo escrutinio y el más leve rastro de curiosidad.

La miró por un largo rato hasta que su respiración se empezó a acelerar al punto de hacerla sentir incómoda, mientras algunas gotas de sudor caían por su nuca. Observó sus ojos, intrigado e, incluso, fascinado. La mayoría de las personas estudiaban su rostro con miradas secretas, tanto curiosas como horrorizadas, pero el rey lo hacía sin nada que ocultar.

No estaba asqueado, precisamente, sino…

Bueno, no podía decir con certeza qué era lo que *él* sentía.

Finalmente, la soltó y le señaló la mesa con su cabeza.

—Mi corte a menudo decide cenar aquí luego de una larga cacería —le explicó—. Para mí el comedor es un lugar sagrado, donde se corta el pan, se saborea el vino, se brinda. Es solo para celebraciones y banquetes. —Se detuvo y pasó una mano sobre uno de los tapetes—. Por tal motivo, es una de mis salas preferidas para exhibir nuestras más grandiosas victorias. Cada una de ellas es un tesoro. Un recuerdo de que, a pesar de que las semanas sean largas, siempre habrá una luna llena esperándonos. Pronto, saldremos una vez más. Me gusta pensar que mantiene la moral elevada.

Le dio la espalda a Serilda y avanzó hacia el largo banquete junto a la pared. En una punta, había copas de peltre apiladas, platos y tazones en la otra, listos para la siguiente comida. Sobre la pared, había una placa que sostenía a un ave embalsamada de piernas largas y pico angosto. Le recordaba a una grulla o una garza, salvo porque sus alas, las cuales tenía extendidas como si estuviera lista para tomar vuelo, eran de un color amarillo y naranja luminiscente, con puntas de un azul cobalto. Al principio, Serilda supuso que era una especie de juego de luces por las velas, pero cuanto más la miraba, más convencida estaba de que las plumas brillaban.

—Es una hercinia —dijo el rey—. Viven en la parte más occidental del bosque de Aschen. Es una de las tantas criaturas de los bosques que se dicen que están bajo la protección de Pusch-Grohla y su gente.

Serilda se quedó quieta ante la mención de las mujeres de musgo y su Abuela Arbusto.

—Estoy muy satisfecho con esta adquisición. Bastante bonita, ¿verdad?

—Encantadora —dijo Serilda con cierta resistencia.

—Y, aun así, me parece que está bastante sola en esta pared. —Dio un paso hacia atrás, mirando el espacio con desagrado—. Desde hace mucho tiempo espero encontrar algo que sirva de ornamento para colocar a cada lado del ave. Imagina mi deleite cuando en la última luna llena, mis sabuesos captaron la esencia de no una, sino *dos* mujeres de musgo. ¿Las puedes visualizar allí? Esos rostros bonitos, esas orejas de zorro, ese cabello verde. Aquí y aquí. —Señaló a la izquierda y derecha de las alas del ave—. Por siempre, observándonos comer los animales por los que se esfuerzan tanto por proteger. —Miró a Serilda—. Como verás, disfruto mucho la ironía.

Su estómago estaba revuelto y era lo único que podía hacer para no mostrar que semejante idea le desagradaba por completo. Las mujeres de musgo no eran animales. No eran bestias para cazar, para asesinar. No eran *adornos*.

—Parte de la brillantez de la ironía, presiento —continuó el rey—, es que tan a menudo deja como tontos al resto, sin que ellos se pasen de listos. —Su tono se volvió más severo—. Tuve mucho tiempo para pensar en nuestro último encuentro y lo tonto que debes creer que soy.

Serilda abrió los ojos bien en grande.

—No, en lo absoluto.

—Fuiste muy convincente con tu historia del oro, esa de que fuiste bendecida por un dios. Solo cuando la luna quedó oculta por la mañana, pensé, ¿por qué una muchacha humana, que podría sucumbir con tanta facilidad al frío gélido de la noche, estaría recolectando paja en la nieve sin siquiera un par de guantes para proteger sus frágiles manos? —Tomó las manos de Serilda entre las suyas y sintió como si su corazón se le hubiera subido hasta la garganta. La voz del rey la congeló—. No sé qué clase de magia produjiste esa noche, pero yo no soy la clase de persona que perdona las burlas. —La sujetó con más fuerza y Serilda ahogó un grito. Notó que el rey levantó una ceja con elegancia y supo de inmediato que estaba disfrutando esto. Verla retorcerse, como una presa, acorralada. Por un momento, le pareció incluso verlo sonreír. Pero no era una sonrisa de placer, sino algo más cruel y victorioso lo que replegaba sus labios–. Pero soy justo. Y por eso, tengo una prueba. Tienes hasta una hora antes del amanecer para completarla.

–¿Una prueba? –susurró–. ¿Qué clase de prueba?

–Nada que no seas capaz de hacer –le contestó–. Eso claro, siempre y cuando… no hayas mentido.

Sintió un vacío en el estómago.

–Y si mentiste –continuó, inclinando la cabeza hacia ella–, significa que también me alejaste de mi presa y esa es una ofensa que no puedo perdonar. Si ese fuera el caso, será *tú* cabeza la que ocupe un lugar en mi pared. Manfred –miró al cochero–, ¿tiene familia?

–Un padre, presumo –contestó.

–Bien. También me llevaré su cabeza. Me gusta la simetría.

–Espere –exclamó Serilda–. Mi señor, por favor, yo…

–Por tu bien y el suyo –la interrumpió el Erlking–, espero que hayas dicho la verdad. –Le levantó la mano y la besó en la parte interna de su muñeca. La frialdad de sus labios le congeló la piel–. Ahora, si me disculpas, debo ir de cacería. –Miró al cochero–. Llévala al calabozo.

CAPÍTULO DIEZ

Serilda apenas había terminado de entender el significado de las palabras del rey cuando el cochero la tomó del brazo y la sacó del comedor.

–¡Espera! ¿El calabozo? –gritó–. ¡No puede estar hablando en serio!

–¿Eso crees? Su Oscura Majestad no favorece la misericordia –contestó el fantasma, sin aflojar la mano. La llevó por un corredor angosto y luego se detuvo frente a una puerta que llevaba hacia una escalera empinada. La miró atentamente–. ¿Quieres caminar por tu cuenta o debo arrastrarte todo el camino? Te advierto que estas escaleras pueden ser muy engañosas.

Serilda cayó con todo su peso al suelo, desde donde contempló la escalera que descendía en espiral justo delante de ella. Las palabras del Erlking no dejaban de atormentar su mente. Su cabeza, la de su padre. Una prueba. El calabozo.

Se tambaleó y, de no ser por la mano del fantasma que la sujetaba con fuerza del brazo, habría caído.

—Puedo caminar —susurró.

—Muy convincente —dijo el cochero, aunque sí accedió a soltarla. Tomó una antorcha de la pared junto a la puerta y avanzó por delante de ella.

Serilda dudó un segundo y giró hacia el corredor. Se sentía con la confianza suficiente como para regresar por donde había venido y llegar a la puerta de la torre, incluso no había nadie a la vista. ¿Habría alguna esperanza de escapar?

—No olvides a quién le pertenece este castillo —le dijo el fantasma—. Si te marchas, solo harás que disfrute más la cacería.

Serilda tragó saliva y volteó. El miedo se asentó como una roca en su estómago, pero cuando el fantasma comenzó a bajar por la escalera, lo siguió. Mantuvo una mano firme sobre la pared para mantener el equilibrio en la escalera angosta y empinada, sintiéndose a la vez mareada con cada paso que daba hacia abajo.

Más abajo.

Y más.

Supuso que ya debían estar bajo tierra, en algún lugar en medio de los cimientos antiguos del castillo. Quizás incluso debajo de la superficie del lago.

Llegaron al final de la escalera y cruzaron una reja. Serilda sintió un escalofrío por todo el cuerpo al ver una hilera de puertas de madera pesadas alineadas a su derecha, cada una reforzada con hierro.

Celdas. Se asomó para ver a través de las ventanillas angostas y vio grilletes y cadenas que colgaban del techo, pero no podía ver con claridad si había algún prisionero colgado de ellas. Intentó no preguntarse si ese sería su destino. No escuchaba quejidos, ni llantos, ni los sonidos que esperaría de alguien que está siendo torturado o pasando hambre. Quizás estaban vacías. O quizás los prisioneros llevaban muertos mucho tiempo. Los únicos "prisioneros" de los que había escuchado eran los niños que el Erlking se llevaba para entregarle a Perchta, aunque a ellos no los dejaba encerrados en un calabozo. Ah, y también las almas perdidas que seguían a la cacería en sus salidas caóticas, aunque por lo general quedaban abandonadas en el camino y no eran llevadas al castillo.

Nunca había oído rumores de que el Erlking mantuviera humanos encerrados en su calabozo.

Pero tal vez no había tales rumores porque nunca nadie había salido con vida de ese lugar.

—Detente —se susurró con firmeza a sí misma.

El cochero la miró.

—Lo siento —murmuró—. No era para ti.

De pronto, una pequeña criatura la miró a los ojos, pero desapareció enseguida por la pared del corredor hasta introducirse en una pequeña abertura entre las rocas. Una rata.

Encantador.

Luego, algo extraño. Un nuevo aroma empezó a reunirse a su alrededor. Algo dulce y familiar, y totalmente inesperado entre tanta humedad.

—Aquí. —El fantasma se detuvo y le señaló una celda abierta.

Serilda dudó por un segundo. Eso era todo. Sería prisionera del Erlking, encerrada en una celda húmeda y horrible, abandonada para pasar hambre y pudrirse hasta no ser nada. O al menos, atrapada hasta la mañana siguiente, cuando le cortarían la cabeza para exhibirla en el comedor. Se preguntaba si ella también se convertiría en un fantasma y deambularía por estos corredores fríos y sombríos. Quizás eso era lo que el rey quería. Otra sirvienta más para su séquito de muertos.

Miró al fantasma con el cincel en el ojo. ¿Podría enfrentarlo? ¿Empujarlo dentro de la celda, cerrar la puerta y luego esconderse en algún lugar hasta encontrar la oportunidad para escapar?

El fantasma le devolvió la mirada y le esbozó una leve sonrisa.

—Ya estoy muerto.

—No estaba pensando en matarte.

—Eres una mentirosa terrible —le contestó y Serilda frunció la nariz—. Adelante, desperdicias tu tiempo.

—Son todos tan impacientes —se quejó, pasando con la cabeza baja—. ¿No tienes una eternidad por delante?

—Sí —le contestó—. Y tú solo tienes hasta una hora antes del amanecer.

Serilda ingresó a la celda, preparándose para que la puerta se cerrara de golpe, seguida por la cerradura. Había imaginado que se encontraría con manchas de sangre en las paredes, grilletes del techo y ratas escapándose hacia los rincones.

Pero en su lugar vio... paja.

No era solo un poco dispersa por el suelo, sino una montaña inmensa, capaz de llenar una carreta. Enseguida supo que esa era la fuente del aroma dulce que había sentido hacia unos momentos, esa familiaridad suave de la cosecha del otoño, cuando todos en el pueblo aportaban lo suyo.

Al fondo de la celda también había una rueca, rodeada por una pila de carretes de madera vacíos.

Tenía sentido y, a la vez, no.

El Erlking la había llevado allí para que convirtiera la paja en oro, porque una vez más, su lengua había creado una historia ridícula que no tenía otro objetivo más que entretener. O bueno, en este caso, distraer.

Le estaba dando una oportunidad de demostrar que lo que había dicho era verdad.

Una oportunidad.

Una oportunidad que desaprovecharía.

La desesperanza recién empezaba a clavarse en su interior cuando la puerta de la celda se cerró de golpe por detrás. Giró de inmediato, sobresaltándose del susto al oír el chirrido de la cerradura.

A través de la pequeña ventana, el fantasma la miró con su ojo sano.

—Si te sirve de algo —le dijo con consideración—. Espero que tengas éxito.

Luego deslizó un trozo de madera y cerró la abertura, aislándola por completo de todo.

Serilda se quedó mirando a la puerta, mientras oía las pisadas del fantasma, mareada por lo rápido que su vida se había desmoronado.

Le había dicho a su padre que todo estaría bien.

Le había dado un beso de despedida, como si no pasara nada.

—Debería haberlo abrazado por más tiempo —le susurró a la soledad.

Volteó e inspeccionó la celda. El catre que tenía en su casa podría haber cabido en este nuevo lugar, dos veces lado a lado, y podría haber tocado el techo sin necesidad de pararse en puntillas de pie. Daba la impresión de que era mucho más estrecho por la rueca y los carretes amontonados contra la pared del fondo.

Un único candelabro de peltre iluminaba el lugar desde un rincón junto a la puerta, lo suficientemente lejos de la paja para que no fuera peligroso, para que la sombra de la rueca bailara monstruosa contra la pared de piedra, la cual aún mostraba las marcas de los cinceles que habían tallado la roca de la isla. Serilda pensó en el desperdicio. Una vela entera para que ella completara esta tarea absurda. Las velas eran un lujo, algo que debía guardarse y preservarse, algo para usarse solo cuando era estrictamente necesario.

Su estómago rugió y fue en ese momento que recordó haber dejado la manzana que su padre le había dado dentro del carruaje.

Al recordar eso, una risa aturdida de pánico brotó de sus labios. Moriría en este lugar.

Inspeccionó la paja, empujando con el pie un poco que se había caído de la pila. Estaba limpia. De aroma dulce y seca. Se preguntó si el Erlking había ordenado que la cosecharan aquella noche, bajo la Luna del Hambre, dado que le había contado que juntar paja tocada por la luz de la luna llena era mejor para su trabajo. Pero no parecía probable. Toda la paja que hubieran recolectado en este último tiempo aún estaría húmeda por la nieve.

Y además porque, claro, el rey no creyó sus mentiras y tenía razón en no hacerlo. Lo que le pidió era imposible. Al menos, para ella. Había oído historias de seres mágicos que podían hacer cosas maravillosas. De personas que realmente habían sido bendecidas por Hulda. Quienes podían convertir la paja no solo en oro, sino también en plata, seda e hilos de perlas blancas y perfectas.

Pero la única bendición que ella tenía era la del dios de las mentiras y, en esta ocasión, su lengua maldita lo había echado todo a perder.

Qué tonta por haber creído, por un momento, que podía engañar al Erlking y salirse con la suya. Desde luego que sabía que una simple aldeana no poseía semejante don. Si pudiera convertir la paja en oro, su padre no seguiría trabajando duro en el molino. La escuela no necesitaría un nuevo techo y la fuente que se encontraba destruida en medio de la plaza principal de Märchenfeld habría sido reparada hacía años. Si pudiera convertir la paja en oro, se habría asegurado de que todos en su aldea tuvieran una vida próspera.

Pero no tenía esa magia. Y el rey lo sabía.

Se llevó una mano a la garganta, preocupada por cómo lo haría, ¿una espada? ¿Un hacha? De inmediato, sus dedos tocaron la cadena delgada de su collar. Lo tomó de debajo de su vestido y abrió el relicario, al cual giró para observar el rostro de la niña en su interior. La muchacha la miró con ojos burlones, como si tuviera un secreto a punto de explotar en su interior.

—No pierdo nada con intentarlo, ¿verdad? —susurró.

El rey le había dado hasta una hora antes del amanecer. Ya había pasado la medianoche. Aquí en las entrañas del castillo, la única forma de rastrear el tiempo era con la vela que ardía en un rincón. El derretimiento constante de la cera.

Muy lento.

Muy rápido.

No importaba. No era la clase de persona que se quedaría quieta por horas, ahogándose en su propia angustia.

—Si Hulda puede hacerlo, ¿por qué yo no? —dijo, tomando un puñado de paja de la montaña. Se acercó a la rueca como si se estuviera aproximando a un guiverno dormido. Se quitó su capa de viaje, la dobló con cuidado y la colocó en un rincón. Luego pasó el tobillo por detrás de una de las patas del asiento y se sentó.

La paja era áspera, la punta de cada tallo se sentía rasposa sobre sus brazos. Se quedó mirándola e intentó imaginarla como si fuera la lana que Mamá Weber le había vendido en incontables ocasiones.

Esta paja no se parecía en nada a la lana mullida y gruesa a la que estaba acostumbrada, pero respiró hondo y cargó el primer carrete vacío en la mariposa de la rueca. Se pasó un largo rato alternando la vista entre el carrete y el manojo de paja. Por lo general empezaba atando una línea guía de hilo para que fuera más fácil que la lana se enrollara al carrete, pero no tenía hilo. Se encogió de hombros y ató un tallo de paja. El primero se rompió, pero el segundo se mantuvo firme. ¿Ahora qué? No podía atar las dos puntas para formar una única línea larga.

¿O sí?

Giró y giró.

Y resistió… al menos, por el momento.

—Bastante bien —murmuró, pasando la guía por los ganchos y luego por el orificio en el soporte. Todo el sistema era bastante precario, listo para desarmarse ni bien aplicara demasiada tensión o soltara esas uniones improvisadas.

Con miedo a soltarla, se acercó y usó su nariz para impulsar la rueda, de modo que empezara a girar gradualmente.

—Aquí vamos —dijo, presionando su pie sobre el pedal.

La paja se soltó de sus dedos.

Las uniones débiles se desintegraron. Se detuvo. Gruñó.

Y luego lo intentó una vez más.

Esta vez, giró la rueda antes.

Pero no sirvió.

Nuevamente, intentó atar algunos tallos juntos.

—Por favor, funciona —susurró mientras empezaba a mover el pedal con su pie. La rueda giró. La paja se enrolló alrededor del carrete—. Oro. Por favor. Por favor, conviértete en oro.

Pero la paja común y seca continuó siendo común y seca, sin importar cuántas veces pasara por el orificio de la rueca y se enrollara al carrete.

Al poco tiempo, se quedó sin tallos atados y la paja que se había envuelto con éxito al carrete empezó a desarmarse ni bien la quitó de la mariposa.

—No, no, no…

Tomó un carrete nuevo y lo intentó otra vez.

Empujando, metiendo con fuerza la paja en el orificio.

Su pie comenzó a moverse con energía sobre el pedal.

–Por favor –repitió una vez más, empujando otro poco de paja. Y un poco más–. Por favor. –Su voz se quebró y empezaron a caer algunas lágrimas de sus ojos. Lágrimas que no sabía que habían estado esperando salir hasta que todas brotaron a la vez. Se inclinó hacia adelante, tomando un puñado de paja inservible entre sollozos. Esas únicas palabras quedaron atascadas en su lengua, susurrándosela a nadie más que a las paredes de la celda y a la puerta cerrada y a aquel castillo horrible lleno de fantasmas, demonios y monstruos espantosos–. *Por favor.*

–¿Qué le haces a esa pobre rueca?

Serilda gritó y cayó al suelo. Aterrizó con un gruñido desorientado, manteniendo un hombro contra la pared de piedra. Levantó la vista, apartando algunos mechones de cabello que habían caído sobre su rostro y quedaron pegados sobre sus mejillas sudadas.

Había una figura sentada sobre la pila de paja, de piernas cruzadas, mirándola con una leve curiosidad.

Era un hombre.

O… un joven. Un joven de su edad, supuso, con cabello cobrizo de mechones salvajes que colgaban sobre sus hombros y un rostro cubierto de pecas y tierra. Llevaba una camisa simple de lino, algo antigua con mangas largas que había dejado sueltas sobre unos pantalones verde esmeralda. No tenía zapatos, ni túnica, ni abrigo, ni sombrero. Parecía estar listo para irse a dormir, aunque lucía bastante despierto.

Miró hacia la puerta, aún cerrada.

–¿Cómo… entraste? –tartamudeó, levantándose.

El joven inclinó la cabeza y le respondió, como si fuera lo más natural del mundo.

–Magia.

CAPÍTULO ONCE

Serilda parpadeó.

Él parpadeó.

—Soy *extremadamente* poderoso.

Serilda frunció el ceño, sin poder distinguir si hablaba en serio o no.

—Ah, ¿sí?

En respuesta, el joven le esbozó una sonrisa. Era la clase de mirada que ocultaba secretos, torcida y risueña, con destellos dorados en sus ojos. Se puso de pie y se sacudió la paja que tenía sobre su pantalón. Miró a su alrededor, notó la rueca, la habitación angosta, la ventana con barrotes en la puerta.

—No es un lugar muy cómodo. Se podría mejorar la iluminación. Y ese olor también. ¿Esto se supone que es una cama? —Tocó la pila de paja con el pie.

—Estamos en un calabozo —agregó Serilda amablemente.

El joven la miró con una sonrisa burlona. *Obviamente* estaban en un calabozo. Serilda se sonrojó–. En el castillo de Adalheid, para ser más precisa.

–Nunca me invocaron en un calabozo. No habría sido mi primera opción.

–¿Invocaron?

–Debe haber sido eso. Eres una bruja, ¿verdad?

Serilda se quedó mirándolo boquiabierta, preguntándose si debería sentirse ofendida o no. A diferencia de las otras veces en las que ella había llamado a Madam Sauer una bruja, este muchacho no parecía haber pronunciado la palabra como un insulto.

–No, no soy una bruja. Y no te invoqué. Solo estaba sentada aquí, llorando, contemplando mi propia perdición, gracias.

Levantó las cejas.

–Suena como algo que diría una bruja.

Serilda soltó una risa y se frotó la palma de la mano sobre uno de sus ojos. Había sido una larga noche, llena de novedades y sorpresas, terror e incertidumbre, y ahora una amenaza para nada bienvenida. Su mente estaba nublada por el cansancio.

–No lo sé. Quizás sí te invoqué –confesó–. No sería lo más extraño que me pasó esta noche. Pero si lo hice, discúlpame. No fue mi intención.

El joven se agachó para que estuvieran a la misma altura y la inspeccionó detenidamente con una expresión llena de sospechas. Unos segundos más tarde, la sombra se desvaneció. Esbozó una enorme y amplia sonrisa.

–¿Todos los mortales son tan crédulos como tú?

Serilda frunció el ceño.

–¿Disculpa?

–Estaba bromeando. Tú no me invocaste. ¿En verdad

pensaste que lo habías hecho? —Chasqueó la lengua—. Sí, ya veo. Eso sugiere que eres bastante egoísta, ¿no lo crees?

Su boca funcionaba, pero estaba nerviosa por los cambios repentinos en el humor de su nueva visita.

—¿Estás jugando conmigo? —tartamudeó finalmente, poniéndose de pie—. Solo me quedan unas pocas horas de vida y apareces tú para burlarte de mí.

—Ah, no pienses eso —dijo, mirándola desde abajo—. Solo me estaba divirtiendo un poco. Supuse que te vendría bien reír un poco.

—¿Acaso ves que me esté riendo? —le preguntó Serilda, de pronto furiosa, quizás hasta un poco avergonzada.

—No —confesó el joven—. Pero creo que lo estarías si no estuvieras encerrada en este calabozo y, como tú dices, a punto de morir por la mañana. —Pasó su mano por la paja. Tomó un tallo, se paró y miró detenidamente a Serilda. Esta vez, con mucha atención. Podía ver cómo admiraba su vestido sencillo, sus botas enlodadas, las trenzas de su cabello castaño oscuro que le llegaban a la cintura. Sabía que debía estar hecha un desastre por haber llorado tanto, con la nariz roja y las mejillas inflamadas, tanto como sabía que no eran esas cosas, sino sus ojos de ruedas doradas lo que habían despertado su curiosidad.

En el pasado, cuando Serilda conocía a algún joven en la aldea o el mercado, se sentía tímida por su mirada de absoluta devoción. Volteaba la cabeza, bajaba las pestañas, de modo que sus ojos quedaran ocultos. Intentaba extender esos pequeños momentos cuando la miraban preguntándose si tendría algún pretendiente o si su corazón estaba libre para ser atrapado… Pero luego veían la verdad en su rostro y se apartaban, deshaciéndose de aquel interés momentáneo tan rápido como había surgido.

Pero a Serilda no le importaba en lo más mínimo este joven

o lo que sea que él pensara de ella. Ya que el hecho de que tratara su desesperación como un juego lo volvía casi tan cruel como el rey que la había encerrado en ese lugar. Pasó la manga sobre su nariz, resollando, y se enderezó bajo el escrutinio de su visita.

—Estoy empezando a considerar —dijo él—, que tal vez sí eres una bruja.

Serilda levantó una ceja.

—Averigüémoslo. ¿Quieres que te convierta en un sapo o en un gato?

—Ah, un sapo, definitivamente —respondió sin perder el tiempo—. Los gatos no llaman tanto la atención. Pero, ¿un sapo? Podría causar todo tipo de problemas en el próximo banquete. —Inclinó la cabeza hacia un lado—. Pero no, no eres una bruja.

—Conociste a muchas brujas, ¿verdad?

—Es solo que no puedo imaginar a una bruja tan miserable e indefensa como tú ahora.

—No soy miserable —le dijo entre dientes—. Ni estoy indefensa. ¿Quién eres, por cierto? Si no te invoqué, entonces ¿por qué estás aquí?

—Me dedico a averiguar todo lo llamativo que ocurre en este castillo. Felicitaciones. Fuiste digna de mi atención. —Hizo un gesto ostentoso con la ramita hacia ella, como si la estuviera convirtiendo en caballero.

—Me siento halagada —le dijo con un tono inexpresivo.

El joven rio y levantó las manos en la que parecía ser una muestra de paz.

—Está bien. No eres ni miserable ni estás indefensa. Debo haber entendido mal esos llantos y lamentos y todo eso. Disculpa. —Su tono era demasiado relajado como para ser una disculpa *genuina*, pero de todos modos sirvió para que el enojo de Serilda empezara a disiparse. El joven volteó y examinó la habitación—.

Entonces, el Erlking trajo a una mortal al castillo y la encerró aquí. Un puñado de paja, una rueca. Es fácil adivinar lo que quiere.

—Así es. Quiere que le prepare algunas canastas para almacenar todos los ovillos que saldrán de esta rueca. Creo que quiere retomar el tejido.

—La verdad que le vendría bien un hobby —dijo el joven—. Secuestrar gente y asesinar criaturas mágicas después de tantos siglos puede tornarse aburrido.

A pesar de no querer hacerlo, no pudo evitar que su boca formara una leve sonrisa.

El joven la vio y esbozó una sonrisa mucho más amplia. Notó que sus colmillos eran un poco más filosos que el resto de sus dientes.

—Quiere que conviertas esta paja en oro.

Serilda suspiró, evaporando el momento de humor.

—Así es.

—¿Y por qué cree que puedes hacerlo?

Serilda dudó antes de responder.

—Porque le dije que podía.

Una expresión de sorpresa apareció en su rostro. Esta vez, genuina.

—¿Puedes?

—No, fue una historia que inventé para… Es complicado.

—¿Le mentiste al Erlkönig?

Serilda asintió.

—¿En la cara?

Asintió una vez más y recibió más que solo curiosidad. Por un momento, el joven parecía impresionado.

—Pero —se apresuró a decir Serilda—, no me cree realmente. Tal vez en el momento sí, pero ya no. Esta es una prueba. Y si fallo, me matará.

—Sí, escuché eso. Quizás estuve espiándolos allí arriba. Para ser honesto, creí que vendría y te encontraría llorando en tu miseria. Lo cual fue así, claramente.

—¡No estaba llorando!

—Yo tengo mi opinión, tú la tuya. Pero lo que más me resulta interesante es que estabas… *intentándolo*. —Señaló la rueca y el carrete envuelto con los tallos rotos de paja—. No esperaba eso. Al menos, no de una chica que está tan convencida de que no es una bruja.

Serilda puso los ojos en blanco.

—Pero no me sirvió de nada. No puedo hilar oro. No puedo hacerlo. —Entonces, se le ocurrió una idea—. Pero… *tú* tienes magia. Entraste aquí, de algún modo. ¿Puedes sacarme de este lugar?

Era solo una solución temporal, era consciente de eso. El Erlking iría a buscarla y, la próxima vez, sabía que cumpliría con sus amenazas. Tal vez no fuera tras ella, sino por su padre, quizás por toda la aldea de Märchenfeld.

¿Podía arriesgarse a tanto?

Al ver al joven cruzado de brazos y negando con la cabeza, parecía que no necesitaría tomar la decisión.

—Dije que soy extremadamente poderoso, no que hago milagros. Puedo ir a cualquier parte del castillo, pero no puedo hacerte *atravesar* una puerta sólida. No tengo ninguna llave para abrirla.

Serilda dejó caer sus hombros.

—No pierdas las esperanzas —le dijo el joven—. Todavía sigues viva. Es una ventaja bastante importante sobre cualquier otra persona en este castillo.

—Eso sí es un poco reconfortante.

—Vivo para servir.

–Lo dudo.

Sus ojos bailaron brevemente, pero luego se tornaron inesperadamente serios. Parecía estar considerando algo por un largo rato, antes de que su mirada se volviera intensa, casi maliciosa.

–Está bien –dijo lentamente, como si se le acabara de ocurrir algo–. Tú ganas. Decidí ayudarte.

El corazón de Serilda se llenó rápidamente de esperanza.

–A cambio –continuó–, de *eso*.

La señaló con un dedo. Al hacerlo, su manga quedó a la altura de su codo, revelando una cicatriz profunda sobre sus muñecas.

Serilda se quedó boquiabierta al ver su brazo, momentáneamente sin palabras.

Le estaba señalando su corazón.

Dio un paso hacia atrás y se llevó una mano al pecho donde podía sentir sus latidos. Su mirada deambuló por su mano, como si fuera a tocarle el pecho y arrancarle el órgano en ese mismo instante. El joven no se parecía a los seres oscuros, con sus figuras majestuosas y belleza impoluta, pero tampoco parecía un fantasma a medio desvanecer. Lucía bastante inofensivo, pero no podía fiarse de eso. No podía confiar en nadie en ese castillo.

El joven frunció el ceño, confundido por su reacción. Luego entendió lo que estaba pasando y bajó la mano, poniendo los ojos en blanco.

–Tu corazón *no* –le dijo, exasperado–. Ese relicario.

Ah, eso.

Serilda posó la mano sobre la cadena que colgaba de su cuello. Sujetó el relicario en su mano, aún abierto.

–No te quedará bien.

–No estoy para nada de acuerdo. Además, ella me resulta familiar –dijo.

–¿Quién?

–La muchacha en el… –se detuvo, con una expresión oscura–. Parece que intentas fastidiarme, pero ese es *mi* talento, te aviso.

–Es solo que no entiendo por qué lo querrías. Es solo una niña, no una mujer atractiva.

–Ya lo sé. ¿Quién es? ¿La conoces?

Serilda bajó la vista, inclinando el retrato hacia la luz de la vela.

–Tú eres el que acaba de decir que la conoce.

–No dije que la *conozco*. Dije que me resulta familiar. Algo… –Parecía tener dificultades para encontrar las palabras correctas, pero lo único que salió de su boca fue un gruñido de insatisfacción–. No lo entenderías.

–Eso es lo que la gente dice cuando no se molesta en explicar.

–También es lo que dice la gente cuando la otra persona realmente no lo entendería.

Serilda se encogió de hombros.

–Está bien. La niña es una princesa. Obviamente. –Las palabras salieron de su boca antes de pensarlas. De inmediato, consideró retractarse, confesando que no tenía idea de quién era. Pero ¿qué importaba? Quizás *sí* era una princesa. Lucía como tal–. Pero tiene una historia muy trágica, me temo.

Con ese comentario misterioso flotando entre ambos, Serilda cerró el relicario de inmediato.

–Muy bien, no debe ser una reliquia de tu familia entonces –dijo el joven.

El comentario le molestó.

–No sabes si no tengo sangre de la realeza en mis venas.

–Eso es tan probable como que yo sea el hijo de un duque, ¿no lo crees? –Pasó una mano por su vestimenta sencilla, prácticamente ropa interior, para dejar en claro su punto—. Y si no es una reliquia de la familia, entonces no debe ser tan precisado. Al menos, no tanto como tu vida. Ese es el trato que te ofrezco. Mi ayuda por lo que vale una manzana y un huevo.

—Vale un poco más que eso —murmuró ella, con cierta tristeza. Sabía que él ya había ganado la discusión.

Él también debería haberlo sabido, a juzgar por la sonrisa presumida que tenía en su rostro. Se meció sobre sus talones.

—¿Qué hacemos? ¿Quieres mi ayuda o no?

Miró el relicario, pasando su dedo suavemente sobre la tapa dorada. Le rompía el corazón deshacerse de él, pero sabía que era tonto conservarlo. Este muchacho parecía estar muy convencido de que podía ayudarla. No sabía cómo lo haría, pero claramente tenía magia en su cuerpo, además, no le quedaban muchas otras opciones. Su aparición ya fue suficiente milagro para una noche.

Con el ceño fruncido, se quitó la cadena del cuello. Se la extendió, esperando que no se riera por su ingenuidad, *otra vez*. Podía tomar la ofrenda, reírse y desaparecer tan rápido como había llegado.

Pero no lo hizo.

De hecho, tomó la cadena con el mayor de los cuidados, cierto rastro de deferencia en su rostro. Y en ese momento, sintió como si el aire a su alrededor estuviera latiendo, presionándose contra ella, tapándole los oídos, exprimiéndole el pecho.

Magia.

Enseguida, el momento pasó y la magia se evaporó.

Serilda inhaló profundo, como si fuera la primera vez que respiraba en toda la noche.

El joven se colgó el collar sobre el cuello y le hizo un gesto con su barbilla.

—Muévete.

Serilda, tensa, se sorprendió por su brusquedad.

—¿Disculpa?

—Estás en mi camino —le dijo, señalándole a la rueca—. Necesito espacio para trabajar.

—¿No podías pedírmelo de mejor manera?

La miró con una expresión tan llena de molestia que Serilda se preguntó si su irritación podía competir contra la suya.

—Te estoy ayudando.

—Y yo ya pagué por ese honor —respondió señalando el collar sobre su cuello—. No creo que venga mal ser un poco civilizados.

El joven abrió la boca, pero vaciló. Frunció el ceño.

—¿Quieres que te devuelva el collar y te abandone para que afrontes tu destino sola?

—Claro que no, pero, aun así, todavía no me contaste exactamente cuál es precisamente tu plan para ayudarme.

Suspiró, un poco dramático.

—Haz lo que quieras. Después de todo, ¿por qué ser complaciente cuando se puede ser difícil?

Comenzó a avanzar hacia ella con energía, sin indicios de que se fuera a detener, como si la estuviera por atropellar como un carruaje fuera de control si no se corría del camino. Con los dientes presionados, Serilda se paró firme en su lugar.

Ella no se movió.

Él no se detuvo.

Ambos colisionaron, su barbilla contra la frente de ella, su pecho empujándola hacia atrás con tanta fuerza que cayó sobre la paja con un *puff* de sorpresa.

—¡Auch! —gritó ella, resistiendo el impulso de frotarse el trasero por haber caído en un lugar donde no había suficiente paja para amortiguar la caída—. ¿Qué pasa contigo? —Lo miró fijo, furiosa y desconcertada. Si creía que dejaría que la intimidara…

Pero algo en su expresión detuvo su diatriba incluso antes de que empezara.

La estaba mirando fijo, pero esta vez era diferente a como lo había hecho antes. Tenía la boca abierta, ojos llenos de una incredulidad descarada, mientras con una mano distraída se frotaba el hombro que se había golpeado con la pared al caer también hacia atrás.

—¿Y bien? —le grito Serilda, poniéndose de pie y sacudiéndose la paja de la falda—. ¿Por qué hiciste eso?

Serilda se llevó una mano a los labios y esperó.

Luego de un momento, el muchacho se acercó, pero esta vez con mayor cuidado. No parecía molesto como debería haberse sentido, sino más bien… curioso. Algo en su forma de estudiarla nublaba la ira de Serilda. Se vio tentada a apartarse de él, aunque tampoco tenía mucho lugar a dónde ir. Si no se había movido antes, mucho menos lo haría ahora. Se mantuvo firme en su lugar, levantando la barbilla con una vida llena de terquedad.

Ninguno de los dos se disculpó.

En su lugar, cuando estaban solo a un brazo de distancia, el joven levantó las manos entre ambos. Ella lo miró. Sus dedos, pálidos y callosos, estaban *temblando*.

Serilda siguió el movimiento de sus manos a medida que se acercaban, cada vez más cerca de sus hombros. Centímetro a centímetro.

—¿Qué estás haciendo?

En respuesta, apoyó sus dedos sobre los brazos de Serilda. El tacto se sintió imposiblemente delicado al principio y luego dejó que el peso de sus manos descansara sobre sus brazos, presionándose suavemente las mangas delgadas de muselina del vestido de Serilda. No era un gesto amenazador, pero, de todas formas, sintió cómo su corazón se congelaba por el miedo.

No, miedo no.

Nervios.

El joven exhaló bruscamente, capturando la atención hacia su rostro.

Ah, por todos los dioses malvados, la *mirada* que le lanzó. Nunca nadie la había mirado de ese modo. No sabía qué hacer. La intensidad. El calor. El asombro crudo.

La iba a besar.

Un segundo.

¿Por qué?

Nunca nadie la quiso besar. Tal vez pasó algo una vez con Thomas Lindbeck, pero… no fue nada duradero y terminó en una catástrofe.

Era infortunada. Extraña. Maldita.

Y… además. No quería que la besara. No lo conocía. Y de seguro no le *gustaba*.

Ni siquiera sabía su nombre.

Entonces, ¿por qué se relamió los labios?

Ese pequeño gesto llevó la atención del muchacho hacia su boca y, de pronto, la expresión desapareció. Se alejó y dio el paso más grande que pudo hacia atrás, sin estrellarse contra la pared.

—Lo siento —dijo con una voz más áspera que antes.

Serilda no podía recordar por qué se estaba disculpando.

Llevó las manos hacia detrás de su espalda, temiendo que volvieran a sujetarla como si tuvieran vida propia.

—Muy bien —suspiró Serilda.

—De verdad estás viva —le dijo como si fuera un hecho, aunque no parecía muy convencido de creerlo.

—Bueno… sí —respondió ella—. Creí que eso ya lo habíamos dejado en claro, dado que el Erlking esperaba matarme al amanecer y todo eso.

—No. Sí, quiero decir, ya sabía eso, claro. Es solo que…
—Se frotó las palmas de las manos sobre su camisa, como si estuviera probando su propia tangibilidad. Luego negó con la cabeza bruscamente—. Supongo que no consideré por completo lo que eso significaba. Pasó mucho tiempo desde la última vez que conocí a una mortal real. No me había dado cuenta de que serías tan… tan…

Serilda esperó, sin poder adivinar la palabra que estaba buscando.

Hasta que finalmente, él la encontró.

—*Cálida*.

Serilda levantó las cejas, incluso sus mejillas se sonrojaron sin previo aviso. Intentó ignorarlo.

—¿Cuánto pasó desde la última vez que conociste a alguien que no fuera un fantasma?

Frunció los labios hacia un lado.

—No estoy muy seguro. Siglos, quizás.

—¿Siglos? —Serilda se quedó boquiabierta. Le mantuvo la mirada fija otro momento más antes de suspirar.

—De hecho, no. La verdad es que no recuerdo haber conocido a una chica viva antes. —Se aclaró la garganta, distraído—. Puedo atravesar fantasmas cuando quiero. Es solo que asumí que sería lo mismo con… bueno, cualquier persona. No quiero decir que lo haga todo el tiempo. Me parece poco cortés, ¿a ti no? Atravesar a alguien caminando. Pero evito tocarlos siempre que puedo. Aunque no significa que… no me gusten los fantasmas. Algunos son buena compañía, sorprendentemente. Pero… sentirlos puede ser…

—¿Desagradable? —sugirió Serilda, sintiendo cómo sus dedos se erizaban al recordar la piel fría y frágil del cochero.

El joven rio.

—Sí, precisamente.

—Pero no parecías dudar con atravesarme a *mí*.

—¡No te moviste!

—Me habría movido si tan solo me lo hubieras pedido *por favor*. Si te preocupan tanto los buenos modales, entonces esa es una buena forma de empezar.

El joven resopló, pero aún había cierta ira detrás de su mirada. En todo caso, parecía un poco conmocionado.

—Está bien, está bien —murmuró sin prestar mucha atención—. Lo tendré en cuenta para la próxima vez que te salve la vida. —Tragó con fuerza, miró la vela en un rincón—. Debemos apurarnos. No nos queda mucho tiempo.

La miró a los ojos una vez más.

Serilda mantuvo la mirada fija, más desconcertada con cada segundo que pasaba.

Una vez que llegó a alguna decisión interna, el muchacho asintió con firmeza.

—Muy bien.

Se acercó a ella. Esta vez, cuando sujetó sus brazos, lo hizo de un modo determinado y rápido, y movió su cuerpo dos pasos hacia el costado con fuerza. Serilda se quejó, asustada de perder el equilibrio cuando la soltó.

—¿Qué…?

—Ya te lo dije —la interrumpió—. Estás en mi camino. Por favor y gracias.

—No funciona así.

Se encogió de hombros, pero Serilda notó que estaba formando un puño con cada mano mientras se enfrentaba a la rueca. Y si estuviera contando este momento como parte de una historia, diría que el gesto, sutil como era, acarreaba un significado más profundo. Como si estuviera intentando prolongar esa sensación del tacto de sus manos con los hombros de la joven, apenas un momento más.

Sacudió la cabeza, recordándose a sí misma que esta no era una de sus historias. Por más increíble que fuera, de verdad estaba atrapada en un calabozo, prisionera del Erlking y con una tarea imposible por delante. Y ahora la acompañaba un joven que estaba acomodando el banco de la rueca.

Serilda abrió los ojos bien en grande, alternando la vista entre él, la rueca y la montaña de paja a sus pies.

–¿No pensarás…?

–¿Cómo crees que planeaba ayudarte? –Tomó un puñado de paja que tenía junto a sus pies–. Ya te dije que no te puedo ayudar a escapar. Entonces… –Suspiró con pesadez, lleno de temor–. Supongo que no tenemos más opción que convertir la paja en oro.

CAPÍTULO DOCE

Presionó su pie sobre el pedal. La rueda empezó a girar, inundando a la habitación con un chirrido firme. Tomó la paja y, tal como Serilda lo había hecho, ató un tallo alrededor del carrete para que sirviera de guía. Aunque a él sí le salió bien.

Enseguida, empezó a pasar el pequeño hilo de paja a través del orificio en el soporte lentamente, pieza por pieza. La rueda giró.

Y Serilda se quedó boquiabierta.

Cuando la paja salía por el otro extremo, ya no era pálida, dura y áspera. En algún momento mientras entraba por el orificio y se enrollaba al carrete tan rápido que no se veía con claridad, la paja se convertía en un hilo maleable y brillante de oro.

Las manos del joven eran rápidas y seguras. Al cabo de un rato, tomó otro puñado de paja del suelo y empezó a trabajarla en la rueca. Su pie se movía a un ritmo firme, mientras mantenía la vista concentrada, pero calma, como si lo hubiera hecho un millón de veces.

Serilda se mantenía boquiabierta a medida que el carrete se llenaba con los hilos delicados y brillantes.

Oro.

¿Era posible?

De pronto, el muchacho se detuvo.

Serilda lo miró, decepcionada.

—¿Por qué te detuviste?

—Me estaba preguntando si tienes pensado quedarte ahí parada embobada toda la noche?

—Si quieres que tome una siesta con mucho gusto lo aceptaré.

—O quizás podrías… ¿ayudarme?

—¿Cómo?

Giró sus dedos sobre su cien, como si su presencia le estuviera dando dolor de cabeza. Luego giró la mano en su dirección y le habló con un tono ridículamente firme.

—Te ruego a ti, oh joven justa, ¿tendrías el gusto de asistirme en la más tediosa tarea de recolectar la paja y traerla cerca de mi alcance para no afectar nuestro ritmo y evitar que te corten la cabeza al amanecer, *por favor*?

Serilda presionó los labios. Se estaba burlando de ella, pero… por lo menos se lo pidió *por favor*.

—Con mucho gusto —sentenció ella.

El joven gruñó algo que no se escuchó.

Serilda se inclinó hacia abajo y empezó a empujar la pila de paja hacia él. No pasó mucho tiempo hasta que ambos encontraron un buen ritmo. Serilda juntaba la paja, se la entregaba en grandes cantidades y él trabajaba sin parar en la rueca, pieza por pieza. Cuando se llenaba un carrete, se detenía solo el tiempo necesario para cambiarlo por uno nuevo; el Erlking, o más bien sus sirvientes fantasmas, les habían entregado muchos carretes en caso de que las habilidades de Serilda fueran reales. Lo más extraño de todo, pensó ella, era que el rey claramente no tenía mucha confianza en que lograría lo prometido.

Quizás era un optimista.

Rio al pensar eso, ganándose una mirada de sospecha del extraño.

—¿Cómo te llamas? —le preguntó. No fue una pregunta que hubiera pensado mucho, solo más bien la hizo por cortesía, pero el pie del joven se detuvo de inmediato y dejó de pedalear.

—¿Para qué quieres saberlo?

Serilda lo miró por detrás de la paja que acababa de reco-lectar entre sus brazos. La estaba mirando con sospecha, con un largo tallo presionado entre sus dedos. La rueda lentamente se detenía.

Serilda frunció el ceño.

—No es una pregunta muy rara —le explicó, luego con un poco más de honestidad agregó—. Me gustaría saber tu nombre para saber cómo nombrarte cuando les cuente a todos en mi pueblo sobre mi terrible viaje al castillo del Erlking y el extraño caballero que acudió a mi ayuda.

Su mirada de sospecha se desvaneció y se transformó en una sonrisa arrogante.

—¿Caballero?

—Salvo por la parte en la que te negaste a ayudarme a menos que te diera mi collar.

El joven se encogió de hombros.

—No es mi culpa. La magia no funciona sin un pago. Por cierto —retiró un carrete lleno de la mariposa y lo reemplazó con uno vacío para retomar el proceso—, este no es su castillo.

—Cierto, lo sé —agregó Serilda. Aunque no lo sabía. No realmente. Tal vez ese no fuera Gravenstone, pero estaba claro que el Erlking se había apoderado de él sin ningún problema.

Con una postura firme, el joven comenzó a pedalear una vez más.

—Mi nombre es Serilda —le dijo, irritada de que no le respondiera la pregunta—. Un placer haberte conocido.

El muchacho la miro y le contestó a regañadientes.

—Puedes llamarme Gild.

—¿Gild? Nunca escuché ese nombre. ¿Es un apodo?

La única respuesta que le dio fue un gruñido silencioso.

Quería preguntarle algo que había dicho antes, que la niña del relicario le resultaba familiar, que no lo entendía. Pero de algún modo sabía que eso solo lo enfadaría más. Además, ni siquiera estaba segura de qué había dicho para ponerlo tan gruñón en primer lugar.

—Disculpa mi intento por intentar entablar una conversación superficial. Ya veo que no es algo que disfrutes mucho.

Se acercó para dejarle otro puñado de paja a los pies, pero la sorprendió cuando se lo sacó a toda prisa de sus brazos. Sus dedos la rozaron. Muy delicadamente, casi imperceptible, antes de que desapareciera y sus manos continuaran ocupadas con el trabajo.

Casi imperceptible.

De no ser porque se sintió completamente a propósito.

De no ser porque le encendió todos sus nervios.

De no ser porque Gild miraba a la paja con más intensidad, como si estuviera evitando mirarla a ella con toda su voluntad.

—No me molesta hablar de cosas superficiales —le contestó, apenas lo suficientemente fuerte sobre el sonido de la rueca—. Pero tal vez haya perdido la práctica.

Serilda volteó para examinar su progreso. Más allá de que el tiempo pareciera pasar a toda prisa, estaba agradecida de ver que ya hubieran hecho más de un tercio de su tarea, y los carretes llenos con los hilos dorados se estuvieran apilando a un lado. Por lo menos Gild era eficiente.

Solo por eso, le habría agradado a Mamá Weber.

Serilda tomó uno de los carretes para estudiarlo más de cerca. El hilo dorado se veía grueso como la paja, pero duro y flexible, como una cadena. Se preguntaba cuánto valdría cada carrete. Seguramente más que lo que su padre ganaba con la molienda en toda una temporada.

–¿Por qué dijiste paja? –le preguntó Gild, rompiendo el silencio. Movió la cabeza de lado a lado, incluso mientras juntaba el próximo manojo de paja–. ¿No podías haberle dicho seda o lana? –Abrió las manos para que Serilda pudiera ver las heridas que le producía el material áspero.

Serilda le esbozó una sonrisa de arrepentimiento.

–Quizás no consideré las repercusiones.

El joven gruñó.

–¿Quieres decir que puedes convertir cualquier cosa en oro?

–Cualquier cosa que se pueda hilar. Mi material favorito es la piel de dahut.

–¿Dahut? ¿Qué es eso?

–Es como una cabra de montaña –le explicó–. Tiene las piernas de un lado de su cuerpo más cortas que las del otro. Le sirve para trepar laderas empinadas. El problema es que solo puede ir en una dirección.

Serilda se lo quedó mirando fijo. Parecía hablar en serio y aun así…

Sonaba fácilmente como algo que ella habría inventado. Pronto creería en el tatzelwurm.

Pero bueno, después de haber visto las criaturas que tenía el Erlking en las paredes del castillo, ya no estaba segura de que algo de todo eso fuera siquiera solo un mito.

De todas formas.

¿Dahut?

Soltó una risa leve.

—Ah, solo estás bromeando.

Los ojos del joven destellaron, pero no le respondió.

De pronto, a Serilda se le iluminó el rostro, invadida por una repentina inspiración.

—¿Quieres escuchar una historia?

Gild frunció el ceño, sorprendido.

—¿Cómo un cuento de hadas?

—Exacto. Me gusta escuchar una historia cuando estoy trabajando. O… en mi caso, crear una. El tiempo pasa más rápido y, antes de que te des cuenta, ya terminaste. Y mientras tanto, te transportas a otro lugar excitante y maravilloso.

No dijo que *no*, pero la expresión en su rostro dejó en claro que era una propuesta extraña.

De todos modos, Serilda tenía experiencia creando historias con invitaciones mucho menos apasionadas.

Interrumpió su trabajo solo por el tiempo suficiente para pensar y dejar que las primeras líneas de una historia comenzaran a desentramarse solas en su imaginación.

Y así, empezó.

Desde hace mucho tiempo se sabe que cuando la cacería salvaje sale durante una luna llena, reclaman todas las almas perdidas que se encuentran y las persuaden de que los acompañen en su camino

destructivo. A menudo, estas pobres almas nunca más son vueltas a ver. Los ebrios se pierden de regreso a su hogar cuando salen de la taberna. Los marineros que esperaban pasar la semana desaparecen sin ser vistos por sus compañeros. Se dice que todo aquel que se atreva a salir a la luz de la luna durante la medianoche podría aparecer la mañana siguiente solo y temblando del frío, cubierto en la sangre y tripas de alguna desafortunada bestia que la cacería atrapó durante la noche, sin recuerdos de los eventos sucedidos. Es una especie de seducción, el llamado de la cacería. Algunos hombres y mujeres ansían conectar con sus lados más salvajes. Viciosos y brutales. Mientras la sed de sangre canta una balada estridente en sus venas. Hubo un tiempo, incluso, en el que se creía que era una bendición pasar una noche con la cacería, siempre y cuando vivieras para ver el amanecer y no quedaras perdido en la noche. Siempre y cuando no te convirtieras en uno de los fantasmas destinados a servir hasta la eternidad en la corte del Erlking.

Pero incluso aquellos que alguna vez creyeron que era una especie de honor oscuro unirse a la cacería sabían que había una clase de alma que no pertenecía a ese lugar entre los demonios y sabuesos.

Las inocentes almas de los niños.

Cada década que pasaba, era este el precio que la cacería demandaba. Dado que el Erlking se había comprometido con la tarea de llevarle un nuevo niño a su amada, la cruel cazadora Perchta, siempre que se aburría del último regalo que había recibido. Lo que ocurría, como era de esperar, cuando ese niño crecía más de lo que a ella le gustaba.

Al principio, el Erlking reclamaba cualquier bebé perdido que deambulara por el bosque de Aschen. Pero con el tiempo se dejó de conformar con cualquier niño para su amada y empezó a buscar al mejor. Al más hermoso. Al más inteligente. Al más entretenido, si se quiere.

Así fue como el Erlking oyó los rumores de una joven princesa que había sido anunciada como la más hermosa que el mundo jamás hubiera conocido. Tenía rizos dorados y voluminosos y unos ojos risueños color del cielo, y todo aquel que la conociera quedaba encantado por su exuberancia. Ni bien escuchó las noticias de la niña, decidió capturarla y llevársela a su amada.

Entonces, la noche de una fría Luna del Hambre, el Erlking y sus cazadores llegaron a la puerta de un castillo, y con sus trucos mágicos, atrajeron a la niña de su cama. La joven caminó por los corredores iluminados por velas como si estuviera en un sueño y cruzó el puente levadizo para encontrarse con la cacería salvaje. El Erlking sin esperar un segundo de más, la subió a su caballo y la llevó hacia las profundidades del bosque.

Había invitado a Perchta para que lo encontrara en un claro en el bosque así le entregaba su regalo. Fue entonces, cuando le mostró a la niña, con sus ojos brillantes y mejillas ruborizadas bajo la luna llena, que la cazadora de inmediato quedó enamorada y juró adorarla con todo el afecto que una madre podría conjurar en una hija tan encantadora.

Sin embargo, esa noche Perchta y el Erlking no estaban solos en el bosque.

Ya que un príncipe, el mismísimo hermano de la niña secuestrada, también se había despertado al sentir un vacío de temor en el pecho. Al ver que la cama de su hermana estaba vacía y todos sus guardias encantados en un sueño profundo, decidió salir corriendo hacia los establos. Tomó sus armas de cacería y montó a su caballo, listo para salir a toda prisa hacia el bosque, solo, pero sin miedo, tras los aullidos inquietantes de los sabuesos del infierno. Cabalgó tan rápido como nunca en su vida, como si estuviera volando entre los árboles, porque él sabía que, si el sol se asomaba por el horizonte con su hermana atrapada en el castillo del Erlking, quedaría atrapada al otro lado del velo para siempre.

Sabía que estaba cerca. Podía ver las torres de Gravenstone sobre la copa de los árboles, reflejando la luz brillante del cielo invernal. Llegó a un claro por fuera de la fosa pantanosa del castillo. El puente levadizo estaba bajo. Por delante de él, Perchta tenía a la princesa en su caballo, mientras se acercaba a toda prisa a la puerta del castillo.

El príncipe sabía que no la alcanzaría a tiempo.

Por lo que preparó su arco. Sacó una flecha. Y le rogó a cualquier dios que lo estuviera escuchando que no fallara.

Disparó.

La flecha voló por encima de la fosa, como si la estuviera guiando la mano de Tyrr, el dios de la arquería y la guerra. Y se clavó en la espalda de Perchta, directo en su corazón.

Perchta cayó de su montura.

De inmediato, el Erlking saltó de su caballo, apenas atrapándola entre sus brazos. Mientras las estrellas se desvanecían de los ojos de su amada, levantó la vista y vio al príncipe avanzando hacia el castillo, desesperado por recuperar a su hermana.

Así fue como el Erlking quedó sumido en una ira avasallante.

Y en ese momento, tomó una decisión. Una que lo perseguiría hasta este día.

Es imposible decir si podría haber salvado a la cazadora. La podría haber llevado a su castillo. Dicen que los seres oscuros conocen innumerables formas de atar una vida al velo y así evitar que crucen las puertas de Verloren. Quizás podría haberla mantenido con él.

Pero eligió otra cosa.

Dejó a Perchta morir en ese puente y bajó a la princesa del caballo abandonado. Tomó una flecha con punta de oro de su aljaba y, sujetándola con fuerza con una mano, la acercó a la niña. Fue un acto de venganza a sangre fría contra el príncipe, que se había atrevido a atacar a la gran cazadora.

Al ver lo que el Erlking tenía intenciones de hacer, el príncipe se acercó corriendo hacia él para intentar alcanzar a su hermana.

Pero de inmediato se vio obligado a retroceder por los sabuesos. Sus dientes. Sus garras. Sus ojos ardientes. Rodearon al príncipe y mordieron, masticaron y desgarraron su piel. Gritó, sin poder librarse de ellos. Completamente despierta, la princesa gritó el nombre de su hermano e intentó acercarse, forcejeando contra las manos del rey.

Pero ya era demasiado tarde. El rey clavó la flecha contra su carne, justo cuando el cielo se encendía con los primeros rayos de luz de la mañana.

CAPÍTULO TRECE

No estaba segura de cuánto tiempo había estado sentada. Cuánto tiempo había tenido la espalda contra la pared fría de la celda, con los ojos cerrados, envuelta en la historia como si la estuviera viendo desenvolverse justo delante de sus ojos. Pero a medida que se acercaba a su trémulo final, inhaló profundo y lentamente abrió los ojos.

Gild, aún sentado detrás de la rueca en la otra punta de la celda, la miraba boquiabierto.

Parecía realmente espantado.

Serilda se enderezó.

—¿Qué? ¿Por qué me miras así?

Gild movió la cabeza de lado a lado.

—Dijiste que las historias deben ser excitantes y… maravillosas. Usaste esas palabras. Pero esta historia fue… —buscó la palabra correcta hasta que finalmente la encontró—, ¡horrible!

—¿Horrible? –le gritó, sintiéndose insultada–. ¿Cómo te atreves?

—¿Cómo me atrevo? –repitió, poniéndose de pie–. ¡Los cuentos de hadas tienen finales felices! Se suponía que el príncipe rescataría a la princesa. Mataría al Erlking *y* a la cazadora y luego ambos regresarían a su casa para reencontrarse con su familia desconsolada y celebrarían en todo su reino. ¡Felices! ¡Por siempre! ¿Qué es esta... basura? ¿Qué es esto de que el rey apuñala a la hermana del príncipe y luego lo devoran los sabuesos...? No recuerdo muchas historias, pero estoy seguro de que esta es definitivamente la peor que jamás he escuchado.

Intentando moderar su ira, Serilda se puso de pie y se cruzó de brazos.

—¿Estás diciendo que la historia te hizo sentir algo entonces?

—Claro que me hizo sentir algo. ¡Y es horrible!

Una sonrisa deleitada apareció en rostro de Serilda.

—¡Ja! Prefiero *horrible* a *indiferente*. No todas las historias tienen finales felices. La vida no es así, lo sabes.

—¡Por eso nos gustan las historias! –gritó, levantando las manos en el aire–. No puede terminar así. Dime que el príncipe consiguió vengarse, ¿por lo menos?

Serilda presionó un dedo sobre sus labios, pensativa.

Pero de inmediato su mirada se posó sobre los carretes amontonados cuidadosamente contra la pared. Cada uno destellaba como la veta de una mina de oro perdida.

Se quedó boquiabierta.

—¡Terminaste! –Se acercó para agarrar uno de los carretes de la pila más cercana, cuando Gild se paró delante de ella, bloqueándole el paso.

—Ah, no. No hasta que me cuentes qué pasó luego.

Resopló.

—No sé qué pasó luego.

La expresión de Gild era invaluable. Un poco decepcionada, un poco horrorizada.

—¿Cómo es que no sabes? Es tu historia.

—No todas las historias dejan ver su final enseguida. Algunas son un poco tímidas.

Mientras pensaba en eso, Serilda lo esquivó y levantó uno de los carretes frente a la vela.

—Esto es impresionante. ¿Es oro real?

—Por supuesto que es oro real —gruñó—. ¿Crees que intentaría engañarte?

Serilda esbozó una sonrisa.

—Estoy bastante segura de que eres capaz de hacerlo.

Su rostro tomó una expresión de orgullo.

—Sí, supongo que sí.

Serilda inspeccionó el hilo. Fuerte y maleable.

—Me pregunto si disfrutaría hilar si pudiera crear algo tan hermoso.

—¿No te gusta hilar?

Serilda hizo una mueca de asco.

—*No*. ¿Por qué? ¿A ti sí?

—A veces. Siempre me pareció algo… —nuevamente, buscó la palabra correcta—, satisfactorio, supongo. Me tranquiliza.

Serilda resopló.

—Oí a mucha gente decir eso. Pero a mí solo… me pone impaciente y me hace querer terminar de una vez.

El joven rio.

—Pero te gusta contar historias.

—Me encanta hacerlo —le respondió ella—. Pero eso es lo que me metió en este problema. También ayudo a los niños en la escuela. Uno de ellos mencionó que hilar historias es como convertir la paja en oro. Como crear algo brillante de la nada.

—*Esa* historia no fue nada brillante —dijo Gild, meciéndose sobre sus talones—. Estaba llena de tristeza, muerte y oscuridad.

—Dices esas palabras como si fueran algo malo. Pero cuando se trata del antiguo arte de contar historias —le explicó con sabiduría—, necesitas a la oscuridad para apreciar la luz.

Su boca se torció hacia un lado, como si no estuviera dispuesto a esbozar una sonrisa completa. Luego pareció armarse de valor y tomó a Serilda de las manos.

Ella se quedó inmóvil, pero lo único que hizo fue quitarle el carrete de entre sus dedos. Aun así, no creyó estar imaginando que su tacto duró más tiempo que el debido, o que tragó saliva mientras regresaba el oro a la pila.

Se aclaró la garganta con suavidad.

—El rey es muy meticuloso. Se dará cuenta si falta uno.

—Claro —murmuró ella, todavía sintiendo sus manos sobre sus nudillos—. No planeaba robarlo. No soy una ladrona.

Gild rio.

—Dices *esa* palabra como si fuera algo malo.

Antes de poder pensar en una respuesta inteligente, oyeron algunas pisadas al otro lado de la celda.

Ambos se quedaron completamente quietos.

Luego, para su sorpresa, se acercó a ella a toda prisa y, esta vez, la sujetó de ambas manos.

—¿Serilda?

Ella permaneció quieta, sin saber si estaba más desconcertada por su tacto o por la forma en que pronunció su nombre con tanta urgencia.

—¿Estás satisfecha con la tarea?

—¿Qué?

—Tienes que decirlo para concluir el trato. Los acuerdos mágicos no deben terminarse a la ligera.

—Ah, sí, claro. —Miró el relicario que brillaba sobre su túnica deprimente, ocultando el retrato de una niña que no era más que un enigma, incluso aunque hubiera inspirado la trágica historia de Serilda—. Sí, estoy satisfecha. No tengo ninguna queja.

Y era verdad, a pesar de su amargura por haberse desprendido del relicario. El joven le había prometido bajarle la luna. Y lo que hizo debía ser imposible, pero lo hizo.

Gild esbozó apenas una sonrisa, pero fue suficiente para que Serilda recobrara el aliento. Había algo muy genuino en ella.

Luego, para su sorpresa, Gild tomó una de sus manos. Por un momento, Serilda pensó que se la besaría, lo cual sería el pináculo de las cosas extrañas que le habían pasado esa noche.

Pero no lo hizo.

Hizo algo mucho más extraño.

Cerró los ojos y apoyó el puño de Serilda levemente sobre su mejilla, dándose la más delicada de las caricias.

—Gracias —murmuró.

—¿Por qué?

Gild abrió la boca para contestarle, pero se detuvo. Su pulgar había rozado el anillo dorado que le habían entregado las mujeres de musgo a Serilda. Miró detenidamente el sello con la letra *R*.

Levantó las cejas con curiosidad.

De pronto, una llave en la cerradura.

Serilda se alejó de él y volteó hacia la puerta.

—Buena suerte —le susurró Gild.

Giró la cabeza hacia atrás y se quedó congelada.

Se había ido. Estaba sola.

La puerta de la celda chilló y se abrió.

Se paró más recta, intentando ocultar la extraña sensación que tenía en la boca del estómago. El Erlking ingresó con paso tranquilo a la celda, mientras su sirviente, el fantasma con el ojo lastimado, esperaba en el corredor con una antorcha en la mano.

El rey se detuvo a algunos metros de la puerta y, en ese instante, la vela, que ya no era más que un charco de cera derretida sobre el candelabro de peltre, finalmente se rindió. La llama se extinguió con un siseo suave y un zarcillo de humo negro brotó hacia arriba.

El rey no parecía perturbado por la penumbra. Sus ojos deambularon por el piso, donde no había ningún rastro de paja a la vista y luego se posaron sobre la rueca hasta finalmente ver la pila de carretes con los hilos de oro destellantes.

Serilda intentó hacer algo parecido a una reverencia.

—Su Oscura Majestad, espero que haya tenido una agradable cacería.

No la miró. Se acercó y tomó uno de los carretes.

—Luz —ordenó.

El cochero miró a Serilda cuando ingresó y levantó la antorcha. Parecía asombrado.

Pero sonreía.

Serilda sostuvo la respiración a medida que el rey estudiaba el hilo. Empezó a frotar nerviosamente el anillo con un pulgar.

Pasó una eternidad hasta que los dedos del Erlking se cerraron alrededor del carrete y formaron un puño fuerte.

—Dime tu nombre.

—Serilda, mi señor.

La miró por un largo rato. Otra eternidad pasó antes de que volviera a hablar.

—Parece que te debo una disculpa, Lady Serilda. Dude de ti con mucho fervor. De hecho, estaba convencido de que me habías engañado. Que no habías dicho más que mentiras y me habías alejado de la presa que me correspondía. Pero —miró su puño cerrado–, parece que sí estás bendecida por Hulda después de todo.

La joven levantó la barbilla.

–Espero que esté satisfecho.

–Bastante –le contestó, aunque su tono se mantuvo lúgubre–. Mencionaste que esa bendición fue para tu madre, una costurera talentosa, si mal no recuerdo.

Eso. Eso era lo peor de esa terrible costumbre. Era tan fácil olvidarse de las mentiras que había dicho con tanto detalle. Hurgó en lo más profundo de su mente para recordar esa noche y lo que le había dicho al rey, pero todo se parecía difuso. Por lo que simplemente se limitó a encogerse de hombros.

–Es lo que me contaron. Nunca pude conocerla.

–¿Muerta?

–Desaparecida –le contestó–. Al poco tiempo de que dejara de amamantarme.

–¿Una madre que sabía que su hija estaba bendecida por los dioses y aun así no se quedó para enseñarle a usar un don como ese?

–No creo que ella lo viera como un don. El pueblo… todos los aldeanos consideraban mi marca como una señal de desgracia. Creen que traigo mala suerte y no creo que se equivoquen. Después de todo, mi don me terminó trayendo al calabozo del mismísimo grandioso y temible Rey de los Alisos.

Su expresión pareció distenderse un poco al oír eso.

–Es verdad –murmuró–. Pero las supersticiones de los humanos, a menudo, son el resultado de la ignorancia y la culpa mal situada. Yo no les prestaría mucha atención.

–Si me disculpa, puede ser mucho más fácil para el rey de los seres oscuros, quien de seguro no tiene que preocuparse por los inviernos largos o las malas cosechas. A veces, las supersticiones son todo lo que nos entregaron los dioses para darle sentido a nuestro mundo. Las supersticiones y... las historias.

—¿Esperas que crea que la habilidad de crear esto —levantó el carrete con el hilo de oro—, es una desgracia?

Serilda miró el carrete. Casi se había olvidado de que *esa* era la bendición que el Erlking creía que los dioses le habían entregado.

La hacía preguntarse si Gild creía que su propio talento era un don o una maldición.

—Por lo que entiendo —dijo ella—, el oro ha causado más problemas de los que ha resuelto.

Un silencio se asentó entre ambos, inundando a toda la habitación. Serilda dudó por un momento en mirarlo nuevamente a los ojos. Al hacerlo, le sorprendió la sonrisa que apareció en sus labios.

Y luego, el horror de los horrores, *rio*.

El estómago de Serilda se retorció.

—Serilda —dijo con una voz cálida nuevamente—. Conocí a muchos humanos, pero hay algo un tanto extraño en ti. Es... refrescante.

El Erlking dio un paso hacia adelante, bloqueando a la antorcha de su vista. Levantó la mano que no sostenía el carrete y sujetó un mechón de cabello que se había soltado de una de sus trenzas. Serilda no había tenido tiempo para ver su reflejo, pero toda la vanidad que tenía era por su cabello, el cual le llegaba hasta más allá de la cintura con sus ondas tupidas. Fricz una vez le había dicho que tenía el mismo color que la cerveza añeja favorita de su padre, un dorado oscuro y brillante, solo que sin la espuma blanca por arriba. En ese momento, se había preguntado si debía haberse sentido ofendida, pero ahora estaba segura de que había sido un cumplido.

El Erlking pasó el largo mechón por detrás de la oreja de la joven, quien sintió su tacto insoportablemente delicado. Aparto la vista hacia un lado, a medida que la punta de los dedos del rey trazaba su mejilla, suave como una telaraña sobre su piel.

Pensó en lo extraño que era sentir dos manos distintas en tan poco tiempo, y, sin embargo, tan diferentes entre sí. La caricia de Gild sobre su mano le había parecido extraña e inesperada, pero también le había hecho sentir un cosquilleo cálido sobre su piel.

Mientras que la del Erlking se sentía planificada. Debía saber que su belleza sobrenatural podía hacer que el corazón de cualquier humano se acelerara, pero le dejó una sensación que le recordó la caricia de una serpiente.

–Es una lástima –dijo con un tono de voz suave–. Habrías sido hermosa.

Su estómago se retorció más, no tanto por el insulto, sino por su cercanía.

Al alejarse, el rey le arrojó el carrete de hilo al fantasma, quien lo atrapó en el aire con facilidad.

–Lleva todo a la bóveda.

–Sí, Su Sombría Majestad. ¿Y la muchacha?

Serilda se tensó.

El Erlking la miró con menosprecio, antes de que sus dientes, levemente afilados, reflejaran la luz de la antorcha.

–Puede descansar en la torre norte hasta el amanecer. Estoy seguro de que está agotada por su arduo trabajo.

El rey se marchó, otra vez, dejándola a solas con el cochero, quien la miró sonriendo una vez más.

–Bueno, me tragaré mis propias palabras. Tengo un buen ojo para saber que tenías mucho para dar.

Serilda le devolvió la sonrisa, aunque no sabía si se estaba burlando de su ojo faltante.

—Me gusta sorprender a la gente siempre que puedo.

Ella levantó su capa del suelo y lo siguió hacia fuera del calabozo. Subieron por la escalera empinada y avanzaron por los corredores angostos. Pasaron los tapices, las cornamentas, las cabezas de los animales. Las espadas y las hachas, y los candelabros enormes que goteaban cera negra. Todo el efecto que producía tal decoración era una mezcla de pesadumbre y violencia, lo cual iba bien con el Erlking. Cuando pasaron junto a una ventana angosta incrustada con rombos de cristales, Serilda vio un cielo índigo.

El amanecer estaba cerca.

Nunca había pasado una noche entera sin dormir, por lo que su cansancio era abrumador. Casi le resultaba imposible mantener los ojos abiertos mientras caminaba fatigosamente detrás del fantasma.

—¿Sigo siendo su prisionera? —le preguntó. El fantasma se tomó su tiempo para responderle. Un largo e inquietante tiempo.

Hasta que, en algún punto, comprendió que no tenía ninguna intención de hacerlo.

Frunció el ceño.

—Supongo que la torre es mejor que el calabozo —dijo bostezando con intensidad. Su cuerpo se sentía muy pesado a medida que el fantasma la guiaba por otra escalera que subía hacia una puerta en arco no muy alta. Al otro lado, había una sala de estar que conectaba con una recámara.

Serilda entró a la habitación. Incluso con sus ojos adormecidos, sintió una pizca de asombro. El lugar no era precisamente *agradable*, pero tenía una elegancia oscura que le quitó el aliento. Las ventanas estaban cubiertas por unas cortinas de tul negro y delicado. Había también un lavamanos color ébano sobre el cual descansaba una jarra de porcelana para el agua y un cuenco, ambos pintados con flores color vino tinto y polillas gigantes de tamaño real. A un lado de la cama había una pequeña mesa sobre la cual descansaba una vela verde encendida y una vasija con un ramo de campanillas de invierno, flores nivales con bulbos colgantes hermosos. Dentro de la boca del hogar, rugía fuego vivo y, sobre el marco de la chimenea, descansaba una pintura enmarcada con elegancia. En ella se podía ver un paisaje invernal oscuro, brutal y desolador bajo una luna llena radiante.

Pero lo que más le llamó la atención fue la cama con dosel cubierta por todos lados con una cortina verde esmeralda.

—Gracias —suspiró, mientras el fantasma encendía la vela junto a la cama.

Hizo una reverencia y se dispuso a salir de la habitación.

Pero se detuvo en la puerta. Mantuvo una expresión cautelosa cuando volteó hacia ella.

—¿Alguna vez viste cómo un gato caza a un ratón?

Serilda parpadeó confundida por su iniciativa en empezar una conversación.

—Sí, mi padre solía tener a un gato en el molino para ahuyentar a los ratones.

—Entonces sabes que les gusta jugar antes. Dejan ir al ratón para que crea, solo por un breve instante, que es libre. Y luego lo atacan sin parar, hasta que se aburren y lo devoran poco a poco.

Serilda empezó a sentir una presión en el pecho.

La voz del fantasma carecía de emoción, incluso aunque su ojo estuviera lleno de tristeza.

—Me preguntaste si seguías siendo una prisionera —agregó—. Pero *todos* somos prisioneros aquí. Una vez que Su Oscura Majestad te atrapa, no le complace dejarte ir.

Con esas palabras inquietantes flotando en el aire, inclinó la cabeza con respeto una vez más y se marchó.

Dejó la puerta abierta.

Sin cerrar.

Con la poca consciencia que le quedaba sabía que podría escapar. Esta podría ser su única oportunidad.

Pero su pulso lento le recordaba que era tan imposible como convertir la paja en oro.

Estaba desesperada por tener una noche de descanso.

Cerró la puerta de la habitación. No había ningún tipo de traba, ni por fuera para mantenerla encerrada adentro, ni adentro para mantener al resto afuera.

Giró y se permitió olvidar este mundo de fantasmas, prisiones y reyes. De ratones y gatos. De cazadores y presas.

Se quitó los zapatos y apartó una de las cortinas aterciopeladas. Enseguida, suspiró aliviada al ver la cama seductora que la esperaba delante de ella. Una colcha bordada con delicadeza y una piel de cordero por encima; *almohadas*. Almohadas reales, rellenas de plumas.

Se quitó el vestido sucio y encontró un poco de paja entre la tela de su falda cuando lo arrojó hacia el suelo junto a su capa. No se molestó en quitarse el camisón cuando se hundió debajo de la colcha. El colchón se hundió agradablemente con su peso, envolviéndola, abrazándola. Era lo más milagroso que jamás había sentido.

A medida que el cielo se iluminaba al otro lado de la ventana, se permitió disfrutar ese momento de comodidad, el complemento perfecto para la fatiga absorbente que recorría sus huesos, cerraba sus párpados y profundizaba su respiración.

Esa que la arrastraba hacia el mundo de los sueños.

CAPÍTULO CATORCE

Se despertó temblando.

Se acurrucó para levantar las sábanas pesadas y las almohadas de plumas. Pero sus dedos solo encontraron su camisón delgado de muselina y sus brazos de piel erizada. Con un quejido, giró hacia el otro lado, moviendo sus pies frenéticamente en busca de la colcha que de seguro había pateado al suelo, en busca de la piel de cordero delicada que cubría sus piernas.

Pero solo encontró aire frío.

Temblando, frotó sus dedos congelados sobre sus ojos y se obligó a abrirlos.

La luz enceguecedora del sol se asomaba por las ventanas.

Se sentó, parpadeando para aclarar su visión.

Las cortinas del dosel que envolvía a la cama ya no estaban allí, lo cual explicaba el frío. Lo mismo con las sábanas y las almohadas. El hogar no albergaba ningún fuego, solo polvo y hollín. Los muebles seguían en su lugar, pero la mesa de noche estaba tirada en el suelo. No había ningún rastro del cuenco de porcelana, la jarra, la vela o la pequeña vasija de flores. El cristal de una de las ventanas estaba roto. Las cortinas delgadas que estaban sobre las ventanas, ausentes. Algunas telarañas colgaban del candelabro y el dosel de la cama, algunas tan llenas de polvo que parecían un ovillo negro.

Se levantó de la cama desesperada y empezó a vestirse a toda prisa. Sus dedos estaban tan adormecidos que tuvo que detenerse para calentarlos con su aliento y frotarlos durante un minuto antes de poder abrocharse el último botón. Arrojó la capa sobre sus hombros como si fuera una manta mientras se terminaba de calzar las botas. Su corazón latía con fuerza mientras inspeccionaba la habitación árida, tan desprovista de los recuerdos de la noche anterior.

O… mañana anterior.

¿Cuánto tiempo había estado dormida?

De seguro no más que algunas horas, pero, aun así, el lugar se sentía como si hubiera estado abandonado desde hacía cientos de años.

Se asomó a la sala de estar. Las sillas tapizadas aún estaban allí, aunque ahora olían a moho y putrefacción, con la tela completamente roída por las ratas.

Sus pisadas resonaron por todo el recinto vacío, a medida que descendía por la escalera y se frotaba los ojos para terminar de despertarse. Notó que corría agua por las paredes de piedra, la cual ingresaba por las ventanas angostas dispersas, muchas de las cuales ni siquiera tenían cristal. Entre las grietas de los escalones se asomaban algunas hierbas ásperas persuadidas de volver a la vida por los rayos de luz matutina que caían sobre ellas y la humedad fría del aire.

Serilda sintió un escalofrío al llegar a la planta baja del castillo.

Se sentía como si la hubieran transportado a un mundo diferente, una época distinta. No había forma de que fuera el mismo castillo en el que había dormido. El amplio vestíbulo tenía los mismos grabados en la piedra, los mismos candelabros enormes, pero la naturaleza ahora era dueña de esas paredes. Algunas enredaderas dispersas se extendían por el suelo y subían por los marcos de las puertas. Las velas habían desaparecido por completo de los candelabros y apliques. Las alfombras, inexistentes. Todas las bestias embalsamadas, víctimas disecadas de la cacería, desvanecidas.

Notó un tapiz desgarrado colgado en la pared más lejana. Se acercó dubitativa, mientras sus botas crujían sobre rocas pequeñas y hojas secas. Lo reconoció enseguida al ver la imagen del ciervo negro inmenso en medio de un claro en el bosque. Sin embargo, la noche anterior, esa imagen había sido distinta, con el animal atravesado por docenas de flechas, mientras la sangre brotaba de sus heridas, en clara evidencia de que no sobreviviría más allá de la noche. Pero ahora, esa misma bestia se encontraba parada como una eminencia en medio de los árboles moteados por la luz del sol, airosa y fuerte, con su cornamenta masiva que se elevaba hacia la luna.

La noche anterior, la imagen macabra había lucido inmaculada y vibrante con sus colores.

Pero ahora, el tapiz parecía estar comido por polillas y cubierto de moho, incluso la tintura de la tela se veía desgastada por el tiempo.

Tragó saliva con fuerza. Recordó la vez que entretuvo a los niños con la historia de un rey al que invitaron a la boda de un ogro. Al sentir que rechazar la oferta sería un gran insulto, el rey asistió a la boda y se deleitó con la hospitalidad del ogro.

Disfrutó las bebidas, se agasajó con la comida, bailó hasta que sus zapatos se gastaron casi en su totalidad y luego durmió feliz. Pero cuando despertó, todos se habían ido. El rey regresó a su hogar solo para descubrir que habían pasado cien años. Toda su familia estaba muerta y su reino había caído en las manos de otro, y nadie vivo podía recordarlo.

Al ver el tapiz ahora, mientras su aliento formaba una nube en el aire delante de ella, Serilda sintió un miedo desconcertante al creer que eso mismo le había ocurrido a ella.

¿Cuántos años había pasado durmiendo?

¿En dónde estaba el Erlking y toda su corte fantasmal?

¿En dónde estaba Gild?

Frunció el ceño. Gild la había ayudado, incluso le había salvado la vida, pero también se había llevado el relicario y no fue algo que le hubiera agradado mucho a ella.

–¿Hola? –gritó Serilda. Su voz resonó por las paredes vacías–. ¿Dónde están todos?

Avanzó sobre las enredaderas hacia el gran salón. El suelo estaba lleno de escombros. Los restos del nido de un ave colgaban de la viga del techo. El inmenso hogar que se encontraba en el centro aún tenía las marcas del hollín negro, pero parecía haber estado así, frío y vacío, desde hacía siglos. Una montaña de retazos de tela y ramas pequeñas yacían en un rincón del hogar, quizás ahora era el hogar de algún lirón o ardilla.

De pronto, un *graznido* estridente cortó el aire.

Serilda giró de inmediato.

Notó que el ave se encontraba sobre la pata de una silla volteada. Tenía sus plumas traseras infladas, como si estuviera irritada, como si Serilda hubiera interrumpido su descanso.

–No me mires de ese modo –le respondió algo molesta–. *Tú* me asustaste a *mí*.

El ave inclinó la cabeza y, entre las motas de polvo que flotaban en el aire, Serilda notó que no era un cuervo, sino otro nachtkrapp.

Se paró más recta, sosteniéndole su mirada fija y vacía.

—Ah, hola —le dijo con cautela—. ¿Eres el mismo que me visitó antes? ¿O eres un descendiente del futuro?

No dijo nada. Más allá de que fuera una criatura bestial, continuaba siendo un ave.

De pronto, un crujido de madera distante resonó por el castillo. Una puerta que se abría o alguna viga de madera que se asentaba con el peso de las rocas y el paso del tiempo. Prestó atención para ver si escuchaba pisadas, pero no oyó nada más que el vaivén suave y relajante de las olas en el lago. El aleteo de algunos pájaros salvajes en los rincones de los techos abovedados. El escabullirse de los roedores sobre las paredes.

Mirando una vez más al nachtkrapp, Serilda avanzó hacia el crujido o en la dirección en la que creía haberlo escuchado. Caminó lentamente por un corredor largo y angosto y, apenas terminó de cruzar otra puerta abierta, lo oyó de nuevo. El crujir lento de una madera pesada y bisagras sin aceitar.

Se detuvo y miró a través de la puerta hacia una escalera recta. Dos antorchas apagadas se encontraban colgadas de la pared y, por encima, apenas discernible en la oscuridad, una puerta con arco cerrada.

Subió por la escalera, en donde siglos de pisadas habían dejado muescas sutiles en la roca. La puerta se abrió suavemente. Una luz destellante y rosada cubrió toda la escalera.

De inmediato, se encontró en un corredor vasto con siete ventanas angosta de vitrales elegantes alineadas sobre la pared exterior. Su color, alguna vez vibrante, lucía opacado por una capa de suciedad, pero aún era fácil reconocer las representaciones de los dioses antiguos. Freydon, cosechando espigas doradas de trigo. Solvilde, soplando aire a las velas de los barcos. Hulda, trabajando en una rueca. Tyrr, preparándose para disparar una flecha con su arco. Eostrig, cultivando semillas. Velos, sosteniendo un farol para guiar a las almas hacia Verloren. De las siete ventanas, la de Velos era la única que estaba rota, algunos pedazos de las prendas del dios destruidas y apenas firmes sobre el marco de plomo.

El séptimo dios esperaba al final de la línea. El propio patrón de Serilda, Wyrdith, el dios de las historias y la fortuna, de las mentiras y el destino. Si bien a menudo lo representaban con una rueda de la fortuna, el artista de esta obra había optado por mostrarlo contando historias, con una pluma dorada en una mano y un pergamino en la otra.

Serilda se quedó mirándolo, intentando sentir alguna especie de afinidad por el ser que, supuestamente, le había concedido sus ojos de rayos dorados y su talento para el engaño. Pero no sentía nada por este ser rodeado de tonos esmeraldas y rosas, de apariencia real y sabia, con la mirada puesta en el cielo, como si incluso alguien de su esencia necesitara de la inspiración divina.

No era para nada como había imaginado ver a su dios y no pudo evitar sentir que el artista se había equivocado por completo.

Volteó. Al final de la procesión de ventanas, el pasillo giraba bruscamente. Ventanas simples a un lado, de cara al lago nebuloso, y una serie de candelabros de hierro sin velas, al otro.

Entre estos últimos había una serie de puertas de roble pulidas. Todas cerradas, excepto la última.

Se detuvo, mirando al manto de luz que se extendía sobre la alfombra gastada por el tiempo. No era la luz del día lo que veía, teñida por el gris del cielo nublado. No era la luz de las ventanas.

Esta era cálida y titilante, como la de una vela, entrecortada por algunas sombras danzantes.

Apartó una telaraña que colgaba sobre el pasaje y avanzó hacia la puerta. Sus pisadas quedaron apagadas por la alfombra. Y apenas respiraba.

A no más de diez pasos de la habitación, logró ver la punta de un tapiz. No discernía con claridad el diseño, pero los colores saturados la tomaron por sorpresa. Vívidos, aparentemente en perfecto estado, cuando todo a su alrededor se veía frío y deslustrado, podrido por el tiempo.

La luz en la habitación se oscureció, pero estaba tan concentrada en el tapiz que apenas lo notó.

Dio otro paso hacia adelante.

Desde algún lugar abajo, en las profundidades del castillo, oyó un grito.

Se quedó congelada en el lugar. Estaba teñido de agonía.

De repente, la puerta que llevaba a la habitación que tenía por delante se cerró de golpe.

Dio un salto hacia atrás, casi en el mismo momento en que un chillido feroz estalló por todo el pasillo. Una nube borrosa de alas y garras avanzó volando hacia ella. Gritó y empezó a sacudir un brazo. Sintió cómo una de estas garras le cortaba la mejilla. Extendió un brazo con fuerza y, al hacerlo, logró golpear a la bestia, que siseó y se sacudió hacia atrás.

En ese momento, Serilda se estrelló contra la pared, mientras mantenía ambos brazos levantados para protegerse. Levantó la vista, esperando encontrarse con un nachtkrapp enorme, listo para arremeter una vez más, pero la criatura que tenía delante de sus ojos no era uno de esos cuervos nocturnos.

Era algo mucho peor.

Tenía el tamaño de un niño, pero el rostro de un demonio.

Un par de cuernos espiralados crecían hacia adelante a cada lado de su cabeza. Unas alas membranosas y negras brotaban de su espalda. Sus proporciones estaban mal. Brazos demasiado cortos, piernas demasiado largas, dedos con garras largas y afiladas. Su piel era gris y púrpura; sus ojos, rasgados como los de un gato. Cuando siseó, notó que no tenía dientes, sino una lengua puntiaguda como la de una serpiente.

La criatura era literalmente una pesadilla.

Un drude.

El miedo se apoderó de ella, inundando sus pensamientos con puro horror y el instinto animal de correr. De escapar.

Pero sus pies no se movían. Sentía que su corazón se había hinchado como un melón, presionando contra sus costillas, exprimiendo el aire que quedaba en sus pulmones.

Subió la mano hacia su mejilla cortada, cubierta de sangre.

El drude gritó y arremetió contra ella con las alas abiertas.

Serilda intentó contraatacar, pero las garras de la bestia se aferraron con fuerza a su muñeca y clavaron sus puntas filosas como agujas en su piel. Su chillido la invadió por completo, un grito tan sobrenatural que sentía como si le estuviera atravesando el alma. Su mente se cristalizó en nada más que ira y dolor. Y luego, estalló.

Estaba nuevamente en el comedor del castillo, rodeada por los tapices desagradables. El Erlking estaba justo delante de ella, con una sonrisa fácil y orgullosa en su rostro. Le señaló las paredes y ella volteó, su estómago revuelto.

La hercinia se cernía sobre el banquete con sus alas brillantes extendidas por completo. Sin embargo, esta vez, estaba viva, gritando del dolor. Sus alas no dejaban de sacudirse en un intento inútil de escapar volando, pero estaban clavadas a una tabla con unos clavos gruesos de hierro.

En la pared a cada lado, dos cabezas embalsamadas ubicadas sobre placas de piedra. A la derecha, Gild, que la miraba con odio en sus ojos iluminados. Serilda sentía que todo esto era su culpa. Había intentado ayudarla y terminó así.

Y a la izquierda, su padre, con los ojos bien abiertos, retorciendo la boca, como si intentara formar palabras con desesperación.

Dio un paso hacia él, tan dolorida de escucharlo así que no pudo contener algunas lágrimas que se deslizaron por sus mejillas.

Finalmente, una palabra brotó de su boca. Un susurro tan áspero como un grito.

Mentirosa.

Enseguida, un rugido distante se extendió por todo el comedor.

No.

El comedor no.

Un corredor arriba.

Abrió los ojos de inmediato. Se había caído de espalda contra una de las ventanas del pasillo, dejando atrás una serie de fracturas tan delgadas como un cabello en el cristal.

Le sangraban las muñecas, pero el drude ya la había soltado. Estaba a pocos metros de distancia, sus rodillas flexionadas y las alas extendidas, listo para arremeter una vez más. Estaba chillando de un modo tan estridente que la obligó a taparse los oídos con ambas manos.

Sin esperar, el drude saltó hacia arriba. Sin embargo, apenas se levantó del suelo, uno de los candelabros cayó sobre él. O, más bien, alguien se lo *arrojó*. Cayó sobre el drude y lo mantuvo firme en el suelo por un momento.

La criatura aulló y chilló mientras salía de debajo de la

estructura pesada de hierro. Estaba renqueando, pero, de todas formas, levantó vuelo con facilidad.

Una ráfaga de viento parecida a una tormenta en el mar sopló por todo el corredor, trayendo un aroma frío y cubriéndole el rostro con su cabello. La criatura salió despedida contra una de las puertas con tanta fuerza que los candelabros se sacudieron por encima. Finalmente, colapsó en el suelo con un siseo de dolor.

Al entender que esta era su oportunidad, Serilda se puso de pie a toda prisa y salió corriendo.

Por detrás, oyó algo caerse, algo estrellarse. Y luego otra puerta cerrándose con tanta fuerza que las antorchas en la pared se sacudieron.

Cruzó a toda prisa los vitrales con las figuras de los dioses y bajó por la escalera, casi sin aliento.

Intentó recordar en dónde estaba, pero tenía la vista nublada y sus pensamientos, desordenados. Las paredes le parecían tan desconocidas como las de un laberinto y nada lucía igual que la noche anterior.

Otro grito le hizo sentir un escalofrío por la espalda.

Se arrojó contra una de las columnas, mientras intentaba recuperar el aliento. Esta vez lo sintió cerca, pero no sabía de dónde había venido. No sabía si quería descubrir qué era o no. Parecía alguien que necesitaba ayuda. Parecía alguien que estaba muriendo.

Esperó, esforzándose por escuchar sobre el palpitar frenético de su corazón y su respiración entrecortada.

Pero el grito no llegó.

Con las piernas temblando, avanzó hacia lo que ella creía que era el gran salón. Pero cuando giró, se encontró con una alcoba con una serie de puertas dobles abiertas por completo. La habitación al otro lado era enorme y tenía el mismo estado de abandono que el resto del castillo. Los pocos muebles que aún quedaban en su interior estaban derribados y rotos. Algunas enredaderas muertas cubrían todo el suelo, junto con un manto de piedras y ramas arrastradas por cualquier bicho que haya querido construir su hogar en ese lugar olvidado.

Al fondo de una de las habitaciones había una tarima elevada, sobre la cual descansaban dos sillas ornamentadas.

No, sillas no, exactamente. Sino más bien, tronos. Cada uno bañado en oro y tapizado en un color azul cobalto.

Lucían inmaculados, intactos por el deterioro que había arruinado al resto del castillo, conservados por una magia que no podía ni siquiera imaginar. Era como si los dueños del castillo fueran a regresar en cualquier momento. Si tan solo el resto del castillo no se estuviera erosionando lentamente con el paso del tiempo, consumido por la naturaleza, por la muerte.

Y este *sí* era un lugar de muerte. Era indiscutible. El olor a putrefacción, el sabor de las cenizas en la boca. La forma en que la miseria y el sufrimiento colgaban de las paredes como telarañas invisibles, flotando en el aire como partículas de un polvo efímero.

Estaba en el medio de la habitación del trono cuando oyó un sonido grave apagado.

Se detuvo y escuchó.

Al dar un nuevo paso hacia adelante, lo escuchó nuevamente y, esta vez, sintió que la suela de su bota se pegaba a la piedra.

Bajó la vista hacia el suelo y notó las pisadas sangrientas que se extendían por detrás de ella desde el corredor que acababa de abandonar. Un charco oscuro ahora brotaba desde los bordes de la habitación y salía hacia el corredor.

De pronto, todo en su interior empezó a convulsionar.

Retrocedió, lento al principio, pero finalmente volteó y

salió corriendo hacia la puerta doble inmensa que descansaba frente a los tronos. Apenas cruzó el umbral, estas se cerraron con fuerza por detrás.

No se detuvo. Cruzó salas majestuosas y decrépitas hasta que, eventualmente, supo dónde estaba. El hogar inmenso. Las puertas talladas.

Había encontrado el gran salón.

Con un grito agitado y esperanzador, se arrojó contra las puertas y las abrió de golpe. El patio estaba cubierto por una luz gris que dejaba en evidencia que el tiempo no había sido menos cruel con esta parte del castillo. Las estatuas de los sabuesos en la base de la escalinata ahora estaban cubiertas por un musgo verde, mientras que su superficie se podía ver perforada por la corrosión. Una parte de los establos había colapsado, el techo de paja estaba lleno de orificios. Era como si todo el patio estuviera siendo devorado por arbustos y cardos espinosos. Incluso había crecido un barbadejo en el rincón sur, donde sus raíces se abrían paso entre los adoquines y sus ramas desnudas por el invierno se extendían como dedos esqueléticos hacia el cielo gris. Los frutos que las aves no habían consumido estaban dispersos sobre las rocas y se pudrían como manchas de sangre en el suelo.

Sin embargo, el portón de entrada estaba abierto. Y el puente levadizo, bajo.

Podría haber llorado del alivio.

A medida que la brisa fría soplaba desde el lago, sacudiendo su cabello y su capa, corrió lo más rápido que pudo hacia la salida. Detrás de ella, aún podía escuchar los gritos, los llantos, la cacofonía de la muerte.

La madera erosionada por el tiempo crujió bajo sus pies cuando cruzó el puente angosto que conectaba al castillo con el pueblo. Las rocas parecían romperse. Una parte de la pared lateral se había caído al agua abajo. Habría sido peligroso para un carruaje, pero la parte central más angosta y frágil del puente le brindaba suficiente lugar para ella. Corrió hasta que lo único que pudiera escuchar fuera el viento en sus oídos y su propia respiración entrecortada.

Finalmente aminoró la marcha y se aferró a una columna, la cual la noche anterior había albergado una antorcha encendida, pero ahora no era nada más que una roca húmeda destruida. Se recostó sobre esta mientras intentaba recobrar el aliento.

Lentamente, se animó a voltear.

El castillo se erigía en medio de la niebla, tan inquietante e imponente como la noche anterior. Pero esta no era la fortaleza majestuosa del Erlkönig, el Rey de los Alisos.

Ahora, el castillo de Adalheid no era más que un montón de ruinas.

CAPÍTULO QUINCE

La noche anterior, la pequeña ciudad había sido un lugar silencioso y solemne, en donde parecía que todos los ciudadanos se hubieran aislado en sus casas de ventanas tapiadas, asustados por lo que podría estar merodeando en sus calles bajo la Luna del Hambre.

Pero mientras Serilda cruzaba el puente, vio que en el trascurso de esa noche, o siglo, si realmente había dormido cien años, la vida había regresado a la normalidad en el pueblo. Ya no se veía ominoso y abandonado a las sombras del enorme castillo. Esa mañana, de hecho, lucía bastante encantador. Había casas altas con entramado de madera alineadas a orillas del lago, pintadas con tonos amarillos y verdes pálidos, acentuados por la madera oscura. El sol se reflejaba sobre la nieve acumulada en los tejados y jardines, donde algún que otro hombre de nieve se derretía lentamente. Un desfile de botes pesqueros flotaba sobre el lago, amarrados a una serie de muelles. En el camino que se extendía junto a la playa de canto rodado había una fila de refugios con techo de paja que Serilda no recordaba haber visto la noche anterior.

Un mercado.

Era la mayor transformación que jamás había visto, mientras un bullicio alegre le daba la bienvenida. Los aldeanos habían salido y reclamado su ciudad, como si la cacería salvaje nunca hubiera acaparado su terreno. Como si el castillo en el lago, a solo metros de sus hogares, no estuviera infestado de monstruos y fantasmas.

La vista que la recibió a medida que se acercaba al final del puente era viva, estrepitosa y completamente familiar. La gente con sus capas pesadas y sombreros de lana deambulaba entre los distintos puestos, examinando pieles y tejidos, canastas de nabos y paquetes de nueces acarameladas, zuecos de madera y artesanías de hierro. Algunas mulas greñudas tiraban de carruajes repletos de manzanas y repollo, cerdos y gansos, mientras que las gallinas cacareaban y caminaban libres por las calles. Notó que al final de uno de los muelles había un grupo de niños acostados boca abajo en el suelo, jugando con unas rocas de colores.

Se quedó llena de alivio al verlos. A todos. Podían ser extraños, pero eran humanos y estaban vivos. Temía que el pueblo, al igual que el castillo, hubiera quedado perdido en el tiempo, un pueblo fantasma obsoleto, mientras ella atravesaba su sueño eterno. Temía que estuviera igual de embrujado que las ruinas que acababa de abandonar.

Para su alivio, esta ciudad no estaba en ruinas y, aparentemente, tampoco embrujada. Si había algo de lo que estaba casi segura, era que el pueblo, a juzgar por su primera impresión, era próspero. No había ninguna casa que pudiera ver que necesitara desesperadamente reparaciones. Los techos de paja estaban en buen estado y limpios, las vallas se veían firmes, y la luz del sol se reflejaba en el cristal de las ventanas. Cristal real. Nadie en Märchenfeld tenía ventanas de cristal, ni siquiera el vinicultor, quien tenía más tierras que cualquier otra persona en la zona. Si una casa siquiera tenía ventanas, estas serían angostas y siempre estarían abiertas para recibir al verano, y quedarían tapiadas en invierno.

En la parte más alta del puente, se preguntó una vez más por cuánto tiempo había dormido. ¿Realmente se había despertado en otra época?

Pero luego vio una cubeta de cobre junto a una cerca azul y le pareció increíblemente familiar. Estaba segura de haberla visto la noche anterior. Pero si habían pasado décadas, ¿la cerca no tendría que estar podrida o la cubeta perdida luego de alguna terrible tormenta?

No era una confirmación precisa, pero le dio esperanzas de que no estaba en otra época, sino que había regresado del otro lado del velo que separaba el mundo de los mortales del reino de los seres oscuros.

Además, la ropa no era diferente a la que cualquier persona usaría en Märchenfeld; quizás con menos manchas y agujeros y un poco más de ornamentación. ¿No habría cambiado la moda con el pasar de los años?

Intentó mostrarse despreocupada, incluso simpática, al terminar de cruzar el puente. Pronto los seres del pueblo notaría sus ojos peculiares y su completa naturaleza empezaría a ser cuestionada. Mejor agradarles mientras pudiera.

No pasó mucho tiempo hasta que empezaron a notar su presencia.

Al menos, una mujer la notó y dejó salir un grito agitado que, de inmediato, captó la atención de todos a su alrededor.

Enseguida, todas las personas empezaron a girar hacia ella, desconcertadas.

Apenas la vieron, con su capa desgastada, descendiendo del puente, se quedaron congelados, sus ojos completamente abiertos. Algunos suspiros de sorpresa y sospecha se abrieron paso entre la multitud.

Algunos niños se susurraron cosas, por lo que Serilda miró hacia el muelle. Estaban mirándola, su juego olvidado por completo.

Sonrió.

Nadie le devolvió la sonrisa.

Se acabó el encanto.

Se preparó para enfrentarse a esta recepción para nada favorable y se detuvo al borde de la calle. El mercado había quedado sumido en un completo silencio, tan pesado como una capa fresca de nieve, interrumpido solo por el rebuzno de un burro o el cacareo de un gallo, o alguien a lo lejos preguntando qué estaba pasando mientras se abría paso entre la multitud para ver qué estaba causando tanto alboroto.

Serilda percibió el aroma cálido de las nueces tostadas que alguna persona vendía más adelante, y su estómago se revolvió hambriento. El mercado no era diferente al que preparaban todos los fines de semana en Märchenfeld. Canastas con tubérculos y bayas de invierno. Cubetas llenas de avellanas sin pelar. Quesos duros envueltos en telas y bollos de pan caliente. Montones de pescados, sazonados y frescos. Al ver todo eso, se le hizo agua a la boca.

—Encantadora mañana, ¿no creen? —dijo, a nadie en particular.

La multitud continuó mirándola sin decir nada. Había una mujer con un niño pequeño que no le soltaba la falda. Un pescadero con su mercancía dentro de una bandeja llena de nieve. Una pareja de ancianos, cada uno con una canasta de compras, aunque lo único que tenían eran unos pocos huevos moteados.

Esbozando su sonrisa como un escudo, Serilda se negó a escapar de sus miradas consternadas, incluso cuando aquellos que estaban más cerca de ella empezaron a fruncir el ceño al ver sus ojos por primera vez. Conocía muy bien esas miradas. Esas de cuando la gente se preguntaba si los destellos dorados eran un truco de la luz.

–¿Algún alma amable podría llevarme a la posada más cercana? –preguntó con energía, para que nadie pretendiera no haberla escuchado.

Pero, aun así, nadie respondió.

Algunas miradas se posaron por detrás de ella, en el castillo. Como si estuvieran esperando que apareciera un ejército de fantasmas.

Pero no había nada, *¿verdad?*

Giró sobre su hombro.

No. Solo un puente, triste y deteriorado. Algunos pescadores se habían acercado en sus botes a la orilla, ya sea por haber visto a la extraña cruzando el puente o por el cambio en la atmósfera del pueblo.

–¿Acaba de salir del *castillo*? –preguntó una voz chillona. Los niños se habían acercado y formado un grupo tímido desde donde miraban a Serilda.

Otro preguntó:

–¿Es un fantasma?

–¿O una cazadora? –agregó otra voz temblorosa.

–Ah, lo siento –dijo Serilda, lo suficientemente fuerte como para que todos pudieran escucharla–. Qué espantosamente grosero de mi parte. Mi nombre es Serilda. Yo… –miró hacia el castillo. Tentada, sí, tan tentada, de contarles la verdad sobre la noche anterior. Que la habían invitado al castillo en un carruaje hecho de huesos, que la había atacado un sabueso del infierno y que había terminado encerrada en un calabozo. Que había conocido a un hilandero de oro y escapado de un drude. Sintió un cosquilleo en sus labios, ansiosos por contarles la historia.

Pero algo en sus rostros la obligó a detenerse.

Ya estaban asustados. Aterrados, incluso, de su visita inesperada.

Se aclaró la garganta.

—Me enviaron para estudiar la historia de esta bella ciudad. Soy la asistente de un estudioso destacado de Verene que está redactando un... compendio... de los castillos abandonados del norte. Como pueden imaginar, estas ruinas son de un interés particular para nuestra investigación, al estar tan... bien... preservadas. —Miró al castillo una vez más. No estaba para nada bien preservado—. La mayoría de los castillos que inspeccioné hasta el momento no eran más que una torre y algunos cimientos dispersos —agregó como una especie de explicación.

Las miradas que recibió fueron de confusión, sospecha, y continuaron disparándose hacia la estructura que tenía por detrás.

Con un tono más alegre, se animó a preguntar.

—Debo regresar a Verene hoy, pero esperaba comer algo antes de mi partida.

Finalmente, una anciana levantó la mano y señaló hacia las casas pintadas que rodeaban al lago.

—El Cisne Salvaje está en esa dirección. Lorraine puede ayudarte a llenar esa barriga —se detuvo, mirando hacia atrás de Serilda una vez más, y agregó—. No vienes con nadie más, ¿verdad?

El comentario causó un gran revuelo entre la multitud. Algunos empezaron a arrastrar los pies, impacientes, y a mover las manos.

—No —dijo Serilda—. Solo soy yo. Y gracias por la ayuda.

—¿Estás *viva*?

Miró a los niños una vez más. Formaban un grupo, hombro con hombro, salvo por la niña que había hecho la pregunta. Había tenido la audacia de dar un paso hacia Serilda, incluso aunque el niño a su lado le hubiera advertido que no lo hiciera.

Serilda rio, pretendiendo que la pregunta era una broma.

—Bastante. A menos que… —abrió la boca, sorprendida, sus ojos abiertos llenos de terror—, esto sea… ¿Verloren?

La niña esbozó una sonrisa.

—Tonterías. Esto es Adalheid.

—Ah, qué alivio —le contestó Serilda, llevándose una mano al corazón—. Me atrevería a decir que casi parecen un montón de espíritus y goblins.

—No es asunto de risa —gruñó un hombre desde una mesa con zuecos de madera y botas de cuero—. No aquí. Y de seguro no de alguien que se haya atrevido a entrar a ese lugar maldito —señaló furioso al castillo.

Una sombra pareció cubrir a toda la multitud, borrando las expresiones que habían empezado a transmitirle calidez.

Serilda bajó la cabeza en señal de disculpa.

—Lo siento, no quise molestar a nadie. Gracias por la recomendación. —Les esbozó una sonrisa a los niños y avanzó entre la multitud. Sentía las miradas en su espalda, el silencio que persistía en su andar, la curiosidad que la seguía como un gato hambriento.

Pasó una serie de negocios frente al lago, cada uno con un letrero de metal que indicaba la profesión del dueño. Un sastre, un boticario, un orfebre. El Cisne Salvaje sobresalía del resto. Era el edificio más bonito de la costa con sus paredes pintadas del mismo tono que el cielo de junio con su entramado de madera y sus ventanas de molduras amarillas y ménsulas cortadas de tal manera que parecían una tela de encaje. Un letrero sobre la entrada mostraba la silueta de un cisne elegante y justo por debajo se encontraban escritas las palabras más maravillosas que Serilda jamás había visto.

COMIDA – ALBERGUE – CERVEZA

Sentía que estaba a punto de llorar cuando sintió el aroma delator de las cebollas al fuego y la carne rostizada.

El interior de la posada era acogedor y con una decoración simple. Sus ojos se posaron de inmediato sobre un proverbio tallado en la viga de madera de la chimenea. *Al llamar al bosque, su respuesta escucharás.* Había algo familiar en el dicho que le hizo sentir un escalofrío en todo el cuerpo cuando miró a su alrededor. La habitación estaba en gran medida vacía, salvo por un anciano que bebía una pinta junto al fuego y una mujer en la larga barra, perdida en un libro. Parecía estar en sus treinta, tenía una figura curvilínea, piel morena y el cabello atado en un rodete sobre su cabeza. Levantó la vista cuando Serilda se acercó y rápidamente hizo el libro a un lado mientras se ponía de pie.

–Siéntate donde quieras –le dijo, haciéndole un gesto hacia la gran cantidad de mesas vacías–. ¿Cerveza? ¿Sidra caliente?

–Sidra, por favor. –Eligió una mesa junto a la ventana y golpeó la mesa de madera dos veces antes de sentarse, porque supuestamente a los demonios no les gustaba tocar el roble, un árbol sagrado vinculado a Freydon. No podía imaginar al Erl-king poniéndose quisquilloso por la mesa de un pub, pero era una forma de hacerle saber a la gente que ella misma no era un demonio. Supuso que no le hacía mal a nadie, en especial luego de la mañana que había tenido. Su mesa tenía una vista perfecta de las ruinas del castillo, sus paredes rotas y torres derribadas cubiertas de nieve. Más botes pesqueros habían zarpado hacia el lago y no eran más que puntos rojos y verdes en las aguas calmas y oscuras.

—Aquí tienes —dijo la mujer, apoyando sobre la mesa una humeante jarra de peltre llena de sidra de manzana—. ¿Tienes hambre? Por lo general, no tenemos mucha gente los días de mercado, así que no tengo muchas cosas preparadas esta mañana, pero con mucho gusto puedo traerte...

Se quedó en silencio al ver los ojos de Serilda por primera vez. Luego posó la mirada en la herida que tenía en la mejilla.

—Dios, ¿estuviste en una pelea?

Serilda se presionó una mano sobre su rostro. Se había olvidado de la herida que le había causado el drude. La sangre ya estaba seca y había formado una costra. Eso explicaba por qué la gente del pueblo estaba tan asustada.

—Una pelea con un arbusto —le respondió, sonriendo—. A veces, soy un poco torpe. ¿Tú debes ser Lorraine? Me contaron que esta es la mejor posada de Adalheid.

La mujer soltó una risa distraída. Tenía una expresión algo maternal en su rostro, mejillas regordetas y una boca risueña, pero también ojos sagaces que dejaban en claro que no sería fácil persuadirla con halagos.

—Así es, soy yo —le contestó lentamente, reorganizando sus pensamientos—. Y lo es. ¿De dónde vienes?

Del otro lado del velo, se vio tentada a contestarle, pero en su lugar, optó por otra cosa.

—Verene. Estoy visitando ruinas a lo largo de todo el reino en nombre de un estudioso notable que está interesado en la historia de esta zona. Más tarde tengo intenciones de visitar una escuela abandonada cerca de Märchenfeld, pero me temo que necesito transporte. Por casualidad, ¿conoces a alguien que vaya en esa dirección?

La mujer frunció los labios hacia un lado, aun mirando a Serilda con cautela.

—¿Märchenfeld? Llegarías rápido caminando por el bosque, pero no te lo recomendaría. —Su mirada, de pronto, se llenó de sospechas—. De todas formas, ¿cómo llegaste hasta aquí sin caballo o carruaje propio?

—Ah, me trajo anoche mi asociado, pero tuvo que seguir viaje hacia… —intentó recordar los terrenos lindantes, pero no estaba completamente segura en dónde estaba *realmente* Adalheid—. Nordenburg. Le dije que podría encontrarlo allí.

—¿Llegaste anoche? —preguntó Lorraine—. ¿En dónde te hospedaste?

Intentó no respirar con pesadez. Tantas preguntas, cuando lo único que quería era desayunar.

Probablemente debería haber empezado con la verdad. Se olvidó que, a veces, la mentira tenía patas cortas. Nunca llegaba muy lejos. Además, la verdad por lo general era más fácil de recordar.

Y así, le respondió. Con la verdad.

—Me quedé en el castillo.

—¿Qué? —dijo la mujer, una expresión sombría apoderándose de todas sus facciones—. Nadie entra a ese castillo. Además, anoche fue… —Sus ojos la miraron horrorizada y dio algunos pasos hacia atrás—. ¿Qué eres? Dime la verdad.

Su reacción la desconcertó.

—¿*Qué* soy?

—¿Un espectro? ¿Un alma en pena? —Frunció el ceño, inspeccionando a Serilda de pies a cabeza—. No luces mucho como una salige…

De pronto, Serilda bajó la cabeza, agotada.

—Soy solo una muchacha humana, lo juro.

—¡Entonces por qué dices eso! ¿Quedarse en el castillo? Los monstruos de ese lugar te habrían desgarrado, parte por parte. —Inclinó la cabeza hacia un lado—. No me gustan las mentiras, jovencita. ¿Cuál es tu *verdadera* historia?

Serilda empezó a reírse. Su historia real era tan improbable que hasta ella misma tenía problemas para creerla.

—Está bien —dijo finalmente—. Si insistes. No soy ninguna estudiosa, solo la hija de un molinero. Anoche, el Erlking me trajo a este lugar y me ordenó convertir una montaña de paja en oro. Amenazó con matarme si fallaba, pero al ver que cumplí la tarea, me dejó libre.

Listo. Esa era la verdad. Casi.

Lorraine le sostuvo la mirada por un largo rato y Serilda esperaba que resoplara y la echara del restaurante por burlarse de las supersticiones de los ciudadanos.

Pero en cambio, algo de su irritación pareció desaparecer de su rostro y quedó reemplazada por… asombro.

—¿Puedes crear oro?

Serilda dudó solo por un breve instante.

—Sí —le contestó. Esta mentira la había repetido tantas veces que ya no parecía extravagante—. Bendecida por Hulda.

—Y quieres decirme… —agregó la mujer, sentándose frente a Serilda—, que estuviste dentro del castillo durante la Luna del Hambre y que, cuando salió el sol y regresó el velo, el Erlking simplemente… ¿te dejó ir?

—Eso parece.

Gruñó, sorprendida. Pero no con incredulidad. Al menos, eso creía Serilda.

—De verdad me gustaría ir a casa hoy —añadió Serilda, con

la esperanza de redireccionar la conversación hacia asuntos más urgentes. *Sus* asuntos urgentes.

–Imagino que cualquiera lo querría luego de una experiencia como esa –agregó Lorraine, sin quitarle los ojos de encima, como si no supiera qué hacer con ella. Pero también como si le *creyera*. Inclinando la cabeza, miró por la ventana hacia el castillo, sumida en sus pensamientos. Finalmente, asintió. Se puso de pie y se secó las manos en su delantal–. Bueno, creo que Roland Haas tenía planeado ir hasta Mondbrück hoy. Estoy segura de que no tendrá problema en llevarte en su carreta. Aunque no vendría mal aclararte que, probablemente, no sea el viaje más placentero de tu vida.

Serilda esbozó una sonrisa.

–Toda ayuda será más que agradecida.

–Déjame hablar con él, para asegurarme de que tenga planeado salir hoy. En ese caso, será mejor que te traiga el desayuno. Sospecho que saldrá pronto. Se espera otro día frío. –Empezó a voltear, pero se detuvo–. Dijiste que tenías hambre, ¿verdad?

–Sí, por favor. Cualquier cosa está bien –le dijo Serilda–. Gracias.

Lorraine asintió, mirándola nuevamente a los ojos.

–Y te traeré un ungüento para esa mejilla. –Volteó y se dirigió hacia la barra, donde desapareció en la cocina.

Fue en ese instante que Serilda se llenó de una culpa inmensa.

No tenía dinero. Nada con lo que pagar esta sidra cálida celestial o la comida que su estómago tanto ansiaba.

Excepto…

Giró el anillo de las mujeres de musgo en su dedo, pero de inmediato movió la cabeza de lado a lado.

—Me ofreceré a lavar los platos —murmuró, sabiendo que debería cerrar el trato antes de aprovecharse de la hospitalidad de la posadera. Pero se sentía como si no hubiera comido desde hacía días, y la mera idea de que la rechazara era intolerable.

De pronto, un ruido afuera llevó su atención nuevamente hacia la ventana. Reconoció al grupo de niños en el muelle, tres niñas y un niño, sonriendo y susurrándose cosas debajo del letrero de hierro del sastre al lado. Todos a la vez, asomaron su cabeza y miraron a Serilda por la ventana.

Ella los saludó.

Al unísono, gritaron y salieron corriendo hacia un callejón cercano.

Serilda rio, divertida. Parecía que las supersticiones estaban destinadas a seguirla fuera donde fuera. Claro, no era suficiente con ser la joven con la rueda de la desgracia en sus ojos. Ahora también tenía que ser la muchacha que había emergido de las ruinas de un castillo embrujado la mañana siguiente a la Luna del Hambre.

Se preguntaba qué historias estaban inventando los niños sobre ella.

Se preguntó qué historias les contaría si tuviera la oportunidad de hacerlo.

Si iba a ser la extraña que había estado detrás del velo, quería asegurarse de que los rumores fueran dignos de ella.

CAPÍTULO DIECISÉIS

La puerta de la posada se abrió de golpe mientras Serilda se atendía la herida del drude. Le sorprendió encontrarse con una de las niñas que ingresaba corriendo con una calma fingida. La niña no la miró, sino que avanzó directo hacia la barra y se sentó en una de las banquetas. Se inclinó sobre la madera y gritó a través de la puerta de la cocina.

—¡Mamá, ya volví!

Lorraine apareció por la puerta con un tazón en sus manos.

—¡Tan temprano! Creí que no te vería hasta el anochecer.

La niña se encogió de hombros.

—No había mucho para hacer en el mercado, y creí que te vendría bien un poco de ayuda.

Lorraine rio.

—Bueno, no me quejo. ¿Podrías llevarle esto a la muchacha que está junto a la ventana?

La niña se bajó de la silla y tomó el tazón con ambas manos. Al acercarse, Serilda notó que era la misma niña que se había atrevido a preguntarle si estaba viva. Y ahora que prestaba más atención, el parecido con la posadera era claro. Su piel era un tono más clara, pero tenía las mismas mejillas y los mismos ojos castaños curiosos.

—Tu comida —dijo la niña, colocando el tazón justo frente a Serilda.

Se le hizo agua a la boca al ver un bollo de pan dorado y esponjoso con una cruz de manteca y un pastel de manzana y canela.

—Se ve divina, muchas gracias —le dijo Serilda, tomando el pastel y partiéndolo a la mitad. Al darle la primera mordida a las capas de hojaldre y manzanas suaves, dejó salir un gemido desvergonzado. Era mucho más sabroso que el pan de centeno enmantecado que comía en su casa. La niña se quedó en la mesa, moviéndose impacientemente en el lugar.

Serilda la miró con una ceja levantada y tragó.

—Adelante, pregúntame lo que quieras.

La niña inhaló rápido y comenzó a soltar abruptamente sus preguntas.

—¿Cuánto tiempo estuviste en el castillo? ¿Toda la noche? Nadie recuerda haberte visto llegar al pueblo. ¿Te trajo la cacería? ¿Viste a los fantasmas? ¿Cómo saliste?

—Por todos los dioses, voy a necesitar llenarme la barriga primero antes de poder responder todo eso —le dijo Serilda. Una vez que devoró la primera mitad del pastel y bebió un poco de la sidra, miró por la ventana a los otros tres niños que las estaban mirando.

—Tus amigos parecen tenerme miedo —dijo—. ¿Cómo te eligieron para ser la desafortunada para recopilar toda esta información?

La niña infló el pecho.

–Soy la más valiente.

Serilda le esbozó una sonrisa.

–Ya veo.

–Henrietta cree que eres un nachzehrer –añadió la niña–. Dice que probablemente moriste en un accidente trágico y tu espíritu fue atraído hasta Adalheid por los seres oscuros, pero no quedaste atrapada detrás del velo como el resto, y probablemente vayas a matar a todos en el pueblo ni bien nos vayamos a dormir esta noche, y luego comerás nuestra carne, y te convertirás en un cerdo y escaparás para vivir en el bosque.

–Henrietta sí que sabe contar historias.

–¿Es verdad?

–No –le respondió Serilda, riendo–. Aunque si lo fuera, probablemente no lo confesaría. –Le dio otro mordisco a su pastel, considerando lo que le acababa de decir–. No creo que un nachzehrer pueda hablar. Tienen la boca ocupada comiendo su sudario.

–Y su propio cuerpo –agregó la niña–. Y el de todo el resto.

–Eso también.

La niña sopesó sus palabras.

–Tampoco creo que al nachzehrer le gusten los pasteles de manzana.

Serilda negó con la cabeza.

–Una dieta estrictamente de carne para los no muertos, asumo. ¿Cómo te llamas?

–Leyna –le contestó la niña–. Leyna De Ven.

–Dime, Leyna De Ven, ¿tus amigos por casualidad apostaron para ver si eras lo suficientemente valiente como para acercarte y hacerme todas estas preguntas?

Los ojos de la niña se iluminaron con sorpresa.

—¿Cómo sabías?

—Soy muy buena leyendo la mente —le contestó Serilda. De hecho, era muy buena sabiendo lo que estaba en la mente de los niños aburridos y traviesos, dado que pasaba tanto tiempo con ellos.

Leyna parecía adecuadamente impresionada.

—¿De cuánto es la apuesta?

—Dos monedas —le contestó Leyna.

—Entonces yo te ofrezco otro trato. Te contaré la historia de cómo llegué a ese castillo esta mañana a cambio del desayuno.

Esbozando una sonrisa, la niña se sentó frente a Serilda.

—¡Listo! —Le esbozó una sonrisa ganadora a sus amigos, quienes no podían creer que Leyna no solo estuviera hablando con Serilda, mucho menos que se hubiera sentado con ella—. Creían que no lo haría —dijo—. Incluso los adultos en el mercado te tienen miedo. Es lo único de lo que hablan desde que te marchaste. Dicen que tienes ojos malditos. —Estudió el rostro de Serilda—. Y sí, *son* extraños.

—Todas las cosas mágicas son extrañas.

Leyna abrió los ojos bien en grande.

—¿Por eso puedes leer la mente? ¿Puedes… *ver* cosas?

—Quizás.

—¡Leyna! ¿Qué estás haciendo? ¿Molestando a nuestros huéspedes?

Leyna se tensó.

—Lo siento, mamá. Solo estaba…

—Le pedí que me acompañara —agregó Serilda, con una sonrisa tímida—. Puede que no sea la asistente de un académico, pero tengo mucha curiosidad por esta ciudad. Nunca había visitado Adalheid antes y supuse que ella podría contarme más sobre eso. Lo siento si la estoy distrayendo de su trabajo.

Lorraine chasqueó la lengua y colocó un plato de comida frente a Serilda, pescado condimentado y un jamón hervido, ciruelas secas y un pequeño plato de bayas de invierno.

—No hay mucho trabajo hoy. Está bien. —Pero al decirlo, le lanzó una mirada de advertencia a su hija. El significado fue claro. No debía aprovecharse de la hospitalidad de Serilda en su mesa—. Ya envié a alguien para que hable con Roland. Te avisaré ni bien sepa algo.

—Gracias. Es un pueblo encantador, me entristece no poder quedarme por mucho tiempo. No he escuchado mucho sobre Adalheid, pero parece tan… próspero.

—Ah —agregó Leyna—. Eso es por…

—Un liderazgo fantástico —la interrumpió Lorraine—. Si se me permite.

Leyna puso los ojos en blanco.

—Mamá es la alcaldesa.

—Desde hace siete años —agregó Lorraine con orgullo—. Desde que Burnard decidió retirarse. —Señaló con la cabeza al hombre que se encontraba junto a la chimenea, quien terminaba lentamente su pinta de cerveza.

—¡La alcaldesa! —exclamó Serilda—. Te ves tan joven.

—Ah, lo soy —le contestó, con un tono algo engreído—. No conocerás a alguien que ame más este pueblo que yo.

—¿Vives aquí hace mucho?

—Toda mi vida.

—Entonces debes conocer todo sobre este lugar.

—Claro que sí —dijo Lorraine. Una expresión seria se presentó en su rostro y levantó un dedo—. Pero déjame aclararte una cosa, no soy chismosa.

Leyna rio, pero intentó ocultarlo con una tos.

Su madre le lanzó una mirada fulminante.

—Y tampoco permitiré que mi hija ande chismoseando con la gente del pueblo tampoco. ¿Entendido?

Leyna bajó la mirada al sentir los ojos intensos de su madre.

—Sí, mamá.

Lorraine asintió.

—Mencionaste que te dirigías a Märchenfeld, ¿verdad?

—Sí, gracias.

—Solo quería recordar. Te avisaré cuando sepa algo. —Regresó nuevamente hacia la cocina.

—Nada de chismes —murmuró Leyna una vez que su madre se marchó—. La cosa es que creo que de verdad se lo cree. —Se inclinó sobre la mesa, bajando la voz hasta que no era más que un susurro—. Pero te garantizo que ella y mi padre empezaron esta posada *porque* ama los chismes y todos saben que es el mejor lugar para enterarse de ellos.

La puerta se abrió, dándole lugar a una brisa fría y al aroma del pan recién horneado. Leyna se asomó y se le iluminaron los ojos.

—Mira, aquí viene el mejor chisme de todo el pueblo. ¡Buenos días, Madam Profesora!

Una mujer de estatura baja con piel clara y cabello castaño rojizo se detuvo a pocos metros de la puerta.

—Ah, Leyna, ¿cuándo vas a empezar a llamarme Frieda? —Levantó una canasta hasta la cintura—. ¿Tu mamá está aquí?

—Acaba de irse para atrás —dijo Leyna—. Volverá enseguida.

Como si estuviera planeado, Lorraine reapareció por detrás de la barra, ya sonriendo.

—Mira esto —susurró Leyna y le tomó a Serilda un momento entender de qué le estaba hablando.

—¡Frieda! Qué sincronización —dijo Lorraine, extrañamente sin aliento, a pesar de haber estado bien hacía solo un momento.

–¿Eso crees? –dijo Frieda, colocando la canasta sobre la barra.

–Tenemos una invitada de afuera que está interesada en la historia de Adalheid y su castillo –dijo Lorraine, señalando a Serilda.

–¡Ah! Bueno, quizás yo pueda… mmm –dijo Frieda, alternando la vista entre Serilda y su canasta. Nuevamente a Serilda. Y nuevamente a la canasta. Y luego a Lorraine. Parecía nerviosa, con sus mejillas sonrojadas, antes de sacudirse levemente y levantar un pañuelo de la canasta–. Primero… traje algunos pasteles de pera y canela para ti y Leyna. –Tomó dos pasteles pequeños envueltos en una tela–. Ya sé que son tus favoritos esta época del año. Y ayer recibí una entrega de Vinter-Cort. –Empezó a sacar unos libros con tapa de cuero del interior de la canasta–. Dos volúmenes de poesía, una traducción de cuentos de Ottelien… la historia de varias rutas de comercio, un bestiario actualizado, la teología de Freydon… ¡Ah! Mira qué encantador. –Sacó un códice con páginas gruesas de vitela–. *Los cuentos de Orlantha*, una aventura épica escrita en verso hace cientos de años. Me dijeron que hay monstruos de agua, batallas, romances y… –Se detuvo para moderar visiblemente su entusiasmo–. Quiero leerla desde que era pequeña. Pero… me pareció mejor que tú eligieras primero. Si hay algo que te gustaría que te prestara.

–¡Todavía no terminé de leer el libro que me trajiste la semana pasada! –le respondió Lorraine, aunque sí tomó uno de los volúmenes de poesía y ya lo estaba revisando–. Pero iré a la biblioteca a elegir algo nuevo en cuanto termine con este.

–¿Te gusta?

–Mucho.

Sus ojos se encontraron, ambas compartiendo una sonrisa mutua.

Leyna le lanzó una mirada cómplice a Serilda.

—Bien. Maravilloso —dijo Frieda, mientras guardaba los libros nuevamente en la canasta—. Espero verte en la biblioteca pronto, entonces.

—Así será. Eres una bendición para Adalheid, Frieda.

Las mejillas de Frieda estaban casi escarlatas.

—Estoy segura de que le dices eso a todo el mundo, Madam Alcaldesa.

—No —intervino Leyna—. La verdad que no.

Lorraine le lanzó otra mirada molesta.

Se aclaró la garganta y Frieda colocó nuevamente el pañuelo sobre la canasta y se alejó de la barra. Avanzó hacia Serilda con un paso alegre.

—¿Te interesa aprender más sobre Adalheid?

—Antes de que sigan hablando —interrumpió Lorraine—. Déjame avisarte que escuché que Roland te estará esperando en la puerta sur dentro de veinte minutos.

—Ah, gracias —dijo Serilda. Le lanzó una mirada de disculpa a Frieda—. ¿Debes ser la bibliotecaria del pueblo?

—Esa soy yo. ¡Ah! Ya sé, enseguida regreso.

Sin dar ninguna explicación, Frieda se marchó de la posada.

Leyna apoyó la barbilla sobre sus manos y esperó a que la puerta se cerrara para hablar.

—Mamá, creí que no te gustaba la poesía.

Lorraine tensó su expresión.

—¡Eso no es verdad! Tengo gustos muy variados, hija mía.

—Mmm. Como… ¿la historia de la agricultura antigua?

Lorraine le lanzó una mirada fulminante y levantó uno de los pasteles.

—Fue fascinante. Además, no le hace mal a nadie leer algo que no sean cuentos de hadas de vez en cuando.

Leyna resopló.

—Tenía cuatrocientas páginas y te dormías cada vez que lo empezabas a leer.

—Eso no es verdad.

—Sabes —dijo Leyna, arrastrando la palabra—, podrías invitarla a comer algo. Recuerda que halagó tu sauerkraut unas mil veces, y a nadie le gusta *tanto*.

—Vamos, no te pases de lista —le dijo Lorraine—. Frieda es una amiga y la biblioteca brinda un excelente servicio al pueblo.

Leyna se encogió de hombros.

—Solo digo, si te casaras con ella podrías encontrar algo de qué hablar que no sea la última entrega de libros.

—¡Casarnos! —exclamó Lorraine—. ¿Qué? Tonterías. Sea lo que sea que te haga pensar esas... ridiculeces... —Soltó un suspiro tembloroso y, de inmediato, empezó a llevar los pasteles hacia la cocina.

El hombre junto a la chimenea, el antiguo alcalde, chasqueó la lengua.

—Es gracioso cómo puede ser tan obvio para todo el resto, ¿verdad? —Levantó la vista de su pinta y le guiñó un ojo travieso a Leyna, quien rio.

—Son un caso perdido, ¿verdad?

El hombre negó con la cabeza.

—Yo no diría eso. Algunas cosas solo llevan tiempo.

—Espero no molestar con esto —dijo Serilda—, pero... no mencionaste a tu padre.

Leyna asintió.

—Murió de tuberculosis cuando yo tenía cuatro. No lo recuerdo mucho. Mamá dice que siempre será el primer gran amor de su vida, pero la forma en la que ella y Frieda han estado coqueteando durante los últimos meses, me hace pensar que quizás ya sea hora de un segundo gran amor –vaciló por un segundo, repentinamente tímida–. ¿Es extraño?

–No –le contestó Serilda–. Creo que es muy maduro. Mi padre también está solo. No creo que haya encontrado a nadie que sea su segundo amor, pero me haría muy feliz si lo hiciera.

–¿Tu madre murió?

Serilda abrió la boca para contestarle, pero dudó por un segundo. En lugar de responderle, cambió de tema.

–Aún te debo una historia por el maravilloso desayuno. –Ambas miraron a su plato. De algún modo, durante el transcurso de la visita de la bibliotecaria, la comida había desaparecido mágicamente.

Leyna se sentó más recta, moviéndose muy entusiasmada en su asiento.

–Mejor apresúrate. Roland puede ser bastante impaciente.

–No es muy larga. Verás, mi madre se marchó cuando apenas tenía dos años. –Esa parte era verdad o, al menos, era lo que su padre le había contado. Pero nunca le había dado ningún detalle y Serilda, aferrándose a ese corazón frágil de niña pequeña cuya madre no la había amado lo suficiente como para quedarse a criarla, nunca los pidió. Durante el transcurso de los años, creó todo tipo de historias para aliviar el peso de la verdad.

Su madre era una mujer de musgo que no podría sobrevivir fuera del bosque por mucho tiempo y, por más dolor que le causara abandonar a su única hija, se vio obligada a regresar a la naturaleza.

O su madre era una princesa de una tierra distante que tuvo que regresar para asumir la responsabilidad de su reino, pero sin someter a su familia a esa vida de política y drama de cortesanos.

Su madre era una general del ejército que se había ido a luchar en una guerra distante.

Su madre era la amante del dios de la muerte y tuvo que regresar a Verloren.

Su madre la había amado. Nunca la hubiera abandonado si no hubiera tenido otra opción.

—De hecho —prosiguió Serilda, creando una nueva historia en su cabeza—, por eso realmente vine aquí. En busca de venganza.

Las cejas de Leyna se dispararon hacia arriba.

—Mi madre fue secuestrada por el Erlking. Acechada por la cacería salvaje, hace muchos años. Vine a este lugar para enfrentarlo y descubrir si la abandonaron a morir en algún lugar lejano o la convirtieron en un fantasma para que formara parte de su séquito. —Se detuvo y luego agregó—. Vine aquí a matarlo.

Serilda no hablaba en serio, pero a medida que las palabras brotaban de su boca, un escalofrío se apoderó de su espalda. Tomó la sidra, pero al igual que su plato, la taza también estaba vacía.

Leyna la miraba como si estuviera sentada frente a la gran cazadora en persona.

—¿Cómo se mata al Erlking?

Serilda miró a la niña con intensidad, mientras su mente buscaba una respuesta, sin remedio alguno.

Por eso, se limitó a responder con la completa verdad.

—No tengo idea.

La puerta se abrió y Frieda, sin aliento, regresó a la posada. En lugar de llevar una canasta pesada, ahora solo cargaba un único libro, el cual le entregó a Serilda como si le estuviera presentando las joyas de una corona.

—¿Qué es esto? —preguntó Serilda, sujetándolo sutilmente con sus manos. El libro era delicado y antiguo. El dorso estaba algo gastado y las páginas lucían quebradizas y amarillentas por el paso del tiempo.

—La historia de esta región, desde el mar hasta las montañas, y trata en profundidad los primeros asentamientos, las designaciones políticas, los estilos arquitectónicos... Incluso tiene mapas realmente hermosos. Adalheid no es el objeto principal de este libro, pero se la nombra en algunas ocasiones. Supuse que te sería útil.

—Ah, muchas gracias —dijo Serilda, sintiéndose conmovida por su consideración y un poco culposa de que su interés en la historia de Adalheid en realidad estuviera más vinculado a la presencia de los espíritus en las ruinas del castillo—. Pero me temo que partiré hoy. No sé cuándo o si podré regresártelo.

Intentó devolvérselo, pero Frieda no lo aceptó.

—Los libros son para compartir. Además, esta copia está un poco desactualizada. Debería pedir una nueva para nuestra colección.

—Si estás segura... entonces, muchas gracias.

Frieda esbozó una sonrisa y juntó ambas manos.

—Hablando de partir, me crucé con Roland Haas en el camino, estaba yendo hacia la entrada. Si todavía tienes un viaje pendiente con él, creo que será mejor que te apresures.

CAPÍTULO DIECISIETE

Serilda había deseado poder leer algo del libro que le había regalado la bibliotecaria durante el viaje, pero en su lugar, se pasó todo el recorrido en la parte trasera de la carreta de Roland Haas sentada sobre una manta húmeda de caballo y aferrándose lo mejor que podía a cada lado para que el camino irregular no la hiciera caer al suelo. Al mismo tiempo, intentaba esquivar los picoteos curiosos de veintitrés gallinas que llevaba al mercado de Mondbrück. Los cordones de sus botas debían verse como los gusanos más sabrosos del mundo, porque las aves no parecían tener intenciones de dejarla sola, sin importar cuántas veces las empujara con sus pies.

Había sufrido más que un par de picoteos en las piernas para cuando Roland la dejó en el cruce a unos pocos kilómetros al este de Märchenfeld.

Luego de agradecerle profusamente al granjero, continuó

su viaje a pie. No pasó mucho hasta que el escenario empezó a resultarle familiar. La granja de los Thorpe, con su molino sorprendente girando sobre los campos cubiertos de nieve. La cabaña pintoresca de Mamá Garver, blanca y rodeada por cajas de madera ordenadas.

En lugar de cruzar el pueblo, giró hacia el sur y tomó un atajo entre una serie de huertos de perales y manzanos, pelados en invierno, cuyas ramas se extendían como dedos esqueléticos hacia el cielo. Las nubes se habían disipado y era uno de los días más cálidos que habían tenido en meses; pero a pesar del sol y el ejercicio, no podía quitarse el frío que se había asentado en sus huesos desde el momento en que se despertó en las ruinas del castillo. O el escalofrío que sentía por la espalda cada vez que veía algún destello de plumas negras en algún árbol o escuchaba el graznido furioso de algún cuervo distante. Continuó mirando a su alrededor, esperando ver al nachtkrapp por detrás. Espiándola. Observando sus ojos tentadores y su corazón acelerado.

Sin embargo, lo único que veía eran cuervos y grajillas que buscaban su comida entre los árboles secos.

Ya casi estaba oscureciendo cuando el molino apareció en la vista, abajo en el valle tallado por el río serpenteante. Un poco de humo brotaba por la chimenea y las ramas del avellano estaban repletas de nieve. Zelig, su querido caballo anciano, asomó la cabeza con curiosidad desde el establo.

Su padre incluso había marcado un sendero en la nieve desde el camino hasta la puerta de su casa.

Serilda esbozó una sonrisa y se acercó corriendo.

–¡Papá! –gritó cuando creía estar lo suficientemente cerca como para que la escuchara.

Un momento más tarde, la puerta se abrió y apareció su

padre agitado. Suspiró al verla, lleno de alivio, y ella corrió hacia sus brazos.

—Regresaste —le dijo llorando sobre el cabello de su hija—. Regresaste.

Serilda se rio, apartándolo para que pudiera ver su sonrisa.

—Suenas como si lo hubieras dudado.

—Así es —confesó con una risa cálida, pero cansada—. No quería pensarlo, pero... pero pensé... —Su voz se tensó por la emoción—. Bueno, ya sabes lo que pensé. Ser llamada por el Erlking...

—Oh, papá. —Le dio un beso en la mejilla—. El Erlking solo se queda con niños pequeños. ¿Qué podría querer de una solterona como yo?

Dio un paso hacia atrás, el rostro de su padre se veía esquelético, y la angustia en su pecho regresó. Estaba serio. Había estado aterrado.

Y ella también. Hubo momentos durante la noche en los que había estado segura de que no volvería a ver su rostro otra vez. Pero incluso en esos momentos, no había pensado lo suficiente todo por lo que él debía estar atravesando, sin información sobre dónde la habían llevado o qué había sido de ella.

Era esperable que pensara que no regresaría a su casa.

—¿Qué te pasó en el rostro? —le preguntó, corriéndole un mechón de cabello de la mejilla.

Negó con la cabeza.

—No fue el Erlking. Fue... —vaciló por un breve instante al recordar el horror del drude volando hacia su rostro con sus garras curvas. Su padre ya estaba bastante preocupado—. Una rama. Me golpeó en el rostro por sorpresa. Pero ya estoy bien. —Juntó las manos con las de él con fuerza—. Todo está bien.

Su padre asintió de forma temblorosa, sus ojos brillantes

por las lágrimas que no habían terminado de caer. Luego, ella aclaró su garganta y pareció desprenderse de su pesadumbre.

—Así será.

Las palabras estaban cargadas de sentido, por lo que Serilda frunció el ceño.

—Ven, entra, no pude comer en todo el día, pero ahora que estás aquí tendremos un banquete adecuado.

Una vez que se sentaron junto al fuego, con dos tazones de gachas de cebada con algunos damascos secos, Serilda le contó todo lo que había ocurrido. Hizo su mejor esfuerzo para no adornar los sucesos; una proeza prácticamente imposible. Tal vez, en su historia, el viaje de ida estuvo repleto de peligros (¿quién puede asegurar que un nixe de río no estuvo observando el carruaje desde las aguas congeladas cuando pasaron?). Y quizás, en esta versión de la verdad, las criaturas embalsamadas que decoraban el castillo del Erlking habían regresado a la vida y se lamían los labios mientras la observaban con ojos hambrientos al pasar. Y quizás el joven que había aparecido para ayudarla había sido tan cortés que la obligó a entregarle su collar.

Quizás omitió las partes en la que la tomó de las manos y las presionó, casi devotamente, contra su mejilla.

Pero como todas las historias, recitó los eventos de la noche más o menos como habían sucedido, desde el momento en el que había ingresado al carruaje esquelético hasta el largo viaje de regreso a su casa, atormentada por un grupo de monstruos emplumados y gorditos.

Para cuando terminó, sus tazones ya estaban vacíos hacía rato y el fuego ansiaba consumir un nuevo tronco. Serilda se puso de pie, dejando su plato a un lado, y avanzó hacia la pila de leña que tenían contra la pared. Su padre no dijo nada mientras ella acomodaba el carbón con la punta de un tronco, antes de dejarlo suavemente sobre el fuego lento. Ni bien el fuego empezó a avivarse, se sentó nuevamente y se animó a mirarlo.

Tenía los ojos fijos sobre las llamas, distantes y afligidos.

—¿Papá? —le preguntó—. ¿Estás bien?

Presionó sus labios con fuerza y Serilda pudo verlo tragar saliva con fuerza.

—El Erlking cree que puedes hacer esta cosa increíble. Convertir la paja en oro —dijo, su voz áspera de emoción—. No quedará satisfecho con solo una noche en ese calabozo. Querrá más.

Serilda bajó la vista. Lo mismo había pensado ella; por supuesto que sí. Pero cada vez que aparecía ese pensamiento, lo reprimía hacia el mismo lugar oscuro del que había salido.

—No creo que venga a buscarme cada luna llena hasta el fin de los tiempos. Estoy segura de que se cansará de mí pronto y seguirá adelante, aterrorizando a alguien más.

—No seas tan frívola, Serilda. El tiempo no significa nada para los seres oscuros. ¿Qué tal si te viene a buscar durante la Luna del Cuervo y cada luna llena después de esa? ¿Y qué tal si… si este muchacho no está ahí para ayudarte la próxima vez?

Serilda apartó la vista de su padre. Sabía lo cerca que estuvo de la muerte, y la de su padre (otro pequeño detalle que tal vez había omitido en su historia). Se sentía a salvo ahora, pero esa seguridad era solo una ilusión. El velo mantenía a su mundo separado del de los seres oscuros *la mayor parte del tiempo*, pero no cuando había luna llena. No durante el equinoccio o el solsticio.

En cuatro semanas, el velo una vez más liberaría a la cacería salvaje hacia el reino de los mortales.

¿Qué tal si la buscaban otra vez?

—Lo que no entiendo —dijo lentamente ella—, es ¿por qué el Erlking querría tanto oro? Puede robar todo lo que desee. Estoy segura de que la Reina Agnette en persona le daría cualquier cosa que le pidiera a cambio de que la deje en paz. La riqueza material no parece preocuparle y no hay ningún indicio de… pretensión en el castillo. Los muebles eran lujosos en su estilo, pero me temo que nadie se sentiría impresionado por ellos, solo se preocupa por su propia comodidad… —se quedó sin palabras, su mente enroscada—. ¿Por qué le importaría que una aldeana simple pueda convertir la paja en oro?

Luego de un momento de pensar en sus propias preguntas incontestables, miró a su padre.

Aún estaba mirando al fuego, pero a pesar del calor agradable de la cabaña, lucía sorprendentemente pálido.

Casi como un fantasma.

—¡Papá! —exclamó Serilda, levantándose repentinamente de su silla y arrodillándose a su lado. Lo tomó de las manos y él las presionó con fuerza, aún sin mirarla a los ojos—. ¿Qué ocurre? Te ves enfermo.

Cerró los ojos, su ceño arrugado con emociones que ella no podía nombrar.

—Estoy bien —le contestó o, más bien, le *mintió*, de eso estaba segura. Sus palabras sonaban tensas, su ánimo apagado.

—Claro que no. Dime, ¿qué pasa?

Con un suspiro tembloroso, abrió los ojos una vez más y miró a su hija. Una sonrisa suave y preocupada apareció en sus labios al acercarse a ella para acariciarle el rostro.

—No permitiré que te vuelvan a llevar —le susurró—. No permitiré… —presionó los dientes, pero Serilda no sabía si estaba ahogando un llanto o un grito.

—¿Papá? —Tomó las manos de su padre entre las suyas, algunas lágrimas amenazando con brotar de sus ojos al ver los miedos tan claros en el rostro de su padre—. Estoy aquí ahora. Volví sana y salva.

—Esta vez, quizás —le dijo él—. Pero no puedo dejar de pensar en nada más que en ti, atrapada por ese monstruo, sin poder regresar conmigo. No puedo hacerlo otra vez. No puedo pasar otra noche como esa, pensando que te he perdido. No a ti también. —Esta vez, algunas lágrimas brotaron de sus ojos y se inclinó hacia adelante.

No a ti también.

Era lo más cerca que estuvo de mencionar a su madre. Podía haberlos abandonado cuando Serilda era solo una bebé, pero su espíritu nunca se había marchado por completo. Las sombras siempre acechaban a su padre, en especial cuando se acercaba el cumpleaños de Serilda en otoño, cerca de la fecha en que su madre se había desvanecido. Se preguntaba si él incluso recordaba haberle contado la historia sobre el deseo que le había pedido al dios para casarse con la chica de la aldea de quien se había enamorado y con quien deseaba tener una hija sana juntos. Serilda podría haber sido bastante pequeña cuando su padre le había contado esa historia, pero recordaba sus ojos iluminados como la luz del fuego ante esas memorias. Brillaba en su interior cada vez que mencionaba a su madre, pero el momento había sido breve, arrancado por el dolor de su pérdida.

Serilda sospechaba que lo hubiera inventado. Después de todo, su padre era muchas cosas maravillosas. Era amable y generoso. Era comprensivo con los demás, siempre poniendo las necesidades del resto antes que las suyas. Era trabajador y paciente, y siempre cumplía con sus promesas.

Pero no era valiente.

No era la clase de hombre que se acercaría a una bestia herida. Y si alguna vez conocía a un dios, sería más propenso a quedarse acostado boca abajo y suplicar clemencia antes que pedirle un deseo.

Y, aun así, Serilda no tenía otra explicación más que esa para sus ojos peculiares. Siempre se había preguntado si había inventado esa historia para consolarla, para mostrarle que esas marcas extrañas que marcaban sus iris no eran una señal de maldad y desgracia, sino algo especial.

La historia podría hacer sufrido algún cambio en su propia versión. Para ella, la rueda de la fortuna era un símbolo de mala suerte, sin importar lo que interpretara el resto. Pero aun así le hacía sentir calidez recordar la voz de su padre, impregnada con cariño. *Había una muchacha en la aldea de quien me había enamorado desesperadamente. Y así, pedí un deseo. Que algún día nos casáramos. Que algún día tuviéramos una hija.*

Mientras sus manos temblaban bajo los dedos de Serilda, ella se armó de valor y se atrevió a preguntarle lo que tan a menudo tenía en la punta de la lengua. Eso que había sido tan escurridizo durante toda su vida, pero que ahora la presionaba con fuerza, exigiéndole ser escuchado.

Exigiéndole ser preguntado.

—Papá —susurró lo más suave que pudo—. ¿Qué ocurrió con mamá? —Su padre se estremeció—. No es que simplemente decidió marcharse, ¿verdad?

Miró a Serilda. Su rostro estaba sonrojado, su barba húmeda por el sudor. La miró con ojos cautivadores.

—Papá… a ella… ¿se la llevó la cacería? —Presionó con más fuerza las manos de su padre.

Enseguida, su rostro se arrugó y apartó la vista.

Era respuesta suficiente.

Serilda inhaló temblorosamente, pensando en la historia que le había contado a Leyna para pagarle el desayuno esa mañana.

Mi madre fue secuestrada por el Erlking. Acechada por la cacería salvaje.

—Siempre fue una persona aventurera —le contestó, para su sorpresa. No la miró. Resollando, apartó una mano de las de su hija y se frotó la nariz—. Era como tú en ese sentido. Temeraria. No le tenía miedo a nada. Me recordaba a un fuego fatuo, brillando como la luz de una estrella en cualquier lugar al que fuera, siempre deambulando por el pueblo, casi nunca deteniéndose a respirar. En los festivales, bailaba y bailaba… y nunca dejaba de reír. —Miró a Serilda con sus ojos acuosos y, por un momento, ella pudo ver el amor que aún flotaba en ellos—. Era tan encantadora. Cabello oscuro, igual al tuyo. Hoyuelos cuando sonreía de una forma especial. Tenía incluso una pequeña grieta en uno de sus dientes. —Rio con la reminiscencia del recuerdo—. Se la hizo trepando árboles cuando era joven. Era muy intrépida. Y sé que también me amaba. Nunca lo dudé. Pero…

Serilda esperó a que continuara. Por un momento, solo se escuchó el crujir del tronco en el fuego.

—¿Papá? —Le dio un empujón leve.

Tragó saliva.

—No quería quedarse aquí para siempre. Hablaba de viajar. Quería conocer Verene, quería… cruzar el océano en barco. Quería verlo todo. Y creo que ella lo sabía, ambos lo sabíamos, que esa vida no era para mí. —Se reclinó en su asiento, su mirada perdida en el fuego—. No debería haber pedido ese deseo. Casarme con una joven salvaje y hermosa, empezar una familia con ella. Estábamos enamorados y, en ese entonces, pensé que ella también lo quería. Pero ahora, veo cómo la estaba atrapando aquí.

Ese deseo. Serilda empezó a sentir un hormigueo por todo el cuerpo.

Era *verdad.* La Luna Eterna, el dios antiguo, la bestia herida. Todo había sido real.

Ella estaba completamente maldecida.

—Intentó ser feliz. Sé que lo hizo. Vivimos en esta casa por casi tres años. Armó su propio jardín, plantó ese avellano allí. —Señaló ausentemente hacia el frente de la casa—. A veces, incluso disfrutaba trabajar conmigo en el molino. Decía que cualquier cosa era mejor que el bordado y… —una sonrisa tentativa apareció en sus labios al mirar a Serilda—, la rueca. La odiaba tanto como tú.

Serilda le devolvió la sonrisa, aunque sus ojos también empezaban a llenarse de lágrimas. Era solo un simple comentario, pero se sentía como un regalo especial.

Fue entonces que la expresión en el rostro de su padre se tornó más sombría, aunque no apartó los ojos de Serilda.

—Pero no era feliz. Nos amaba, nunca dudes de eso, Serilda. Ella te *amaba*. Y sé que habría hecho cualquier cosa para quedarse y verte crecer. Pero cuando… —su voz se tornó áspera y sujetó con más fuerza las manos de su hija—, cuando la cacería te llama…

Cerró los ojos.

No hacía falta que terminara la oración. Serilda ya había escuchado suficientes historias. Toda su vida había escuchado esas historias.

Adultos y niños por igual que abandonaban la seguridad de sus hogares en medio de la noche, vestidos con nada más que su ropa de dormir, sin siquiera molestarse en llevar calzado. A veces, los encontraban. A veces, seguían con vida.

Pero solo a veces.

Si bien sus recuerdos podían ser oscuros, casi como un sueño, por lo general no eran material de pesadillas. Le mostraban noches de seguir sabuesos, bailar en el bosque, beber el dulce néctar de un cuerno bajo la luz de una luna de plata.

—Se fue con ellos —susurró Serilda.

—No creo que pudiera resistirlo.

—¿Papá? ¿Ella…? ¿Alguna vez la encontraron?

No encontró la fuerza para decir *su cuerpo*, pero él entendió de inmediato que a eso se refería. Negó con la cabeza.

—Nunca.

Exhaló, sin saber si esa era la respuesta que quería o no.

—Supe lo que había ocurrido apenas me desperté. Tú eras tan pequeña, solías acurrucarte entre nosotros por la noche. Cada mañana, me levantaba y pasaba un momento mirándote a ti y a tu madre, dormidas, envueltas en las sábanas, mis personas más preciadas en todo el mundo. Solía pensar en lo afortunado que era. Pero luego, el día que siguió a la Luna del Luto, ella ya no estaba allí. Y sabía por qué. Simplemente, lo sabía. —Se aclaró la garganta—. Quizás debería habértelo dicho todos estos años, pero no quería que pensaras que te había abandonado por elección propia. Se dice que es como la canción de una sirena para las almas inquietas, aquellas que ansían sentir la libertad. Pero si hubiera estado despierta, si hubiera sido consciente de lo que estaba ocurriendo, nunca te habría abandonado. Debes creer eso.

Serilda asintió, aunque no estaba segura de cuánto tiempo le tomaría entender todo lo que su padre le acababa de contar.

—Después de eso —continuó—, lo más fácil era decirle a la gente que simplemente se había marchado. Que se había llevado algunas cosas valiosas y tan solo desapareció. No quería contar nada sobre la cacería, aunque a juzgar por la época en la que ocurrió, estoy seguro que varios adivinaron la verdad. De todos modos, contigo y tus… ojos, ya habían muchas sospechas sobre eso, y con todas las historias sobre la cacería y las cosas siniestras que hace el Erlking, no quería que crecieras pensando qué podría haber sido de ella. Era más fácil, supuse, que pensaras que se había ido en busca de alguna aventura nueva. Y que estaba feliz, en donde sea que estuviera.

Los pensamientos de Serilda se llenaron de preguntas sin respuestas; una más fuerte que la otra.

Había estado detrás del velo. Había visto a los cazadores, a los seres oscuros, a los fantasmas que el rey retenía como sus sirvientes. Su corazón latía con fuerza, mientras clavaba los dedos en las muñecas de su padre.

—Papá, si alguna vez la encuentro… ¿seguirá siendo la misma?

Su mandíbula se tensó.

—¿Qué?

—¿Qué tal si el Erlking la tiene secuestrada? Hay fantasmas por todo el castillo. Ella podría ser uno de ellos, atrapada detrás del velo.

—No —le respondió con firmeza, poniéndose de pie. Serilda imitó el gesto, su pulso latiendo con fuerza—. Ya sé lo que estás pensando y no lo permitiré. No dejaré que ese monstruo te lleve de nuevo. ¡No te perderé a ti también!

Serilda tragó saliva, destruida. En el lapso de algunos minutos, sintió una urgencia en su interior. La necesidad de regresar al castillo y descubrir la verdad sobre lo que le había ocurrido a su madre.

Pero ese deseo quedó atenuado por el horror en los ojos de su padre. Su rostro encendido, sus puños temblorosos.

—¿Qué otra opción tenemos? —le preguntó—. Si me viene a buscar, debo ir. De otro modo, nos matará a ambos.

—Y por eso debemos irnos.

Serilda inhaló bruscamente.

—¿Irnos?

—Es algo en lo que vengo pensando desde anoche en cuanto

te fuiste. Cuando no estaba pensando en tu cuerpo muerto junto al camino, claro.

Serilda se estremeció del miedo.

—Papá...

—Nos alejaremos del bosque de Aschen —la interrumpió—. Iremos a otro lugar para que nos dejen en paz. Podemos ir al sur, a Verene si no tenemos otra opción. La cacería por lo general se mantiene en zonas rurales. Quizás no se atrevan a entrar a la ciudad.

Una risa nerviosa escapó de Serilda.

—¿Y qué harás en la ciudad sin el molino?

—Encontraré trabajo, ambos lo haremos.

Serilda se quedó boquiabierta, sorprendida al entender que hablaba en serio. De verdad quería abandonar el molino, su hogar.

—Tenemos hasta la Luna del Cuervo para hacer todos los preparativos —continuó—. Venderemos todo lo que podamos para viajar ligeros y perdernos en la ciudad. Cuando haya pasado tiempo suficiente, podemos intentar ir más lejos, hacia Ottelien, quizás. A medida que nos alejemos, podemos averiguar qué historias cuenta la gente sobre el Rey de los Alisos y la cacería salvaje, entonces sabremos cuándo estemos lejos de su dominio. No puede viajar a cualquier lado.

—No creo que eso sea verdad —dijo ella, pensando en el guiverno rubinrot montado en el gran salón del castillo, el cual, supuestamente, habían cazado en Lysreich—. Además, papá... vi un nachtkrapp.

Su padre se tensó.

—¿Qué?

—Creo que me está vigilando para él. Si se enteran que estoy intentando escapar, no sé qué estará dispuesto a hacer.

Su padre frunció el ceño.

—Tendremos que ser muy cuidadosos entonces. Que parezca que solo es algo temporal. No levantar sospechas —pensó por un largo rato y luego agregó—. Podemos ir a Mondbrück. Pretender que tenemos negocios allí. Quedarnos en una posada agradable algunas noches y luego, cuando llegue la luna llena, ocultarnos. Nos podríamos refugiar en un… granero o establo. Existen lugares donde la gente se pone cera en los oídos para tapar el llamado del cuerno. Podemos probar eso, así que, aunque la cacería pase por allí, no escucharemos su llamado.

Serilda asintió lentamente. Tenía muchas dudas inundando sus pensamientos. Advertencias del cochero. Imágenes de un gato que jugaba con un ratón.

Pero no les quedaban muchas opciones. Si la seguían llamando al castillo, eventualmente el Erlking descubriría sus mentiras y la asesinaría por ellas.

—Está bien —dijo casi sin aliento—. Le contaré a nuestros vecinos sobre nuestro próximo viaje a Mondbrück. Sin duda la noticia también llegará a los espías del Erlking. Me aseguraré de que sea bastante convincente.

La envolvió entre sus brazos con fuerza.

—Funcionará —le dijo con una voz llena de desesperación—. Después de todo, no puede llevarte si no te encuentra.

CAPÍTULO DIECIOCHO

El sueño fue un espectáculo de gemas, seda e hidromiel. Una fiesta dorada, una celebración majestuosa, chispas en el aire y faroles colgados en los árboles, y caminos enmarcados por margaritas. Risas que se abrían paso a través de un jardín frondoso rodeado por las paredes altas de un castillo iluminado por antorchas joviales. Una ocasión de júbilo, brillante, extravagante y radiante.

Un cumpleaños. Un agasajo real. La joven princesa estaba parada en la escalinata vestida de seda, una sonrisa beatífica en su rostro y un regalo entre sus manos.

Y luego, una sombra.

El oro se derritió, fluyendo entre las grietas de la roca, a través de la puerta, hasta llegar finalmente al fondo del lago.

No. No era todo oro, también había sangre.

Serilda abrió los ojos, una inhalación profunda en su boca.

Se sentó con una mano en el pecho, sintiendo una presión fuerte allí. Algo la estaba empujando hacia abajo, quitándole la vida.

Sus dedos encontraron solo su camisón, húmedo por el sudor.

El sueño intentó apoderarse de ella, mientras sus dedos nebulosos bocetaban la escena de una pesadilla, aunque el recuerdo ya empezaba a desvanecerse. Sus ojos recorrieron toda la habitación en busca de la sombra, aunque no sabía muy bien qué era lo que buscaba. ¿Un monstruo? ¿Un rey? Lo único que podía recordar era la sensación de temor, saber que algo horrible había ocurrido y no podía hacer nada para evitarlo.

Le tomó un tiempo entender que no había sido real. Se hundió nuevamente en el colchón de paja con un suspiro tembloroso.

La puerta estaba enmarcada por la luz de la mañana, las noches cada vez más cortas a medida que se acercaba la primavera. Podía escuchar el goteo firme de la nieve derretida que caía del techo. Pronto desaparecería. El césped crecería verde en los campos, las flores se abrirían hacia el cielo. Los cuervos se reunirían en grandes bandadas, listos para cazar a algún insecto escurridizo del suelo, razón por la cual se llamaba Luna del Cuervo a la última luna del invierno. No tenía nada que ver con las bestias greñudas sin ojos. De todas formas, se había sentido ansiosa todo el mes, asustándose con cada graznido que escuchaba. Mirando a cada ave de plumas negras con sospechas, como si cada criatura del cielo fuera un espía del Erlking.

Pero ya no había rastros del nachtkrapp.

No se atrevía a creer que el rey se había olvidado de ella. Quizás no era oro lo que quería, sino venganza contra la muchacha que, según él, lo había alejado de sus presas. Ahora que él sabía la supuesta verdad de su habilidad, quizás ya no le sería de ningún uso. Quizás la dejaría sola.

O quizás no.

Quizás regresaría por ella cada luna llena hasta sentirse satisfecho. Y tal vez nunca estaría satisfecho. La incertidumbre era lo peor. Ella y su padre habían hecho sus planes, y sabía que él no estaba dispuesto a reconsiderarlos, incluso aunque tal vez estuvieran escapando por nada. Desarraigando sus vidas por completo, buscando refugio en una ciudad extraña, por *nada*.

Suspirando, se bajó de la cama y empezó a vestirse. Su padre no estaba en su habitación, ya que durante la última semana había estado saliendo temprano por la mañana con Zelig hacia Mondbrück. Le había dicho que odiaba dejarla sola tan seguido, pero ella le insistió con que sería la mejor manera de hacer que su engaño fuera más creíble. Tenía sentido que continuara trabajando en la alcaldía hasta que lo necesitaran nuevamente en el molino. Pronto la nieve se derretiría en las montañas y el río Sorge tendría suficiente fuerza para hacer trabajar el molino de agua, suficiente para girar la rueda y moler la cebada del invierno que se cosecharía en los próximos meses.

También le daba una gran oportunidad de enterarse de las noticias del próximo mercado de la primavera. Durante todo el mes, Serilda había estado contándole a cualquiera que la escuchara que ella acompañaría a su padre a Mondbrück por algunos días para poder disfrutar de las festividades. Regresarían luego de la Luna del Cuervo.

Esa era su historia. Si alguno de los espías del Erlking llegó a escucharla, no tenía forma de saberlo.

A nadie en Märchenfeld parecía importarle mucho, aunque algunos de los niños se mostraban algo envidiosos y le demandaban que les trajera regalos cuando regresara, o al menos caramelos. Le rompía el corazón prometerles eso, ya que sabía que no era una promesa que cumpliría.

Mientras tanto, su padre tomaba la responsabilidad de vender en silencio muchas de sus pertenencias en sus viajes al pueblo más grande. Su casa, la cual ya de por sí estaba bastante vacía, ahora se veía prácticamente desolada. Empacarían pocas cosas y llevarían un único carruaje con Zelig, con la esperanza de que el viejo caballo tuviera suficiente energía en sus huesos para llegar a Verene una vez que pasara la luna llena. Allí su padre contrataría a un administrador para que se encargara de la venta del molino desde lejos y, con ese ingreso, trabajarían para empezar una nueva vida.

Eso le dejó a Serilda algunas tareas pequeñas, y una en particular que estuvo postergando todo el mes.

Tomó la pila de libros y los guardó ordenadamente en una canasta. Le echó un vistazo al libro que le había regalado la bibliotecaria de Adalheid y enseguida sintió una inmensa culpa. Probablemente no debería haberlo aceptado, más allá de lo entusiasmada que se hubiera mostrado Frieda al entregárselo. No tenía ninguna intención real de leerlo. La historia de la industria y agricultura de esa zona no era para nada tan interesante como las historias de las hadas y monstruos. Un vistazo rápido la hizo llegar a la conclusión de que el autor había escrito poco sobre los misterios del bosque de Aschen.

¿Quizás debería donarlo a la escuela?

Luego de pensarlo por un largo rato, lo metió en la canasta y salió por la puerta.

En cuanto terminó de cruzar las ramas vacías del avellano, oyó un silbido. Levantó la vista hacia el camino y vio una figura que se acercaba hacia ella. Tenía una cabellera negra con rizos y una piel bronceada casi tan dorada como el sol de la mañana.

Se quedó inmóvil.

Había logrado evitar a Thomas Lindbeck hasta entonces.

Solo había ido al molino un par de veces para limpiar el suelo y aceitar los engranajes, y asegurarse de que estuviera listo para la temporada más laboriosa, pero ella había estado enseñando en la escuela esos días. Con todo lo demás que estaba pasando, casi se había olvidado de eso, aunque su padre había mencionado en algunas ocasiones lo afortunado que eran de tenerlo a él trabajando en el molino mientras ellos no estaban allí. Retrasaría las sospechas sobre su regreso luego de la Luna del Cuervo cuando los granjeros empezasen a llevar los granos para moler.

Thomas estaba a punto de tomar el camino que llevaba directo al molino al otro lado de la casa cuando la vio y su expresión se llenó de dudas. Interrumpió el silbido de inmediato.

Enseguida, se elevó un silencio horriblemente incómodo entre ambos, pero por suerte fue breve.

Se aclaró la garganta y pareció armarse de valor para mirarla una vez más. Aunque, bueno, no precisamente a *ella*. Sino más bien… al cielo que estaba justo por detrás de su cabeza. Algunas personas hacían eso. Cuando se sentían demasiado incómodas de mirarla directo a los ojos, buscaban otra cosa en la que concentrarse, como si ella no pudiera darse cuenta.

–Buenos días, señorita Serilda –le dijo, quitándose el gorro.

–Thomas.

–¿Vas a la escuela?

–Así es –le contestó, sujetando la canasta con más fuerza–. Parece que no te cruzaste con mi padre. Se acaba de ir a Mondbrück.

–No tardará mucho en venir, ¿verdad? –Asintió hacia el río–. Está creciendo el río. Supongo que este molino tendrá mucho trabajo pronto.

–Sí, pero el trabajo en la ciudad fue una bendición para nosotros, y no creo que desee abandonarlo antes de terminar

–inclinó la cabeza–. ¿Te preocupa tener que trabajar en el molino sin él en caso de que no regrese a tiempo?

–No, creo que puedo arreglármelas –respondió, levantando un hombro. Finalmente, la miró a los ojos–. Me enseñó bastante bien. Siempre y cuando no se rompa nada, claro.

Le esbozó una sonrisa, mostrándole los hoyuelos que alguna vez la habían embelesado.

Al reconocer la ofrenda de paz, Serilda le esbozó una sonrisa débil. Thomas era el único muchacho en Märchenfeld con quien ella alguna vez había pensado… *quizás*. No era el más apuesto del pueblo, pero era uno de los pocos que no se sentía intimidado por su mirada. Al menos, en aquel entonces. Hubo un tiempo en el que eran amigos. Incluso la había invitado a bailar durante la festividad del Día de Eostrig, y Serilda había estado bastante segura de que se estaba enamorando profundamente de él.

Y había estado segura de que él sentía lo mismo.

Pero la mañana siguiente descubrió que una de las puertas de la granja de los Lindbeck había quedado abierta. Una jauría de lobos ingresó y atacó a dos de sus cabras, y una gran cantidad de sus gallinas escaparon o se alejaron de la jauría. No fue algo difícil de remediar para los Lindbeck, tenían mucho ganado. Pero, aun así. Todos en el pueblo lo interpretaron como una terrible desgracia causada por la muchacha maldita que se había entrometido en sus vidas.

Después de eso, apenas la miraba y buscaba excusas improvisadas para marcharse siempre que ella estaba cerca.

Ahora se arrepentía de todas las horas que había desperdiciado con él, pero en aquel entonces se había sentido devastada.

–Escuché que quieres pedirle la mano en matrimonio a Bluma Rask.

Le sorprendió que esas palabras salieran de su boca.

Le sorprendió la total falta de rencor que sentía.

Las mejillas de Thomas se sonrojaron, mientras que sus manos retorcieron brutalmente el gorro.

—Mmm... sí. Eso espero —le dijo con cautela—. Este verano, espero.

Serilda se vio tentada a preguntarle por cuánto tiempo planeaba trabajar para su padre, y si esperaba hacerse cargo del molino algún día. Los Lindbeck eran dueños de una gran cantidad de tierras, pero él tenía tres hermanos mayores que heredarían todo antes que él. Era probable que él y Hans y sus otros hermanos tuvieran que encontrar su camino en el mundo si esperaban proveer a sus propias familias. Si Thomas tuviera el dinero, probablemente habría estado interesado en comprar el molino. Serilda lo imaginó a él y su amada viviendo en ese lugar, en la casa en la que ella había crecido.

Su estómago se retorció ante ese pensamiento. Pero no por celos por la próxima novia de Thomas. Sino por pensar en todos los niños cuyas risas resonarían por aquellas tierras. Nadarían en el río, treparían el avellano de su madre.

Ella siempre había sido feliz allí, incluso aunque estuviera sola con su padre. Era un hogar maravilloso para una familia.

Pero, ¿qué importaba? Tenía que decirle adiós. Nunca estarían a salvo allí. Nunca podrían regresar.

Asintió y su sonrisa se vio menos forzada.

—Estoy muy feliz por ustedes dos.

—Gracias —le contestó con una risa incómoda—. Pero todavía no le pedí nada.

—No diré ni una palabra.

Se despidió y continuó su camino, preguntándose cuándo, precisamente, había dejado de amar a Thomas Lindbeck. No recordó haber sentido a su corazón sanar, pero, de algún modo, lo había hecho.

Mientras caminaba, empezó a notar que el pueblo de Märchenfeld lentamente se despertaba de su largo sueño. La nieve se derretía, las flores se abrían y la creciente del río pronto llegaría con el Día de Eostrig, una de las más grandes celebraciones del año. El festival se realizaba durante el equinoccio, para el cual solo faltaban poco más de tres semanas, pero había mucho que hacer y todos tenían un trabajo; desde preparar la comida y el vino para el banquete hasta limpiar los remanentes de las tormentas del invierno sobre los adoquines de la plaza de la ciudad. El equinoccio era una época simbólica, un recuerdo de que, una vez más, el invierno se teñía con la luz del sol y el renacer, que la vida regresaría, que las cosechas serían abundantes; a menos que no fuera así, pero esa era una preocupación para otro día. La primavera era una época de esperanza.

Sin embargo, este año, los pensamientos de Serilda deambulaban por asuntos más oscuros. La conversación que tuvo con su padre había teñido de sombras todo lo que había hecho el mes anterior.

Su madre, quien ansiaba libertad, se había escapado con la cacería para nunca más volver.

Había visto muchos fantasmas en el castillo de Adalheid. ¿Podría su madre estar entre ellos? ¿Estaba muerta? ¿El Erlking se había quedado con su espíritu?

O quizás… otra idea, una que le hacía sentir un vacío profundo en su interior.

¿Qué tal si su madre no había muerto? ¿Qué tal si se había despertado al día siguiente abandonada en tierras salvajes… y simplemente optó por no regresar a su casa?

Las preguntas dieron vueltas interminables por su mente,

oscureciendo la que, de otro modo, sería una caminata plácida. Pero al menos no vio a ningún cuervo de ojos vacíos.

Anna y los gemelos estaban en la puerta de la escuela, esperando a que Hans y Gerdrut llegaran antes de que empezara la clase.

—¡Señorita Serilda! —gritó Anna, deleitada de verla—. ¡Estuve practicando! ¡Mira! —Antes de que Serilda pudiera responder, Anna empezó a hacer la vertical. Incluso logró dar tres pasos con las manos antes de ponerse de pie sobre el suelo.

—¡Maravilloso! —exclamó Serilda—. Veo que estuviste trabajando duro con eso.

—Ni si te ocurra alentar a esa niña —gritó Madam Sauer desde la puerta. Su aparición fue como si soplaran la llama de un farol, extinguiendo toda la luz de su pequeño grupo—. Si pasa más tiempo al revés, se convertirá en un murciélago. Y no es digno de una dama, señorita Anna. Podemos ver todas tus indecencias cuando haces eso.

—¿Y? —le contestó Anna, acomodándose el vestido—. Todos ven las indecencias de Alvie todo el tiempo —agregó. Alvie era su hermano bebé.

—No es lo mismo —dijo la maestra—. Tienes que aprender a comportarte con decoro y elegancia. —Levantó un dedo—. Te quedarás quieta durante toda la clase de hoy o haré que te aten a la silla, ¿entendido?

Anna hizo puchero con la boca.

—Sí, Madam Sauer. —Pero ni bien la vieja bruja entró a la escuela, hizo una cara graciosa que hizo reír a Fricz a carcajadas.

—Asumo que está celosa —dijo Nickel con una pequeña sonrisa—. Creo que ella prefiere ser un murciélago, ¿no creen?

Anna lo miró con una sonrisa de agradecimiento.

Madam Sauer estaba parada junto a la estufa en un rincón

del salón, agregándole un poco más de turba al fuego cuando Serilda entró. A pesar de lo cerca que estaba la primavera, el mundo seguía frío y los estudiantes tenían problemas para concentrarse en su clase de matemáticas, incluso cuando sus pies *no* estaban adormecidos dentro de sus zapatos.

—Buen día —la saludó Serilda con un tono alegre, esperando iniciar una conversación agradable antes de que terminara teñida por la putrefacción perpetua del malhumor de Madam Sauer.

La maestra le lanzó una mirada arisca, sus ojos se dispararon hacia la canasta que Serilda llevaba sobre su brazo.

—¿Qué es eso?

Serilda frunció el ceño.

—Uñas de serpiente —le dijo con un humor socarrón—. Tiene que tragar tres al amanecer y le levantará el ánimo. Supuse que le vendrían bien todas estas.

Soltó la canasta sobre el escritorio de la maestra con pesadez.

Madam Sauer la miró furiosa, sus mejillas enrojecidas por el insulto.

Serilda suspiró, sintiéndose un poco culpable. Podría sentirse terrible por abandonar a los niños con sus clases tediosas y expectativas estrictas, pero eso no significaba que debiera pasar los últimos días allí intentando ofender a la bruja.

—Le quería regresar algunos libros que tomé prestado de la escuela —le dijo, sacando los tomos de la canasta. La mayoría eran colecciones de cuentos de hadas y mitos e historias de tierras distantes. No eran muy apreciados en la escuela, y Serilda no quería devolverlos, pero eran muy pesados y Zelig era viejo, y la realidad era que no le pertenecían.

Era hora de quitarle de la cabeza a Madam Sauer que ella era una ladrona.

Madam Sauer miró los libros con los ojos entrecerrados.

–Esos libros faltaban desde hacía años.

Serilda se encogió de hombros, arrepentida.

–¿Espero que no los haya extrañado mucho? Los cuentos de hadas en particular no parecen encajar con el resto de su programa.

Resoplando, Madam Sauer dio un paso hacia adelante y levantó el libro que le había entregado la bibliotecaria de Adalheid a Serilda.

–Este no es mío.

–No –le respondió Serilda–. Me lo regalaron recientemente, pero pensé que quizás lo disfrutaría.

–¿Lo robaste?

Serilda tensó la mandíbula.

–No –le contestó lentamente–. Claro que no. Pero si no lo quiere, me lo puedo quedar con mucho gusto.

Madame Sauer gruñó y pasó suavemente algunas de las páginas quebradizas.

–Está bien –espetó finalmente, cerrando la tapa con fuerza–. Déjalo en el estante.

Cuando volteó hacia el fuego, Serilda no pudo evitar copiar a Anna y hacerle una mueca burlona por la espalda. Una vez que terminó de levantar los libros, los llevó hacia el pequeño estante.

–No estoy segura de por qué siquiera tenemos algunos de esos –murmuró la bruja–. Ya sé que los estudiosos ven valor en las historias antiguas, pero si me lo preguntas a mí, son veneno para las mentes de los jóvenes.

–No debe estar hablando en serio –le dijo Serilda, aunque estaba bastante segura de que era verdad–. Un cuento de hadas de vez en cuando no le hace mal a nadie. Aviva la imaginación y el pensamiento crítico, además de los buenos modales. Los personajes desagradables y codiciosos nunca viven felices por siempre. Solo los buenos.

Madam Sauer se enderezó y la miró con una expresión oscura.

—Ah, es verdad, a veces tienen algunas cositas para asustar a los niños y lograr que se comporten mejor, pero en mi experiencia, no sirven mucho. Solo las consecuencias reales pueden mejorar la aptitud moral de los niños.

Las manos de Serilda se tensaron con fuerza al recordar la rama de sauce que tantas veces había golpeado el dorso de sus manos cuando Madam Sauer la castigaba por sus mentiras.

—Por lo que sé —continuó la bruja—, lo único que logran esas historias sin sentido es incentivar a las almas inocentes a escaparse y unirse a los seres del bosque.

—Mejor que escapar y unirse a los seres oscuros —dijo Serilda.

Una sombra eclipsó el rostro de Madam Sauer, profundizando las líneas que contorneaban su boca fruncida.

—Me enteré de tu último engaño. Te llevaron al castillo del Erlking, ¿verdad? ¿Viviste para contar la historia? —Chasqueó la lengua con fuerza mientras negaba con la cabeza—. Invitas a la desgracia a la puerta de tu casa con esas historias. Te recomiendo que seas más precavida —bufó—. Aunque nunca me escuchas.

Serilda se mordió el labio, deseando poder contarle a la bruja que ya era demasiado tarde para ser precavida. Miró una vez más la tapa del libro que la bibliotecaria le había regalado, antes de deslizarlo en el estante junto a otros tomos de historia.

—Confío en que también ha escuchado que me iré a Mondbrück en unos días —le dijo. Estaba tentada de decirle que nunca regresaría—. Mi padre y yo iremos a ver el mercado de la primavera.

Madame Sauer levantó una ceja.

—¿Irán durante la Luna del Cuervo?

—Sí —le respondió intentando mantener la voz firme—. ¿Hay algún problema?

La maestra le mantuvo la mirada firme por un largo momento, estudiándola. Finalmente, volteó.

—No, siempre y cuando ayudes a los niños con los preparativos para el Día de Eostrig antes de irte. No tengo el tiempo ni la paciencia para tanta trivialidad.

CAPÍTULO DIECINUEVE

Le dolía en el alma pensar en lo mucho que extrañaría a los niños. Tenía todas las razones para creer que estaría mucho más marginada cuando llegaran a la ciudad (una extraña de ojos profanos) y no podía evitar temer la inevitable soledad. Sí, estaría con su padre, y esperaba eventualmente encontrar trabajo y, quizás, hacer algunos amigos. De seguro intentaría ganarse la confianza de la gente de Verene, o donde fuera que terminaran. Quizás si les contaba la historia sobre el dios que la había bendecido todo iría bien, incluso podría persuadirlos de que auguraba la buena fortuna. Podría ser bastante popular de hecho si la gente la concebía como un amuleto de la buena suerte.

Pero nada de eso calmaba su tristeza.

Extrañaría a los niños con desesperación y total honestidad, su risa, la genuina adoración que sentían entre ellos.

Extrañaría contarles historias.

¿Qué tal si a la gente de Verene no les gustaban sus historias? Sería espantoso.

—¿Serilda?

Levantó la cabeza de golpe, desconcertada por el laberinto de pensamientos en el que tan a menudo se perdía estos días.

—¿Sí?

—Dejaste de leer —dijo Hans, con un pincel en la mano.

—Ah, sí, cierto. Lo siento. Solo… me distraje.

Bajó la vista hacia el libro que Madam Sauer le había entregado, luego de haberle insistido con que los niños escucharan los primeros cinco capítulos antes de liberarlos por la tarde. *Las verdades de la filosofía del mundo natural.*

Leyeron veinte páginas.

Veinte páginas pesadas, aburridas y atroces.

—Hans, ¿por qué abriste la boca? —le dijo Fricz—. Prefiero sufrir en silencio que escuchar otro párrafo de ese libro.

—¿Fricz prefiriendo el silencio? —dijo Anna con un tono irónico—. Bueno, eso es algo. ¿Podrías pasarme un poco de paja, por favor?

Paja. Serilda observó a Nickel entregarle un puñado a Anna, quien de inmediato la introdujo en un muñeco de trapo grande sobre el camino de adoquines.

Serilda cerró el libro y se acercó para inspeccionar su trabajo. Para el Día de Eostrig, era una tradición que los estudiantes prepararan efigies que simbolizan a los dioses. En los últimos dos días, habían terminado la primera de las tres: Eostrig, dios de la primavera y la fertilidad; Tyrr, dios de la guerra y la cacería; y Solvilde, dios del cielo y el mar. Ahora estaban trabajando en Velos, el dios de la muerte, pero también de la sabiduría.

Sin embargo, en esta etapa del proceso, no se parecía mucho a nada. Solo una serie de sacos llenos de hojas y paja, atados juntos para emular un cuerpo. Pero de a poco iban tomando forma, con algunas ramitas que hacían de piernas y botones para los ojos.

El día del festival, las siete figuras viajarían por todo el pueblo adornadas con flores de dientes de león y otras flores que encontraran en el camino. Luego se pararían alrededor del árbol de tilo en la plaza central del pueblo y observarían el banquete y los bailes, mientras les ofrendarían dulces y hierbas a los pies del dios.

Supuestamente, la ceremonia garantizaba una buena cosecha, pero Serilda había atravesado suficientes cosechas decepcionantes como para saber que los dioses probablemente no los estaban escuchando con tanta atención. Había muchas supersticiones relacionadas al equinoccio, pero ella les depositaba poca confianza. Dudaba de que tocar a Velos con la mano izquierda trajera una plaga a su casa el año próximo, o que entregarle una prímula a Eostrig, con sus pétalos con forma de corazón y el pistilo amarillo como el sol, te volviera infértil.

Ya hacía lo mejor por ignorar los susurros que abundaban en esta época del año y que la seguían a todas partes. La gente comentaba que no deberían permitirle el ingreso al festival a la hija del molinero, ya que su presencia de seguro traería mala suerte. Algunos incluso eran lo suficientemente valiente, o groseros, como para decírselo en la cara, siempre con cierto halo de preocupación. *¿No sería mejor que disfrutaras la noche en tu casa, Serilda? Sería lo mejor para ti y la aldea…*

Pero la mayoría hablaba a sus espaldas, comentando que hacía tres años había asistido al festival y tuvieron sequías durante todo el verano.

Y ese año horrible, cuando solo tenía siete, en el que una enfermedad azotó a todo su pueblo y se llevó a casi la mitad del ganado el mes siguiente.

No importaba que hubieran muchos otros años en los que Serilda había asistido al festival sin consecuencia alguna.

Hizo su mejor esfuerzo por ignorar esos comentarios, tal como su padre le había dicho desde que era pequeña, tal como ella lo había hecho toda su vida. Pero en estos días, cada vez le costaba más ignorar las viejas supersticiones.

¿Qué tal si de verdad era un presagio de la mala suerte?

—Están haciendo un trabajo maravilloso —les dijo, inspeccionando los botones que Nickel le había cocido al rostro, uno negro y otro castaño—. ¿Qué pasó aquí? —Señaló a un lugar en donde la tela estaba desgarrada en la mejilla del dios y cocida nuevamente con un hilo negro.

—Es una cicatriz —dijo Fricz, moviendo un mechón de su cabello rubio—. Supuse que el dios de la muerte probablemente haya estado en un par de peleas. Tiene que verse fuerte.

—¿Tienen más cintas? —preguntó Nickel, quien estaba intentando hacer una capa, en su mayor parte retazos de toallas viejas.

—Yo tengo —dijo Anna, entregándole una cinta brillosa—, pero es la última que me queda.

—Está bien.

—¡Gerdy, no! —exclamó Hans, quitándole el pincel de la mano de la niña. Levantó la vista, con los ojos bien abiertos.

El rostro del dios tenía una marca roja; una boca desaliñada.

—Ahora parece una niña —dijo Hans.

—¿Velos es un niño? —preguntó Gerdrut a Serilda, sonrojada bajo sus pecas, avergonzada y confundida.

—Puede serlo, si lo desea —le contestó Serilda—. Pero a veces puede desear ser una niña. A veces, un dios puede ser tanto un niño como una niña… y a veces, ninguno de los dos.

Gerdrut frunció el ceño con más intensidad y Serilda supo que no le estaba esclareciendo nada. Rio.

—Piénsalo de este modo. Nosotros, los mortales, nos vemos limitados. Pensamos que como Hans es un niño entonces debe trabajar en el campo. Anna es una niña entonces debe aprender a hilar.

Anna gruñó, fastidiada.

—Pero si fueras un dios —agregó Serilda—, ¿elegirías limitarte? Claro que no. Podrías ser lo que quisieras.

Al oír esto, un poco de la confusión se disipó del rostro de Gerdrut.

—Yo quiero aprender a hilar —dijo—. Me parece divertido.

—Eso lo dices ahora —murmuró Anna.

—No tiene nada de malo en aprender a hilar —agregó Serilda—. Mucha gente lo disfruta. Pero no debería ser solo un trabajo para las niñas, ¿no creen? De hecho, el mejor hilandero que conozco es un niño.

—¿En serio? —le preguntó Anna—. ¿Quién?

Serilda se vio tentada de contarles todo. Les había compartido muchas historias durante estas semanas sobre sus aventuras en el castillo encantado, muchas de ellas más ficción que realidad, pero había evitado contarles sobre Gild y su don para convertir la paja en oro. De algún modo, se sentía como un preciado secreto.

—Nunca lo conocí —dijo finalmente—. Vive en otro pueblo.

Debió ser una respuesta lo suficientemente vaga, ya que no la presionaron para que les diera más detalles.

—Yo creo que sería un buen hilandero.

El comentario, casi un susurro imperceptible, pasó casi desapercibido. Le tomó un momento a Serilda comprender que había sido Nickel quien lo había dicho, con la cabeza baja mientras sus dedos hilvanaban la capa con destreza.

Fricz miró a su gemelo, momentáneamente horrorizado. Serilda ya estaba preparándose para defender a Nickel en caso de que Fricz dijera el primer comentario burlón que se le viniera a la cabeza.

Pero no dijo nada. En su lugar, simplemente le esbozó una sonrisa a su hermano.

—Yo también creo que serías bastante bueno. Al menos... ¡mucho mejor que Anna!

Serilda puso los ojos en blanco.

—Entonces, ¿qué hago con la boca? –preguntó Hans, sus cejas oscuras abultadas en su ceño.

Se detuvieron y miraron al rostro de la efigie.

—A mí me gusta –dijo Anna primero, lo cual hizo a Gerdrut sonreír.

—A mí también –coincidió Serilda–. Con esos labios y esa cicatriz, creo que es el mejor dios de la muerte que Märchenfeld jamás haya visto.

Encogiéndose de hombros, Hans empezó a mezclar un poco más de pintura.

—¿Necesitas más pigmento? –le preguntó Serilda.

—Creo que así es suficiente –respondió él mientras probaba la consistencia de la pintura. Parecía casi travieso cuando levantó la vista–. Pero se me ocurre algo que podrías hacer mientras nosotros trabajamos.

Serilda levantó una ceja, aunque no necesitaba ninguna explicación. De inmediato, los niños le esbozaron una sonrisa y empezaron a cantar al unísono *"¡Sí, cuéntanos una historia!"*.

—¡Shh! ¡Silencio! –exclamó Serilda, mirando nuevamente hacia las puertas abiertas de la escuela–. Saben lo que piensa Madam Sauer sobre eso.

—No está aquí –dijo Fricz–. Dijo que necesitaba recolectar más artemisa para el fuego.

—¿Dijo eso?

Fricz asintió.

—Salió justo después de que viniéramos aquí.

—Ah, no la escuché —dijo Serilda. Perdida en sus pensamientos otra vez, sin duda alguna.

Consideró sus plegarias por un momento. Últimamente, todas sus historias habían sido sobre ruinas encantadas, monstruos de pesadillas y reyes desalmados. Sabuesos ardientes y princesas secuestradas. Si bien les entusiasmara mucho escuchar sus historias, se había enterado que la pequeña Gerdrut tenía pesadillas en las que el Erlking la secuestraba a *ella*, y Serilda se sintió inmensamente culpable.

Prometió hacer que su próxima historia fuera más alegre. Quizás incluso algo con un final feliz.

Pero esa idea quedó eclipsada por una tristeza repentina.

Ya no habría más historias después de esta.

Miró sus rostros, manchados con tierra y pintura, y tuvo que tensar la mandíbula para que las lágrimas no brotaran de sus ojos.

—¿Serilda? —la llamó Gerdrut con una voz pequeña y preocupada—. ¿Qué ocurre?

—Nada —le respondió enseguida—. Creo que me entró un poco de polen en los ojos.

Los niños compartieron una mirada llena de dudas, incluso Serilda sabía que había sido una mentira horrible.

Inhaló profundo y se recostó sobre sus manos, levantando el rostro hacia el sol.

—¿Les conté la vez que me crucé con un nachzehrer en el camino? Acababa de despertarse de su tumba. Ya había comido su sudario y la carne de su brazo derecho estaba pelada hasta el hueso. Al principio, cuando me vio, creí que escaparía, pero luego abrió la boca y dejó salir el grito más espeluznante que jamás había escuchado, uno capaz de congelarte la sangre…

—¡No, detente! —gritó Gerdrut, cubriéndose los oídos—. ¡Demasiado tenebroso!

—Ah, vamos, Gerdy —dijo Hans, pasando un brazo sobre sus hombros—. No es real.

—¿Y cómo lo sabes? —le preguntó Serilda.

Hans dejó salir una risa.

—¡Los nachzehrer no existen! La gente no regresa de la muerte y deambula comiendo a los miembros de su propia familia. Si fuera verdad, todos estaríamos… bueno, muertos.

—No *todos* vuelven a la vida —agregó Nickel, siendo realista—. Solo quienes murieron en accidentes horribles o por alguna enfermedad.

—O quienes se suicidaron —agregó Fricz—. Oí que ellos también pueden convertirse en nachzehrer.

—Es verdad —agregó Serilda—. Y ahora que saben que *yo* vi uno, claro que son reales.

Hans negó con la cabeza.

—Cuanto más extraña sea la historia, más te esfuerzas por convencernos de que es solo una historia.

—Eso es solo la mitad de la diversión —dijo Fricz—. Deja de quejarte. Continúa, Serilda. ¿Qué ocurrió luego?

—No —dijo Gerdrut—. Otra historia. ¿Por favor?

Serilda le esbozó una sonrisa.

—Está bien. Déjame pensar un momento.

—Otra sobre el Erlking —dijo Anna—. Esas son buenas. Casi sentía como si estuviera en ese castillo siniestro contigo.

—¿Esas historias no son muy tenebrosas para ti, Gerdrut? —le preguntó Serilda.

Gerdrut negó con la cabeza, aunque sí estaba un poco pálida.

—Me gustan las historias de fantasmas.

–Está bien, una historia de fantasmas. –La imaginación de Serilda ya se había transportado de regreso al castillo de Adalheid. Sus latidos se aceleraron al oír los gritos y el chapoteo de algunas pisadas sangrientas.

–Hace mucho tiempo –empezó con una voz suave e insegura, como casi siempre que empezaba a explorar una nueva historia, sin saber por completo hacia dónde la llevaría–. Había un castillo que erigía sobre un lago azul profundo. En el castillo vivían una reina buena y un rey agradable… y… sus dos hijos. –Frunció el ceño. Por lo general, no le tomaba mucho tiempo desentramar la historia. Algunos personajes, un escenario y empezaba el viaje, persiguiendo la aventura tan rápido como su imaginación se lo permitiera.

Pero ahora, sentía que su imaginación la estaba llevando hacia un muro imposible de escalar, sin indicio alguno sobre lo que pudiera habitar el otro lado.

Se aclaró la garganta, intentó continuar.

–Y eran felices, ya que toda la gente en su reino los quería, y el campo florecía… pero luego… algo ocurrió.

Los niños dejaron de lado su trabajo y miraron a Serilda, expectantes y entusiasmados.

Pero bajó los ojos y estos se posaron sobre el dios de la muerte, o al menos, en esta representación suya algo ridícula.

Había fantasmas merodeando por los corredores del castillo de Adalheid.

Fantasmas reales.

Espíritus reales, llenos de ira, arrepentimientos y tristeza. Reviviendo sus finales violentos una y otra vez.

–¿Qué ocurrió en ese lugar? –susurró.

Hubo un momento de silencio confuso, antes de que Hans riera.

—Exacto, ¿qué ocurrió?

Levantó la vista y se encontró con cada una de sus miradas. Enseguida se obligó a sonreír.

—Tengo una idea brillante. *Ustedes* deberían terminar la historia.

—¿Qué? —preguntó Fricz, torciendo su labio con repulsión—. Eso no tiene nada de brillante. Si fuera por Anna, haría que todos se besen y terminen casándose. —Hizo una mueca de asco.

—Y si fuera por ti —le respondió Anna—, ¡matarías a todos!

—Ambas opciones tienen mucho potencial —agregó Serilda—. Hablo en serio. Ya me escucharon contar muchas historias. ¿Por qué no lo intentan?

Cierto escepticismo apareció en sus rostros, pero Gerdrut rápidamente se despabiló.

—¡Ya sé! ¡Fue el dios de la muerte! —Apoyó un dedo con fuerza sobre el muñeco relleno de paja—. ¡Fue al castillo y mató a todos!

—¿Por qué Velos haría eso? —le preguntó Nickel, increíblemente decepcionado de que Serilda hubiera renunciado tan rápido para pasarles la responsabilidad a ellos—. No asesina a la gente. Simplemente guía a las almas hacia Verloren una vez que fallecen.

—Eso es verdad —dijo Fricz, sintiéndose cada vez más entusiasmado—. Velos no mata a nadie, pero… estaban todos allí. Porque… porque…

—¡Ah! —dijo Anna—. Porque era la noche de la cacería salvaje y sabían que el Erlking y sus cazadores regresarían al castillo y a Velos le fastidiaba no poder llevarse a todas esas almas. Creía que, si podía tenderles una trampa a los cazadores, ¡entonces podría llevarlas a Verloren!

Nick frunció el ceño.

—¿Qué tiene que ver con el rey y la reina?

—¿Y sus hijos? —agregó Gerdrut.

Anna se rascó la oreja, pintándose accidentalmente una de las trenzas.

—No lo había pensado.

Serilda rio.

—Sigan pensando. Es el comienzo de una historia muy excitante. Estoy segura de que lo descubrirán.

Los niños intercambiaron ideas mientras trabajaban. A veces, el Erlking era el villano, a veces, el dios de la muerte, y una vez incluso la reina. En ocasiones, la gente del pueblo apenas lograba escapar o se quedaban para luchar, o simplemente eran masacrados mientras dormían. A veces, se unían a la cacería, a veces eran llevados a Verloren. A veces, tenía un final feliz, pero otras, por lo general, era trágico.

Pronto, la historia se había enroscado tanto que era difícil seguir, hasta que alguno empezaba a discutir qué historia era mejor, quién debía morir y quién debía enamorarse, o quién debía enamorarse y *después* morir. Serilda sabía que debía interrumpirlos. Debía ayudarlos a mantener el hilo lógico, o al menos a que llegaran a alguna especie de conclusión en el que todos pudieran estar de acuerdo.

Pero estaba tan perdida en sus propios pensamientos que apenas escuchaba la historia que se tornaba más y más compleja delante de ella. Hasta no parecerse en lo más mínimo a la historia del castillo de Adalheid.

La realidad era que Serilda no quería inventar otra historia sobre el castillo. No quería seguir hilando esa mentira sobrenatural.

Quería saber la verdad. ¿Qué le había pasado a la gente que vivía allí? ¿Por qué los espíritus nunca pudieron descansar en paz? ¿Por qué el Erlking lo había declarado su santuario y abandonó el castillo de Gravenstone en las profundidades del bosque de Aschen?

Quería saber más sobre Gild.

Quería saber más sobre su madre.

Pero lo único que tenía eran preguntas.

Y la brutal certeza de que nunca obtendría respuestas.

—¿Serilda? ¡Serilda! —Se sobresaltó. Ana la estaba mirando con el ceño fruncido—. Fricz te hizo una pregunta.

—Ah, lo siento. Estaba… pensando en su historia. —Les esbozó una sonrisa—. Viene muy bien. —La encontraron cinco miradas abatidas. Parecía que no estaban de acuerdo—. ¿Qué me preguntaste?

—Te pregunté si nos acompañarías durante el desfile —repitió Fricz.

—Ah, mmm, no puedo. Ya estoy bastante grande para eso. Además, yo…

Me iré. Los abandonaré, a ustedes y a Märchenfeld. Por siempre.

No podía decirles nada. Esperaba que fuera más fácil así, simplemente marcharse y nunca volver. No tener que sufrir las despedidas.

Pero no creía que fuera para nada fácil.

Durante dieciséis años había pensado que su madre la había abandonado sin despedirse y no había sido para nada sencillo.

Pero no podía contarles la verdad. No podía arriesgarse.

—Creo que me perderé las festividades este año.

—¿No estarás aquí? —gritó Gerdrut—. ¿Por qué no?

—¿Es por…? —empezó a preguntarle Hans, pero se detuvo. Como todo Lindbeck, probablemente había escuchado sobre el año en que su hermano mayor había bailado con la muchacha maldita y los lobos atacaron sus tierras.

—No —le contestó Serilda, acercándose para tomarlo de la mano—. No me importa lo que el resto diga sobre mí, incluso aunque eso sea que contagio mala suerte.

Hans frunció el ceño una vez más.

Serilda suspiró.

—Mi padre y yo iremos a Mondbrück en un par de días y no estamos seguros de cuándo regresaremos. Eso es todo. Pero espero poder estar aquí para el festival. Odiaría perdérmelo.

LA LUNA DEL CUERVO

CAPÍTULO VEINTE

Divisó a un ave negra sobrevolando el mercado de la primavera cuando estaba eligiendo algunas cebollas esa mañana, pero no pudo distinguir si se trataba de un cuervo o una corneja, o uno de los espías del Erlking. La imagen la acechó durante el resto del día, esas alas extendidas que giraban en círculos sobre la plaza ajetreada en la puerta de la ya casi terminada alcaldía de Mondbrück. En círculos. Un depredador que esperaba el momento oportuno para zambullirse hacia su presa.

Se preguntaba si alguna vez volvería a escuchar el graznido gutural de un cuervo sin sobresaltarse.

—¿Serilda?

Levantó la vista de su pastel de salmón. La habitación principal de la posada estaba repleta de huéspedes que habían venido de provincias cercanas para disfrutar del mercado y vender sus productos, pero Serilda y su padre se mantuvieron reservados desde que habían llegado hacía dos días.

—Todo estará bien —murmuró su padre, extendiéndose sobre la mesa para darle una palmada en la muñeca a su hija—. Solo es una noche y luego nos alejaremos de este lugar tanto como podamos.

Serilda esbozó una sonrisa leve. Tenía el estómago revuelto y cientos de dudas que acechaban sus pensamientos, a pesar de las afirmaciones de su padre para dejarla tranquila.

Una noche más. La cacería iría a buscarla al molino, pero no la encontrarían allí y, con la llegada del amanecer, sería libre.

Al menos, lo suficiente para seguir escapando.

Le llenaba de miedo pensar en el próximo mes y el que le seguía.

¿Cuántos años tendrían que pasar hasta que su padre pudiera bajar la guardia? ¿Hasta sentir finalmente que habían logrado escapar?

Y siempre, los susurros molestos que le repetían que nada de eso serviría. El Erlking quizás ya había terminado con ella. ¿Qué tal si estaban alterando sus vidas y dejando atrás todo lo que conocían por un puñado de miedos infundados?

Pero ya no importaba, se repitió a sí misma. Su padre estaba comprometido a seguir adelante. Y ella sabía que no había manera de hacerlo abandonar su plan.

Tenía que aceptar que su vida nunca sería la misma después de esa noche.

Miró la puerta abierta, desde donde podía ver la luz del día desvaneciéndose en el atardecer.

—Ya casi es hora.

Su padre asintió.

—Termina tu pastel.

Serilda negó con la cabeza.

–No tengo hambre.

La expresión de su padre fue empática. Notó que él tampoco había estado comiendo mucho últimamente.

Su padre dejó una moneda sobre la mesa y se dirigieron hacia la escalera y la habitación que habían conseguido desde que llegaron.

Si alguien los estaba viendo, si *algo* los estaba observando, parecería que se estaban yendo a dormir.

Pero en su lugar, entraron al pequeño nicho debajo de los escalones donde, más temprano, Serilda había escondido un par de capas de viaje de colores brillantes que le había comprado a un tejedor en el mercado el día anterior. Habían sido bastante caras, pero era lo mejor que tenían para escaparse sin que notaran su presencia.

Ella y su padre se taparon con las capas sobre su ropa y compartieron una mirada de determinación. Su padre asintió y luego salió por la puerta trasera.

Serilda esperó por detrás. Sus espías estarían buscando a dos viajeros, según había insistido su padre. Debían ir separados, pero la esperaría. No sería por mucho tiempo.

La joven tenía el corazón en su garganta mientras contaba hasta cien, dos veces, antes de colocarse la capucha esmeralda sobre su cabeza y seguir adelante. Se encorvó y caminó mucho más lento, intentando hacer que todo en ella se viera diferente. Irreconocible. Solo por si acaso los estuvieran observando.

No era Serilda Moller quien había entrado a la posada, sino alguien diferente. Alguien que no tenía nada que ocultar ni nada de qué ocultarse.

Caminó por el sendero que había memorizado días atrás. Por el callejón largo, pasando la cantina, desde donde brotaban risas estrepitosas por la puerta, pasando por la panadería cerrada a la noche, un zapatero y una pequeña tienda con una rueca en la ventana.

Volteó y avanzó más rápido al doblar en la esquina, manteniéndose en las sombras, hasta llegar a la puerta lateral de la alcaldía. Por lo general, amaba esta época del año, cuando la gente quitaba las tablas de las ventanas y dejaba salir el aire sofocante y rancio. Cuando el césped y cada flor salvaje era una nueva promesa de Eostrig. Cuando el mercado se llenaba con los vegetales de la primavera temprana (betabeles, rábanos y puerro) y el miedo al hambre quedaba reducido.

Pero este año, en lo único que podía pensar era en la sombra de la cacería salvaje que la acechaba desde todas partes.

Apenas terminó de llamar a la puerta de madera, esta se abrió. Su padre la recibió con una mirada ansiosa.

—¿Crees que te siguieron? —le susurró, cerrando la puerta detrás de ella.

—No tengo idea —le contestó—. Buscar al nachtkrapp a mi alrededor levantaría muchas sospechas.

Su padre asintió y la abrazó con fuerza por un breve instante.

—Está bien. Estaremos a salvo aquí —dijo intentando convencerse más a él que a ella. Luego arrastró una caja llena de ladrillos frente a la puerta.

Su padre había llevado algunas sábanas a la que sería la cámara del consejo en la alcaldía. Encendió una única vela, ahuyentando a la oscuridad. Hablaron poco. No había nada que decir que no hubieran mencionado en las últimas tres semanas. Sus preparativos, sus miedos, sus planes.

Ahora no había otra cosa que hacer más que esperar a que la Luna del Cuervo pasara.

Serilda no creía que pudiera dormir en absoluto, mientras

se acurrucaba sobre el suelo duro, usando su nueva capa como almohada bajo su cabeza. Intentó repetirse una y otra vez que su plan funcionaría.

El cochero iría a buscarla nuevamente al molino en Märchenfeld. O, si los espías del rey les estuvieron prestando atención, vendrían a buscarla a la posada de Mondbrück.

Pero no la encontrarían. No aquí, en este salón enorme vacío con trabajos de madera sin terminar y carros con ladrillos y rocas.

—Espera, no debemos olvidarnos —dijo su padre, levantando la vela de su base de cobre. La inclinó en un ángulo para que la llama derritiera un poco de la cera. Enseguida, cayeron algunas gotas sobre el candelabro, formando un pequeño charco. Una vez que se enfrió, Serilda tomó la cera suave y armó unas bolitas que se puso en los oídos. El mundo se apagó a su alrededor.

Su padre hizo lo mismo, aunque con una mueca de incomodidad mientras se metía la cera en sus oídos. No era la sensación más agradable del mundo, pero había que ser precavidos con el llamado de la cacería. El silencio de la noche era completo, pero los pensamientos en la cabeza de Serilda se tornaron agresivamente fuertes mientras recostaba la cabeza sobre la capa en el suelo.

Su madre.

El Erlking.

Hilar oro. Y el dios de la muerte y las mujeres de musgo escapando de los sabuesos.

Y Gild. La forma en que la miraba. Como si fuera un milagro, no una maldición.

Cerró los ojos y suplicó dormir.

El sueño debió apoderarse de ella profundamente, ya que se despertó al oír un golpe apagado no muy lejos de su cabeza. Abrió los ojos enseguida. Sintió un rugido apagado en sus oídos. Estaba entre paredes desconocidas, iluminadas por la luz cambiante de la vela.

Se sentó y vio la vela girando en el suelo de madera. Asustada, tomó la capa y la arrojó sobre ella para extinguirla antes de que provocara un incendio.

La oscuridad la tragó por completo, pero no sin antes dejarle ver a la figura de su padre alejándose de ella.

—¿Papá? —susurró, insegura de si habló muy fuerte o muy bajo. Se puso de pie y lo llamó una vez más. En la noche, la luna había subido y sus ojos comenzaban a ajustarse a la luz que se filtraba a través de tres pequeñas aberturas que aún no tenían cristal.

Su padre no estaba allí.

Lo siguió y sintió algo debajo de sus pies. Se agachó y levantó la bolita de cera. Enseguida, se le retorció el estómago.

¿La cacería?

¿Los habían encontrado? ¿Después de todo?

No, quizás solo estaba caminando dormido.

Quizás…

Tomó su capa y sus zapatos y se marchó hacia el salón inmenso al otro lado de la cámara del consejo, justo a tiempo para verlo deambular por un rincón distante. Serilda avanzó y lo llamó nuevamente.

No estaba yendo a la pequeña puerta trasera. En su lugar, avanzó directo hacia la entrada principal que daba hacia la plaza de la ciudad. Las inmensas puertas arqueadas estaban tapiadas con tablas de madera temporales para proteger al edificio en construcción de ladrones. Espió a su padre justo en el instante en que tomó un martillo grande que había dejado alguno de los constructores a un costado.

Lo levantó alto sobre su cabeza y lo estrelló contra la primera tabla.

Serilda, sorprendida, gritó.

–¡Papá! ¡Detente! –Su voz aún apagada por la cera en sus oídos, aunque sabía que debía poder escucharla. Sin embargo, su padre no volteó.

De inmediato, empezó a utilizar el mango del martillo como palanca para arrancar la primera tabla de la puerta de tallado intrincado. Luego la segunda.

Serilda sujetó a su padre por las manos.

–Papá, ¿qué estás haciendo?

La miró, pero incluso bajo la tenue luz del lugar notó que tenía los ojos perdidos. Algunas gotas de sudor impregnaban su frente.

–¿Papá?

Como si le estuviera gruñendo un animal salvaje, le apoyó la mano sobre el esternón y la empujó.

Serilda cayó hacia atrás.

Y en ese instante, su padre abrió la puerta y salió corriendo hacia la noche.

Con el corazón acelerado, Serilda salió tras él. Se estaba moviendo cada vez más rápido. Cruzó la plaza en dirección a la posada en donde se suponía que estaban. La luna iluminaba toda la plaza con su resplandor plateado.

Serilda estaba a mitad de camino en la plaza cuando notó que no estaba yendo hacia la entrada de la posada, sino hacia la parte trasera. Aceleró el paso. Por lo general, no tenía problemas para alcanzar a su padre. Sus piernas eran mucho más largas que las de él y no era un hombre difícil de alcanzar. Pero se estaba quedando sin aliento, mientras rodeaba la enorme fuente de Freydon en el centro de la plaza.

Giró en la esquina detrás de la posada y se quedó congelada.

Su padre había desaparecido.

—¿Papá? ¿Dónde estás? —preguntó, sintiendo el pánico en su voz. Luego, con los dientes presionados, se llevó las manos a sus oídos y se quitó los tapones de cera. Los sonidos del mundo la envolvieron por completo. En gran medida, la noche estaba tranquila, aquellas personas en las tabernas y posadas ya se habían retirado hacía un rato largo. Sin embargo, no muy lejos podía escuchar algo.

No tardó mucho en darse cuenta de que el sonido provenía de los establos que compartían la posada y otros negocios cercanos.

Avanzó en esa dirección a toda prisa, pero antes de poder entrar al refugio, su padre salió a toda prisa llevando a Zelig de las riendas.

Serilda parpadeó, sorprendida, y dio un paso hacia atrás. Su padre le había colocado la brida a Zelig, pero no se había molestado con la montura.

—¿Qué estás haciendo? —le preguntó Serilda, sin aliento.

Nuevamente, sus ojos se posaron sobre ella sin expresión alguna. Luego se paró sobre una caja cercana y, con la fuerza y agilidad que Serilda estaba segura de que su padre no tenía, se subió al lomo del caballo. Sus puños sujetaron las riendas con fuerza y el viejo caballo salió galopando a toda prisa. Serilda tuvo que arrojarse hacia la pared del establo para que no la chocara.

Confundida y asustada, salió tras él, pidiéndole a los gritos que se detuviera.

Pero no tuvo que correr mucho.

En cuanto llegó al borde de la plaza, se quedó congelada.

Su padre y Zelig la estaban esperando allí.

Y a su alrededor, la cacería. A su lado, Zelig se veía diminuto, patético y débil, aunque estuviera parado con el mayor orgullo que alguna vez tuvo, como si estuviera intentando encontrar su lugar entre esas bestias poderosas.

El terror endureció su estómago.

Estaba temblando cuando miró al Erlking a los ojos, quien deambulaba al frente en su glorioso semental.

Había incluso un caballo sin jinete. Su pelaje tan oscuro como la tinta, su crin blanca cubierta con flores de belladona y algunas ramitas de moras.

—Qué bueno que nos acompañes —dijo el Erlking con una sonrisa siniestra.

Y enseguida se llevó el cuerno de cacería a la boca.

CAPÍTULO VEINTIUNO

Podría ser solo un sueño. Muchas cosas reales, inusuales e insólitas le habían ocurrido durante las últimas semanas y el velo que separaba a la realidad de la ficción se sentía cada vez más delgado.

Pero *esto*.

Esto era un sueño, una pesadilla, una fantasía, el horror, la libertad y la incredulidad a la vez.

Serilda recibió el caballo sin jinete y su fuerza y poder parecía transferirse hacia su propio cuerpo. Se sentía invencible mientras se alejaban de la ciudad a toda prisa. Los sabuesos del infierno corrían por las praderas a cada lado. El mundo era solo una neblina en su visión y dudaba de que las pezuñas de su caballo siquiera estuvieran tocando el suelo. Su camino era la luz de la Luna del Cuervo y el aullido sobrenatural de los sabuesos. Cruzaron el lecho de los ríos y las granjas en la oscuridad total.

Cruzaron pasturas de césped verde, campos recien arados y colinas cubiertas de flores silvestres. El viento en su rostro se sentía dulce, casi salado, y se preguntaba qué tan lejos estaban. Podrían estar cerca del mar, aunque no era posible viajar tan lejos en tan poco tiempo.

Nada de eso era posible.

En su confusión, pensó en su madre. Una joven mujer, no más grande que ella ahora. Ansiando la libertad, la aventura.

¿Podía culparla por haberse dejado seducir por el llamado del cuerno?

¿Podía culpar a alguien siquiera? Cuando la mayor parte de la vida eran reglas, responsabilidades y chismes crueles.

Cuando no eras exactamente lo que el resto quería que fueras.

Cuando tu corazón no deseaba más que avivar las llamas de una fogata, aullar a las estrellas, bailar bajo los truenos y la lluvia, y besar a tu amor lentamente entre la suavidad de las olas espumosas del océano.

Tembló, segura de nunca haber sentido esos anhelos antes. Parecían no tener sentido, pero sabía que eran suyos. Deseos que nunca había reconocido en el pasado y que ahora buscaban brotar a la superficie para recordarle que era una criatura de tierra, cielo y fuego. Una bestia del bosque. Algo feroz y peligroso.

Los sabuesos persiguieron liebres salvajes, ciervos asustados, alguna perdiz y un par de urogallos.

Se le hizo agua la boca. Miró a su padre, cuyo rostro estaba sumido en una alegría muda. Estaba al fondo del grupo, aunque Zelig galopaba tan rápido como se lo permitían sus viejas piernas. Más rápido de lo que había corrido en toda su vida. La luz de la luna se reflejaba en su cuerpo cubierto de sudor. Sus ojos lucían salvajes y atentos.

Serilda giró la cabeza y vio a una mujer al otro lado. Tenía una espada en la cintura y una bufanda envuelta alrededor de su garganta pálida. La recordó vagamente de la noche de la Luna de Nieve.

Sus palabras se filtraron nuevamente a sus pensamientos embriagados.

Creo que dice la verdad.

Ella había creído las mentiras de Serilda sobre convertir la paja en oro, o al menos eso había dicho. Si no hubiera dicho nada, ¿acaso el rey y la cacería la hubieran asesinado esa misma noche?

La mujer le esbozó una sonrisa. Luego pateó levemente a su caballo y dejó a Serilda atrás.

El momento fue efímero. Se preguntaba si siquiera había sido real. Intentó perderse nuevamente en el caos delicioso y retorcido. Por delante, un hombre con un garrote se inclinó hacia adelante en su montura y arremetió contra su nueva presa: un zorro rojo que intentaba escapar desesperadamente, corriendo de un lado a otro, pero rodeado por la cacería desde todos lados.

Fue un golpe seco.

Serilda no sabía si el zorro emitió algún sonido. Si ese fue el caso, fue tan rápido que quedó enterrado en los festejos y risas de los cazadores.

Se le hacía agua la boca. La cacería terminaría con un banquete. Sus presas serían servidas en vajilla de plata, aún embebidas por su sangre roja rubí.

Levantó la vista hacia la luna y se unió a las risas. Luego soltó las riendas y extendió sus brazos, como si estuviera volando por el campo. El aire fresco llenaba sus pulmones y le traía la más profunda euforia.

Deseaba que esa noche no terminara nunca.

Por capricho, miró nuevamente hacia atrás, para ver si su

padre también estaba volando como ella. Si también estaba al borde de las lágrimas.

Pero su sonrisa se desvaneció.

Zelig aún avanzaba hacia adelante, intentando desesperadamente mantener la velocidad.

Pero su padre no estaba por ningún lado.

El puente levadizo retumbó bajo los cascos de los caballos al cruzar la casa del guarda galopando a toda prisa. El patio estaba lleno de figuras que esperaban el regreso de la cacería salvaje. Los sirvientes se apresuraron a recolectar las presas. El joven del establo y algunas otras manos tomaron las riendas de los caballos y los llevaron directo a los establos. La guardiana de los sabuesos atrajo a las bestias nuevamente a sus caniles con algunos trozos de carne sangrienta.

Ni bien Serilda desmontó su caballo, el hechizo se hizo añicos. Respiró profundo y el aire que sintió no era dulce. No la llenó de optimismo. Lo único que sintió fue horror cuando volteó y vio a Zelig.

El viejo y pobre Zelig había colapsado dentro de los muros del castillo. Su cuerpo subía y bajaba mientras respiraba con pesadez. Todo su cuerpo temblaba por el esfuerzo del largo viaje, un pelaje cubierto de sudor. Sus ojos estaban casi en blanco mientras tomaba grandes bocanadas de aire.

—¡Agua! —gritó Serilda, sujetando del brazo al joven del establo mientras regresaba a buscar a otro caballo. Pero luego, preocupada de romperle sus huesos frágiles, lo soltó y retiró la mano—. Por favor. Tráele un poco de agua a este caballo. Rápido.

El joven se la quedó mirando boquiabierto y con los ojos bien grandes. Luego su mirada se posó por detrás de los hombros de Serilda.

Una mano la sujetó del hombro y la obligó a voltear. Se encontró con la expresión siniestra del Erlking.

—Tú no le das órdenes a mis sirvientes —gruñó.

—¡Mi caballo morirá! —le gritó ella—. ¡Es viejo! ¡No debería haber sido presionado tanto esta noche!

—Si muere, lo hará habiendo saboreado el éxtasis que todo caballo de su edad debería sentir. Ahora, ven. Ya me hiciste perder mucho tiempo esta noche.

Empezó a arrastrarla hacia la torre principal, pero Serilda apartó el brazo con fuerza.

—¿Dónde está mi padre? —le gritó.

De inmediato, el rey retorció las trenzas de Serilda sobre su puño y le llevó la cabeza hacia atrás, mientras apoyaba el filo de su espada contra su garganta. Sus ojos eran penetrantes y su voz grave.

—No me gusta pedir las cosas dos veces —sentenció y Serilda presionó la mandíbula para contener la necesidad de escupirle la cara—. Me seguirás y no hablarás si no se te pide hacerlo.

La soltó y dio un paso hacia atrás. Mientras avanzaba hacia la escalinata de la torre principal, cada músculo de su cuerpo se sentía tenso por la ira. Quería gritar, maldecir y sujetar cualquier cosa que tuviera a su alcance y arrojársela por la cabeza desde atrás.

Antes de poder hacer algo, un fantasma con un delantal de herrero salió corriendo de la torre.

—¡Su Sombría Majestad! Tenemos un… problema. En la armería.

El Erlking caminó más lento.

—¿Qué clase de problema?

—Las armas. Están todas… bueno. Quizás debería verlo usted mismo.

Con un gruñido grave, el Erlking cruzó las puertas inmensas y el herrero lo siguió por detrás. Solo cuando el fantasma volteó, Serilda notó una docena de flechas clavadas en su cuerpo como alfileres en una almohada.

Serilda se detuvo, el corazón aún le latía con fuerza y una ira ferviente nublaba sus pensamientos. Miró nuevamente a Zelig y se sintió un poco más aliviada al ver al joven del establo llevando una cubeta de agua en su dirección.

—Gracias —dijo entre dientes.

El joven se sonrojó, sin atreverse a mirarla a los ojos. Miró hacia el otro lado, la puerta abierta. El puente levadizo bajo.

Le dolía todo el cuerpo, particularmente las piernas, lo cual le trajo algunos recuerdos difusos de estar cruzando la tierra montada a un caballo magnífico. Había montado a caballo muy pocas veces en su vida. Le recordaba lo poco acostumbrada que estaba a ello.

Pero supuso que quizás aún podía correr.

Si no le quedaba otra opción.

—No te recomiendo hacerlo.

El cochero apareció a su lado. La misma advertencia que antes.

Si te marchas, solo harás que disfrute más la cacería.

Y esta noche le había dado la razón.

—Creo que te pidió que lo siguieras —agregó el cochero—. Yo no haría que te venga a buscar más tarde.

—Lo perdí. Nunca más lo encontraré.

—Se dirigían a la armería. Yo te muestro el camino.

Quería ignorarlo. Escapar. Encontrar a su padre, quien de seguro estaba solo allí afuera. Otra víctima más de la cacería, abandonado en un campo o en las afueras del bosque. Podría estar en cualquier lado. ¿Qué tal si estaba herido? ¿Qué tal si estaba…?

Exhaló profundamente, negándose a permitir que la palabra apareciera en sus pensamientos.

Estaba vivo. Estaría bien. Tenía que estarlo.

Pero si ella no hacía lo que el Erlking quería, nunca podría escapar de este castillo con vida. Nunca podría ir a buscar a su padre.

Enfrentó al cochero y asintió.

Esta vez, no descendieron hacia el calabozo, sino que se aventuraron por una serie de corredores angostos. Supuso que eran los pasillos de los sirvientes, a pesar del poco conocimiento que tenía sobre la arquitectura de los castillos. Después de un número confuso de vueltas, llegaron a una puerta cerrada. Al otro lado, se encontraron con una mesa larga en el centro del salón. Las paredes estaban cubiertas de escudos y varias piezas de armadura, desde cotas de mallas hasta guantes de bronce. También había algunos espacios vacíos en las paredes, en donde quizás las armas deberían estar colgadas.

Pero no estaban allí.

Sino que colgaban del techo alto, suspendidas justo por encima de ellos. Cientos de espadas y puñales, mazos, hachas y jabalinas, todas colgando por pequeños cordeles precarios.

Retrocedió hacia el salón.

—¿Cuándo hizo esto? —decía el Erlking con una voz áspera de ira.

El herrero se encogió de hombros con cierta impotencia.

—Ayer estuve en este salón, mi señor. Debió haberlo hecho luego. ¿Quizás incluso después de que usted se fuera de cacería? —sonaba como si no estuviera tan sorprendido.

–¿Y por qué no había nadie vigilando la armería?

–Había un guardia en el puesto. Siempre hay un guardia en el puesto…

Gruñendo, el rey le dio una bofetada en el rostro al herrero. El hombre cayó hacia un lado, su hombro estrellándose contra la pared del corredor.

–¿Ese guardia estaba del lado de *afuera* de esta puerta? –gritó el rey.

El herrero no respondió.

–Tontos, todos ustedes. –Levantó una mano hacia las armas colgantes–. ¿Qué estás esperando? Ve a buscar a uno de esos kobold inútiles para que suban allí y empiecen a bajarlas.

–Sí, sí, Su Sombría Majestad. Claro. Enseguida –tartamudeó el herrero.

El Erlking giró para salir de la habitación, sus labios presionados con fuerza contra sus dientes afilados.

–¡Y si alguien ve a ese poltergeist, usen las nuevas cadenas para amarrarlo en el comedor! Podemos dejarlo colgado allí hasta…

Se detuvo abruptamente cuando vio a Serilda.

Por un momento, parecía desconcertado. Claramente, se había olvidado de que ella estaba allí.

Como una cortina que se cierra sobre un escenario, recobró la compostura. Sus ojos se congelaron; su ira se transformó en una irritación más respetable.

–Cierto –murmuró–. Sígueme.

Nuevamente, Serilda avanzó a toda prisa por el castillo, pasando junto a criaturas de ojos inmensos que mordisqueaban velas y muchachas fantasmales que barrían las escaleras, incluso un anciano que tocaba una melodía melancólica en un arpa. Todos ignorados por el Erlking.

Serilda había encontrado algo de calma desde que abandonó el patio. O al menos su ira se había moderado ante la presencia de un nuevo temor.

Con una voz sumisa, casi cortés, se animó a preguntar.

—Su Oscura Majestad, ¿puedo saber el paradero de mi padre?

—Ya no tienes que preocuparte por él —fue la abrupta respuesta. Un puñal en el corazón.

Casi no podía soportar hacerle la pregunta que no podía quitarse de la cabeza, pero tenía que saberlo…

—¿Está muerto? —susurró.

El rey se detuvo frente a la puerta y volteó, sus ojos en llamas.

—Se cayó del caballo. Si la caída lo mató o no, no lo sé ni me importa. —Le hizo un gesto para que ingresara a la habitación, pero el corazón de Serilda estaba atrapado en una prensa y no creía que pudiera moverse. Recordó verlo durante la cacería. Su sonrisa exultante. Sus ojos maravillados.

¿Podría realmente haber muerto?

El rey se acercó a ella.

—Ya has desperdiciado mucho de mi tiempo y el tuyo esta noche. El amanecer está a solo unas pocas horas de distancia. O esta paja se convierte en oro antes de la mañana o estará manchada de rojo por tu sangre. Es tu elección. —La tomó del hombro y la empujó hacia el otro lado de la puerta.

Serilda cayó hacia adelante.

La puerta se cerró con fuerza y quedó encerrada al otro lado.

Respiró temblorosamente. La habitación era dos veces más grande que la celda en la que había estado la vez anterior, aunque también bastante pequeña y sin ventanas. En el techo había algunos ganchos vacíos. El olor a moho y miseria había sido reemplazado por el olor a carne en proceso de secado y curado. Y, obviamente, el aroma dulce de la paja.

Una despensa, supuso, aunque estaba vacía, ya que quizás habían quitado todas las conservas de comida para darle espacio para su tarea.

Otra pila de paja en el centro, significativamente más grande que la primera, junto a una rueca y montañas de carretes vacíos. En un rincón, una vela ardía e iluminaba todo el recinto, ya consumida hasta el tamaño de uno de sus pulgares.

Miró la paja, perdida en sus pensamientos. La angustia le presionaba el pecho con toda su fuerza.

¿Qué tal si lo había perdido? ¿Para siempre?

¿Qué tal si estaba sola en el mundo?

—¿Serilda?

La voz sonó vacilante y dulce.

Volteó y se encontró con Gild a solo unos metros de distancia, una expresión tensa de preocupación en su rostro. Tenía una mano extendida, como si estuviera intentando acercarse a ella, pero no estuviera seguro de hacerlo.

Ni bien lo vio, un río de lágrimas nubló su visión.

Y sollozando, se arrojó a sus brazos.

CAPÍTULO VEINTIDÓS

La abrazó con fuerza y la dejó llorar, tan sólido como una roca entre las olas. Serilda no sabía por cuánto tiempo estuvo así. Fue un gesto que no pedía nada a cambio. No le acarició el cabello ni le preguntó qué pasaba ni intentó decirle que todo estaría bien. Él simplemente… la sostuvo. Su camisa quedó empapada por las lágrimas de Serilda una vez que logró contener el temblor y regular la respiración.

—Lo siento —dijo, apartándose y limpiándose la nariz con su manga.

Los brazos de Gild se aflojaron, pero no la soltaron.

—Por favor, no. Escuché lo que ocurrió en el patio. Vi el caballo. Yo… —Se encontraron las miradas. Su rostro lucía tenso por las emociones—. *Yo* lo siento. Fue una noche horrible para hacer bromas y si proyecta su ira en ti…

Serilda se secó las lágrimas de sus pestañas.

—La armería. Fuiste tú.

Asintió.

—Lo vengo planeando desde hace semanas. Creí que sería algo muy ingenioso. Aunque bueno, la verdad que sí fue ingenioso. Pero él ya estaba de mal humor y ahora… si te lastima…

Se le entrecortó la respiración. La voz de Gild sonaba muy preocupada. La vela reflejaba su resplandor dorado sobre sus ojos.

Y no se estaba apartando de ella. Le mantuvo la mirada fija sin aparente disgusto.

Eso solo la hacía sentir incómoda.

Además… había algo *diferente* en él. Entrecerró la vista, sin poder encontrar qué era. Apoyó las manos sobre el pecho de Gild y sus brazos presionaron con fuerza su cintura, acercándola más hacia él. Hasta que…

—Tu cabello —dijo una vez que entendió qué era lo que había cambiado—. Te peinaste.

El cuerpo del joven se tensó y, un momento después, dos manchas rosas aparecieron en cada una de sus mejillas. Dio un paso hacia atrás, aflojando sus brazos.

—No —le respondió, pasando los dedos tímidamente por su cabello pelirrojo. Aún caía algo desprolijo por detrás de sus orejas, pero definitivamente estaba mucho más arreglado que antes.

—Claro que sí. Y te lavaste la cara. La última vez estabas sucio.

—Está bien. Quizás lo hice —espetó—. No soy un schellenrock. Tengo mi orgullo. Tampoco es para que escribas un soneto. —Se aclaró la garganta, incómodo, y miró a la rueca detrás de ella—. Hay mucha más paja esta vez. Y una vela más corta.

Serilda dejó caer los hombros.

—No podemos hacer nada —dijo, al borde del llanto—. Intenté escapar. Mi padre y yo fuimos a otro pueblo. Intentamos ocultarnos para que no pudiera encontrarme. No debería haberlo hecho. Debería haber sabido que no funcionaría. Y ahora creo que tomará cualquier excusa para matarme.

—El Erlking no necesita excusas para matar a nadie —dijo Gild, dando un paso hacia ella y sujetando el rostro de Serilda entre sus manos. Sus palmas se sentían ásperas y callosas. Su piel estaba fría al tacto, pero sutil, mientras le quitaba con cuidado un mechón de cabello que había quedado pegado en sus mejillas húmedas—. Todavía no te mató, lo que significa que aún necesita tu don. Puedes jurarlo con tu vida. Solo tenemos que convertir la paja en oro. Y *sí* podemos hacerlo.

—¿Por qué simplemente no me mata? —preguntó—. Si fuera un fantasma, ¿no quedaría atrapada aquí para siempre?

—No estoy seguro, pero… no creo que los muertos puedan usar sus dones entregados por los dioses. Además, supuestamente, tú tienes la bendición de Hulda, ¿verdad?

—Eso es lo que él cree, sí —dijo Serilda con otro resoplido.

Gild asintió. Tragó saliva con fuerza y apartó las manos de la cintura de Serilda para sujetarle los dedos.

—Yo te ayudaré, pero necesito un pago.

Sus palabras se sintieron distantes, casi foráneas. ¿Pago? ¿Qué importancia tenían los pagos ahora? ¿Qué importancia tenía todo esto? Su padre podría estar muerto.

Cerró los ojos estremeciéndose del miedo.

No. No podía pensar en eso ahora. Tenía que creer que estaba vivo. Solo necesitaba sobrevivir a esa noche y pronto estarían juntos otra vez.

—Pago —dijo, intentando pensar en algo, aunque su mente se sintiera confusa. ¿Qué podía ofrecerle como pago? Ya se había llevado el collar con el retrato de la niña; incluso en ese momento podía ver la cadena sobre su cuello.

Todavía tenía el anillo… pero no quería dárselo.

Enseguida, se le ocurrió otra idea al verlo a los ojos, con esperanza.

—Si conviertes la paja en oro, te contaré una historia.

Gild frunció el ceño.

—¿Una historia? —Negó con la cabeza—. No, eso no servirá.

—¿Por qué no? Soy buena para contar historias.

La miró, para nada convencido.

—Lo único que quise hacer desde la última vez que estuviste aquí fue borrar de mi cabeza esa historia horrible que me contaste. No creo tener el estómago para otra más.

—Ah, pero ese es el asunto. Esta noche, te contaré lo que sucedió con el príncipe después. Quizás disfrutes más este final.

Suspiró.

—Incluso aunque me interese, una historia no cumple los requisitos. La magia requiere algo… valioso —dijo y Serilda lo miró fijo, algo molesta—. No quiero decir que las historias no sean valiosas —agregó a toda prisa—. Pero ¿no tienes algo más?

Se encogió de hombros.

—Quizás podrías ofrecerme tu ayuda como muestra de honor de un caballero.

—Por más que disfrute que me veas como un caballero, me temo que no puedo. Mi magia no funcionará sin un pago. No es mi regla, pero es así. Tendrás que darme algo.

—Pero no tengo nada más para ofrecerte. —Le mantuvo la mirada por un largo momento, como si la estuviera instando a que dijera la verdad. La mirada la hizo sentir molesta—. *Nada*.

Gild desplomó sus hombros.

—Creo que sí. —Pasó su pulgar sobre el anillo dorado en su dedo—. ¿Por qué no esto? —le preguntó, con un poco de cariño.

La caricia le transmitió un hormigueo en la piel. Algo se

cerró con fuerza en la boca de su estómago. Algo que no podía identificar, algo que no podía nombrar… pero algo que creía que podría ser anhelo.

Pero quedó asfixiado por su repentina frustración.

—No seas absurdo —le dijo—. Ya sé que te gusto, pero ¿pedirme la mano en matrimonio? Me siento halagada, pero apenas nos…

—¿Qué? ¿Matrimonio? —la interrumpió, apartando la mano con fuerza de un modo que fue un poco insultante. Serilda no hablaba en serio, claro, pero no pudo evitar fruncir el ceño—. Me refería al anillo —agregó, señalándolo con vehemencia.

Se vio tentada a ignorarlo, pero de pronto se sintió agotada, la vela se estaba consumiendo bastante rápido y aún no habían trabajado ni un poco de la paja.

—*Claro* —dijo inexpresivamente—. No te lo puedo dar.

—¿Por qué no? —le preguntó, desafiante—. Por algún motivo, dudo de que haya sido de tu madre.

Cerró los dedos.

—Tú no sabes nada de mi madre.

Gild se sobresaltó por su repentina ira.

—Mmm… lo siento —tartamudeó—. ¿*Era* de tu madre?

Serilda miró el anillo, tentada de mentir, si tan solo eso fuera suficiente para que no se lo volviera a pedir. Cada vez que lo veía, recordaba lo viva que se había sentido esa noche, cuando ocultó a las mujeres de musgo en el sótano y se atrevió a mentirle en la cara al Erlking en persona. Siempre se había preguntado hasta aquella noche si podía ser tan valiente como las heroínas de sus historias. Ahora que sabía que podía, ese anillo era la prueba. La única prueba que tenía.

Pero mientras miraba el anillo, otro pensamiento apareció en su mente.

Su madre.

Quizás estaba allí, en algún lugar de ese castillo. ¿Era posible que Gild *realmente* supiera algo de ella después de todo?

Pero antes de poder formular una pregunta con esos pensamientos, Gild se adelantó.

—No quiero presionarte, pero dime, ¿qué te hará Su Oscura Majestad si no conviertes esta paja en oro antes del amanecer?

Serilda frunció el ceño.

Luego, con los dientes presionados, se quitó el anillo del dedo y se lo alcanzó. Enseguida, lo tomó tan rápido como ave hambrienta y lo guardó en su bolsillo.

—Acepto tu pago.

—Eso supuse.

Nuevamente, la magia palpitó a su alrededor, sellando el trato.

Ignorando la mirada fría que le había lanzado, Gild volteó, se tronó los nudillos y se sentó detrás de la rueca. Empezó a trabajar sin hacer ningún espectáculo, como si hubiera nacido para estar detrás de una rueca. Como si fuera tan natural como respirar.

Serilda quería perderse en pensamientos sobre su padre, su madre, el collar y el anillo. Pero no quería que Gild la regañara como la última vez. Por tal motivo, se quitó la capa, la dejó en un rincón, se arremangó e intentó ser útil. Lo ayudó alcanzándole la paja y acomodando todo el desastre en pequeños montículos ordenados.

—El rey dijo que eres un poltergeist —comentó una vez que encontraron un ritmo firme.

Gild asintió.

—Ese soy yo.

—Entonces… la última vez. Tú fuiste quien soltó al sabueso, ¿verdad?

Esbozó una sonrisa.

Su pie tambaleó sobre el pedal, pero rápidamente volvió a encontrar el ritmo.

—Yo no lo *solté*. Simplemente… rompí la cadena. Y quizás dejé la puerta abierta.

—Y quizás casi me matas.

—Casi. Pero no ocurrió.

Serilda lo miró molesta.

—Quería disculparme —Gild suspiró—, pero no era el momento adecuado. Lo cual parece ser bastante común contigo.

Esbozó una sonrisa, preguntándose si Gild había oído su conversación con el Erlking la última vez, cuando le dijo que la gente en la aldea la veía como un augurio de mala suerte.

—No sabía que estábamos esperando a una huésped mortal. —Levantó las manos a la defensiva—. Juro que no quería lastimarte. No a ti, al menos. El rey es muy sobreprotector con esos sabuesos y supuse que podría ponerlo nervioso un rato.

—¿Le haces muchas bromas al rey?

—Tengo que hacer algo para mantenerme ocupado.

Serilda tarareó suavemente.

—¿Por qué dice que eres un poltergeist?

—¿De qué otra forma me llamaría?

—No lo sé, pero… un poltergeist es un fantasma.

Gild la miró, la boca torciéndose levemente.

—Sabes en qué clase de castillo estamos, ¿verdad?

—¿Uno embrujado? —preguntó y Gild tensó la mandíbula mientras se concentraba una vez más en la rueca—. Sí, pero tú no luces como el resto de los fantasmas. —Observó con detenimiento su cabeza y el borde de sus hombros—. Sus siluetas parecen desvanecerse. Pero tú pareces… completamente presente.

—Supongo que es verdad. Yo puedo hacer cosas que ellos no. Como entrar y salir de habitaciones cerradas, por ejemplo.

—¿Y acaso *tú* no fuiste bendecido por Hulda? —agregó—. Aunque eso no tendría sentido si los muertos no pueden usar dones entregados por los dioses, como dijiste.

Dejó de trabajar y mantuvo una mirada pensativa a medida que la rueda se detenía.

—No lo había pensado. —Meditó por un largo rato, antes de encogerse de hombros y hacer girar nuevamente la rueda—. No tengo respuestas. Supongo que probablemente esté bendecido por Hulda, pero no lo sé con seguridad, o por qué siquiera se molestaría en bendecirme a mí. Y ya sé que no soy como el resto de los fantasmas, pero también soy el único poltergeist aquí, así que supongo que simplemente soy... una clase diferente de fantasma.

Serilda frunció el ceño.

Gild miró una vez más la vela y luego enderezó sus hombros. Incrementó el ritmo una vez que retomó el trabajo. Serilda también miró la vela y se le aceleró el corazón.

Quedaba muy poco tiempo.

—Si no te molesta —dijo Gild, reemplazando un carrete lleno con uno vacío—, aceptaré esa historia ahora.

Serilda frunció el ceño.

—Creí que odiabas mis historias.

—Odié la historia que me contaste la última vez. Es con facilidad la peor cosa que escuché en mi vida.

—Entonces, ¿por qué quieres que continúe?

—Supongo que me ayuda a concentrarme más que si me estás molestando constantemente con tus preguntas.

Torció los labios hacia un lado. Se vio tentada de arrojarle uno de los carretes por la cabeza.

—Además —agregó—, tienes cierto talento con las palabras. El final fue horrible, pero todo lo anterior fue... —se esforzó por un momento para encontrar la palabra adecuada y luego suspiró–. Disfruté todo lo que vino antes que eso. Y me gusta escuchar tu voz.

Una calidez se apoderó de las mejillas de la joven al escuchar ese casi cumplido.

–Bueno, qué suerte para ti que ese no haya sido el final.

Gild se detuvo lo suficiente para estirar su espalda y hombros, y luego le esbozó una sonrisa.

–Entonces me encantaría escuchar más, si estás dispuesta a contarlo.

–Muy bien –dijo–. Solo porque me lo estás rogando.

Sus ojos destellaron casi con travesura, pero luego apartó la mirada y tomó otro puñado de paja.

Serilda recordó la historia que le había contado la última vez y, de inmediato, sintió la comodidad de un buen cuento de hadas. Donde ocurrían cosas terribles, pero donde el bien siempre vencía al mal.

Antes de empezar, comprendió que era la clase de escape que necesitaba para salir de su corazón y mente en ese momento. Una parte de ella se preguntaba si Gild había notado esto. Pero no. No había manera de que la conociera tan bien.

–Déjame ver –empezó–. ¿En dónde nos quedamos…?

A medida que el sol se elevaba sobre el bosque de Aschen, sus rayos dorados descendían sobre los chapiteles del castillo de Gravenstone. La niebla del velo se había evaporado. La noche encantada le daba paso al trino de las aves y el goteo firme de la nieve que se derretía. Apenas los rayos de luz se posaron sobre los sabuesos que habían atacado al joven príncipe, se volvieron nubes de humo negro y se

desvanecieron en el aire de la mañana. A la luz del día, el castillo también había desaparecido.

El príncipe estaba muy mal herido. Sangrando. Desgarrado. Pero era su corazón lo que más le dolía por sobre todas las cosas. Una y otra vez, vio al Erlking clavándole la punta de su flecha al pequeño cuerpo de la princesa. El asesino le había quitado la vida y ahora, incluso su cuerpo había quedado atrapado al otro lado del velo, donde no podría rendirle homenaje con un entierro real, el descanso adecuado. Ni siquiera sabía si el Erlking la tendría como un fantasma o la dejaría ir a Verloren, en donde algún día se volvería a encontrar con ella.

En aquel lugar donde estaba el castillo de Gravenstone, ahora solo quedaban las ruinas derrumbadas de un gran santuario. Alguna vez, hacía muchos años, solía haber un templo en este claro del bosque. Un lugar sagrado que alguna vez fue considerado la puerta a Verloren.

El príncipe logró ponerse de pie y avanzó trastabillándose hacia las ruinas, donde algunos monolitos impolutos de rocas negras se elevaban hacia el cielo. Había escuchado hablar de este lugar, pero nunca lo había visto con sus propios ojos. Supuso que no debía sorprenderle que este claro profano en medio del bosque fuera el lugar que el Erlking había elegido para construir su castillo, ya que entre ellas había una sensación fatídica de muerte que nadie con algo de cordura osaría atravesar.

Pero al príncipe lo excedía la cordura. Avanzó con pesadez hacia adelante, sofocándose en el peso de su pérdida.

Pero lo que vio lo obligó a detenerse.

No estaba solo ante estas rocas negras. El puente levadizo inmenso sobre la fosa pantanosa seguía intacto, conectando al bosque con las ruinas, aunque la madera estaba podrida y desgastada en este lado del velo. Allí, en medio del puente, yacía una figura desplomada en el suelo. La cazadora Perchta. Abandonada en el reino de los mortales.

La flecha del príncipe había atravesado su corazón y el puente debajo de ella estaba cubierto de sangre. Su piel se veía azul pálido, el mismo color que la luz de la luna. Su cabello blanco como la nieve ahora estaba manchado con el rojo de la sangre. Sus ojos estaban fijos en el cielo enceguecedor con una expresión que parecía maravillada.

El príncipe se acercó, cauteloso, mientras su cuerpo gritaba del dolor por tantas heridas terribles.

No estaba muerta.

Quizás los seres oscuros, criaturas del inframundo, no podían morir.

Pero la poca vida que le quedaba no era mucha. Ya no era una cazadora feroz, sino una cosa destruida y traicionada. Algunas lágrimas caían por su rostro radiante y, a medida que el príncipe se acercaba, sus ojos giraron hacia él.

Le gruñó, revelando sus dientes afilados.

—No puedes creer que me hayas derrotado. No eres más que un niño.

El príncipe endureció su corazón para evadir cualquier sentimiento de lástima que sintiera por la cazadora.

—Ya sé que no soy nada ante ti. Pero también sé que tú no eres nada ante el dios de la muerte.

La expresión de Perchta se tornó confusa, pero cuando el príncipe levantó la vista, ella siguió su mirada.

Allí, en el centro de aquellas rocas sagradas, un portal se materializó entre un matorral de arbustos espinosos. Podría haber estado vivo en algún momento, pero ahora era una cosa muerta. Un arco de ramas quebradizas y espinas enmarañadas, troncos muertos y hojas secas. Al otro lado de la abertura, una escalera angosta que descendía a través de una grieta en el suelo, directo hacia las profundidades de Verloren, donde Velos, el dios de la muerte, ejercía su dominio.

Y allí estaba la deidad. En una mano, llevaba un farol, la luz que nunca moría. En la otra, una larga cadena. La cadena que mantenía a todas las cosas unidas, vivas o muertas.

Perchta vio a la deidad y gritó. Intentó ponerse de pie, pero se sentía demasiado débil y la flecha que atravesaba su pecho no le permitía moverse.

A medida que Velos se acercaba, el príncipe dio un paso hacia atrás, bajando la cabeza con deferencia, pero la deidad no le prestó atención. Era raro que el dios de la muerte reclamara la vida de los seres oscuros. Hubo un tiempo en el que ellos pertenecían a la muerte. Demonios, los llamaba. Nacidos de las aguas venenosas de los ríos de Verloren, criaturas concebidas en los actos crueles y arrepentimientos eternos de los muertos. Nunca estuvieron hechos para la tierra de los mortales, pero en el pasado, algunos escaparon a través de ese portal y la deidad de la muerte lloraba su pérdida desde entonces.

Ahora, mientras Perchta gritaba con ira e, incluso, miedo, Velos le arrojó la cadena alrededor de su cuerpo y, desafiando todos sus esfuerzos por liberarse, la arrastró hacia el portal.

En cuanto descendieron, los arbustos comenzaron a crecer, tan densos que ya no se podía ver nada a través de ellos. Un seto gigante de espinas despiadadas ocultó la abertura en medio de las rocas imponentes.

El príncipe colapsó sobre sus rodillas. Y a pesar de que se sentía animado de presenciar cómo se llevaban a la cazadora de regreso a Verloren, su corazón estaba roto por haber perdido a su hermana y su cuerpo se sentía tan débil que creía que colapsaría allí mismo en ese puente en descomposición.

Pensó en su madre y padre, quienes pronto despertarían. Todo el castillo se preguntaría qué había ocurrido con el príncipe y la princesa que habían desaparecido tan repentinamente en medio de la noche.

Deseó con todo su corazón poder regresar con ellos. Haber sido lo suficientemente rápido y fuerte como para rescatar a su hermana y llevarla de regreso a la seguridad de su hogar.

En ese instante, justo antes de que sus ojos cansados se cerraran, oyó un golpe fuerte y una vibración en el puente. Con un quejido, se obligó a levantar la vista.

Una anciana había emergido del bosque y caminaba con pesadez por el puente.

No. Anciana no, antigua, tan atemporal como el roble más alto, tan arrugada como el lino más viejo, tan gris como el cielo del invierno. Tenía la espalda jorobada y caminaba con un bastón grueso de madera tan retorcido como sus propias extremidades.

Sin embargo, sus ojos vulpinos eran brillantes y sabios.

Se acercó al príncipe y lo inspeccionó. Intentó ponerse de pie, pero ya no tenía más fuerza.

—¿Quién eres? —le preguntó la mujer con una voz áspera.

El príncipe le dio su nombre, con todo el orgullo que pudo recobrar, a pesar de su cansancio.

—Fue tu flecha la que atravesó el corazón de la gran cazadora.

—Sí, espero haberla matado.

—Los seres oscuros no mueren. Pero agradecemos que finalmente haya regresado a Verloren. —La mujer miró por detrás de ella y...

CAPÍTULO VEINTITRÉS

Serilda gritó, alejándose de un salto al sentir algo inesperado y suave como una pluma sobre su muñeca.

—¡Lo siento! —exclamó Gild, saltando hacia atrás. Su pierna golpeó la rueca y la hizo caer hacia un costado.

Serilda hizo una mueca por el estruendo, sus manos se dispararon directo hacia su boca.

La rueda giró media vuelta y se detuvo.

Gild miró a la rueda en el suelo y nuevamente a Serilda, una mueca de desagrado en su rostro.

—Lo siento —repitió, con el rostro fruncido por la disculpa y, quizás, por vergüenza—. No debería haberlo hecho. Lo sé. No pude resistirme y además estabas tan perdida en la historia que yo…

Una de las manos de Serilda cubrió la piel desnuda de su muñeca, la cual aún retenía el hormigueo de su casi caricia.

Gild siguió el movimiento. Su rostro reflejó algo similar a la desesperación.

—Eres tan… tan *suave* —susurró.

Una risa entrecortada brotó de Serilda.

—¡Suave! ¿De qué estás…? —Se quedó en silencio en el instante en que sus ojos se posaron sobre la pared detrás de la rueca volcada, donde todos los carretes vacíos habían estado cuando empezó la historia. Ahora emanaban destellos dorados, como joyas en una alhajera.

Miró hacia el suelo, completamente vacío, salvo por su capa de viaje y el candelabro que aún ardía con fuerza.

—Terminaste —regresó la atención a Gild—. ¿En qué momento terminaste?

Lo consideró por un momento.

—Justo cuando apareció la Abuela Arbusto. Es ella, ¿verdad?

Su voz sonaba seria, casi como si la anciana hubiera aparecido justo delante de ellos.

Serilda presionó los labios para contener una sonrisa.

—No arruines la historia.

Su sonrisa de satisfacción se transformó en certeza.

—Definitivamente es ella.

Serilda frunció el ceño.

—No me di cuenta de que habías terminado. Creo que podría haberte ayudado más.

—Estabas bastante concentrada en la historia. Y yo… —su última palabra sonó casi ahogada. Nuevamente, su mirada se posó sobre el brazo desnudo de Serilda y, repentinamente, volteó, sus mejillas completamente rojas.

Serilda pensó en todos los momentos que parecía encontrar razones para tocarla, incluso cuando no tenía por qué hacerlo. Rozar sus dedos cuando le entregaba la paja. O la forma en que había acariciado su mano la última vez y cómo el recuerdo le hacía sentir un entusiasmo inesperado incluso en esa situación.

Sabía que solo era porque estaba viva. No era un ser oscuro, frío como el hielo en pleno invierno. No era un fantasma, quienes se sentían como si estuvieran por disolverse con tan solo un soplido. Sabía que solo era porque, para este chico que no había tocado a una humana mortal en siglos o quizás nunca, ella era una novedad.

Pero eso no evitaba que sintiera un escalofrío por todo el cuerpo ante cada contacto inesperado.

Gild se aclaró la garganta.

—Diría que tenemos, quizás, media hora antes del amanecer. ¿Hay algo más... en la historia?

—Siempre hay más para las historias —le contestó Serilda automáticamente.

Una amplia sonrisa como la primavera apareció en su rostro. Gild se dejó caer en el suelo, se cruzó de piernas y apoyó la barbilla sobre las manos. Le recordaba a los niños de la escuela, atentos e impacientes.

—Adelante entonces —le dijo.

Serilda rio y negó con la cabeza.

—No hasta que contestes algunas de mis preguntas.

Frunció el ceño.

—¿Qué preguntas?

Serilda se sentó en la pared opuesta.

—Para empezar, ¿por qué estás vestido como si estuvieras a punto de irte a la cama?

Gild se sentó más derecho y miró su ropa. Levantó los brazos, sus mangas se doblaron.

—¿De qué hablas? Es una camisa muy elegante.

—Claro que no. Los hombres elegantes llevan túnicas. O

chaquetas. O jubones. No solo una camisa holgada. Pareces un campesino. O un conde que perdió toda su ropa.

Soltó una carcajada.

–¡Un conde! Es una gran idea. ¿No lo ves? –Estiró las piernas delante de él y cruzó los pies–. Soy el conde de todo este castillo. ¿Qué más podría querer?

–Hablo en serio –le dijo ella.

–Yo también.

–Puedes crear *oro*. ¡Podrías ser un rey! ¡O al menos un duque o un caballero o algo!

–¿Eso es lo que crees? Querida Serilda, el momento en que el Erlking descubrió ese supuesto talento tuyo, te trajo aquí y te encerró en un calabozo, exigiéndote que lo utilices para beneficiarlo a *él*. Cuando la gente sabe que puedes hacer *esto* –señaló a la pila de carretes de oro–, es lo único que quiere de ti. Oro y riquezas, y todo lo que puedas hacer por ellos. No es una bendición, es una maldición. –Se rascó la oreja, tomándose una breve pausa para acomodarse un hilo en su hombro, antes de suspirar. Sonaba triste–. Además, nada de lo que quiero se puede comprar con oro.

–Entonces, ¿por qué te sigues llevando todas mis joyas?

Le devolvió la sonrisa, algo traviesa.

–La magia requiere un pago. ¿Cuántas veces tengo que decírtelo? No te estoy robando.

–Pero ¿qué significa eso exactamente?

–Tan solo eso. Sin pago no hay magia. Sin magia no hay oro.

–¿Dónde aprendiste eso? ¿Y cómo lograste tener esta bendición? ¿O maldición?

Sacudió la cabeza de lado a lado.

–No lo sé. Como dije antes, quizás sea una bendición de Hulda. O quizás nací con esta magia. No tengo ni la más mínima idea. Y aceptar un pago por ello... —se encogió de hombros—. Solo es algo que sé. Algo que siempre he sabido. Al menos, hasta donde puedo recordar.

—¿Y cómo es que él no te ve? —La mirada de Gild se tornó inquisidora—. El Erlking está pasando por toda la molestia de traerme hasta aquí para convertir la paja en oro, cuando ya tiene a alguien que puede hacerlo en su propio castillo. ¿Acaso no sabe que existes?

Un pánico inesperado se apoderó de los ojos de Gild.

—No, no lo sabe. Y no puede. Si le dices... —buscó las palabras correctas—. Ya estoy bastante atrapado así. No quiero terminar esclavizado para él también.

—Claro que no diré nada. Además, me mataría si descubriera la verdad —le dijo y Gild lo consideró por un momento, a medida que su susto se desvanecía lentamente—. Pero eso no contesta mi pregunta. ¿Cómo es que *no nota* tu presencia? Tú... no eres como el resto de los fantasmas.

—Ah, me nota bastante —le contestó con cierta complacencia—. Solo soy el residente poltergeist, ¿recuerdas? Nota lo que yo quiero que note y quiero que note que soy una completa molestia. Dudo que alguna vez se le haya cruzado por la mente que sea algo más, y me gustaría que siga siendo así.

Serilda frunció el ceño. Le sorprendía que el rey ignorara tanto al fantasma creador de oro en su corte, incluso uno tan entrometido.

Al ver la sospecha en sus ojos, Gild se acercó.

—Es un castillo inmenso lleno de gente, me evita siempre que es posible. El sentimiento es mutuo.

—Supongo —dijo ella, sintiendo que había más en su historia que Gild no se molestaría en revelar—. ¿Y estás seguro de que eres un fantasma?

—Un poltergeist —la corrigió—. Es una especie de fantasma bastante detestable —dijo y Serilda tarareó con los labios cerrados, poco convencida—. ¿Por qué? ¿Tú qué crees que soy?

—No lo sé, pero ya elaboré una docena de historias en mi cabeza sobre ti, por no decir más.

—¿Historias? ¿Sobre mí? —Su expresión se iluminó.

—No debería sorprenderte. ¿Un extraño misterioso que aparece por arte de magia cuando una bella doncella necesita que la rescaten? ¿Que se viste como un conde ebrio, pero puede crear oro con la punta de sus dedos? ¿Que es frívolo y fastidioso, pero de algún modo encantador cuando quiere serlo?

Gild rio disimuladamente.

—Fue conmovedor cuando empezaste, pero ahora sé que solo te estás burlando de mí.

El pulso de Serilda comenzó a acelerarse. Nunca había sido tan sincera con un chico antes. Uno atractivo, cuyo tacto, por más ligero que fuera, hacía que todo su cuerpo se llenara de vida. Ella sabía que lo más fácil habría sido reírse del comentario. Claro que lo estaba inventando.

Pero él *podía* ser encantador. Cuando quería.

Y nunca olvidaría la sensación de tener sus brazos alrededor de ella, confortándola cuando más lo necesitaba.

—Tienes razón —dijo ella—. La evidencia sugiere que una doncella no tiene que ser bella en absoluto para que vengas a rescatarla. Lo que solo agrega más misterio, por más frustrante que parezca.

El silencio que siguió fue sofocante y Serilda sabía que esperó demasiado. ¿Esperó qué? No se lo admitiría ni a ella misma.

Hizo a un lado la decepción y retomó la mirada de Gild. La estaba mirando fijamente, pero no podía leer qué era lo que sentía. ¿Confusión? ¿Lástima?

Suficiente.

Se sentó más derecha.

—Creo que eres un hechicero.

Las cejas de Gild se dispararon hacia arriba con sorpresa. Luego empezó a reír, un sonido estruendoso que le transmitió calidez hasta la punta de sus pies.

—No soy un hechicero.

—Que tú lo sepas —replicó ella, levantando un dedo en su dirección—. Estás bajo una especie de hechizo oscuro que te hizo olvidar un juramento sagrado que alguna vez hiciste para venir a rescatar a una dami… a una mujer valiosa cuando te llamó.

Fijó sus ojos en ella y repitió.

—No soy un hechicero.

Serilda imitó su expresión.

—Te vi convertir la *paja* en *oro*. Eres un hechicero. No puedes convencerme de lo contrario.

Una amplia sonrisa apareció en el rostro del joven.

—Quizás soy uno de esos dioses antiguos. Quizás *yo* soy Hulda.

—No creas que no lo pensé. Pero no. Los dioses son pretensiosos y distantes, y aman su propia astucia. Tú no eres ninguna de esas cosas.

—¿Gracias?

Le esbozó una sonrisa.

—Bueno, quizás estés un poco enamorado de tu propia astucia.

Gild se encogió de hombros, mostrándose de acuerdo.

Serilda se llevó un dedo sobre sus labios y lo observó detenidamente. Realmente era un misterio y uno que ella estaba dispuesta a develar; en especial porque necesitaba distraerse de cada cosa horrible que había querido nublar sus pensamientos.

No se parecía a ningún hada o kobold que hubiera visto en su vida, y tampoco creía que fuera un zwerge o un duende, o algún ser del bosque. Era verdad que muchas historias giraban en torno a seres mágicos que ayudaban a viajeros perdidos, pescadores pobres o doncellas desesperadas, por un precio. Siempre por un precio. Y en ese sentido, Gild parecía ajustarse a la descripción. Pero no tenía alas, ni orejas puntiagudas, ni dientes afilados, ni la cola del diablo. Pero tenía que confesar que sí tenía cierta habilidad para el engaño. Una sonrisa burlona. Ojos para los problemas. Y, aun así, era amable y preciso.

Era mágico. Un hilandero de oro.

¿Un brujo?

Quizás.

¿Un nieto de Hulda?

Tal vez.

Pero no se sentía bien.

Nuevamente, miró con atención su silueta. Era tan sólido como cualquier joven que hubiera conocido en la aldea. No había nada difuso en él ni nada que lo hiciera ver como si estuviera a punto de desvanecerse en el aire. Nada transparente, nada nebuloso. Parecía real. Parecía vivo.

Gild mantuvo la mirada fija en ella mientras lo estudiaba, sin apartarla en ningún momento, sin romper el contacto visual, sin apartar la vista avergonzado. Una pequeña sonrisa aún se aferraba a sus labios mientras esperaba a que ella dijera algo.

Finalmente, lo hizo.

—Cambié de parecer. Seas lo que seas, definitivamente no eres un fantasma.

CAPÍTULO VEINTICUATRO

Gild esbozó una amplia sonrisa.

—¿Estás segura?

—Sí.

—¿Y por qué no soy un fantasma?

—Estás demasiado… —buscó la palabra correcta—, vivo.

La risa de Gild se sintió vacía.

—No me siento vivo. O, al menos, no lo hacía. No hasta que… —Su mirada se posó sobre las manos de la joven, sus muñecas. Enseguida, la levantó nuevamente hacia su rostro.

Serilda se quedó congelada.

—Te lo diría si tuviera respuestas —agregó—. Pero siéndote honesto, no estoy seguro de que importe tanto qué soy. Puedo ir a cualquier parte del castillo, pero nunca abandonarlo. Quizás sí sea un fantasma. Quizás sea algo más. Pero, de cualquier modo, estoy atrapado aquí.

—¿Y llevas mucho tiempo en este lugar?

—Mucho.

—¿Décadas? ¿Siglos?

—¿Sí? ¿Quizás? El tiempo es algo difícil de entender. Pero lo que sí sé es que intenté escaparme y no pude.

Serilda se mordió el interior de sus labios. Su mente estaba plagada de ideas. Historias. Cuentos de hadas. Pero quería saber la verdad.

—Tanto tiempo atrapado entre estas paredes —murmuró ella—. ¿Cómo puedes tolerarlo?

—No lo tolero —confesó—. Pero no tengo muchas opciones.

—Lo siento.

Gild se encogió de hombros.

—Me gusta mucho mirar la ciudad. Hay una torre en la esquina sudeste que tiene una vista maravillosa del muelle y las casas. Puedo ver a todas las personas desde allí y, si el viento lo permite, incluso puedo escucharlas. Ya sabes, regateando precios, tocando instrumentos. —Se detuvo por un largo rato—. Riendo. Me encanta escucharlas reír.

Serilda murmuró algo, sumida en pensamientos.

—Creo que te entiendo mejor —dijo lentamente—. Tus bromas. Tus… travesuras. Usas la risa como un arma, una defensa contra tu situación horrible. Creo que intentas crear luz donde hay mucha oscuridad.

Una de sus cejas se levantó con entusiasmo.

—Sí. Exactamente eso. Te lo aseguro, solo pienso en margaritas y estrellas fugaces, y contagiar alegría en este mundo espantoso. Nunca pienso para nada en cómo Su Asquerosa Majestad se pondrá azul por la ira y se pasará la mitad de la noche maldiciendo mi existencia. Sería muy rencoroso. Muy bajo para mí.

Rio.

—Supongo que el rencor también puede ser un arma.

—Absolutamente. Mi favorita, de hecho. Bueno, además de las espadas. Porque, ¿quién no ama las espadas?

Serilda puso los ojos en blanco.

—Conocí a una de las niñas del pueblo —le contó—. Una muchacha llamada Leyna. Ella y sus amigos suelen jugar en los muelles. Quizás es su risa la que escuchas.

La expresión de Gild se tornó agridulce.

—He visto a muchos niños. Niños que se volvieron adultos y luego hicieron más niños. A veces me siento tan conectado con ellos que siento que, si cruzo ese puente, me reconocerían. De algún modo, sabrían quién soy. Aunque, si alguien en esa ciudad alguna vez me conoció, ya debe estar muerto ahora.

—Tienes razón —reflexionó—. Tuviste que tener una vida antes.

—¿Antes?

—Antes de quedar atrapado aquí. Antes de convertirte en… lo que sea que eres.

—Probablemente —dijo con un tono vacío—. Pero no lo recuerdo.

—¿Nada?

Negó con la cabeza.

—Si eres un fantasma, entonces tuviste que haber muerto. ¿Recuerdas tu muerte?

Continuó sacudiendo la cabeza.

—Nada.

Serilda dejó caer sus hombros, decepcionada. Tenía que haber una forma de descubrirlo. Hurgó en las profundidades de su mente, intentando recordar cada ser no-mortal del que alguna vez conoció, pero nada parecía ser adecuado.

La vela vaciló. Las sombras parpadearon y un profundo temor atravesó su pecho ante la idea de que la noche estuviera llegando a su fin. Pero con un vistazo rápido supo que la vela aún ardía con fuerza, aunque no le quedaba mucho tiempo. La noche terminaría *pronto*. El Erlking regresaría. Y Gild se iría.

Aliviada de que la vela aun no estuviera extinguida, miró a Gild.

La estaba mirando, vulnerable y angustiado.

—Lamento mucho lo de tu padre.

Sintió un escalofrío en todo el cuerpo al recordar la horrible verdad que había estado intentando ignorar.

—Pero no lamento haberte visto otra vez —continuó Gild—. Incluso aunque eso me haga quedar tan egoísta como cualquiera de los seres oscuros. —Parecía verdaderamente miserable al confesar eso. Entrelazó sus manos sobre su regazo, los nudillos casi blancos por la fuerza—. Y odié verte llorar. Pero al mismo tiempo, me gustó mucho abrazarte.

Un calor repentino se apoderó de las mejillas de Serilda.

—Es solo que… —se detuvo mientras luchaba por encontrar las palabras correctas. Su voz se sentía áspera, casi dolorida, cuando lo intentó una vez más—. ¿Recuerdas cuando te dije que nunca había conocido a otros mortales? Al menos que yo sepa.

Serilda asintió.

—Eso nunca me molestó realmente. Supongo que nunca lo pensé tanto. Nunca supuse que serías… Que alguien que estuviera viva fuera tan… como tú.

—¿Tan suave? —dijo con un tono algo burlón.

Gild exhaló, avergonzado, pero empezó a sonreír.

—Y cálida. Y… sólida.

Su mirada cayó sobre las manos de la joven que descansaban

sobre su regazo. Serilda aún podía sentir la caricia fantasma de un momento atrás. Ese roce delicado sobre su piel.

Enseguida, miró las manos de Gild. Manos que, sacándola a ella, nunca habían tocado a un ser humano. Las mantenía juntas, como si estuvieran intentando no disolverse.

O extenderse para tocarla.

Pensó en todas las veces que la había tocado y cómo lo había dado por sentado. Más allá de haberse sentido siempre una especie de marginada en Märchenfeld, nunca se había sentido completamente excluida. Tenía los grandes abrazos de su padre y a los niños que se acurrucaban a su lado cuando les contaba sus historias. Pequeños momentos que no significaban nada, pero para alguien que nunca los había experimentado…

Lamiéndose los labios nerviosamente, Serilda dio un paso hacia adelante.

Gild se tensó con inquietud, observando cómo se acercaba lentamente hasta sentarse a su lado con la espalda sobre la misma pared. Sus hombros casi tocándose, aunque no por mucho. Apenas lo suficiente para que los pequeños vellos de sus brazos se erizaran por la cercanía.

Aguantando la respiración, extendió una mano con la palma hacia arriba.

Gild la miró por un largo, largo rato.

Cuando finalmente la tomó, estaba temblando. Serilda se preguntaba si estaba nervioso o asustado, o algo más.

Cuando sus palmas se juntaron, pudo sentir la tensión liberarse de él y comprendió que esa era la fuente de su miedo. Y esta vez, no lo podría ocultar. O la sensación no sería la misma. Y toda la calidez o suavidad que había sentido antes desapareciera.

Serilda entrelazó sus dedos. Palma con palma. Podía sentir su pulso en sus dedos y se preguntaba si él también lo notaba.

Su piel estaba seca, áspera y cubierta de arañazos por trabajar con los tallos ásperos. Sus uñas frágiles estaban cubiertas con tierra. Tenía un raspón en uno de los nudillos que aún no había empezado a cicatrizar.

No eran manos bonitas, pero eran fuertes y seguras. Al menos, una vez que finalmente dejó de temblar.

Serilda sabía que sus propias manos tampoco eran bonitas. Pero no podía evitar sentir que ambos encajaban bien.

Ella y este muchacho. Este… lo que fuera.

Intentó alejar el pensamiento. Estaba desesperado por sentir el contacto humano. Cualquier contacto humano. Ella podría haber sido esa cualquiera.

Pero al ver el anillo en su dedo meñique, recordó que le había salvado la vida solo a cambio de un pago. No había favores entre ellos. No era amistad.

De todas formas, eso no evitaba que la sangre ardiera en su interior con cada momento que pasaba tocando su mano.

No podía evitar que su corazón latiera con mayor intensidad cuando él apoyó la cabeza sobre su hombro, dejando salir un suspiro mezclado con un sollozo.

Abrió la boca, sorprendida.

—¿Te encuentras bien? —susurró Serilda.

—No —le respondió con otro susurro. Su honestidad la descolocó. Era como si su comportamiento despreocupado se hubiera disuelto y lo hubiera dejado expuesto.

Serilda presionó una mejilla sobre su cabeza.

—¿Quieres que continúe la historia?

Rio entre dientes y pareció considerarlo por un momento, pero luego lo sintió mover la cabeza de lado a lado. Se apartó, lo suficiente como para mirarla a los ojos.

—¿Por qué dijiste que no eres bella?

—¿Qué?

—Antes, cuando estabas hablando de las damiselas y mis... actos heroicos. —Esbozó una sonrisa grande, pero solo por un momento—. Parecías estar sugiriendo que no eres... hermosa.

A pesar de su obvia incomodidad, no apartó la mirada de ella.

—¿Te estás burlando de mí?

Gild frunció el ceño.

—No, claro que no.

—¿No ves lo que tienes delante de ti?

—Veo muy bien lo que tengo delante de mí. —Extendió su otra mano y, al notar que ella no se apartaba, apoyó la punta de sus dedos con suavidad sobre su frente. Mantuvo la mirada firme, cuando tantos jóvenes la apartaban con lástima o, en otros casos, con total asco.

Pero Gild no dudó.

—¿Qué significan? —le preguntó.

Serilda tragó saliva. Mentirle habría sido sencillo. Tenía tantas explicaciones para sus ojos.

Durante mucho tiempo, se había preguntado si la historia que su padre le había contado era solo un invento más.

Pero ahora que sabía la verdad, no quería mentir.

—Fui bendecida por Wyrdith —le explicó, de pronto sin poder, ni querer, moverse. Cada sensación en su piel era una nueva revelación.

Gild abrió los ojos bien en grande.

—El dios de las historias. Claro. Es la rueda de la fortuna.

Serilda asintió.

—Significa que nadie puede confiar en mí. Que traigo mala suerte.

Gild consideró sus palabras por un largo momento antes de gruñir sutilmente.

—La fortuna determina quién prospera y quién cae. Es todo una cuestión de azar.

—Es lo que le gusta decir a la gente —agregó ella—, pero cuando alguien tiene buena fortuna, no dudan en agradecerle a Freydon o a Solvilde, incluso a Hulda. Pero a Wyrdith solo le dejan la mala suerte.

—¿Y la gente te culpa? ¿Cuándo tiene mala suerte?

—Algunos sí. Contar historias no ayuda. No confían en mí.

—No me parece correcto, juzgarte por cosas sobre las que no tienes el control.

Serilda se encogió de hombros.

—Puede ser difícil probar que no es mi culpa.

En especial cuando no estaba tan segura de que el resto estuviera realmente equivocado. Pero no quería decirle eso. No cuando él, hasta ese momento, no se había alejado de ella.

Gild apoyó su mano nuevamente sobre su regazo, lo cual la alivió y entristeció.

—Tienes que responder mi pregunta.

—Me olvidé cuál era.

—¿Por qué crees que no eres hermosa?

Serilda se sonrojó.

—Creo que te lo acabo de responder.

—Me dijiste que estás maldecida por el dios de las historias. Que la gente no confía en ti. Pero no es lo mismo. Cuando pasas tanto tiempo con los seres oscuros, sabes que a veces aquello que inspira menos confianza, también es lo más hermoso.

Serilda pensó en el Erlking, en toda su inimaginable belleza.

—Me acabas de comparar con un par de demonios de corazones negros. No me digas que eso fue un cumplido.

Gild rio.

—No lo sé. Quizás. —Los destellos dorados de sus ojos

brillaron a la luz de la vela y, cuando habló nuevamente, lo hizo con una voz tan suave que Serilda apenas pudo escucharlo, incluso estando a su lado–. Esto es… muy nuevo para mí.

Quería decir que esto también era muy nuevo para ella, pero no estaba completamente segura de a qué se refería con *esto*.

Solo sabía que no quería que terminara.

Se armó de valor, con ganas de decir mucho, y la vela empezó a vacilar.

Ambos la miraron, temiendo que se apagara. Que la noche terminara. Pero la llama parecía flotar precariamente sobre lo último de la mecha, a solo segundos de quedar consumida en la cera oscura.

Mientras la vela titilaba moribunda, oyó pisadas afuera.

Una llave en la cerradura.

–Serilda.

Miró a Gild, con los ojos bien abiertos y asintió.

–Estoy satisfecha. Ve.

Él la miró por el más breve de los momentos, como si no supiera de qué estaba hablando. Y luego su expresión se aclaró.

–Yo no –susurró.

–¿Qué?

–Por favor, perdóname por esto.

Se acercó y presionó sus labios sobre los de ella.

Serilda se quedó inmóvil.

No tuvo tiempo de cerrar los ojos, de incluso pensar en devolverle el beso, cuando la llave giró. La cerradura emitió un sonido metálico.

Gild se desvaneció.

Se quedó temblando, sintiendo como si una bandada entera de gorriones estuviera a punto de levantar vuelo en sus entrañas. La vela se apagó. Su luz quedó inmediatamente reemplazada por las antorchas del corredor, a medida que la puerta se abría y la sombra del Erlking se cernía sobre ella.

Serilda parpadeó, pero por un largo rato, no pudo verlo. Sus pensamientos aún se mantenían en Gild. En la urgencia del beso. En el deseo. Era como si temiera que esa hubiera sido su última oportunidad. Para besarla. Para besar... a alguien.

Y ahora ya no estaba allí.

Le tomó todo su esfuerzo mental no levantar la mano y tocarse los labios. No descender en un mundo de sueños para revivir ese momento trémulo una y otra vez.

Por suerte, el rey tenía ojos solo para el oro. La ignoró mientras se paseaba por la habitación con los ojos fijos en la pila de carretes.

—Me gustaría pedirte que te reserves el descontento para ti misma —le dijo con serenidad, mientras sus dedos sujetaban la rueda de la rueca y la hacían girar rápido—. Esta rueca es del castillo. Odiaría verla rota.

Serilda lo miró. Había olvidado que la rueca estaba caída en el suelo. Tragó saliva y se incorporó, asegurándose de mantener sus piernas firmes para que sus rodillas no temblaran.

—Lo siento. Creo... que me quedé dormida. Debo haberla golpeado sin querer. No quise hacerle ningún daño.

El Erlking le esbozó una leve sonrisa cuando giró hacia ella.

—Felicitaciones, Lady Serilda. No te mataré esta noche después de todo.

Le tomó un momento a su mente confundida registrar el comentario. Una vez que lo hizo, le respondió con frialdad.

—Tiene mi gratitud.

—Y tú tienes la mía.

No sabía si estaba ignorando su ira o era ajeno a ella.

—Debes estar cansada —dijo—. Manfred, llévala a la torre.

El cochero le hizo un gesto para que Serilda lo siguiera, pero ella vaciló por un instante. Tal vez no tendría otra oportunidad y el tiempo no era su mejor aliado. Cuando el Erlking avanzó hacia el corredor, Serilda reunió todo el coraje y se paró delante de él, bloqueándole el paso.

Él se quedó congelado, una sorpresa evidente en su rostro.

Para suavizar lo que debía ser una inmensa ruptura de los modales, intentó hacer una leve reverencia.

—Por favor, no deseo hacerlo enojar, pero… necesito saber qué ocurrió con mi padre.

El Erlking levantó una ceja, incluso al oscurecer su expresión.

—Creo que ya te respondí esa pregunta.

—Dijo que no sabía.

—Y no lo sé. —Sus palabras sonaron algo tensas—. Si murió durante la cacería, entonces su alma ya fue llevada a Verloren. Yo sinceramente no quería eso.

Tensó la mandíbula, tanto furiosa por su insensibilidad como dolida por la oportunidad perdida de ver a su padre una última vez, incluso si su fantasma se hubiera quedado por otro momento la noche anterior.

Pero no, quizás estaba bien. Tenía que creer eso.

—¿Y qué hay de mi madre? —le preguntó, demandante.

—¿Qué tal con tu madre? —replicó él, sus ojos grises destellando impacientes.

Intentó hablar rápido.

—Mi padre me contó que cuando yo tenía dos años, mi madre no solo nos abandonó —estudió su expresión—, sino que fue llevada por la cacería. —Esperó, pero el rey parecía… desinteresado—. Quería saber si todavía está aquí.

—¿Te refieres a si su fantasma se volvió parte permanente de mi corte?

Pareció enfatizar la palabra *permanente*, pero podría haber sido su imaginación.

—Sí, mi señor.

El Erlking le sostuvo la mirada.

—Tenemos muchas costureras talentosas.

Serilda abrió la boca para interrumpirlo, ya que su madre no era una costurera talentosa de *verdad*, pero en el último segundo, logró contener lo que definitivamente habría puesto en evidencia su mentira original.

El rey continuó.

—Si alguna de ellas es tu madre, no tengo ni la más mínima idea ni puedo hacer que me importe para nada. Si ella es mía, entonces ya no es tuya.

Sus palabras sonaron con frialdad y decisión, sin lugar a discusión.

—Además, Lady Serilda —prosiguió con un tono de voz más suave—, quizás te alivie recordar que aquellos que se unen a la cacería lo hacen por voluntad propia. —Esta vez, cuando sonrió, no fue de una manera jovial, sino más bien provocadora—. ¿No lo crees?

Serilda tembló al recordar la urgencia de las partes más profundas y silenciosas de su alma la noche anterior cuando había escuchado el llamado del cuerno. Cuando se había sentido desamparada para resistir su atracción. La promesa de la libertad, de la ferocidad, de una noche sin restricciones ni reglas.

Un cierto entendimiento se posó sobre los ojos del rey y Serilda sintió un ápice de culpa al reconocer que algunas partes de ella deseaban tal abandono salvaje, y que el Erlking lo reconociera en ella.

—Quizás te reconforte saber que tienes estas… cosas en común con tu madre —dijo, sonriendo con superioridad.

La joven apartó la vista sin poder ocultar la sensación de deshonra que revolvía su estómago.

—Ahora bien, Lady Serilda, me gustaría sugerirte que no viajes tan lejos la próxima luna llena. Cuando te llame, espero que respondas rápido. —Dio un paso hacia ella, una advertencia en su voz—. Si tengo que buscarte otra vez, no seré tan generoso.

Tragó saliva.

—Quizás lo mejor será que encuentres un lugar para quedarte en Adalheid, así no tienes que desperdiciar la mitad de la noche viajando. Dile a los aldeanos que te traten como una invitada personal mía. Estoy seguro de que te acogerán con mucho gusto.

La tomó de las manos y presionó sus labios congelados sobre sus nudillos. Un escalofrío se apoderó de todo su brazo. Apenas sus dedos la soltaron, Serilda apartó la mano rápida y formó un puño a su lado.

Sus ojos parecían reírse de ella, mientras se erguía justo por delante.

—Lo siento. Estoy seguro de que necesitas descansar, pero parece que no tendremos tiempo para acomodarte en tu recámara después de todo. Hasta la Luna de la Castidad, entonces.

Frunció el ceño, confundida, pero antes de que pudiera hablar, el mundo a su alrededor se transformó. El cambio fue repentino y agitado. No se había movido, pero en un abrir y cerrar de ojos, el rey ya no estaba allí. Los carretes de oro, la rueca, el aroma persistente de la paja. Todo había desaparecido.

Aún estaba en la despensa, pero ahora rodeada de óxido y putrefacción, y un aire sofocante con olor a humedad. Sola.

CAPÍTULO VEINTICINCO

A medida que Serilda se abría paso por el castillo vacío, oyó el rugido distante de un trueno y el torrente de la lluvia golpeando las paredes externas del castillo. En las cercanías, algo goteaba. Suave y firme. Podía sentir la humedad en sus huesos y ni siquiera su capa podía resguardarla del frío invasor. Empezó a temblar otra vez mientras intentaba encontrar su camino por corredores laberínticos. El castillo se veía tan distinto a este lado del velo, con sus muebles desparramados y tapices desgarrados. Pronto, encontró la fuente del goteo: una ventana con una fisura en los ladrillos que dejaba pasar al agua de la lluvia. Ya estaba empezando a acumularse en el suelo.

Sostuvo la respiración al pasar, esperando que el agua se convirtiera en sangre.

Pero no lo hizo.

Exhaló. Sus músculos estaban rígidos y tensos, esperando a que el aura espectral del castillo despertara. Cada vez que se asomaba por una esquina, esperaba ver un monstruo mortal o una piscina de sangre o algo igual de horrible.

Pero el castillo se mantuvo en un silencio inquietante.

Los recuerdos de la noche anterior se revolvían en su mente cansada. Hacía solo un día se había atrevido a creer que estaba a salvo. Que su padre estaba a salvo. A kilómetros de Märchenfeld. Se habían cuidado de los cuervos de ojos vacíos. Habían creído haber sido cuidadosos.

Pero el Erlking la había encontrado a pesar de todo. Los había encontrado a los *dos* después de todo.

Si no hubiera sido tan tonta, si no hubiera intentado escapar, entonces su padre estaría en su hogar a salvo. Esperándola.

Intentó hacer a un lado el miedo. Quizás *sí* estaba en su casa esperándola. Quizás se había despertado, confundido y golpeado, con recuerdos difusos de la cacería, pero en un buen estado general. Se recordó a sí misma que si bien la cacería a veces sí abandonaba cuerpos atrás durante su procesión de locura, era común que aquellos que habían sido llevados despertaran aturdidos, avergonzados, pero, dentro de todo, intactos.

Eso era probablemente lo que le había pasado a su padre.

Probablemente había logrado regresar a su hogar o aún lo estaba haciendo, ansioso de encontrarla allí.

Eso fue lo que se dijo a sí misma.

Eso fue lo que le ordenó creer a su corazón.

Pronto estarían juntos otra vez y ella no cometería el mismo error dos veces. Ahora podían ver lo tontos que habían sido, pensar que podían escapar con tanta facilidad. Se preguntaba si existía algún lugar en el mundo en donde el Erlking y su cacería salvaje no pudieran encontrarla.

Pero incluso mientras lo pensaba, otra pregunta apareció en su mente.

¿Todavía quería escapar?

Sabía que, si no encontraba una forma de huir de todo esto, solo había un único final para ella. El Erlking descubriría sus mentiras. La mataría y colgaría su cabeza en la pared del castillo.

Pero también quería saber qué había ocurrido con su madre, todos estos años atrás.

Si su madre era miembro de su corte, ¿acaso Serilda no debía intentar liberarla? ¿Ayudar a que su espíritu descansara en paz y, finalmente, pudiera ir a Verloren? Lo único que había querido era una noche de libertad con la cacería. No se merecía estar atrapada allí para siempre.

Y también estaba el otro fantasma (o lo que fuera) deambulando por su mente.

Gild.

El beso quedó aferrado a sus pensamientos. Feroz. Desesperado. Anhelante.

Por favor, perdóname por esto.

Presionó la punta de sus dedos contra sus labios, intentando recrear la sensación. Pero en el instante que ocurrió, se sintió como si todo el suelo se hubiera desmoronado bajo sus pies.

Ahora solo sintió sus dedos, casi adormecidos por el frío.

Se frotó ambas manos y sopló para calentárselas. Quería creer que el beso había *significado* algo, aunque sea por haber sido el primero. No se lo confesaría a nadie, pero había pasado horas soñando con un momento como ese. Había creado incontables fantasías en las que algún príncipe o muchacho sinvergüenza, pero con buenas intenciones, se la llevaba. Había imaginado un romance en el que el héroe encontraría su inteligencia, su encanto, su valentía dolorosamente irresistible y no tendría más opción que levantarla entre sus brazos y besarla hasta dejarla sin aliento y mareada.

El beso de Gild había sido tan inesperado y repentino como un rayo.

Y sin lugar a duda la había dejado sin aliento y mareada.

Pero, ¿por qué? Por más que quisiera pensar que él la encontraba irresistible, una voz práctica le advertía que, probablemente, no fuera tan romántico como creía.

Era un prisionero. Un joven muchacho atrapado y solo dentro de un castillo por quién sabe cuánto tiempo. Sin compañía, sin siquiera la más mínima esperanza de una suave caricia.

Hasta ahora.

Hasta *ella*.

Podría haber sido cualquier otra persona.

De todos modos, Gild estaba atrapado allí y ella quería ayudarlo. Quería ayudarlos a todos.

Sabía que era muy iluso de su parte. ¿Qué podía hacer ella, la simple hija de un molinero, para desafiar al Erlking? Debía preocuparse por su propia vida, su propia libertad, no la de los demás.

Pero tenía tantas fantasías de heroísmo como para ignorar la chispa de entusiasmo cuando pensaba en rescatar a su madre; si es que necesitaba rescatarla.

Rescatar a Gild.

Rescatar… a todos.

Y si le había pasado algo a su padre, se aseguraría de que el Erlking pagara por ello.

De repente, se detuvo, sus pensamientos de venganza dispersos en su mente, mientras inspeccionaba sus alrededores. Había estado segura de que estaba cerca del gran salón, pero el corredor que debía girar a la izquierda, en realidad, giraba a la derecha, lo que la llevó a cuestionar cada camino que había tomado.

Se asomó hacia una habitación en donde una pared cubierta con estantes no exhibía nada más que telarañas. Se asomó por la ventana para orientarse mejor.

La lluvia caía con fuerza sobre el agua debajo, mientras el viento levantaba una neblina que cubría toda la superficie del lago, ocultando la orilla distante. Con lo poco que podía ver, llegó a la conclusión de que estaba en algún lugar cerca de la esquina noroeste de la torre principal. Le sorprendió ver el patio abajo, entre la torre y el muro externo. Estaba tan cubierto por maleza y árboles pequeños que parecía casi un jardín salvaje.

Luego sus ojos se posaron sobre una torre y una parte de su conversación con Gild rozó sus pensamientos. Había mencionado la torre suroeste. Incluso lo había dicho como si fuera su lugar favorito, desde donde podía observar a toda la ciudad y su gente.

Si Gild era una especie de fantasma, ¿podía su espíritu seguir presente en el castillo incluso ahora? ¿Podía verla? Era una idea bastante espeluznante, pero también un poco reconfortante.

Pensó en el drude que la había atacado.

El candelabro que la había *defendido*.

¿Podría haber sido…?

Regresó al corredor, ahora más rápido, concentrándose en cada vuelta que tomaba para evitar perderse otra vez. En cada esquina, se detuvo para asegurarse de que no hubiera ningún espíritu malevolente ni ninguna ave rabiosa. Intentó visualizar a la torre y sus numerosos chapiteles. Lentamente, un mapa se empezaba a formar en su mente. Pasó junto a otra puerta abierta que albergaba una escalera en espiral y supuso que era la torre pequeña del muro oeste.

Aun así, no vio ningún signo de vida… o muerte, si vamos al caso. Ningún grito. Ningún nachtkrapp observándola con sus ojos vacíos.

Parecía estar sola. Solo ella y sus pisadas mudas sobre la alfombra andrajosa.

Las preguntas se acumulaban en su mente con cada puerta que cruzaba. Divisó un arpa abandonada entre un mar de pentagramas amarillentos dispersos por todo el suelo. Una despensa llena de toneles de vino llenos de polvo. Baúles de madera putrefactos y asientos acolchonados que ahora eran el hogar de los roedores del castillo.

Hasta que se topó con otra puerta que llevaba hacia una escalera en espiral.

Se levantó la falda levemente y subió a la torre, pasando junto a una serie de nichos, pedestales vacíos y la estatua de un caballero con armadura y un escudo inmenso en sus brazos, aunque la mitad inferior del escudo estaba rota. En la cuarta vuelta de los escalones en espiral, la escalera terminó. No en una puerta, sino en una escalera que desaparecía en una escotilla elevada.

Serilda la miró con cierta sospecha, consciente de que, aunque la madera se viera firme, todo en ese castillo era sospechoso. Cualquiera de esos peldaños de madera podría estar podrido en su interior.

Asomó la cabeza en un intento de ver lo que había arriba, pero lo único que pudo ver fueron algunas paredes de piedra y la luz del día gris. El ruido de la tormenta era más fuerte aquí, ya que la lluvia golpeaba contra el techo justo sobre su cabeza.

Serilda sujetó la escalera y se aseguró de que fuera segura antes de empezar a subir, una mano a la vez. La madera crujió por su peso, pero los peldaños resistieron. Ni bien asomó la cabeza por la abertura en el techo, miró a su alrededor, temiendo encontrarse con algún espíritu vengativo que la estuviera esperando para arrojarla por la ventana o lo que fuera que hicieran los espíritus vengativos.

Pero lo único que encontró fue otra habitación abandonada en este castillo deprimente.

Serilda terminó de subir y se alejó de la escalera. Enseguida descubrió que no era una de esas torres de vigilancia para defender el castillo, esas se encontraban en el muro exterior, sino más bien una habitación diseñada para admirar la belleza. Para mirar las estrellas, el lago, el amanecer. Era una habitación circular, con una ventana inmensa de cristal que otorgaba una vista clara en todas direcciones. Podía verlo todo. El lago. El patio. El puente, cubierto de niebla. Las montañas, o al menos estaba segura de que podría verlas cuando la niebla densa se disipara. Incluso podía ver la hilera de vitrales por los que había pasado en su exploración previa.

Y allí adelante, la deslumbrante ciudad de Adalheid.

Aunque hoy no lucía deslumbrante. De hecho, se veía bastante deprimente bajo el asedio de la lluvia. Pero Serilda tenía una buena imaginación. Y no le tomó mucho esfuerzo imaginar cómo se vería bajo la luz del sol, en especial a medida que el invierno le daba lugar a la primavera. Imaginó la luz dorada atravesando las nubes. Cómo las casas pintadas brillarían como caracolas de mar, cómo los tejados se verían como pequeñas placas de oro. Caléndulas y geranios se apoderarían de las macetas en las ventanas y los parches de tierra oscuros rebozarían de coles frondosos y pepinos y frijoles.

Era un pueblo encantador. Entendía por qué a Gild le gustaba tanto verlo, en especial cuando estaba rodeado por una relativa pesadumbre todo el tiempo. Pero también la entristecía pensar en que él estuviera aquí, completamente solo. Ansiando más.

Algo suave y cálido, tan ligero como un suspiro, acarició el cuello de Serilda.

Sobresaltada, volteó.

La habitación estaba vacía, tan abandonada como la había encontrado al subir por la escalera.

Sus ojos se dispararon hacia cada rincón. Sus oídos se esforzaron por escuchar algo entre el ruido de la tormenta.

—¿Gild? —susurró.

La única respuesta que tuvo fue un escalofrío que subió por su espalda.

Se animó a cerrar los ojos. Tentativamente levantó una mano, sus dedos extendidos hacia la nada.

—Gild... si estás aquí...

Una caricia sobre su palma. Unos dedos entrelazados con los suyos.

Abrió los ojos.

La sensación se desvaneció.

No había nadie.

Tal vez lo imaginó.

Y luego...

Un grito.

Serilda giró hacia la ventana más cercana y se asomó hacia el muro exterior del castillo. De pronto, vio la figura de un hombre corriendo por el adarve con una cota de malla brillante y plateada. Estaba cerca de la torre cuando se detuvo. Por un momento, se quedó inmóvil, con la espalda arqueada y los ojos puestos en el cielo.

En Serilda.

Ella presionó una mano contra la ventana, mientras su respiración empañaba el cristal.

El hombre cayó sobre sus rodillas. Y un río de sangre brotó de su boca.

Antes de desplomarse contra las rocas, se desvaneció.

Y luego otro grito, desde el otro lado de la torre. Desde el patio principal.

El grito de un niño. El llanto de un niño. Y otro hombre, rogando, *¡No! ¡Por favor!*

Serilda se apartó de la ventana y se cubrió los oídos. Tenía miedo de mirar, miedo de lo que podría encontrar, consciente de que no podría hacer nada para evitarlo.

¿Qué había ocurrido en ese castillo?

Con una respiración temblorosa, sujetó la escalera y bajó a toda prisa. Al pisar el cuarto peldaño, la madera tronó y se partió. Gritó y saltó lo que quedaba directo hacia el suelo. Sus piernas temblaban mientras descendía a toda prisa por la escalera en espiral.

Enseguida llegó al segundo piso y casi se tropieza contra una criatura que se encontraba en el camino, agachada y arrugada con orejas largas y puntiagudas y un delantal que alguna vez fue blanco ahora cubierto de suciedad.

Serilda se lanzó hacia atrás, asustada de que tal vez fuera otro drude.

Pero no, solo era una mujer kobold, goblins inofensivos que a menudo trabajaban en los castillos o mansiones. Algunas personas incluso los consideraban seres de buena suerte.

Pero esta kobold la miraba con ojos fervientes, lo cual la hizo detener. ¿Era un fantasma? ¿Podía verla?

La criatura dio un paso hacia adelante y sacudió los brazos.

—¡Vete! —chilló—. ¡Están viniendo! ¡Rápido, con el rey y la reina! Debemos salvar a…

Sus palabras se vieron interrumpidas por un grito ahogado. La kobold llevó sus dedos curtidos hacia su garganta, a medida que una sangre oscura se abría paso entre ellos.

Serilda volteó y avanzó a toda prisa en la dirección opuesta. No pasó mucho antes de que empezara a sentirse mareada y volteó. Temía estar avanzando en círculos. Cruzó habitaciones desconocidas, puertas abiertas. Se adentró en los corredores angostos de los sirvientes hasta que emergió en un gran salón o biblioteca o recepción, y en cada esquina que tomaba, había gritos que la envolvían a todo su alrededor. El ajetreo de pisadas en pánico. El hedor metálico de la sangre en el aire.

De pronto, se detuvo.

Había encontrado el corredor con la luz arcoíris. Los siete vitrales coloridos, los siete dioses que ignoraban a la joven que tenían delante suyo.

Presionó una mano sobre un costado de su cuerpo al sentir un dolor.

—Está bien —dijo, respirando con dificultad—. Ya sé dónde estoy. Solo tengo que… encontrar las escaleras. Y están…

Miró en ambas direcciones, intentando rememorar sus pasos desde la última vez que había estado allí. ¿La escalera estaba a la izquierda o a la derecha?

Eligió avanzar hacia la derecha, pero en cuanto dobló en la esquina, supo que se había equivocado.

No. Ese era el corredor extraño con los candelabros. Las puertas estaban todas cerradas, excepto la última, desde donde emanaba un resplandor suave inusual que proyectaba sombras danzantes en el suelo. Allí donde apenas podía ver el tapiz vivo.

—Regresa —se susurró a sí misma, urgiendo a sus pies que la escucharan. Debía salir de ese castillo.

Pero sus pies no la escucharon. Había algo en esa habitación. La forma en que las luces destellaban sobre las rocas de la pared.

Como si quisiera que lo descubrieran.

Como si la estuviera esperando.

—Serilda —murmuró—, ¿qué estás haciendo?

Todos los candelabros habían sido derribados por una fuerza invisible la última vez que había estado allí. Aún se encontraban dispersos en el suelo del pasillo. ¿Había sido un poltergeist? *¿El poltergeist?*

Levantó el primer candelabro que encontró y lo sujetó como un arma.

Solo una vez que el borde del tapiz apareció a su vista, lo recordó. La última vez, esa puerta se había cerrado sola.

No debería estar abierta ahora.

Frunció el ceño.

¡NO!

El grito la atacó desde todos lados. Serilda se encogió del miedo, sus puños cerrados con fuerza alrededor del candelabro de hierro.

El rugido provino desde todas partes. Las ventanas, las paredes. Su propia mente.

Era furioso. Aterrador.

¡Lárgate!

Dio un paso hacia atrás, pero no corrió. Sus brazos temblaban bajo el peso del candelabro.

−¿Quién eres? ¿Qué hay en esa habitación? Si tan solo pudiera ver…

La puerta que la separaba del tapiz se cerró con fuerza.

¡VETE!

Al unísono el resto de las puertas del corredor empezaron a abrirse y cerrarse y abrirse otra vez, *BUM, BUM, BUM,* una tras otra. Un coro furioso, una melodía atormentada.

¡AHORA!

−No −gritó−. ¡Necesito ver qué hay allí dentro!

Un chillido le hizo llevar los ojos hacia las vigas del techo. Un drude se encontraba colgado del candelabro, chasqueando sus garras y mostrando sus dientes, listo para arremeter contra ella.

Se quedó congelada.

—Muy bien —dijo entre dientes—. Tú ganas. Me iré.

La criatura siseó.

Serilda se marchó del corredor, aferrando con fuerza su arma improvisada. Apenas llegó a las ventanas, soltó el candelabro y corrió.

Su andar se sentía más seguro esta vez. No se detuvo en la habitación del trono, no se detuvo por nada. Ignoró la cacofonía de los gritos y estruendos, y el olor penetrante de la sangre. Los movimientos ocasionales en el rabillo de sus ojos. Una figura de sombras que intentaban alcanzarla. Algunos dedos cerrados con firmeza. El sonido de pisadas que provenían de todas direcciones.

Hasta el vestíbulo de recepción, con sus gigantes puertas talladas cerradas contra la intensidad de la tormenta. Su escapatoria.

Pero no estaba sola.

Se detuvo de inmediato, negando con la cabeza, rogando que este castillo la dejara en paz, que la dejara ir.

Justo frente a las puertas había una mujer. A diferencia de la kobold y del hombre en el muro del castillo, esta mujer *sí* lucía como un fantasma, como un espectro de un cuento de hadas. No era precisamente anciana, sino que parecía tener la edad de su padre. Pero emanaba la melancolía de alguien que había visto mucho dolor durante muchos años.

Serilda miró a su alrededor en busca de otra salida. De seguro debía haber otras puertas que llevaran afuera de la torre.

Tendría que encontrarlas.

Pero antes de poder marcharse hacia la esquina más cercana, la mujer volteó. Sus ojos se posaron sobre ella. Sus mejillas estaban llenas de lágrimas.

Y Serilda… la reconoció. Sus trenzas firmes y la funda en su cintura. Solo que la última vez la había visto montando un caballo poderoso. Llevaba una bufanda alrededor de su garganta. Le esbozó una sonrisa.

Creo que dice la verdad.

Serilda parpadeó, confundida. Por un momento, la mujer también pareció reconocerla.

Pero el dolor se apoderó de la expresión del fantasma.

—Le enseñé tan bien como pude, pero no estaba listo —dijo con una voz llena de lágrimas contenidas—. Le fallé.

Serilda presionó una mano sobre su pecho. El sufrimiento en la voz de la mujer era tangible.

Desplomándose hacia adelante, la mujer colocó una palma sobre la inmensa puerta y dejó salir su llanto.

—Les fallé a todos. Merezco esto.

Serilda empezó a avanzar hacia ella, deseando poder hacer algo para aliviar su tormento.

Pero antes de alcanzarla, una línea roja delgada apareció sobre su cuello. Su sollozo quedó ahogado en un silencio abrupto.

Serilda gritó, lanzándose hacia atrás a medida que la mujer colapsaba en el suelo, su cuerpo completamente extendido en la entrada.

Su cabeza rodó algunos metros hasta terminar a solo unos pocos metros de Serilda.

Los ojos de la mujer estaban abiertos. Su boca tembló, formando palabras mudas.

Ayúdanos.

—Lo siento —logró decir Serilda entre dientes—. Lo siento mucho.

No podía ayudar a nadie.

Y por eso, corrió.

CAPÍTULO VEINTISÉIS

Estaba cerca del puente levadizo cuando vio una figura recostada a la sombra del barbadejo. Serilda se detuvo de inmediato, su corazón acelerado. Un dolor punzante se apoderó de su costado.

Lo primero que pensó, *un monstruo*.

Pero no. Reconoció el pelaje castaño y la crin oscura.

Lo segundo que pensó, *muerto*.

Su corazón comenzó a latir con más fuerza a medida que se acercaba, algunas lágrimas ya formándose en sus ojos. Zelig estaba acostado de lado, con los ojos cerrados, perfectamente quieto.

–Ah… Zelig…

Desconcertado, el caballo levantó la cabeza y sus ojos asustados se posaron sobre ella.

Serilda se sobresaltó.

–¡Zelig! –Se acercó corriendo hacia él. Apoyó las manos sobre su cabeza mientras el animal dejaba salir un relincho de dolor. Frotó su hocico contra su palma, aunque sospechaba que era para buscar comida y no tanto para mostrarle afecto. No le importó. Ya estaba sollozando aliviada–. Buen chico –susurró–. Buen chico. Ya está todo bien.

Le tomó un par de intentos al viejo caballo poner sus piernas debajo de su cuerpo y levantarse. Podía ver lo exhausto que estaba por la noche anterior. Serilda encontró su rienda tirada a un lado entre los matorrales a algunos metros de distancia. No pareció molestarle cuando colocó la brida sobre su cabeza. Esperaba que se sintiera igual de agradecido de verla a ella como ella se sentía de haberlo encontrado.

Ahora solo necesitaba encontrar a su padre.

Se secó las lágrimas de sus ojos y acompañó a Zelig para cruzar el puente, mientras sus cascos salpicaban en la lluvia. Se dijo a sí misma, una y otra vez, que no la estaban siguiendo. Los fantasmas estaban atrapados dentro del castillo. No podían seguirla. Al menos no siempre y cuando el velo estuviera en su lugar.

Estaba bien.

Las calles de Adalheid estaban vacías. Esta vez, no hubo nadie que se la quedara mirando absorto mientras ella y su caballo salían de las ruinas. La niebla sobre el agua lentamente se disipaba, dejando al descubierto los edificios de entramado de madera junto a la orilla, donde el agua caía con fuerza desde los aleros y formaba riachuelos sobre los adoquines.

Tenía muchas ganas de emprender el viaje de regreso a su hogar de inmediato y ver si su padre había regresado, para asegurarse de que estaba bien, pero Zelig necesitaba comida, por lo que, con una gran pesadez, giró en dirección al Cisne Salvaje. Quizás podría encontrar algún establo en el que dejar a Zelig algunos días y ver si encontraba a alguien que aceptara llevarla a Märchenfeld o cerca. Pero sabía que no era muy probable, no con este clima. Era demasiado riesgoso, las ruedas de cualquier carreta se quedarían atascadas en el lodo.

El establo que se encontraba detrás de la posada estaba lleno de heno e, incluso, tenía una cubeta en la entrada llena de manzanas pequeñas y rojas. Llevó a Zelig hacia uno de los corrales vacíos. De inmediato, bajó la cabeza sobre el bebedero, ansioso de saciarse con agua fresca. Serilda dejó algunas manzanas a su alcance y regresó a la posada.

Entró por la puerta y, dejando un rastro de agua por detrás con su capa mojada, avanzó directo hacia el fuego que ardía con fuerza en la parte trasera. Era una mañana tranquila, con solo unas pocas mesas ocupadas, probablemente huéspedes que habían pasado la noche allí. Dudaba que muchas personas del pueblo se arriesgaran a salir con este clima, sin importar qué tan bueno fuera el desayuno en ese lugar.

El aire estaba impregnado del aroma a cebollas fritas y tocino. Su estómago le rugió cuando llamó con un golpecito suave en la mesa de roble.

—Vaya, si es nuestra fantasma favorita —dijo Lorraine, apareciendo por la puerta de la cocina con un plato de comida. Depositó la comida en la mesa junto a la ventana y se acercó a Serilda con las manos sobre su cintura—. Cuando cerraba anoche por la cacería, me preguntaba si aparecerías hoy.

—No fue completamente mi elección —respondió Serilda—. Pero aquí estoy. ¿Puedo molestarte con otra copa de sidra?

—Claro, claro. —Pero Lorraine no regresó de inmediato a la cocina. En su lugar, la estudió por un largo momento—. Debo confesarte algo. He vivido en este pueblo toda mi vida y nunca escuché que el Erlking secuestrara a un humano y lo dejara ir ileso. Ahora bien, no estoy diciendo que no sea algo bueno, pero me pone nerviosa, y estoy segura de que no soy la única. Los seres oscuros son aterradores, pero al menos son predecibles. Hemos encontrado maneras de vivir a su sombra, incluso prosperar. No crees que este *acuerdo* que tienes con el Erlking vaya a cambiar eso, ¿verdad?

—Espero que no —dijo Serilda, con la voz algo temblorosa—. Pero si soy honesta, no estoy muy segura de entenderlo mucho. Ahora mismo, lo único que tengo en la cabeza es evitar que me asesine.

—Astuta.

Al recordar lo que el Erlking le había dicho apenas antes del amanecer, Serilda retorció sus manos.

—Pero debería decirte que el Erlking me ordenó regresar durante la Luna de la Castidad. Me sugirió que yo… mmm… me hospedara en Adalheid, así no tengo que viajar tanto la próxima vez que me llame. Dijo que la gente de aquí me acogería con mucho gusto.

Una expresión de amargura se apoderó del rostro de Lorraine.

—Claro que dijo eso.

—No quiero aprovecharme de su hospitalidad, lo juro.

Lorraine rio.

—Ya lo sé. No te preocupes. Es fácil ser generosos en un pueblo como Adalheid. Tenemos más de lo que necesitamos. Además, el castillo tiene más oscuridad que mi sótano y más fantasmas que el cementerio. Puedo imaginar lo que has atravesado.

Algo de la tensión de los hombros de Serilda se desvaneció al oír su tono agradable.

—Gracias. No tengo dinero ahora, pero la próxima vez que regrese de Märchenfeld estaré más preparada…

Lorraine la interrumpió con un gesto de su mano.

—No me arriesgaría a enfurecer a la cacería, tengas dinero o no. Tengo una hija que cuidar, lo sabes.

Serilda tragó saliva.

—Sí, lo sé. No deseo ser una carga, pero ¿puedo reservarte una habitación para la luna llena?

Lorraine asintió.

—Considera al Cisne Salvaje como tu segundo hogar.

—Gracias. Estoy en deuda contigo.

Lorraine se encogió de hombros.

—Ya lo arreglaremos cuando llegue el momento. Al menos, no tendrás la necesidad de estafar a Leyna para que te compre el desayuno esta vez.

Serilda se sonrojó.

—¿Te contó eso?

—Es una buena niña, pero terrible para mantener secretos. —Parecía estar pensando en algo, luego suspiró con pesadez y se cruzó de brazos—. De verdad quiero ayudarte. Está en mi naturaleza, además le agradaste mucho a Leyna, y… bueno. No pareces la clase de persona que va *buscando* problemas, un hábito que no puedo tolerar.

Serilda cambió el peso en sus piernas.

—No, pero me encuentran bastante seguido.

—Eso parece. Iré directo al grano. Deberías saber que la gente está asustada. Vieron a una muchacha salir del castillo la mañana siguiente a la cacería y nos congeló del miedo. Los cazadores no suelen cambiar tanto su rutina. La gente está preocupada por lo que pueda significar. Creen que puede ser un…

—¿Un mal augurio?

Lorraine puso una expresión compasiva.

—Precisamente. Tus ojos no ayudan.

—Nunca lo hacen.

—Pero lo que más me preocupa a *mí* —dijo Lorraine—, es que Leyna parece sospechar que buscas venganza. Que quieres matar al Erlking.

—¿Ah? Los niños y su imaginación.

Lorraine levantó una ceja, una expresión desafiante en su rostro.

—Quizás sea un malentendido, pero esa es la historia que le ha estado contando a todos los que la escuchan. Como dije, esa niña no es muy buena para mantener secretos.

Serilda se quitó la capa, ya que empezaba a sentirse más acalorada a pesar de su ropa húmeda. No le había pedido a Leyna que no le contara a *nadie*. De hecho, esperaba que compartiera la historia con los otros niños. No debería estar tan sorprendida.

Pero lo extraño de esa vez había sido que no tenía ningún motivo personal para vengarse del Erlking. Pero eso fue antes de enterarse de que se había llevado a su madre. Antes de que su padre fuera arrojado de su caballo durante la cacería salvaje. Antes de que esta chispa de odio empezara a arder en su pecho.

—Te aseguro —le dijo—. No tengo intenciones de traer ningún problema.

—Estoy segura de que no. Pero no creas que los seres oscuros te cuidan por buenas intenciones.

Serilda bajó la vista, consciente de que tenía razón.

—Por tu bienestar —continuó Lorraine—, espero que solo hayas querido impresionar a una pequeña fantasiosa. Porque si de verdad crees que puedes hacerle daño al Erlking, eres una tonta. No debemos provocar su ira y yo no toleraré que mi hija, o mi pueblo, sea parte de eso.

—Lo entiendo.

—Bien. Te traeré la sidra entonces. ¿Comida?

—Si no es mucho pedir.

Luego de que Lorraine se marchara, Serilda colgó su capa en un perchero junto al hogar y se acomodó en la mesa más cercana al fuego. Cuando llegó la comida, la devoró con desesperación, sorprendida, una vez más, de lo hambrienta que la había dejado todo el asunto en el castillo.

—¡Regresaste! —exclamó una voz alegre. De inmediato, Leyna se desplomó sobre el asiento frente a ella, sus ojos resplandecientes—. Pero ¿cómo? Mis amigos y yo estuvimos vigilando el camino todo el día ayer. Alguien debería haber notado que llegaste a la ciudad. A menos que... —abrió los ojos bien en grande—, ¿te haya traído la cacería? *¿Otra vez?* ¿Y todavía no te mató?

—No aún. Supongo que tengo suerte.

Leyna parecía poco convencida.

—Le dije a mamá que me parecías valiente, pero me dijo que quizás estabas intentando llegar a Verloren antes de tiempo.

Serilda rio.

—Juro que no a propósito.

Leyna no esbozó una sonrisa.

—Sabes, siempre nos dicen que nos mantengamos alejados del puente. Hasta que apareciste tú, nunca había escuchado de nadie que lo cruzara y regresara, bueno, vivo.

—¿Oíste hablar de mucha gente que regresó muerta?

—No. Los muertos quedan atrapados allí.

Serilda bebió un sorbo de la sidra.

—¿Me contarías más acerca del castillo y la cacería? Si no te molesta.

Leyna lo pensó por un momento.

—La cacería emerge cada luna llena. Y también durante los equinoccios y solsticios. Cerramos nuestras puertas y ventanas, y nos ponemos cera en los oídos para no escuchar su llamado.

Serilda tuvo que apartar la mirada, al sentir en su corazón la pesadez del recuerdo de cómo su padre había insistido en hacer lo mismo. ¿Acaso no se había puesto la cera lo suficientemente profunda? ¿O se la había quitado mientras dormía? Quizás ya no importaba. Todo había salido mal y no sabía si había forma de hacer que todo volviera a estar bien otra vez.

—Aunque todo el mundo dice que la cacería no nos hará nada —continuó Leyna—. No se llevan a los niños ni… a nadie de Adalheid. Aun así, los adultos siempre se ponen nerviosos durante las lunas llenas.

—¿Por qué la cacería no se lleva a la gente de aquí?

—Por el Festín de la Muerte.

Serilda frunció el ceño.

—¿El qué?

—El Festín de la Muerte. Durante el equinoccio de primavera, el día en que la muerte es conquistada al final del invierno para empezar una nueva vida. Es en solo unas pocas semanas.

—Cierto. Nosotros en Märchenfeld también tenemos un festival, pero lo llamamos el Día de Eostrig.

La expresión de Leyna pareció ponerse afligida.

—Bueno, no sé en Märchenfeld, pero aquí en Adalheid, el equinoccio de primavera es la noche más aterradora del año. Es cuando los fantasmas y los seres oscuros y los sabuesos abandonan el castillo y deambulan por la ciudad. Les preparamos un festín y soltamos animales para que cacen. Y luego encienden una inmensa fogata y hacen mucho ruido, y es aterrador, pero también divertido porque mamá y yo terminamos leyendo libros junto al fuego toda la noche, ya que no podemos dormir.

Serilda se quedó boquiabierta, intentando imaginarse todo lo que le acababa de contar. ¿Una ciudad entera que invitaba voluntariamente a que la cacería salvaje estuviera descontrolada por sus calles durante toda una noche?

–Y porque ustedes preparan esta celebración para ellos, ¿acordaron no llevarse a nadie para la cacería?

Leyna asintió.

–Aún tenemos que ponernos cera en los oídos. En caso de que el Erlking cambie de opinión, supongo.

–Y ¿por qué simplemente no se van? ¿Por qué se quedan tan cerca del castillo del Erlking?

–Este es nuestro hogar –respondió la niña y frunció el ceño, como si nunca hubiera pensado en la idea antes.

–Muchos lugares pueden ser su hogar.

–Supongo. Pero Adalheid… bueno. Hay buena pesca, buenas tierras para sembrar fuera de los muros. Y nos visitan muchos mercaderes y viajeros que van camino a Nordenburg, hacia los puertos del norte. La posada está casi siempre llena de gente, en especial cuando el clima es más cálido. Y… –se quedó en silencio, como si quisiera decir algo más, pero consciente de que no debería. Serilda podía verla debatir internamente. Pero esa expresión pronto quedó atrás y, con un tono casi alegre, le pregunto–. ¿Alguna vez conociste a alguno de los fantasmas en el castillo? ¿Son todos tan terribles?

Serilda frunció el ceño ante el cambio repentino de tema.

–Conocí a algunos. El joven del establo parece agradable, aunque yo no diría que lo *conocí* de verdad. Y también está el cochero. Él… es algo malhumorado. Pero tiene un cincel clavado en el ojo y supongo que eso también me haría sentir malhumorada a mí.

Leyna puso una cara de asco.

–Y hay un joven de mi edad. Que de hecho me está ayudando. Es un poco travieso, pero puedo ver que tiene un buen corazón. Me contó que se preocupa por la gente de este pueblo, incluso aunque no pueda conocerlos.

Leyna, sin embargo, parecía un poco decepcionada.

–¿Qué ocurre? –le preguntó Serilda.

–¿Eso es todo? ¿No conociste a ningún hada? ¿O a un goblin? ¿O a alguna criatura mágica que, no sé, pueda hacer… oro? –casi gritó la última palabra.

–¿Oro? –tartamudeó Serilda.

Leyna hizo una expresión y sacudió las manos.

–No importa. Es tonto.

–¡No! Claro que no. Es solo que… este joven que te mencioné. Él puede hacer oro. Con la paja. Con… bueno, cualquier cosa, supongo. ¿Cómo lo sabías?

La expresión de Leyna cambió una vez más. Ya no lucía decepcionada, sino más bien extasiada. Se lanzó hacia adelante y sujetó a Serilda de las manos.

–¡Lo *conociste*! Pero ¿es un muchacho? ¿Estás segura? Siempre imaginé que Vergoldetgeist era un pequeño duende servicial. O un troll amable. O…

–¿Vergoldetgeist? ¿Qué es eso?

–El Fantasma del Oro –dijo la niña y, enseguida, frunció el ceño con culpa–. Mamá no quiere que te diga esto. Es una especie de secreto del pueblo y se supone que no debemos hablarlo con extraños.

–Yo no soy ninguna extraña –le dijo Serilda, su corazón acelerado–. ¿Quién es exactamente el Fantasma del Oro?

–Es el que nos deja el oro –le confesó Leyna, mirando hacia la cocina para asegurarse de que su madre estuviera fuera de la vista, y bajó la voz–. Luego del Festín de la Muerte, aparecen regalos de oro dispersos por todas las rocas al norte del castillo. A veces, caen en el lago. La mayoría los recuperan los pescadores luego del festín, pero a veces se pueden encontrar algunos perdidos. Nos gusta nadar para encontrarlos durante el verano. Yo nunca encontré nada, pero mi amiga Henrietta una vez encontró un brazalete de oro atascado entre dos rocas. Y mamá tiene una pequeña estatuilla que su abuelo encontró en el agua cuando era joven. Claro que no nos quedamos con la mayoría de las cosas. Muchas las venden o intercambian. Pero diría que casi todos en el pueblo tienen alguna que otra cosa de Vergoldetgeist.

Serilda se la quedó mirando, imaginando los dedos rápidos de Gild y la rueca que giraba a toda velocidad. La paja convertida en oro.

No solo la paja. Podía convertir cualquier cosa en oro. Él no le había contado todo.

Y eso era lo que hacía. Y cada año, entregaba los regalos que hacía, creados con el oro que creaba, para el pueblo de Adalheid.

El Fantasma del Oro.

Puedes llamarme Gild.

—Por eso el pueblo es tan próspero —susurró Serilda.

Leyna se mordió el labio inferior.

—No le dirás a nadie, ¿verdad? Mamá dice que si alguien de afuera se entera, nos invadirán los cazadores de tesoros. O la Reina Agnette podría aumentar todos nuestros impuestos o enviar al ejército a recolectar el oro. —Abrió los ojos bien en grande cuando entendió la traición que había cometido con su propio pueblo.

—No le contaré a nadie —le aseguró Serilda, agradecida de que, al menos aquí, no tenía una reputación de ser una mentirosa imperdonable—. No puedo esperar a contarle que creías que era un troll. —Al menos esperaba tener oportunidad de decírselo, incluso si eso significaba que el Erlking se la llevara una vez más.

¿O no?

—¿Por qué crees que deja el oro durante el equinoccio?

Leyna se encogió de hombros.

—¿Quizás no quiere que el Erlking se entere? Además, es la única noche del año en la que todos salen a disfrutar el festín. Supongo que es la única noche en la que Vergoldetgeist se queda solo en el castillo.

CAPÍTULO VEINTISIETE

Lorraine le prestó a Serilda una montura, a pesar de sus fervientes recomendaciones de que intentar cabalgar hasta su casa con este clima era una locura. Serilda insistió con que tenía que ir, aunque no podía explicarle la razón.

Destellos de la cacería continuaban apareciendo en su mente. Un momento su padre estaba allí y, al próximo, ya no. No sabía por dónde habían estado cuando ocurrió. No sabía por dónde la había llevado la cacería, qué tan lejos habían viajado.

Pero sabía que, si su padre estaba bien, habría vuelto a su casa. Podría incluso estar esperándola en ese momento.

Tiró de las riendas de Zelig y se detuvo debajo de un refugio en la entrada de Adalheid. La lluvia había amainado, pero ella había perdido la calidez del fuego de la posada. Sabía que no pasaría mucho tiempo antes de que empezara a temblar del frío con humedad deslizándose sobre su piel.

Su padre la regañaría. Le advertiría que podría haber muerto. Ah, cuánto deseaba que estuviera allí para regañarla.

Avanzó hacia el camino de tierra que se alejaba del pueblo. La lluvia había convertido gran parte de este en lodo, mientras caía sobre los arbustos tupidos a cada lado. Justo por delante, el camino desaparecía en el bosque de Aschen, la línea gris de árboles prácticamente oculta detrás de una cortina de niebla.

Su hogar quedaba en esa dirección. No apresuraría a Zelig, ya que era consciente de que aún debía estar agotado por la intensidad del viaje de la noche anterior. Pero incluso a este paso lento, llegarían en algunas horas como mucho.

Eso si cruzaban el bosque.

También podían mantenerse por el camino principal que rodeaba al bosque por el oeste entre tierras de labranza y campos desolados, antes de girar hacia el sur y tomar el camino recto hacia Nordenburg. Era la ruta que la carreta de las gallinas había tomado, pero sabía que le tomaría mucho más tiempo y quizás no llegaría a su casa antes del anochecer. Ni siquiera sabía si Zelig tenía la fuerza suficiente para hacer ese recorrido.

Zelig relinchó y golpeó el suelo con su pata, impaciente mientras Serilda pensaba.

El bosque no era para los humanos. Sí, podían pasar en algunas ocasiones, por lo general sin sufrir daño alguno, incluso, pero eso era bajo la protección que podía ofrecer un carruaje cerrado. Solo con Zelig, lento como era, estaría vulnerable, una tentación para las criaturas que acechaban en las sombras. Los seres oscuros podrían estar ocultos detrás del velo, pero los seres del bosque tampoco eran conocidos por su amabilidad. Por cada historia de un fantasma decapitado que deambulaba por las noches, había veinte almas en pena traviesas y espíritus de malas intenciones causando estragos.

Algunos truenos rugieron en el cielo. Serilda no vio los rayos, pero sintió la carga en el aire. Su piel se erizó.

Un momento pasó antes de que el cielo se abriera y otro aguacero azotara el campo.

Serilda levantó la vista hacia el cielo con el ceño fruncido.

—Honestamente, Solvilde —murmuró—. Qué hora para regar tu jardín. ¿No podías esperar a mañana?

El cielo no le respondió. Y tampoco lo hizo el dios.

Era un antiguo mito, una de las tantas historias incontables que culpaban a los dioses por todo. La lluvia y las tormentas eran culpa de Solvilde; las costuras irregulares en un bordado eran un truco de Hulda; una plaga, el trabajo de Velos.

Y claro, como Wyrdith era el dios de la fortuna, prácticamente cualquier cosa podía caer sobre sus hombros.

No parecía muy justo.

—Muy bien, Zelig. Estaremos bien. Vayamos a casa.

Tensó la mandíbula, jaló de las riendas y avanzaron hacia el bosque de Aschen.

La tormenta no demostró piedad y, para cuando el camino se encontró con el muro de árboles, una vez más quedó empapada hasta su ropa interior. Zelig se detuvo justo a la entrada del bosque, mientras inmensas gotas de agua caían sobre el sendero enlodado y ante ellos las sombras de los árboles desaparecían en la neblina y pesadumbre.

Serilda sintió a su estómago retorcerse, como si tuviera una soga atada dentro suyo, empujándola levemente hacia adelante.

Inhaló con aspereza, su respiración temblorosa.

Se sentía simultáneamente repelida y atraída por el bosque. Si los árboles tuvieran una voz, habrían estado cantando una canción de cuna oscura, seduciéndola para que se acercara, prometiéndole envolverla y cuidarla. Vaciló por un momento, mientras reunía todo el coraje y sentía los zarcillos de una magia antigua extendiéndose en su dirección para tocarla, antes de desaparecer en la luz gris del día.

El bosque estaba vivo y muerto a la vez.

El héroe y el villano.

La oscuridad y la luz.

Hay dos lados en una misma historia.

Se sentía mareada por el miedo, pero sujetó las riendas con fuerza y enterró sus talones en la barriga de Zelig.

El caballo chilló con fuerza y levantó la cabeza. Pero en lugar de trotar hacia adelante, retrocedió.

—Vamos, ahora —lo alentó, inclinándose hacia adelante para darle una palmada suave a un costado de su rostro—. Estoy aquí —le insistió una vez más para que avanzara.

Esta vez, Zelig se paró sobre sus patas traseras con un grito desesperado. Serilda también gritó, aferrándose a las riendas con más fuerza para evitar caerse hacia atrás.

Ni bien sus patas tocaron la tierra, Zelig volteó y se alejó a toda prisa del bosque, nuevamente hacia Adalheid y la seguridad.

—¡Zelig, no! —le gritó. En el último segundo, logró apartarlo de la entrada a la ciudad en dirección al camino occidental.

Disminuyó su paso a un galope medio, aunque su respiración continuaba acelerada.

Con un quejido de frustración, Serilda volteó sobre su hombro. El bosque quedó tragado nuevamente por la neblina.

—Como quieras —gruñó—. Tomaremos el camino más largo.

La lluvia se detuvo en algún lugar antes de Fleck, pero Serilda no se secó en todo el viaje. El atardecer ya estaba cerca para cuando Märchenfeld finalmente apareció a lo lejos en el valle junto al río. Si bien se sentía fría y miserable, quedó sumida por la felicidad de estar en casa. Incluso los pasos firmes de Zelig parecieron acelerarse ante esa vista.

En cuanto llegaron al molino, ató a Zelig a un poste y le prometió que regresaría con su cena. Enseguida, entró corriendo a la casa. Pero apenas abrió la puerta supo que su padre no estaba allí. No había ningún fuego en el hogar. Ninguna comida preparándose en la olla. Se había olvidado lo vacía que habían dejado la casa, que habían vendido tantas de sus pertenencias antes de marcharse a Mondbrück. Se sintió como entrar en la casa de un extraño.

Fría. Abandonada.

Para nada acogedora.

De pronto, un ruido en la parte trasera de la casa le llamó la atención. Le tomó un momento a su mente exhausta identificarlo.

El molino.

Alguien estaba operando el molino.

–Papá –dijo sin aliento y salió corriendo hacia atrás. Zelig observó soñoliento cómo ella corría por el patio, saltaba la cerca que rodeaba su pequeño jardín y rodeaba el molino harinero. Abrió la puerta y se encontró con el aroma familiar de las rocas de moler, la madera y los granos de centeno.

Pero se quedó congelada, su esperanza destrozada sobre las tablas de madera a sus pies.

Thomas levantó la vista de las rocas de moler, desconcertado.

–Ah… regresaste –dijo, empezando a sonreír, aunque algo en la expresión de Serilda lo hizo detener–. ¿Está todo bien?

Lo ignoró. Su mirada se disparó hacia todas partes dentro del molino, pero no había nadie más allí.

–¿Serilda? –preguntó Thomas, dando un paso hacia ella.

–Estoy bien –le contestó con palabras automáticas. Era la mentira más fácil, una que todo el mundo repetía de vez en cuando.

–Me alegra que hayas vuelto –dijo Thomas–. Estaba teniendo dificultades con la compuerta de agua que se cerraba antes de tiempo y supuse que tu padre me podría dar alguna sugerencia.

Se lo quedó mirando fijo, conteniendo las lágrimas. Había tenido tantas esperanzas.

Tantas esperanzas miserables e infundadas.

Tragó saliva y negó con la cabeza.

–No está aquí.

Thomas frunció el ceño.

–Se quedó en Mondbrück. Tuve que regresar para ayudar con algo en la escuela, pero mi papá… aún no terminó con su trabajo en la alcaldía, así que quiso quedarse.

–Ah, ya veo. Bueno, tendré que descifrarlo yo mismo entonces. ¿Sabes cuándo planea volver?

–No –le contestó, enterrando las uñas en la palma de sus manos para contener las lágrimas amenazantes–. No me dijo nada.

Serilda lo esperó.

Recordó el aroma de la sal marina impregnada en el aire durante la cacería. Podría haberse caído tan lejos como en Vinter-Cort por lo que sabía. Podía tomarle días, incluso semanas, regresar. Y eso si era capaz de encontrar un medio de transporte razonable. Probablemente no tenía nada de dinero consigo. Quizás tendría que caminar. Si ese fuera el caso, le tomaría incluso más tiempo.

Se aferró con fuerza a estas esperanzas e intentó mantener la compostura mientras caminaba por el pueblo. Todo el mundo estaba ocupado con los preparativos para el Día de Eostrig, así que nadie le prestó mucha atención. Fingió estar enferma para no tener que ir a la escuela. Se pasó sus días realizando tareas mecánicas como barrer la casa, coserse un nuevo vestido, ya que las pocas prendas que tenía las había dejado en Mondbrück, e hilar, cuando podía tolerarlo.

Se pasó muchas horas mirando al horizonte.

No podía dormir por las noches. La casa estaba inquietamente tranquila, sin los ronquidos estrepitosos que provenían de la habitación contigua.

Cuando Thomas tenía preguntas sobre el molino, le decía que le escribiría a su padre y le avisaría una vez que tuviera una respuesta. Había veces, incluso, que llegaba tan lejos como ir hasta el pueblo para enviar la carta falsa.

Cuando veía al nachtkrapp, le arrojaba algunas rocas hasta que se marchara volando.

Pero siempre regresaba.

Y su padre no.

EL DÍA DE EOSTRIG

EL EQUINOCCIO
DE PRIMAVERA

CAPÍTULO VEINTIOCHO

Había temido esta visita toda la semana. En más de una ocasión, había intentado persuadirse a sí misma de que no era necesaria.

Pero sabía que sí lo era.

Necesitaba saber más de Adalheid. Necesitaba saber cuándo, cómo y por qué el Erlking se había apoderado del castillo. Qué había ocurrido para que sus muros quedaran tan repletos de espíritus asesinados con tanta brutalidad. Si hubo o no una familia real que alguna vez vivió allí y qué había ocurrido con ella. Necesitaba saber cuándo y cómo los ciudadanos de Adalheid empezaron a tener esa extraña relación con la cacería, en las que le preparaban un festín durante el equinoccio a cambio de que los dejaran en paz.

No sabía qué respuesta, si es que había alguna, le sería útil, razón por la cual aprendería todo lo que pudiera. Se armaría con conocimiento.

Porque el conocimiento era la única arma que podría tener la esperanza de usar en contra del Erlking. El hombre que se había llevado a su madre. Que había abandonado a su padre para que muriera en medio de la nada. Que creía que podía tomarla como prisionera y forzarla a la esclavitud. El hombre que había asesinado a tantos mortales. Que había robado a tantos niños.

Quizás no había nada que pudiera hacer contra él. De hecho, estaba bastante segura de que no podía hacer nada.

Pero eso no la detendría de intentar.

Era una plaga de maldad en este mundo y su reinado ya había durado suficiente.

Pero primero, tendría que lidiar con otra plaga de maldad.

Respiró profundo, levantó un puño y llamó a la puerta.

Madam Sauer vivía a menos de un kilómetro de la escuela, en una cabaña de una única habitación rodeada por el jardín más bonito de Märchenfeld. Sus hierbas, flores y vegetales eran la envidia de todo el pueblo y, cuando no estaba educando a los niños, se la podía escuchar dándole clases a sus vecinos sobre la calidad del suelo y plantas compañeras. Aunque Serilda sospechaba que la mayoría de las veces no la escuchaban.

No entendía cómo alguien con una personalidad tan desagradable podía cuidar esa vida de la tierra, pero entonces recordaba que había muchas cosas en este mundo que no entendía.

No pasó mucho tiempo hasta que Madam Sauer abrió la puerta de golpe, ya con su mirada de odio.

—Serilda. ¿Qué quieres?

Intentó esbozarle una sonrisa fulminante.

—Buen día para usted también. Estaba buscando ese libro que agregué a la colección de la escuela hace algunas semanas. No lo encontré en la escuela. ¿Quizás usted sepa dónde está?

Madam Sauer entrecerró los ojos.

–Así es. Lo estaba leyendo.

–Ya veo. Lamento mucho esto, pero me temo que lo necesito.

La mujer curvó sus labios.

–Entonces *sí* lo robaste, ¿verdad?

Serilda tensó la mandíbula.

–No –le contestó lentamente–. No lo robé. Me lo prestaron. Y ahora tengo oportunidad de regresarlo.

Resoplando con fuerza, Madam Sauer dio un paso hacia atrás y abrió la puerta.

Sintiendo que era una invitación, aunque no quedó del todo claro, Serilda ingresó con ciertas dudas. Nunca había entrado a la casa de la maestra y no fue lo que esperaba. Tenía un aroma fuerte a lavanda e hinojo, y había varios paquetes de diferentes hierbas y flores colgados para secarse junto al hogar. Si bien Madam Sauer mantenía la escuela más limpia que un hongo listo para comer, los estantes y mesas de su pequeño hogar estaban repletos de morteros, cordeles, platos con rocas bonitas de todos los colores, frijoles secos y vegetales en vinagre.

–Tengo el máximo respeto por las bibliotecas –dijo Madam Sauer, tomando el libro de una pequeña mesa junto a una silla mecedora. Volteó hacia Serilda, blandiendo el libro como un mazo–. Santuarios de conocimiento y sabiduría. Es una vergüenza, señorita Moller, una vergüenza que alguien se atreva a robarle a una biblioteca, de todos los lugares.

–¡No lo robé! –exclamó Serilda, inflando el pecho.

–¿Ah? –dijo Madam Sauer, abriendo tapa del libro y extendiéndoselo a Serilda para que pudiera ver las palabras escritas con una tinta oscura en la esquina de la primera página.

Propiedad de la profesora Frieda Fairburg y la biblioteca de Adalheid.

Serilda gruñó.

—No lo robé –repitió–. La profesora Fairburg me lo dio. Fue un regalo. Ni siquiera me pidió que lo regresara, pero lo voy a hacer de todas formas. –Extendió una mano–. Quizás podría tenerlo de vuelta, ¿por favor?

La bruja apartó el libro de su alcance.

—¿Qué estabas haciendo en Adalheid, de todos los lugares que tienes para elegir? Creí que tú y tu padre habían viajado a Mondbrück todo este tiempo.

—Hemos viajado a Mondbrück –le contestó entre dientes–. Mi padre está en Mondbrück en este mismo momento. –Las palabras apenas lograron salir de su garganta.

—¿Y *tú*? –preguntó Madam Sauer, dando un paso hacia ella con el libro en la espalda. Era más baja que Serilda, pero las arrugas de su ceño fruncido la hacían sentir apenas como un ratón–. ¿Desde dónde has estado regresando el día que siguió a las dos últimas lunas llenas? Ese es un comportamiento bastante peculiar, señorita Moller, y uno que no puedo aceptar como una coincidencia inofensiva.

—No tiene que aceptar nada –le contestó Serilda–. Mi libro, por favor.

Su estómago se sentía revuelto, más por ira que por cualquier otra cosa. Pero también era desconcertante saber que la maestra la había estado observando. O quizás solo repetía los rumores del pueblo. Quizás otras personas habían notado sus idas y vueltas, siempre cerca de la fecha de las lunas llenas, y el rumor había empezado a circular entre todos.

—¿Para regresarlo a Adalheid? ¿Vas allí hoy? ¿Durante el equinoccio? Con todos los días que tienes para elegir.

Sus palabras desbordaban de un tono acusador, aunque Serilda ni siquiera sabía de qué la estaba acusando.

—¿Quiere que lo regrese a la biblioteca o no?

—Estoy intentando advertirte —espetó la anciana—. ¡Adalheid es un lugar maldito! Cualquiera con un poco de cordura sabría mantenerse alejado de ese lugar.

—¿Ah? Lo visitó bastante seguido, ¿verdad?

Madam Sauer vaciló por un momento, lo suficiente para que Serilda extendiera una mano y le quitara el libro.

Dejó salir un gruñido de enojo.

—Déjeme decirle algo —agregó Serilda—, Adalheid es un pueblo encantador lleno de gente encantadora. Pero estoy de acuerdo con que se mantenga alejada de allí. Me atrevería a decir que no es para alguien como usted.

Los ojos de Madam Sauer parecían echar fuego.

—Niña egoísta. ¡Ya eres una desgracia para esta comunidad y ahora quieres traer más maldad sobre nosotros!

—Quizás esto le sorprenda, Madam —dijo Serilda con un tono de voz más elevado a medida que su enojo se apoderaba de ella—, pero nadie pidió su opinión.

Volteó y salió de la casa, no sin antes cerrar la puerta con tanta fuerza por detrás que Zelig, atado a un poste, se sobresaltó y relinchó.

Se detuvo, completamente enfurecida, antes de voltear y abrir la puerta una vez más.

—Además —dijo—, no asistiré al festival por el Día de Eostrig. Por favor, hágales llegar mis más sinceras disculpas a los niños y dígales lo orgullosa que estoy de su trabajo con las figuras de los dioses del mes pasado.

Luego cerró la puerta con fuerza una vez más, lo cual fue increíblemente satisfactorio.

Esperaba que la bruja apareciera por detrás, espetando más insultos y advertencias. Sus dedos estaban temblando mientras guardaba el libro en la alforja y desataba las riendas. Se había sentido tan bien gritar, en especial cuando estuvo reprimiendo sus gritos de ira todo el mes.

Se subió a la montura y avanzó con el caballo hacia el camino, hacia Adalheid.

No intentó tomar la ruta del bosque, ya que sabía que Zelig se rehusaría una vez más. A medida que el sol trazaba su recorrido por el cielo, se sintió aliviada de haber emprendido el viaje temprano. Llegarían casi al anochecer.

Aún pensaba en la Luna del Hambre, cuando el cochero apareció por primera vez en la puerta de su casa. En ese entonces, había estado nerviosa, incluso un poco entusiasmada. Tal vez hubo momentos en los que tuvo miedo, pero ahora comprendía que no había sido suficiente. Había abrazado todo como si fuera una gran historia y había disfrutado cada momento contándoles a los niños sobre sus hazañas, consciente de que solo le creerían la mitad.

Pero ahora…

Ahora su vida pendía de un hilo precario y en cada dirección donde miraba estaba la amenaza del peligro. El destino la estaba cercando y no podía imaginar cómo haría para escapar. Su padre ya no estaba allí. Y sabía que ahora nunca podría escapar del Erlking, no a menos que él eligiera dejarla ir. Eventualmente, descubriría la verdad y ella pagaría el precio.

Y sabía que debería estar aterrada. Lo sabía.

Pero, en mayor medida, se sentía furiosa.

Esto era solo un juego para el Erlking. Depredador y presa.

Pero para ella, era su vida. Su familia. Su libertad.

Quería hacerlo pagar por todo lo que había hecho. No solo con ella, sino con incontables familias a lo largo de los siglos.

Intentó usar las largas horas para elaborar alguna especie de plan para esa noche. Era consciente de que no podría simplemente acercarse al Erlking, tomar su cuchillo y clavárselo en el corazón.

Para empezar, incluso si lograba hacerlo, por alguna especie de milagro, ni siquiera sabía si eso podía matarlo.

No estaba segura de si *realmente* podía morir.

Pero eso no la hacía olvidar su fantasía.

Al menos, si fallaba, tenía intenciones de irse con tambores y trompetas. Por ahora, intentó concentrarse en las medidas prácticas que podía realizar, la noche de la marea viva. Pero incluso así, sus pensamientos quedaron sumidos en una neblina difusa. Sabía que debía intentar escabullirse al interior del castillo. Encontraría a Gild. Si Leyna tenía razón, estaría solo. Necesitaba hablar con él, preguntarle si sabía algo sobre su madre, sobre la historia del castillo y si el Erlking tenía alguna debilidad.

Y, si era honesta, simplemente para verlo una vez más.

Las imágenes de Gild se entrelazaban con sus propias fantasías persistentes.

Los últimos momentos de la Luna del Cuervo habían quedado a la sombra de los miedos por su padre, pero no podía pensar en Gild sin recordar el beso apresurado sobre sus labios. Hambriento, anhelante y luego, simplemente, *ausente*.

Sintió un escalofrío ante el recuerdo, pero no por el frío.

¿Qué había querido decir con eso?

Había una pequeña y suave voz en su cabeza que seguía recordándole cuánto debía temer regresar a Adalheid y su castillo embrujado. Pero la realidad era que no tenía miedo.

No tenía miedo para nada.

Porque esta vez, estaba regresando bajo su propia voluntad.

Era Serilda Moller, bendecida por Wyrdith, y ya no se dejaría controlar por el Erlking.

Al menos, eso era lo que intentaba repetirse a sí misma a medida que su caballo anciano avanzaba a paso lento y firme por el camino.

CAPÍTULO VEINTINUEVE

En cuanto cruzó las puertas de la ciudad, entendió que las celebraciones de primavera eran bastante distintas a las de Märchenfeld. No había ningún cartel pintado de rosa y verde sobre las ventanas y puertas de los hogares, sino solo guirnaldas de huesos. Al principio, la hizo sentir algo incómoda, pero luego notó que no eran huesos humanos. Supuso que eran de gallinas y cabras, o quizás de alguna liebre salvaje o algún cisne que habitaba el lago. Todos estaban atados con cordeles y colgaban desde unos ganchos. Cuando soplaba una brisa fuerte, hacían un sonido musical al chocar entre sí, unas campanillas melancólicas.

Cuando el lago apareció a la vista, vio una multitud en el muelle, pero no se escuchaba música alegre ni risas revoltosas. En su pueblo, la festividad ya habría empezado para ese momento, pero el aire en este lugar se sentía sombrío, casi opresivo.

Las únicas similitudes que encontraba era el aroma seductor de la carne rostizada y el pan recién horneado.

Desmontó de Zelig y lo llevó el resto del camino hacia el muelle, donde había algunas mesas en la calle junto a la orilla del lago. La gente de todo el pueblo estaba allí, concentrada en sus tareas mientras preparaban un festín adecuado. Platos de salchichas y cerdo sazonado, tartas de ruibarbo cubiertas de miel y fresas frescas, quesos duros y castañas, pasteles dulces y pastelitos humeantes, platos de zanahorias rostizadas, puerro y rábanos enmantecados. También había bebidas: barriles de cerveza, toneles de vino.

Era una imagen encantadora y el estómago de Serilda rugía al sentir todos los aromas tentadores.

Pero ninguna de las personas que estaba preparando el festín lucía precisamente contenta por todo eso. El festín no era para ellos. Tal como Leyna lo había descrito, una vez que anocheciera, los residentes del castillo emergerían y las calles de Adalheid quedarían en manos de los seres oscuros y los espíritus.

Su atención se posó sobre las ruinas del castillo, de algún modo aún se veía tenebroso y gris a pesar de la luz del sol que se reflejaba en la superficie del lago.

Si bien al principio la mayoría estaba demasiado ocupada como para notar a Serilda, eventualmente su presencia empezó a llamar la atención. El lugar entero se llenó de murmullos. Algunas personas incluso dejaban de trabajar para observarla con curiosidad y sospecha.

Pero nada hostil. Al menos, no por ahora.

—Permiso —gritó una voz que desconcertó a Serilda. Volteó y se encontró con un muchacho que estaba empujando una carreta en su dirección. Serilda se disculpó y se hizo a un lado. La carreta emitía una cantidad espantosa de ruido y, cuando pasó a su lado, vio una diversa cantidad de animales vivos en su interior. Liebres, comadrejas y dos pequeños zorros, además de una jaula llena de faisanes y urogallos.

El hombre avanzó hacia el puente, donde un grupo de hombres y mujeres lo ayudaron a descargar a los animales. Dejaron a las aves dentro de sus jaulas y ataron al resto de los animales a un poste.

—¡Señorita Serilda! —gritó Leyna acercándose, corriendo hacia ella con una canasta de strudel azucarado entre sus brazos—. ¡Viniste!

—Hola de nuevo —le contestó, mientras su estómago rugía al sentir el aroma dulce que flotó hacia ella—. Cielos, se ven muy bien. ¿Puedo?

Una expresión de horror apareció en el rostro de Leyna y apartó la canasta antes de que Serilda siquiera tuviera tiempo de levantar la mano.

—¡Es para el festín! —siseó en voz baja.

—Bueno, sí, me di cuenta —respondió Serilda, mirando a las mesas llenas de comida. Se inclinó hacia adelante y le susurró—. No sé, dudo que alguien lo note.

Leyna sacudió la cabeza hacia un lado con firmeza.

—Mejor no. No es para ti, ya lo sabes.

—Pero ¿los cazadores de verdad tienen un apetito tan impresionante?

Leyna puso una expresión amarga.

—A mí también me parece un desperdicio. —Se acercó a la mesa y Serilda corrió algunas bandejas para que Leyna colocara la canasta.

—Debe ser irritante trabajar tan duro, solo para que se lo lleven los tiranos que deambulan por ese castillo.

—Puede ser —dijo Leyna, encogiéndose de hombros—. Pero

una vez que esté todo listo, volveremos a casa y mamá nos dará algunas cosas que guardó para nosotras. Luego pasaremos toda la noche leyendo historias de fantasmas junto al fuego y observaremos el Festín de la Muerte desde detrás de las cortinas. Es bastante aterrador, pero también una de mis noches favoritas de todo el año.

—¿No temes espiarlos?

—No creo que les importemos mucho, siempre y cuando les preparemos el festín y los juegos. Aunque el año pasado, puedo jurar que uno de los fantasmas me miró justo cuando me asomé por detrás de las cortinas. Como si me estuviera esperando. Grité y casi le provoco un ataque al corazón a mamá. Me envió a la cama después de eso. —Tembló—. Pero no pude dormir mucho.

Serilda esbozó una sonrisa.

—¿Qué hay de Vergoldetgeist? ¿Lo viste alguna vez mientras espiabas?

—Ah, no. El oro aparece en la parte norte del castillo. No la podemos ver desde el pueblo. Dicen que es el único que no viene a la fiesta, quizás se siente ofendido porque no lo invitan.

—¿Cómo saben que es el único que no viene?

Leyna abrió la boca, pero vaciló por un momento, luego frunció el ceño.

—No tengo idea. Esa es simplemente la historia.

—Quizás al Fantasma del Oro *sí* le ofende que no lo inviten, pero no creo que le importen mucho los seres oscuros, así que tal vez sea eso también.

—¿Él te dijo eso? —preguntó Leyna, sus ojos destellando, ansiosa de cualquier chisme sobre el interior de las paredes del castillo, por más pequeño que fuera.

—Ah, sí. No es un secreto. Él y el Erlking no se llevan muy bien.

Una sonrisa burlona apareció en las mejillas de Leyna.

–Te gusta, ¿verdad?

Serilda se tensó.

–¿Qué?

–Vergoldetgeist. Tus ojos se iluminan cuando hablas de él.

–Ah, ¿sí? –dijo Serilda, presionando sus dedos a cada lado de sus ojos. Nunca había escuchado que sus ojos dorados cambiaran.

–¿Es un *secreto*?

–¿Mis ojos?

–¡No! –Rio Leyna–. Que te gusta un fantasma.

Las mejillas de Serilda se sonrojaron.

–Qué tonta. Solo me está ayudando, eso es todo. –Se acercó–. Pero tengo un secreto, si quieres oírlo.

Leyna abrió los ojos bien en grande y se inclinó hacia adelante.

–Decidí entrar al castillo esta noche –le confesó–. Cuando los seres oscuros estén disfrutando de su festín, me escabulliré hacia allí y veré si puedo encontrar al Fantasma del Oro y hablar con él.

–Lo sabía –exhaló Leyna–. Sabía que era por eso que habías venido hoy. –Empezó a saltar sobre sus talones, aunque Serilda no podía decir con seguridad si era por entusiasmo o para conservar el calor a medida que el sol se ocultaba detrás del lago–. ¿Cómo cruzarás el festín sin que te vean?

–Esperaba que tú me dieras algunas ideas.

Leyna se mordió el labio inferior, pensativa.

–Bueno, si fuera yo…

–¡Leyna!

Ambas se sobresaltaron y voltearon. Serilda estaba segura de que no podían verse más culpables incluso si estuvieran comiéndose un pastel de la mesa del festín.

—Hola, mamá —dijo Leyna a medida que su madre se abría paso entre la multitud.

—La profesora Fairburg tiene que traer otras dos canastas. ¿Puedes ir a ayudarla?

—Claro, mamá —canturreó Leyna antes de salir corriendo por la calle.

Lorraine se detuvo a algunos metros de Serilda.

—No puedo decir que me sorprende encontrarte aquí otra vez. —Sonrió, pero no era la misma sonrisa alegre de la vez anterior. Más bien, todo lo contrario, lucía extenuada. Lo cual era entendible dada la ocasión.

—Todos parecen tan ocupados —comentó Serilda—. ¿Puedo ayudar con algo?

—Ah, ya estamos por terminar. Tarde, como siempre. —Señaló hacia el horizonte con un movimiento de su cabeza, en donde el sol ya estaba besando el muro distante de la ciudad—. Todos los años me repito lo mismo, estaré más preparada. ¡Terminaremos para el mediodía! Pero, de algún modo, siempre aparecen más cosas de las que anticipé.

Mientras hablaba, apareció otra carreta con más presas, en su mayoría conejos, por lo que podía ver.

—No esperaba verte hasta la luna llena —le dijo Lorraine. Empezó a caminar junto a las mesas del festín y empezó a acomodar los platos y pequeñas vasijas de cerámica llenas de hierbas—. ¿El Erlking también pidió tu presencia para el equinoccio?

—No precisamente, no —le contestó Serilda—. Pero Leyna me estaba contando sobre el festín y quería verlo por mí misma. Además, tengo algunas preguntas para el Erlking. Y dado que no parece estar interesado en conversar durante las noches de luna llena, cuando está ocupado con la cacería, supuse que esta sería una mejor oportunidad.

La alcaldesa quedó congelada y la miró como si hubiera empezado a hablar en otro idioma.

—Te refieres a… ¿tener una conversación? ¿Con el Erlking? ¿Durante el Festín de la Muerte? —Estalló en risas—. ¡Ah, querida! ¿No entiendes quién es? ¿Lo que ha hecho? Si te acercas a él esta noche, de todas las noches, para… ¿hacerle preguntas? —Rio una vez más—. ¡Le estarás pidiendo que te despelleje viva! Y te arranque los ojos y se los arroje a sus sabuesos. Y te corte los dedos uno por uno y…

—Está bien, gracias. Ya entendí el punto.

—No, creo que no —le dijo, acercándose a ella, todo rastro de alegría borrado de su rostro—. No son humanos y no tienen empatía por nosotros los mortales. ¿No lo entiendes?

Serilda tragó saliva.

—No creo que me mate. Aún quiere el oro, después de todo.

Lorraine negó con la cabeza.

—Parece que estás jugando un juego del que no conoces las reglas. Sigue mis consejos. Si el rey no te espera esta noche, entonces quédate en una habitación de la posada hasta la mañana. De otro modo, arriesgarás tu vida por nada.

Los ojos de Serilda se posaron sobre el castillo.

—Aprecio tu preocupación.

—Pero no me estás escuchando.

Serilda presionó sus labios con cierto arrepentimiento.

—Tengo una hija. Puede que tú seas más grande, pero reconozco esa mirada. —Dio un paso más hacia adelante y bajó la voz—. No enfades al Erlking. No esta noche. Todo debe salir perfecto.

Serilda se sintió desconcertada por la vehemencia del tono de Lorraine.

—¿A qué te refieres?

Lorraine señaló a las mesas.

—¿Crees que todo esto es porque somos buenos vecinos? —Negó con la cabeza, una sombra eclipsando sus ojos—. Hubo un tiempo en el que nuestros niños también desaparecían. Pero nuestros ancestros empezaron a tentar a la cacería con este festín durante el equinoccio de primavera, el regalo de tener su cacería en las calles de nuestra ciudad. Esperamos satisfacerlos, ganarnos su favor, para que dejaran a nuestra ciudad y familias en paz. —Frunció el ceño, preocupada—. Me duele en el alma por los seres queridos que desaparecen en otros pueblos, en especial al saber que entre ellos hay niños. Solo puedo imaginar el dolor de sus padres y madres. Pero gracias a este festín, no se los llevan de Adalheid y no me arriesgaré a que tú interfieras en eso.

—Pero siguen teniendo miedo —agregó Serilda—. Pueden haber encontrado una forma de hacer las paces con los seres oscuros, pero aun así les tienen miedo.

—¡Claro que les tenemos miedo! Todo el mundo debería sentir lo mismo. *Tú* deberías estar más asustada de lo que te ves.

—¡Alcaldesa!

Lorraine miró hacia detrás de Serilda y se paró más recta al ver a la bibliotecaria, Frieda, acercarse a toda prisa hacia ella con Leyna por detrás.

—Ya traen al dios de la muerte —dijo Frieda. Se detuvo con una sonrisa hacia Serilda—. Hola de nuevo. Leyna me contó que observarás el espectáculo con nosotras. Es aterrador, pero… aún interesante.

—¿Con… nosotras? —preguntó Lorraine.

Frieda se sonrojó, pero Leyna dio un paso hacia adelante con una sonrisa traviesa.

—¡Invité a Frieda para que se quede en la posada esta noche! Es demasiado aterrador quedarse sola en casa durante el Festín de la Muerte.

—Si no es ninguna molestia… —dijo Frieda.

—¡Ah! No, para nada. Creo que tenemos habitaciones disponibles para ti y la jovencita. —Miró a Serilda—. Eso si planeas quedarte.

—Una habitación me vendría bien, gracias.

—Bien. Está decidido entonces.

—Deberíamos apresurarnos, ¿verdad? —dijo Leyna—. Ya está oscureciendo.

—Es verdad —dijo Lorraine y comenzó a caminar hacia el puente del castillo, en donde otras personas, muchas con faroles por el anochecer que se apoderaba de la ciudad, se habían reunido alrededor de las mesas y los animales atados. Serilda se quedó atrás de su grupo. Cuando Leyna la notó, aminoró la marcha para que Serilda pudiera alcanzarlas.

—¿Por qué está enojada contigo? —le susurró Leyna.

—No creo que esté enojada, solo preocupada. No la culpo.

Más adelante, un grupo de personas llevaba lo que parecía ser un espantapájaros pintado como un esqueleto. Lo sujetaron a un pequeño bote que se encontraba atracado a uno de los muelles más cercanos al puente del castillo, en donde Serilda había visto a Leyna y sus amigos jugar todas esas semanas atrás.

—Nosotros también preparamos efigies de los dioses en Märchenfeld —le contó a Leyna—. Para que observen el festival y nos den su bendición.

Leyna le lanzó una mirada desconcertada.

—¿Bendición?

Serilda asintió.

—Les ofrendamos flores y regalos. ¿No hacen lo mismo aquí?

Riendo, Leyna le señaló a la figura esquelética.

—Solo hacemos a Velos y se lo entregamos a los cazadores, junto con las presas. ¿Viste las liebres y los zorros?

Serilda asintió.

—Los liberarán para que puedan realizar la cacería por toda la ciudad. Una vez que los hayan capturado, los matarán y le arrojarán la carne al dios de la muerte y... luego los sabuesos tendrán *su* festín.

Serilda hizo una mueca de asco.

—Suena espantoso.

—Mamá dice que es porque los seres oscuros están en guerra con la muerte. Lo han estado desde que escaparon de Verloren.

—Quizás —dijo Serilda—. O quizás sea una forma de vengarse.

—¿Vengarse por qué?

Serilda miró a la niña, pensando en la historia que le había contado a Gild sobre el príncipe que asesinó a la cazadora Perchta y el dios de la muerte que se había llevado su espíritu de regreso a Verloren.

Pero era solo una historia. Una que se había tejido por sí sola en su mente, como un tapiz en un telar, agregando cada hilo poco a poco para formar la escena lentamente.

No era real.

—Nada —le dijo—. Estoy segura de que tu mamá tiene razón. El dios de la muerte mantuvo a los seres oscuros atrapados en Verloren por mucho tiempo. Estoy segura de que se sienten bastante molestos por eso.

Al frente de la multitud, la alcaldesa empezó un discurso en el que le agradecía a todos por el arduo trabajo y les explicaba por qué esa noche era tan importante, aunque Serilda dudaba de que necesitaran recordarlo.

En un momento, parecía estar a punto de decir algo más, pero entonces sus ojos se posaron sobre Serilda y se contuvo de inmediato, en su lugar siguió hablando sobre el desayuno en la posada la mañana siguiente, para celebrar otro festín exitoso.

Serilda miró al castillo, preguntándose si Lorraine estaba a punto de mencionar al benefactor del pueblo, Vergoldetgeist. Tenía el presentimiento de que el desayuno era una tradición anual al igual que los preparativos del festín para los seres oscuros, y que al día siguiente todo Adalheid se reuniría entusiasmados para ver qué regalos de oro sus pescadores y nadadores llevarían a sus casas.

—Leyna —susurró—. ¿Sabes a quién le pertenecía el castillo antes de que le perteneciera al Erlking?

Leyna frunció el ceño.

—¿A qué te refieres?

—Los seres oscuros no debieron haberlo construido. Estoy segura de que fue el hogar de algunos mortales antes. Alguien de la realeza o, al menos, de la nobleza. ¿Un duque o un conde quizás?

Leyna frunció los labios más cerca de su nariz, de un modo que Serilda sabía que Madam Sauer habría encontrado indecoroso. Era una mirada pensativa adorable.

—Supongo —contestó la niña lentamente—. Pero no recuerdo que alguien haya mencionado algo. Debe haber sido hace mucho tiempo. Hoy solo está el Erlking y los seres oscuros. Y los fantasmas.

—Y Vergoldetgeist —murmuró Serilda.

—¡Shh! —dijo Leyna, sujetando a Serilda por la muñeca—. Se supone que no sabes nada sobre eso.

Serilda le susurró para pedirle disculpas de un modo distraído, a medida que la alcaldesa terminaba su discurso. Se encendieron velas y faroles, lo que le permitió ver con mayor claridad la efigie que habían creado. No se parecía en casi nada a la que habían hecho los niños para la celebración en Märchenfeld. Esta se veía bastante real. Una capa negra y un cráneo con un realismo feroz, acompañado con ramas de cicuta en las manos. ¿Los sabuesos también devorarían eso? ¿No les haría daño? Quizás los fortalecería, supuso. Tal vez avivara el fuego en su interior.

La figura se encontraba sujeta a una columna de madera alta y estaba rodeada por ramas de aliso, un guiño para el Erlking, el Rey de los Alisos.

A medida que los últimos rayos de luz púrpura se desvanecían, la gente del pueblo comenzó a regresar a sus hogares. Lorraine y Frieda se dirigieron hacia la posada, caminando, quizás un poco más cerca de lo que era estrictamente necesario. Lorraine ocasionalmente miraba hacia atrás para asegurarse de que Leyna la estuviera siguiendo.

—Si todavía quieres ingresar al castillo —le dijo Leyna—. Yo tomaría un bote, remaría hacia el puente y luego subiría por las rocas justo por debajo de la puerta. No es tan empinado en ese lado, así que deberías poder hacerlo sin problemas.

Leyna le explicó qué bote usar y cuándo hacerlo.

—Siempre que no haya nadie vigilando la puerta, claro —dijo la niña.

—¿Crees que habrá alguien?

Leyna sacudió la cabeza, aunque parecía algo insegura.

—Solo no salgas hasta después de que haya empezado la cacería. Estarán tan ocupados persiguiendo a sus presas y comiendo nuestra comida que no notarán que estás allí.

Serilda sonrió.

—Has sido de una maravillosa ayuda.

—Sí, pero… no mueras; porque si no me sentiré horrible.

Serilda acarició uno de sus hombros.

—No tengo intenciones de hacerlo. —Con una mirada rápida a Lorraine y Frieda, Serilda se apartó hacia un callejón angosto, desapareciendo entre las sombras y separándose de la multitud.

Esperó a que el ruido de las pisadas y conversaciones pasara antes de asomarse de su escondite. Notando las calles vacías, avanzó a toda prisa hacia el muelle, manteniéndose en las sombras cuanto pudo. Era más fácil en una noche como esta, ya que la gente de Adalheid guardaba sus faroles dentro de sus casas.

Ante ella, se erigía el castillo, un monstruo acechante a orillas del lago.

Y entonces el último rastro de luz se ocultó en el horizonte y en ese mismo instante, el hechizo que mantenía al castillo del Erlking oculto detrás del velo se escurrió como una ilusión. Serilda se quedó boquiabierta. Si hubiera apartado la mirada incluso por un segundo, se habría perdido la transformación. De un momento a otro, el lugar quedó sumido en una oscuridad total. Acto seguido, el Castillo de Adalheid apareció en toda su gloria, las torres de vigilancia se encendieron con cientos de antorchas brillantes, los vitrales mantuvieron su destello como joyas. El mismísimo puente angosto, con sus paredes derrumbadas, ahora relucía con la luz de una docena de antorchas reflejadas en el agua negra abajo.

Visto de este modo, un contraste tan marcado con las ruinas que hacía solo unos segundos atrás se encontraban en ese lugar, el castillo era impresionante.

Acababa de llegar al muelle donde Leyna le dijo que encontraría el bote que le pertenecía al Cisne Salvaje cuando un nuevo sonido resonó sobre la superficie del lago.

El rugido grave e inquietante de un cuerno de caza.

CAPÍTULO TREINTA

Al no tener ningún lugar donde esconderse en el muelle abierto, se acostó sobre las tablas de madera y deseó que su capa la mantuviera oculta entre las sombras. Las puertas del castillo se abrieron con un rugido y chirrido intenso. Levantó la cabeza apenas lo suficiente para verlos salir de allí.

No fue una estampida, como había esperado. Pero luego recordó que no era una noche de cacería.

El rey iba al frente de la procesión, mientras que el resto de los seres oscuros lo seguían justo por detrás, algunos a caballo y otros a pie. Incluso desde lejos podía ver que estaban vestidos con ropa elegante. Aunque no suntuosos con prendas de terciopelo o sombreros con plumas, como la familia real de Verene, sino más bien elegantes en su propio estilo: cazadores que se habían preparado para una noche de celebración. Sus jubones y dobletes estaban adornados con oro, sus capas forradas en piel, sus botas atadas con perlas y joyas. Aún se veían como si estuvieran a punto de montar un caballo y perseguir a un ciervo, pero estaban preparados para hacerlo con una indiscutible elegancia.

Los fantasmas siguieron luego. Serilda reconoció al cochero tuerto y la mujer decapitada. Su ropa permanecía igual: un poco anticuada y cubierta con su propia sangre.

No pasó mucho tiempo hasta que los habitantes muertos del castillo de Adalheid ocuparan todo el puente y se abrieran paso hacia el camino junto al agua. Algunos se acercaron al banquete con deleite, mientras que muchos otros cazadores se juntaron para inspeccionar a los animales cautivos que habían recibido para su divertimento. El clima ya se sentía jovial. Algunos de los fantasmas sirvientes empezaron a servir cerveza y vino, y pasaron los cálices entre la multitud. Un cuarteto de músicos cubiertos de sangre comenzó a tocar una melodía que era tanto enérgica como disonante para los oídos de Serilda, como si nunca nadie hubiera afinado los instrumentos en todos esos siglos.

Se esforzó por tener una imagen más clara de las almas en pena. ¿Reconocería a su madre si estuviera entre ellas? La conocía tan poco. Lo primero que se le ocurrió fue buscar a una mujer que tuviera la edad de su padre, pero luego recordó que no tenía sentido, ya que había estado al principio de sus veintes cuando desapareció. Deseaba haberle hecho más preguntas a su padre. ¿Cómo era su madre? La única información que tenía era su cabello oscuro y un diente roto. ¿De qué color eran sus ojos? ¿Era alta como Serilda o tenía las mismas pecas pequeñas que parecían constelaciones en sus brazos?

Buscó los rostros de cada mujer que se cruzaba por delante, con la esperanza de reconocerla o *lo que fuera*, pero si su madre estaba entre ellos, no lo sabía.

Los aullidos de los sabuesos la hicieron agacharse una vez

más. En el puente, la guardiana de los sabuesos apareció junto a una docena de correas en sus manos, mientras los sabuesos empujaban con fuerza y gruñían para liberarse. Habían visto a las presas al otro lado del puente.

—Cazadores y espíritus —anunció la voz del Erlking—. Inmortales y difuntos. —Tomó la ballesta que colgaba sobre su hombro y preparó una flecha. Un grupo de apariciones se reunieron alrededor de las presas temblorosas. Los cazadores a caballo sujetaron las riendas con más fuerza, esbozando sonrisas lascivas que oscurecían sus rostros—. Que comience la cacería. —Enseguida el Erlking disparó la flecha directo al corazón del dios de la muerte. Impactó con un sonido seco enfermizo.

Abrieron las jaulas. Soltaron las cuerdas.

Los sabuesos estaban libres.

Docenas de animales aterrados salieron corriendo en todas direcciones. Las aves aletearon sin parar hacia los techos más cercanos. Las liebres, hurones, tejones y zorros corrieron deprisa hacia los campos, por callejones y alrededor de los edificios.

Los sabuesos salieron a la caza, mientras los cazadores los seguían no muy por detrás.

La multitud erupcionó en ovaciones y gritos. El vino salió disparado de los cálices durante el brindis. La música se aceleró. Nunca había imaginado un castillo con fantasmas que pudieran hacer tanto ruido o sonar tan… alegres.

No, esa no era la palabra correcta.

Más bien, desenfrenados.

Estaba maravillada por lo mucho que le recordaba al Día de Eostrig en Märchenfeld. No por la cacería, sino por la jovialidad, el regocijo, el clima de celebración.

Si los seres oscuros no hubieran sido unos asesinos despiadados, habría deseado unirse a ellos.

Así recordó la advertencia de Leyna, esperar a que estuvieran distraídos con la cacería antes de hacer su jugada.

Se mantuvo lo más baja que pudo y lentamente avanzó hacia adelante.

Si bien había una docena de botes atracados en el muelle, le resultó sencillo encontrar el que pertenecía al Cisne Salvaje. No era el más grande, ni el más nuevo ni el más agradable, aunque Serilda tampoco era una persona calificada para juzgar botes, pero estaba pintado con el mismo tono azul claro que la fachada de la posada, con un cisne blanco en un costado.

Nunca había estado en un bote, mucho menos había desatracado uno de un muelle para remarlo sola. Quizás pasó demasiado tiempo mirando la tabla de madera quemada por el sol y la cuerda deshilachada envuelta y atada alrededor de un poste de metal, intentando descifrar si debía desatar la cuerda antes o después de subirse. Y una vez a bordo, ¿cuánto se mecería el bote con su peso y cómo exactamente usaría esos dos míseros remos para girar entre todos los botes apretados como salchichas en el muelle?

Acercó el bote al borde del muelle hasta que golpeó levemente contra las tablas de madera. Luego de un momento de vacilación, se sentó en el borde del bote y metió un pie adentro para probar cuánto se movería. Descendió levemente con su peso, pero subió nuevamente. Exhalando, trepó con cierta dificultad al interior y se agachó casi hasta el suelo, donde un pequeño charco de agua fría le empapó la falda.

El bote no se hundió. Era algo alentador.

Le tomó otro minuto desatar y desenrollar la soga. Luego, usando la punta de uno de los remos, se alejó del muelle. El bote se meció de un modo amenazante y se chocó una y otra vez contra los botes vecinos a medida que se alejaba. Se encogió del miedo ante cada golpe, pero había un torneo estruendoso de arquería, luego de que algunos de los que no participaban de la cacería convirtieran al dios de la muerte en un blanco de tiro.

Le tomó siglos llegar a agua abierta. El bote era un trompo descontrolado, por lo que agradecía que la superficie del lago estuviera relativamente serena, ya que de otro modo habría estado sola a su merced. Así descubrió que había tenido mejor suerte usando los remos para empujarse con los otros botes que remando con ellos. Sin embargo, una vez que se alejó de los confines del muelle, no le quedó más opción que hacerlo. Se sentó de espaldas al castillo, tal como había visto a los pescadores hacerlo, tomó ambos remos con fuerza y empezó a moverlos en círculos algo extraños. Era mucho más difícil de lo que parecía. El agua resistía, los remos se sentían extraños e implacables en sus manos, y se veía constantemente obligada a corregir su rumbo cuando el bote giraba demasiado en una dirección y luego en la otra.

Finalmente, un par de eternidades después, se encontró a la sombra del castillo, justo debajo del puente.

Desde ese ángulo, la estructura se veía inmensa y ominosa. Los muros y torres de guardia se elevaban hacia el cielo cubierto de estrellas y ocultaban a la luna de su vista. Sus cimientos estaban hechos con rocas gigantes, sobre las cuales el agua golpeaba suavemente, un sonido agradable de no ser por el griterío fantasmal de la celebración en la costa.

Se detuvo y asomó la cabeza, intentando encontrar algún lugar en el que pudiera detenerse a salvo para poder subir por las rocas, pero estaba tan oscuro que lo único que podía ver era el resplandor de las rocas mojadas, prácticamente indistinguibles las unas de las otras.

Luego de un número de intentos de llevar el bote hacia la orilla, finalmente logró aferrarse a una roca de punta afilada y amarrar la soga a su alrededor. La ató lo mejor que pudo y rogó que el bote todavía siguiera allí para cuando regresara… y luego rogó que solo pudiera regresar.

Le hizo un nudo a su falda para no correr el riesgo de pisársela. Se las arregló para descender del bote del modo menos elegante y enseguida empezó a trepar. Las rocas se sentían resbaladizas, ya que la mayoría estaba cubierta por un musgo lodoso. Intentó no pensar en las criaturas que podrían estar ocultas debajo de las rocas filosas, garras, escamas y dientes pequeños a la espera de alguna mano vulnerable que se resbalara.

Pero no estaba haciendo lo mejor para no pensar en eso.

Finalmente, alcanzó el puente. Estaba vacío, pero no podía ver mucho el patio al otro lado del portón principal y no tenía forma de saber si había alguien o no.

–Ah, bien –dijo, asintiendo vigorosamente–. Ya estoy aquí.

Con una serie de gruñidos y quejidos, se subió. Colapsó sobre las tablas, pero rápidamente se levantó sobre sus manos y rodillas y miró a su alrededor.

No vio a nadie.

Se puso de pie y cruzó la puerta del castillo a toda prisa, antes de arrojarse hacia el contra el muro interior del castillo.

Inspeccionó la muralla exterior, los establos, los caniles, la colección de almacenamiento y los edificios que rodeaban su borde. No vio a nadie y no escuchó nada más además de su propia respiración, sus propios latidos, el sonido distante de las flechas clavándose en la madera y el bullicio que seguía, y los resoplidos cercanos del bahkauv en el establo.

De acuerdo con la historia de Leyna sobre Vergoldetgeist, Gild muy probablemente estaría en la muralla externa del castillo, quizás en una de las torres con vista al otro lado del lago. Supuso que tendría que adivinar exactamente cómo subir hasta ese lugar. Nunca había estado en la parte trasera del castillo o en la muralla externa, pero estaba empezando a entender lentamente la disposición del lugar.

Se tomó un momento para inspeccionar las murallas del castillo y, si bien había antorchas que iluminaban el parapeto, no vio ningún movimiento, ni a Gild.

Quería verlo. Casi ansiaba verlo, por lo que se repitió a sí misma que era porque necesitaba preguntarle si sabía o no si su madre estaba en la corte del rey. Era un misterio que no dejaría de carcomerle la mente.

Pero también había otro misterio. No había sido parte de su plan, pero ahora que estaba en medio del patio, con esos vitrales destellantes que la miraban desde la torre principal del castillo, se preguntó si tendría otra oportunidad de explorar el castillo con el velo y la corte ausentes.

Quizás podría echarle un vistazo rápido, se dijo a sí misma. Solo quería ver qué había detrás de esa puerta, ver el tapiz que tanto le había llamado la atención.

Luego iría a buscar a Gild.

No le tomaría mucho tiempo y tenía toda la noche.

Mirando nuevamente a su alrededor, cruzó a toda prisa el patio y entró a la torre.

CAPÍTULO TREINTA Y UNO

Por alguna razón, el castillo se veía más tenebroso a este lado del velo, con sus tapices, cuadros y muebles limpios y ordenados, acompañados por chimeneas y antorchas encendidas en cada corredor y candelabro. Y, sin embargo, no había ni un alma a su alrededor. Y si hubo vida hacía solo unos segundos, se había extinto como la llama de una vela.

Para este momento, conocía suficiente los pasajes como para encontrar su camino con facilidad hacia la escalera que llevaba al corredor de los dioses, como había decidido llamar a la habitación de los vitrales. Solo había estado en ese corredor durante el día, cuando los cristales estaban destrozados, el marco roto y la decoración hecha con telarañas polvorientas y enormes.

Era diferente por la noche. La luz provenía de los candelabros de pie, no del sol, y si bien seguía siendo encantador, los vitrales no resplandecían.

Su paso fue rápido cuando dobló en la esquina. El corredor angosto estaba justo delante de ella, los vitrales a un lado, las puertas cerradas al otro. Los candelabros rebosaban de cera en lugar de arañas.

La puerta al final estaba cerrada, pero podía ver cierto rastro de luz que se abría paso por debajo de la puerta.

Incluso al ser consciente de que el castillo estaba vacío, se movía con cautela, sus pisadas amortiguadas por la alfombra suave.

Su latido se sentía intenso en sus oídos cuando llegó a la puerta, temiendo que estuviera cerrada. Pero cuando levantó el pestillo, se abrió sin mayor dificultad.

Aguantó la respiración mientras la abría. La luz que había visto parecía provenir de una única vela ubicada al borde de piedra justo al otro lado de la puerta. Ingresó, tomándose unos segundos para que sus ojos se acostumbraran a la falta de luz.

Sus ojos se posaron sobre una cortina de encaje fino que colgaba del techo, envolviendo una jaula en el centro de la habitación.

Se quedó congelada. Las jaulas eran para los animales. ¿Qué clase de criatura esconderían en una habitación como esa? Entrecerró los ojos, pero apenas pudo ver un bulto detrás de los barrotes, inmóvil.

¿Estaría dormida?

¿Muerta?

Manteniéndose completamente quieta, sus ojos se posaron sobre la pared en la que había visto el tapiz.

Frunció el ceño.

Estaba allí, pero al contrario del mundo de los mortales, no lucía tan pulcro como al otro lado del velo. Aquí, estaba completamente desgarrado. Podía ver muy poco de la escena, un jardín frondoso por la noche, iluminado por una luna plateada y una docena de faroles. En el jardín se podía ver la figura de un hombre con barba con un jubón y una corona dorada. Pero había algo que estaba mal. Sus ojos eran demasiado grandes, su sonrisa demasiado amplia.

Se acercó, incluso a medida que un temor silencioso mordía su interior.

Una vez que sus ojos se acostumbraron a la luz de la vela, se quedó congelada. El tapiz no mostraba el rostro de un rey honrable. Sino una calavera. Un cadáver vestido de gala.

El hombre estaba muerto.

Temblando, tomó uno de los trozos de tela cocida y vio una segunda figura, más pequeña, cortada a la mitad, aunque se podía ver con claridad que era una niña con una falda inflada y mangas infladas y…

Rizos tupidos.

Su corazón se detuvo.

¿Podía ser la niña del relicario?

Serilda estaba a punto de sujetar otro retazo cuando, por el rabillo de sus ojos, una sombra oscura se lanzó hacia ella.

Su grito se encontró con un chillido estridente. Apenas tuvo tiempo de levantar los brazos. El monstruo hundió sus garras sobre sus hombros, sus alaridos inundaron sus pensamientos.

Y ya no estaba en el castillo.

Estaba parada frente a la escuela en Märchenfeld o… lo que solía ser la escuela, reconocible apenas por sus persianas amarillas. Pero estaba incendiada y un humo negro impregnaba todo el aire. Empezó a toser, intentando taparse la boca, cuando oyó los gritos.

Los niños.

Estaban adentro.

Atrapados.

Se apresuró a ingresar, ignorando la sensación punzante en sus ojos, cuando de repente una mano la llevó hacia atrás y la mantuvo firme.

—No seas una tonta —dijo la voz del Erlking, con un tono insólitamente calmo—. No puedes salvarlos. Ya te lo dije, Lady Serilda. Tendrías que haber hecho lo que te ordené.

—¡No! —exclamó ella, horrorizada—. ¡Lo hice! ¡Hice lo que me pidió!

—¿En serio? —La pregunta fue seguida de una risa profunda—. ¿O has estado intentando venderme una mentira? —La volteó para enfrentarla, sus ojos amargos llenos de frialdad—. Esto es lo que ocurre con aquellos que me traicionan.

Su rostro se desvaneció y quedó reemplazado por un torrente de imágenes, demasiado grotescas para procesar. El cuerpo de su padre boca abajo en un campo mientras un grupo de aves carroñeras se alimentaban de sus entrañas. Anna y sus dos hermanos menores encerrados en una jaula mientras unos goblins se burlaban de ellos y los pinchaban con ramas. Nickel y Fricz devorados por los sabuesos, destrozados por sus colmillos sin piedad. Leyna y su madre juntas mientras una bandada de nachtkrapp las atacaban una y otra vez con sus picos filosos apuntados a sus ojos vulnerables, sus corazones suaves, sus manos que intentaban desesperadamente mantenerse juntas. Gild clavado como una polilla a una rueca inmensa que giraba y giraba sin parar…

Un rugido feroz se extendió por este mundo de pesadillas.

Las garras se apartaron de sus hombros. El chillido quedó silenciado.

Intentó recuperar la consciencia, pero la pesadilla aún la acechaba con la amenaza de volver. Desde algún lugar más allá de la oscuridad, pudo escuchar una pelea. Los siseos furiosos del drude. Los golpes y gruñidos de una batalla.

Su voz. *¡No la vuelvas a tocar!*

No creía que fuera posible, pero logró levantarse y abrir los ojos. Pero se cerraron de inmediato, resguardándose de la tenue luz de la vela. En ese momento lo había visto. Una figura armada con una espada, una espada de verdad. Salvo que, en lugar de destellar plateada, parecía estar hecha de oro.

Entrecerró la vista una vez más y levantó un brazo para bloquear la luz de la vela.

Fue en ese instante que vio a Gild clavándole el arma con destreza en la barriga al drude.

Un sonido gorjeante. El hedor de las entrañas.

Otro aleteo de alas, otro grito ensordecedor.

—¡Gild! —logró exclamar Serilda entre dientes.

El segundo drude fue por su cabeza, sus garras listas para clavarse con fuerza.

Gild gritó y retiró la espada del cuerpo del primer drude. Con un movimiento feroz, volteó y le cortó una de las alas al segundo atacante.

El sonido que emitió fue agónico y horroroso, a medida que colapsaba en el suelo. Al caer hacia atrás, mientras una de sus alas aleteaba inútilmente, le siseó a Gild con su lengua puntiaguda.

El rostro de Gild quedó consumido por la ira al arremeter contra la bestia, clavándole la espada en el pecho, en donde suponía que estaba su corazón.

El siseo del drude empezó a sonar ahogado. Un líquido negro brotó de su boca hasta alcanzar la espada.

Respirando con dificultad, Gild sacó la espada, haciendo que el drude colapsara de lado a un lado de su compañero. Dos montículos espeluznantes de piel púrpura y alas membranosas.

Se quedó allí parado por un momento largo, sosteniendo la empuñadura de la espada, sus ojos moviéndose frenéticamente por toda la habitación. Estaba temblando.

—¿Gild? —susurró Serilda, su voz áspera por haber gritado tanto.

Giró hacia ella con los ojos bien abiertos.

—¿Qué ocurre contigo? —gritó.

Serilda se sobresaltó. Su ira la ayudó a quitarle un poco la parálisis de las pesadillas.

—¿Qué?

—¿Un drude no era suficiente? —Extendió una mano hacia ella—. Vamos. Vendrán más. Tenemos que irnos.

—¿Tienes una espada? —le preguntó, algo desconcertada a medida que él la ayudaba a ponerse de pie. Para su sorpresa, y un poco de decepción, le soltó la mano en el instante en que se levantó.

—Sí, pero hace mucho que perdí la práctica. Tuvimos suerte. Esas cosas me pueden torturar con la misma facilidad que te pueden torturar a ti.

Asomó la cabeza hacia el pasillo para asegurarse de que estuviera vacío, antes de hacerle un gesto para que lo siguiera. Ella avanzó, pero justo antes de doblar en la esquina sus piernas cedieron y colapsó contra la pared.

Gild retrocedió hacia ella.

—Lo siento —tartamudeó Serilda—. Es solo… no puedo dejar de temblar.

Sus facciones se impregnaron de simpatía. Acercándose, la tomó por el codo, infinitamente más tranquilo que hacía solo unos momentos.

—No, yo lo siento —dijo él—. Estás herida… y asustada.

No estaba pensando en su hombro, pero una vez que lo

mencionó, repentinamente sintió una puntada donde el drude había clavado sus garras.

—Igual que tú —le dijo, observando un rastro de sangre que se abría paso sobre la frente de Gild por las heridas que tenía en su cabeza—. Herido.

Hizo una mueca de dolor.

—No es tan grave. Sigamos avanzando. Te voy a ayudar a caminar.

Cuidadosamente arrojó la espada hacia un rincón para poder sujetarla desde la cintura, una mano aferrada con fuerza a sus piernas, mientras pasaban junto a los vitrales y descendían por la escalera. La llevó hacia el gran salón y la ubicó frente al hogar. El guiverno rubinrot los observaba desde su lugar sobre el marco de la chimenea, sus ojos destellando con la luz de cientos de velas. Su apariencia real la hacía sentir algo incómoda, pero Gild parecía apenas notarlo, por lo que decidió no molestarlo.

Arrodillándose, Gild se acercó a inspeccionar su frente, como si estuviera asegurándose de que no tuviera fiebre. Pero inesperadamente quedó congelada y retiró la mano hacia atrás, llevándola cerca de su pecho. Una expresión de angustia se presentó en su rostro, pero desapareció en un instante y quedó reemplazada por preocupación.

—¿Cuánto tiempo te tuvo allí antes de que yo llegara?

Serilda empezó a sentarse más derecha y, una vez más, los dedos de Gild se flexionaron sobre ella. El movimiento fue breve y, de inmediato, empezó a presionar ambas palmas sobre sus rodillas. Ella las miró y notó que sus dedos estaban clavados con fuerza, sus nudillos blancos.

—No lo sé —le respondió ella—. Pasó tan rápido. ¿Qué hora es?

—Quizás… ¿dos horas pasadas el anochecer?

—No mucho entonces, no lo creo.

Gild exhaló profundo y un poco de la preocupación se borró de su ceño.

—Bien. Pueden torturarte por horas hasta que tu corazón se detiene. Cuando ya no puedes tolerar más el terror y tú tan solo… te rindes. —Miró a Serilda a los ojos–. ¿Qué estabas pensando al regresar a ese lugar?

—¿Cómo sabes que ya estuve allí?

Su reacción fue como si le estuviera haciendo una pregunta ridícula.

—¡Después de la Luna del Hambre! Cuando estabas corriendo por tu vida. ¿Y luego vuelves durante el equinoccio, cuando el rey ni siquiera te llamó, y te metes directo en esa habitación de los horrores?

A pesar de su explicación, Serilda sintió que su corazón se detuvo.

—Fuiste tú. Con el candelabro. Tú atacaste al drude la última vez.

—¡Claro que fui yo! ¿Quién más creíste que era?

Había pensado que así era… incluso, lo había deseado. Pero no estaba tan segura.

Hizo a un lado la frustración y le preguntó.

—¿Cómo me encontraste? ¿Cómo sabías que estaba allí?

Gild se meció sobre sus talones, alejándose centímetro a centímetro.

—Estaba en la casa del guarda, justo arriba de la entrada, cuando te vi corriendo por el patio. —Negó con la cabeza y sonó dolorido cuando agregó–. Creí que me estabas buscando.

—¡Y lo estaba haciendo! —exclamó. Gild frunció el ceño, para nada convencido, y con justificación–. Iba a hacerlo —se corrigió–. Es solo que creí que esta sería mi mejor oportunidad de ver qué había en esa habitación.

–¿Por qué te importa tanto esa habitación? ¡Hay *drudes* en ese lugar!

–¡Creí que el castillo estaría vacío! ¡Todo el mundo se supone que está en el festín!

Él rio.

–Los drudes no van a fiestas.

–Ahora lo sé –replicó enseguida y luego intentó apaciguar su mal temperamento. Si tan solo pudiera hacérselo entender–. Hay algo allí. Un… tapiz.

De pronto, la expresión de Gild se tornó más desconcertada.

–Hay cientos de tapices en este castillo.

–Este es diferente. En mi lado del velo no está destruido como todo lo demás. Y cuando entré esta noche… había una jaula. ¿La viste? –Se inclinó hacia adelante–. ¿Qué tendrá el Erlking en ese lugar como para necesitar una jaula?

–No lo sé –le contestó encogiéndose de hombros–. ¿Más drudes?

Puso los ojos en blanco.

–No lo entiendes.

–No, no lo entiendo. Podrías haber muerto. ¿No te importa eso?

–Claro que me importa –respondió, ahora con una voz más baja–. Pero también presiento que hay algo… importante. Tú mencionaste que puedes ir a cualquier parte del castillo. ¿Nunca fuiste allí?

–*No* –le contestó–. Porque, de nuevo, y no lo puedo enfatizar demasiado, allí es donde están los drudes. Y es una idea horrible cruzarse con uno de ellos. Los evito siempre que puedo y tú también deberías.

Serilda se cruzó de brazos y frunció los labios. Quería decirle que lo haría, pero la frustración de no tener respuestas para ninguna de sus preguntas, ningún misterio resuelto, no la dejaba dormir en paz.

—¿Qué tal si protegen algo? ¿Algo que el Erlking no quiere que nadie descubra?

Gild abrió la boca, preparando otra respuesta, pero luego vaciló. Frunció el ceño, cerró la boca y consideró lo que le acababa de decir. Luego suspiró y sus ojos se posaron sobre las manos de Serilda. Avanzó levemente y ella creyó que iba a tomar sus manos entre las suyas. Pero en su lugar, las apoyó sobre los almohadones a cada lado de sus rodillas.

Cuidadoso de no tocarla.

—El Erlking tiene sus secretos —le dijo—, pero sea lo que sea que haya en esa habitación no vale la pena arriesgar la vida. Por favor, por favor, no intentes entrar otra vez allí.

Serilda desplomó sus hombros.

—Yo… no volveré a entrar allí… —el alivio se apoderó del rostro de Gild—, sin estar preparada.

Gild se tensó.

—Serilda, no. No puedes…

—¿Dónde conseguiste esa espada?

Gild le lanzó una mirada fulminante por el cambio repentino de tema. Luego resopló y se puso de pie.

—La armería. El Erlkönig tiene suficientes cosas filosas y mortales para armar a un ejército completo.

—Nunca vi una espada dorada como esa.

Gild empezó a pasar una mano sobre su cabello, luego se detuvo y la apartó, mirando las manchas de sangre entre sus dedos.

—Toma —le dijo y se paró a su lado, sus piernas ya no amenazaban con hacerla colapsar. Tomó una punta de su capa y se la acercó a su frente. Gild hizo una mueca de dolor.

—Quédate quieto. No dolerá.

La miró algo irritado, como si se hubiera sentido insultado. Pero no se movió mientras le limpiaba suavemente la sangre, ya seca sobre sus cejas.

—El oro es una elección horrible para un arma —le confesó Gild con una voz extrañamente distante, sin apartar los ojos del rostro de la joven—. Es un metal muy suave. Se desafila con facilidad. Pero muchas criaturas mágicas detestan el oro, incluidos los drudes.

—Listo —dijo ella, dejando caer la punta de su capa—. Un poco mejor, aunque necesitaremos agua para quitar el resto.

—Gracias —murmuró Gild—. ¿Tu hombro?

—Estará bien. —Bajó la vista para ver los cortes que las garras del drude le habían dejado sobre su ropa—. Me preocupa más mi capa. Es mi favorita. Y no soy la mejor remendando ropa.

La sonrisa de Gild fue vacilante. Luego, como si repentinamente entendiera lo cerca que estaban, dio un paso hacia atrás.

Serilda se sintió algo herida. La última vez que lo había visto, había estado tan ansioso de tomarla de la mano, de abrazarla mientras lloraba, incluso de darle ese beso agitado.

¿Qué había cambiado?

—No vine aquí solo para ver esa habitación —le confesó—. Vine a verte a ti. Ni bien supe del Festín de la Muerte, y que el rey y su corte no estarían en el castillo, creí que… Bueno, no sé lo que creí. Solo quería verte. Sin estar encerrada con una montaña de paja.

Gild lucía casi lleno de esperanza al oír eso, incluso mientras frotaba sus manos y se alejaba otro paso de ella.

—Aunque no lo creas, esta es una noche importante para mí.

—¿Ah?

Sonrió, la primera sonrisa genuina que había visto en él en toda la noche. Esa mirada traviesa otra vez.

—De hecho, creo que podrías ayudarme.

CAPÍTULO TREINTA Y DOS

—¿Te pasaste un año entero haciendo esto? –le preguntó Serilda, arrodillándose sobre un pequeño baúl lleno de pequeños objetos de oro. Levantó una figura con forma de caballo, creada enteramente con un hilo entrelazado de oro, similar a los hilos dorados que le había visto hacer con la paja.

—Eso y salvarte la vida –le contestó, reclinándose sobre el parapeto–. Me gusta estar ocupado.

Serilda lo miró con bondad. Poniéndose de pie, se asomó por el borde de la muralla y miró hacia las rocas abajo y el lago que reflejaba a la luz de la luna como si formara un sendero sobre su superficie.

—¿Para qué crees que el Erlking quiere el oro? –le preguntó–. De todos modos, dudo que sus intenciones sean tan benevolentes como las tuyas.

Gild resopló.

—Es verdad. Sospecho que algunas de estas piezas serán para pagar el festín que está disfrutando ahora mismo.

No parecía ocultar su resentimiento.

—Y, aun así —agregó Serilda—, ¿qué necesidad tiene de tener riquezas?

Gild movió la cabeza de lado a lado, la mirada perdida en las rocas abajo, aunque estaba demasiado oscuro como para ver los objetos que habían arrojado y los que encontrarían los nadadores y pescadores de Adalheid al día siguiente.

—No lo sé. Almacenaba el oro en la bóveda debajo de la torre principal. Yo iba de vez en cuando para ver si lo había cambiado de lugar, pero no parecía hacer nada. Y un día, luego de la Luna del Cuervo, bajé y ya no estaba allí. Nada. —Se encogió de hombros—. Quizás se empezó a preocupar de que se lo robara. Y puede que haya pensado hacerlo. —Sus ojos destellaron con cierta travesura, pero la borró de inmediato—. No sé a dónde lo movió. Ni para qué lo quiere. Tienes razón. Nunca lo había visto estar tan interesado en las riquezas de los humanos. Solo en los sabuesos, armas y algún festín ocasional. Y sirvientes. Disfruta mucho que le sirvan.

—¿Todos los sirvientes son fantasmas?

—No, también tiene kobolds, goblins, nachtkrapp…

Serilda presionó sus labios, preguntándose si debía contarle a Gild sobre el nachtkrapp que la había estado observando desde el comienzo del nuevo año.

Aunque ya no importaba. Ya no estaba intentando escapar.

—¿Y *tú* eres uno de sus sirvientes? —le preguntó en su lugar.

Gild la miró, sus ojos destellando.

—Claro que no. Yo soy el poltergeist.

Serilda puso los ojos en blanco. Parecía demasiado orgulloso de su papel del residente problemático.

—¿Sabes cómo te llaman en Adalheid?

Esbozó una amplia sonrisa.

—El Fantasma del Oro.

—Exacto. ¿A ti se te ocurrió?

Negó con la cabeza.

—No recuerdo cuando tuve la idea de empezar a arrojarles obsequios. Al principio, lo hice para divertirme y no estaba muy seguro de que alguien alguna vez los encontrara en esta parte del castillo. No mucha gente disfruta aventurarse tan cerca de un castillo embrujado. Pero cuando alguien descubrió algunos de los regalos, todos empezaron a venir en busca de más. Es mi época favorita del año, después del Día de Eostrig, cuando puedo pararme y observarlos cómo buscan el oro abajo. Es el único momento en que están lo suficientemente cerca como para escucharlos. Incluso recuerdo, hace mucho tiempo, que hablaban de su… *benefactor*. Vergoldetgeist. Supongo que se referían a mí. Y espero… quiero decir, quiero que sepan que los fantasmas en este castillo no son crueles.

—Lo saben —le contestó, tomándolo del brazo—. En gran medida, gracias a tus regalos Adalheid ha prosperado todos estos años. Lo aprecian mucho, te lo aseguro.

Gild sonrió, pero enseguida su sonrisa se tornó algo tensa y apartó el brazo. Tomó la figura del caballo y se alejó por la muralla.

Serilda se sintió angustiada.

—¿Qué ocurre?

La expresión de Gild era muy inocente cuando volteó hacia ella.

—No pasa nada. —Llevó el brazo hacia atrás y arrojó el caballo hacia el lago.

Serilda se asomó por la muralla, pero estaba demasiado

oscuro como para ver algo. Oyó un *tin-tin* cuando el caballo se estrelló contra las rocas, seguido de un *glup* en el agua.

—Me gustaría que estén bien dispersos —dijo él—. Algunos en el agua, otros en las rocas… para que sea una especie de juego, ¿sabes? A todos les gustan los juegos.

Serilda quería mencionar que, probablemente, a los aldeanos les interesaba más el oro que un juego, pero no quería arruinar su diversión. Aunque entendió lo *divertido* una vez que tomó una mariposa y un pez dorado y los arrojó hacia las rocas abajo. Mientras "trabajaban", Serilda le contó a Gild más sobre Leyna, Lorraine y Frieda, la bibliotecaria. Le contó sobre Madam Sauer, la escuela y sus cinco niños favoritos en todo el mundo.

Pero no le contó sobre su padre. No confiaba en que ella misma no llorara.

Gild parecía tan entusiasmado de escuchar sus historias, historias reales, por fin, como cuando le había contado la historia de la princesa secuestrada, y Serilda comprendió que ansiaba tener novedades del mundo de afuera. Para establecer esa conexión humana, no solo física, sino también emocional.

No les llevó mucho tiempo vaciar el baúl, aunque, una vez que lo hicieron, no parecían tener intenciones de marcharse, ya que se sentían alegres allí parados lado a lado, observando las calmas aguas del lago.

—¿Tienes algún amigo aquí? —le preguntó con cierta indecisión—. De seguro te llevas bien con alguno de los otros fantasmas.

En ese instante, Gild apartó la mirada, presionando un dedo sobre la herida en su cabeza distraídamente.

—Supongo. La mayoría son agradables. Pero es complicado cuando ellos no están… —buscó la palabra correcta—. ¿Cuándo no son precisamente sus propios dueños?

Serilda volteó hacia él.

—¿Por ser sirvientes del Erlking y los seres oscuros?

Asintió.

—No es solo porque sean sirvientes. Cuando se lleva a un espíritu a su corte, él se apodera de ellos. Puede obligarlos a hacer lo que quiera. Hay muchos de esos ahora, así que la mayoría puede estar, en gran medida, solos, a menos que alguien sea lo suficientemente desafortunado de convertirse en el favorito del rey. A veces, creo que Manfred preferiría clavarse algo en su otro ojo que acatar otra orden más. Pero ¿qué opciones tiene?

—¿Manfred? El cochero, ¿verdad?

Asintió.

—Se convirtió en el favorito del rey para su eterno disgusto, creo, aunque nunca lo escuché decir mucho. En verdad es alguien muy capaz.

—¿Qué hay de ti?

Negó con la cabeza.

—Yo soy diferente. Nunca tuve que seguir órdenes y no sé por qué. Y agradezco que así sea, claro. Pero al mismo tiempo…

—Ser diferente te hace sentir marginado.

La miró fijo, sorprendido, pero Serilda simplemente sonrió.

—Exacto. Es difícil estar cerca de alguien cuando no puedes confiar en nadie. Si les digo algo, me arriesgo a que se lo reporten al rey.

Serilda se lamió los labios, un gesto que captó la atención de Gild momentos antes de apartar rápidamente su mirada hacia el lago. Sintió su estómago revolviéndose y no pudo evitar recordar la última vez que lo había visto, cuando le había dado un beso, rápido y desesperado, para luego desvanecerse.

Ahora, tan cerca de él, el recuerdo la hizo sentir algo mareada. Se aclaró la garganta e intentó apartarlo de su mente, recordándose a sí misma la pregunta que más deseaba responder esa noche.

—Sé que todos estos fantasmas tuvieron muertes horribles —le dijo con un tono cuidadoso—. Pero… ¿todos murieron aquí? ¿En el castillo? ¿O el rey los secuestra en… sus cacerías?

—A veces trae otros espíritus. Pero pasó mucho tiempo desde la última vez que lo hizo. Creo que quizás el castillo está un poco abarrotado para su gusto.

—¿Y qué me dices quizás… hace dieciséis años? ¿Recuerdas que alguna vez haya traído el espíritu de una mujer?

Gild frunció el ceño.

—No estoy seguro. Los años tienden a mezclarse mucho. ¿Por qué?

Serilda suspiró y le contó la historia que su padre le había contado sobre que su madre fue atrapada por la cacería cuando Serilda tenía solo dos años. Cuando terminó, Gild tenía una expresión compasiva, incluso mientras movía la cabeza de lado a lado.

—La mayoría de los fantasmas que conozco han estado aquí el mismo tiempo que yo. En ocasiones, trae espíritus que encuentra durante la cacería… pero me resulta difícil tener noción del tiempo. Dieciséis años… —se encogió de hombros—. Supongo que podría estar aquí. ¿La puedes describir?

Le contó lo que su padre le había dicho. No era mucho, pero creía que el diente partido sería un rasgo bastante distintivo. Cuando terminó, pudo ver que Gild estaba pensando con toda su voluntad.

—Puedo preguntar, supongo. Ver si alguien recuerda haber abandonado a un bebé.

Su corazón se llenó de esperanza.

—¿Lo harías?

Gild asintió, aunque se lo veía algo inseguro.

—¿Cómo se llama?

—Idonia Moller.

—Idonia —repitió, comprometido a recordar—. Pero, Serilda, debes saber que el rey no trae muchos espíritus de la cacería. A la mayoría simplemente...

Una sensación de decepción se revolvió en su interior. Recordó la visión del drude con su padre recostado boca abajo en un campo.

—Los abandona para morir.

—Lo siento —dijo Gild con una expresión desolada.

—No te preocupes. Es mejor. Prefiero que esté en Verloren, en paz —aseguró, aunque no sabía si lo decía en serio—. Pero ¿intentarás encontrarla? ¿Para ver si está aquí?

—Si eso te hace feliz, claro.

El comentario la sorprendió, junto con la simpleza con la que lo dijo. No sabía si eso la haría feliz, suponía que dependía de lo que averiguara, pero, de todas formas, la idea de que tal vez se preocupara por ayudarla le llevó calidez a esos lugares fríos de su interior.

—Ya sé que no es lo mismo —agregó—, pero yo tampoco recuerdo a mi madre. O a mi padre.

Serilda abrió los ojos bien en grande.

—¿Qué ocurrió con ellos?

Dejó salir una risa suave y amargada.

—No tengo idea. Quizás nada. Es otra cosa que me hace diferente. La mayoría recuerda *algo* de sus vidas pasadas. Sus familias, la clase de trabajo que tenían. La mayoría trabajaba aquí en el castillo, algunos inclusos se conocían. Pero si yo viví aquí, nadie me recuerda, y yo no los recuerdo.

Serilda empezó a acercarse, pero entonces recordó cómo se había apartado de ella cada vez que lo hacía, así que formó un puño con la mano y lo estrelló contra la pared.

—Desearía hallar la forma de ayudarte. De ayudarlos a todos.

—Lo deseo todos los días.

Una carcajada resonó a su alrededor. Serilda se quedó congelada e, instintivamente, sujetó el brazo de Gild.

—Es solo un hobgoblin —le aclaró con un tono de voz grave, mientras apretaba con fuerza la mano de Serilda—. Se supone que deben patrullar la muralla de vez en cuando. Para asegurarse de que nadie se escabulla a la casa del guardia y levante el puente levadizo mientras todos están en el pueblo.

Su tono sostenía algo de humor. Serilda lo miró, escéptica.

—Lo hice durante dos años seguidos. Pero creo que le hice un favor, para alentarlo a darles más responsabilidad. Nadie quiere tener un hobgoblin desocupado cerca. Su idea de diversión es apagar todos los fuegos en la torre y luego esconder la fajina.

—Deben llevarse muy bien entonces.

Esbozó una sonrisa.

—Esconder la fajina puede que también haya sido idea mía.

La risa se tornó en un silbido fuerte, una melodía vivaz que cortaba el silencio de la noche. Parecía estar acercándose.

—Vamos —dijo Gild, llevándola nuevamente hacia la torre—. Si te ve, no confío en que no te delate al Erlkönig.

Estaban a mitad de camino en los escalones de la torre cuando Gild pareció comprender que estaba sujetando la mano de Serilda. De inmediato, la soltó y empezó a pasar los dedos sobre las líneas de argamasa en la pared.

Serilda frunció el ceño.

—¿Gild? —No la miró, pero emitió un gruñido con tono de pregunta. Serilda se aclaró la garganta—. No tienes que decirme si no quieres, pero… no puedo evitar notar que tú… que no quieres que te toquen esta noche. Y eso… bueno, está bien, es tu elección, claro. Es solo que, antes, siempre parecías más…

Se detuvo tan rápido que Serilda casi se estrella contra él.

—¿A qué te refieres con que *yo* no quiero que me toquen? —preguntó, volteando para enfrentarla con una sonrisa trémula.

Serilda parpadeó.

—Bueno, eso es lo que parece. Sigues apartando tu mano de mí. No quisiste estar cerca de mí en toda la noche.

—¡Porque no puedo…! —se interrumpió de inmediato, inhalando profundo. Esbozó una sonrisa, como si estuviera ocultando su reacción—. Lo siento. Te debo una disculpa. Lo sé —le dijo con unas palabras que sonaron como un conejo asustadizo que escapaba entre ellos—. Pero no sé cómo decirlo.

—¿Una disculpa?

Cerró los ojos. Parecía un niño malhumorado que *en verdad* no quería decir qué había hecho mal, pero lo haría bajo la amenaza de no comer postre.

—No debería haberte besado —confesó—. No fue… digno de un caballero. Y no volverá a pasar.

La respiración de Serilda se entrecortó.

—¿Caballero? —le preguntó, su mente aferrada a una de las pocas palabras que no se sentía punzante.

Abrió los ojos, claramente irritado.

—Más allá de lo que creas, tengo honor. —Pero luego bajó la cabeza, su expresión pasando casi instantáneamente de molesta a arrepentida—. Me arrepentí ni bien te fuiste. Lo siento.

Se arrepintió.

Esas únicas palabras fueron suficientes para cortar cada fantasía que Serilda había creado en su cabeza durante las últimas semanas. Pero en lugar de dejar que la afectaran, se aferró a la segunda emoción que había brotado en su despertar. Ira.

Se cruzó de brazos y avanzó unos pasos más para estar a la misma altura que sus ojos.

–¿Por qué lo hiciste entonces? No te lo pedí en ningún momento.

–Sí, lo sé. Es solo eso. –Sus manos se desplomaron, aunque su ira parecía estar igualando la de Serilda.

Lo cual era ridículo. ¿Por qué estaría enojado?

–No esperaba que lo entendieras. Y… no inventaré ninguna excusa. Lo siento. Eso es lo único que tengo para decir.

–No estoy de acuerdo. Creo que merezco una explicación. Fue mi primer beso, por si te interesa saberlo.

Gild gruñó, pasando una mano por su rostro.

–No me digas eso.

–Ah, mírame, Gild. En verdad no puedes pensar que tengo un rebaño de pretendientes esperando su oportunidad para cargarme entre sus brazos. Ya me estaba amigando con la idea de estar soltera toda la vida.

Las facciones de su rostro se tensaron de un modo que lo hacían ver dolorido. Abrió la boca, pero la cerró de inmediato. Apoyó un hombro contra la pared y dejó salir un suspiro pesado.

–Yo también.

Parecía una confesión, una que Serilda no estaba segura de haber escuchado con claridad.

–¿Qué?

–No, no debería decir eso. No sé si sea verdad. Pero… si alguna vez besé a alguien, no lo recuerdo y, por lo que sé, este también fue el primero para mí. Y hasta que te conocí, estaba seguro de que nunca… –la miró y enseguida apartó la mirada–. No puedo… Haberte conocido… Creí que era imposible. Creí…

Su voz estaba saturada de emociones, por lo que el pulso de Serilda se aceleró. De pronto, entendió lo que estaba queriendo decir.

—Has estado solo –le dijo suavemente–. Creíste que siempre estarías solo.

—Me preguntaste si tenía amigos aquí. Y sí, me agradan algunos de los otros fantasmas, incluso me preocupo por su bienestar. Pero nunca... –empezó a buscar algo con la mirada–. Nunca sentí algo como... esto. Y estoy seguro de que nunca quise besar a nadie.

Y así, la chispa de esperanza se volvió a encender en su pecho.

Incluso aunque, siendo realista, supiera que no era una victoria estar al mismo nivel que un grupo de espíritus.

—Imagino lo difícil que debe haber sido para ti –le dijo–, en especial cuando sabes que no tendrá un final. Puedo ver que quizás... te sientas atraído a la primera chica que... bueno, a mí. –Levantó la barbilla–. Para que conste, no estoy furiosa por el beso.

Era verdad.

No estaba furiosa.

Aunque sí quizás un poco herida.

Sabía cuál podía ser la verdad, pero ahora se lo acababa de confirmar. Podría haber sido cualquiera. Él habría estado desesperado de tocar a *cualquiera*.

Ella no podía pretender otra cosa.

Y si bien el afecto físico no era algo que debía forzarse, o incluso robarse, se le ocurrió en ese momento que podría ser un regalo que estaba dispuesta a dar. No como parte de pago. No como algo para negociar. No porque se sintiera culpable.

Sino porque quería.

—Gild –le dijo con suavidad. Extendió una mano hacia adelante, deslizó su mano sobre la suya y entrelazó los dedos, uno por uno. Pudo notar que el cuerpo entero de Gild se tensó–. No espero nada de ti. Quiero decir, espero que, si el Erlking sigue amenazándome, puedas seguir ayudándome. Pero además de eso... no es que estoy enamorada de ti. Y estoy segura de que tú nunca estarás enamorado de mí.

Gild frunció el ceño, pero no respondió.

—Espero que sigamos siendo amigos. Y si un amigo alguna vez necesita un abrazo o tomarme de la mano por un rato o... simplemente sentarse y estar juntos, no me molestaría.

Gild se quedó en silencio mirando sus dedos entrelazados como si estuviera preocupado de que ella los fuera a retirar en cualquier momento.

Pero no lo hizo. No desapareció.

Finalmente, levantó su otra mano y sostuvo la mano de Serilda entre las suyas. Se acercó y apoyó suavemente la frente contra la suya, sus ojos cerrados.

Luego de un momento de vacilación, Serilda pasó su brazo libre sobre sus hombros. Gild acercó su cuerpo, luego bajó la cabeza y la apoyó sutilmente sobre su hombro. Serilda aguantó la respiración, como si esperara que sus labios se encontraran con los suyos. Pero en su lugar, descansó el rostro sobre su cuello. Un segundo más tarde, sus dos brazos estaban alrededor de ella, acercando su cuerpo hacia el suyo.

Serilda inhaló profundo, buscando una esencia que siempre relacionaría con este momento. Aún podía recordar bailar con Thomas Lindbeck dos años atrás esta misma noche y cómo llevaba la esencia de la granja de su familia. Luego recordó que su padre siempre olía a madera quemada y a la harina del molino.

Pero si Gild cargaba alguna esencia, no podía sentirla.

Aun así, sus brazos eran fuertes. El roce de su cabello contra sus mejillas y su cuello de lino sobre su garganta se sentían reales.

Se quedaron en esa posición por lo que se sintió como una eternidad en la ausencia absoluta del tiempo. Quizás ella había tomado su mano pensando que le estaba haciendo una especie de favor, pero una vez que su cuerpo se derritió en su abrazo, comprendió lo mucho que ella también necesitaba eso. La sensación de que este muchacho quería abrazarla tanto como ella a él.

Por un momento, creyó sentir el latido de su corazón sobre su cuerpo, pero luego comprendió que era solo su propio corazón latiendo por ambos. Fue esto lo que la hizo alejarse levemente. Apenas empezó a moverse, Gild se alejó y ella quedó desconcertada al ver sus ojos rojos. Había estado tan quieto que no se había percatado de que estaba llorando.

Serilda presionó su palma contra su pecho.

—No tienes latidos.

—Quizás no tengo corazón —le dijo y Serilda entendió que lo dijo como una broma, por lo que se permitió esbozarle una sonrisa. A este muchacho que ansiaba tanto un abrazo como ella, quien, literalmente, lloraba ante el más mínimo abrazo.

—Lo dudo.

Gild empezó a sonreír, como si le hubiera dicho un cumplido. Pero la mirada no duró mucho, ya que fue en ese entonces que sonó el cuerno de caza del Erlking, entrometiéndose en su santuario. Ambos quedaron tensos, sus brazos entrelazados con fuerza.

—¿Qué significa eso? —preguntó Serilda y miró el cielo, pero aún estaba oscuro, sin rastros del amanecer—. ¿Ya están volviendo?

—Todavía no, pero pronto —le contestó—. La cacería terminó y es hora de alimentar a los sabuesos.

Serilda hizo una mueca de asco, al recordar la descripción de cómo los cazadores arrojarían los cadáveres de los animales a la efigie del dios de la muerte para que los sabuesos la destruyeran.

—¿Quieres… ir a mirar? —le preguntó Gild.

Serilda hizo una mueca de incomodidad.

—Para nada.

Gild rio.

—Yo tampoco. ¿Te gustaría…? —empezó a preguntarle, pero vaciló—. ¿Te gustaría conocer mi torre?

Parecía tan nervioso, con sus mejillas sonrojadas resaltando sus pecas, que Serilda no pudo moderar su sonrisa.

—¿Hay tiempo?

—No estamos lejos.

CAPÍTULO TREINTA Y TRES

En el reino de los mortales, la habitación de la torre sureste estaba desolada y polvorienta. Pero en este lado del velo, Gild había creado un refugio para él con alfombras y pieles en el suelo, y algunas mantas y almohadas que, sin lugar a duda, pertenecían a otras habitaciones del castillo. Una pila de libros, una vela y, a un lado de la habitación, una rueca.

Serilda cruzó hacia la ventana y se asomó hacia Adalheid. Pudo ver a algunos de los sabuesos peleando por la carne que colgaba del cuerpo de la efigie, pero de inmediato apartó la vista.

Enseguida, su atención se posó en el Erlking, como si su presencia tuviera un magnetismo inevitable. Se encontraba apartado de la multitud, al borde del muelle más cercano. Estaba mirando al agua, sus facciones duras destellando bajo la luz de las antorchas del puente. Ilegibles, como siempre.

Su presencia, incluso al otro lado del lago, se sentía como

una amenaza. Una sombra. Un recuerdo de que ella era su prisionera.

Una vez que Su Oscura Majestad te atrapa, no le complace dejarte ir.

Serilda tembló del miedo y se apartó.

Tomó uno de los libros de la pila. Era un volumen pequeño de poesía, aunque no conocía al poeta. Lo habían leído tantas veces que las páginas prácticamente estaban sueltas.

—¿Alguna vez te enamoraste?

Levantó la cabeza de repente. Gild estaba apoyado sobre la pared más lejana. Había algo de tensión en su pose, uno de sus pies descalzos apoyado sobre la pared con cierta indiferencia.

Le tomó un segundo entender la pregunta y, una vez que lo hizo, soltó una carcajada.

—¿Por qué me preguntas eso?

Le señaló el libro con la cabeza.

—Casi todo es poesía romántica. Un poco pesada en ocasiones, muchas metáforas rebuscadas y una prosa muy floreada, y todo habla sobre añorar, anhelar, extrañar… —Puso los ojos en blanco, lo que le recordó un poco a Fricz.

—¿Por qué lo conservas entonces? Si lo odias tanto.

—No hay mucho para leer en este castillo —respondió—. Sigues sin responder mi pregunta.

—Creí que ya habíamos dejado en claro que nunca ninguna persona en Märchenfeld se interesó por mí.

—Eso dijiste, pero… también tengo preguntas sobre eso. Que nadie te haya amado no significa que tú no te hayas *enamorado*. Quizás fue un amor no correspondido.

Serilda sonrió.

—Más allá de tu supuesto odio por este tipo de poesía, creo que eres un romántico.

—¿Romántico? —preguntó, rehuido—. Me parece horrible el amor no correspondido.

—Absolutamente detestable —concordó Serilda riendo nuevamente—. Pero solo un romántico pensaría eso. —Le esbozó una sonrisa traviesa y notó que Gild frunció el ceño otra vez.

—*Todavía* no respondes mi pregunta.

Suspiró, levantando la vista hacia el techo.

—No, nunca me enamoré. —Al recordar a Thomas Lindbeck, agregó—: Creí estarlo una vez, pero me equivoqué. ¿Feliz?

Se encogió de hombros, su mirada nublada.

—Yo no puedo recordar nada de mi vida pasada, pero, de algún modo, tengo algunos arrepentimientos. Me arrepiento de no saber lo que se siente enamorarse.

—¿Crees que te enamoraste alguna vez? ¿Antes?

—No tengo forma de saberlo. Aunque, siento que, si lo hubiera hecho, entonces de seguro lo recordaría. ¿No crees?

Serilda no respondió y, luego de un rato, Gild se vio obligado a levantar la vista hacia ella. Solo para encontrarse con una sonrisa traviesa.

—¿Qué? —le preguntó.

—Romántico.

Resopló, incluso mientras su rostro se sonrojaba.

—Justo cuando estaba empezando a creer que disfrutaba hablar contigo.

—No me estoy burlando de ti. Sería una hipócrita si lo hiciera. Es solo que todas mis historias favoritas son sobre amor, y me pasé una inmensa cantidad de tiempo pensando en cómo sería y deseando… —perdió el hilo de lo que estaba diciendo, mientras su pulso se aceleraba al comprender el territorio peligroso en el que se estaba adentrando con el único muchacho que la había mirado con algo más cercano al deseo.

—Entiendo —contestó Gild, desconcertándola—. Entiendo todo sobre los deseos.

Le creyó. Le creyó que *sí* lo entendía. Añorar, anhelar, extrañar. El deseo insoportable de que alguien le corriera un mechón de cabello por detrás de la oreja. De que alguien le besara el cuello. De que alguien la abrazara durante las largas noches de invierno. De que alguien la viera como si fuera lo que quería, lo que siempre quiso.

No recordaba haberse acercado a él, pero, de repente, estaba allí, a punto de tocarlo. Sin embargo, Gild no bajó la vista hacia sus labios esta vez. Toda su atención estaba fija en sus ojos con los rayos dorados. Decidido.

—No creo que le teman a una superstición —dijo él.

Serilda se quedó congelada.

—¿Qué?

—Todos esos muchachos que supuestamente no están interesados en ti porque creen que les traerás mala suerte. Bueno… quizás sea verdad, pero… tiene que ser más que solo eso.

—No sé a lo que te refieres.

Levantó una mano hacia su mejilla y le corrió un mechón de cabello por detrás de su oreja.

Serilda casi se disuelve.

—Ya sé que apenas te conozco —le dijo, luchando porque su voz no temblara—, pero estoy seguro de que ni siquiera toda la mala suerte del mundo me haría querer alejarme de ti. —Al decirlo, sus hombros se levantaron hacia arriba como si estuviera encogiéndolos con cierta incomodidad y, por un momento, Serilda creyó que ya no seguiría adelante. Cuando finalmente lo hizo, ella pudo ver que le estaba costando mucho y comprendió que él también quizás podría ver lo peligrosa que se había vuelto su conversación. Lo fugaz, lo endeble, lo… indescifrable que se había vuelto–. Creo que aparentan no estar interesados porque saben que estás destinada para algo más.

Serilda dio medio paso hacia él y él se acercó a ella, sus cuerpos casi tocándose.

–¿Y para qué estoy destinada? –le susurró.

Los dedos de Gild rozaron tan suavemente el dorso de su mano que le enviaron una sensación extraña por su brazo. Sostuvo la respiración.

–Tú eres la que cuenta historias –dijo él con el comienzo de una sonrisa–. Tú dímelo.

¿Para qué estaba destinada?

Quería pensar en eso, considerar seriamente qué podía ser posible en su futuro. Pero no podía pensar en nada de eso ahora, cuando todos sus pensamientos estaban abrumados por el presente.

–Bueno –comenzó a decir–. Dudo que muchas chicas en Märchenfeld puedan decir que son amigas de un fantasma.

La sonrisa de Gild flaqueó por un instante. Tensó la mandíbula.

–Pasó mucho tiempo desde la última vez que viví en una comunidad –le contó Gild–, pero sospecho que los amigos a menudo no tienen razones para besarse.

Una sensación cálida subió por su cuello.

–No muy seguido.

Sus ojos se posaron sobre los labios de la joven, sus pupilas dilatadas.

–¿Puedo besarte otra vez?

–De verdad deseo que lo hagas –suspiró, acercándose a él.

Su mano subió por el brazo de Serilda, hasta su codo, desde donde la acercó más a su cuerpo. Su nariz se rozó con la suya.

Y de repente, un grito enfurecido recorrió toda la base de la torre.

—¡Poltergeist! ¿En dónde estás?

Ambos se apartaron como si los sabuesos mismos estuvieran tras ellos.

Gild dejó salir una seguidilla de insultos apagados.

—¿Quién es? —susurró Serilda.

—Giselle. La guardiana de los sabuesos —le contestó, sonriendo—. Si ya lo encontró, deben estar regresando. Tenemos que esconderte.

—¿Encontrar qué?

Gild le señaló a la escalera.

—Te lo explicaré luego. ¡Ve, ve!

Algunas pisadas resonaron por abajo. Con el corazón a toda velocidad, Serilda apoyó una pierna en la escalera y bajó por los peldaños a toda prisa. Una vez que llegó a la parte inferior de la torre, giró y casi se estrella con Gild, quien de inmediato le tapó la boca con su mano, ahogando un grito de susto. Luego la sujetó de la muñeca y presionó un dedo sobre su boca, urgiéndola a quedarse en silencio, antes de llevarla hacia las escaleras.

Las pisadas abajo se oían cada vez más fuertes.

—¡No me importa lo que pienses de esos perros! —vociferó Giselle—. Pero yo soy la responsable y si sigues entrometiéndote con tus bromas, ¡el rey me cortará la cabeza a *mí*!

¿A dónde la estaba llevando Gild? Era la única escalera del lugar. Se chocarían justo con ella.

Al cabo de un rato, llegaron al nicho con la estatua del caballero y su escudo, esta vez entera. Gild se metió por detrás y llevó a Serilda justo a su lado. La presionó contra el rincón, donde ambos quedaron ocultos en la oscuridad. Bajó la cabeza hasta que sus mejillas se rozaron, quizás para intentar ocultar su cabello cobrizo.

Serilda tomó la capucha de su capa y se la arrojó por encima.

Era lo suficientemente grande como para cubrir la cabeza de Gild también. Tomó la capa de cada lado y envolvió sus brazos alrededor de sus hombros, cubriéndolos con la tela gris carbón, el mismo color que la pared de piedra, el mismo que la nada.

Gild se movió hacia ella, su cuerpo presionado contra todo su cuerpo. Sus dedos estaban extendidos sobre la espalda de Serilda. La sensación era suficiente para hacerla sentir algo mareada, y todo lo que quería era cerrar los ojos y girar su cabeza, solo apenas, y darle un beso en la piel. Donde pudiera. Su frente, sus mejillas, su oreja, su cuello.

Y quería que él hiciera lo mismo con ella.

Pero se obligó a mantener los ojos abiertos, observando a través de un pequeño hueco en la tela de su capa, a medida que la guardiana de los sabuesos doblaba en la esquina, gruñendo para sí misma.

Ella y Gild quedaron tensos.

Pero la mujer pasó junto al nicho sin detenerse.

Escucharon sus pisadas subir con energía hacia la torre.

—Bajará en cualquier momento —dijo Gild, tan bajo que casi no lo pudo escuchar, a pesar de que podía sentir su aliento cerca de su oído—. Lo mejor que podemos hacer es esperar a que se vaya.

Serilda asintió, contenta de tener oportunidad de aguantar la respiración, aunque fuera difícil con las manos de Gild sobre su cintura, enviando señales de calor por todo su cuerpo. Todo su ser parecía estar zumbando, hormigueando, atrapada entre Gild y las paredes de piedra. Sentía unas ganas desesperadas de pasar sus dedos sobre el cabello del joven. Y llevar su boca a la suya.

Pero mientras la sangre hervía en su interior, afuera estaba inmóvil. Tan quieta como la estatua que apenas los ocultaba de la vista.

–¿Qué hiciste? –le susurró.

Gild puso una expresión de culpa.

–Antes de que vinieras, puede que haya esparcido algunas bayas de acebo en donde duermen los sabuesos.

Serilda se quedó mirándolo fijo.

–¿Qué quieres decir con eso?

–A los sabuesos no les caen bien esas bayas. Incluso solo el olor puede revolverles el estómago. Y… ellos comen *mucha* carne.

Hizo una mueca de dolor.

–Qué asco.

Oyeron pisadas nuevamente y Serilda cerró los ojos, temerosa de que reflejaran la luz.

Un segundo después, Giselle bajó con un paso furioso por la escalera, murmurando algo sobre un *maldito poltergeist*.

Una vez que la torre quedó en silencio, ambos exhalaron al unísono.

–¿No crees que… –empezó a decir Serilda, apenas en un susurro, esperando que no detectara el dolor detrás de sus palabras–, sería mucho más seguro para mí esperar aquí y escabullirme luego del amanecer? ¿Cuándo el velo vuelva a su lugar otra vez?

Gild se apartó, lo suficiente para mirarla a los ojos. Sus dedos se presionaron sutilmente, arrugando la tela en su cintura.

–Creo que sería peligroso que me vean –agregó Serilda.

–Sí –dijo Gild, un poco sin aliento–. Creo que sería lo mejor. La noche ya casi termina de todas formas. –Sus ojos se posaron sobre su boca una vez más.

Serilda no resistió. Finalmente logró darles a sus manos la libertad que deseaban y levantó sus dedos por el cuello de Gild para pasarlos por su cabello. Lo acercó hacia ella hasta que sus bocas se encontraron. Hubo un momento en el que Serilda no supo qué hacer con las necesidades que la inundaban. La de estar más cerca de él, cuando ya era algo imposible. La necesidad de sentir sus manos en su cintura, su espalda, su cuello, su cabello, en todas partes a la vez.

Pero esa primera ola de deseo menguó y quedó reemplazada por algo más suave. Un beso delicado y sin prisa. Sus propios dedos abandonaron el cabello de Gild y se posaron sobre sus hombros, para luego descender sobre su pecho, incluso a medida que sus manos trazaban un poema en su espalda. Suspiró una vez más.

No podía decir con exactitud cuánto tiempo les quedaba, pero no quería desperdiciar ni un segundo. Quería vivir dentro de ese nicho, envuelta en sus brazos, en estas nuevas sensaciones que la hacían sentir ligera, esperanzada y aterrada a la vez.

Se sentía como una promesa. Este no sería su último beso. Regresaría. Y él la estaría esperando.

Pero entonces…

Terminó.

Sus manos se cerraron sobre el aire vacío. Los brazos que la sostenían se desvanecieron y colapsó como si la pared no existiera a sus espaldas. Abrió los ojos enseguida y notó que estaba sola.

El escudo de la estatua estaba roto. El pedestal tenía una serie de grietas y un manto de telarañas.

Tembló.

El equinoccio había terminado.

¿Gild seguía allí? ¿Invisible, intocable, tan solo fuera de alcance?

¿Podía *verla*?

Tragó con fuerza, extendió los dedos hacia la nada, buscando una sensación fría, un estupor, una brisa cálida. Alguna señal para saber que no estaba sola después de todo.

Pero no sintió nada.

Con un suspiro pesado, envolvió la capa sobre sus hombros y salió del nicho. Estaba a punto de descender por la escalera cuando sus ojos se posaron sobre el escudo destruido y unas palabras escritas sobre una densa capa de polvo.

¿Regresarás?

CAPÍTULO TREINTA Y CUATRO

La expresión de Lorraine quedó sumida en un halo oscuro cuando vio a Serilda entrar al Cisne Salvaje, sus labios se mantenían presionados con desaprobación. Lo único que le dijo al entregarle la llave de una de las habitaciones de arriba fue: "Ya traje tus cosas del establo".

La habitación no era lujosa como las del castillo, pero era cómoda y cálida, con edredones suaves sobre el colchón y un pequeño escritorio con pergamino y tinta junto a la ventana. Sus pertenencias que llevaba en la montura estaban dispuestas en orden sobre un sillón acolchonado.

Suspiró con una silenciosa gratitud y se acostó en la cama.

Ya era bien pasado el mediodía para cuando logró abrir los ojos una vez más. Los sonidos de la ciudad rugían en las calles abajo. Ruedas de carretas, relinchos de mulas, niños que cantaban para darle la bienvenida a la primavera. *Ah, si tan solo las hojas verdes y calor de las aves al cantar fueran la eternidad. Solo danos eso, Eostrig, y no pediremos más.*

Serilda se levantó de la cama, lista para cambiarse la ropa, pero con un movimiento de su hombro sintió la agonía del dolor. Siseó y estiró el cuello de su camisola para ver la herida que le dejó el drude, ahora cubierta con sangre seca.

Pensó en pedirle ayuda a Lorraine para que la limpiara y vendara, pero la alcaldesa ya parecía lo suficientemente nerviosa por las idas y vueltas de Serilda en el castillo, y no creía que contarle sobre el ataque que habría sufrido a manos de una bestia de pesadillas ayudara.

Con mayor cuidado esta vez, se quitó el vestido y la camisola, y usó un paño y el cuenco de agua para limpiar la herida lo mejor posible. Luego de inspeccionarla, notó que no era tan profundas como había creído y, debido a que el sangrado ya se había detenido, supuso que no sería necesario vendarla.

Una vez terminó, se quedó sentada en el pequeño tocador para peinarse. Había un espejo pequeño y se detuvo al ver sus propios ojos. Los espejos eran un lujo extraño en Märchenfeld y ella solo había visto su reflejo un puñado de veces en el transcurso de su vida. Siempre le desconcertaba ver las ruedas doradas que la miraban de regreso. Siempre le permitía entender por qué nadie quería mirarla a los ojos.

Pero no se acobardó. Miró los ojos de la muchacha, sin pensar en la incontable cantidad de personas que habían apartado la vista al mirarla, pero sí en el único chico que no. Esos eran los ojos que Gild había observado con tanta intensidad. Esas eran las mejillas cuyos dedos habían acariciado. Esos eran los labios…

Su rostro se iluminó con un tono rosado. Pero no por vergüenza. Estaba sonriendo. Y esa sonrisa, pensó, de un modo desconcertante, era hermosa.

Leyna estaba esperándola junto al fuego cuando salió de su habitación.

—¡Por fin! —exclamó, poniéndose de pie de un salto—. Mamá me prohibió molestarte. Y estuve esperando por *horas*. Ya estaba empezando a preocuparme de que estuvieras muerta allí arriba.

—Necesitaba descansar desesperadamente —le confió Serilda—. Y ahora necesito comer desesperadamente.

—Ya te traigo algo. —Regresó corriendo a la cocina mientras Serilda se desplomaba sobre su silla. Había llevado el libro de la biblioteca con ella, por lo que lo apoyó sobre su regazo y lo abrió en la primera página.

La geografía, historia y tradiciones de las grandes provincias del norte de Tulvask.

Serilda hizo una mueca. Era precisamente la clase de libro escolar que Madam Sauer amaba y ella detestaba.

Pero si la ayudaba a entender algo sobre el castillo, valdría la pena el sufrimiento.

Empezó a pasar las páginas. Lento al principio y más rápido luego, una vez que vio que los primeros capítulos eran un análisis profundo de los detalles geográficos que hacían únicas a estas provincias, empezando por cómo los acantilados de basalto impactaron en las primeras rutas comerciales y le permitieron a la ciudad portuaria de Vinter-Cort convertirse en un centro de actividades mercantiles. También había algunos apartados que hablaban sobre las fronteras cambiantes. El ascenso y la caída de los primeros pueblos mineros del cordón montañoso de Rückgrat. Pero solo una única mención al bosque de Aschen. Incluso, los autores ni siquiera lo llamaban por su nombre. "La ladera de la montaña tiene una alta densidad boscosa y es el hogar de un amplio abanico de bestias naturales. Desde los primeros registros de civilización en la zona, el bosque ha sido considerado un lugar inhóspito y, en gran medida, ha permanecido sin presencia humana".

Luego seguía una serie de capítulos sobre asentamientos prominentes y los recursos que habían impulsado su crecimiento. Serilda bostezó mientras pasaba las secciones sobre Gerst, Nordenburg, Mondbrück. Incluso se mencionaba un poco a Märchenfeld, debido a su próspera comunidad agrícola.

Inspeccionó las páginas del denso libro. En ocasiones, se encontraba con manchas de tinta en donde la pluma del autor se había quebrado. En ocasiones, también había palabras tachadas, pequeños errores corregidos. En ocasiones, había ilustraciones. Plantas. Vida silvestre. Edificios relevantes.

Luego pasó una página y su corazón se detuvo.

Una ilustración del castillo de Adalheid ocupaba la mitad de la página. La tinta de color aún conservaba su intensidad, a pesar de la antigüedad del libro. La imagen no mostraba al castillo en ruinas, sino como había sido en aquel entonces. Tal como era al otro lado del velo.

Majestuoso y glorioso.

Empezó a leer.

"Los orígenes del castillo de Adalheid, ilustrado aquí en su estado original, han quedado perdidos en el tiempo y permanecen ocultos para los historiadores contemporáneos. Sin embargo, con el cambio de siglo, la ciudad de Adalheid se ha vuelto una comunidad próspera cercana a las rutas que conectan Vinter-Cort y Dagna en la costa con...".

Serilda movió la cabeza de lado a lado, sus esperanzas desplomadas. Pasó a la página anterior. Ninguna otra mención de Adalheid.

Frustrada, terminó de leer la página, pero el autor no hizo ninguna otra mención al pasado misterioso de la ciudad. Si su intención era que no se conocieran los orígenes del castillo y la ciudad, no quedaba muy en claro. Unas páginas más tarde y el libro pasaba a hablar de Engberg al norte.

—Aquí estás —dijo Leyna, usando su pie para arrastrar una pequeña mesa un poco más cerca y colocando un plato de frutas secas y carne sazonada frente a ella—. Te perdiste la comida del mediodía, así que no está caliente. Espero que no te moleste.

Serilda cerró el libro enseguida, con el ceño fruncido.

Leyna la miró algo desconcertada.

—O… puedo ver si nos quedan algunos pasteles de carne.

—Esto está bien, gracias, Leyna. Es solo que esperaba que este libro tuviera más información útil sobre esta ciudad. —Tamborileó los dedos sobre la tapa—. Para otros pueblos hace una investigación profunda y totalmente aburrida sobre su historia, incluso se remonta varios siglos atrás. Pero nada de eso con Adalheid.

Miró a Leyna a los ojos. La niña parecía estar esforzándose mucho por compartir la frustración de Serilda, aunque casi no entendiera de qué estaba hablando.

—Está bien —le dijo Serilda, tomando un damasco seco del plato—. Tendré que visitar la biblioteca más tarde. ¿Quieres venir?

El rostro de Leyna se iluminó.

—¿En serio? ¡Le preguntaré a mamá!

—¿Ves aquellos botes pesqueros? —le preguntó Leyna mientras caminaban por el camino adoquinado junto al lago.

Los ojos de Serilda estaban fijos en el castillo, en particular sobre la torre suroeste, preguntándose si Gild estaría allí, observándola, incluso en ese momento. Dejó de divagar y siguió el gesto de Leyna. Por lo general, los botes estaban dispersos por todo el lago, pero ahora algunos se encontraban cerca de la parte más lejana del castillo.

—Están buscando el oro —agregó Leyna. Miró a Leyna de reojo—. ¿Lo viste otra vez? ¿Vergoldetgeist?

La pregunta, tan inocente, le trajo un aluvión de sensaciones que le revolvieron las entrañas a Serilda.

—Sí —le contestó—. De hecho, lo ayudé a arrojar algunos de los regalos a las rocas y al lago. —Esbozó una sonrisa al ver los ojos de Leyna abrirse tan grande sin poder creer lo que estaba escuchando—. Habrá muchos tesoros por encontrar.

Adalheid se veía radiante a la luz del sol. Las cajas de flores rebasaban de geranios y en los cultivos abundaban coles, calabazas y retoños para el verano.

Por delante, cerca del muelle, muchas personas se encontraban limpiando luego de las festividades de la noche anterior. Serilda se sintió algo culpable. Ella y Leyna probablemente deberían ofrecerse a ayudar. Tal vez le serviría para integrarse mejor con la gente del pueblo que aún la veía como un mal augurio.

Pero estaba entusiasmada de ir a la biblioteca. Entusiasmada por desentramar algunos de los secretos del castillo.

—Estoy tan celosa —dijo Leyna, desplomando sus hombros—. Llevo esperando entrar a ese castillo toda mi vida.

Serilda se tropezó.

—*No* —le dijo con más intensidad de la que quería. Enseguida apaciguó su tono, apoyando una mano sobre el hombro de la niña—. Hay una buena razón por la que deberías mantenerte alejada de ese lugar. Recuerda, cuando estoy allí, por lo general soy una prisionera. Me atacaron sabuesos y drudes. Vi almas en pena revivir sus muertes agónicas y horripilantes una y otra vez.

Ese castillo está lleno de miseria y violencia. Debes prometerme que nunca entrarás allí. No es seguro.

La expresión de Leyna se tensó con amargura.

—Entonces ¿por qué está bien que tú sigas volviendo?

—No lo puedo elegir. El Erlking…

—Anoche sí pudiste elegir.

Las palabras se evaporaron de su lengua. Frunció el ceño y dejó de caminar, agachándose para poder sujetar a Leyna por los hombros.

—Él mató a mi padre. Y es probable que también a mi madre. Quiere mantenerme como su prisionera, como una sirvienta; quizás por el resto de mi vida. Ahora, escucha. No sé si alguna vez podré liberarme de él, pero sé que como están las cosas ahora, no tengo poder ni fuerza. Lo único que tengo son preguntas. ¿Por qué los seres oscuros abandonaron Gravenstone y reclamaron Adalheid en su lugar? ¿Qué les pasó a todos esos espíritus allí? ¿Qué quiere el Erlking con todo ese oro? ¿*Qué* es el Fantasma del Oro y quién es y qué le ocurrió a mi madre? —Su voz se quebró, mientras algunas lágrimas amenazaban con brotar de sus ojos. La mirada de Leyna también se tornó algo vidriosa. Serilda inhaló de un modo tembloroso—. Oculta algo en ese castillo. Y no sé si esto pueda ayudarme, pero sé que si no hago nada, entonces un día me matará y me convertiré en otro fantasma más que deambule detrás de esas paredes. —Deslizó sus manos hacia abajo para sujetar las de Leyna—. Es por eso que regresé al castillo y por eso que lo seguiré haciendo. Es por eso que necesito ir a la biblioteca y aprender todo lo que pueda sobre este lugar. Es por eso que *necesito* tu ayuda… pero también, la razón por la que no puedo ponerte en peligro. ¿Lo entiendes, Leyna?

Leyna asintió lentamente.

Serilda apretó sus manos con firmeza y se levantó. Siguieron caminando en silencio y, una vez que cruzaron la siguiente calle, Leyna le preguntó.

—¿Cuál es tu postre favorito?

La pregunta fue tan inesperada que Serilda tuvo que reírse. Lo pensó por un momento.

—Cuando era niña, mi padre siempre traía a casa unos pasteles de nueces con miel que conseguía en el mercado de Mondbrück. ¿Por qué preguntas?

Leyna miró hacia el castillo.

—Si te conviertes en fantasma —le contestó—, prometo preparar esos pasteles de nueces con miel durante el Festín de la Muerte. Solo para ti.

CAPÍTULO TREINTA Y CINCO

Serilda no esperaba que la biblioteca de Adalheid fuera tan majestuosa como la gran biblioteca de Verene, la cual estaba asociada a la universidad de la capital y valorada tanto por su arquitectura ornamental como por su colección comprensiva. Era una maravilla de los logros académicos. Un paraíso para el arte y la cultura. Sabía que la biblioteca de Adalheid no sería *eso*.

Aun así, no pudo evitar sentirse algo decepcionada cuando entró y descubrió que la biblioteca de Adalheid era solo una habitación no más grande que la escuela de Märchenfeld.

Sin embargo, estaba repleta de libros. Estantes y pilas por todos lados. Tenía dos escritorios largos repletos de tomos inmensos y más pilas en el suelo, incluso algunas carpetas en un rincón llenas de pergaminos antiguos. Serilda se sintió de inmediato consolada por la esencia del cuero y la vitela, pergaminos, pegamento y tinta. Inhaló profundo, ignorando la mirada desconcertada de Leyna.

Era la esencia de las historias, después de todo.

Frieda, o Madam Profesora como Leyna solía llamarla, se sentía muy entusiasmada de verlas y su entusiasmo se incrementó aún más cuando Serilda intentó explicarle lo que estaba buscando, aunque no estuviera del todo segura qué era.

—Bueno, veamos —dijo Frieda, rodeando una mesa repleta de libros y acercándose a uno de los estantes que llegaba hasta el techo. Tomó una escalera y subió arriba de todo, inspeccionando el lomo de cada libro.

—El libro que te di brindaba una idea general de la zona. No recuerdo ver que se le haya prestado mucha atención académica a nuestra ciudad en particular, pero… aquí tengo algunos registros contables de nuestra ciudad que se remontan, al menos, cinco generaciones atrás. —Comenzó a sacar los registros y pasar sus páginas, luego le entregó algunos a Serilda—. Recaudación de impuestos, acuerdos comerciales, impuestos, leyes… ¿te interesa? —Le entregó a Serilda un códice tan frágil que Serilda creyó que se desintegraría entre sus manos—. ¿Un registro escrito de las órdenes de trabajo y pagos realizados en edificios públicos durante el último siglo? Adalheid ha sido la cuna de varios artesanos notables que luego trabajaron en algunas de las estructuras más prominentes de Verene y…

—No estoy segura —la interrumpió Serilda—. Lo revisaré. ¿Algo más?

Frieda apretó los labios y se concentró otra vez en el estante.

—Estos de aquí son los registros contables. Registros de las propiedades de los mercantes, ganancias de los empleados, impuestos. Ah, aquí tengo un registro histórico de la expansión agrícola del pueblo.

Serilda intentó mostrarse esperanzada, pero Frieda debió haber notado que tampoco estaba interesada en eso.

—¿No tienes nada sobre el castillo? ¿O la familia real que solía vivir allí? Debió ser una parte importante de esta comunidad como para construir una fortaleza tan increíble como esa. ¿No debería haber registros de ellos?

Frieda la miró por un largo momento con cierta sospecha y luego bajó lentamente de la escalera.

—Para serte perfectamente honesta —dijo, apoyando un dedo sobre sus labios—. No estoy segura de que haya habido una familia real en ese castillo.

—Pero entonces ¿para quién se construyó?

Frieda se encogió de hombros.

—¿Quizás era la casa de verano de algún duque o conde? O quizás para uso militar.

—Si ese fuera el caso, de seguro debería haber registros de *eso* entonces.

La expresión de Frieda cambió, como si una luz hubiera iluminado ese asunto tan oscuro. Su mirada se posó nuevamente en los tomos de la parte superior del estante.

—Sí —dijo lentamente—. Una creería que sí. Supongo que… nunca lo consideré.

Serilda intentó calmar su irritación, pero ¿cómo es que la biblioteca del pueblo nunca hubiera considerado la historia de la construcción más emblemática de la zona? Además, ¿una con una reputación tan aterradora?

—¿Qué hay del Erlking y la cacería salvaje? —preguntó—. ¿Cuándo abandonó Gravenstone y vino a vivir al castillo de Adalheid?

—Bueno, esa es una pregunta interesante —dijo Frieda—. Pero tenemos que considerar que la existencia de Gravenstone puede que no sea más que una historia del folclore. Quizás nunca haya existido.

Serilda negó con la cabeza.

—No, el Erlking mismo me dijo que se había marchado de Gravenstone porque le traía recuerdos dolorosos y por eso eligió venir a Adalheid. Y mencionó una familia real. Dijo que ya no lo estaban usando más.

El color lentamente desapareció del rostro de Frieda.

—Tú… realmente… ¿lo *conociste*?

—Sí, así es. Y de seguro lo veré nuevamente durante la próxima luna llena, para la cual no falta mucho, y me encantaría saber más sobre ese castillo y los fantasmas que lo ocupan antes de que llegue ese momento. —Dejó a un lado los libros que Frieda le había entregado, aunque nada le había parecido particularmente útil—. ¿No hay ninguna documentación sobre quién construyó el castillo? ¿Qué métodos usaron? ¿De qué cantera consiguieron las rocas? Mencionaste algunos artesanos. La torre principal tiene unos vitrales increíbles y candelabros de hierro tan grandes como esta habitación, y todo el vestíbulo de entrada tiene columnas talladas con las imágenes más ornamentales que jamás haya visto. Debió haber sido una tarea bastante ambiciosa. Alguien debió haber pedido todo eso, incluso debe haber contratado a los artesanos más calificados de todo el reino. ¿Cómo puede ser que no haya ningún registro de eso?

Los ojos de Frieda estaban iluminados, completamente sorprendidos.

—No lo sé —susurró—. Ninguna persona viva jamás ha visto las cosas de las que estás hablando. Eso es, claro, ninguna persona excepto tú. Lo único que vemos son las ruinas. Pero a juzgar por el estilo arquitectónico, estimaría que el castillo fue construido hace… quizás quinientos o seiscientos años.

—Frunció el ceño mientras miraba a su alrededor, a los libros que las rodeaban—. Entiendo lo que dices. Y tienes razón. Una esperaría que hubiera algún registro de todo eso. Pero no se me ocurre nada que haya visto que trazara nuestra historia local a más de… quizás dos o tres siglos atrás.

—¿Y nada sobre una familia real? —insistió Serilda, sintiéndose desesperada. Debía haber *algo*—. ¿Registros de nacimiento o defunción, nombres de familias, escudos de armas?

La boca de Frieda se abrió y cerró. Parecía un poco perdida y Serilda tenía la impresión de que era raro para ella encontrarse con un obstáculo.

—¿Y si hubo registros —dijo Leyna—, pero fueron destruidos?

—Eso puede pasar —le respondió Frieda—. Incendios, inundaciones y ese tipo de catástrofes. Los libros son frágiles.

—¿Hubo algún incendio? —quiso saber Serilda—. ¿O… alguna inundación?

—Bueno… no. No que yo sepa.

Suspirando, Serilda inspeccionó la pila de libros. ¿Cómo podía ser que un pueblo tan exitoso y rico, situado al borde del bosque de Aschen a un lado y a una ruta mercantil tan concurrida al otro, no tuviera noción de su propia historia? ¿Y por qué ella era la única que había notado lo extraño que era todo eso?

Abrió la boca.

—¿Y el cementerio?

Frieda parpadeó.

—¿Disculpa?

—Deben tener uno.

—Bueno, sí, claro. El cementerio está justo a las afueras del muro de la ciudad, a pocos minutos de la entrada. —Abrió los ojos al entender a lo que se refería—. Cierto. Allí es donde hemos enterrado a nuestros muertos desde que se fundó la ciudad. Es decir…

—Desde que se construyó el castillo –agregó Serilda–. O incluso antes.

Frieda se quedó boquiabierta y chasqueó los dedos.

—Incluso hay tumbas que son una especie de misterio. Son bastante imponentes y tienen grabados intrincados, la mayoría son de mármol si mal no recuerdo. Son obras de arte la verdad.

—¿Y quiénes están enterrados allí? –preguntó Serilda.

—Ese es el misterio. Nadie lo sabe.

—¿Crees que podrían ser de la realeza? –preguntó Leyna, saltando con entusiasmo.

—Sería extraño que no estuvieran marcadas como tal –acotó Frieda–. Y no podemos descartar la idea de que, posiblemente, también haya tumbas debajo del castillo, así que no es garantía de que quienes hayan vivido allí estén enterrados con el resto de los aldeanos.

—Pero es posible que sí –agregó Serilda–. ¿Me llevarías a verlas?

El cementerio era una amplia extensión de lápidas grises hasta donde podía ver. Algunos cúmulos de flores silvestres azules y blancas estaban dispersos entre las rocas y las raíces de los avellanos maduros, cuyas flores parecían velas blancas en sus ramas. Serilda inspeccionó los grabados, triste, aunque no sorprendida, de ver tantas tumbas de niños y recién nacidos. Sabía que era común, incluso en un pueblo tan próspero como Adalheid, en donde las enfermedades podían afectar con facilidad a un cuerpo tan pequeño. Sabía de un grupo de mujeres en Märchenfeld que hablaba abiertamente sobre sus abortos y bebés que nacieron sin vida. Pero conocer las realidades de la vida y la muerte no hacía que fueran más fáciles de ver.

A lo lejos, cerca del camino, notó una pequeña colina con tumbas que no eran altas ni estaban talladas con diseños elegantes, sino más bien lisas dispuestas en orden. Cientos de ellas.

—¿Qué es eso? —preguntó, señalando en esa dirección.

La expresión de Frieda se tornó afligida.

—Allí es donde enterramos los cuerpos de aquellos abandonados por la cacería.

Los pies de Serilda trastabillaron y se detuvieron enseguida.

—¿Qué?

—No ocurre luego de cada luna llena —le explicó Frieda—, pero ocurre tan seguido que... bueno. Ha habido tantos. Por lo general, los encontramos en el bosque, pero a veces aparecen en la puerta de la ciudad. Esperamos una semana o más para ver si alguien viene a reclamarlos, pero es inusual. Y claro, no tenemos manera de saber quiénes son ni de dónde vienen, entonces... los enterramos aquí y esperamos que encuentren su camino a Verloren.

Las manos de Serilda estaban temblando. Aquellas víctimas de la cacería quedaban perdidas para siempre de sus seres queridos. Para siempre sin un nombre o historia, sin nadie que les llevara flores a sus tumbas o derramara una gota de cerveza en su nombre durante la Luna del Luto para honrar a sus ancestros.

¿Estaría su madre entre ellos?

—¿Por casualidad... recuerdas si encontraron a una mujer joven hace dieciséis años?

Frieda la miró con una curiosidad obvia.

—¿Conoces a alguien que fue secuestrada por la cacería? Quiero decir, además de ti, claro.

—Mi madre. Cuando yo tenía solo dos años.

—Ah, querida. Lo siento mucho —le dijo Frieda, sujetándole la mano y presionándola para mostrar su empatía—. Al menos, eso es algo con lo que te puedo ayudar. Llevamos un registro de todos los cuerpos que encontramos. La fecha en la que aparecieron y todas las características distintivas, elementos que llevaban consigo, esa clase de cosas.

Serilda se llenó de esperanza.

—¿En serio?

—Eso, ¿ves? —dijo Frieda, sus ojos destellando—. Sabía que habría algo en mi biblioteca que te sería útil.

—Miren —dijo Leyna, señalando hacia una tumba compartida para *Gerard y Brunhilde De Ven*—. Esos son mis abuelos. —Se acercó un poco más y luego se detuvo—. Y mi papá. Por lo general no vengo a visitarlo a menos que sea durante la Luna del Luto.

Ernest De Ven. Amado esposo y padre.

Leyna se agachó y arrancó algunas flores amarillas del suelo y las acomodó con sutileza sobre la tumba de su padre.

Serilda se sintió conmocionada. En parte porque conocía el dolor de perder a un ser querido siendo tan pequeña y también porque ella no podía llevarle flores a la tumba de su padre.

El Erlking también le había robado *eso*.

Pero quizás el registro de los cuerpos tendría al menos una respuesta para ella.

Frieda abrazó de lado a Leyna y comenzaron a caminar entre las tumbas una vez más.

—Ahí —dijo, señalando en una dirección mientras subían una pequeña colina—. Los puedes ver.

Dejando de lado los pensamientos de sus padres, Serilda tuvo una sensación de entusiasmo en su interior. Incluso desde ese lugar podía ver que las tumbas en esa parte del cementerio eran diferentes. Más grandes, antiguas, más resplandecientes, a la sombra de un inmenso roble. Algunas estaban talladas como estatuas de Velos con su farol o Freydon con un retoño entre sus manos. Algunas estaban cubiertas por monumentos a cada lado. Algunas eran más altas que Serilda.

Cuanto más se acercaban, más obvia resultaba la antigüedad de las tumbas. Si bien el mármol aún brillaba con su resplandor blancuzco a la luz del sol, muchas de sus esquinas estaban agrietadas y rotas. Las plantas en esa esquina distante crecían descontroladas, como si nadie vivo se preocupara por cuidar la zona en la que se encontraban esas lápidas.

A juzgar por cómo las había descrito Frieda, Serilda había sospechado que no tendrían ningún tipo de inscripción, pero de inmediato notó que eso no era verdad. Se acercó y pasó sus dedos sobre la superficie de una de las lápidas. La fecha de muerte databa de hacía casi cuatrocientos años. El tamaño de la lápida sugería que la persona que estuviera enterrada allí era muy adinerada, respetada o ambas.

De todas formas, faltaba su nombre. Lo mismo ocurría con la segunda lápida. Y, a medida que Serilda inspeccionaba cada una de ellas, notó que era lo mismo para todas. Fecha de nacimiento, fecha de muerte, una dedicatoria sentida o un verso poético.

Pero sus nombres estaban ausentes.

Si este era el lugar de descanso de la realeza, quizás incluso generaciones de reyes y reinas, príncipes y princesas, ¿cómo podía ser posible que no hubiera ningún registro de ellos? Era como si se hubieran desvanecido en la nada, de la memoria, de las páginas de la historia, de sus propias tumbas.

—Miren —dijo Leyna—. Esta tiene una corona.

Serilda y Frieda se acercaron a la niña. La tumba que tenía Leyna por delante tenía la que parecía ser la corona de un monarca grabada sobre la roca.

Pero no fue eso lo que dejó atónita a Serilda.

Leyna la miró.

—¿Qué ocurre?

En ese instante, Serilda se agachó hacia la tumba y arrancó algunas enredaderas que ya habían empezado a adueñarse de ella. Al cabo de unos segundos, dejó al descubierto el grabado que estaba oculto por debajo.

Un tatzelwurm envuelto alrededor de la letra *R*.

—¿Significa algo? —preguntó Leyna.

—¿La *R* podría ser la inicial de un nombre? —sugirió Frieda.

Serilda arrancó más enredaderas hasta dejar descubierta toda la tumba, pero donde debían estar los nombres de la persona solo había más piedra, pulida y suave.

—Qué extraño —murmuró Frieda, acercándose a tocar la roca con sus manos—. Es tan suave como un cristal.

—Es posible que… —empezó a decir Leyna, pero se detuvo al tener dudas—. Quiero decir, ¿podrían haber borrado los nombres? ¿Quizás vino alguien y los pulió hasta hacerlos desaparecer?

Frieda negó con la cabeza.

—Para eso se necesitaría algo muy áspero para raspar, pero dejaría marcas. Esto luce como si nunca hubieran grabado nada.

—¿A menos que lo hayan borrado con magia? —sugirió Leyna. Habló con cierta vacilación, como si temiera que Serilda y Frieda empezaran a reír.

Pero Serilda simplemente levantó la vista, encontrando los ojos ensombrecidos de la bibliotecaria.

Nadie habló por un largo rato, mientras consideraban la posibilidad. Al final, nadie rio.

LA LUNA
DE LA CASTIDAD

CAPÍTULO TREINTA Y SEIS

Serilda creyó que la luna llena nunca llegaría. Cada noche que pasaba, miraba la luz de la luna sobre la superficie del lago a medida que crecía; primero una pequeña luna creciente y gradualmente una luna gibosa creciente con el pasar de las noches.

Durante el día, ayudó en la posada, desde donde podía pasarse horas mirando al castillo, preguntándose si Gild estaba en su torre, observándola a través del velo. Ansiaba regresar, al punto que casi siempre se encontraba resistiendo el deseo de cruzar el puente. Sin embargo, luego recordaba los gritos, la sangre y los drudes, y terminaba obligándose a tener paciencia.

Se mantuvo ocupada con sus intentos por descubrir los misterios del castillo y la cacería, pero se sentía como si estuviera llegando a un callejón sin salida con cada paso que daba. Al inspeccionar los registros de los cuerpos abandonados luego de la cacería no encontró ningún indicio sobre la desaparición de su madre. No habían encontrado ningún cuerpo durante esa Luna del Luto. Solo a una joven unos meses atrás durante la Luna de los Amantes, pero no creía que su padre se hubiera equivocado tanto con el tiempo.

No sabía qué hacer con la revelación. Su madre podría haber sido asesinada dentro de las paredes del castillo y nadie pudo recuperar su cuerpo.

O tal vez podría haber quedado abandonada en algún lugar lejos de Adalheid, al igual que su padre.

O tal vez ni siquiera murió.

Se pasó incontables horas hablando con la gente del pueblo, preguntándoles qué sabían del castillo, sus habitantes, sus propias historias familiares. Si bien algunos aún le tenían miedo y querían reprenderla por haber tentado la ira del Erlking, la mayoría de los ciudadanos de Adalheid estaban muy dispuestos a hablar con ella. Creía que no le había venido mal a nadie que Vergoldetgeist haya sido más generoso este año, ya que todo el pueblo parecía estar celebrando su buena fortuna, incluso aunque se mantuvieran en silencio con sus nuevas riquezas cuando veían a Serilda cerca.

Al hablar con la gente del pueblo, descubrió que muchas familias vivían en Adalheid desde hacía varias generaciones y otros incluso podían trazar su linaje hasta uno o dos siglos atrás. Descubrió también que el antiguo alcalde que había visto en la posada luego de la Luna del Hambre tenía un diario que pasaba de generación en generación en su familia. Se lo mostró con mucho entusiasmo, pero cuando inspeccionó sus páginas, encontró muchas partes faltantes, muchas páginas en blanco.

Era imposible decirlo con seguridad, pero debido al contexto de las anotaciones circundantes, sospechaba que estas páginas ausentes tenían información sobre el castillo y la familia real que alguna vez había vivido en ese lugar.

Por las noches, se ganaba su estadía en la posada contando historias a quien quisiera escucharla junto al fuego una vez que terminaran de comer el pan de la noche. No contaba historias sobre los seres oscuros, ya que le preocupaba asustar demasiado a aquellos que sabían muy bien que el Erlking no era solo una historia para entretenerse. En su lugar, agasajó a los ciudadanos de Adalheid con historias de brujas y sus familias de tritones. La vieja hilandera que combatió a un dragón y a las mujeres de musgo que treparon hasta la luna. Sirenas crueles que atrapaban marineros en sus castillos de agua y hadas generosas que recompensaban a campesinos afortunados con riquezas de joyas.

Noche tras noche, la multitud creció en la posada, a medida que se esparcían las noticias sobre las historias de la nueva residente.

Noche tras noche, Serilda esperó.

Y cuando la luna llena finalmente llegó, era como si toda la ciudad estuviera de luto. Todo el día, los aldeanos permanecían callados y apagados mientras iban y venían con sus tareas. Cuando Serilda preguntó, Lorraine le contó que siempre era así durante las lunas llenas, pero la Luna de la Castidad solía ser la peor. Con el Festín de la Muerte atrás, este era el momento en que la cacería salvaje determinaba si estaba satisfecha o no y si dejaría a las familias de Adalheid en paz.

Esa noche, la posada estaba más vacía de lo que Serilda había visto en toda la semana. Media hora antes de la puesta de sol, los últimos huéspedes se retiraron a sus habitaciones.

—Pero ¿puede contarme una historia a mí? —imploró Leyna—. ¿Puede contarme una en su habitación?

Lorraine negó con la cabeza.

—No podemos invitarnos solas a la habitación de nuestros huéspedes.

—Pero...

—Y aunque te invitara, nos vamos a dormir temprano durante la luna llena. Te quiero dormida antes de la medianoche. Sin quejas.

Leyna frunció el ceño, pero no continuó con la discusión y subió fatigosamente por la escalera hacia la habitación que compartía con su madre. Serilda intentó ocultar que se sentía agradecida por la intervención de Lorraine. No estaba de humor para contar una historia esa noche, ya que se sentía distraída por su propia intuición.

—¿Serilda? —le preguntó Lorraine, apagando los faroles de la posada hasta que quedaran solo iluminadas por las brasas del hogar—. No quise sonar insensible...

—No estaré aquí —le confesó Serilda—. Tengo todas las razones para creer que el Erlking me llamará y no podría tolerar llevar su atención hacia ti y Leyna.

Una expresión de alivio apareció en el rostro de Lorraine.

—¿Qué harás?

—Iré al castillo y... esperaré.

Lorraine gruñó.

—No sé si eres muy valiente o muy tonta.

Suspirando, Serilda se levantó de su silla favorita junto al fuego.

—¿Puedo regresar mañana?

Lorraine arrugó el rostro con una emoción inesperada.

—Querida, de verdad espero que lo hagas.

Luego extendió sus brazos hacia adelante y la abrazó. El gesto la desconcertó, pero la llenó de más calidez de la que hubiera anticipado. Tuvo que cerrar los ojos para evitar que se le cayeran algunas lágrimas.

—Gracias —susurró.

—Cuídate —le ordenó Lorraine—. Y asegúrate de tener todo lo que necesitas antes de ir. Cerraré la puerta cuando salgas.

El sol se había ocultado detrás del muro de la ciudad cuando Serilda partió del Cisne Salvaje. Al este, la Luna de la Castidad destellaba desde algún lugar detrás de las montañas de Rückgrat, tiñendo sus picos distantes con un resplandor plateado. Esta luna era símbolo de lo nuevo, la inocencia, el renacer. Pero nadie habría sospechado que era un mes de tanto optimismo si veía las calles lúgubres de Adalheid. A medida que la noche se asentaba en la ciudad, las luces se desvanecían de las casas. Las ventanas se cerraban. Las sombras se apoderaron del castillo en ruinas, dormido en la isla solitaria.

Pronto despertarían.

Pronto la cacería marcharía por el pueblo hacia el mundo de los mortales. Los sabuesos aullarían, los caballos saldrían en estampida, los jinetes buscarían a sus presas, criaturas salvajes como las que con sus cabezas decoraban los salones del castillo, o mujeres de musgo y seres del bosque, o humanos que no eran lo suficientemente astutos ni supersticiosos como para recluirse detrás de puertas cerradas.

Serilda llegó al puente justo cuando la luna empezó a asomarse por detrás de las montañas y cubrió el lago con su resplandor. Al igual que antes, no estaba del todo preparada para cuando sus rayos de luz se posaran sobre las ruinas del castillo, transformándolo de un lugar desolado al hogar digno de un rey.

Incluso uno tan siniestro.

Parada sola al otro lado del puente, nunca se había sentido tan insignificante.

El rastrillo empezó a levantarse con el chillido y los crujidos de las maderas antiguas y las bisagras de hierro. En un instante, empezaron los aullidos, enviándole un escalofrío por toda la espalda. Tragó saliva con fuerza e intentó pararse más recta, cuando un movimiento difuso dentro del patio captó su atención.

La cacería salvaje.

Un torrente de sabuesos feroces, enormes caballos de guerra y armaduras destellantes.

Avanzaron directo hacia ella.

Serilda gritó y levantó los brazos en un intento patético de protegerse.

Pero las bestias la ignoraron. Los sabuesos la rodearon como agua a una roca. El puente tembló a medida que los caballos galopaban entre el tintineo de las armaduras en sus oídos y el cuerno de cacería que ahogaba cada uno de sus pensamientos.

Pero pronto la cacofonía se desvaneció en gritos distantes a medida que los cazadores cruzaban el pueblo a toda velocidad hacia el campo.

Temblando, bajó los brazos.

Un caballo obsidiana se detuvo delante de ella, tan quieto como la muerte. Serilda levantó los ojos. El Erlking la observaba desde arriba, examinándola. Parecía casi deleitado de verla.

La joven tragó saliva y atentó a hacer una leve reverencia, pero sus piernas estaban temblando y sus cortesías no eran las mejores, ni siquiera en el mejor de sus días.

—Me pidió que me quedara cerca, mi señor. En Adalheid. Tal como dijo, la gente me acogió con mucho gusto.

Supuso que esta pequeña alabanza era lo menos que podía hacer por la comunidad que tan bien la había hospedado durante las últimas semanas.

—Me alegra que así haya sido —dijo el Erlking—. De lo contrario, no habría tenido el placer de cruzarme en tu camino esta noche. Además, esto te dará mucho más tiempo para completar tu tarea. —Inclinó la cabeza, aún mirándola. Aún *leyéndola*. Serilda se mantuvo inmóvil—. Tus habilidades superaron mis expectativas —agregó—. Quizás te deba una recompensa.

Serilda tragó saliva, sin saber si debía responderle o no. ¿Era su oportunidad para pedirle algo? Pero, ¿qué le pediría? ¿Que la dejara sola? ¿Que entregara todos sus secretos? ¿Que liberara a Gild?

No. No le daría ninguna recompensa que ella realmente quisiera y nunca podría permitirle saber que conocía a Gild, el poltergeist que él tanto detestaba. Además, si se enteraba de que el verdadero hilandero de oro estuvo dentro de su casa todo este tiempo, no sabía qué haría con él.

Pero sabía exactamente lo que haría con ella.

—Manfred te está esperando en el patio. Te llevará a la rueca. —Luego una especie de sonrisa apareció en su rostro, aunque no fue muy agradable—. Espero que continúes impresionándome, Lady Serilda.

Ella sonrió con ironía.

—¿Supongo que llevará a la cacería al pie de las montañas de Rückgrat esta noche?

El Erlking se detuvo, justo cuando se estaba yendo.

—¿A qué te refieres?

Ella inclinó la cabeza hacia un lado, la viva imagen de la inocencia.

—Oí rumores sobre una gran bestia que deambula por las

montañas, más allá de la frontera de Ottelien, creo. ¿No se enteraron?

Le mantuvo la mirada fija con la más mínima intriga.

–No.

–Ah, bueno. Supongo que una nueva conquista sería una nueva adición a su decoración, pero quizás es demasiado lejos como para llegar en una noche. No importa, espero que disfruten cazando… zorros, ciervos y criaturas pequeñas del bosque. Mi señor. –Hizo una reverencia y volteó.

Estaba casi en el puente cuando oyó las riendas y un estruendo de pisadas. Solo cuando el rey desapareció, se permitió sonreír.

Que disfrute la noche cazando gansos salvajes. Con un poco de suerte, se mantendría alejado del castillo hasta el amanecer.

El cochero estaba en el patio, esperando pacientemente mientras el chico del establo sujetaba dos bahkauv al carruaje. Ambos levantaron la vista desconcertados mientras avanzaba hacia las rocas y Serilda se preguntó si era la primera humana que alguna vez se había atrevido a acercarse a ellos cuando la luna estaba llena, en especial luego de que la cacería partiera hacía solo minutos.

Esperó que su entusiasmo no fuera tan evidente. Sabía que debía estar aterrada. Sabía que su vida estaba en peligro y sus mentiras podían salir a la luz con apenas unas pocas palabras de su boca.

Pero también sabía que Gild estaba dentro de esas paredes y eso le traía más tranquilidad, e impaciencia, de la que se esperaba.

Estaba intentando ignorar la espantosa posibilidad de que se enamorara de un fantasma, uno que estuviera atrapado dentro del castillo del Erlking mismo. Había logrado en gran medida no pensar para nada en los dilemas prácticos que conllevaría una relación como tal. No había perspectiva de futuro, se repetía una y otra vez. No había esperanza de felicidad.

Y nuevamente, su corazón quebradizo le respondía que no le importaba tanto.

Aunque creía que probablemente debería.

De todos modos, a medida que el cochero le decía al chico del establo que las bestias no serían necesarias esa noche e intentaba ocultar lo agradecido que se sentía al respecto, Serilda sintió un aluvión de excitación.

Una vez más, la llevaron hacia la torre principal por corredores que, con el paso del tiempo y cada visita, le resultaban cada vez más familiares. Estaba empezando a conectarlos con las ruinas que veía durante el día. Qué candelabros aún estaban colgados, ahora cubiertos de telarañas y polvo. Qué columnas habían colapsado. Qué habitaciones estaban llenas de enredaderas y hierbas. Qué muebles, tan majestuosos y ornamentados en este reino, estaban derribados y destruidos al otro lado del velo.

Cuando cruzaron la escalera que llevaba hacia el pasillo con los vitrales de los dioses y la habitación misteriosa con el tapiz, los pasos de Serilda se detuvieron lentamente. No había nada para ver allí y aun así no pudo evitar asomar la cabeza.

Cuando miró hacia adelante una vez más, el cochero la estaba observando con su ojo sano.

—¿Buscas algo? —le preguntó lentamente.

Serilda esbozó una sonrisa.

—Es un laberinto. ¿Nunca te pierdes?

—Nunca —le contestó con suavidad y luego le señaló una puerta abierta.

Serilda esperaba encontrarse con otro corredor, o quizás una escalera, pero en su lugar, vio paja. Montañas y *montañas* de paja.

Se quedó boquiabierta, sorprendida por la inmensa cantidad que había. Parecía suficiente como para llenar un henal completo. Suficiente como para llenar el molino de su casa, pared a pared, del suelo al techo, y más para guardar en la chimenea.

Bueno, quizás era una exageración.

Pero solo un *poco*.

Y como era de esperar, estaba la rueca y la montaña inmensa de carretes vacíos envueltos en el aroma dulce que la ahogaba allí adentro.

Imposible.

—No puede… ¡No hay manera de que haga todo esto! —exclamó—. Es demasiado.

El cochero inclinó la cabeza hacia un lado.

—Entonces te arriesgarás a decepcionarlo.

Frunció el ceño, consciente de que no tenía sentido discutir. Este hombre, este fantasma, no era quien ordenaba estas tareas, y el Erlking acababa de marcharse para una noche de cacería.

—Supongo que es mejor que hayas llegado temprano —continuó—. Más tiempo para completar tu trabajo.

—¿Espera que falle?

—No lo creo. Su Oscura Majestad es… —buscó la palabra correcta antes de terminar con frialdad—, optimista.

De pronto, casi parecía una broma.

—¿Necesitas algo más? —agregó el cochero.

Una semana entera, quería responderle, pero simplemente negó con la cabeza.

—Solo paz para hacer mi trabajo.

Inclinó la cabeza y se marchó de la habitación. Serilda escuchó la cerradura y luego volteó hacia la paja y la rueca, las manos fijas sobre su cintura. Era la primera habitación que tenía ventanas, aunque no estaba completamente segura de para qué la usaban antes de que la convirtieran en su prisión. Había algunos muebles dispersos sobre las paredes para hacer más lugar para la paja; un diván azul de terciopelo, un par de sillones con respaldos altos, un escritorio. Quizás era una especie de estudio o una sala de estar, pero por la falta de decoración en las paredes, asumió que nadie le daba uso desde hacía mucho tiempo.

Inhaló profundo, entrelazó los dedos y empezó a caminar nerviosa mientras le hablaba al aire vacío.

—Gild, esto no te va a gustar.

CAPÍTULO TREINTA Y SIETE

De un momento a otro, en el aire vacío del lugar apareció Gild, a solo centímetros de ella.

Se chocó con él y soltó un gritito. Cayó hacia atrás, sus manos instintivamente buscaron aferrarse a sus hombros. Pero enseguida él la acercó a su cuerpo y ambos cayeron sobre la montaña de paja. Gild se desplomó sobre ella con un gruñido, su barbilla estrellándose contra el hombro de Serilda, lo que hizo que sus dientes chocaran entre sí con fuerza cerca de su oído. Su rodilla golpeó contra la cadera de la joven, ya que apenas había logrado evitar caerse con todo su peso sobre ella.

Serilda se quedó recostada en la paja, desorientada y sin aliento, un dolor leve asomándose por su espalda.

Gild se levantó con una mano y se frotó la barbilla, sonriendo.

—Sigo viva —dijo Serilda con un quejido, copiando una de las frases favoritas de Anna.

—Yo no —dijo Gild con una sonrisa en sus ojos—. Hola de nuevo.

Luego Gild bajó la mirada hacia donde las manos de Serilda habían quedado entre sus cuerpos. Sus manos, casi con vida propia, estaban presionadas contra el pecho de Gild. Sin intenciones de apartarlo.

Se sonrojó al notarlo.

—Lo siento —dijo Gild, levantándose hacia atrás.

Apenas lo hizo, un dolor punzante se extendió por la cabeza de Serilda. Gritó, acercándose hacia él.

—¡Detente, detente! ¡Mi cabello!

Gild se quedó inmóvil. Un mechón del largo cabello de Serilda había quedado atrapado en un botón de su camisa.

—¿Cómo ocurrió?

—Algún duende entrometido, sin lugar a dudas —dijo Serilda, intentando ponerse en una mejor posición para desenredar su cabello de a poco.

—Son lo peor.

Serilda se detuvo y lo miró a los ojos, atrapando el humor silencioso que brillaba entre ambos. Así de cerca, bajo esta luz, podía ver que ambos estaban del color del ámbar cálido.

—Hola de nuevo —dijo en voz baja Gild.

Las más inocentes palabras. Enunciadas sin mucha inocencia. Un segundo más tarde, él ya no era el único sonrojado.

—Hola de nuevo —le respondió, de pronto, con timidez.

Serilda podría haberse pasado horas la última semana soñando con verlo otra vez o, para ser más precisos, besándolo otra vez, pero no sabía si sus expectativas eran realistas.

Su relación era… extraña.

Y lo sabía.

No sabía cuánto del afecto de Gild era solo por ser un

muchacho solitario que deseaba *cualquier* tipo de intimidad...
y cuánto podría ser porque legítimamente le gustaba.

Los dioses lo dirían con el tiempo, pero no estaba completamente segura de cuánto de su propio deseo tenía los mismos fundamentos.

¿Podría ser todo esto el comienzo del amor?

O quizás no era nada más que una pasión apresurada y una receta para el desastre, como diría Madam Sauer. No dejaba pasar la oportunidad de reprender a las muchachas de la aldea que caían con facilidad a los brazos de algún chico atractivo.

Pero esta era la historia de Serilda y este era *su* chico atractivo y, si era una receta para el desastre, bueno, estaba agradecida de que al menos tuviera algunos de los ingredientes.

En el lapso entre su *hola* inseguro y estos pensamientos dispersos, Gild había empezado a sonreír.

Y Serilda no pudo evitar imitar el gesto.

—Basta —dijo ella—. Estoy intentando desenredarnos.

—No hice nada.

—Me distraes.

—Solo estoy recostado aquí.

—Exacto. Me distrae *mucho*.

Gild rio.

—Ya sé que no debería estar tan contento de verte. Asumo que el Erlking quiere que tú... —se interrumpió y miró a toda la habitación, repleta de paja. Dejó salir un silbido grave—. ¿Por qué? Ese monstruo codicioso.

Serilda logró liberar el último mechón de su cabello.

—¿Puedes hacerlo?

Gild se sentó. No vaciló en ningún momento cuando asintió con firmeza. Una sensación de alivio inundó a Serilda, incluso aunque Gild dejara caer sus hombros.

—¿Qué ocurre?

La miró con una expresión algo siniestra.

—Supongo que esperaba que tuviéramos un poco de tiempo… juntos… sin esto. —Hizo una mueca de molestia—. Ya sabes, para hablar. Para… solo… estar juntos, no para…

—Lo sé —interrumpió Serilda, sintiendo un calor repentino en todo el cuerpo—. Yo también esperaba eso.

Gild le tomó una de las manos y se inclinó para presionar su boca contra sus nudillos. Serilda quedó inundada por un calor abrasador. No pudo evitar recordar la forma en que la había tomado de la mano la primera noche que se conocieron.

En aquel entonces, la había sorprendido.

Pero ahora la alegraba.

—Quizás —dijo ella—, si trabajamos rápido, podremos tener tiempo de sobra.

Los ojos de Gild se iluminaron.

—Me gusta el desafío. —Nuevamente, su calidez no duró mucho—. Pero, Serilda, odio recordarte esto, pero… debo pedirte un pago.

Se quedó congelada. Una sensación fría subió por su mano, aún aferrada a la suya, directo hacia su corazón.

—¿Qué?

—Desearía no tener que hacerlo —se apresuró a decir, casi como una súplica—. Pero el equilibrio de la magia lo requiere, o al menos, esta magia. Nada puede hacerse gratis.

Serilda apartó la mano.

—Lo haces todo el tiempo. Todos esos regalos para los aldeanos. No puedes decirme que recibes *pagos* por todo eso.

Gild hizo una mueca de molestia, como si ella lo hubiera golpeado.

—Eso lo hago para mí. Porque quiero. Es… diferente.

–¿Y no *quieres* ayudarme?

Con un quejido, Gild se llevó una mano hacia su cabello. Tambaleándose sobre sus pies, tomó un puñado de paja y se sentó en la rueca. Con los hombros desplomados, hizo girar a la rueca, moviendo su pie sobre el pedal.

Tal como lo había hecho cientos de veces, introdujo la paja por el orificio de la rueca. Pero esta vez, no emergió como un hilo brillante de oro.

Emergió simplemente como paja. Quebradiza y áspera.

Siguió intentando. El ceño fruncido con fuerza. Sus ojos determinados. Tomó otro puñado. Lo introdujo en la rueca, intentó enredarlo alrededor del carrete y continuó rompiéndose. Totalmente negada a convertirse en oro.

–No lo entiendo –susurró Serilda.

Gild detuvo la rueca, deteniéndose a mitad de camino, y dejó salir un suspiro de derrota.

–Hulda es el dios del trabajo duro. No solo para hilar, sino también para cosechar, trabajar la madera, tejer… Para todo. Supongo que quizás no le gusta entregar sus dones gratis porque… el trabajo duro merece una compensación. –Se encogió de hombros sin fuerza–. No lo sé. Puedo estar equivocado. Ni siquiera sé si lo que tengo *es* un regalo de Hulda. Pero sí sé que no puedo hacerlo como un favor, sin importar cuánto quiera. No funciona de esa manera.

–Pero no tengo nada más para darte.

Serilda miró el collar, la cadena visible detrás del cuello de su camisa. Al anillo que llevaba en su dedo, el mismo sello que había visto en el cementerio.

Entonces, con un aluvión de inspiración, esbozó una sonrisa y le señaló al pecho.

–¿Qué tal un mechón de cabello?

Gild levantó las cejas y bajó la vista, al notar el mechón de cabello que había quedado aún enredado en el botón de su camisa.

Los labios de Gild se torcieron hacia un lado mientras levantaba la vista hacia ella.

—¿Qué? —le preguntó—. Los novios se regalan mechones de cabello todo el tiempo. Debe ser un tesoro codiciado.

Una expresión de sorpresa, y un poco de esperanza, apareció en el rostro de Gild.

—¿Somos novios?

—Bueno... —Vaciló un momento. No estaba segura de qué otra cosa podían ser luego de besarse en la escalera el Día de Eostrig, pero no era una pregunta que alguna vez tuvo que responder. Quería responder con honestidad, decirle lo que realmente quería decir. Pero se sentía más seguro bromear. Y por eso, le respondió—. Acabamos de revolcarnos en la paja, ¿no lo crees?

Lo observó con detenimiento, aliviada de ver cómo su rostro pasaba de la confusión a la mortificación y dos manchas rosas oscurecían sus mejillas con pecas.

Serilda estalló en risas.

—Sí, sí, muy astuta —murmuró él—. No creo que un mechón de cabello sea suficiente para pagar por kilos y kilos de oro.

Hizo una mueca, pensativa. Luego, tuvo otra idea.

—¡Te daré un beso!

Gild esbozó una sonrisa, pero se sintió forzada.

—Lo aceptaría en lo que late mi corazón.

—¿Estás seguro de que tienes corazón? Intenté escucharlo antes pero no encontré nada.

Gild rio, pero se sintió vacío, y Serilda sintió algo de culpa por bromear con eso. Lucía realmente arrepentido mientras extendía una mano abierta hacia ella.

—No puedo aceptar un beso, aunque me encantaría. Tiene

que ser oro a cambio de… bueno, algo con valor tangible. No una historia. No un beso.

—Entonces dime qué cosa –le dijo ella–. Puedes ver todo lo que tengo en mi posesión. ¿Aceptarías mi capa? Tiene algunos agujeros que le hizo el drude, pero está en buenas condiciones. ¿O quizás mis botas?

Gild gruñó, levantando su vista hacia arriba.

—¿Tienen valor?

—Lo tienen para mí.

Ya se estaba empezando a irritar por la ira que crecía en su interior. Podía notar que Gild estaba siendo honesto; sabía mucho sobre las mentiras como para notar que estaba diciendo la verdad. Él tampoco quería tener esta conversación.

Sin embargo, allí estaban. Discutiendo un pago, cuando podía perder la vida si no lo hacía.

—Por favor, Gild. No tengo nada de valor y lo sabes. Fue mera suerte que tuviera el relicario y el anillo para empezar.

—Ya lo sé.

Serilda se mordió el labio inferior por un momento, pensando en una solución.

—¿Qué tal si prometo darte algo en el futuro? –le preguntó y Gild le lanzó una mirada disgustada–. No, en serio. No tengo nada de valor ahora, pero prometo darte algo de valor cuando pueda.

—No creo que funcione.

—¿Por qué no?

—Porque… –Negó con su cabeza, tan frustrado como ella–. Porque la probabilidad de que realmente tengas algo para ofrecerme en el futuro es demasiado baja. ¿Crees que recibirás una herencia de un momento a otro? ¿O descubrirás reliquias perdidas de tu familia?

—No tienes por qué despreciarme tanto.

—Intento ser realista.

—Pero no dolería intentarlo.

Gruñó, irritado.

—No… no lo sé. Quizás no. Déjame pensarlo.

—¡No tenemos tiempo para esto! Hay mucha paja; ya nos tomará casi toda la noche y si regresa y ve que he fallado, ya sabes lo que ocurrirá conmigo.

—Lo sé. Lo *sé*. —Cruzó los brazos sobre su pecho, mirando furioso a la nada—. Tiene que haber algo. Pero, por todos los dioses, Serilda. ¿Qué tal con la próxima vez? ¿Y la vez después de esa? Esto no puede seguir para siempre.

—¡No lo sé! Se me ocurrirá algo.

—¿Se te ocurrirá algo? Pasaron meses. ¿Crees que de repente se aburrirá de ti y te dejará ir?

—¡Dije que pensaría en algo! —ahora estaba gritando, los primeros rastros de desesperación adueñándose de ella. Por primera vez, se le ocurrió que Gild en verdad podría decir que no.

Podría abandonarla. Sin ayudarla. Sellando su destino.

Porque no tenía nada más para ofrecer.

—Cualquier cosa —susurró, acercándose y sujetándolo por las muñecas—. *Por favor*. Hazlo una vez por mí y te daré… —En ese instante, se le ocurrió una idea y dejó salir una risa excitada—. ¡Te daré a mi primer hijo!

Gild se quedó inmóvil.

—¿Qué?

Serilda esbozó una sonrisa disgustada y se encogió de hombros, desamparada. Y si bien las palabras habían sido una broma, ya estaba empezando a reflexionar sobre esa idea.

Su primer hijo.

La probabilidad de que alguna vez concibiera a un niño era tan minúscula. Desde el desastre con Thomas Lindbeck, se había resignado a tener un futuro de soledad. Y dado que el único otro chico que se había interesado en ella estaba *muerto*…

¿Qué importaba si le prometía un hijo inexistente?

—Asumiendo que viva lo suficiente para tener un hijo —agregó—. Tienes que admitir que es un buen trato. ¿Qué podría ser más valioso que un hijo?

Gild mantuvo la mirada fija en ella, una expresión intensa en sus ojos, solo un poco triste.

Debajo de la tela suave que cubría sus brazos, imaginó sentir su pulso. Pero no, era solo el suyo avanzando por sus dedos. Y en el repentino silencio, captó el ritmo trémulo de su propia respiración entrecortada.

El tiempo avanzaba rápido.

La vela titilaba en una esquina.

Y la rueca esperaba.

Gild tembló y apartó la vista. Miró las manos de Serilda y luego apartó sus brazos.

Serilda lo soltó, su corazón desplomado.

Pero en ese instante, tomó los dedos de Serilda y bajó la cabeza, evitando su mirada, mientras entrelazaba sus dedos entre los de ella.

—Eres muy persuasiva.

Un atisbo de esperanza se escabulló en su interior.

—¿Lo harás? ¿Aceptarás mi oferta?

Suspiró, un sonido largo y agotado, como si le doliera físicamente aceptar el trato.

—Sí, lo haré a cambio de… tu primer hijo. *Pero*… —sus dedos la sujetaron con más fuerza, aplastando la euforia que amenazaba con brotar de ella para envolverlo en un abrazo—, este trato es vinculante e irrompible, y espero que vivas lo suficiente para cumplir con tu parte. ¿Entendido?

Tragó saliva al sentir la magia del trato, el aire presionándola a su alrededor. Sofocándola, exprimiendo su pecho.

Un trato mágico, vinculante e irrompible. Un acuerdo bajo la Luna de la Castidad, con una figura fantasmal, un ser sin vida. Un prisionero del velo.

Sabía que no podía prometerle mantenerse con vida. El Erlking la mataría cuando él quisiera.

Y, aun así, escuchó las palabras como un susurro proveniente de un lugar lejano.

—Tienes mi palabra.

El aire se estremeció a su alrededor y luego se calmó.

Estaba hecho.

Gild hizo una mueca y se apartó.

No desperdició tiempo en sentarse en la rueca y comenzar su tarea. Parecía estar trabajando el doble de rápido que antes, su mandíbula firme y sus ojos concentrados solo en la paja que introducía en la rueca. Verlo era mágico. La confianza del movimiento de sus dedos, el vaivén firme de su pie sobre el pedal, la destreza con la que sus manos envolvían los hilos dorados en el carrete a medida que emergían destellantes de la rueda.

Serilda una vez más se preparó para asistirlo lo mejor posible. La noche pasó rápido. Parecía que cada vez que se animaba a mirar la vela, se había consumido unos dos centímetros. Sus miedos crecían en su interior a medida que estimaba cuánto habían trabajado. Inspeccionó la pila de paja, intentando recordar cómo era cuando llegó. ¿Ya habían hecho la mitad? ¿O más? ¿Había algún rastro de la luz de la mañana afuera de las paredes del castillo?

Gild no dijo nada. Apenas se movía. Solo lo hacía para aceptar cada puñado de paja que ella le entregaba, sin interrumpir el movimiento firme de la rueda.

Así se acababan sus fantasías de romance, pensó con frialdad, y luego se reprendió por haber pensado eso. Estaba agradecida, eternamente agradecida de que Gild estuviera allí, de que la estuviera ayudando a vivir otra noche más, a pesar de las demandas imposibles del Erlking.

Si es que terminaban, claro.

La pila de paja lentamente disminuyó y la montaña de carretes destellantes creció hasta que toda la pared quedó cubierta con los hilos dorados brillantes junto a la puerta.

Girar…

Girar…

Girar…

—Estuve preguntando si alguien conocía a algún espíritu llamado Idonia.

Serilda parpadeó. No la estaba mirando. Su atención nunca se apartó del trabajo. Parecía tenso luego del trato. Supuso que ella también se sentía tensa.

—¿Y? —quiso saber.

Gild negó con la cabeza.

—Nada por ahora. Pero tengo que ser cuidadoso con a quién le pregunto. No quiero que se entere Su Oscura Majestad o que sospeche de nosotros.

—Entiendo. Gracias por intentar.

—Si la encuentro… —empezó a decir con cierta inseguridad—. ¿Qué le digo?

Serilda lo pensó por un momento. Parecía algo imposible a estas alturas. ¿Cuáles eran las chances de que, de todas las víctimas de la cacería, fuera su madre quien el rey mantendría a su servicio? Su búsqueda era inútil, en especial cuando se suponía que debía estar preocupándose por ella misma, por su propia servidumbre.

—Solo dile que alguien la está buscando, supongo —le contestó.

Al oír esto, Gild levantó la cabeza, como si quisiera decir más. Pero vaciló por tanto tiempo que, eventualmente, regresó su atención al trabajo.

—¿Quieres que te siga contando nuestra historia? —sugirió Serilda, ansiando una distracción. Algo que no tuviera que ver con su madre o su primer hijo o este dilema putrefacto en el que estaba atrapada.

Gild suspiró, aliviado.

—Me encantaría.

La anciana estaba en medio del puente frente el príncipe, su ceño eternamente fruncido, aunque con ojos que lucían iluminados por la sabiduría.

—Al devolver a Perchta a la tierra de los perdidos, nos has hecho un gran favor, joven príncipe —le dijo. Luego señaló hacia el bosque circundante y un grupo de figuras comenzaron a emerger hacia los rayos de luz. Mujeres de todas las edades, cuyas pieles destellaban de cada color existente, desde dorado hasta el marrón más oscuro, y parches de liquen que crecían entre sus astas y cuernos.

Eran las mujeres de musgo. Fue en ese momento que el príncipe supo que estaba ante la presencia de su líder, Pusch-Grohla, la Abuela Arbusto en persona.

—¡Ja! ¡Sabía que era ella!

—Ah, sí, muy inteligente, Gild. Ahora, silencio.

La abuela arbusto no era conocida por ser amistosa con los humanos que se atrevían a acercarse a los seres del bosque. A menudo, les exigía que completaran tareas imposibles y los castigaba cuando fallaban.

O, a veces, los recompensaba por sus actos de bondad y valentía.

Nunca nadie estaba seguro del humor con el que la encontrarían, pero si había algo que el príncipe sabía era mostrar respeto. Y por eso, bajó la cabeza.

—No hace falta la cortesía —le dijo de repente, golpeando la punta de su bastón con tanta fuerza que atravesó una de las tablas podridas—. ¿Puedes pararte?

Intentó ponerse de pie, pero una de sus piernas cedió ante su peso.

—Despreocúpate —gruñó la anciana—. No te mates para impresionarme.

Pasó caminando a un lado del príncipe, observando las rocas negras donde había aparecido el portal a Verloren.

—Hará todo lo posible para escalar. Perchta nunca estará contenta con ser una prisionera del inframundo. Es ingeniosa. —Asintió con la cabeza, como si estuviera de acuerdo consigo misma—. Si alguna vez regresa, las criaturas de este mundo seguirán estando en peligro por sus flechas y espadas, su brutalidad insondable. —Volteó hacia las mujeres reunidas al borde del bosque—. Hasta ese día, cuidaremos este portal. Nos aseguraremos de que nunca nadie regrese de Verloren, que los dioses mismos no lo vuelvan a abrir para permitirle el paso a la cazadora. Debemos estar alertas. Debemos mantener la guardia en alto.

Las mujeres de musgo asintieron con expresiones feroces en sus rostros.

Acercándose con dificultad a las rocas, la Abuela Arbusto levantó el bastón sobre su cabeza y pronunció un encantamiento de palabras lánguidas y solemnes. La lengua antigua. El príncipe observo sin palabras, a medida que los monolitos negros altos se inclinaban hacia el centro del claro de zarzas. El suelo rugió a medida que rajaban la tierra. Muchas ramas se quebraron y crujieron.

Una vez que terminó, el portal hacia Verloren quedó sellado, atrapando a Perchta por siempre en el más allá.

Volteó hacia el príncipe con algo parecido a una sonrisa sobre su boca sin dientes.

—Ven, joven príncipe. Necesitas sanar.

Las mujeres de musgo construyeron una camilla con ramas y hojas y, juntas, llevaron al príncipe herido hacia el bosque. Intentó mirar hacia atrás a medida que se lo llevaban, para ver si había algún rastro del castillo de Gravenstone oculto detrás del velo y el cuerpo de su hermana, quizás su fantasma, en algún lugar fuera de su alcance. Pero lo único que vio fue una pared de ramas y espinas.

Los seres del bosque llevaron al príncipe hacia Asyltal, su hogar y santuario, un lugar tan escondido por la magia que el Erlking mismo nunca lo pudo encontrar. Allí, la Abuela Arbusto y las mujeres de musgo, con todo su conocimiento de hierbas sanadoras, atendieron al príncipe hasta curarlo.

Pero lo que no sabía era que, detrás del velo, el Erlking estaba planeando su venganza.

Los seres oscuros no sufrían el luto y mucho menos lo haría el siniestro Erlking. Solo había lugar para la ira en su oscuro corazón.

Ira y una necesidad ardiente de vengarse del joven que asesinó al único ser que jamás había amado.

A medida que los días pasaban detrás del velo, el Erlking comenzó a idear un terrible plan. Se aseguraría de que, pronto, el príncipe conociera el mismo destino que le había causado a él. Un futuro sin paz, sin alegría.

Sin final.

Los días pasaron lentamente mientras elaboraba su venganza.

A medida que la luna llena se aproximaba, al otro lado del bosque, el joven príncipe se recuperó de sus heridas. Le dijo a la Abuela Arbusto que debía regresar a su hogar y darle las tristes noticias a su familia sobre el destino de su hermana, y también para llevarles tranquilidad de que él no estaba perdido.

La Abuela Arbusto aceptó que el tiempo había llegado para que regresara a su pueblo. Como muestra de gratitud por la magia sanadora, el príncipe les concedió a las mujeres de musgo objetos que tenía en su posesión en ese momento, un pequeño relicario y un anillo dorado. Luego, haciendo una reverencia de agradecimiento, el príncipe emprendió camino hacia su casa. No supo hasta que abandonó Asyltal que casi un mes entero había pasado y regresaría a su casa bajo la luz de una luna llena. Aceleró el paso, entusiasmado por ver a su madre y padre otra vez, sin importar cuánto le doliera contarles lo que había ocurrido con su amada princesa.

Pero no pudo llegar al castillo antes de la puesta de sol y, a medida que se abría paso por la oscuridad invasiva, oyó un sonido que le congeló hasta el alma.

Aullidos y el canto desalmado de un cuerno de caza.

La cacería salvaje había regresado.

CAPÍTULO TREINTA Y OCHO

Fue el silencio lo que trajo a Serilda nuevamente al presente. La rueca se había detenido.

Levantó la vista y vio a Gild observándola, con la barbilla apoyada sobre ambas manos, inclinado hacia adelante en su silla como un niño cautivado. Pero en un instante, frunció el ceño.

—¿Por qué te detuviste? —le preguntó.

—¿Por qué te detuviste *tú*? —replicó ella, saltando del diván, donde se había sentado en algún momento de su historia—. No tenemos tiempo para…

Se detuvo y miró a su alrededor.

La paja ya había desaparecido.

Había *terminado*.

Gild esbozó una amplia sonrisa.

—Te dije que podía hacerlo.

—¿Qué hora es? —Miró la vela y le sorprendió que aún fuera

tan alta como un pulgar. Llevó ambas manos a su cintura y miró a Gild–. ¿Me estás diciendo que esas dos primeras noches lo hiciste despacio a *propósito*?

Se encogió de hombros, abriendo los ojos bien en grande, la imagen de la sinceridad.

–No tenía nada mejor que hacer con mi tiempo. Y estaba disfrutando las historias.

–Me dijiste que habías odiado la historia de la primera noche.

Se encogió de hombros, luego los movió algunas veces para aflojarlos. Mientras elongaba las manos sobre su cabeza, su espalda emitió una serie de crujidos fuertes.

–Yo no usaría la palabra *odio*.

Serilda resopló.

Los carretes estaban dispersos en una pila desprolija a su lado, dado que no se detuvo para organizarlos y Serilda había estado tan distraída contando su historia como para completar esa parte del trabajo. Caminó hacia la rueca y empezó a apilarlos contra la pared. No estaba completamente segura de por qué se molestaba en hacerlo. Algunos sirvientes entrarían, los juntarían y se los llevarían para que el rey hiciera lo que hiciera con todo ese oro, pero aun así se sentía culpable por no haber ayudado tanto esa noche.

A medida que acomodaba los carretes, notó que brillaban como pequeños faros a la luz de la vela, tan hermosos como una joya. La cantidad de paja le había hecho creer que era una tarea imposible, pero Gild la había logrado terminar con tiempo de sobra. No podía evitar sentirse más que impresionada.

Mientras acomodaba el último carrete sobre la última pila, vaciló y miró el oro destellante.

¿Cuánto *valía*?

Aún no estaba completamente segura de que fuera real. O, creía que era real allí, en ese lado del velo, en el reino de los fantasmas y los monstruos. Pero, si cruzaba hacia la luz del sol, ¿se desvanecería como la neblina de la mañana?

Pero no, los regalos que Gild le entregaba a la gente de Adalheid eran reales. ¿Por qué esto sería distinto?

Antes de poder arriesgar una respuesta, tomó su capa y guardó el carrete pesado en el bolsillo de su vestido.

—¿Qué hace con todo esto? —murmuró, dando un paso hacia atrás para inspeccionar el trabajo de Gild en toda su gloria reluciente.

—Nada bueno, de eso estoy seguro —respondió, tan cerca que imaginó poder sentir el aliento de su boca sobre su cuello.

¿Había notado que se había llevado un carrete?

Volteó hacia él.

—¿Y a ti no te molesta? Ya sé que me estás ayudando, pero… también lo estás ayudando a él. Sumando sus riquezas.

—No es riqueza lo que quiere —explicó Gild con una convicción tranquila—. Tiene otra cosa en mente para esto —suspiró—. Y no. Claro que me molesta. Quiero arrojarlo al lago para asegurarme de que nunca lo tenga entre sus manos. —La miró con una expresión atormentada—. Pero no puedo permitir que te lastime. El Erlkönig puede quedarse con todo el oro que quiera si eso es lo que te mantiene a salvo.

—Lamento haberte metido en esto. Ya encontraré una forma de escapar, de algún modo. Sigo creyendo que… en algún momento, tendrá suficiente y ya no necesitará de mí… o de ti.

—Pero eso es solo una cosa. Una vez que eso ocurra, tú ya no estarás aquí. Y sé que eso es algo bueno. No quiero que quedes atrapada aquí como yo. No quiero que nadie más sufra en este lugar. Ya hay suficiente sufrimiento en este castillo así como está. —Se detuvo—. Pero de todos modos…

No tenía que decirlo. Ella sabía las palabras que estaba buscando, por lo que se vio tentada de sacarlo de su miseria. Decir las palabras por él, porque las palabras siempre habían sido su refugio, su consuelo… mientras que Gild parecía agonizar con ellas. Al menos, cuando estaba siendo honesto, como en este momento. Cuando parecía tan vulnerable.

Finalmente, se encogió de hombros.

—De todos modos, no quiero que te vayas, porque sé que nunca regresarás.

El corazón de Serilda se encogió.

—Desearía poder llevarte conmigo. Desearía que ambos pudiéramos ser libres. Alejarnos de este lugar.

Su expresión triste lucía desesperanzada.

—Nunca podré liberarme de este lugar.

—¿Qué pasa si intentas escaparte?

—Lo más lejos que puedo llegar es hasta el puente o el lago; ya intenté saltar por el muro más veces de las que puedo contar. Pero solo… —Chasqueó los dedos—. Vuelvo a aparecer adentro del castillo. Como si nada hubiera pasado.

Una expresión sombría apareció en el rostro de Gild.

—La última vez que lo intenté, siglos atrás, reaparecí en la sala del trono con el Erlking sentado frente a mí, como si me estuviera esperando. Y simplemente empezó a reír. Como si supiera lo mucho que estaba intentando escapar y que nunca podría hacerlo, y como si verme sufrir fuera lo más gracioso que había visto desde… no lo sé. Desde que atrapó al guiverno probablemente. —Miró a Serilda a los ojos una vez más—. Fue en ese momento que decidí que si estaría atrapado aquí, al menos pasaría el tiempo haciendo que su vida fuera lo más miserable posible. No puedo hacerle *mucho.* No tiene sentido pelear contra él o intentar asesinarlo. Pero puedo ser realmente muy molesto. Quizás suena infantil, pero… a veces siento que es lo único que me queda.

—Y aquí estoy yo —susurró ella—, pidiéndote hilar oro. Para *él.*

Gild extendió una mano hacia adelante y tomó una de las trenzas entre sus dedos y la acarició con su pulgar.

—Vale la pena. Fuiste la distracción más brillante que jamás podría haber pedido.

Se mordió la mejilla por adentro y luego hizo lo que su cuerpo había deseado desde la primera vez que lo vio. Entrelazó sus brazos alrededor de su cuello y apoyó su frente contra la suya. Los brazos de Gild fueron rápidos en abrazarla y Serilda sabía que ella no había sido la única que había estado llevando al límite su fuerza de voluntad para no caer en sus brazos.

Cerró los ojos con tanta fuerza que empezó a ver algunos destellos dorados en la oscuridad de sus párpados.

Encontraría una forma de salir de este lío y tenía la sensación de que no tardaría mucho. Después de todo, ya le había prometido su primer hijo a cambio de su ayuda. ¿Qué le ofrecería la próxima vez? ¿Y la siguiente?

Aun así, para su desaliento, la idea de escapar corriendo de las garras del Erlking no le traía tranquilidad. Solo la hacía sentir como si estuvieran aplastando su corazón con una prensa.

¿Qué tal si esta era la última vez que lo veía?

Su pulso se aceleró cuando pasó sus dedos sobre el cabello de Gild y volteó la cabeza, depositándole un beso justo por debajo de su oreja.

Gild inhaló profundamente, sus brazos tensos alrededor de ella. Su reacción la motivó. Apenas sabía lo que estaba haciendo cuando mordió la piel suave de su lóbulo.

Gild soltó un quejido, desconcertado, incluso mientras

se inclinaba hacia ella, sus dedos aferrados sobre el vestido de Serilda por detrás.

Luego la empezó a apartar.

Serilda lucía desconcertada. Sus mejillas estaban sonrojadas y su corazón latía con toda su fuerza.

Los ojos de Gild parecían derretidos mientras la miraba.

—Lo siento —suspiró Serilda—. No sé qué estaba…

Sus dedos encontraron el cabello de Serilda, enredándose por detrás de su cabeza, mientras la acercaba más hacia su cuerpo. Sus bocas se encontraron. Famélicas.

Serilda acompañó el gesto. Su cuerpo se sentía ardiente dentro de los confines de su vestido. Su cabeza flotaba ligera, apenas podía mantener las sensaciones que dejaban las manos de Gild sobre su piel, un rastro de calidez agotadora por su cuello, su espalda, sus costillas, la curva debajo de sus pechos.

Se alejó solo para respirar. Temblando, posó las manos sobre el pecho de Gild. Podía no tener latidos, pero se sentía sólido a su tacto. Debajo de la delgada capa de lino había fuerza y dulzura. Su pulgar acaricio la hendidura en la clavícula del muchacho y se inclinó hacia adelante, repentinamente desesperada por besar esa piel desnuda sobre su cuello.

—Serilda…

Su nombre era una plegaria áspera, un deseo, una pregunta.

Encontró sus ojos y comprendió que ella no era la única que había empezado a temblar. Las manos de Gild estaban sobre su cintura, aferradas con fuerza a la tela de su falda.

—Yo nunca… —comenzó a decir mientras sus ojos trazaban las líneas del rostro de Serilda, desde su ceño hasta su barbilla y su boca frondosa.

—Yo tampoco —respondió con un susurro, nerviosa una vez más—. Pero me gustaría.

Gild exhaló y llevó su cabeza hacia adelante, presionando su frente contra la de ella.

—A mí también —respiró, con una leve sonrisa—. Contigo.

Sus manos se deslizaron sobre la espalda de su vestido y Serilda pudo sentir cómo los dedos trémulos de Gild encontraban los cordeles y empezaban a desatarlos.

Lento.

Tediosamente lento.

Agonizantemente lento.

Con un resoplido de frustración, Serilda empujó a Gild hacia atrás hasta que sus piernas se tropezaron con el diván. Se desplomó sobre él, alentada por el sonido de su risa, seductora y cálida, antes de que la boca de Serilda finalmente la silenciara.

CAPÍTULO TREINTA Y NUEVE

Era oro líquido. Una piscina de luz. Una siesta un día de verano.

Serilda no podía recordar alguna vez que hubiera dormido tan profundo, pero la realidad era que nunca había estado entre brazos tan protectores, un pecho firme sobre su espalda. En un momento, había empezado a temblar y se preguntó con cierto misterio si abriría los ojos y se encontraría sola en las ruinas del castillo. Pero no, solo tenía frío, ya que no había ninguna sábana bajo la cual acurrucarse. Gild la había ayudado a ponerse el vestido, besando suavemente cada uno de sus hombros antes de pasar la tela por sus brazos y atar los cordeles. Se quedaron dormidos una vez más. Serilda sabía que estaba sonriendo, incluso aunque estuviera somnolienta. Plenamente contenta.

Hasta que una sombra se posó sobre ella, eclipsando la poca luz índigo que entraba por las ventanas.

Serilda entreabrió los ojos.

Luego se sentó, nerviosa, pero alerta.

Se puso de pie enseguida, haciendo una mueca al sentir el crujir de su cuello e hizo una reverencia.

—Su Majestad, discúlpeme. Estaba… estábamos…

Vaciló, sin saber por qué se estaba disculpando. Giró, aterrada de lo que haría el Erlking si encontraba a Gild con ella, pero…

Gild ya no estaba.

Lo que había creído que era un brazo sobre su cabeza era su capa de viaje, enrollada cuidadosamente.

Parpadeó.

¿Cuándo se había ido?

Embriagada en un mar de emociones, se sintió sorprendida por el leve arrepentimiento de que no la hubiera despertado para despedirse de ella.

Se reprendió a sí misma y enfrentó al rey, mientras frotaba sus ojos dormidos.

—Yo… debo haberme quedado dormida.

—Y por lo que parece disfrutaste el más placentero de los sueños.

Un nudo de vergüenza se aferró a su estómago y solo empeoró cuando la mirada de curiosidad del Erlking se tornó casi frívola.

—Ya llega el amanecer. Antes de que el velo nos separe, hay algo que me gustaría mostrarte.

Serilda frunció el ceño.

—¿A mí?

El rey sonrió, un gesto sofocante de victoria. La sonrisa de un hombre que siempre obtenía lo que quería y tenía pocas dudas de que esta vez fuera distinto.

—Tu presencia sigue siendo una ventaja sorprendente, Lady Serilda. Y estoy de buen humor. —Extendió una mano.

Ella vaciló, al recordar la sensación fría de su piel. Pero, como no le quedaban muchas opciones, se preparó y apoyó su mano sobre la del rey. Un escalofrío descendió por su espalda y no pudo ocultar por completo el temblor que su tacto había suscitado. El rey esbozó una amplia sonrisa, como si le gustara surtir ese efecto en ella.

La llevó fuera de la habitación. Solo cuando estaban en el corredor, Serilda recordó su capa, pero el rey caminaba con tanta energía que tuvo la sensación de que no apreciaría el retraso si le pedía regresar a buscarla.

—Esta ha sido una noche estimulante —dijo el Erlking, llevándola a toda prisa por una escalera larga que terminaba en un invernadero amplio—. Además de tu trabajo diligente, nuestra cacería logró obtener un premio muy preciado, un poco gracias a ti.

—¿A mí?

—Así es. Espero que no seas sensible.

—¿Sensible? —preguntó, más desconcertada y sin poder comprender por qué estaba siendo tan agradable con ella. De hecho, el Erlking, quien por lo general le había parecido ominoso y bastante lúgubre, ahora lucía casi… *animado*.

La ponía nerviosa.

—Sé que hay chicas mortales débiles, quienes fingen repulsión ante el cautiverio o el sacrificio de animales salvajes.

—No creo que *finjan* la repulsión.

Rio.

—Tráeme a una señorita que no disfrute un corte tierno de venado en la mesa y te concederé el punto.

Serilda no tenía ningún argumento para discutir eso.

—Para responder su pregunta —agregó ella un poco dubitativa—, no creo ser particularmente sensible, no.

–Eso espero. –El rey se detuvo ante una puerta doble que Serilda no había visto antes–. Pocos mortales han presenciado lo que estás a punto de presenciar. Quizás la noche nos estimule a los dos.

Enseguida, se le ruborizó el rostro. Sus palabras traían destellos de la intimidad y el placer que estaba intentando ignorar en un momento tan inoportuno como este.

El cuerpo de Gild. Sus manos. Su boca…

El Erlking abrió las puertas, dándole paso a una ráfaga de aire frío, el ritmo melódico de una leve llovizna, la esencia pesada de la salvia.

Se encontraron con un pasaje de piedra que atravesaba toda la parte norte de la torre. Ante ellos, una docena de escalones que llevaban hacia un jardín inmenso rodeado por las altas paredes externas de la fortaleza. El jardín lucía ordenado y preciso, segmentado en cuadrados gracias a cajones altos de madera. Dentro de cada cuadrado había una pieza central, una fuente o una poda ornamental con forma de ninfa tocando la lira, rodeada por jacintos azules, amapolas y flores de las nieves. En una esquina lejana a la derecha de Serilda, los segmentos lucían más prácticos, aunque no menos encantadores, llenos de vegetales de primavera, hierbas y árboles frutales.

Nunca se le había ocurrido pensar cómo era que se alimentaban los seres oscuros. Claramente *comían*, sino no tendrían ningún interés en el festín que los ciudadanos de Adalheid les preparaban. Pero no estaba segura de si realmente *necesitaban* hacerlo o si tan solo lo disfrutaban. De cualquier manera, había imaginado que en sus festines solo había comida que habían cazado durante la cacería, jabalíes salvajes, venados o aves. Claramente, había estado equivocada.

El Erlking no le dio tiempo para inspeccionar adecuadamente

la vista espléndida de los jardines. Una vez que llegaron a la base de la escalera, Serilda apresuró el paso para no alejarse mucho de él por el sendero central que atravesaba todo el lugar hasta la pared opuesta, mientras una neblina de lluvia suave se aferraba a su piel. Tembló del frío, deseando no haberse olvidado su capa.

De pronto, una estatua en uno de los jardines le llamó la atención. Estaba rodeada de un mar ominoso de rosas negras. Se tropezó y se detuvo.

Era una estatua del Erlking, vestido con su ropa de cacería y la ballesta en sus manos. Estaba tallada en una roca negra, granito quizás. Pero la base era diferente. Un tono más gris, como las paredes del castillo.

Parpadeó, sorprendida por la presencia de semejante muestra de vanidad. Le había mostrado con mucho entusiasmo todos sus trofeos en el castillo, las cabezas embalsamadas y colgadas en la pared. Pero no le había parecido que fuera particularmente… bueno, *vanidoso*.

Se obligó a salir de ese estado y se apresuró a seguir al rey, quien evidentemente no tenía intenciones de esperarla. Pasó junto a un par de jardineros fantasmas. Un hombre con unas tijeras de podar inmensas clavadas en su espalda quitaba las malas hierbas de uno de los cajones y una mujer cuya cabeza parecía estar permanentemente torcida en un ángulo extraño, como si su cuello estuviera roto, podaba un arbusto ornamental para darle la forma de una serpiente larga. Había más fantasmas deambulando por los jardines a lo lejos, pero a medida que se acercaba a la pared del castillo, su atención se alejaba de los parches de follaje frondoso.

Sus pasos disminuyeron a medida que cruzaba un portón de hierro que no se podía ver desde los escalones del palacio. Llevaba hacia otro jardín angosto y ordenado en la parte trasera de los jardines que podía haberse utilizado para jugar a los bolos sobre césped.

Alrededor de todo el perímetro había una serie de jaulas ornamentales. Algunas eran lo suficientemente pequeñas como para albergar a un gato doméstico, mientras que otras eran casi tan grandes como la rueda de un molino de agua, todas iluminadas por cientos de antorchas al borde del jardín.

Algunas jaulas estaban vacías.

Pero otras…

Serilda quedó boquiabierta y no pudo acercarse más. No estaba segura de que lo que estuviera viendo fuera real.

En una de las jaulas había un elwedritsch, una criatura corpulenta que se asemejaba a un ave cubierta de escamas en lugar de plumas, con una cornamenta delgada en su cabeza. También había uno de sus primos, el rasselbock, un conejo por su tamaño y forma, pero con cuernos similares a los de un corzo. En la siguiente jaula, había un bärgeist, un oso pardo inmenso de ojos rojos. Y también había criaturas para las que no tenía ningún nombre. Una criatura de seis piernas que parecía un buey con un caparazón sobre su espalda. Una bestia del tamaño de un jabalí, cubierta por un pelaje greñudo que, luego de inspeccionarlo detenidamente, notó que tal vez no era pelo, sino púas filosas como las de un puercoespín.

Desconcertada, emitió un sonido que se asemejó casi a una risa, mientras veía lo que parecía ser, a simple vista, una cabra común de montaña. Pero cuando se acercó hacia su plato de comida, notó que las piernas en el lado izquierdo de su cuerpo eran significativamente más cortas que las del lado derecho. *Un dahut*. La criatura cuya lana Gild había dicho que era su favorita para hilar.

Se acercó más, sacudiendo la cabeza maravillada. A solo unos pocos metros de la jaula del dahut, había algunos parches de su pelaje que se habían caído de manera casual. Dudaba que al dahut le importara mucho, en especial a medida que los días se tornaban más cálidos, pero algo le decía que al Erlking y sus cazadores les molestaba bastante que esos parches de lana desaparecieran ocasionalmente.

Sacudió la cabeza, intentando apaciguar su sonrisa.

No le resultó difícil hacerlo cuando volteó y vio a todas las bestias enjauladas. Era una mezcla de criaturas peculiares y majestuosas, aunque todas parecían apretadas y miserables en sus prisiones. Muchas estaban acurrucadas en un rincón sin esperanza alguna, resguardándose de la lluvia y observando a los seres oscuros con cautela. Algunas tenían heridas abiertas que no habían sido atendidas.

—Todas estas bestias milagrosas —murmuró una voz altanera—, y la mortal quiere ver al dahut.

Las palabras desconcertaron a Serilda. Se obligó a apartar la vista de las criaturas y vio que el Erlking y ella no estaban solos. Un grupo de seres oscuros con su vestimenta de caza se encontraban reunidos en el extremo del jardín, cerca de una enorme jaula vacía. Había sido un hombre el que había hablado, con piel bronce y una cabellera rubia, una espada en su espalda. Cuando notó que había captado la atención de la joven, levantó una ceja.

—¿Esta pequeña humana le tiene miedo a las bestias?

—Apenas —le contestó Serilda, parándose más recta—. Pero prefiero el encanto natural por sobre la vanidad y la fuerza bruta. Nunca vi una criatura tan puramente ingenua. Me siento bastante afligida.

—Lady Serilda —dijo el Erlking. Serilda se sobresaltó y el extraño sonrió—. No tenemos mucho tiempo. Ven, deseo mostrarte nuestra nueva adquisición.

—Preocuparse por ella no debe, Su Oscura Majestad —gritó el hombre—, los humanos tienen un gusto pobre sobre las bestias.

—Nadie solicitó tu opinión —dijo el rey.

La mandíbula del hombre se tensó y Serilda no pudo evitar levantar la barbilla de un modo presumido al pasar junto a él.

No había recorrido una docena de escalones cuando un sonido ensordecedor como metal sobre metal, la hizo detener. Hizo una mueca de dolor y presionó ambas manos sobre sus oídos.

Los seres oscuros rieron. Incluso el Erlking pareció disfrutar el momento, antes de voltear con orgullo hacia la fuente del sonido.

A través de otra puerta al final del jardín, un número de cazadores y sirvientes guiaban a una bestia gigante hacia adelante. Cada uno estaba sujetando una soga larga que se encontraba envuelta al cuello y cuerpo de la criatura. Había una docena de captores, al menos y, aun así, Serilda podía ver que, a juzgar por sus músculos tensos y gruñidos, les estaba tomando todo su esfuerzo llevar al animal hacia adelante.

Su estómago se revolvió.

—Es un tatzelwurm —susurró sin poder creerlo—. Capturaron un tatzelwurm.

—En las colinas de Ottelien —comentó el Erlking—. Precisamente donde tú dijiste que estaría.

CAPÍTULO CUARENTA

La criatura era tres veces más larga que la altura de Serilda, la mayor parte de su cuerpo consistía de una cola extensa y serpentina cubierta de escamas plateadas y brillantes que azotaba el aire y se retorcía a medida que los cazadores tiraban de sus sogas. No tenía patas traseras, solo dos brazos al frente, cada uno de los cuales estaba marcado por unos músculos fuertes y tres garras que parecían dagas a la luz de las antorchas que raspaban la tierra para alejarse de sus captores. Su cabeza era distintivamente felina, como un lince enorme, con ojos amarillos feroces, bigotes largos y sedosos y mechones de pelaje negro en sus orejas puntiagudas. Su boca y hocico tenían un bozal, pero de todas formas podía emitir ese chillido insoportable y gruñidos profundos y guturales. A un costado de su cuerpo tenía una herida de la cual brotaba sangre que, bajo esta luz, parecía ser tan verde como el césped mismo.

–¡Preparen la jaula! –gritó una mujer y Serilda la reconoció. Era Giselle, la guardiana de los sabuesos. Uno de los cazadores abrió la puerta de la inmensa jaula vacía.

Serilda dio un paso hacia atrás, ya que no quería estar de ninguna manera cerca del tatzelwurm si llegaba a liberarse, y parecía que eso era bastante posible.

–Asombroso, ¿verdad? –dijo el Erlking. Ella lo miró, sin palabras. Sus ojos estaban fijos en su presa con una expresión destellante. Parecía casi alegre, sus dientes filosos se asomaban por detrás de una leve sonrisa en sus labios, mientras sus ojos azules grisáceos miraban embelesados a la presa.

Serilda comprendió que se había equivocado al pensar que la había tratado bien antes. Solo quería regodearse con su nuevo trofeo. ¿Y quién mejor para admirar su naturaleza asombrosa que una campesina mortal?

A medida que los cazadores metían al tatzelwurm en la jaula, el Erlking volteó su sonrisa hacia Serilda.

–Te debemos nuestra gratitud.

Ella asintió débilmente.

–Porque les dije dónde encontrarlo. –Intentó no mostrar cuánto la desconcertaba todo esto. Lo había inventado. Había sido una mentira.

Pero evidentemente, también había tenido razón.

–Sí –asintió el Erlking–, pero también porque, de no ser por tu don, nos habríamos visto obligados a tener a la criatura paralizada. Como mi guiverno, si lo recuerdas. Este habría sido una decoración magnífica, pero… prefiero disfrutar a mis presas un poco más animadas. Llenas de vigor. Pero no podríamos haberlo transportado tan lejos sin tu preciado don.

–¿Qué don? –le preguntó, sin la más mínima idea de qué era a lo que se refería.

Rio con alegría.

El tatzelwurm fue arrastrado hacia la jaula. Los cazadores salieron y encerraron a la bestia, dejando solo a la guardiana de los sabuesos dentro. Empezó a desatar las sogas que aún se encontraban atadas alrededor del cuerpo de la criatura.

Sogas que destellaban cuando atrapaban la luz de las antorchas.

Serilda presionó los dientes con fuerza para ahogar un grito.

No eran sogas, sino cadenas.

Cadenas delgadas de oro.

—Los hilos que hiciste apenas fueron suficientes para crear estas cadenas —dijo el rey, confirmando sus sospechas—. Pero lo que nos entregaste esta noche debería ser suficiente para capturar e inmovilizar a la más grandiosa de todas las bestias. Esta fue una prueba, para ver si las cadenas servirían su propósito. Tal como puedes ver, funcionaron magníficamente.

—Pero… ¿por qué oro? —preguntó—. ¿Por qué no acero o una soga común?

—*Oro* no —la corrigió con cierta cadencia en su voz—. Oro hilado. ¿No sabes el valor de semejante don de los dioses? Quizás sea el único material que puede sujetar a una criatura mágica. El acero o las sogas comunes no pueden hacer nada con una criatura como esta —rio—. Magnífico, ¿no lo crees? Y finalmente mío.

Serilda tragó saliva con fuerza.

—¿Qué planea hacer con él?

—Aún no lo decido. Pero tengo grandes ideas. —Su voz se tornó más oscura y Serilda imaginó al tatzelwurm embalsamado y exhibido como decoración, otro objeto más en la colección del rey.

—Vamos —dijo, ofreciéndole el brazo a Serilda—. Estos jardines no son fáciles de navegar al otro lado del velo y el amanecer ya está cerca.

Serilda vaciló por un momento que, probablemente fue demasiado largo, antes de aceptar su brazo. Volteó una vez más, mientras la guardiana de los sabuesos salía de la jaula con las cadenas en sus brazos. Quizás ella también estaba a cargo de las presas, ahora que había una para cuidar. A penas salió, cerraron la pesada puerta de la jaula con llave.

El tatzelwurm soltó otro grito ensordecedor. Antes había sonado furioso. Ahora oía una nueva agonía. Devastación. Pérdida.

Su mirada se posó sobre Serilda. Había claridad en sus ojos rasgados. Ira, sí, pero también brillantez, un entendimiento que parecía sobrenatural en sus facciones felinas. No pudo evitar sentirse que esa no era una bestia sin corazón. No era un animal para tener encerrado en una jaula.

Era una tragedia.

Y era su culpa, al menos, en parte. Sus mentiras habían llevado al rey hacia el tatzelwurm. De algún modo, ella había hecho esto.

Serilda volteó y dejó que el rey la guiara nuevamente entre las pequeñas parcelas ordenadas a cada lado y el castillo brillante delante de ellos. Por sobre el muro del este, un leve destello rosado tocaba las nubes púrpuras dispersas.

—Ah, hemos perdido mucho tiempo —dijo el rey—. Discúlpame, Lady Serilda. Espero que puedas encontrar tu camino.

Ella lo miró, una nueva inquietud en su interior. Por más que odiara a este hombre, a este *monstruo*, al menos sabía la clase de monstruo que era. Pero al otro lado del velo, el castillo albergaba tantos secretos, tantas amenazas.

Como si hubiera sentido el miedo creciente en su interior, el Erlking presionó con sutileza una mano sobre la suya.

Un consuelo.

Luego un haz de luz dorada cubrió la torre más alta de la

fortaleza y el rey se desvaneció como la neblina. A su alrededor, los jardines se tornaron más salvajes y descuidados, los árboles y arbustos crecieron sin control, las cajas de madera se abrieron en todas direcciones. El camino a sus pies quedó cubierto por enredaderas y hierbas. Aún podía ver el patrón de las pequeñas parcelas cuadradas, y algunas rocas que permanecían en pie, una fuente por aquí, una estatua por allá, pero siempre desgastadas y rotas, algunas incluso, derribadas.

El castillo majestuoso quedó reducido, una vez más, a un conjunto de ruinas.

Serilda suspiró. Estaba temblando otra vez y, si bien la mañana era húmeda, supuso que era por la cercanía del Erlking hacía solo unos segundos.

¿Podía verla desde su lado del velo, como a través de una ventana? Sabía que Gild podía. Después de todo, la había protegido del drude esa primera mañana. Quizás todos los habitantes del castillo podían verla, cuando ella no veía nada más que desorden y abandono. Si pensaba en Gild, era una idea reconfortante. Pero con el resto, no tanto.

Consciente de que en cualquier momento empezarían los gritos, levantó su falda y avanzó a toda prisa por el sendero demarcado, esquivando las plantas crecidas. Los jardines podrían estar olvidados, pero estaban llenos de vida. Muchas plantas habían prosperado y germinado, aunque descuidadas, y la mayoría ni siquiera eran malas hierbas. El aire transportaba la esencia de la menta y la salvia, aromas que se tornaban más penetrantes con la tierra mojada. Notó que muchas de estas hierbas crecían fuera de control en las parcelas que alguna vez estuvieron ordenadas. Una variedad de aves se encontraba paradas en las ramas de los árboles, cantando sus canciones matutinas, y otras saltaban por el suelo, picoteando algunos gusanos e insectos. En su prisa, asustó a una serpiente, la cual a su vez la asustó a ella cuando intentó buscar refugio a toda prisa debajo de un brezo.

Ya estaba cerca de la escalinata del castillo cuando se tropezó. Cayó hacia adelante y aterrizó sobre sus manos y rodillas, gruñendo. Giró sobre su espalda y vio la palma de sus manos. Había caído directo sobre un cardo pendiente. Gruñendo, comenzó a sacarse las pequeñas espinas, antes de levantar su falda para revisar sus rodillas. La izquierda estaba apenas marcada, pero la derecha sangraba por un rasguño poco profundo.

—No se ve bien —dijo, pateando la roca con la que se había tropezado, oculta debajo de la maleza. La roca, casi perfectamente redonda, giró unos metros.

Serilda se sentó derecha.

No era una roca.

Una cabeza. O en realidad, la cabeza de una estatua.

Se puso de pie y se acercó a la roca. Luego de voltearla con el pie para asegurarse de que no hubiera ningún insecto mortal debajo de esta, la levantó.

Estaba gastada por el clima, tenía la nariz rota al igual que algunas partes de su tocado. Sus facciones lucían femeninas, una boca tensa y orejas delicadas. Al voltearla, Serilda vio con claridad la parte de atrás de su cabeza y comprendió que no llevaba un tocado, sino una corona, la cual el tiempo se había encargado de gastar hasta convertir en una diadema de puntas irregulares.

Serilda miró a su alrededor, buscando el cuerpo de la estatua, hasta que vio una figura derribada detrás de un arbusto que aún no estaba cubierto de hojas. Al principio, parecía solo un montículo de rocas cubiertas de musgo, pero al inspeccionarla con mayor detenimiento, vio que eran dos figuras paradas una al lado de la otra. Una con un vestido y la otra con una larga túnica y un manto de piel. Ambos decapitados.

Siguió inspeccionando la zona y encontró la funda rota de una espada y... una mano.

Bajó la cabeza y levantó la extremidad perdida, cortada justo por encima de la muñeca. Le faltaban el pulgar y los primeros dos dedos. Le quitó el liquen que cubría su superficie.

Abrió los ojos como platos.

En el cuarto dedo había un anillo.

Lo inspeccionó más de cerca, con la vista entrecerrada. Si bien estaba desgastado por el tiempo, reconoció el sello del anillo.

La *R* y el tatzelwurm.

¿Acaso Gild había visto la estatua antes? ¿Era esa la razón por la que el símbolo le había resultado familiar?

¿O tenía un significado más profundo aquí? Si este sello estaba en el anillo de una estatua, la estatua de una *reina*, a juzgar por la corona, podría ser un emblema familiar. Eso confirmaba sus teorías con las lápidas.

Pero ¿de qué familia real se trataba?

¿Y qué había pasado con ellos?

En ese momento, Serilda comprendió que, al ver el jardín, estaba cerca del mismo lugar en donde se encontraba la estatua del Erlking al otro lado del velo.

Esa estatua habría estado justo... *allí*.

Serilda utilizó la mano de piedra para remover algunas enredaderas espesas y fue justo en ese mismo lugar donde supuso que debía estar la estatua. La base donde asumió que estos rey y reina, ahora hechos añicos, alguna vez se habían erguido majestuosos sobre sus jardines.

Había palabras gravadas sobre esta.

El entusiasmo se apoderó de ella. Limpió la suciedad y los escombros, utilizando su aliento para soplar capa tras capa del polvo que cubría las hendiduras, hasta que finalmente pudo leer las palabras.

ESTA ESTATUA CONMEMORA LA ASUNCIÓN DE
LA REINA
Y SU ESPOSO
EL REY
SUS MÁS BENEVOLENTES MAJESTADES
AL TRONO DE ADALHEID

Leyó una vez más.

Y otra más.

¿Solo eso?

No, debería haber nombres.

Tanteó con la mano alrededor de las rocas lisas, pero no encontró más palabras.

¿La reina y el rey qué?

Serilda trazó las palabras con su pulgar y luego frotó sus dedos contra los espacios vacíos en donde deberían haber estado sus nombres.

No había nada más que una roca sólida, tan suave como el cristal.

Y fue en ese momento que oyó el primer grito.

Insatisfecha, levantó el dobladillo de su falda y corrió.

CAPÍTULO CUARENTA Y UNO

Las nubes habían cubierto el cielo y había empezado a llover nuevamente. Se sentó al borde del muelle, sus pies colgaban sobre el agua, hipnotizada por las gotas suaves que formaban anillos infinitos sobre la superficie del lago. Sabía que debía regresar a la posada. Su vestido estaba completamente empapado y ya había empezado a temblar hacía un largo rato, en especial sin su amada capa. Lorraine estaría preocupada y Leyna estaría entusiasmada de oír todos los detalles sobre otra de sus noches en el castillo.

Pero no podía obligarse a levantarse. Sentía que, si miraba lo suficiente al castillo, le revelaría todos sus secretos.

Ansiaba regresar. Estaba tentada a cruzar el puente incluso en este mismo instante. Arriesgarse con los monstruos y las almas en pena.

Pero era una misión para tontos.

El castillo era peligroso, sin importar de qué lado del velo se encontrara.

Una bandada de aves negras se elevó de las ruinas, graznando por alguna presa. Serilda las miró a medida que sus cuerpos negros giraban y se zambullían antes de ocultarse de la vista una vez más.

Suspiró. Habían pasado casi dos semanas desde el Día de Eostrig y el Festín de la Muerte y lo único que había descubierto era que el Erlking usaba el oro hilvanado para cazar y capturar criaturas mágicas, y que definitivamente una familia real solía habitar ese castillo, pero que, de algún modo, quedó borrada de la historia; y que sus sentimientos por Gild eran...

Bueno.

Más intensos de lo que había creído.

Una parte de ella se preguntaba si se había apresurado demasiado la noche anterior. Si *ambos* lo habían hecho. Lo que había ocurrido entre ellos fue...

La palabra perfecta la eludió.

Quizás justamente la palabra *era* perfecta. Una fantasía perfecta. Un momento perfecto atrapado en el tiempo.

Pero también inesperado y repentino, y cuando se despertó y descubrió que Gild se había ido y el Erlking estaba parado frente a ella, esa ilusión perfecta se disolvió.

No había *nada* en su creciente intimidad con Gild que fuera perfecto. Lo necesitaba si quería sobrevivir a las demandas del Erlking. Estaba en constante deuda con él. Le había pagado con sus dos pertenencias más valiosas y la promesa de su primer hijo, y a pesar de que fuera o no la magia quien demandaba dichos sacrificios, no parecía ser la base de una relación duradera.

Simplemente se habían dejado llevar por el momento, eso era todo. Un chico y una chica que habían tenido pocas oportunidades para el romance y se vieron sobrepasados por un deseo ferviente.

Serilda se sonrojó profundamente al pensar esas palabras.

Sobrepasados por... una añoranza intensa.

Eso sonaba un poco más decente.

Para nada eran la primera pareja que se acostaba en la cama, o en su caso, en un viejo diván, sin pensarlo demasiado. Y de ninguna manera serían la última. Era uno de los pasatiempos favoritos de las mujeres en Märchenfeld, cuchichear sobre qué chicas y chicos solteros, en su opinión, se habían acercado *demasiado*. Pero era un chisme relativamente inofensivo. No había ninguna ley en su contra y, si las presionaban, la mayoría de esas mujeres hablarían con gusto sobre *su* primera vez, con una pizca de orgullo travieso y excesivo, seguido siempre de la aclaración de que había ocurrido hacía *mucho* tiempo, antes de encontrar al amor de sus vidas y establecerse en la bendición matrimonial.

Serilda era consciente de que no toda primera vez era feliz. Había oído historias sobre hombres y mujeres por igual que habían creído en el amor, solo para descubrir que esos sentimientos eran no correspondidos. Sabía que dar mucho de uno mismo podría traer vergüenza. Sabía que podría traer arrepentimientos.

Se mordió la parte interior de su labio, intentando determinar si *ella* sentía vergüenza. Si *ella* tenía arrepentimientos.

Y cuanto más lo pensaba, más claro quedaba que la respuesta era... no.

Todavía no, al menos.

En este mismo instante, solo quería volver a verlo. Besarlo otra vez. Abrazarlo una vez más. Hacer... otras cosas con él. Otra vez.

No. Vergüenza no.

Pero no podía satisfacer ninguno de esos deseos. Y si tenía algún sentimiento engañoso y difícil, esa era la razón. Él estaba atrapado detrás del velo y ella estaba allí, observando al castillo en el que los fantasmas gritaban, lloraban y sufrían sus muertes una y otra vez.

Una brisa sopló desde el agua. Tembló del frío. Su vestido estaba empapado, su cabello saturado. Algunas gotas habían empezado a deslizarse por su rostro.

Un fuego le vendría bien. Ropa seca. Una taza de sidra caliente.

Debería irse.

Pero en lugar de levantarse, metió las manos en los bolsillos de su vestido.

Sus dedos sujetaron algo y se quedó inmóvil. Se había olvidado.

Tomó el carrete, una parte de ella esperaba encontrarse solo con paja áspera. Pero no, en sus manos tenía un puñado de hilo fino de oro.

Rio sorprendida. Se sentía en parte como un regalo, aunque técnicamente lo había robado.

Un nuevo sonido irrumpió en sus pensamientos. Un tintineo. Un repiqueteo.

Ocultó el carrete nuevamente contra su cuerpo y miró a su alrededor. Había botes de pesca en el lago, sus tripulaciones arrojaban redes y líneas, mientras que ocasionalmente se gritaban información que Serilda no entendía. En el camino a sus espaldas había un puñado de carretas, cuyas ruedas traqueteaban con fuerza contra los adoquines. Pero con el clima deprimente, el pueblo estaba bastante tranquilo.

Y allí otra vez; un tintineo musical y vacío, como unas campanillas al viento.

Sonaba cerca.

Como si viniera por debajo del muelle.

Serilda había empezado a asomarse hacia adelante por el bordeo del muelle para observar la fuente del sonido cuando una mano apareció a solo unos pocos metros de ella, sujetando las tablas de madera. El agua del lago golpeaba contra una piel verde parduzca. La mano estaba compuesta por dedos enredados conectados por una membrana viscosa.

Asustada, se puso de pie enseguida.

Detrás de las manos, aparecieron unos ojos enormes como los de un insecto, destellando con un tono amarillo suave. Una cabellera que parecía ser de algas colgaba de una cabeza que de otro modo habría sido calva y bulbosa en gran medida.

Sus ojos se posaron sobre Serilda mientras ella daba otro paso hacia atrás. Ocultó el carrete con el hilo de oro nuevamente en su bolsillo, y luego intentó buscar algo a su alrededor que pudiera usar como un arma. No había nada, ni siquiera un palo.

La criatura arrojó sus codos sobre el muelle y empezó a ponerse de pie.

¿Debía correr? ¿Pedir ayuda?

A pesar de la forma en que su corazón estaba latiendo, la criatura no lucía *particularmente* amenazante. Mientras emergía en el muelle, pudo ver que era del tamaño de un niño. Y sí, era extraña y horrible, con bultos y protuberancias sobre un cuerpo viscoso y piernas musculosas como las de una rana que mantuvo flexionadas. Supuso que se trataba de un animal extraño nacido en algún pantano del bosque, pero no estaba completamente desnudo. Llevaba un manto tejido con césped y cubierto con pequeñas conchas. Habían sido estas las que tintineaban con cada movimiento que hacía.

Aunque ahora estaba en silencio. Inmóvil. Su boca, amplia sobre su rostro, era solo una línea delgada extensa. La estaba estudiando.

Y ella también la estudió, mientras su pulso volvía a la normalidad.

Conocía a la criatura.

O, al menos, sabía lo que era.

—¿Schellenrock? —susurró. Una criatura del río, por lo general, inofensiva, reconocible por el manto de conchas que tintineaban como pequeñas campanas.

No era malicioso.

Al menos, no en ninguna de las historias que había escuchado. A veces, incluso ayudaba a los viajeros perdidos y agotados.

Con una sonrisa cautelosa, Serilda se agachó.

—Hola, no te haré daño.

La criatura parpadeó, uno de sus párpados cerrándose a la vez. Luego levantó una de sus manos membranosas hacia ella y dobló sus dedos.

Pidiéndole que se acerque.

No esperó su reacción.

El schellenrock volteó y pasó corriendo de prisa a su lado, antes de arrojarse nuevamente a la orilla del lago con su tintineo, salpicándola un poco.

Serilda volteó para ver si alguien la estaba viendo, pero una mujer que estaba empujando una carreta llena de estiércol se había detenido para hablar con un vecino en la puerta de su casa, por lo que supuso que nadie la estaba mirando a ella o a su visitante inesperado.

—Supongo que podría ser una viajera perdida y agotada —dijo, siguiendo a la criatura. Descendió a la orilla, la cual estaba más cubierta de rocas que de arena. En cuanto se aseguró de que lo estuviera siguiendo, el schellenrock nadó a toda prisa por el agua poco profunda con sus manos y pies, lo suficientemente cerca de la orilla como para que Serilda pudiera seguirlo.

La estaba llevando directo hacia el puente de rocas que conectaba al castillo con el pueblo y, a menos que esperara verla nadar por debajo del puente levadizo, pronto se encontraría con un final sin salida.

Sin embargo, el schellenrock no se adentró más en el lago. Una vez que llegaron al puente, construido con rocas repletas de algas, la criatura trepó por algunas de ellas y desapareció.

Serilda se quedó congelada. ¿Estaba imaginando cosas?

Un momento después, la criatura reapareció, sus ojos amarillos asomándose por detrás de las rocas, como si le estuviera preguntando por qué se había detenido.

Serilda se acercó con mayor cautela. Apoyó las manos sobre las rocas húmedas y subió hacia donde el schellenrock la esperaba. La subida fue bastante sencilla, siempre y cuando tuviera cuidado de no resbalarse.

La criatura del río desapareció una vez más y, cuando observó por dónde se había ido, divisó un pequeño nicho en la pared de rocas. Y en su interior, invisible desde la orilla o el muelle, había una pequeña cueva que se alejaba del castillo y se abría paso por debajo de la ciudad.

Quizás era un túnel.

O un escondite para el schellenrock, supuso.

Una pequeña parte de Serilda se preguntaba si lo mejor sería *no* seguirlo. La cueva lucía oscura y húmeda, y para nada acogedora.

Pero había escuchado, y contado, suficientes historias como para saber que nunca era sabio ignorar los llamados de una criatura mágica. Incluso una tan peculiar y humilde como este pequeño monstruo de río.

A medida que el schellenrock se arrastraba hacia la entrada de la cueva, Serilda se sujetó las trenzas a toda prisa y lo siguió.

CAPÍTULO CUARENTA Y DOS

Su primera impresión había sido acertada. La cueva *era* oscura y húmeda, y para nada acogedora. También olía a pescado. Tuvo que mantenerse agachada todo el tiempo, razón por la cual sus piernas empezaron a dolerle terriblemente al poco tiempo. Además, el schellenrock no dejaba de salpicar en el agua estancada del suelo, mojándole el rostro a Serilda.

Y no podía ver nada. La única luz provenía de los ojos levemente iluminados del schellenrock, que le permitían a *él* ver lo suficiente como para avanzar, pero dejaban a Serilda en completa oscuridad.

Sin embargo, el camino era bastante recto y Serilda era consciente de que estaban debajo de la ciudad. Intentó adivinar qué tan lejos habían llegado y se preguntó qué tan largo era el túnel. Deseaba que tuviera una salida y no estuviera yendo a una muerte desagradable.

Justo cuando estaba empezando a pensar que sus piernas ya no resistirían más y tendría que empezar a avanzar sobre sus manos y rodillas, la cual no era una propuesta tentadora, vio un punto de luz al frente y oyó el burbujeo del agua.

Salieron.

No al pueblo ni al campo...

Sino al bosque.

No terminaba de maravillarse por lo gratificante que se sentía estirar las piernas luego de tenerlas flexionadas durante tanto tiempo, cuando sintió un escalofrío en la espalda.

La criatura la había llevado al bosque de Aschen.

Estaban parados junto a un arroyo poco profundo, rodeados por árboles antiguos, su follaje tan tupido que apenas podía ver el cielo. De todos modos, los resguardaba de la lluvia. El aire aún se sentía húmedo y frío, y algunas gotas grandes de agua caían de las ramas.

El schellenrock se apresuró a bajar al arroyo, donde sus patas membranosas salpicaron hacia todos lados, en parte por su salto y en parte por su renguera, llevando a Serilda más profundo en el bosque.

Sus botas chapoteaban con cada paso que daba. Sabía que debía estar asustada; el bosque no era un lugar amigable para los humanos, en especial aquellos que entraban a pie o se aventuraban a alejarse del camino. Ella definitivamente no estaba cerca de ningún camino. Sin embargo, lo que más sentía era curiosidad, incluso entusiasmo. Quería detenerse a observar el lugar, ese sitio misterioso con el que había soñado toda su vida.

La única vez que se había adentrado más allá del límite del bosque había sido unos pocos meses atrás, durante la noche de la Luna del Hambre, cuando el rey la llamó por primera vez y el carruaje tomó el camino menos transitado a través del bosque, pero había estado muy oscuro como para ver algo.

Su padre nunca se había atrevido a entrar al bosque, ni siquiera a caballo. Dudaba de que lo hiciera incluso escoltado con la guardia real. Sus miedos tenían más sentido para ella ahora. El Erlking se había llevado a su madre y la mayoría creía que el Erlking aún vivía en el castillo de Gravenstone, justo en las profundidades del bosque.

Más allá de si el rey considerara a Adalheid su nuevo hogar, el bosque de Aschen continuaba siendo un lugar traicionero. Serilda siempre le había temido, del mismo modo que se había sentido atraída hacia él. ¿Qué niña podía resistir la seducción de semejante magia? Imágenes de criaturas que bailaban sobre hongos y hadas de agua que se bañaban en los arroyos, y aves con plumas brillantes que descansaban sobre las ramas de los árboles.

Pero no era el paisaje de colores y canciones evocativas que siempre había imaginado. Por el contrario, mirara donde mirara era una mezcla de tonos grises y verdes. Intentó verlo como algo bonito, pero, en mayor parte, le resultaba una paleta de colores de eterno pesimismo. A todo su alrededor veía las ramas y troncos negros de árboles cenceños cubiertos de liquen y troncos caídos por el peso del musgo y hongos del tamaño de las ruedas de una carreta.

Había una sensación de eternidad en este lugar, donde el tiempo no existía, donde incluso el retoño más pequeño podía ser antiguo. Igual, por siempre.

Aunque claro, la realidad demostraba que no por siempre. El bosque estaba vivo, pero de una manera silenciosa y sutil. Las arañas que tejían sus diseños intrincados entre bayas espinosas. Las ranas cantaban sus melodías estruendosas junto a los estanques enlodados. Los graznidos tenebrosos de los cuervos que la observaban desde las ramas ocasionalmente respondían a la canción solitaria de las currucas. Junto a la incesante lluvia, creaban una melodía sombría. El golpeteo silencioso del agua sobre la copa de los árboles, acompañado por goteos firmes sobre las hojas inferiores, caía sobre los matorrales y las agujas de los pinos.

Los nervios de Serilda se estremecían con las amenazas imaginadas. Mantuvo los ojos atentos a esos cuervos, en especial con los que se posaban sobre ella y esperaban a que pasara justo por debajo, observándola como carroñeros codiciosos. Pero eran solo aves, se repetía a sí misma, una y otra vez. No los nachtkrapp sedientos de sangre, espiándola para el Erlking.

El manto del schellenrock tintineó con fuerza, desconcertándola. En ese momento, comprendió que había llegado bastante lejos y se encontraba parado sobre un tronco caído, mientras sus ojos alternaban parpadeos lentos.

—Lo siento —le dijo Serilda, sonriendo.

Si la criatura *podía* sonreír, no lo hizo. Aunque podría haber sido por una mosca que había empezado a revolotear alrededor de su cabeza, capturando toda su atención. A medida que Serilda se acercaba, el schellenrock sacó su lengua negra como un látigo y se tragó a la mosca entera.

Serilda ahogó una mueca de asco. Cuando los ojos de la criatura se posaron sobre ella una vez más, le esbozó nuevamente su sonrisa amable.

—¿Hay algún lugar donde podamos descansar? ¿Solo por unos minutos?

En respuesta, el schellenrock se bajó del tronco de un salto y avanzó hacia un arroyo, en donde el follaje era tan denso que el suelo era un colchón de raíces retorcidas, helechos y zarzas.

Suspirando, Serilda se sujetó a las raíces gruesas que brotaban de la arcilla y se arrastró hacia él.

Sí, el bosque era lúgubre, pensó ella mientras serpenteaba y esquivaba las ramas que la rasguñaban al pasar. Pero también había serenidad. Como un concierto triste en una tonalidad menor que te hacía llorar con solo escucharlo, aunque no pudieras decir con exactitud por qué.

Era el olor de la tierra y los hongos. Ese olor húmedo y empapado de la lluvia. Eran las pequeñas flores silvestres color púrpura que se abrían cerca del suelo, tan fácil de perder entre la maleza espinosa. Eran los troncos caídos de los árboles que se pudrían, dándole vida a nuevos retoños, envueltos en raíces tiernas y delgadas. Era el tamborileo de los insectos y el canto de las ranas.

El camino, si es que se lo podía llamar así, bordeaba un pantano saturado de plantas acuáticas y sauces llorones. Un estanque de agua cubierto por algas y enormes nenúfares era alimentado por un pequeño arroyo. El schellenrock cruzó al otro lado, sus conchas tintineando con alegría, pero cuando Serilda se preparó para seguirlo, su pie se enterró hasta el tobillo en el lodo. Asustada, extendió los brazos, apenas logrando mantener el equilibrio antes de caer directo en el pantano.

Al otro lado del estanque, el schellenrock se detuvo y la miró, como si se estuviera preguntando cuál era el problema.

Serilda refunfuñó y sacó la bota del lodo, emitiendo un sonido acuoso y de succión. Regresó a tierra firme.

–¿No hay otra…? –Se detuvo al ver, no muy lejos del arroyo, una pequeña pasarela de ramas y rocas–. ¡Ah! Eso.

El schellenrock movió sus conchas con fuerza.

–No está tan lejos –le respondió Serilda, deteniéndose para limpiar sus botas cubiertas de lodo con un poco de musgo–. Y será mucho más fácil para mí.

Se movió nuevamente, casi entrando en pánico. Serilda frunció el ceño y miró sus ojos amplios que no pestañaban.

–¿Qué? –le preguntó, dando un paso hacia la pasarela.

Ah... hola... cosita encantadora.

Serilda se quedó inmóvil. La voz era un susurro y una melodía. El crujido de las hojas, el fluir suave del agua.

Distraída del schellenrock, miró hacia adelante y se encontró con una mujer al otro lado de la pequeña pasarela.

Estaba cubierta de seda y bañada por la luz de la luna, llevaba un vestido largo blanco y una cabellera oscura que le llegaba casi hasta las rodillas. Su rostro, si bien era encantador, no era tan perfecto como el de los seres oscuros. Tenía cejas gruesas y oscuras sobre unos ojos castaños, y dos hoyuelos traviesos a cada lado de su boca. Aun así, por más mortal que se viera, la luz etérea que emanaba de su cuerpo le dejaba en claro que era algo sobrenatural.

Y a juzgar por la reacción del schellenrock... peligroso.

Pero Serilda no se sentía amenazada. Por el contrario, se sentía atraída hacia la mujer, hacia este ser.

La mujer sonrió aún más, pronunciando sus hoyuelos. Rio levemente y se sintió como un desfile de campanillas y estrellas fugaces. Extendió una mano hacia Serilda.

Una invitación.

¿Quieres bailar conmigo?

Serilda no decidió nada. Ya estaba extendiendo una mano hacia ella, deseosa de aceptar la oferta. Sin pensarlo, dio un paso hacia adelante.

Algo crujió debajo de sus pies.

Desconcertada, bajó la vista.

Ah, solo la ramita de un abedul.

La estaba a punto de patear hacia el arroyo, pero se detuvo. Una advertencia, profunda en su mente, empezó a gritarle.

No era una ramita.

Era un hueso.

Todo el puente estaba hecho de huesos, mezclados con argamasa y rocas.

Con el corazón latiendo con todas sus fuerzas, comenzó a retroceder, viendo a la mujer a los ojos.

La sonrisa desapareció y la reemplazó una plegaria desesperada.

No te vayas, le susurró la voz. *Tú sola puedes romper esta maldición. Tú puedes liberarme. Lo único que necesito es bailar. Solo un poco. Por favor. Por favor, no me abandones...*

Otro paso hacia atrás. Su pie aterrizó sobre la tierra suave y musgosa.

La tristeza frágil de la mujer esta vez se transformó en una expresión rabiosa. Se lanzó hacia adelante, sus dedos buscando atrapar a Serilda para desgarrarla, estrangularla o empujarla. No lo sabía.

Levantó las manos para protegerse.

Pero de repente, un palo de madera apartó las manos de la mujer. Soltó un grito de dolor y retrocedió.

En ese instante, una nueva figura apareció en la pasarela entre Serilda y la mujer de la mirada amenazadora. Con agilidad y flexibilidad, al igual que el cabello de musgo que crecía en su cabeza entre dos orejas altas como las de un zorro.

—Esta no, Salige —dijo una voz austera.

Una voz familiar.

Le tomó un momento a Serilda recordar el nombre de la mujer de musgo. ¿Basil? ¿Purlsane?

No.

—¿Parsley? —preguntó.

La mujer de musgo la ignoró, sus ojos fijos en la mujer. Salige, había dicho.

Salige. No era un nombre, sino una especie de espíritu. Las salige frauen eran espíritus maliciosos que deambulaban por puentes, cementerio y cuerpos de agua. Les exigían a los viajeros que bailaran con ellas, les rogaban que rompieran una maldición… pero por lo general terminaban matándolos.

Yo la encontré primero, siseó la salige, mostrando sus dientes nacarados. *Ella podría romper la maldición. Podría ser la indicada.*

—Lo siento mucho —dijo Parsley, manteniendo su lanza larga como un escudo frente a ella, mientras retrocedía lentamente, obligando a Serilda a bajarse del puente—. Esta humana ya está reservada. La abuela desea hablar con ella.

El espíritu gritó, un sonido de agonía frustrada.

Pero cuando Parsley giró y sujetó a Serilda del brazo para alejarla, el espíritu no las siguió.

CAPÍTULO CUARENTA Y TRES

—¿En serio me llevas con la Abuela Arbusto? —preguntó Serilda una vez que dejaron atrás el puente y su pulso empezó a calmarse—. ¿La Abuela Arbusto?

—En tu lugar me tranquilizaría antes de que lleguemos —le sugirió Parsley, un poco gruñona—. La Abuela no suele responder bien a los cumplidos.

—Puedo intentarlo —dijo Serilda—, pero no garantizo nada.

La mujer de musgo avanzó como un ciervo pequeño entre las ramas, rápido y grácil. En su camino, Serilda se sentía como un jabalí salvaje que se estrellaba contra todo en su camino, pero le reconfortaba saber que el schellenrock, atrás en su pequeño grupo extraño, era el más ruidoso de todos con su manto de conchas, y Parsley no le estaba pidiendo a *él* que guardara silencio.

—Gracias —le dijo—. Por rescatarme de la salige. Supongo que ahora *yo* estoy en deuda contigo.

Parsley se detuvo a un lado de un enorme roble, uno que se extendía tan alto que Serilda no pudo ver la copa cuando levantó la cabeza.

—Tienes razón —dijo la joven, extendiendo una mano—. Quiero mi anillo.

Un escalofrío se apoderó de la piel de Serilda.

—Yo… lo dejé en casa. Para que esté a salvo.

Parsley esbozó una sonrisa y Serilda podía sentir que no le creía.

—Entonces tendrás que seguir endeudada, porque dudo que tengas algo que yo quiera. —Tomó una cortina de enredaderas sobre el tronco de un árbol y las hizo a un lado, revelando una pequeña abertura justo sobre las raíces enmarañadas.

—Adelante —dijo, asintiéndole al schellenrock, el cual ingresó, con sus conchas tintineando. Parsley volteó hacia Serilda—. Después de ti.

Entró al tronco hueco y quedó inmersa en una oscuridad impenetrable, sin rastro alguno del monstruo de rio. Encogiendo sus hombros, se agachó tan bajo como para poder caber en la abertura, y entró al pequeño refugio, extendiendo una mano hacia adelante. Esperaba encontrarse con una telaraña áspera dentro del árbol, pero solo encontró una oscuridad vacía.

Dio otro paso, y luego otro.

En el séptimo paso, sus dedos rozaron algo; no era madera, sino tela. Gruesa y pesada como un tapiz.

Serilda apartó la tela hacia un lado y le dio paso a una luz gris. Al emerger del árbol, se quedó sin aliento.

Una docena o más de mujeres de musgo formaban un círculo cerrado a su alrededor, cada una con un arma: lanzas, arcos, dagas. Una tenía una araña lobo que parecía increíblemente venenosa sobre su hombro.

No estaban sonriendo.

Vio al schellenrock agachado detrás del grupo, mientras una de las mujeres le entregaba un pequeño tazón de madera repleto de insectos que se retorcían en su interior. Se lamió los labios con mucho entusiasmo antes de enterrar su rostro en el tazón.

—Tú —dijo una de las mujeres—, eres demasiado ruidosa y torpe.

Serilda la miró.

—¿Disculpa?

La mujer inclinó la cabeza hacia un lado.

—Te estábamos esperando. Ven.

Formaron un círculo alrededor de Serilda y la llevaron por unos caminos serpenteantes. No sabía hacia dónde mirar primero.

El espacio frente a ella era cavernoso, no era precisamente un claro, debido a los árboles inmensos que aún bloqueaban el cielo, sumiendo al mundo en unas sombras tenues. Pero habían quitado toda la maleza y la habían reemplazado por un camino esponjoso de musgo. Y había casas por todos lados, aunque no se parecían en nada a ninguna casa que Serilda jamás hubiera visto. Estas viviendas estaban construidas dentro de los árboles antiguos. Las puertas de madera se encontraban entre sus raíces y las ventanas estaban talladas en los nudos naturales dispersos a lo largo de los troncos. Algunas ramas gruesas se curvaban para formar escaleras sinuosas y las ramas más altas albergaban rincones y balcones acogedores.

Aún se podía escuchar el golpeteo firme de la lluvia y la llovizna ocasional que caía sobre este santuario de madera, pero la pesadumbre del bosque había sido reemplazada por algo acogedor y encantador, casi pintoresco. Divisó algunos jardines pequeños rebosantes de acederas, rúcula y cebollines. Quedó fascinada con el resplandor de las luces que flotaban en todas las direcciones donde mirara. No sabía si eran luciérnagas, hadas o algún tipo de hechizo, pero el efecto era encantador. Se sentía como si estuviera dentro de un sueño.

Asyltal.

El santuario de la Abuela Arbusto y las mujeres de musgo.

Miró hacia atrás una vez más, esperando que Parsley llegara pronto, pero no había ningún rastro de su casi aliada.

—Nuestra hermana retomó sus tareas —le aclaró una de las mujeres.

—¿Tareas? —preguntó Serilda.

Otra de las mujeres dejó salir una risa burlona.

—Típico de una mortal pensar que lo único que hacemos es bañarnos en una cascada y cantarles a los erizos.

—No dije eso —se defendió Serilda—. A juzgar por las armas, sospecho que se pasan la mayor parte del tiempo practicando duelo y haciendo competencias de tiro al blanco.

La que había reído le lanzó una mirada feroz.

—No lo olvides.

Serilda vio más mujeres que deambulaban por la aldea, cuidando los jardines, relajándose en hamacas hechas con enredaderas gruesas. Observaban a Serilda con poco interés. Eso o eran muy buenas para ocultarlo.

Serilda, por otro lado, estaba tan distraída que casi se tropieza con unas escaleras. Una de las mujeres la tomó del codo a último momento y la llevó nuevamente hacia el camino.

Estaban paradas sobre un anfiteatro a un lado de un pequeño valle. Abajo había un estanque circular, verde esmeralda cubierto de nenúfares. Una isla herbosa en el centro contenía un círculo de rocas cubiertas en musgo. Allí había dos mujeres, esperando.

Serilda se quedó boquiabierta, aliviada y con una felicidad inesperada, al reconocer a Meadowsweet.

La otra era una anciana que estaba sentada de piernas cruzadas sobre una roca. Aunque a medida que descendía por la escalinata, comprendió que la palabra *anciana* no era la indicada. *Antigua* sería mejor, *eterna* mucho mejor. Era pequeña, pero robusta, con una espalda encorvada y arrugas tan profundas como un desfiladero sobre su rostro pálido. Su cabello blanco caía sobre su espalda con algunas ramitas y parches de musgo. Estaba vestida simplemente con pieles y una prenda de lino manchada con tierra, aunque sobre su cabeza tenía una diadema delicada con una perla inmensa al frente. Sus ojos eran tan negros como era de blanco su cabello y observaban a Serilda sin pestañear mientras se acercaba, de una forma que la obligó a pararse más recta.

—Abuela —dijo una de las mujeres—, esta es la chica que capturó el interés del Erlkönig.

Serilda no pudo evitarlo. Una sonrisa de deleite se presentó en su rostro. Era la líder de las mujeres de musgo, la fuente de tantos cuentos de hadas como el Erlking mismo. La grandiosa, feroz y peculiar Abuela Arbusto.

Pusch-Grohla.

Hizo su mejor reverencia.

—Esto es increíble —dijo, con una leve risa incrédula mientras recordaba la historia del príncipe y las puertas de Verloren que le había contado a Gild—. Hace poco hablé de usted.

Pusch-Grohla hizo sonar sus labios un par de veces y luego inclinó la cabeza hacia Meadowsweet. Serilda imaginó que le susurraría algo, pero en su lugar, Meadowsweet giró con modestia hacia la anciana y empezó a revisar su cabello blanco atado. Luego de un segundo, tomó algo y lo arrojó al agua. ¿Piojos? ¿Pulgas?

Nadie habló mientras Meadowsweet encontraba dos bichos más y el resto de las mujeres que habían llevado a Serilda a este lugar se esparcían y acaparaban rocas alrededor de un círculo, dejando a Serilda parada en el centro.

Una vez que se acomodaron, Pusch-Grohla resopló y se sentó más recta. Nunca apartó la vista de Serilda.

Cuando habló, su voz aguda fluyó como leche diluida en agua.

—¿Esta es la muchacha que las metió en el sótano de las cebollas?

Serilda frunció el ceño. Decirlo de ese modo la hacía quedar como una villana en lugar de la heroína.

—Sí —contestó Meadowsweet.

Pusch-Grohla se relamió los dientes del frente por un momento y, cuando habló nuevamente, Serilda notó que le faltaban algunos de esos dientes y los que sí estaban no entraban por completo en su boca ni encajaban entre sí. Como si se los hubiera pedido prestados a una mula muy bondadosa.

—¿Estamos en deuda?

—No, Abuela —le contestó Meadowsweet—. Le mostramos nuestra gratitud con mucho gusto, aunque… —miró el cuello de Serilda y luego su mano—, ¿no usas nuestros regalos?

—Los guardé para mantenerlos a salvo —le contestó, manteniendo un tono firme.

No era completamente mentira. Detrás del velo, estaban más seguros y sabía que Gild los mantendría a salvo.

Pusch-Grohla se inclinó hacia adelante, mirando directo a Serilda de una forma que le recordaba a cómo un halcón observaba a un ratón que se escabullía por el campo.

Luego sonrió. El efecto no fue muy agradable, sino más bien desconcertante.

Enseguida, la siguió una risa fuerte y sibilante, mientras señalaba con uno de sus dedos retorcidos de nudillos hinchados a Serilda.

—Honras al dios de las mentiras con esa boca astuta. Pero hija... —su semblante se tornó severo—, no me mientas a *mí*.

—No me atrevería... —le aclaró, pero vaciló, insegura sobre cómo llamarla—. ¿Abuela?

La mujer se relamió sus dientes una vez más y, si le importaba cómo la llamaba, no lo demostró.

—Mis nietas dieron regalos acordes a tu ayuda. Un anillo y un collar. Muy antiguos. Muy finos. Los tenías contigo cuando el Erlkönig te convocó durante la Luna del Hambre, pero ahora ya no los tienes. —Su mirada se tornó punzante, casi hostil—. ¿Qué te dio a cambio el Rey de los Alisos por esos objetos?

—¿El Rey de los Alisos? —dijo Serilda, negando con la cabeza—. No se los di a *él*.

—¿No? Entonces ¿cómo es que pasaste tres lunas bajo su cuidado y aun así sigues con vida?

Miró brevemente a Meadowsweet y al resto de las mujeres reunidas. No había ni un rostro amigable entre ellas, pero no podía culparlas por desconfiar, en especial cuando los seres oscuros se divertían cazándolas por deporte.

—El Erlking cree que puedo convertir la paja en oro —comenzó a explicarle—. Una bendición de Hulda. Esa fue la mentira que le dije cuando estaba ayudando a que Meadowsweet y Parsley se escondieran, sí, en un sótano de cebollas. Tres veces me llamó a su castillo en Adalheid y me pidió hacer eso, y amenazó con matarme si fallaba. Pero hay un... fantasma en el castillo. Un muchacho. Y es él quien realmente puede convertir la paja en oro. A cambio de esa magia, a cambio de salvar mi vida, le entregué el collar y el anillo.

Pusch-Grohla permaneció en silencio por un largo rato, mientras Serilda se movía incómoda sobre un pie y el otro.

—Y ¿qué le entregaste como pago en la tercera luna?

Se quedó inmóvil, manteniendo la mirada fija de la mujer.

Su mente se llenó de recuerdos. Besos y caricias ardientes.

Pero no. Eso no era lo que le estaba preguntando y estaba segura de que ese no había sido el pago de nada.

—Una promesa —le contestó.

—La magia de los dioses no funciona con promesas.

—Evidentemente sí.

Una sorpresa irritable apareció en los ojos de Pusch-Grohla y Serilda se encogió un poco del miedo.

—Le prometí algo… muy valioso —agregó, avergonzada de seguir diciendo más. No creía que fuera adecuado explicar por qué había entablado ese acuerdo y no quería que Pusch-Grohla la viera como la clase de persona que entregaría sin mayor preocupación a su primer hijo.

Incluso aunque lo fuera. Evidentemente.

Miró a Meadowsweet.

—Lamento mucho si el collar era especial para ti. Puedo preguntar, ¿quién era la niña del retrato?

—No lo sé —le contestó Meadowsweet, sin aparente arrepentimiento.

Serilda se estremeció, confundida. No se le había ocurrido pensar que el retrato tuviera tan poco valor sentimental para la mujer de musgo, casi igual que para ella misma.

—¿No?

—No. Lo tuve conmigo desde que tengo memoria y no sé dónde lo conseguí. Y con respecto a su significado especial, te aseguro que valoro más mi vida.

—Pero… era tan hermoso.

—No tan hermoso como una campanilla de invierno —le respondió Meadowsweet—, o un ciervo recién nacido dando sus primeros pasos temblorosos.

Serilda no tenía argumentos para discutir eso.

—¿Y qué hay con el anillo de Parsley? Tenía un sello. Un tatzelwurm alrededor de la letra *R*. Vi el mismo sello en una estatua en el castillo de Adalheid y en el cementerio a las afueras de la ciudad. ¿Qué significa?

Meadowsweet frunció el ceño y miró a Pusch-Grohla, pero el rostro de la anciana lucía tan vacío como una pizarra mientras estudiaba a Serilda.

—Tampoco lo sé —le contestó Meadowsweet—. Si Parsley lo supiera, nunca lo diría, pero no creo que ese anillo tenga más valor sentimental para ella que el collar para mí. Siempre que nos aventuramos al mundo, sabemos que debemos tener ese tipo de objetos con nosotras en caso de que se necesite realizar un pago. Para nosotras, son como tus monedas humanas cuando…

—Este muchacho —la interrumpió Pusch-Grohla, innecesariamente fuerte—. El que hiló el oro. ¿Cómo se llama?

Le tomó un momento a Serilda cambiar a dirección de sus pensamientos.

—Se hace llamar Gild.

—Dijiste que es un fantasma. ¿No un ser oscuro?

Negó con la cabeza.

—Definitivamente no es un ser oscuro. La gente del pueblo lo llama Vergoldetgeist. El Fantasma del Oro. El Erlking dice que es un poltergeist.

—Si es uno de los muertos del Rey de los Alisos, entonces el rey lo controla. No se dejará engañar por esta farsa.

Serilda tragó saliva, pensando en sus conversaciones con Gild. Parecía sentirse orgulloso de ser el poltergeist, pero quedaba claro para ambos que no era como ninguno de los otros fantasmas del castillo.

—Es un prisionero del castillo, al igual que el resto de los espíritus que fueron atrapados por el rey —le explicó lentamente—. Pero él no es controlado por el rey. No es un sirviente como el resto. Me dijo que no sabe exactamente qué es y creo que dice la verdad.

—¿Y asegura estar bendecido por Hulda?

—Él… no sabe de dónde viene su magia. Y eso parece ser lo más probable.

Pusch-Grohla gruñó.

Serilda retorció sus manos.

—Él es uno de muchos misterios con los que me he encontrado durante mi estadía en Adalheid. ¿Me pregunto si ustedes podrían ayudarme a resolver alguno de los otros?

Una de las mujeres emitió un sonido burlón.

—Esta no es una reunión social, pequeña humana.

Serilda sintió cómo el pelo de su nuca se erizaba, pero intentó ignorarla. Al ver que Pusch-Grohla no respondió, se animó a adelantarse.

—He estado intentando aprender más sobre la historia del castillo de Adalheid, para descubrir qué ocurrió allí. Sé que solía ser el hogar de una familia real, antes de que el Erlking se apoderara de él. He visto sus tumbas y una estatua del rey y la reina, pero nadie sabe nada de ellos. Y *usted*, Abuela, es tan antigua como este bosque. Estoy segura de que, si hay alguien que pueda recordar a la familia que construyó el castillo o que vivió allí antes que los seres oscuros, debería ser usted.

Pusch-Grohla estudió a Serilda por un largo momento. Cuando finalmente habló, su voz sonó más suave de lo que Serilda había escuchado.

—No recuerdo una familia de la realeza en Adalheid. Siempre estuvo bajo el dominio del Erlking y los seres oscuros.

Serilda presionó los dientes. Eso no era verdad. Estaba *segura* de que no era verdad.

¿Cómo podía ser que incluso esta mujer, tan antigua como un roble ancestral, no lo recordara? Era como si décadas enteras de la historia de la ciudad, siglos quizás, hubieran desaparecido por completo.

—Si descubres una verdad diferente —agregó Pusch-Grohla—, deberás contármela de inmediato.

Serilda se hundió en sus hombros, preguntándose si estaba imaginando la mirada de preocupación en los ojos incisivos de la mujer.

—Abuela —dijo una de las mujeres de musgo, su voz cubierta de preocupación—, ¿qué uso podría darle el Erlkönig al hilo de oro? Además de…

Pusch-Grohla levantó una mano y la mujer se calló.

Serilda miró alrededor del círculo, sus rostros feroces y hermosos en la sombra de la preocupación.

—De hecho —dijo Serilda lentamente—. Yo sé para qué quiere el oro.

Llevó una mano al bolsillo, tomó el carrete con el hilo de oro. Dio un paso hacia adelante y se lo alcanzó a la Abuela Arbusto. La anciana le hizo un gesto a Meadowsweet con su cabeza para que tomara el carrete y se lo alcanzara más cerca de sus ojos, mientras lo giraba para que atrapara la luz.

—Utiliza estos hilos para hacer cadenas —le explicó Serilda.

A su alrededor, las mujeres de musgo se tensaron, sus miradas de preocupación más intensas.

—Anoche, la cacería salvaje utilizó estas cadenas para capturar un tatzelwurm. —De inmediato, la atención de Pusch-Grohla se centró en ella–. El rey me explicó que el oro quizás sea el único material que puede resistir a las criaturas mágicas como esa.

Decidió no mencionar que había sido ella quien, inadvertidamente, le había dicho dónde encontrar a la bestia.

–Así es –dijo la mujer con una voz quebradiza–. Bendecido por los dioses, sería irrompible.

–Y... ¿lo está? –preguntó Meadowsweet con cierta vacilación–. Bendecido por Hulda, quiero decir.

Pusch-Grohla lucía como si hubiera mordido un limón mientras observaba el carrete de oro.

–Sí.

Serilda parpadeó. ¿Entonces era verdad que Gild estaba bendecido por un dios?

–¿Cómo lo sabe?

–Lo sabría en cualquier situación –le contestó Pusch-Grohla–. Y te aseguro que el Rey de los Alisos lo usará para cazar más que solo un tatzelwurm.

–Es este próximo invierno –murmuró Meadowsweet–. La Luna Eterna.

Le tomó a Serilda un momento comprender lo que eso significaba. La Luna Eterna, cuando la luna llena coincidía con el solsticio de invierno.

Inhaló con firmeza.

Habían pasado diecinueve años desde la última, la noche en la que, supuestamente, su padre había ayudado al dios de los engaños y pidió el deseo para tener una hija.

–Creen que buscará atrapar a uno de los dioses –dijo ella–. Quiere pedir un deseo.

Pusch-Grohla resopló con fuerza.

–¿Un deseo? Quizás. Pero existen muchas razones por las que alguien querría capturar a un dios.

CAPÍTULO CUARENTA Y CUATRO

—Abuela —dijo Meadowsweet, sujetando el carrete dorado entre ambas manos—, si intenta pedir un deseo…

—Todas sabemos lo que pediría —murmuró la mujer que había amenazado a Serilda.

—¿Sí? —dijo Serilda.

—No, Foxglove, yo no le daría tanto crédito —comentó Pusch-Grohla.

—Pero podría —agregó Meadowsweet—. No podemos saber lo que quiere, pero es posible que…

—No podemos saberlo —la interrumpió Pusch-Grohla—. No nos adelantemos a leer su oscuro corazón.

Meadowsweet y Foxglove intercambiaron una mirada, pero nadie más habló.

Serilda las miró a las tres con una curiosidad balbuceante.

¿Qué *desearía* el Erlking? Ya tiene vida eterna y un séquito de sirvientes a su voluntad.

Sin embargo, el recuerdo de su propia historia le susurraba al oído, trayéndole una respuesta a la pregunta.

Una reina.

Una cazadora.

Si esto era un cuento de hadas, ese sería su deseo. El verdadero amor debe triunfar, incluso para un villano.

Pero esta no era una de sus historias y, si bien el Erlking podría ser un villano, era difícil imaginarlo usando un deseo cedido por un dios para regresar a su amada del inframundo.

¿Qué más?

–¿Cuánto oro hizo este poltergeist para él? –preguntó Pusch-Grohla.

Serilda lo consideró por un momento, mientras recordaba toda la paja, todos esos carretes. Pilas y pilas de ellos.

–El oro de las primeras dos noches fue suficiente para capturar al tatzelwurm –le contestó–. Y me dijo que el oro de la última noche sería suficiente para… capturar incluso a la más grandiosa de todas las bestias.

La más grandiosa de todas las bestias.

Pusch-Grohla torció la boca hacia un lado. Sujetó el bastón a su lado y lo golpeó contra el suelo.

–No puede recibir más.

Serilda juntó las manos del mismo modo que lo hizo cuando intentaba hablar con paciencia y practicidad con Madam Sauer.

–Estoy de acuerdo. Pero ¿qué me haría a mí? Pongo en riesgo mi vida si no hago lo que me pide.

–Entonces renuncia a tu vida –dijo una de las mujeres de musgo.

Serilda se quedó boquiabierta.

–¿Disculpa?

–Imagina el daño que podría hacer el Erlkönig con el deseo de un dios –agregó la mujer–. No vale la vida de una joven humana.

Serilda le lanzó una mirada fulminante.

–¿Lo harías con tanta tranquilidad si fuera *tu* vida la que estuviera en juego?

La mujer levantó una ceja.

–No estoy *tranquila*. El Erlkönig ha estado cazándonos a nosotras y al resto de las criaturas de este mundo desde hace siglos. Si nos captura, nos torturará para que confesemos la ubicación de nuestro hogar. –Señaló al valle a su alrededor–. Nosotras estamos dispuestas a morir con honor antes que decir una palabra.

Serilda miró a Meadowsweet, quien encontró su mirada sin resistencia.

El Erlking había estado cazándolas a ella y a Parsley. Había mencionado utilizar sus cabezas para decorar su pared. Pero nunca se le había ocurrido que las podría torturar primero.

–La cacería amenaza a todos los seres vivos –dijo Pusch-Grohla–, humanos y seres del bosque por igual. Mis nietas dicen la verdad. Ese oro es un arma en sus manos. No podemos permitir que el Erlkönig capture a un dios.

Serilda apartó la mirada. Sabía que quería jurar que no le daría al rey nada más de lo que quisiera. Que no le pediría más ayuda a Gild. Que aceptaría la muerte en lugar de ayudarlo una vez más.

Pero no sabía si podía prometerlo.

Miró alrededor del círculo, asimilando las armas preparadas contra las rocas y sobre el regazo de las mujeres. Por primera vez desde su llegada, se preguntó si estaba a salvo ante la presencia de las mujeres de musgo. No creía que tuvieran intenciones de hacerle daño, pero ¿qué harían si ella no les prometía lo que querían? Comenzó a sentirse incómoda por estar atrapada en medio de una guerra ancestral.

Pero si esta era una guerra, ¿cuál era su rol?

La Abuela Arbusto murmuró algo para ella misma, demasiado bajo como para que alguien la escuchara. Luego inclinó la cabeza hacia Meadowsweet y golpeó levemente la punta de su bastón sobre su propia cabeza. Meadowsweet empezó a revisarle el cabello una vez más, en busca de insectos mientras Pusch-Grohla pensaba.

Luego de quitarle cuatro bichos, Pusch-Grohla se enderezó.

—Se rumorea que no mata a todas las bestias que captura en el bosque. Algunas las mantiene en el castillo, para divertirse o cruzarlas, o incluso para entrenar a sus sabuesos.

—Sí —dijo Serilda—. Las vi.

La expresión de Pusch-Grohla se tornó más oscura con cierto odio.

—¿Las lastima?

Serilda se la quedó mirando fijo, recordando todas las jaulas pequeñas, las heridas desatendidas, la forma en que algunas de las criaturas temblaban en un miedo silencioso cuando los seres oscuros pasaban a su lado. Su corazón se estremeció con fuerza.

—Creo que sí —susurró.

—Esas criaturas eran nuestra responsabilidad y les fallamos —dijo Pusch-Grohla—. Cualquier persona que ayude al Erlkönig y sus cazadores es nuestra enemiga.

Serilda negó con la cabeza.

—No deseo ser su enemiga.

—Me importan poco tus deseos.

Serilda tensó las manos. Parecía ser algo común entre los

seres ancestrales, más allá del bando al que pertenecieran en esta guerra. Nadie se preocupaba por los mortales que quedaban en el medio.

—De todos modos, ya no importa —dijo débilmente—. No tengo nada más para ofrecer como pago por la magia. Gild no puede continuar hilando oro para salvar mi vida y no hará el trabajo gratis.

—No puede —dijo Meadowsweet—. La magia de Hulda requiere un equilibrio y el equilibrio se obtiene por medio de la reciprocidad. Nada se da por sentado.

—Está bien entonces —dijo Serilda, encogiéndose de hombros de un modo más indiferente del que se sentía—. Sin duda, el rey me llamará otra vez durante la Luna del Despertar, Gild no podrá ayudarme y no podré cumplir su pedido y se llevará mi vida. Parece que ya perdí.

—Sí —contestó Pusch-Grohla—. Ese es el trato.

—Podríamos matarla ahora —sugirió Foxglove. Ni siquiera se molestó en susurrarlo—. Resolvería el problema.

—Resolvería *un* problema —agregó Pusch-Grohla—. No *el* problema. Este Vergoldetgeist aún estaría bajo el control del Erlkönig.

—Pero el Erlkönig no lo sabe —dijo Meadowsweet.

—Mmm, sí —dijo la anciana—. Quizás lo mejor sea que la muchacha nunca regrese a Adalheid.

Un escalofrío se apoderó de los brazos de Serilda.

—Ya intenté escapar de él. No funciona.

—Claro que no puedes escapar —dijo Foxglove—. Es el líder de la cacería salvaje. Si te busca, te encontrará. El Erlkönig no aprecia nada más que rastrear a sus presas, acecharlas hasta que caigan en sus manos y atacar.

—Sí, lo sé. Es solo que nosotros, quiero decir, *yo* había creído que quizás tendría una oportunidad. Solo puede salir del velo bajo la luna llena. Mi padre y yo escapamos lo suficientemente lejos para que no pudiera viajar tan lejos en una noche.

–¿Crees que los límites del velo terminan en las paredes del castillo? Puede viajar a cualquier lugar que quiera, mientras tú no tienes idea de que está justo a tu lado, siguiendo cada uno de tus movimientos.

Serilda se estremeció del miedo.

–Créame que ya entendí mi error. Pero *ustedes* han permanecido ocultas durante décadas. No puede encontrar este lugar. Quizás podría… –se quedó perdida a medida que las expresiones a su alrededor se tornaban más lúgubres. Incluso Meadowsweet lucía horrorizada por la sugerencia de Serilda–. ¿Podría quedarme aquí? –agregó sin convicción.

–No –dijo Pusch-Grohla con simpleza.

–¿Por qué no? No quieren que regrese a Adalheid y, a pesar de todas las armas filosas que tienen aquí, tampoco creo que estén preparadas para asesinarme.

–Hacemos lo que debemos –gruñó Foxglove.

–Suficiente, Foxglove –dijo Pusch-Grohla.

La mujer de musgo bajó la cabeza, Serilda no pudo evitar contentarse con que la reprendieran.

–No puedo ofrecerte refugio –dijo Pusch-Grohla.

–¿No puede? ¿O no quiere?

Pusch-Grohla cerró los nudillos con fuerza alrededor de su bastón.

–Mis nietas son capaces de resistir el llamado de la cacería. ¿Y tú?

Serilda se quedó congelada, su mente inundada con recuerdos nebulosos. Un semental poderoso. El viento soplándole el cabello. La risa de sus labios. La sangre sobre la nieve.

Su padre, presente en un momento. Ausente al siguiente.

La Abuela Arbusto asintió con sabiduría.

—Te encontraría incluso aquí y tu presencia nos pondría a todas nosotras en riesgo. Pero tienes razón. No te mataremos. Una vez salvaste a dos de mis nietas y, si bien la deuda fue saldada, mi gratitud permanece. Quizás haya otra manera.

Enderezó las piernas y usó su bastón para pararse sobre su roca, de modo que quedó casi al nivel de los ojos de Serilda. La llamó para que se acercara.

Serilda intentó no mostrarse temerosa al hacerlo.

—Entiendes las repercusiones que habrá si el Erlkönig obtiene suficientes cadenas de oro para capturar a un dios, ¿verdad?

—Creo que sí —susurró.

—¿Y nunca le implorarás a este tal Vergoldetgeist que cree más oro para ese monstruo?

Tragó saliva.

—Lo juro.

—Bien —murmuró Pusch-Grohla—. Me quedaré con este hilo de oro. A cambio, te ayudaré a liberarte. No puedo prometerte que funcione y, en caso de que falle, debemos confiar en que cumplas con tu promesa. Si nos traicionas, no vivirás para ver otra luna.

A pesar de su amenaza, su pecho se llenó de esperanza. Era la primera vez en mucho tiempo que se atrevía a pensar que la libertad era posible.

—Hablaré con mi herbolaria para ver si podemos preparar una poción adecuada para alguien con tu condición. Si es posible, entonces te enviaré un mensaje para la puesta de sol esta noche.

Serilda frunció el ceño.

—¿Mi condición?

La boca de la mujer se tensó en una sonrisa delgada. Bajó el bastón y le pidió a Serilda que se acercara, tan cerca que podía sentir la esencia húmeda a cedro y clavos de olor en su aliento.

La anciana se quedó en silencio por un largo rato, estudiando a Serilda, hasta que un lado de su boca se inclinó de manera burlona.

—En caso de que fallemos, y el rey te llame otra vez, no tienes que contarle nada sobre este encuentro.

—Tiene mi palabra.

La mujer rio lentamente.

—Nadie llega a mi edad con la admiración de cada criatura frágil que se atreva a hacer una promesa. —Inclinó su bastón hacia adelante, apoyándolo levemente sobre la frente de Serilda—. Recordarás nuestra conversación, pero en caso de que alguna vez vuelvas a encontrar este lugar, o traigas a alguien hasta aquí, tus palabras serán incomprensibles y estarás tan perdida como un grillo en una tormenta de nieve. Si alguna vez deseo comunicarme contigo, te lo haré saber. ¿Entendido?

—¿Cómo me lo hará saber?

—¿Entendido?

Serilda tragó saliva. No estaba segura de que la entendiera, pero asintió de todas formas.

—Sí, Abuela Arbusto.

Pusch-Grohla asintió, luego golpeó su bastón contra una roca a su lado.

—Meadowsweet, lleva a la muchacha de regreso a su hogar en Märchenfeld. No queremos que se haga daño en el bosque.

CAPÍTULO CUARENTA Y CINCO

Tardó en entender lo que había prometido. O lo que eso significaba. La verdad, cuando llegó, fue tan desconcertante como un rayo.

Nunca vería a Gild otra vez.

Ni a Leyna, Lorraine o Frieda. Todas esas personas que habían sido amables con ella. Quienes la habían aceptado más que cualquier otra persona en Märchenfeld.

Nunca descubriría qué fue de su madre.

Nunca conocería los secretos del castillo de Adalheid y su familia real, ni entendería por qué los seres oscuros habían abandonado Gravenstone, ni por qué los drudes parecían estar protegiendo una habitación con un tapiz y una jaula, ni entender si Gild era un fantasma o algo más.

Nunca lo vería otra vez.

Y ni siquiera pudo despedirse.

Logró contener las lágrimas hasta que las mujeres de musgo la abandonaron a las afueras del bosque. En todas direcciones, estaba rodeada por pasturas verdes esmeralda. Un rebaño de cabras pastaba sobre una colina. Escuchó el ruido de una cosecha de higueras y, un segundo después, una bandada de cuervos volando por los cielos, donde giraron por algunos minutos antes de alejarse hacia un campo diferente.

Comenzó a avanzar sola por el camino, mientras algunas lágrimas brotaban de sus ojos.

Él no lo entendería. Después de todo lo que habían compartido, sentía que lo estaba abandonando.

Una eternidad de soledad. El vacío de no sentir nunca más la calidez de un abrazo, un beso suave. Sin embargo, era su propio tormento el que en algún momento terminaría. Ella envejecería y moriría, pero Gild… nunca sería libre.

Y nunca sabría lo que habría sido de ella.

Nunca sabría que ella había empezado a amarlo.

Odiaba que todos estos pensamientos estuvieran aferrándose a su interior, cuando sabía que debía estar agradecida de que la Abuela Arbusto le hubiera ofrecido su ayuda. Desde el comienzo, sabía que era posible que muriera a manos del Erlking o quedaría bajo su poder por el resto de su vida, y quizás más. Pero ahora que existía la posibilidad de un destino diferente, uno que no involucraba sus intentos tontos y desesperados de vengar a su padre y asesinar al Erlking (una fantasía que incluso ella no podía creer que realmente pasara). Era extraordinario. Era un don.

No le gustaba darle mucho crédito a su dios, pero no podía evitar preguntarse si la rueda de la fortuna finalmente había girado a su favor.

Si bien Pusch-Grohla no estaba segura de que su plan funcionara.

Si no… Si fallaba… entonces no resolvería nada. Seguiría sin poder escapar. Seguiría siendo una prisionera.

Y ahora que sabía eso, sin importar lo que ocurriera, nunca podría pedirle a Gild que convirtiera la paja en oro una vez más. Cada vez que él la ayudaba, estaba ayudando también al Erlking. Ella lo sabía, ambos lo sabían. Pero su razón parecía tan… poco importante antes. De algo estaba segura, fuera cual fuera esa razón, al menos le permitía mantenerse con vida. Se había repetido a sí misma eso una y otra vez, y estaba convencida de que era verdad.

Pero era inteligente.

¿Qué haría el rey si capturaba a un dios? ¿Si pedía un deseo? ¿Regresaría a Perchta de Verloren?

Esa posibilidad ya de por sí era terrible. Las historias del Erlking y la cacería salvaje eran retorcidas, niños secuestrados y una gran cantidad de espíritus perdidos. Pero las historias de Perchta eran mil veces peores, historias que nunca le contaría a los niños. Mientras que al Erlking le gustaba perseguir a sus presas y alardear de sus conquistas, a Perchta le gustaba jugar. Le gustaba herir a las bestias del bosque y verlas sufrir. No quedaba satisfecha con una muerte rápida y ninguna cantidad de tormento parecía saciar su sed de sangre.

Y eso era con los animales.

La forma en la que jugaba con los mortales no era mejor. Para la cazadora, los humanos eran una presa igual a un ciervo o jabalí. Los prefería incluso, debido a que eran capaces de entender que no tenían ninguna oportunidad de escapar de la cacería, pero luchaban de todos modos.

Era la crueldad encarnada. Un monstruo hecho y derecho.

No podía estar libre en el mundo de los mortales otra vez.

Pero quizás el deseo del Erlking no sería traer a Perchta del inframundo. ¿Qué más desearía un hombre? ¿La destrucción del velo? ¿La libertad para reinar sobre los mortales y no solo sus seres oscuros? ¿Un arma, o magia negra, o un ejército entero de muertos a su servicio?

Fuera cual fuera la respuesta, no quería descubrirla.

No podía obtener su deseo.

Quizás ya era demasiado tarde. Quizás ya habían creado suficiente oro para que cazara y capturara a un dios durante la Luna Eterna. Pero debía mantener las esperanzas de que ese no era el caso. Debía mantener las esperanzas.

Subió a una colina y vio los techos familiares de las casas de Märchenfeld a lo lejos, dentro del pequeño valle junto al rio. En cualquier otro momento, se habría alegrado de estar tan cerca de su casa.

Pero esa ya no era verdaderamente su hogar. No sin su padre.

Miró hacia el cielo. Aún faltaban algunas horas para la puesta de sol, cuando Pusch-Grohla le había prometido que le haría saber a Serilda si podía o no ayudarla. Un par de horas para que tuviera una idea de su destino.

Cuando el molino apareció a la vista, no sintió la misma alegría y alivio que había sentido al regresar luego de la Luna del Hambre.

Pero esta vez... había humo que salía de una de las chimeneas.

Se detuvo y lo primero que pensó fue que había alguien en su casa. Que quizás su *padre* había regresado...

Pero luego comprendió que el humo provenía de la chimenea en la parte trasera, desde el molino, y sus esperanzas se hundieron nuevamente con el dolor de la pérdida.

Solo era Thomas Lindbeck, pensó, trabajando en la ausencia de su padre. A medida que descendía por la colina, notó que el río Sorge estaba más caudaloso desde su partida, más crecido por la nieve que se derretía en las montañas. La rueda del molino giraba a un buen ritmo. Si el molino todavía no estaba trabajando por la alta demanda de sus vecinos, lo estaría pronto.

Sabía que debía hablar con Thomas. Agradecerle por mantener todo en funcionamiento mientras ella no estaba. Quizás incluso decirle la verdad. No que la cacería salvaje había secuestrado a su padre y lo había arrojado de su caballo, sino que había tenido un accidente. Que estaba muerto. Que nunca más regresaría.

Pero su corazón estaba tan sumido en la desesperanza que no quería hablar con nadie, mucho menos con Thomas Lindbeck.

Pretendió no haber notado el humo y entró a su casa. Cerró la puerta y se pasó un momento mirando a la habitación vacía. El aire a su alrededor se sentía frío y podía ver polvo acumulado en cada superficie. La rueca, la cual no había podido vender antes de marcharse a Mondbrück, tenía algunas telarañas delgadas sobre sus rayos.

Intentó imaginar un futuro en este lugar. ¿Había esperanzas de que Pusch-Grohla la ayudara para que pudiera estar realmente a salvo del Erlking? ¿Para que pudiera conservar su casa de la infancia?

Lo dudaba. Probablemente tendría que escapar a otro lugar. Algún lugar lejano.

Pero esta vez, estaría sola.

Si es que eso era posible. Era un cazador. Iría a buscarla. Nunca dejaría de buscarla.

¿Quién era ella para creer que eso alguna vez cambiaría?

Con el corazón sumido en la pesadez, se desplomó sobre su catre, aunque ya no tenía ninguna sábana. Miró al techo que había observado toda su vida y esperó a que el sol se ocultara en el horizonte y ese mensaje extraño llegara a su rescate.

O para confirmar sus miedos de que no había esperanza alguna. Permaneció sumida en sus pensamientos por un largo rato cuando empezó a notar un sonido extraño.

Frunció el ceño y escuchó.

Alboroto.

Mordisqueos.

Probablemente había ratas en las paredes.

Hizo una mueca, preguntándose si le importaba lo suficiente como para intentar atraparlas. Seguro que no. Pronto serían el problema de Thomas.

Pero luego se sintió culpable. Era el molino de su padre, el trabajo de su vida. Y aún continuaba siendo su hogar, incluso aunque no lo sintiera de ese modo. No podía permitirse caer en la desesperación, no siempre y cuando pudiera hacer algo al respecto.

Gruñó y se sentó. Necesitaría ir al pueblo para conseguir las trampas y para eso tendría que esperar a la mañana siguiente. Pero mientras tanto podía al menos intentar descifrar de dónde habían salido.

Cerró los ojos y escuchó con mayor detenimiento. Al principio, solo había silencio, pero luego de un rato lo escuchó nuevamente.

Arañazos.

Mordidas.

Más fuertes que antes.

Se estremeció. ¿Qué tal si era una familia entera de ratas? Sabía que el molino y la rueda en el río podían ser ruidosos, ¿pero de verdad Thomas lo estaba ignorando? ¿Acaso ya estaba siendo tan descuidado con el trabajo que su padre le había confiado?

Bajó las piernas del catre y se agachó para inspeccionar la unión entre las paredes con el suelo en busca de pequeños huecos por el que las alimañas hubieran entrado. No encontró nada.

—Debe ser del molino —murmuró. Y nuevamente, quería ignorarlo. Y otra vez, se regañó por esos pensamientos.

Al menos, si Thomas aún estaba allí, podría regañarlo a *él* por su negligencia. Era común que aparecieran roedores en los molinos, debido a los restos de trigo, centeno y cebada que caían en el proceso. Era imperativo que lo mantuvieran limpio. Se suponía que debía saberlo si quería convertirse en el nuevo molinero de Märchenfeld.

Resoplando, se ató el cabello, aún sucio por su viaje a través del túnel subterráneo y el bosque, y abandonó su casa para dirigirse al molino.

Las rocas de la molienda no estaban funcionando cuando abrió la puerta y, desde este lado de la pared podía oír los ruidos con mayor claridad.

Entró. La habitación se sentía muy calurosa, como si una fogata estuviera ardiendo desde hacía días en su interior.

Había alguien cerca del hogar.

—¡Thomas! —gritó, furiosa con ambas manos sobre su cintura—. ¿No escuchas eso? ¡Hay ratas en las paredes!

La figura se tensó y se incorporó de espaldas a Serilda.

Enseguida, el temor se apoderó de ella. Era más baja que Thomas Lindbeck. Tenía hombros más anchos y llevaba ropa sucia y desgastada.

—¿Quién eres? —le preguntó, demandante, analizando qué tan cerca estaba de las herramientas colgadas sobre la pared, en caso de que necesitara un arma.

Pero luego la figura empezó a voltear. Sus movimientos eran torpes y rígidos. Su rostro estaba pálido.

Y entonces, sus ojos la encontraron, haciendo que el mundo a su alrededor girara y su pecho se le cerrara por la incredulidad.

—¿Papá?

CAPÍTULO CUARENTA Y SEIS

Avanzó algunos metros arrastrando los pies hacia ella y, si bien el primer instinto de Serilda fue llorar y arrojarse a sus brazos, un segundo instinto, más fuerte, fue mantenerse firme en el lugar.

Era su padre.

Y *no* era su padre.

Aún llevaba la misma ropa que cuando se lo llevó la cacería, pero su camisa estaba un poco más sucia con algunas manchas de sangre. Sus zapatos no estaban por ningún lugar.

Sus brazos…

Estaban…

No sabía cómo explicarlo, pero su estómago empezó a revolverse ante la imagen que tenía delante de sus ojos, como si estuviera a punto de desplomarse en el suelo del molino.

Sus brazos lucían como las patas de un cerdo colgadas

en el puesto del carnicero en el mercado. La mayor parte de la piel ya no estaba y se podía ver con claridad la carne y el cartílago al descubierto. Cerca de su codo, incluso podía ver hasta el hueso.

Y su boca, su barbilla, el frente de su pecho, cubierto de sangre.

¿Su *propia* sangre?

Avanzó otro paso hacia ella, pasando su lengua por los bordes de su boca.

—Papá —susurró ella—. Soy yo, Serilda.

No tuvo ninguna reacción más que un destello en sus ojos. No había reconocimiento. No había amor.

Solo hambre.

Este no era su padre.

—Nachzehrer —suspiró.

Replegó sus labios, dejando al descubierto algunos rastros de carne entre sus dientes. Como si odiara la palabra.

Y enseguida, se lanzó contra ella.

Serilda gritó. Abrió la puerta de golpe y salió corriendo hacia el patio. Creía que era lento, pero la promesa de carne parecía haber despertado algo en su interior y casi podía sentirlo cerca a sus espaldas.

Sus uñas alcanzaron su vestido. Cayó al suelo y el aire abandonó su pecho. Giró algunos metros antes de detenerse sobre su espalda. El cuerpo mutilado de su padre se cernía sobre ella. No respiraba fuerte. No había rastro alguno de emociones en sus ojos detrás de ese deseo oscuro.

Se desplomó sobre sus rodillas y sujetó las muñecas de Serilda con ambos brazos, observándola como si se tratara de una salchicha lista para comer.

Mientras tanto, Serilda sacudió la otra mano hasta que sus

dedos encontraron algo duro. A medida que su padre bajaba la cabeza hacia su carne, logró golpearlo con una roca sobre un lado de su cabeza. Su sien se hundió con facilidad, como una fruta podrida, y le soltó el brazo con un gruñido.

Gritando, Serilda lo atacó una vez más, pero esta vez logró esquivarla y se alejó de su alcance, lo que le hizo acordar a un animal salvaje.

Tenía una expresión más precavida, pero no mucho menos hambrienta, mientras se apartaba algunos metros, intentando determinar cómo conseguir su cena. Serilda se levantó, temblando, con la roca en la mano, lista para atacarlo una vez más.

Parecía algo afligido mientras la observaba. Asustado de la roca, pero para nada dispuesto a dejar ir a su presa. Levantó una mano y mordisqueó ausentemente su dedo meñique, hasta quebrar su hueso y devorar entre sus dientes la punta de su dedo.

El estómago de Serilda se retorció.

Debió haber decidido que la carne de Serilda era mejor que la suya propia, porque lo escupió enseguida y arremetió contra ella una vez más.

Pero esta vez, ella estaba preparada.

Esta vez, recordó lo que debía hacer.

Cruzó las piernas para que no intentara sujetarla por los pies y levantó los brazos frente a su rostro como un escudo.

Cuando estaba lo suficientemente cerca, llevó una mano hacia adelante y metió la roca en la boca abierta de su padre.

Su mandíbula quedó trabada con la punta de la roca que se asomaba entre sus labios ensangrentados. Abrió los ojos más grandes y, por un momento, su mandíbula continuó moviéndose, mordisqueando la roca, como si intentara devorarla. Enseguida, su cuerpo cayó al suelo. La energía desapareció y colapsó de espalda, con los brazos y piernas estrellándose contra la tierra con un golpe seco y suave.

Serilda se puso de pie. Estaba cubierta en sudor. Su corazón latía acelerado y su respiración se entrecortaba.

Por un largo rato, no pudo moverse, ya que temía que si daba un solo paso más en cualquier dirección, el monstruo regresaría a la vida y la atacaría una vez más.

Parecía muerto. Un cadáver en descomposición con una roca en su mandíbula. Pero sabía que solo lo había paralizado. Sabía que la única forma de matar a un nachzehrer era…

Tembló. No quería pensarlo. No quería hacerlo. No creía que pudiera…

Una sombra apareció por el rabillo de sus ojos. Serilda gritó y fue en ese instante que una pala cuadrada pasó sobre su cabeza.

Cayó con un ruido asqueroso sobre el cuello del monstruo. La figura dio un paso hacia adelante y colocó un pie sobre la pala para hundirla con mayor fuerza y terminar de cortarle la cabeza a la criatura.

Se puso de pie, tambaleándose. El mundo a su alrededor se oscureció.

Madam Sauer volteó y le lanzó una mirada disgustada.

—¿Todas esas historias horribles y no sabes cómo matar a un nachzehrer?

Juntas llevaron el cuerpo al rio, llenaron su ropa de rocas y dejaron que la cabeza decapitada y el cuerpo se hundieran hasta el fondo. Serilda se sentía como si estuviera viviendo una pesadilla de la que aún no se había despertado.

—Era mi padre —dijo Serilda sin esperanzas, una vez que hizo a un lado la conmoción del momento.

—*Ese* no era tu padre.

—No, ya lo sé. Lo habría hecho. Es solo que… necesitaba un momento.

Madam Sauer resopló.

El corazón de Serilda se sentía tan pesado como una de las rocas que había hundido al cuerpo de su padre en el fondo del río. Sabía desde hacía meses que estaba muerto. No esperaba que regresara. Pero, aun así, siempre tuvo una mínima esperanza. Una pequeña probabilidad de que aún estuviera con vida intentando regresar con ella. Nunca había renunciado a él por completo.

Sí, de algún modo, la verdad había sido peor que sus pesadillas. No solo su padre estuvo muerto todo este tiempo, sino que además era un monstruo. Una cosa no muerta, alimentándose de su propia carne, buscando reencontrarse con su hija, no por amor, sino por hambre. Los nachzehrer regresaban de la muerte para poder devorar a todos los miembros de su propia familia. Pensar que su padre simple, tímido y cálido quedó reducido a sufrir un destino como ese le revolvía el estómago. No se lo merecía. Deseaba que tener un momento a solas. Necesitaba el silencio y la soledad. Necesitaba llorar por un largo rato.

Pero mientras regresaba a su cabaña, Madam Sauer la seguía con su terquedad por detrás.

Serilda se pasó un momento mirando a su alrededor, preguntándose si debía ofrecerle comida o algo de beber, pero no tenía *nada* para servirle.

—¿Quieres ir a cambiarte? —le preguntó Madam Sauer con brusquedad, acomodándose en el catre de Serilda, el único mueble que quedaba en el lugar, además de la rueca—. Hueles a matadero.

Serilda miró su vestido cubierto en suciedad.

–No tengo nada. Tengo solo un vestido más, pero está en Adalheid. El resto de mi ropa quedó en Mondbrück.

–Ah, sí. Cuando intentaste *escapar*–le dijo con un tono burlón.

Serilda parpadeó sorprendida y se sentó al otro lado del catre. Sus piernas aún temblaban por todo lo ocurrido.

–¿Cómo lo sabe?

Madam Sauer levantó una ceja.

–Es lo que le contaste a Pusch-Grohla, ¿verdad?

Ante la mirada perpleja de Serilda, Madam Sauer suspiró con pesadez.

–La Abuela Arbusto te dijo que esperaras ayuda, ¿verdad?

–Sí, pero… usted… –la mujer se la quedó mirando, esperando. Serilda tragó saliva–. ¿Conoce a la Abuela Arbusto?

–Claro que la conozco. Las mujeres de musgo me visitaron esta noche y me explicaron tu situación difícil. He estado intentando vigilarte desde la Luna de Nieve, pero escapaste a Mondbrück y luego a Adalheid. Si alguna vez te dignas a escucharme…

–¿Conoce a las *mujeres de musgo*?

Madam Sauer se mostró reacia.

–Por todos los dioses. ¿Y tú eras alumna *mía*? Sí, las conozco. También, mantén la voz baja. –Miró hacia las ventanas–. No creo que sus espías sepan de tu regreso a Märchenfeld, pero debemos ser cuidadosas.

Serilda siguió su mirada.

–Conoce al Erl…

–Sí, sí, suficiente de eso –la interrumpió Madam Sauer con un gesto de su mano–. Les vendo hierbas. A los seres del bosque, obviamente, no a los seres oscuros. Además de cataplasma, pociones y ese tipo de cosas. Tienen buenos conocimientos de magia, pero no hay muchas cosas que crezcan en Asyltal. No hay suficiente sol.

—Espere —susurró Serilda, sorprendida—. ¿Me está diciendo que usted *en verdad* es una bruja? ¿Una real?

Madam Sauer le lanzó una mirada que podría helarle la sangre a cualquiera. Serilda se llevó una mano sobre su boca.

—¡Lo es!

—No tengo magia —la corrigió—, pero hay magia en las plantas y soy bastante buena con ellas.

—Sí, lo sé. Su jardín. Nunca creí que…

Aunque sí. Cientos de veces había creído que era una bruja, incluso la llamaba de esa forma a sus espaldas. Se quedó boquiabierta.

—¿Tiene una salamandra alpina como mascota?

La mujer quedó perpleja.

—¿Qué estás…? ¡No, claro que no!

Los hombros de Serilda se hundieron, más que solo una pequeña decepción.

—Serilda…

—¿Es por eso que las mujeres de musgo están aquí?

—¡Silencio!

—Lo siento. ¿Es por eso que las mujeres de musgo estaban aquí durante la Luna de Nieve el invierno pasado?

Madam Sauer asintió.

—Y por lo que entiendo, la Abuela Arbusto está agradecida de que hayas permitido que sus dos nietas regresaran a salvo, razón por la cual me envió a mí para ver si puedo serte de ayuda.

—Pero, ¿puede ayudarme? No puedo escapar de él. Ya lo intenté.

—Claro que no puedes. Al menos, no viva.

El corazón de Serilda se saltó un latido.

—¿Qué quiere decir?

—Quiero decir que tienes suerte. Un plan para la muerte lleva tiempo, pero tenemos hasta la Luna del Despertar. Es una solución desesperada. Un poco como intentar ordeñar a un ratón. Pero podría funcionar. –Tomó un estilete de su falda–. Para empezar, necesitaré un poco de tu sangre.

LA LUNA
DEL DESPERTAR

CAPÍTULO CUARENTA Y SIETE

El sol brillaba radiante en el cielo. Una brisa fría hacía que el aire se sintiera dulce y agradable. Serilda se quedó parada en el jardín donde, por lo general, abundarían los guisantes y espárragos, frijoles y espinaca, pero este año, en su ausencia, no había más que malezas. Al menos las cerezas y damascos crecían con vigor. Los campos en todas direcciones estaban verdes y, a lo lejos en el sur, un rebaño de ovejas con su lana esponjosa deambulaba sobre una de las colinas. El rio fluía con fuerza y podía sentir el constante crujir y salpicar de la rueda detrás del molino.

Toda la escena era tan perfecta como una pintura.

Se preguntaba si alguna vez lo volvería a ver.

Suspirando, miró hacia el árbol de avellana de su madre. El nachtkrapp estaba allí, en su lugar favorito entre las ramas. Siempre observando a través de sus ojos vacíos.

–Hola de nuevo, buen señor cuervo –lo saludó Serilda–. ¿Encontró algún ratón gordo esta mañana?

El nachtkrapp apartó la cabeza y Serilda se preguntó si solo estaba imaginando su expresión altanera.

–¿No? Bueno, solo asegúrese de dejar los corazones de los niños del pueblo en paz. Me agradan bastante.

Sacudió sus plumas en respuesta.

Suspirando, Serilda mantuvo la mirada fija en la casa por un momento más. No tenía que fingir su tristeza. Era fácil suponer que esta sería la última vez que la vería.

Giró y cruzó el pequeño portón del jardín y, descalza, avanzó hacia el rio, hacia su lugar favorito, donde un pequeño estanque de agua calma se apartaba de los rápidos poco profundos. Cuando era chica, solía pasarse horas en este lugar construyendo castillos de lodo y rocas, atrapando ranas, acostándose a la sombra del sauce llorón susurrante, mientras imaginaba a las hadas bailando entre sus ramas. Ahora, se cuestionaba de si realmente había sido siempre su imaginación. Su padre solía reírse cuando ella le contaba esas historias, mientras la sujetaba entre sus brazos. *Mi pequeña cuentista. Cuéntame qué más viste.*

Se sentó en una roca que salía a un lado de la rivera poco profunda, donde podía hundir los pies en el agua. Estaba bastante fresca. Algunos peces pequeños nadaban de un lado a otro bajo la luz moteada del sol, mientras un grupo de renacuajos se juntaban alrededor de dos rocas cubiertas de musgo. Pronto habría una sinfonía de ranas todas las noches, las cuales por lo general la acompañaban en sus horas de sueño, aunque a su padre le gustaba quejarse del ruido.

Observó todo. Los isoetes espinosos sobre las aguas poco profundas. Los hongos ondulados que crecían sobre el tronco de un árbol caído.

Esperó hasta poder sentir su presencia. Estaba empezando a ser buena para identificarlos, de modo que con solo mirar unas pocas veces a su alrededor vio a tres nachtkrapp ocultos entre las sombras que la rodeaban.

Descansó sus palmas por detrás sobre la roca cálida.

—Pueden salir. No les tengo miedo. Ya sé que están aquí para seguirme, para asegurarse de que no intente escapar. Bueno, no estoy escapando. No iré a ningún lugar.

Uno de los nachtkrapp graznó suavemente y sacudió las alas.

Pero no se acercaron.

—¿Cómo funciona? Me lo he estado preguntando todo el año. ¿Él puede verme a través de sus ojos? O más bien... sus cuencas. ¿O siempre tienen que regresar volando al castillo para darle un informe, como palomas mensajeras?

Esta vez, una de las aves que más alto se encontraba en el árbol emitió un grito fuerte y revoltoso.

Serilda sonrió. Se sentó, metió una mano en su bolsillo y sintió los lados suaves del vial que bien cabía en su mano.

—Sea lo que sea, tengo un mensaje para el Erlkönig. Espero que se lo hagan llegar.

Silencio. Se relamió los labios e intentó sonar rebelde.

No, se *sentía* rebelde.

Y cada palabra la decía en serio.

—Su Oscura Majestad, yo no soy su sirvienta. No soy una posesión suya. Me robó a mi padre y a mi madre. No dejaré que también se lleve mi libertad. Esta es *mí* elección.

Tomó el vial de su bolsillo. No tenía miedo. Se estuvo preparando para esto todo el mes.

Un *graznido*, casi un grito, resonó entre los árboles, tan fuerte que desconcertó a una bandada de alondras en el río. Se elevaron por el cielo en un escape frenético.

Serilda destapó el vial. En su interior brillaba un líquido del color de un vino rubí. Le daba esperanzas de que tuviera un gusto agradable.

Pero no.

Ni bien la poción tocó su lengua, sintió la putrefacción y el óxido, la descomposición y la muerte.

Un cuervo nocturno se acercó a ella, quitándole el vial de la mano, sus garras dejaron tres heridas profundas sobre la palma de su mano.

Pero fue demasiado tarde.

Serilda se quedó mirando a la sangre en su mano, pero su visión ya se estaba empezando a nublar.

Su pulso disminuyó.

Sus pensamientos se tornaron más espesos y pesados, llenándola con una sensación extraña de temor y a la vez… paz.

Se recostó, apoyando la cabeza sobre un parche de musgo junto al rio. Quedó rodeada por el olor de la tierra, mientras sus pensamientos distantes le resaltaban lo extraño que era que ese fuera el mismo olor para la vida y la muerte.

Sus pestañas se agitaron.

Tomó una bocanada de aire, o lo intentó, pero el aire no alcanzó sus pulmones como debería. Su visión comenzó a oscurecerse por los bordes. Pero recordó, simplemente recordó.

Casi se había olvidado. Sus manos escarbaron en el lodo en busca de algo. Como si sus extremidades estuvieran atrapadas en melaza. ¿Dónde estaba?

¿Dónde…?

Casi se había rendido cuando sus dedos encontraron la rama del fresno que había dejado allí la semana anterior. Madam Sauer había insistido que fuera de fresno.

No la sueltes.

Insistió. Eso había sido importante.

Serilda no sabía por qué. Ya nada parecía importante.

Los arañazos en la palma de sus manos le dolían levemente mientras intentaba aferrarse con fuerza, pero ya no tenía el control de sus dedos.

Ya no quería tener el control.

Quería ser libre.

Quería libertad. Visiones de la cacería se presentaron por su visión. El viento clavándose en sus ojos. Los festejos estridentes en su cabeza. Sus propios labios fruncidos, mientras le aullaba a la luna.

Los gritos de los cuervos nocturnos ahora sonaban lejanos. Furiosos, pero casi desvanecidos en la nada.

Empezó a cerrar los ojos cuando la vio a través de los árboles. Una luna temprana que subía por el este, a pesar de que aún faltaban algunas horas para el anochecer. Compitiendo por la atención con el sol ingenuo, para que no la ignoraran.

La Luna del Despertar.

Qué oportuno.

O en caso de que no saliera bien, qué ironía.

Quería sonreír, pero estaba demasiado cansada. Sus latidos eran lentos. Demasiado lentos.

Sus dedos se sintieron fríos, luego adormecidos. Pronto no sentiría nada.

Estaba muriendo.

Podría haber cometido un error.

No estaba segura de que le importara.

Resiste, la bruja le había advertido. *No la sueltes.*

La silueta del ave negra destelló en sus ojos, elevándose hacia el noroeste. Hacia el bosque de Aschen, hacia Adalheid.

Serilda cerró los ojos y se hundió en el suelo.

La soltó.

CAPÍTULO CUARENTA Y OCHO

Serilda estaba acostada de lado, mirando su propio rostro, viéndose morir. Sus mechones de cabello oscuro detrás de sus orejas, sus pestañas sobre sus mejillas pálidas, bastante oscuras, bastante bonitas, pero nunca admiradas ya que lo único que veían eran las ruedas en sus ojos. Nunca se había considerado linda, porque nunca nadie le había dicho que lo era. Nadie más que su padre, y eso apenas contaba. Lo único que escuchaba era que era extraña y nadie podía confiar en ella.

Pero en realidad *sí* era bastante linda. No linda como para dejarte sin aliento, pero encantadora en su propia naturaleza.

Todo rastro de color se drenó de sus mejillas.

Incluso sus labios empezaron a ponerse azules.

Incluso cuando sus brazos y piernas empezaron a temblar, sus dedos se tensaron alrededor de la rama a su lado, antes de finalmente quedarse inmóviles y hundirse en el césped y el lodo.

A diferencia de las almas del castillo de Adalheid, su muerte fue suave. Pacífica y silenciosa. Sintió el momento en que el último aliento abandonaba su cuerpo. Bajó la vista, presionando una mano contra su pecho. Sus ojos se agrandaron al notar que los bordes de sus manos se disolvían en el aire como el rocío de la mañana atravesado por los primeros rayos de luz.

Luego comenzó a desvanecerse. Su cuerpo se estaba escapando. No sintió dolor. Solo disolución. Como si estuviera regresando al aire y la tierra, su espíritu desvanecido en todo y nada.

Delante de ella, al otro lado del río, notó una figura con una túnica verde esmeralda y un farol en una de sus manos. Observándola.

Su presencia era reconfortante. Una promesa de descanso.

Dio un paso hacia adelante y sintió algo sólido debajo de ella. Bajó la vista. Una rama. Nada más.

Pero entonces, lo recordó.

Sujétate con fuerza.

No la sueltes.

Respirando con intensidad se inclinó hacia abajo y sujetó la rama robada de un fresno en las afueras del bosque de Aschen. Al principio, sus dedos no pudieron aferrarse. La atravesaron por completo.

Pero lo intentó una vez más y, esta vez, sintió la aspereza de la corteza.

En un tercer intento, su mano se envolvió alrededor de la rama y la sujetó con la poca fuerza que tenía en su interior.

Su espíritu lentamente regresó y quedó atado a la tierra de los vivos.

Miró hacia arriba y se preguntó si Velos, el dios de la muerte, estaba sonriendo, antes de desvanecerse con su farol.

Esta vez, no la soltó.

En las horas que siguieron, Serilda descubrió que no le gustaba mucho estar muerta. Estaba muerta del aburrimiento.

Así es precisamente cómo lo describiría, pensó, cuando les contara la historia a los niños.

Muerta de aburrimiento.

Seguramente les parecería gracioso.

Era gracioso.

Aunque también era verdad. No había nadie a su alrededor e incluso aunque hubiera alguien, dudaba de que pudieran verla o comunicarse con ella, al menos siempre y cuando fuera de día. No estaba muy segura, nunca había estado así, pero no creía que fuera la clase de espíritu traumado casi corpóreo como los que acechaban en el castillo. Era solo una chica, niebla, arcoíris y luz estelar, que deambulaba por el río, esperando. Ni siquiera las ranas y las aves le prestaban atención. Podía gritarles y sacudirles los brazos y lo único que hacían era cantar y croar, ignorándola por completo.

No tenía nada para hacer. Nadie con quién hablar.

Solo esperar.

Deseaba haber tomado la poción durante la puesta de sol. Si tan solo lo hubiera sabido. Esperar era casi tan tedioso como hilar.

Finalmente, luego de la que pareció ser una eternidad y algunos meses, el sol iluminó el horizonte. Un azul índigo se extendió por todo el cielo y las primeras estrellas destellaron sobre la aldea de Märchenfeld. La noche descendió sobre ella.

La Luna del Despertar brillaba con intensidad arriba. Recibía ese nombre porque el mundo finalmente volvía a la vida una vez más.

Salvo por ella. Obviamente. Estaba muerta o moribunda o algo en el medio.

Pasaron las horas. La luna pintó al río con sus destellos plateados entre las ramas de los árboles y besó el molino dormido. Las ranas empezaron su concierto. Una colonia de murciélagos invisibles en el cielo negro, chillaba por arriba. Un búho ululó desde un roble cercano.

Intentó adivinar la hora. No dejaba de bostezar, pero ya parecía ser costumbre. No se sentía realmente cansada, pero no sabía si era meramente por los nervios que la mantenían despierta o si los espíritus errantes no necesitaban dormir.

La noche debía estar a mitad de camino, pensó. Mitad de camino hasta la mañana. Pronto, la Luna del Despertar terminaría.

¿Qué tal si la cacería no venía esta noche?

¿Era suficiente que el nachtkrapp hubiera presenciado su muerte? ¿Convencería eso al Erlking de que la había perdido para siempre?

¿Evitaría eso que la siguiera buscando?

Si bien creía que debía tener más confianza a medida que el tiempo pasaba, no se sentía para nada de esa forma. La ansiedad se apoderó de ella. Si esto no funcionaba, entonces para cuando llegara la mañana, nada habría cambiado.

Y si la cacería no venía, ¿cómo podría saber si esto no…?

Un aullido se deslizó por todo el campo.

Se quedó inmóvil. El búho, los murciélagos y las ranas todos se quedaron en silencio.

Se apresuró hacia el escondite que había elegido mientras el sol aún estaba alto en el cielo y subió por las ramas del roble. No sabía si el Erlking podría verla y Madam Sauer tampoco. Pero no se arriesgaría con el recolector de almas.

Había sido difícil subir, más si consideraba que no debía soltar la rama ni por un segundo. Pero su espíritu no pesaba casi nada, por lo que no tenía que preocuparse por lastimarse o caerse y morir. Al cabo de unos minutos, quedó oculta entre las ramas y las hojas.

Una vez allí, no tuvo que esperar mucho. Los aullidos sonaban cada vez más cerca y pronto se les sumó la cacofonía del galope. Esta búsqueda no era coincidencia.

La estaban buscando a ella.

Vio a los sabuesos primero, sus cuerpos iluminados por las brasas de su interior. Debían haber rastreado su esencia, ya que no se detuvieron en la cabaña, sino que avanzaron directo hacia la ribera del río y su cuerpo sin vida recostado en el lodo. Formaron un anillo alrededor del cuerpo, gruñendo y pisando con fuerza el suelo, pero sin animarse a tocarla.

El Erlking y sus cazadores aparecieron unos minutos más tarde. Los caballos se detuvieron de inmediato.

Serilda contuvo la respiración, aunque no tenía mucho sentido, ya que no había respiración que contener. Sus dedos se aferraron con fuerza a la rama del fresno.

El Erlking acercó su caballo para poder observar mejor el cuerpo de Serilda. Deseaba poder leer su expresión, pero tenía el rostro fijo en el suelo, de modo que su cortina de cabello negro ocultaba lo poco que podría haber visto.

El momento se prolongó más de lo esperado. Podía sentir que los cazadores se estaban tornando algo impacientes.

Finalmente, el rey desmontó de su caballo y se arrodilló junto al cuerpo. Serilda asomó su cabeza, aunque no podía ver muy bien qué estaba haciendo. Supuso que levantó el vial vacío. Quizás pasó sus dedos sobre sus mejillas. Y tal vez dejó algo en su mano.

Luego regresó con la cacería y, con un único gesto de su brazo, todos desaparecieron nuevamente en la noche.

Temiendo que regresaran, Serilda permaneció en el roble mientras los aullidos se desvanecían a lo lejos. A medida que los primeros rastros de luz emergían al este, finalmente descendió. Se acercó a su cuerpo tanto con curiosidad como temor.

Verse morir había sido extraño, pero verse *muerta* era un asunto completamente distinto.

Sin embargo, no fue la falta de color en su piel o la rigidez plena de su cuerpo lo que notó primero.

Sino el regalo que el Erlking le había dejado en la mano.

Allí sobre su cadáver descansaba una de las flechas del rey, su punta de oro brillante.

CAPÍTULO CUARENTA Y NUEVE

Madam Sauer apareció justo pasado el amanecer. Serilda la estaba esperando, descalza junto al río y maravillada por cómo el agua la atravesaba sin formar olas muy grandes.

Cuando vio a la bruja acercándose sobre la colina, esbozó una sonrisa y empezó a sacudir sus brazos, aunque evidentemente ni siquiera la bruja podía verla.

Avanzando con dificultad por el lodo, se sentó a un lado de su cuerpo y esperó, observando con curiosidad a medida que Madam Sauer se agachaba a un lado de su cuerpo y sentía el pulso en su garganta. Luego notó la flecha. La bruja se quedó inmóvil, plegando sus labios con desdén.

Pero enseguida se sacudió y tomó un nuevo vial de los pliegues de su falda. Al descorcharlo, levantó la cabeza del cuerpo y dejó que el líquido se deslizara entre sus labios partidos.

Serilda casi podía saborearlo. Guisantes frescos, trébol y menta. Cerró los ojos, intentando diferenciar mejor los sabores...

Y cuando los abrió nuevamente estaba recostada boca arriba, mirando un cielo lavanda. Sus ojos se deslizaron hacia Madam Sauer, quien le esbozó una sonrisa de satisfacción.

Funcionó, dijo, o intentó decir, ya que su garganta estaba más seca que un pergamino y las palabras que brotaron de su boca no fueron más que una respiración rasposa.

—Tómate tu tiempo —dijo Madam Sauer—. Estuviste muerta por casi un día entero.

A medida que recuperaba la sensibilidad en sus extremidades, Serilda tensó los dedos alrededor de la flecha.

—¿Un regalo de despedida? —preguntó la bruja.

Aún sin poder hablar, Serilda esbozó una sonrisa leve.

Con la ayuda de la anciana, logró sentarse. Su espalda estaba completamente mojada, su capa y el doblez de su vestido repletos de lodo. Su piel se sentía fría.

Pero estaba viva.

Luego de toser y aclararse la garganta varias veces, y beber un poco de agua del río, finalmente encontró su voz.

—Funcionó —susurró—. Cree que estoy muerta.

—No cantes victoria antes de tiempo —le advirtió Madam Sauer—. No estaremos seguras de que el engaño haya sido exitoso hasta la próxima luna llena. Hasta entonces, debes esconderte y taparte los oídos, quizás incluso encadenarte a la cama. Y te recomiendo que nunca más vuelvas a este lugar.

La idea llenó a Serilda de tristeza, pero también con un atisbo de esperanza. ¿En verdad era libre?

Parecía casi posible. El resto de su vida estaba delante de ella.

Sin su padre, sin el molino, sin Gild... pero también sin el Erlking.

—Yo te ayudaré.

Levantó la vista, sorprendida por la expresión tierna de Madam Sauer.

—No estás completamente sola.

Serilda podría haber llorado por la gratitud de tan simples palabras, incluso aunque no estuviera segura de creerlas por completo.

—Siento que le debo una disculpa —dijo Serilda—, por todas esas historias malintencionadas que conté sobre usted todos estos años.

Madam Sauer resopló.

—Yo no soy sensible. No me importan tus historias. En todo caso, prefiero saber que los niños me temen. Como deberían.

—Bueno, me resulta bastante alentador saber que es una bruja. Me agrada cuando mis mentiras se vuelven realidad.

—Me gustaría que te guardes eso solo para ti, aunque... bueno, nadie te creerá si se lo cuentas.

De pronto, un galope rápido y fuerte llevó su atención hacia el camino. Al norte del molino, había un pequeño puente sobre el río. Allí vieron a un jinete que avanzaba a toda prisa a caballo. Serilda se puso de pie enseguida y, por un breve y agradable momento, imaginó a su padre regresando con Zelig.

Pero no, Zelig estaba en Adalheid y su padre nunca más regresaría.

No fue sino hasta que el hombre empezó a gritar que Serilda lo reconoció. Thomas Lindbeck.

—¡Hans! ¡Señor Moller! —gritó, sin aliento. En pánico—. ¡Serilda!

Mirando brevemente a la bruja, Serilda levantó su pesada falda mojada y subió por la ribera del río en su dirección. No le agradaba mucho la idea de tener que explicarle qué hacía la maestra visitándola tan temprano ni por qué estaba cubierta en mugre del río. Sin embargo… ¿qué importaba? Todo el mundo ya sabía que era rara.

Thomas detuvo su caballo junto a la entrada al jardín, pero no desmontó. Juntó las manos y gritó una vez más.

—¡Hans! Seril…

—Estoy aquí —le contestó, desconcertándolo tanto que casi se cae de su caballo—. Mi padre sigue en Mondbrück. —Ella y Madam Sauer supusieron que lo mejor sería continuar con esa mentira. Pronto, les contaría a todos que su padre se enfermó y necesitaría viajar a Mondbrück para atenderlo. Desde allí, Madam Sauer esparciría el rumor de que había muerto y Serilda, dolida por la pérdida, había decidido vender el molino y nunca más regresar.

—Y Hans no está aquí. ¿Qué ocurre?

—¿Lo has visto? —le preguntó Thomas, acercándose con su caballo. Por lo general, era casi imperdonablemente grosero que se quedara montado a su caballo mirándola, pero tenía una expresión tan agobiada que a Serilda apenas le molestó—. ¿Viste a Hans? ¿Estuvo aquí esta mañana?

—No, claro que no. ¿Por qué estaría…?

Pero Thomas ya estaba tirando con fuerza de las riendas para llevar a su caballo en la dirección opuesta.

—¡Espera! —gritó Serilda—. ¿A dónde vas?

—Al pueblo. Tengo que encontrarlo —su voz empezaba a quebrarse.

Lanzándose hacia adelante, Serilda logró sujetar las riendas.

—¿Qué ocurre?

Thomas la miró a los ojos y, para su sorpresa, no apartó la vista.

—Desapareció. Desde anoche. Si lo viste…

–¿Anoche? –lo interrumpió Serilda–. No crees que…

La mirada de preocupación que apareció en su rostro fue suficiente.

Cuando los niños desaparecían durante una luna llena era fácil suponer lo que había pasado con ellos.

Tensó la mandíbula.

–Iré contigo. Puedo ayudarte a buscar. Llévame hasta el pueblo e iré a la granja de los Weber para ver si saben algo. Tú puedes ir a ver a los gemelos.

Asintió y le extendió su brazo para que se subiera detrás de él.

–Serilda.

Se sobresaltó. Casi se había olvidado de la bruja.

–¡Madam Sauer! –exclamó Thomas–. ¿Qué está haciendo aquí?

–Consultando las clases de esta semana con mi asistente –le contestó con facilidad, como si mentir no fuera para nada una ofensa. En algún otro momento, Serilda le habría resaltado su hipocresía.

Madam Sauer miró a Serilda con severidad, de un modo que a menudo la hacía sentir como si apenas fuera más alta que ella.

–No deberías andar cabalgando por ahí.

Serilda frunció el ceño. ¿Cabalgar?

–¿Por qué no?

Madam Sauer abrió la boca, pero se detuvo. Luego negó con la cabeza.

–Solo… ten cuidado. No hagas nada impulsivo.

–No lo haré –le respondió tras exhalar.

La expresión de Madam Sauer se oscureció aún más.

Tan solo otra mentira.

Thomas hundió sus talones sobre la barriga del caballo y se marcharon. Hizo lo que Serilda le había sugerido, la dejó en el cruce para que pudiera ir corriendo el resto del camino hacia la granja de los Weber, mientras él seguía camino para buscar a Hans en la casa de los gemelos.

Serilda se negaba a pensar lo imposible. ¿Acaso la cacería se llevaría a Hans para castigarla? ¿Para enviarle una advertencia?

Si el Erlking se lo había llevado… si la cacería había hecho esto y Hans ya no estaba allí, muerto o robado detrás del velo… entonces era su culpa.

Quizás no, intentó repetirse a sí misma. Solo tenían que encontrarlo. Se estaba escondiendo. Era solo una broma. Bastante fuera de lugar para un muchacho tan honesto como él, pero quizás Fricz lo había presionado.

Sin embargo, todas esas suposiciones se derrumbaron ni bien la cabaña de los Weber apareció a la vista. Tan idílica como siempre, rodeada por praderas sobre las que pastoreaban las ovejas, Serilda sintió un escalofrío ominoso en todo su cuerpo.

La familia Weber estaba reunida al frente de la casa. La pequeña Marie no soltaba a su abuela. La beba Alvie estaba en los brazos de su madre. El padre de Anna estaba intentando colocarle la montura a su caballo de pelaje moteado que a Serilda siempre le había parecido uno de los más finos de todo el pueblo. Pero los movimientos del hombre eran torpes, y al acercarse, notó que estaba temblando.

Sus ojos buscaron los rostros de la familia, todos llenos de terror. La madre tenía un pañuelo sobre su boca.

Serilda buscó y buscó. El jardín, la puerta del frente abierta, el camino y los campos.

Toda la familia estaba allí… excepto Anna.

A medida que Serilda se acercaba, todos giraron en torno a ella con una esperanza que inmediatamente se hizo añicos en el suelo.

—¡Señorita Moller! —gritó el padre de Anna, ajustando la brida—. ¿Sabes algo? ¿Has visto a Anna?

Serilda tragó con fuerza y sacudió la cabeza lentamente hacia cada lado.

Sus expresiones se desplomaron. La madre de Anna enterró el rostro en el cabello de su hija y lloró.

—Nos despertamos y… no estaba —dijo el padre de Anna—. Ya sé que es bastante obstinada, pero no es la clase de niña que…

—Hans también desapareció —le contó Serilda—. Y me preocupa… —empezó a decir con nudo en la garganta, aunque se obligó a decir las palabras—. Me preocupa que no sean los únicos. Creo que la cacería...

—¡No! —gritó el padre de Anna—. ¡No puedes saber eso! Ella solo… solo…

Una figura negra en el cielo cautivó la atención de Serilda. Un par de alas que dejaban entrever el cielo azul entre sus plumas. El nachtkrapp merodeaba lentamente sobre el campo.

El rey lo sabía.

Sus espías la habían estado observando todo el año y él lo sabía. Sabía precisamente a qué niños les enseñaba, a cuáles adoraba. A los que la cacería les haría más daño.

—Señor Weber —dijo Serilda—. Lo siento mucho, pero debo llevarme este caballo.

El hombre se sobresaltó.

—¿Qué? ¡Tengo que ir a buscarla! Mi hija…

—¡Se la llevó la cacería salvaje! —lo interrumpió. Mientras estaba sin palabras, Serilda le quitó las riendas y se subió de un salto a la montura. La familia gritó furiosa, pero Serilda los ignoró—. ¡Lo siento! —dijo, alejando al caballo de modo que el padre de Anna no pudiera sujetarla. Pero no se movió, simplemente se quedó boquiabierto, sin palabras—. Se los devolveré en cuanto pueda. Y si no puedo, entonces lo dejaré en el Cisne Salvaje en Adalheid. Alguien se los devolverá, se los prometo. Y espero que… Intentaré encontrar a Anna. Haré todo lo posible.

—Por todos los demonios de Verloren, ¿qué estás haciendo? —gritó la abuela de Anna, la primera en recuperar su voz—. Dices que se la llevó la cacería salvaje y ahora crees… ¿qué? ¿Que la traerás *de regreso*?

—Precisamente —le contestó Serilda. Apoyó un pie sobre el estribo y chasqueó las riendas.

El caballo avanzó por el jardín.

Al cruzar por Märchenfeld, vio que casi todo el mundo había salido de sus hogares y se encontraban reunidos cerca del árbol de tilo en el centro del pueblo, hablando con susurros asustados. Vio a los padres de Gerdrut, su madre embarazada con otro niño, llorando mientras sus vecinos intentaban consolarla.

Los pulmones de Serilda se cerraron hasta creer que estaba a punto de no poder respirar más. El camino no pasaba por la casa de los gemelos, pero no hacía falta ver a su familia para saber que Fricz y Nickel también habían desaparecido.

Bajó la vista y apuró al caballo. Nadie intentó detenerla y se preguntaba si alguien adivinaría que ella era la culpable.

Esto era su culpa.

Cobarde. Tonta. No era lo suficientemente valiente como para enfrentar al Erlking. No era lo suficientemente inteligente como para engañarlo en este juego.

Y ahora cinco niños inocentes estaban desaparecidos.

El camino se veía difuso debajo del caballo mientras dejaba al pueblo atrás. El sol de la mañana brillaba sobre los campos de trigo y centeno, pero por delante el bosque de Aschen la acechaba, denso y hostil. Pero ya no le tenía miedo. Podría haber monstruos, criaturas del bosque y saliges espeluznantes, pero sabía que los verdaderos peligros yacían más allá del bosque, dentro de un castillo encantado.

Ya casi estaba cerca del bosque cuando una bandada de aves le llamó la atención. Al principio, creyó que eran más nachtkrapp, una gran cantidad de ellos sobre el camino. Pero al acercarse, vio que eran solo cuervos, graznando y chillando cuanto más se acercara.

Su mirada cayó. Sus pulmones se vaciaron.

Había una figura recostada en el camino con la mitad del cuerpo en la zanja.

Una niña con dos trenzas oscuras y un camisón azul pastel lleno de lodo.

—¿Anna? —suspiro. El caballo apenas llegó a detenerse cuando Serilda saltó de la montura y corrió hacia la figura. La niña estaba acostada de perfil con el rostro hacia el otro lado, podía estar durmiendo o inconsciente. Eso era lo que hacía la cacería salvaje, se repitió a sí misma, incluso aunque estuviera desplomándose de rodillas a un lado de Anna. Acechaban a la gente fuera de sus hogares. Los tentaban con una noche de abandono salvaje y los dejaban en la intemperie fría y solitaria al borde del bosque de Aschen. Tantos se habían despertado allí desorientados, hambrientos, quizás avergonzados; pero vivos.

Solo había sido una amenaza, eso era todo.

La próxima vez sería peor.

El rey estaba jugando con ella. Pero los niños estarían bien. Tenían que estarlo…

Sujetó a Anna por los hombros y la giró sobre su espalda.

En ese instante, gritó y cayó hacia atrás, apartándose. La imagen quedó grabada en su mente.

Anna. Su piel demasiado pálida. Los labios levemente azules. El frente de su camisón completamente rojo.

Tenía un agujero rasgado justo donde su corazón tendría que estar. Músculos y nervios al aire libre. Algunos restos de cartílago y costillas rotas visibles entre la sangre espesa y seca.

Eso era lo que habían estado comiendo las aves carroñeras.

Serilda trastabilló al intentar ponerse de pie y alejarse. Volteó, se puso de rodillas y vomitó en la zanja, aunque no había mucho que largar, solo bilis y algunos remanentes de las pociones de la bruja.

—Anna —dijo sin aliento, tapándose la boca con el dorso de la mano—. Lo siento mucho.

Si bien no quería volver a mirarla, se obligó a observar el rostro de Anna. Sus ojos estaban completamente abiertos. Su rostro congelado en el miedo.

Nunca había dejado de moverse. Siempre con sus acrobacias y sus trucos. Siempre bailando, moviéndose, girando por el césped. Madam Sauer la había regañado sin parar, mientras Serilda había amado todo de ella.

Y ahora.

Y ahora *esto*.

No fue sino hasta que se secó las lágrimas que vio el segundo cuerpo, un poco más adelante en el camino, medio oculto entre los arbustos que crecían sin control durante el verano.

Pies descalzos y enlodados y una camisa de lino sobre sus rodillas.

Serilda se acercó, trastabillando.

Fricz estaba acostado de espalda, su pecho igual de cavernoso que el de Anna. El travieso Fricz. Siempre riendo, siempre bromeando.

Las lágrimas ahora se deslizaron rápido sobre sus mejillas. Se animó a mirar hacia adelante. Ver el camino entero entre estos dos niños asesinados y el bosque de Aschen.

Enseguida, divisó a Hans. Había crecido tanto durante esa primavera y ella apenas estuvo cerca para verlo. Siempre había idolatrado a Thomas y a sus otros hermanos. Siempre tan deseoso de crecer.

Le habían arrancado el corazón por completo.

O… comido, ya que se preguntaba si esto era obra del nachtkrapp.

Quizás un regalo por su leal servicio a la cacería.

Le tomó un poco más de tiempo, pero finalmente también encontró a Nickel. Estaba recostado boca abajo sobre un pequeño arroyo que eventualmente desembocaba en el rio Sorge. Su cabello color miel estaba oscurecido y sucio por la sangre. Había perdido tanta que el agua estaba teñida de rosa.

El dulce Nickel. El más paciente, el más empático de todos ellos.

Cansada y con el corazón destruido, regresó a buscar su caballo antes de continuar su búsqueda. Sostuvo las riendas para que no se escapara mientras caminaba junto al camino, observando tan lejos como se lo permitían sus ojos.

Pero alcanzó las sombras de los árboles sin encontrar a nadie más.

La pequeña Gerdrut no estaba allí.

CAPÍTULO CINCUENTA

L e vendó los ojos a su caballo para que no se asustara al entrar en el bosque de Aschen. Tomar el camino largo que rodeaba al bosque era impensable y además estaba bastante claro que la cacería ya se había ido. Durante el día, se habrían desvanecido nuevamente detrás del velo, pero ¿qué tal si Gerdrut aún estaba allí en el bosque? Los ojos de Serilda se dispararon de un lado a otro en el camino, buscando entre los arbustos y malezas que cubrían el camino de tierra. Buscando rastros de algún animal carroñero, sangre y un pequeño cuerpo abandonado a la intemperie.

Por primera vez, el bosque no la atraía con su fuerza sobrenatural. Su misterio, sus murmullos oscuros. No les prestaba atención. No estaba buscando signos de los seres del bosque en los árboles distantes. No le prestaba atención a los susurros que la llamaban. Si alguna aparición la esperaba para bailar sobre un puente, si alguna bestia deseaba persuadirla de llevarla a su reino, se sentirían decepcionadas. En su mente solo había lugar para la pequeña Gerdrut, la última niña perdida.

¿Podría seguir con vida? Tenía que creer que sí. Tenía que mantener las esperanzas.

Incluso si eso significaba que el Erlking la tuviera bajo su poder como un tesoro para seducirla nuevamente de que fuera a su dominio.

Emergió entre los árboles sin respuestas para sus preguntas. No había señales de la niña, ni en el bosque, ni en las afueras cuando apareció el muro de Adalheid a la vista.

Cuando entró cabalgando a la ciudad, estaba segura de que no encontraría a Gerdrut. No en este lado del velo. El Erlking se la había llevado. Quería tener una razón para que ella regresara.

Y aquí estaba. Aterrada. Desesperada. Llena de una culpa demasiado dolorosa de tolerar. Pero más que eso, impregnada de una ira ardiente que se extendía desde los dedos de sus manos hasta la punta de sus pies, creciendo en su interior con una fuerza sofocante.

Los había matado como si no fueran nada. Muertes tan brutales. Pero ¿por qué? ¿Porque se sentía menospreciado? ¿Traicionado? ¿Porque quería enviarle un mensaje? ¿Porque necesitaba más *oro*?

Era un monstruo.

Encontraría una forma de rescatar a Gerdrut. Era lo único en lo que podía pensar ahora.

Pero algún día, de algún modo, vengaría al resto. Encontraría una forma de hacerle pagar al Erlking por lo que había hecho.

El caballo llegó al final del camino principal, el castillo acechante delante de ella. Volteó y se encaminó hacia la posada, ignorando las miradas curiosas que la seguían. Como siempre, su llegada alborotaba al pueblo, incluso aunque los aldeanos ya la reconocieran. Sin embargo, hoy, su expresión debía ser su propia advertencia. Se sentía como si fuera una nube oscura que se acercaba a lo lejos, llena de truenos y rayos.

Nadie se animó a hablarle, pero podía sentir su curiosidad a su espalda.

Desmontó del caballo antes de que se detuviera por completo y lo ató a toda prisa a un poste frente a la posada. Cruzó la puerta con fuerza, mientras su corazón la ahogaba.

Ignoró los rostros que voltearon hacia ella y marchó con paso firme hacia la barra, donde Lorraine encorchaba una botella.

—¿Qué pasa contigo? —le preguntó, como si estuviera tentada de pedirle que saliera y regresara con una mejor actitud luego—. ¿Y por qué tu vestido está lleno de lodo? Luces como si hubieras dormido en un chiquero.

—¿Leyna está bien?

Lorraine se quedó congelada, un rastro leve de incertidumbre en sus ojos.

—Claro que está bien. ¿Qué pasó?

—¿Estás segura? ¿No se la llevaron anoche?

Lorraine abrió los ojos bien en grande.

—¿Si se la llevaron? Te refieres a…

La puerta de la cocina se abrió y Serilda exhaló profundo cuando vio a Leyna llegar con una bandeja de carnes y quesos ahumados.

Esbozó una sonrisa cuando vio a Serilda.

—¿Pasarás otra noche en el castillo? —le preguntó con mucho entusiasmo por oír más historias, sus ojos iluminados.

Pero Serilda negó con la cabeza.

—No precisamente. —Volteó otra vez hacia Lorraine y, de repente consciente del silencio del restaurante, bajó la voz—. Cinco niños desaparecieron de Märchenfeld anoche. Cuatro de ellos están muertos. Creo que todavía tiene a la quinta.

—Por todos los dioses —susurró Lorraine, presionando una mano sobre su pecho—. Tantos. ¿Por qué…?

—¿Nadie desapareció en Adalheid? —le preguntó sin esperar.

—No que yo… no. No, de seguro me habría enterado.

Serilda asintió.

—Tengo un caballo afuera. ¿Lo podrías llevar al establo? Y… —tragó saliva—, si no regreso, ¿podrías por favor comunicarte con la familia Weber en Märchenfeld? El caballo les pertenece.

—¿Si no regresas? —preguntó Lorraine, apoyando la botella sobre la barra—. ¿De qué estás…?

—Irás al castillo —dijo Leyna—. Pero no hay luna llena. Si se llevó a alguien detrás del velo, no puedes ir a buscarlo.

Como por instinto, Lorraine envolvió un brazo alrededor de Leyna y la acercó a su lado, sujetándola con fuerza. Para protegerla.

—Escuché algo —susurró.

Serilda frunció el ceño.

—¿Qué?

—Esta mañana, oí a los sabuesos y recuerdo haber pensado que era demasiado tarde… La cacería por lo general no regresa tan cerca del amanecer. Y los escuché cruzando el puente… —tragó saliva con fuerza y frunció el ceño con compasión—. Por un segundo, me pareció escuchar un llanto. Sonaba como… Leyna —tembló, envolviendo a su hija entre sus brazos—. Tuve que levantarme para asegurarme de que aún estuviera dormida y, obviamente, no era ella, por lo que empecé a pensar que había sido solo un sueño. Pero ahora…

Un nudo frío se asentó en la boca del estómago de Serilda mientras empezaba a alejarse de la barra.

—Espera —dijo Leyna, intentando soltarse, sin éxito, de los brazos de su madre—. No puedes cruzar al otro lado del velo y los fantasmas...

—Tengo que intentarlo —dijo Serilda—. Esto es mi culpa. Tengo que intentarlo.

Antes de que pudieran convencerla de cualquier otra cosa, salió a toda prisa de la posada. Avanzó por el camino que rodeaba la orilla del lago. No vaciló al avanzar por el puente de frente a la entrada del castillo. La ira se había encendido en su interior, acompañada por esa sensación enfermiza y retorcida. Imaginó a Gerdrut llorando mientras la llevaban por ese mismo puente.

¿Estaría llorando? Sola, salvo por los espectros, los seres oscuros y el Erlking mismo.

Debía tener tanto miedo.

Serilda cruzó el puente con decisión, los puños cerrados a su lado, el cuerpo ardiendo en su interior. Las ruinas del castillo se erigían acechadoras por delante, las ventanas con los entramados de plomo, a menudo rotas, empañadas y sin vida. Cruzó el portón de entrada, sin preocuparse por si un ejército entero de fantasmas la estuviera esperando para gritarle al otro lado. No le importaba si se cruzaba con mujeres decapitadas y drudes feroces. Podía ignorar todos los gritos de cada víctima que este castillo alguna vez había devorado siempre y cuando rescatara a Gerdrut.

Pero el castillo permaneció en silencio. El viento sacudía las ramas de los barbadejos en el patio central, ahora lleno de intensas hojas verdes. Algunos de los arbustos que habían crecido como maleza ahora tenían bayas rojas que madurarían hasta quedar de un color púrpura oscuro para cuando terminara el verano. También en una de las salientes de los establos había un nido desde donde podía escuchar el canto de los recién nacidos llamando a su madre.

El sonido la enfureció.

Gerdrut.

La dulce, pequeña y valiente Gerdrut.

Se paró bajo la sombra de la entrada. Esta vez, no desperdició tiempo observando el estado del lugar, la devastación total del tiempo. Se abrió paso, furiosa, pateando los matorrales y escombros del gran salón, asustando a una rata que chillaba y se apartaba de su camino. Arrancó las telarañas que colgaban como cortinas y cruzó una puerta, y luego otra hasta llegar a la sala del trono.

—¡Erlkönig! —gritó.

Su odio resonó entre la docena de habitaciones. Sin embargo, el castillo permaneció en silencio.

Avanzó sobre algunas rocas destruidas y se acercó al centro de la sala. Ante ella se encontraba la tarima y dos tronos, protegidos por la destrucción que se había apoderado del resto del castillo.

—¡Erlkönig! —gritó una vez más, exigiendo ser oída. Sabía que estaba allí, oculto detrás del velo. Sabía que podía escucharla—. Es a mí a quien buscas. Aquí estoy. Devuelve a la niña y podrás tenerme a mí. Nunca más escaparé. Viviré en este castillo si quieres, ¡solo devuelve a Gerdrut!

Solo la encontró el silencio.

Miró alrededor de la sala, a las esquirlas de vidrio roto que ensuciaban el suelo. Los pequeños cardos que aclamaban cada rincón lejano, impulsados a vivir a pesar de la falta de sol. Los candelabros que no habían iluminado esta sala desde hacía cientos de años.

Miró nuevamente a los tronos.

Estaba tan cerca. El velo estaba allí, presionándola. Algo tan efímero que solo bastaba la luz de la luna llena para desgarrarlo.

Lo que le pudo haber pasado a Gerdrut, fuera de su alcance. ¿Podía verla? ¿La estaba escuchando, observando y rogándole a Serilda que la salvara?

Tenía que haber una forma de cruzar. Tenía que haber una forma de pasar al otro lado.

Presionó sus manos sobre su sien, urgiéndose a *pensar*.

Debía haber una historia, pensó. Alguna pista en alguno de los antiguos relatos. Había tantos cuentos de hadas sobre niñas con buenas intenciones y niños que se caían en un pozo o nadaban hacia el mar, solo para encontrarse en tierras encantadas, en Verloren y en los reinos del más allá. Tenía que haber una pista sobre cómo cruzar el velo.

Debía haber una forma. Se negaba a aceptar lo contrario.

Cerró los ojos con fuerza.

¿Por qué no se le había ocurrido preguntarle a Madam Sauer? Era una bruja, probablemente conocía una docena de formas de...

Se quedó boquiabierta y abrió los ojos repentinamente.

Madam Sauer era una bruja.

Una bruja.

¿Cuántas veces les había contado a los niños eso mismo? Había sido una mentira en ese entonces. Solo una historia tonta, incluso algo cruel a veces, pero nada serio. Simplemente se había estado burlando de su maestra gruñona, por quien todos compartían un mutuo desprecio.

Pero no fue solo una historia.

Fue real.

Había dicho la verdad.

¿Y cuántas veces había contado la que supo ser una historia ridícula sobre que estaba marcada por el dios de las mentiras?

Pero en realidad... su padre sí había aceptado el deseo de uno de los antiguos dioses. En verdad estaba marcada por

Wyrdith. La Abuela Arbusto lo había confirmado. Serilda había estado en lo cierto todo este tiempo.

Era la ahijada del dios de la mentira y, aun así, de algún modo… todas sus mentiras se estaban haciendo realidad.

¿Podía hacerlo a propósito?

¿Podía contar una historia y *volverla* realidad? ¿O era parte de la magia de su don, parte del deseo que le habían concedido a su padre tantos años atrás?

Podría estar marcada como una mentirosa, pero había verdad en sus palabras que nadie podía ver. Quizás no era una mentirosa después de todo, sino más bien una historiadora. Quizás incluso un oráculo.

Contar historias del pasado que habían quedado enterradas en el tiempo.

Crear historias que podrían volverse reales.

Hilar algo de la nada.

Paja en oro.

Imaginó tener un público delante de ella. El Erlking y su corte. Todos sus monstruos y almas en pena. Sus sirvientes y ayudantes, esos espíritus alados, quienes en este lado debían revivir sus muertes una y otra vez.

Gild también estaba allí, atrapado en algún lugar dentro de esas paredes. Tan perdido como todos ellos.

Y Gerdrut.

Observándola. Esperando.

Serilda inhaló profundo y empezó.

Había una vez una joven princesa que fue secuestrada por la cacería salvaje y un príncipe, su hermano mayor, que hizo todo lo posible

para rescatarla. Cabalgó hacia el bosque tan rápido como pudo, desesperado por alcanzar a la cacería antes de que se la llevaran para siempre.

Pero el príncipe falló. No pudo salvarla.

Sin embargo, logró derrotar a Perchta, la gran cazadora. Le atravesó el corazón con una flecha y observó cómo el dios de la muerte escoltaba su alma hacia Verloren, lugar de donde los seres oscuros alguna vez habían escapado.

Pero Perchta había sido amada, adorada. Casi venerada. Y el Erlking, quien nunca había conocido lo que era perder a alguien hasta ese día, juró que se vengaría del joven humano que le había robado a su amada del mundo de los vivos.

Las semanas pasaron mientras el príncipe curaba sus heridas con la ayuda de los seres del bosque. Cuando finalmente regresó a su hogar en el castillo, fue bajo la brillante luz de la luna llena. Cruzó el puente y el portón de entrada, sorprendido de encontrarlo sin guardias. La torre de vigilancia estaba igual de abandonada.

A medida que ingresaba al patio, un hedor a putrefacción llegó hasta él, uno que casi detiene su corazón.

El olor inconfundible de la sangre.

Buscó su espada, pero ya era demasiado tarde. La muerte ya se había apoderado del castillo. Nadie había salido con vida. Ni los guardias, ni los sirvientes. Los cuerpos yacían dispersos por todo el patio. Destruidos, mutilados, desgarrados.

El príncipe corrió hacia la torre principal, llamando a gritos a cualquier persona que lo escuchara, deseando desesperadamente que alguien hubiera sobrevivido. Su madre. Su padre. La institutriz que a menudo lo consolaba, el maestro de espadas que solía entrenarlo, los tutores que lo habían educado, regañado y acompañado camino a la adultez, el joven del establo que a menudo lo acompañaba en sus travesuras de la infancia.

Pero fuera donde fuera, solo se encontraba con el eco de la violencia. La brutalidad y la muerte.

Todos estaban muertos.

Todos.

Llegó a la sala del trono. Estaba destrozado por la extensión de la masacre, pero cuando sus ojos se posaron sobre la tarima al frente, la ira se apoderó de él.

El Erlking se encontraba sentado en el trono del rey, una ballesta sobre su regazo y una sonrisa en sus labios, mientras los cuerpos del rey y la reina colgaban como tapices en la pared justo por detrás.

Con un grito de furia, el príncipe levantó su espada y empezó a cargar contra el villano, pero en ese mismo instante, el Erlking disparó una flecha con una punta de oro puro.

El príncipe gritó. Soltó su espada y cayó de rodillas, sujetándose el brazo. La flecha no lo había atravesado por completo, sino que se quedó clavada en su muñeca.

Gruñendo, levantó la vista y se puso de pie.

—Deberías haberme matado —le dijo al Erlking.

Pero el villano apenas sonrió.

—No te quiero muerto. Quiero que sufras, tal como sufrí yo. Y continuaré sufriendo por el resto del tiempo.

El príncipe levantó la espada con su otra mano. Pero cuando arremetió contra el Erlking una vez más, algo lo inmovilizó en el lugar. Miró hacia la flecha ensangrentada que brotaba de su brazo.

El Erlking se levantó del trono. Una magia negra impregnaba el aire entre ellos.

—Esa flecha ahora te mantiene atado a este castillo —le dijo—. Tu espíritu ya no pertenece a los confines de tu cuerpo mortal, sino que quedará por siempre atrapado dentro de estas paredes. Desde este día hasta la eternidad, tu alma me pertenece. —El Erlking levantó sus manos y una oscuridad cubrió a todo el castillo, esparciéndose por la sala del trono hacia cada rincón de ese lugar olvidado–. *Todo esto me pertenece. La historia de tu familia, tu amado apellido, todo. Y lo maldigo. El mundo te olvidará. Tu nombre será borrado de las páginas de la historia. Ni siquiera tú recordarás al amor que podrías haber conocido. Querido príncipe, estarás por siempre solo, atormentado hasta el fin de los tiempos, tal como tú lo hiciste conmigo. Y nunca entenderás por qué. De ahora en más, ese será tu destino hasta que tu nombre, olvidado por todos, sea pronunciado una vez más.*

El príncipe se desplomó hacia adelante, aplastado por el peso de la maldición.

Las palabras del hechizo ya le estaban robando la mente. Recuerdos de su infancia, su familia, todo lo que alguna vez conoció y amó, desarmándose como un ovillo de lana.

Su último pensamiento fue de la princesa secuestrada. Radiante e inteligente, la guardiana de su corazón.

Mientras podía recordarla, miró al Erlking con lágrimas en los ojos, y logró enunciar las últimas palabras antes de que la maldición se apoderara de él.

–Mi hermana –le rogó–. ¿Atrapaste su alma en este mundo? ¿Volveré a verla?

Pero el Erlking simplemente rio.

–Príncipe tonto. ¿Qué hermana?

Y el príncipe solo se lo quedó mirando, desconcertado y vacío. No tenía respuestas. No tenía hermana. Ni pasado. Ni recuerdos.

Serilda exhaló, conmocionada por la historia que había brotado de su boca y las visiones espeluznantes que había conjurado. Aún estaba sola en la sala del trono, pero el olor a sangre había regresado, espeso y metálico. Bajó la vista hacia el suelo y lo encontró cubierto de ella, oscura y coagulada, su superficie un espejo negro reluciente. Se acumuló a sus pies, en la base de la tarima del trono, cubriendo las rocas y salpicando las paredes.

Pero había un lugar, a solo metros de ella, que permanecía intacto. Un círculo perfecto, como si la sangre se hubiera topado con una pared invisible.

Tragó saliva para desatar el nudo que se había empezado a formar en su garganta mientras contaba la historia. Podía verlo todo con claridad ahora. El príncipe parado entre el baño de sangre en esta misma sala. Podía imaginar su cabello rojo fuego. Las pecas sobre sus mejillas. Los destellos dorados en sus ojos. Podía ver su ira y su lamento. Su valentía y devastación. Ella lo había visto todo, cómo llevaba estas emociones sobre sus hombros y la peculiaridad de sus labios y la vulnerabilidad de su mirada. Había visto las heridas en sus muñecas, en donde la flecha lo había lastimado. En donde el Erlking lo había maldecido.

Gild.

Gild era el príncipe. Este era su castillo y la princesa secuestrada era su hermana y…

Y él no lo sabía. No recordaba nada. No *podía* hacerlo.

Serilda inhaló temblorosamente y se animó a terminar la historia, su voz apenas un susurro.

—Una vez que el Erlking enunció su hechizo, su venganza horrible quedó completa. Pero la masacre que ocurrió en ese castillo… —se detuvo estremeciéndose—. La masacre que había ocurrido en este lugar fue tan horrible que creó una grieta en el velo que durante tanto tiempo había separado a los seres oscuros del mundo de los vivos.

En respuesta a esas palabras, la sangre a cada lado de ese círculo intocable comenzó a fluir hacia arriba. Dos ríos espesos del color del vino tinto y densos como melaza, subieron hacia el techo. Cuando no eran más alto que Serilda, se movieron hacia adentro y se unieron, formando una puerta en el aire. Una puerta enmarcada por la sangre.

Luego, desde el centro, la sangre empezó a caer… hacia arriba.

Sus gotas eran lentas y firmes.

Directo hacia las vigas del techo.

Serilda siguió su rastro, hacia arriba.

Más arriba.

Hasta encontrarse con un cuerpo colgado del candelabro.

Se le cerró el estómago.

Una niña. Una pequeña niña.

Por un momento, pensó que era Gerdrut, por lo que se preparó para gritar…

Pero luego la cuerda comenzó a girar y vio que no era Gerdrut. El rostro de la niña le resultó casi irreconocible.

Casi.

Sabía que era la princesa que había visto en el relicario.

La niña secuestrada.

La hermana de Gild.

Quería maldecir, gritar, pedirles a los antiguos dioses y cualquiera que estuviera escuchándola que así no era como se suponía que su historia debía terminar. El príncipe debía haber derrotado al rey siniestro. Debía haber salvado a su hermana, a todos.

Nunca debería haber quedado atrapado en este horrible lugar.

Nunca debería haber sido olvidado.

No se suponía que el Erlking ganara.

Pero a medida que las lágrimas brotaban de sus ojos, presionó los dientes y se negó a dejarlas caer.

Aún quedaba una niña por salvar esa noche. Una hazaña heroica.

Con los puños cerrados, cruzó la grieta en el velo.

CAPÍTULO CINCUENTA Y UNO

La sangre desapareció. El castillo recuperó su esplendor. Serilda solo había visto la sala del trono cuando el castillo estaba en ruinas. Este era el lugar donde la laguna de sangre había aparecido entre la maleza y se había aferrado a sus pisadas. Donde los dos tronos en la tarima parecían haber quedado preservados en el tiempo, intactos por los siglos de negligencia. Se veían iguales a cómo lo hacían en el lado mortal del velo, pero el resto de la sala estaba tan inmaculada como cada uno de ellos. Unos candelabros inmensos albergaban docenas de velas encendidas, algunas alfombras gruesas y pieles hacían juego con unos tapices de terciopelo colgados detrás de la tarima, enmarcando a los tronos. Había incluso una serie de columnas de mármol blanco tallado que se extendían hacia el techo con la imagen de un tatzelwurm, su larga cola serpentina descendiendo en espiral hacia el suelo.

Y allí estaba el Erlking, esperándola en su trono.

A su lado, una imagen que le quitó el aliento.

Hans. Nickel. Fricz. Anna.

Sus pequeños fantasmas parados a cada lado del trono, con agujeros en sus pechos y sus camisones de dormir manchados de sangre.

—¡Serilda! —gritó Anna. Comenzó a descender de la tarima, pero la ballesta del rey le bloqueó el camino.

Se sobresaltó y cayó hacia atrás, aferrándose a Fricz.

—Qué milagro —dijo el Erlking lentamente—. Regresaste de la muerte. Aunque te ves bastante descuidada. Uno podría pensar que pasaste la noche muerta junto al río.

El odio comenzó a burbujear en su interior como un manantial sulfuroso.

—¿Por qué se los llevó? ¿Por qué hizo esto?

Se encogió levemente de hombros.

—Creo que ya sabes la respuesta. —Sus dedos golpetearon contra la empuñadura de la ballesta—. Te dije que te quedaras cerca. Que estuvieras en Adalheid cuando te llamara. Imagina mi decepción al descubrir que no estabas aquí. Me vi obligado a buscarte otra vez, pero no encontré a nadie en tu casa de Märchenfeld. —Sus ojos se cristalizaron—. ¿Cómo crees que eso me hizo sentir, Lady Serilda? Ni siquiera te molestaste en despedirte. Preferiste *morir* en lugar de ayudarme con un simple favor. —Una sonrisa arrogante se posó sobre sus labios oscuros—. O al menos, fingir.

—Ya estoy aquí —le contestó, intentando controlar el temblor en su voz—. Por favor, déjalos ir.

—¿A quiénes? ¿*A ellos*? ¿Estas pequeñas almas en pena? No seas absurda. Ya pertenecen a mi séquito, desde ahora y para siempre. Son míos.

—No, por favor.

—Incluso aunque pudiera *dejarlos ir*, ¿alguna vez consideraste lo que eso significaría? ¿Dejarlos ir a sus hogares? Estoy seguro de que sus familias estarían muy contentas de tener a sus pequeños fantasmitas tristes acechando sus pequeñas cabañas deprimentes. No, mejor que se queden conmigo, donde pueden ser más útiles.

—Podrías liberar sus espíritus —dijo entre lágrimas—. Merecen estar en paz. Merecen ir a Verloren, descansar.

—Ni menciones a Verloren —gruñó, sentándose más recto—. Cuando Velos me devuelva lo que me pertenece, consideraré liberar a estas almas, pero no pronto —su ira desapareció tan rápido como se había presentado y se apoyó sobre uno de sus brazos, dejando la ballesta sobre su regazo—. Hablando de lo que me pertenece, tengo otra tarea para ti, Lady Serilda.

Recordó la promesa que le había hecho a Pusch-Grohla. Había jurado no ayudar nunca más al Erlking.

Pero era una mentirosa, hecha y derecha.

—Se llevó a otra niña —le dijo entre dientes—. Si quiere más oro, tendrá que dejarla ir. Se la devolverá a su familia ilesa.

—Apenas estás en posición para hacer esas demandas —suspiró, casi con un tono melodramático—. Es linda, para ser una humana. No tanto como la princesa de Adalheid. *Ella* sí fue un regalo que mi amada habría consentido como a ninguna otra. Dulce, encantadora… *talentosa*. Dicen que estaba bendecida por Hulda, al igual que tú, Lady Serilda. Su muerte fue un desperdicio. Al igual que la tuya, si llegamos a eso.

—Intenta provocarme —dijo Serilda entre dientes.

El Erlking esbozó una sonrisa agresiva.

—Me tomo un momento para disfrutar siempre que puedo.

Serilda tragó saliva y miró hacia detrás de ella, sin saber

cómo debería sentirse al ver que la entrada de regreso al mundo de los mortales aún estaba allí.

Podría irse. Pero ¿él podría seguirla? Sospechaba que no. Si fuera tan fácil, seguramente no se habría quedado en los confines del velo que solo le permitía ser libre una noche cada luna llena.

No podía marcharse.

No sin Gerdrut.

Sus ojos se dispararon hacia arriba, pero la princesa que había estado colgada del candelabro ya no estaba allí. Habían desechado su cuerpo hacía ya mucho tiempo. Enterrada o en el fondo del lago. Sabía que su fantasma no estaba en el castillo. Ni tampoco había quedado abandonado en Gravenstone o llevado a Verloren. De otro modo, estaba segura de que la habría visto entre los sirvientes fantasmales y Gild la habría reconocido de inmediato con el retrato del relicario.

Gild.

¿Dónde estaba? ¿Dónde estaban los fantasmas? El castillo se sentía inquietantemente tranquilo y se preguntaba si el Erlking también podía forzar el silencio cuando quisiera.

Fijó su mirada nuevamente en el rey, intentando con todas sus fuerzas no pensar en los cuatro niños asustados a su lado. A quienes ya les había fallado.

Pero no le fallaría a Gerdrut.

—¿Por qué abandonó Gravenstone? —le preguntó inesperadamente. Se sintió satisfecha de la sorpresa que apareció en su rostro—. ¿Fue en verdad porque no podía tolerar vivir en el lugar donde derrotaron a Perchta? ¿O eligió quedarse en este castillo solo para vengarse del príncipe que la asesinó? Debió sentirse bastante satisfactorio al principio. ¿Durmió en sus aposentos y escuchó los quejidos y llantos de quienes asesinó durante toda la noche? ¿Eso le da placer?

—Disfrutas el misterio, Lady Serilda.

—Me gustan las buenas historias. Me gusta cuando toman giros inesperados. Lo que me resulta interesante es que no creo que ni siquiera *usted* haya descifrado el giro final de esta historia.

Los labios del Erlking se retorcieron con entusiasmo.

—¿Esa pequeña mortal salvará a todos?

Serilda chasqueó la lengua.

—No arruine el final —le contestó, orgullosa de lo valiente que sonaba. Aunque la realidad era que aún no había pensado su propio rol en esta historia. *Dicen que estaba bendecida por Hulda*. Es a era la verdadera razón por la que el Erlking quería a la princesa. No solo para que Perchta la consintiera, no solo porque era una niña tan amada por todo el pueblo. Había creído que *ella* era la hilandera de oro. Se la había llevado por su magia, probablemente para hilar las cadenas de oro que necesitaba para sus cacerías.

Y ahora, siglos más tarde, aún no lo sabía. Se había llevado a la hermana incorrecta.

Pero claro, Serilda no le dijo eso.

—La historia aún no reveló si se quedó con el fantasma de la princesa —agregó ella—. ¿Acaso la llevó a Verloren o aún está en Gravenstone? Entiendo por qué no podía traerla aquí, claro. El amor que el príncipe sentía por ella era tan fuerte que, si la veía, sabría que era su hermana y que la amaba mucho. Creo que es por eso que tampoco vi al rey o a la reina. No se quedó con sus fantasmas. No podía arriesgarse a que se reconocieran entre sí o a su hijo. Quizás rompería por completo la maldición. Quizás su familia y su nombre podría estar olvidado por todo el mundo, incluso para ellos, pero… ese no era el punto, ¿verdad? Quería dejarlo solo, abandonado y… sin amor. Por siempre.

El Erlking mantuvo una expresión gélida, pero Serilda ya estaba empezando a entender sus emociones y podía ver la tensión en su mandíbula.

—¿Cómo sabes esas cosas? —finalmente le preguntó.

Serilda no tenía una respuesta para eso. Apenas podía decirle que había sido maldecida por el dios de las mentiras, quien, de algún modo, por lo que parecía, era más bien el dios de la verdad.

No, el dios de las mentiras no. El dios de las historias.

Y siempre hay dos lados en una misma historia.

—Usted me trajo aquí —le contestó ella—. Una mortal en su reino. Estuve prestando atención.

Torció la boca hacia un lado.

—Dime, ¿ya sabes el nombre de la familia? ¿Resolviste *ese* misterio?

Parpadeó.

El nombre de la familia.

El nombre del príncipe.

Lentamente, negó con la cabeza.

—No.

No estaba segura, pero supuso que quizás se sintió aliviado de oír eso.

—Desafortunadamente —dijo—, no me gustan los cuentos de hadas.

—Eso *sí* es desafortunado, ya que aparece en tantos.

—Sí, pero siempre soy el villano. —Inclinó su cabeza—. Incluso *tú* me nombraste como el villano.

—Es difícil no hacerlo, mi señor. Tan solo esta mañana dejó a cuatro niños junto al camino con sus corazones devorados por un grupo de nachtkrapp y sus cuerpos abandonados como carne para otros carroñeros. —Sintió que se le cerró el pecho, sin animarse a mirar a los espíritus a un lado del rey, ya que sabía que rompería en llanto si lo hacía–. Creo que le gusta el rol de villano.

Finalmente, una sonrisa real apareció en sus facciones, hasta las puntas filosas de sus dientes.

–¿Y quién es el héroe de esta historia?

–Yo, claro. –Tras vacilar, continuó–: Al menos, eso espero.

–¿No el príncipe?

Se sentía como una trampa, pero Serilda era más astuta. Rio levemente.

–Él ya tuvo su momento. Pero no. Esta no es su historia.

–Ah. –Chasqueó la lengua–. Quizás tú estás intentando salvarlo a *él* entonces.

La sonrisa de Serilda quería desvanecerse, pero se mantuvo firme. Por supuesto que quería salvar a Gild. Quería salvarlo desesperadamente del tormento que había atravesado todos estos cientos de años. Pero no podía permitirle al Erlking saber que lo había conocido o que finalmente sabía la verdad y quién era.

–Cuando lo conozca, se lo haré saber –le contestó, manteniendo un tono tranquilo. Miró alrededor de la sala del trono de un modo exagerado–. ¿Está aquí? Lo ató a este castillo, entonces debe estar cerca.

–Ah, claro que sí –le contestó el Erlking–. Y cada día me arrepiento más. Es un constante tormento a mi lado.

–Entonces, ¿por qué no lo libera de la maldición?

–Se merece todo el sufrimiento que recibe y más.

Serilda presionó los dientes.

–Lo tendré en cuenta cuando finalmente me lo cruce –levantó la barbilla–. Si tenemos un trato, entonces estoy lista para completar su tarea.

Sus ojos pálidos destellaron a la luz de las antorchas.

–Todo está listo para ti.

CAPÍTULO CINCUENTA Y DOS

A medida que el rey pasaba a toda prisa junto a ella, Serilda llevó a los niños a su lado. Al tocarlos recordó cómo se había sentido la primera vez que Manfred la había ayudado a subirse al carruaje, tantos meses atrás.

Eran reales. Eran sólidos. Pero su piel se sentía quebradiza, delicada y fría. Era como si estuvieran a punto de deshacerse en cenizas. Sin embargo, eso no la detuvo de envolverlos en un inmenso abrazo por un intento apresurado de darles algo de comodidad.

El Erlking se aclaró la garganta impaciente.

Serilda sujetó a Anna y Nickel de la mano y lo siguió, ignorando la sensación que reptaba por su piel. Fricz y Hans se acurrucaron a su lado.

El rey los guio hacia el patio.

Salir a la luz del día fue bastante desconcertante. El castillo no estaba en ruinas. Realmente había cruzado al otro lado del velo y ahora estaba en el patio bajo el sol radiante. Sus pies se detuvieron.

La rueca estaba en el centro del patio, junto a una carreta llena de paja. Era una pequeña montaña, no más grande que un tonel de vino.

Y a su alrededor, reunidos dentro de las paredes de piedra amenazantes, estaban los residentes del castillo de Adalheid.

Los cazadores. Los sirvientes. El joven golpeado del establo, el cochero tuerto, la mujer decapitada. Todos en silencio y quietos, sus ojos sobre ella cuando se paró en el medio.

Al estar reunidos en grupo, sus figuras efímeras lucían más pronunciadas. Sus siluetas parecían los zarcillos de humo de los últimos remanentes de una fogata. Se veían tan frágiles, como si un suspiro pudiera hacerlos desaparecer.

No pudo evitar observar sus rostros y buscar a una mujer que se pareciera un poco a ella. Mantenía la esperanza de que alguna de estas mujeres fantasmales reconociera a la hija que alguna vez había amado, ahora adulta.

Pero si su madre estaba allí, no la reconoció.

Su atención pasó hacia los seres oscuros. Sus figuras gráciles y sus ojos engañosos. Todos vestidos con las pieles más finas, armaduras de cuero y equipos de caza. Eran los nobles de este castillo y, como tales, debían estar separados de los sirvientes, sus expresiones ilegibles.

El contraste entre estos dos grupos era notorio. Los seres oscuros tenían una belleza impoluta y extraterrenal, mientras que los fantasmas sirvientes tenían sus cuerpos destruidos con heridas sangrientas.

Por otro lado, también estaban las criaturas, drudes de pesadillas, goblins furiosos, nachtkrapp desalmados.

Toda la corte estaba allí, esperándola a *ella*.

Se le hizo un nudo en el estómago. *No*.

No podría hacerlo. Ya no estaría encerrada en el calabozo. Ya no estaría encerrada detrás de una puerta. El rey quería que hiciera una demostración pública. Ella era su premio y estaba listo para alardear de su posesión con todo su reino, tal como lo había hecho con el tatzelwurm.

Tragó saliva con fuerza y miró a su alrededor. No sabía que estaba buscando a Gild hasta que la decepción por su ausencia se afianzó en su interior.

Aunque no importaba.

No podría hilar por ella, no en frente de todos. Incluso aunque pudiera... se había prometido a ella misma que no se lo permitiría. No otra vez.

Pero eso había sido antes.

Antes de que se llevaran a los niños.

Antes de que se enterara que aún tenía a Gerdrut. Que aún podía salvarla.

—Admiren —dijo el Erlkönig, el Rey de los Alisos, con los ojos fijos en Serilda, aunque su voz se dirigía a toda la audiencia reunida—, Lady Serilda de Märchenfeld, bendecida por Hulda.

Ella no apartó la mirada.

—Durante la Luna de Nieve, esta muchacha dijo estar bendecida con el don de hilar oro, y en el transcurso de estos últimos meses, ha demostrado su valor para mí y la cacería. —Sus labios se retorcieron hacia arriba—. Por ello, pensé que esta noche, para celebrar la cacería victoriosa del tatzelwurm, podría invitar a Lady Serilda a que nos honre con todo el esplendor de su don.

Intentó no moverse inquieta bajo su mirada y el silencio de curiosidad que la rodeaba, aunque por dentro estuviera retorciéndose por completo de los nervios. Le hizo un gesto a los niños para que esperaran en la escalinata y se acercó al rey, intentando no mostrar lo mucho que estaba temblando.

—Por favor, Su Oscura Majestad —susurró, apartando el rostro de la multitud—. Nunca hilé delante de tanta gente. No estoy acostumbrada a tanta atención y preferiría…

—Tus preferencias significan poco aquí —la interrumpió el Erlking, una de sus cejas delgadas arqueadas—. O me atrevería a decir, no significan nada.

Uno de los cuervos graznó, como si se estuviera riendo de ella.

Serilda exhaló lentamente.

—Aun así, estoy segura de que sería más eficiente si pudiera tener un lugar de paz y soledad.

—Creo que podrías estar igual de motivada a impresionarme.

Le mantuvo la mirada fija, mientras intentaba buscar otra excusa. Cualquier excusa.

—No estoy segura de que mi magia funcione si la gente está mirando.

El rey parecía como si estuviera tentado a reírse. Se inclinó hacia ella y le susurró algo muy lentamente.

—Te las arreglarás para que funcione o me quedaré con la niña.

Serilda tembló.

Su mente giró sin parar, intentando aferrarse a cualquier cosa. Pero podía ver que el rey no cambiaría de parecer.

El pánico se apoderó de ella cuando enfrentó a la rueca. Recordó aquella primera noche durante la Luna de Nieve y cómo había logrado, al menos por solo un momento, persuadir al Erlking de que podía convertir la paja en oro. Recordó la primera noche en el castillo, cuando Gild apareció de repente, como si lo hubiera invocado su propia desesperación.

Se preguntaba cuántos milagros tenía permitidos recibir una joven como ella.

Sus pasos se sintieron pesados mientras observaba el patio a su alrededor, rogándole en silencio a alguien, cualquiera, que pudiera ayudarla. Pero ¿quién podría ayudarla más que Gild? ¿Dónde *estaba* Gild?

No importaba, se dijo a sí misma. No podía hacer nada aquí, no delante de toda esta gente.

Nadie la ayudaría. Lo sabía.

Pero no podía evitar mantener las esperanzas. Quizás él tenía alguna broma planeada. Quizás ella había mentido antes. Quizás quería que la rescataran. Quizás nunca estuvo destinada a ser la heroína.

Miró nuevamente a los niños en la escalinata de la torre principal, su corazón en agonía por todo lo que había pasado.

Luego se congeló cuando finalmente lo vio.

Se quedó boquiabierta y apenas pudo contener el grito que amenazó con escapar de su interior.

Estaba colgado en la fachada externa de la torre, justo debajo de los siete vitrales con los dioses antiguos. Sus brazos sujetados con cadenas de oro, desde las muñecas hasta los codos, aferradas a algún lugar sobre los parapetos.

No estaba luchando. Su cabeza colgaba hacia adelante, pero tenía los ojos completamente abiertos. Su expresión quedó destruida al ver la mirada de Serilda.

No se percató de que había dado un paso hacia él hasta que la voz del rey la desconcertó y la congeló en su lugar.

—Déjalo.

—¿Qué? —Luego recordó que se suponía que nunca lo había conocido. Borró la expresión de dolor de su rostro y enfrentó al rey—. ¿Quién es? ¿Qué hizo para que lo encadenaran así?

—Solo es nuestro residente poltergeist —le contestó el rey con un tono burlón—. Se atrevió a robarme algo que era mío.

—¿Robó algo?

—Así es. Un carrete de oro desapareció tu última noche de trabajo, desapareció justo antes de que mis sirvientes pudieran recolectar el oro. Estoy seguro de que fue el poltergeist, ya que tiene la costumbre de causar problemas.

El estómago de Serilda se retorció.

—Pero no toleraré sus trucos en una ocasión como esta. Además, como puedes ver, mi Lady, tu trabajo ya me ha sido de gran ayuda. No muchas cosas pueden atraparlo, pero ¿las cadenas de oro mágico? Funcionaron tal como esperaba.

Serilda tragó saliva y miró nuevamente a Gild. Su boca estaba trabada. El dolor se mezclaba con ira en las facciones de su rostro.

Estaba demasiado lejos como para que pudiera ver las cadenas con claridad, pero no dudaba de que estuvieran hechas con el oro más puro, una cadena irrompible.

Su corazón le dolía.

Había fabricado su propia prisión y lo había hecho por ella.

Pero si lo seguía mirando levantaría sospechas y el rey no podía saber que era Gild quien tenía el don de crear oro, no ella. Si se enteraba de lo que podía hacer el príncipe maldecido, no dudaría ni un segundo en encontrar nuevas formas de torturarlo hasta que aceptara hilar todo el oro que el rey quisiera.

Y conociéndolo a Gild, sabía que preferiría soportar la tortura antes de hacer lo que este monstruo le exigía.

Hasta la eternidad.

Se obligó a girar. Y enfrentó a la rueca.

Una historia, una voz entrometida susurró mientras se sentaba detrás del aparato. Lo que necesitaba era una gran mentira. Algo convincente. Algo que la sacara de este dilema y también que la ayudara a conservar su cabeza y rescatar a Gerdrut.

Era demasiado para un simple cuento de hadas y su mente estaba en blanco. Dudaba de siquiera poder recitar una canción de cuna en ese momento, mucho menos crear una historia tan grande como la que necesitaba.

Giró a la rueda con sus dedos, como si la estuviera probando. Presionó el pie sobre el pedal. Intentó mostrarse contemplativa mientras sus dedos navegaban por el carrete vacío, expectante.

Qué imagen debía estar dando. La campesina encantadora en su rueca. Se había convertido en todo un espectáculo.

Extendió una mano hacia la carreta llena de paja, aprovechando el momento para mirar una vez más a su alrededor. Algunos fantasmas se habían asomado por la muralla para verla.

Fingió estar inspeccionando la paja en sus manos.

Una mentira.

Necesitaba una mentira.

Nada.

Wyrdith, dios de las historias y la fortuna, rogó en silencio. *Nunca te pedí nada, pero por favor escúchame ahora. Si mi padre realmente te ayudó, si de verdad me diste tu bendición, si realmente soy tu ahijada, entonces por favor. Gira tu rueda de la fortuna y que se detenga a mi favor.*

La mano de Serilda tembló mientras tomaba el tallo más largo de paja y suspiraba de un modo entrecortado. Había visto a Gild hacer esto tantas veces. ¿Era posible que su magia de algún modo se hubiera transferido a ella? ¿Podía alguien *aprender* a hilar oro?

Giró nuevamente la rueda.

Gira...

Su pie se presionó sobre el pedal, aumentando la velocidad.

Gira...

Acercó la paja al orificio de la rueca, tal como lo había hecho incontables veces con la lana desde que era una niña. La paja raspó sus palmas.

Gira…

No se envolvió alrededor del carrete.

Claro que no.

Se había olvidado de atar la guía.

Con el rostro sonrojado por la vergüenza, aseguró una de las puntas de la paja al carrete. Podía oír algunos susurros entre el público, pero, por el rabillo de sus ojos, notaba que el Erlking permanecía completamente quieto. Habría sido fácil confundirlo con un cadáver.

Sujetó la guía lo mejor que pudo y la sujetó al siguiente tallo de paja. Intentó una vez más.

Gira…

Solo tenía que meterla en la rueca.

Gira…

La rueda la enrollaría, tal como lo haría con la lana.

Gira…

Y esta se envolvería al carrete.

Pero como era paja, se deshilachó y se cortó.

Su corazón comenzó a latir con fuerza al ver los restos de la paja, seca y sin valor en sus manos desposeídas de magia.

No pudo evitar mirar hacia arriba, aunque supiera que era un error. Gild la estaba mirando, su rostro lleno de angustia.

Era gracioso ver cómo esa mirada hacía que todo fuera más claro e impoluto. Varias dudas amenazantes quedaron en el aire en estas últimas semanas, luego de que ella le diera tanto y él tomara tanto a cambio. Todo lo que él hacía tenía un precio. Un collar. Un anillo. Una promesa.

Pero no podía haberla mirado de ese modo, si ella no significaba nada para él.

Una chispa de valentía se encendió en su pecho.

Le había prometido que se mantendría viva tiempo suficiente para darle el pago que le debía. Su primer hijo.

El trato lo habían sellado con magia, lo que lo volvía inquebrantable.

—Tienes mi palabra —murmuró para ella misma.

—¿Algo anda mal? —le preguntó el Erlking y, si bien sus palabras sonaron suaves, había un filo inconfundible detrás de ellas.

Su mirada se posó nuevamente en él. Parpadeó, desconcertada.

No tanto por la presencia del Erlking, sino por el escalofrío que subía por su espalda.

Su primer hijo.

Soltó la paja. Llevó ambas manos sobre su estómago.

El Erlking frunció el ceño.

Ella y Gild habían hecho el amor durante la Luna de la Castidad. Había pasado un ciclo lunar completo, había estado tan atrapada en sus preocupaciones y planes que no se había dado cuenta hasta ese momento que...

Se había salteado su ciclo menstrual.

—¿Qué ocurre? —gruñó el Erlking.

Pero Serilda apenas lo escuchó. Las palabras giraban alrededor de su mente, una rueda de cosas imposibles y borrosas.

Tu condición.

No deberías andar cabalgando por ahí.

Tu primer hijo.

¡Tu primer hijo!

La descendencia de una muchacha maldecida por el dios de las mentiras y un muchacho atrapado detrás del velo. No podía imaginar semejante criatura. ¿Sería un monstruo? ¿Algo muerto? ¿Algo mágico?

No importaba, intentó repetirse a sí misma. Había sellado un pacto con Gild. Aunque sabía que él había aceptado la oferta con el poco interés con el que la había hecho, ya que ambos creían que nunca pasaría, y también sabía que Gild hablaba en serio cuando le había dicho que el pacto era irrompible.

Este ser que crecía en su interior no le correspondía, del mismo modo que un tonel no puede reclamar el vino que alberga en su interior o una cubeta la leche que contiene.

Y, aun así.

Una sensación que nunca había sentido antes trepó por sus dedos mientras presionaba suavemente su abdomen.

Un hijo.

Su hijo.

Una mano fría la sujetó por la muñeca.

Serilda tomó una bocanada de aire, asustada, y levantó la vista para encontrarse con los ojos fríos del Erlking.

—Estás poniendo a prueba mi paciencia, hija del molinero.

Y fue en ese instante que la encontró.

La historia. La mentira.

Aunque no era completamente mentira.

—Mi señor, perdóneme —dijo ella, sin tener que fingir su falta de aliento—. No puedo convertir la paja en oro.

Uno de los labios del Erlking revelaron unos caninos filosos que le recordaron mucho a los sabuesos que él tanto estimaba.

—¿Y por qué? —preguntó con un tono que parecía una promesa de arrepentimiento si se atrevía a desafiarlo.

—Me temo que no es adecuado decir…

Sus ojos parecían asesinos.

Serilda se inclinó hacia adelante, susurrando para que solo él la escuchara.

—Su Oscura Majestad, la magia que fluía por mis venas se

ha ido. Ya no puedo invocarla con mis dedos. Ya no soy una hilandera de oro.

Su rostro quedó sumido en las sombras.

—Estás jugando un juego muy peligroso.

Serilda negó con la cabeza.

—Le juro que no es un juego. Hay una buena razón por la pérdida de mi magia. Verá… parece que mi cuerpo ahora alberga un don mucho más preciado que el oro.

Presionó sus muñecas hasta hacerlas doler, pero Serilda no se quejó.

—Explícate.

Su otra mano nunca había abandonado su abdomen, por lo que bajó la vista hacia allí, consciente de que los ojos del rey la seguirían.

—Ya no puedo hilar oro, porque esa magia ahora le pertenece a mi hijo.

El Erlking aflojó sus manos, pero no la dejó ir. Esperó unos segundos antes de animarse a mirarlo nuevamente a los ojos.

—Lamento haberlo decepcionado, mi señor.

El escepticismo se apoderó de sus facciones impolutas, pero quedaron rápidamente eclipsadas por una ira distinta a cualquier cosa que jamás hubiera visto.

Intentó alejarse, pero él no la soltó.

En su lugar, la levantó y comenzó a llevarla hacia la torre del castillo, solo arrastrándola.

—¡Redmond! —gritó—. Necesito tu presencia en la sala del trono. *Ahora.*

CAPÍTULO CINCUENTA Y TRES

El Erlking arrojó a Serilda al centro de la sala del trono y avanzó hacia la tarima. Serilda llevó su cabello hacia atrás para mirarlo.

El miedo rugía en su interior, por lo que tragó con fuerza y se puso de rodillas.

—Su Oscura Majestad…

—¡Silencio! —gritó. Parecía una criatura completamente diferente, su rostro contorsionado en algo decididamente desencantador. Apenas parecía él mismo, ya que por lo general mantenía una compostura bastante elegante—. Es una gran decepción, Lady Serilda —pronunció su nombre como el siseo de una serpiente.

—Con todo el debido respeto, la mayoría de las personas ven a los bebés como regalos.

El rey gruñó con ira.

—Las personas son estúpidas.

Juntó las manos como si le estuviera rogando.

—No podría haber anticipado esto. Fue... —se encogió de hombros—. Fue solo una noche.

—¡Pudiste hacer oro hace menos de un mes!

Serilda asintió.

—Lo sé. Esto ocurrió... poco tiempo después.

La miró, como si deseara meterle la mano en el útero y arrancarle a la criatura que allí estuviera creciendo.

—¿Me llamó, Su Oscura Majestad?

Serilda giró y se encontró con un hombre fantasmal con una túnica de mangas largas. La mitad de su rostro estaba inflamado, sus labios gordos y púrpuras. ¿Envenenado? ¿Ahogado? No estaba segura de siquiera querer saber.

Quitándose la ballesta de la espalda, el Erlking se sentó en el trono y usó su arma para señalarle sin mucho ánimo a Serilda, quien aún estaba arrodillada.

—Esta muchacha desdichada está embarazada.

Serilda se sonrojó. Sabía que no debería haber esperado que el rey respetara su privacidad, pero aun así... era su secreto. Y por ahora solo tenía intenciones de contarlo para salvar a Gerdrut.

Y también a su hijo, pensó.

Su hijo.

Nuevamente apoyó una mano sobre su estómago. Sabía que era demasiado temprano como para sentir algo. El vientre aún no había crecido y, claramente, no había ningún movimiento en su interior. Ansiaba regresar a su casa para hablar con su padre y preguntarle todo lo que recordaba sobre el embarazo de su madre; pero luego recordó que no estaba allí y una tristeza inconfundible la aplastó con todo su peso.

Su padre habría sido un gran abuelo.

Pero no podía pensar en eso ahora, incluso si el hombre

responsable de su muerte estaba a solo metros delante de ella. Incluso aunque lo odiara con cada fibra de su cuerpo. En este instante, solo necesitaba pensar en cómo salvarse. Si sobrevivía, entonces algún día tendría a un hermoso hijo a quien consentir, amar y criar. Sería *madre*. Siempre le habían gustado los niños y ahora podría cuidar a este bebé inocente, acunarlo hasta que se quedara dormido y contarle historias antes de que se fuera a dormir.

Pero *no*, se recordó a sí misma.

Se lo tendría que entregar a Gild.

¿Qué pensaría cuando se lo dijera? Era todo tan surreal, tan imposible.

¿Qué haría él con un *bebé*?

Casi se ríe. La idea era simplemente demasiado absurda.

—¡Lady Serilda!

Levantó la cabeza de repente, nuevamente hacia la sala del trono.

—¿Sí?

Para su sorpresa, las mejillas del Erlking estaban sonrojadas. No rosadas, sino más bien de un tono azul grisáceo sobre su piel plateada, pero, de todos modos, había allí más emoción de la que ella alguna vez creyó que podría tener. Su mano derecha estaba firme sobre el apoyabrazos del trono. Su mano izquierda sostenía la ballesta, su punta descansando contra el suelo.

Descargada. Por suerte.

—¿Hace cuánto... —le preguntó lentamente, como si le estuviera hablando a una simple sirvienta—, tienes esta condición?

Sus labios se separaron, finalmente, con una verdadera mentira.

—Tres semanas.

Los ojos del Erlking se dispararon hacia el hombre.

—¿Qué se puede hacer?

El hombre, Redmond, la inspeccionó con los brazos cerrados. Pensó por un momento antes de encogerse de hombros.

—En tan poco tiempo, debería ser muy pequeño. Quizás del tamaño de un guisante.

—Bien —dijo el Erlking. Con un suspiro largo de incomodidad, se acomodó en el trono—. Quítaselo.

—¿Qué? —dijo Serilda, poniéndose de pie—. ¡No puede hacerme esto!

—Claro que sí. O bueno… él puede. —Los dedos del Erlking bailaron en la dirección del hombre—. ¿Verdad, Redmond?

Redmond murmuró algo para sí mismo por un momento, mientras abría un morral marrón que llevaba sobre su cintura y algo envuelto en un trozo de tela.

—Nunca lo hice, pero no veo por qué no podría.

—Redmond solía ser barbero de día —le explicó el Erlking—, y cirujano cuando se lo pedía.

Serilda negó con la cabeza.

—Me matará.

—Tenemos buenos curanderos —le aclaró el Erlking—. Me aseguraré de que no suceda.

—Probablemente nunca más puedas tener un bebé —agregó Redmond. Miró al rey, no a Serilda—. ¿Supongo que no hay problema con eso?

—No, está bien —dijo el Erlking.

Abatida, gritó.

—¡No! ¡No está bien!

Ignorándola, Redmond avanzó hacia una mesa cercana y desenvolvió la tela, dejando al descubierto una serie de herramientas afiladas. Tijeras, bisturíes, llaves, pinzas y cosas aterradoras que Serilda no identificó. Sus rodillas crujieron al retroceder. Sus ojos se movieron en todas direcciones y, por primera vez, notó que la entrada de sangre había desaparecido. Su pase de regreso al otro lado del velo.

De seguro aún estaba allí. La había abierto una vez, podía abrirla de nuevo. Pero *¿cómo?*

Luego otro pensamiento solemne.

Gerdrut.

Aún no la había salvado.

¿Dónde tenía a la niña? No podía abandonarla, ni siquiera para salvarse a ella misma o a su bebé.

—Pasó tiempo —murmuró Redmond, levantando un pequeño bisturí—. Pero esto debería funcionar. —Miró al rey—. ¿Quiere que lo haga aquí?

—¡No! —gritó Serilda presionando los dientes.

El Erlking parecía irritado por su sobresalto.

—Claro que no. Puedes usar una de las habitaciones del ala norte.

Asintiendo, el hombre comenzó a levantar sus herramientas.

—¡No! —gritó una vez más Serilda, esta vez más fuerte—. No puede hacerme esto.

—Tú no tienes la libertad para decirme lo que puedo y no puedo hacer. Este es mi reino. Tú y tus dones de Hulda ahora me pertenecen.

Las palabras podrían haber sido una bofetada en el rostro por cómo la dejaron muda.

Se levantó, afianzando sus piernas debajo de ella. Tenía solo una oportunidad de persuadirlo. Una oportunidad de salvar a esta vida que crecía en su interior.

—No, mi señor. No puede hacerlo porque no funcionará. No me devolverá la magia.

Entrecerró los ojos.

—Si eso es verdad, entonces será mejor que te degüelle y acabe con los dos.

Intentó ocultar su miedo.

—Si esa es su voluntad, no puedo detenerlo. Pero ¿no cree que Hulda podría estar guardándose algo para este niño? Si se lleva su vida tan pronto, estará interfiriendo con la voluntad de un dios.

—No me preocupa la voluntad de los dioses.

—Como quiera —dijo, dando un paso hacia adelante—, usted y yo sabemos que pueden ser aliados poderosos. Si no fuera por el don de Hulda, jamás habría podido hilar oro para usted. —Hizo una pausa antes de continuar—. ¿Cuál podría ser la bendición para mi hijo? ¿Qué poder podría estar creciendo en mi interior ahora mismo? Y sí, ya sé que le estoy pidiendo que sea paciente, no solo por los próximos nueve… o más bien, ocho meses, sino por los próximos años, antes de que sepamos qué don tiene este niño. Usted es eterno. ¿Qué son un par de años, una década, para usted? Si me mata, si mata a este bebé, entonces estará desperdiciando una gran oportunidad. Mencionó que la joven princesa también estaba bendecida por Hulda. Su muerte fue un desperdicio. Pero usted no es un rey al que le guste desperdiciar cosas. No cometa ese mismo error.

Mantuvo la mirada fija en ella por un largo rato, el corazón le latía errático, mientras su respiración amenazaba con ahogarla.

—¿Cómo sabes… —empezó a preguntarle lentamente—, que tu don de hilar oro no regresará una vez que removamos al parásito?

Parásito.

Serilda tembló al oír esa palabra, pero intentó no mostrar su repulsión.

Extendió sus manos, un signo de abierta honestidad que conocía muy bien.

—Lo sentí —mintió—. El momento en que lo concebí, sentí

la magia en mis dedos, inundando mi útero, acogiendo a este bebé. No puedo decir con certeza que este niño o niña nazca con el mismo don que yo, pero sé que la magia de Hulda ahora reside en su interior también. Si lo mata, entonces esa bendición desaparecerá por siempre.

—Tus ojos no cambiaron —dijo como si fueran la prueba de que estuviera mintiendo.

Serilda simplemente se encogió de hombros.

—No uso los ojos para hilar.

El rey se inclinó hacia un costado, presionando un dedo sobre su sien, la cual masajeaba lentamente en círculos. Sus ojos se posaron sobre el barbero, quien esperaba con sus herramientas envueltas en su morral. Luego de un largo rato, el Erlking levantó la barbilla y le hizo una pregunta.

—¿Quién es el padre?

Se quedó inmóvil.

No se le había ocurrido que le preguntaría eso, que le preocuparía acceder a esa información. Dudaba que siquiera le *importara*, pero ¿qué intenciones ocultaba esa pregunta?

—Nadie —le contestó—. Un muchacho de la aldea. Un granjero, mi señor.

—¿Y este granjero sabe que llevas a su hijo? —le preguntó y Serilda negó lentamente con la cabeza—. Bien. ¿Alguien más sabe?

—No, mi señor.

Nuevamente se inclinó hacia adelante, trazando sus labios con sus dedos de un modo despreocupado. Serilda contuvo la respiración, intentando no dejar salir un suspiro tembloroso bajo su escrutinio. Si ganaba algo de tiempo… si podía persuadirlo de que la dejara vivir lo suficiente para…

¿Para hacer qué?

No lo sabía. Pero sí sabía que necesitaba más tiempo.

—Muy bien —dijo el rey repentinamente. Se inclinó hacia un lado del trono y tomó su ballesta. Con su otra mano preparó una flecha, una que no tenía la punta dorada, sino negra.

Serilda abrió los ojos bien en grande.

—¡Espere! —gritó, levantando los brazos incluso mientras se desplomaba sobre sus rodillas, rogándole—. No, puedo serle útil… Conozco una manera…

La ballesta crujió con energía mientras cargaba la flecha.

—¡Por favor! ¡Por favor, no…!

Presionó el gatillo. La flecha voló a toda velocidad y se clavó con fuerza.

CAPÍTULO CINCUENTA Y CUATRO

Un gruñido. Un gorjeo. Un resuello.

Boquiabierta, Serilda giró lentamente.

La flecha había atravesado directo el corazón del barbero. La sangre que brotaba de su túnica no era roja, sino negra como la tinta y emanaba un hedor a putrefacción.

Colapsó en el suelo y su cuerpo empezó a convulsionar mientras sujetaba el astil de la flecha en su mano.

Era una escena que parecía no terminar, hasta que al fin el barbero exhaló por última vez y se quedó inmóvil. Sus manos cayeron a cada lado de su cuerpo, extendidas hacia el techo.

Mientras Serilda lo observaba, conmocionada, comenzó a desvanecerse. Su cuerpo entero se desintegró en un aceite negro, a medida que sus facciones desaparecían a través de la alfombra. Pronto no quedó nada más que una mancha grasienta y horrible, y la flecha abandonada en el suelo.

—¿Qué…? ¿Acaba de…? —tartamudeó—. ¿Puede *matarlos*?

—Cuando me apetece hacerlo. —El crujido del cuero la hizo voltear nuevamente hacia el Erlking. Se levantó del trono y avanzó lentamente para recuperar su flecha. Aún mantenía la ballesta a su lado y cuando enfrentó a Serilda, ella dio un paso hacia atrás por instinto.

—Pero era un fantasma —agregó confundida Serilda—. Ya estaba muerto.

—Y ahora lo he liberado —le explicó con un tono decididamente aburrido. Guardó nuevamente la flecha en su aljaba—. Su espíritu ahora es libre de seguir la luz de las velas hacia Verloren. Y dices que soy un villano.

Sus labios estaban temblando por la conmoción. Sin poder creerlo. Completamente confundida.

—Pero *¿por qué?*

—Era el único que sabía que yo no era el padre. Ahora no habrá nadie para cuestionarlo.

Serilda parpadeó, lento y vacilante.

—¿Disculpa?

—Tienes razón, Lady Serilda. —Comenzó a caminar delante de ella—. No había contemplado lo que este niño podría significar para mí y mi corte. Un recién nacido bendecido por Hulda. Es un regalo que no se debe despreciar. Y agradezco que hayas abierto mis ojos a estas posibilidades.

Serilda movió la boca, pero ningún sonido brotó de ella.

El rey se acercó. Parecía satisfecho, casi engreído, mientras la observaba. Sus ojos extraños, su ropa sucia de campesina. Su atención se centró por mucho más tiempo en su vientre, por lo que Serilda envolvió sus brazos frente a ella. El movimiento hizo que el Erlking moviera los labios con regocijo.

—Tú y yo nos casaremos.

Serilda se quedó boquiabierta.

—*¿Qué?*

—Y cuando nazca el niño —continuó, como si ella no hubiera dicho nada—, me pertenecerá. Nadie dudará que sea mío. Su padre humano no se molestará en reclamarlo y tú... —bajó la voz con un tono amenazante—, como eres tan inteligente, no le contarás a nadie la verdad.

Serilda tenía los ojos tan abiertos que no veía nada. El mundo era un ciclón, todas las paredes y antorchas difuminadas en la nada.

—Pero... yo... no... —comenzó a decir—. No puedo *casarme* con usted. No soy nada. Solo una simple mortal, una humana, una...

—Una campesina, la hija de un molinero... —suspiró de manera exagerada—. Ya sé lo que eres. No te des falsas esperanzas. No tengo intenciones de tener un romance contigo, si eso es lo que temes. No te pienso *tocar* —dijo como si la mera idea de hacerlo fuera extremadamente repulsiva. Sin embargo, Serilda estaba demasiado desconcertada como para sentirse ofendida—. No hay necesidad. El niño ya está creciendo en tu interior. Y cuando ella regrese, yo... —se detuvo, conteniéndose por un instante. Su rostro pareció perder la compostura y miró a Serilda como si lo estuviera engañando para que le contara todos sus secretos—. Ocho meses dijiste. El tiempo es más que conveniente. Eso claro... *si* tenemos suficiente oro. No. Deberá ser suficiente. No tengo intenciones de esperar mucho.

Giró como un buitre que sobrevuela a su presa, aunque ya no la estaba estudiando con detenimiento. Sus ojos lucían pensativos y distantes.

—No puedo permitirte que te vayas, claro. No me arriesgaré a que te escapes o esparzas rumores de que este niño le pertenece a alguien más. Pero matarte también sería matar al niño. Eso me deja pocas opciones.

Serilda negó con la cabeza, sin poder creer lo que estaba escuchando. Sin poder comprender cómo el Erlking había pasado de querer arrancarle a la criatura de su vientre a querer criarlo en tan poco tiempo.

Luego recordó lo que le había dicho, esa pequeña pista que se le había escapado.

Cuando ella regrese.

Faltaban aproximadamente ocho meses para que naciera el bebé.

En ocho meses estarían cerca de fin de año.

Cerca del… solsticio de invierno. La Luna Eterna. Momento en el que intentaría capturar a un dios y pedir su deseo. Entonces, ¿era verdad? ¿Quería desear que Perchta, la cazadora, regresara de Verloren? ¿Acaso quería usar al bebé de Serilda como un *regalo* para ella, como cualquier otra persona entregaría una canasta de flores o un pastel de manzana?

Frunció el ceño.

—Pero creí que los seres oscuros no podían tener hijos.

—Entre nosotros, no. La creación de un niño requiere la chispa de la vida y nosotros nacemos muertos. Pero con una mortal… —se encogió de hombros—. Es raro. Los mortales están por debajo nuestro y pocos se atreverían a humillarse acostándose con uno.

—Por supuesto —dijo Serilda, gruñendo, aunque el gesto fue ignorado.

—La ceremonia puede realizarse durante el solsticio de verano. Eso nos daría tiempo suficiente para prepararnos, aunque espero que no seas una de esas novias que exigen festividades elaboradas y ridículamente pomposas.

Se quedó sin aliento.

—¡No acepté nada! ¡No acepté ser su prisionera ni decirle a nadie que es el padre de este niño!

—Esposa —la interrumpió. Sus ojos iluminados como si fuera una broma compartida entre ambos—. Serás mi esposa, Lady Serilda. No manchemos nuestra unión con esos asuntos.

—Lo que sea, ambos sabemos que no seré más que su prisionera.

Se acercó a ella una vez más a ella con la gracia de una serpiente y la tomó de las manos. El gesto se sintió casi afectivo, si no hubiera estado tan frío.

—Harás lo que te diga —sentenció—, porque aún tengo algo que quieres.

Algunas lágrimas amenazaron con brotar de sus ojos. *Gerdrut.*

—A cambio de la libertad de la pequeña —continuó—, serás una novia complaciente. Espero que seas muy convincente. El bebé es mío. Nadie debe sospechar lo contrario.

Tragó saliva con fuerza.

No podía hacerlo.

No podía.

Recordó la sonrisa de Gerdrut, sin algunos de sus dientes de leche. Sus chillidos cuando Fricz le hacía cosquillas. Su puchero cuando intentaba hacerle una trenza a Anna y no sabía cómo.

—Está bien —susurró, a medida que una lágrima brotaba de uno de sus ojos. No se molestó en secarla—. Haré lo que me diga, si promete soltar a Gerdrut.

—Tienes mi palabra.

Esbozó una sonrisa y levantó la mano, sobre la cual tenía la flecha con la punta de oro.

Pasó tan rápido. Apenas tuvo tiempo de exhalar antes de que se clavara en su muñeca.

El dolor avanzó por todo su cuerpo.

Serilda cayó de sus rodillas, su visión blanca por los bordes. Lo único que podía ver era el astil de la flecha en su brazo. La sangre cubrió todo su brazo, desde la punta dorada, cayendo gota por gota al suelo.

Aun sujetándola de la mano, el rey comenzó a hablar y Serilda oyó las palabras desde dos lugares a la vez. El Erlking, desprovisto de emoción, recitó la maldición. Y su propia historia, esa que contó en la sala del trono vacía, regresó a sus recuerdos.

Esa flecha ahora te mantiene atado a este castillo. Tu espíritu ya no pertenece a los confines de tu cuerpo mortal, sino que quedará por siempre atrapado dentro de estas paredes. Desde este día hasta la eternidad, tu alma me pertenece.

La agonía no se pareció en nada a algo que hubiera experimentado antes, como si su cuerpo se estuviera llenando de veneno, devorándola desde el interior. Sintió sus huesos y músculos, y su propio corazón, deshacerse en cenizas. Atrás quedó el cascarón vacío de una muchacha. Piel, uñas y una flecha dorada.

Oyó un golpe seco cuando algo cayó detrás de ella.

Y así… el dolor desapareció.

Inhaló nuevamente, pero no hubo satisfacción en ello. Sus pulmones no se inflaron. El aire se sentía putrefacto y pesado.

Se sentía vacía, escurrida. Abandonada.

El Erlking soltó su mano y su brazo cayó sobre su regazo.

La flecha ya no estaba. En su lugar, una herida abierta.

Estaba muy asustada para mirar. Pero tenía que hacerlo. Tenía que verlo, tenía que saber.

Y cuando sus ojos se posaron sobre su propio cuerpo,

recostado detrás de ella, se sorprendió. No lloró ni gritó. Simple y tranquilamente lo observó, a medida que una extraña calma se apoderaba de ella.

El cuerpo que estaba en el suelo aún respiraba. *Su* cuerpo. La sangre alrededor de la flecha había empezado a coagularse. Tenía los ojos abiertos, ciegos, sin pestañear, pero aún con vida. Los rayos dorados de sus iris brillaban conscientes con la luz de mil estrellas.

Ya había visto esto, cuando su espíritu se alejó de su propio cadáver a orillas del río. Y se habría ido de no ser porque se mantuvo aferrada con fuerza a la rama del fresno.

Pero ahora algo más la mantenía conectada a este lugar.

A este castillo. A esta sala del trono. A estas paredes.

Estaba atrapada.

Por siempre.

El dolor no fue por la muerte. Fue por la sensación de que estuvieran arrancando a su espíritu de su cuerpo.

No porque se estuviera perdiendo, sino porque lo estaban arrancando.

No estaba muerta.

No era un fantasma.

Era simplemente… una maldición.

Se puso de pie, sin temblar, y miró al Erlking a los ojos.

—Eso —dijo entre dientes—, no fue muy romántico.

—Mi dulzura —le contestó y Serilda pudo notar que sentía placer haciendo esto, la mímica del afecto humano—, ¿esperabas un beso?

Exhaló profundo por la nariz, contenta de que aun *pudiera* respirar, incluso aunque no lo *necesitara*. Sus manos golpetearon levemente a cada lado de su cuerpo, probando la sensibilidad. Se sentía diferente. Incompleta, pero, aun así, sólida. Podía sentir el peso de su vestido, el sendero de lágrimas que había caído por su rostro. Y, aun así, su cuerpo real estaba recostado en el suelo a metros de distancia.

Sus manos se posaron sobre su barriga. ¿El bebé aún estaba creciendo en su interior?

¿O dentro de…?

Miró nuevamente a su cuerpo recostado en el suelo, inmóvil, inconsciente. No muerto. Pero no muy vivo.

Quería creer que el Erlking no habría usado esta maldición si corría riesgo de lastimar al bebé. ¿Qué sentido tenía? De todos modos, tampoco estaba muy segura de cuánto lo había pensado.

Fue en ese entonces que comprendió lo que se sentía diferente. Cuando finalmente lo vio, era obvio, y se preguntó cómo no lo había notado antes.

Ya no podía sentir los latidos de su corazón en el pecho.

CAPÍTULO CINCUENTA Y CINCO

—Muy bien —dijo el Erlking, sujetando los dedos de Serilda y pasándolos por debajo de su brazo—, anunciemos nuestra buena fortuna.

Serilda estaba algo mareada mientras salían de la sala del trono, cruzaban el gran salón, y pasaban por debajo de la saliente de la puerta inmensa que daba al patio, donde todos sus cazadores y fantasmas estaban reunidos, confundidos sobre lo que el rey esperaba de ellos.

Los niños también se encontraban allí, justo donde los había dejado, abrazándose entre sí, mientras Hans intentaba defenderlos de un goblin curioso que se había acercado e intentaba olfatear sus rodillas.

Serilda se agachó y extendió los brazos en su dirección. Los niños corrieron para abrazarla…

Pero la atravesaron.

Se sintió como una ráfaga de viento helado que penetraba hasta lo más profundo de su ser.

Se quedó sin aliento. Los niños retrocedieron y la miraron con los ojos bien abiertos.

–Está… bien –gruñó. Gild le había dicho que podía atravesar fantasmas. Había intentado atravesarla a *ella* cuando se conocieron por primera vez. Se acomodó e intentó ser más consciente de los límites físicos de su cuerpo. Extendió los brazos nuevamente hacia ellos. Esta vez, estaban más dubitativos, pero a medida que sus manos encontraban sus brazos, sus mejillas, su cabello, nuevamente se presionaron contra ella.

Fue una sensación horrible, como si estuviera manipulando un pescado frío, endeble y resbaladizo con sus manos. Pero nunca se los diría. Nunca rechazaría sus abrazos ni evitaría hacer todo lo posible para reconfortarlos y cuidarlos.

–Lo siento –susurró–. Lo siento mucho. Por todo.

–¿Qué te hizo? –susurró Nickel, colocando una mano suavemente sobre la muñeca de Serilda, en donde la herida de la flecha ya había dejado de sangrar.

–No se preocupen por mí. Intenten no tener miedo. Estoy aquí y no los abandonaré.

–Ya estamos muertos –dijo Fricz–. No nos puede hacer nada más.

Serilda deseó que eso fuese verdad.

–Suficiente, niños –dijo el Erlking, su sombra posándose sobre ellos. Como si hubiera escuchado el comentario de Fricz y estuviera entusiasmado de demostrarle lo equivocado que estaba, chasqueó los dedos. Todos a la vez, los niños se alejaron de Serilda y mantuvieron sus espaldas rígidas y expresiones opacas.

–Criaturas emocionales –murmuró el Erlking con disgusto–. Ven. –Le hizo un gesto a Serilda para que lo siguiera mientras descendía por la escalinata hacia la rueca en el centro del patio.

Con el estómago retorcido, se agachó para darle un beso en la frente a cada uno de los niños. Parecían tan relajados, aunque no sabía si era por su beso o la pérdida del interés del Erlking en controlarlos.

Frotándole el cabello a Nickel, volteó y siguió al Erlking. Se animó a levantar la vista y mirar hacia la pared de la torre. Gild aún estaba allí. Había dolor en su rostro y el vacío de su pecho se profundizó aún más.

—Cazadores e invitados, cortesanos y asistentes, sirvientes y amigos —anunció el rey, captando la atención de todos—. Esta noche, se ha presentado un cambio en la fortuna, uno que me complace mucho anunciarles. Lady Serilda ya no hará una demostración de su don mágico para hilar oro. Luego de mucha contemplación, determiné que un acto semejante no es digno de nuestra futura reina.

El silencio se apoderó del lugar. Ceños fruncidos y bocas abiertas. Por encima, una mirada desconcertada se coló en la agonía de Gild. Serilda movió las manos de un modo impaciente con el deseo de subir a la torre y romper esas cadenas, pero se quedó en donde estaba. Se obligó a apartar la vista, a enfrentar a los demonios, espectros y bestias reunidas delante de ella.

Al mirar a su alrededor, comprendió que, si bien era una audiencia de muertos, había pocos ancianos entre los presentes. Estos fantasmas habían encontrado finales traumáticos. Sus cuerpos hinchados por algún veneno mortal, cortados, conservando la evidencia del arma que había acabado con sus vidas. Algunos estaban cubiertos con ronchas asquerosas, algunas a punto de estallar, y otros se veían famélicos. Nadie había muerto en paz mientras dormía.

Todos sabían lo que se sentía tener miedo y dolor en su interior.

Por primera vez, Serilda sintió lo triste que era vivir una eternidad sufriendo tu propia muerte.

Y sería la reina de todos ellos.

Al menos, hasta que naciera su hijo.

Entonces, probablemente, la matarían.

—Lady Serilda aceptó mi mano —anunció el Erlking—, y yo me siento más que halagado.

La confusión se apoderó del patio. Serilda se mantuvo perfectamente quieta, temiendo que, si se movía, solo sería para arremeter contra el rey e intentar estrangularlo. Obviamente, no sería tan tonta de ejecutar una idea tan ridícula como esa. ¿Que estaba enamorada de él? ¿Que él se sentía honrado de ser su esposo?

De todas formas, él era su rey. Quizás no importaba si alguien lo creyera o no. Quizás todos estaban entrenados para aceptar sus palabras sin cuestionarlas.

—Los preparativos comenzarán a la brevedad —anunció el Erlking—. Espero que todos traten a mi amada con la adoración y fidelidad que se merece la persona que elegí como futura esposa.

Entrelazó los dedos con los de Serilda y levantó sus manos, mostrando la herida abierta en su brazo.

—Admiren a nuestra nueva reina. ¡Larga vida a la Reina Serilda!

Había cierto rastro de una risa en su voz y se preguntó si alguno de esos fantasmas podía sentirla, mientras elevaban su tono de voz, aún incierto, para repetir el cántico.

Larga vida a la Reina Serilda.

Se quedó perpleja, enfrentada a lo absurdo de esta farsa. El Erlking quería al niño como un presente para Perchta. Pero ya la había maldecido atrapándola dentro del castillo. En ocho meses, se quedaría con el niño y ella no podría hacer nada para detenerlo. Fuera ese el caso, nada le impedía continuar diciendo que el bebé era su progenie.

Pero ¿por qué se *casaba* con ella? ¿Por qué la convertía en reina? ¿Por qué hacía toda esta farsa? Ansiaba poder traer a Perchta nuevamente de Verloren y claramente *ella* era su verdadera reina, su verdadera esposa.

No. Tenía otras intenciones detrás de todo esto, más que simplemente esperar a entregarle el recién nacido a la cazadora. Podía sentirlo. Una amenaza que se enrollaba en la boca de su estómago.

Pero no había nada que pudiera hacer ahora. Una vez que llevara a Gerdrut a la seguridad de su hogar, intentaría desentrañar los secretos que este demonio aún escondía. Todavía tenía hasta el solsticio de invierno para descubrir cómo detenerlo.

Hasta entonces, haría lo que le pidieran. Ni más ni menos. Aunque estaba segura de que no lo miraría con encanto y consentirlo cada vez que ingresaba a una habitación. No se reiría ni se pavonearía en su presencia. No pretendería no ser una prisionera de este lugar.

Pero sí mentiría. Les diría a todos que él era el padre de su hijo, si se lo preguntaban.

Hasta que encontrara una forma de liberar a los espíritus de los niños, a Gild y a sí misma.

Y averiguara cómo matar al Erlking.

A medida que el cántico aumentaba su intensidad, el rey se inclinó hacia ella, presionando sus mejillas de porcelana de eterna frialdad sobre las suyas. Sus labios rozaron el lóbulo de su oreja y Serilda intentó ocultar su temblor.

–Tengo un regalo para ti.

Volteó hacia la escalinata. Sus ojos horrorizados se posaron sobre Gild, pero, como su barbilla estaba caída sobre su pecho, su cabello rojizo ocultaba su rostro, casi dorado bajo la luz del sol.

–Toda reina necesita un séquito –dijo el rey, señalándole a los niños. Cerró los dedos, pidiéndoles que se acercaran.

Hans se paró más recto y se posicionó justo al frente de los demás, sin soltar la mano de Anna.

–Vengan, no tengan vergüenza –les dijo con un tono casi dulce.

Serilda sabía que podía obligarlos a obedecer, pero esperó a que se acercaran por su cuenta. Vacilantes, aunque con tanta valentía que Serilda quería acercarse a cada uno de ellos y darles un beso en la cabeza.

–Te entrego –dijo el rey–, a tu lacayo. –Le señaló a Hans–. Tu mozo de cuadra. –Le hizo un gesto a Nickel–. Tu mensajero personal. –Miró a Fricz–. Y, por supuesto, toda reina necesita a una dama de compañía. –Apoyó un dedo debajo de la barbilla de Anna. La niña se mostró incómoda, pero él pretendió no notarlo–. ¿Cómo saludan a su reina, pequeños sirvientes?

Los niños miraron a Serilda con los ojos bien en grande.

–Todo estará bien –les mintió.

Anna fue la primera en hacer una reverencia algo torpe.

–¿Su… Alteza?

–Muy bien –dijo el Erlking.

Los niños hicieron reverencias igual de incómodos. Serilda quería terminar rápido con todo esto. Este espectáculo falso, este engaño espantoso. Quería irse a algún lugar en donde pudiera abrazarlos y decirles cuánto lo lamentaba. Donde pudiera hacer cualquier cosa para terminar con todo esto. No les permitiría quedar atrapados por siempre en este castillo y admirar al Erl-king. No lo haría.

–¿Y bien? –dijo el rey–. ¿Estás satisfecha?

Quería enfrentarlo y decirle todo lo que sentía, pero, en cambio, optó por otra cosa.

—Lo estaré cuando vea libre a Gerdrut.

—Ah, cierto, la pequeña. Gracias por recordármelo. Te daré mi último regalo de compromiso —levantó la voz—. ¿Manfred? Trae a la niña.

Enseguida, oyó un quejido que provenía desde arriba y, boquiabierta, centró su atención nuevamente en Gild. Aún seguía sin mirarla.

A su lado, Anna la tomó de las manos y su tacto fantasmal fue tan desconcertante que Serilda casi se aleja.

Anna levantó la vista y algunas lágrimas iluminaron sus ojos. Serilda intentó sonreír, cuando miró por detrás de los niños y vio lo que Anna había visto.

El cochero emergió de la multitud y miró a Serilda, a los niños y al rey. Se preguntó si había cierto resentimiento, incluso odio, en su único ojo. Luego levantó una mano hacia alguien entre los fantasmas. Un momento más tarde, llevó a Gerdrut hacia Serilda y el rey.

Esta vez, Serilda gritó desconsolada, un llanto que quedaría resonando en sus pensamientos todo el tiempo que estuviera atrapada en este lugar.

Gerdrut tomó al cochero de la mano, algunas lágrimas en su rostro angelical, su silueta difusa por los bordes. Un agujero donde solía estar su dulce corazón.

—Creo —agregó el rey—, que será una gran criada. ¿Estás de acuerdo?

Serilda gritó como si le estuvieran arrancando todas sus entrañas.

—Lo prometió. ¡Lo prometió! —Giró hacia él, mientras la ira le quemaba sus pensamientos racionales—. No puede esperar que mienta por usted. Nunca le diré a nadie que usted es el pa…

Su boca se apoyó sobre la de Serilda, envolviendo un brazo alrededor de su cintura para acercarla más hacia su cuerpo.

Sus palabras se vieron interrumpidas por un grito ahogado. Intentó alejarlo, pero no sirvió de nada. Su otra mano se entrelazó con su cabello por detrás, inmovilizándola mientras la besaba.

Quería vomitarle en la cara.

Desde lo lejos, oyó el ruido de las cadenas. Gild estaba intentando liberarse.

—Te prometí su libertad —murmuró el Erlking, mientras sus labios rozaban los suyos con cada movimiento—. Y eso es lo que le concederé. Una vez que hayas completado tu parte del trato y me entregues a este niño, liberaré sus espíritus hacia Verloren. —Se detuvo, alejándose para poder mirarla a los ojos—. ¿No es eso lo que querías para ellos, *mi reina*?

No pudo responder. La ira aún acechaba dentro de su cabeza. Lo único que quería hacer era arrancarle esa sonrisa altiva de su rostro.

Al entender su silencio como señal de aceptación, le bajó la cabeza a Serilda y le depositó otro beso frío sobre la frente.

Para los presentes, debía parecer un gesto del afecto más dulce. No podían ver la risa presuntuosa en sus ojos mientras susurraba.

—Larga vida a la reina.

CAPÍTULO CINCUENTA Y SEIS

Los niños se quedaron dormidos sobre la inmensa cama que alguna vez supo ser uno de los mayores lujos. Serilda los observó, recordando lo entusiasmada que había estado al ver las almohadas de pluma y los cobertores de terciopelo. Lo maravillada que había estado por todo lo que ofrecía el castillo.

Cuando todo se parecía un poco a un cuento de hadas.

Qué ridículo.

Al menos estaba agradecida de que pudieran dormir. No sabía si los fantasmas *necesitaban* hacerlo, pero era una pequeña bendición saber que habría momentos de descanso en este cautiverio trágico.

No estaba segura de si *ella* necesitaba descansar. Podía entender un poco más ahora, cómo Gild sabía que era diferente. No estaba muerta. No era un fantasma, como los niños y el resto de los sirvientes del rey.

Pero ¿cómo la hacía sentir todo eso?

Cansada, pensó. Estaba tan cansada. Pero, aun así, no podía dormir.

Se pasaba las horas recordando los juegos que solía jugar cuando era pequeña con el resto de los niños de la aldea. Aquellos cuyos padres no les habían prohibido jugar con ella, claro.

Eran príncipes y princesas. Damiselas y caballeros. Construían castillos de ramas y hacían coronas de flores y deambulaban por los campos como si fueran nobles de Verene. Imaginaban una vida de lujos, fiestas y banquetes. Ah, los banquetes que habían soñado, los bailes, las galas.

Era tan buena soñadora. Incluso en aquel entonces, al resto de los niños les entusiasmaba mucho escucharla convertir sus simples ideas en aventuras sin precedentes.

Pero nunca se le había pasado por la mente, ni en lo más mínimo, que se volverían realidad.

Que viviría en un castillo.

Que se casaría con un rey.

Que se casaría con un monstruo.

Era verdad que la corte del rey podría ser suntuosa de un modo particular. Banquetes, bailes, alegría y bebidas. Incluso recibiría regalos y la imitación del romance, ya que el rey tendría que fingir algo de adoración por ella si quería convencer a todos que era el padre del niño. Pero seguiría siendo más una prisionera que una reina. No tendría poder. Nadie acataría sus órdenes ni escucharía sus súplicas. Nadie la ayudaría, a menos que el rey lo permitiera.

Una posesión. Él la había llamado una posesión y eso solo cuando era la nueva hilandera de oro. Ahora sería su esposa y quedaría unida a él en la ceremonia que los seres oscuros utilizaban para conmemorar tales acontecimientos.

Y entre toda esta agitación aún mantenía una cierta alegría incrédula, imposible de aprisionar. Tendría un hijo.

Sería madre.

A menos que le arrancaran al niño de sus brazos y se lo entregaran a la cazadora Perchta ni bien naciera. El simple hecho de pensar en eso le daba ganas de vomitar.

Suspiró con pesadez y se sentó en la esquina de la cama, cuidadosa de no molestar a los niños en su sueño. A medida que sus dedos le corrían un mechón de la frente a Hans y acomodaba el cobertor sobre los hombros de Nickel, esperaba con todo su corazón que los sueños placenteros no los eludieran.

—Encontraré una forma de traerles paz —susurró—. No permitiré que se queden aquí para siempre. Hasta ese día, les prometo que les contaré las historias más felices que existan para alejar a sus mentes de todo esto. Historias donde los héroes salen victoriosos y los villanos son derrotados. Donde quienes son justos, amables y valientes consiguen el final perfecto —resolló, sorprendida de que más lágrimas brotaran de sus ojos. Creía que ya no podría hacerlo.

Se vio tentada de acostarse en la cama, acurrucar su cuerpo en el pequeño espacio que quedaba para ella y ordenar sus ideas con todo lo que había ocurrido en las últimas veinticuatro horas.

Pero no podía dormir.

Aún le quedaba algo pendiente antes de que este día desastroso terminara.

Un armario lleno de vestidos elegantes y capas finas, todas color esmeralda, zafiro y rubíes rojos. Todo demasiado sofisticado para la hija de un molinero.

¿Qué pensaría su padre si la viera usando tales cosas?

No. Cerró los ojos. No podía pensar en él. Se preguntaba si alguna vez podría lamentar su muerte. Era solo una joya más en su corona de culpa. Otra persona a la que le había fallado.

—Detente —susurró, poniéndose uno de los vestidos del armario. Dejó la vela sobre la mesa de noche, de modo que, si alguno de los niños se despertaba, no estuviera rodeado por la oscuridad en una habitación desconocida.

Luego salió de la torre. No estaba segura de cómo llegar a la parte superior de la torre principal, pero estaba determinada a subir por cada escalera que encontrara hasta dar con la indicada.

Sin embargo, mientras descendía por la escalera espiralada, vio una figura recostada contra la puerta.

Se quedó congelada, apoyando una mano contra la pared.

Gild la miró con una tela entre sus brazos. Tenía las mangas levantadas hasta sus codos y notó algunas manchas rojas donde había estado encadenado. Tenía los hombros tensos y una expresión demasiado prudente, demasiado cautelosa.

Quería envolverlo entre sus brazos, pero no se lo permitieron.

Abrió y cerró la boca varias veces antes de poder encontrar las palabras.

—Iba a liberarte.

Gild tensó la mandíbula, pero por un segundo, su mirada se suavizó.

—Empecé a hacer un alboroto. Gritar. Sacudir las cadenas. Cosas típicas de un poltergeist. Finalmente se cansaron y me bajaron cerca del anochecer.

Serilda avanzó más relajada por la escalera. Extendió un dedo para tocar las marcas en sus brazos, pero él se apartó.

Ella imitó el gesto.

—¿Cómo te lo hicieron?

—Me acorralaron en la torre —le dijo—. Y me encadenaron antes de que siquiera supiera lo que estaba ocurriendo. Nunca tuve que preocuparme por eso antes. Estar... atrapado de esa forma.

—Lo siento tanto, Gild. Si no fuera por mí…

—Tú no me hiciste esto —la interrumpió bruscamente.

—Pero el oro…

—Yo hice el oro. Yo diseñé mi propia prisión. Vaya tortura, ¿no lo crees? —Por un instante, parecía estar a punto de sonreír, pero no podía descifrar del todo cómo hacerlo.

—Pero si te hubiera contado la verdad… en cualquier momento, si tan solo te hubiera dicho la verdad, en lugar de pedirte que hilaras más oro, que siguieras apareciendo, que siguieras ayudándome…

—Entonces estarías muerta.

—Y todos esos niños estarían vivos… —Su voz se quebró—. Y tú no habrías estado encadenado en esa pared.

—*Él* les arrancó sus corazones. Él es el asesino.

Serilda movió la cabeza de lado a lado.

—No intentes convencerme de que no es mi culpa. Intenté escapar, aunque sabía… lo que era capaz de hacer.

Se quedaron mirándose por un largo rato.

—Debo irme —susurró Gild finalmente—. No creo que al rey le guste ver a su futura esposa jugueteando con el residente poltergeist. —La amargura era tangible, ya que su boca se retorcía como si hubiera mordido algo amargo—. Solo quería traerte esto. —Le arrojó la tela que tenía entre sus brazos y, luego de un momento, Serilda reconoció que era su capa.

Su vieja y amada capa andrajosa.

—Le puse un parche en el hombro —dijo con tristeza, mientras Serilda la tomaba entre sus brazos. Al desenrollarla, vio que el lugar en donde el drude había desgarrado la tela realmente tenía un parche de tela gris, casi del mismo color que la tela original, pero más suave.

»Es lana de dahut —le comentó—. No tenemos ovejas aquí, así que…

Presionó su capa sobre su pecho por un momento y luego la ubicó sobre sus hombros. El peso familiar la reconfortó de inmediato.

–Gracias.

Gild asintió y, por un momento, le preocupó que realmente se fuera. Pero entonces hundió sus hombros y, resignado, abrió los brazos.

Llorando agradecida, Serilda se dejó caer en ellos, juntando sus manos por detrás de la espalda de Gild, sintiendo cómo la calidez de su abrazo se esparcía por todo su cuerpo.

–Tengo miedo –le confesó ella a medida que sus ojos se llenaban de lágrimas–. No sé qué pasará.

–Yo también –murmuró él–. Ha pasado tanto tiempo desde la última vez que sentí este miedo. –Sus manos acariciaron los brazos de Serilda, sus mejillas presionadas sobre la frente de la joven–. ¿Qué ocurrió en esa sala del trono? Cuando te llevó allí, creí… –se aclaró la garganta como si estuviera cargada de emociones–, creí que te mataría. Pero luego reaparecieron y, de pronto, dice que eres su reina. ¿Y se *casarán*?

Serilda hizo una mueca de dolor.

–Apenas lo entiendo. –Sujetó la camisa de Gild con fuerza, deseando quedarse así por siempre, para nunca más enfrentar la realidad de la vida en este castillo, a un lado del Erlking. No podía ni siquiera imaginar el futuro que había abandonado para ella y los niños en aquella habitación.

–Serilda –dijo Gild, con mayor firmeza–. En verdad. ¿Qué ocurrió en esa sala del trono?

Se apartó para poder mirarlo a la cara.

Merecía saber la verdad. Tendría un bebé y él era el padre. El rey quería robárselo. Quería traer a Perchta de regreso de Verloren y regalarle al recién nacido que crecía en el vientre de Serilda.

Su hijo.

Pero pensó en los niños con los agujeros en sus pechos. Lo mucho que habían sufrido.

Si el rey alguna vez descubría que no había cumplido su parte del trato, esos niños serían quienes sufrirían por eso. Nunca liberaría a sus espíritus.

Eligió las palabras con cuidado, observando la reacción de Gild, con la esperanza de que pudiera ver la verdad oculta detrás de sus mentiras.

—Logré convencerlo de que ya no puedo hilar oro, pero que… mi hijo, cuando tenga un hijo, heredará el don de Hulda.

Gild frunció el ceño.

—¿Se creyó eso?

—La gente cree lo que quiere creer. Los seres oscuros no tienen por qué ser diferentes.

—Pero ¿qué tiene que ver eso con…? —Su expresión se oscureció con consternación. Cuando habló nuevamente, había cierta perspicacia en su voz—. ¿Por qué desea casarse contigo?

Serilda tembló ante la insinuación, ante la mentira que necesitaba que él creyera.

—Para poder tener un hijo.

—¿*Su* hijo?

Al no responderle, Gild gruñó y comenzó a apartarse de ella. Serilda lo sujetó con más fuerza, casi aferrándose a él.

—No puedes creer que quiero esto —le dijo con firmeza—. Desearía que pensaras mejor de mí.

Vaciló por un momento. La ira dio lugar al dolor. Hasta que luego, finalmente, se transformó en horror.

Entendimiento.

—Ya te tiene atrapada aquí, ¿verdad?

Mordiéndose el interior de sus mejillas, Serilda se apartó

para poder levantarse las mangas de su vestido y mostrarle la herida de la flecha.

Su expresión se desplomó.

–Una parte de mí siente que debería estar feliz, pero no… no quiero esto para ti. Nunca querría esto para ti.

Serilda tragó saliva. Apenas tuvo tiempo de pensar qué significaría ser la reina, estar encerrada por siempre detrás del velo en este castillo desalmado, donde su única compañía eran los muertos, los seres oscuros… y Gild.

Tenía razón. Una parte de ella tendría que haber encontrado algo de tranquilidad en eso, pero estaba enterrada tan profunda que era difícil saberlo con seguridad. Esta no sería una vida digna, no una que hubiera elegido para sí misma.

Y tenía que asumir que sería corta. Una vez que el bebé naciera y el rey viera que Serilda ya no tenía magia, se desharía de ella sin dudarlo. Se quedaría con el recién nacido y, si lograba capturar a un dios y pedir su deseo para traer a Perchta de regreso al mundo, le obsequiaría a esa pequeña vida inocente. La ama de la crueldad, la violencia y la muerte.

A menos que…

Extrañamente, por algo incomprensible, este niño ya estaba reservado. Le había prometido su primer hijo a otro.

¿Cómo afectaba eso su trato con el rey?

¿Cómo afectaba a Gild su trato con el rey?

–Gild, hay algo más que debo decirte.

Levantó las cejas.

–¿Hay *más*?

–Hay más. –Tomó el rostro entre sus manos. Estudiándolo. Estaba tenso.

–¿Qué ocurre?

Respiró profundo.

—Ya sé cómo termina la historia. O… cómo terminó.

—¿La historia? —Parecía desconcertado—. ¿La del príncipe? ¿Y la princesa secuestrada?

Asintió y deseó con toda desesperación poder decirle que tenía un final feliz. El príncipe mató al villano y logró rescatar a su hermana. Las palabras habrían sido tan sencillas de pronunciar. Las tenía en la punta de la lengua.

—Serilda, no creo que sea el momento indicado para un cuento de hadas.

—Tienes razón, pero tienes que escucharme —le dijo Serilda, apoyando las manos sobre sus hombros, moviendo incómoda el cuello de su camisa de lino—. El príncipe regresó al castillo, pero el Erlking ya estaba allí y… había matado a todos. Asesinó al rey y la reina, a todos los sirvientes…

Gild tembló, pero Serilda lo sujetó con fuerza para mantenerlo cerca.

—Cuando el príncipe regresó, el rey ató su espíritu al castillo, para mantenerlo atrapado en ese lugar miserable por siempre. Y para su venganza final, le lanzó una maldición. Nadie, ni siquiera el príncipe, podría recordar quién era él y su familia. Sus nombres, su historia, todo quedaría perdido. Sería un alma solitaria hasta la eternidad, para nunca más volver a sentir lo que era el amor.

Gild la miró.

—¿Ya está? ¿*Así* termina la historia? Serilda eso es…

—La verdad, Gild.

Vaciló por un momento, con el ceño fruncido.

—Es la verdad. Todo eso ocurrió aquí, en este mismo castillo.

La observó y Serilda pudo ver el momento exacto en que las piezas empezaban a encajar.

Todo tenía sentido.

Las preguntas que aún permanecían entre ellos.

—¿Qué dices? —susurró Gild.

—No es solo una historia. Es real. Y el príncipe… Gild, eres *tú*.

Esta vez, cuando se alejó, Serilda no opuso resistencia.

—La niña del retrato era tu pequeña hermana. El Erlking la asesinó. No sé si se quedó con su fantasma o no. Quizás aún esté en Gravenstone.

Gild pasó una mano por su cabello con la mirada perdida en la nada. Podía notar que quería discutir con ella, negar todo lo que le acababa de decir. Pero… ¿cómo podría hacerlo? No tenía ningún recuerdo de su vida pasada.

—¿Cuál es mi verdadero nombre entonces? —le preguntó, mirándola fijo—. Si soy el príncipe, debo ser famoso, ¿no lo crees?

Se encogió de hombros.

—No sé tu nombre. Se borró con el hechizo. Ni siquiera sé si el Erlking mismo sepa cuál es. Pero lo que sí sé es que no eres un fantasma. No estás muerto. Solo es una maldición.

—Una maldición —repitió, riendo sin humor alguno—. Soy bastante consciente de eso.

—Pero ¿no lo entiendes? —Lo tomó de las manos—. Es algo bueno.

—¿Cómo puede ser que una maldición sea algo bueno?

Esa era la pregunta que Serilda estuvo intentando responder toda su vida.

Levantó la mano de su compañero y le besó la cicatriz pálida que tenía sobre su muñeca con pecas, donde la flecha con la punta de oro había atado su espíritu a este castillo, atrapándolo hasta la eternidad.

—Porque todas las maldiciones se pueden romper.

AGRADECIMIENTOS

Me llena el corazón de tanta gratitud que desearía que existieran más palabras para describir lo que siento.

Gracias eternas a mi familia editorial en Macmillan Children's Publishing Group: Liz Szabla, Johanna Allen, Robert Brown, Caitlin Crocker, Mariel Dawson, Rich Deas, Jean Feiwel, Katie Quinn, Morgan Rath, Jordin Streeter, Mary Van Akin, Kathy Wielgosz y todas las personas con las que nunca tuve el gusto de hablar, pero sé que están trabajando duro para traer estos libros al mundo. Estoy igual de agradecida con el equipo de Jill Grinberg Literary Management: Jill Grinberg, Katelyn Detweiler, Sam Farkas, Denise Page y Sophia Seidner. Me siento afortunada de haber trabajado con ustedes.

Le agradezco a mi correctora, Anne Heausler, por sus ediciones y sugerencias rigurosas. A la increíblemente talentosa narradora del audio libro, Rebecca Soler, por sus interpretaciones brillantes de los personajes. Y a Regina Louis por sus aportes invaluables sobre las costumbres, tradiciones y cultura de Alemania (así como también por su trabajo en la traducción al alemán de *Supernova*). Gracias por ayudarme a hacer que el mundo de Adalheid sea un poco más brillante.

Estoy eternamente en deuda con mi amiga de toda la vida y compañera de crítica, Tamara Moss. No solo tus apreciaciones siempre producen un libro más sólido, sino que también de algún modo siempre tienes las palabras justas para tranquilizarme y ayudarme a seguir adelante.

No puedo dejar de agradecerle a Joanne Levy, asistente, organizadora de podcast y mánager de redes sociales, experta en Excel, y fantástica escritora de libros para las infancias. Sé que ya lo dije cientos de veces, pero eres la mejor.

Hablando de amigos escritores fantásticos, fue muy extraño escribir este libro durante el aislamiento obligatorio de 2020, pero me ayudó a apreciar más a mi grupo de escritura local: Kendare Blake, Corry L. Lee, Lish McBride y Rori Shay. ¡Espero que para cuando este libro salga, podamos disfrutar nuevamente nuestras citas de escritura!

Me siento más que agradecida con Sarah Crowley por toda su ayuda con el diseño del sitio web y temas técnicos. Agradezco también a Bethanie Finger, anfitriona del podcast Prince Kai Fan Pod, por su energía y apoyo inagotable. A todos en Instagram que dieron sus sugerencias para la playlist de *Gilded*; pude rodearme con la música más encantadora, misteriosa y extravagante estos últimos meses gracias a ustedes.

Y les agradezco a mis lectores y lectoras. Todos ustedes. Al personal de las librerías, bibliotecas, docentes, oyentes de los podcasts y mis fans. Fueron muy adorables, alentadores, entusiastas y simplemente cariñosos durante esta última década. Espero que sepan lo mucho que significan para mí.

Por último, estoy llena de gratitud, aprecio y todos los sinónimos que se les ocurran por mi familia. Jesse, el amor de mi vida. Sloane y Delaney, segundos amores de mi vida. Mamá y papá. Bob y Clarita, Jeff y Wendy, Garret y Gabriel, Connie, Chelsea, Pat y Carolyn, Leilani y Micah y Micaela. Mi vida es más dorada y menos opaca con ustedes a mi lado.

¡QUEREMOS SABER QUÉ TE PARECIÓ LA NOVELA!

Nos puedes escribir a **vrya@vreditoras.com**
con el título de este libro en el asunto.

Encuéntranos en

f facebook.com/VRYA México

 instagram.com/vryamexico

twitter.com/vreditorasya

COMPARTE
tu experiencia con
este libro con el hashtag
#gilded
f 🖸 🐦